리디밍 러브

Redeeming Love

Copyright © 1997, 2007 by Francine Rivers.
Originally published in English by Multnomah Books.
Published by arrangement with Browne & Miller Literary Associates, LLC.
through rMaeng2, Seoul, Republic of Korea.
This Korean translation edition © 2022 by TEMBOOK, Inc., Republic of Korea.
All rights reserved.

이 한국어판의 저작권은 알맹2를 통하여 Browne & Miller Literary Associates, LLC. 와 독점 계약한 템북에 있습니다.
신 저작권법에 의하여 한국 내에서 보호 받는 저작물이므로 무단 전재와 무단 복제를 금합니다.

Redeeming Love
리디밍 러브

프랜신 리버스 지음
김지현 옮김

템북

일러두기
1. 이 책에 인용된 성경 본문은 대한성서공회에서 펴낸 개정개역판을 따랐습니다.
2. 소설 속 등장인물의 이름 중 한국식 표기가 있는 것은 그에 따라 표기했습니다.

상처입고 목마른 영혼에게

차례

프롤로그 … 8

1부 버림받다 … 73

2부 그녀의 이름은 … 333

3부 눈이 부시게 … 519

에필로그 … 862

프롤로그

> 암흑의 군주는 신사다.
> _셰익스피어

뉴잉글랜드, 1835년.

알렉스 스태포드는 엄마가 말한 그대로였다. 큰 키에 검은 머리를 한 그는 여태 사라가 보아 왔던 그 어떤 사람보다 아름다웠다. 승마복에는 먼지가 내려앉았고 머리카락도 땀에 젖어 있었지만, 엄마가 읽어 준 동화책 속 왕자님과 똑같았다. 사라는 달뜬 기쁨과 자랑스러움으로 벅차올랐다. 매스에 사는 다른 아이들의 아빠와는 비교할 수도 없었다.

알렉스의 검은 눈동자가 사라를 쳐다보았다. 사라는 설렜다. 갖고 있는 드레스 중에 가장 좋은 파란색 드레스를 입고 그 위에는 하얀색 앞치마를 겹쳐 입었다. 머리는 분홍색과 파란색이 어우러진 리본으로 가지런히 묶었다. 내 모습이 아빠 마음에 들까? 엄마는 아빠가 가장 좋아하는 색이 파란색이라고 했다. 그런데 아빠는 어째서 미소 짓지 않는 거지? 사라가 너무 안절부절못해서일까? 엄마는 반듯이 서서 숙녀처럼 굴어야 아빠가 좋아할 거라고 했다. 하지만 지금 아빠의 표정은 하나도 좋은 것 같지 않다.

"우리 사라 예쁘지 않아요? 이렇게 예쁜 아이는 어디에도 없을 거예요."

엄마의 목소리가 이상하다. 목이 꽉 잠긴 사람 같았다. 사라는 눈살을 찌푸리는 아빠를 보았다. 아빠는 전혀 행복해 보이지 않았다. 아니 오히려 화가 나 있는 것 같았다. 사라가 한꺼번에 너무 많은 질문을 쏟아 놓거나 이야기를 마구 늘어놓을 때 엄마가 짓는 표정과 똑같았다.

"잠깐이면 돼요, 알렉스. 제발 잠시 동안만이라도 아이와 함께 있어 줘요. 그것만으로도 우리 사라에게는 무척 소중한 일이 될 거예요."

엄마는 지나치리만치 빨리 말을 이어 갔다. 뭔가를 두려워하는 걸까? 하지만 어째서?

알렉스 스태포드는 입을 굳게 다물고 아무 말 없이 사라를 내려다보았다. 사라는 꼼짝도 하지 않고 서 있었다. 아침 내내 거울을 보았던 터라 아빠 눈에 자신이 어떤 모습으로 보일지 잘 알았다. 사라는 아빠의 턱과 코, 엄마의 금발과 하얀 피부를 물려받았다. 사라는 아빠가 자신을 예쁘다고 생각해 주기를 바라면서 기대에 찬 눈으로 아빠를 바라보았다. 하지만 아빠의 눈동자는 다정하지 않았다.

"일부러 파란색 옷을 골라 입힌 건가? 아이의 눈동자를 돋보이게 하려고?"

아빠의 차갑고 성난 목소리에 사라는 어쩔 줄 몰라 엄마에게 시선을 돌렸다. 가슴이 철렁 내려앉았다. 엄마의 얼굴에 상처받은 기색이 역력했다. 알렉스는 현관 쪽으로 고개를 돌리며 외쳤다.

"클레오!"

"클레오는 없어요. 오늘 휴가를 주었거든요."

엄마는 턱을 치켜들고 나직이 말했다. 알렉스의 검은 눈동자가 더욱 짙어졌다.

"그래? 그러니 도저히 어쩔 수 없는 상황이라 이건가, 응?"

엄마의 얼굴이 굳어졌다. 엄마는 입술을 깨물고 고개를 숙여 사라를 쳐다보았다. 왜 그러는 거지? 사라는 놀란 마음에 서글퍼졌다.

'아빠는 나를 만난 게 기쁘지 않은 걸까?'

사라는 마침내 아빠와 함께 있게 된다는 사실에 몹시도 행복했었다. 비록 잠깐이었지만.

"어떻게 할까요?"

엄마가 아빠를 쳐다보며 말했다. 사라는 가만히 서서 실낱같은 희망을 품었다.

"밖으로 내보내. 당신은 클레오가 어디 있는지 알 것 같은데 말이야. 평소에도 이런 적이 많았을 거 아니야."

엄마의 두 볼이 상기되었다.

"무슨 뜻으로 하는 말이죠, 알렉스? 당신이 없을 때 내가 다른 남자를 집으로 불러들이기라도 했다는 말인가요?"

사라의 얼굴에 서렸던 미소가 당혹감으로 흐트러졌다. 두 사람 모두 얼음장처럼 차갑게 말하고 있었다. 게다가 아무도 사라에게 눈길 한번 주지 않았다. 사라가 곁에 있다는 사실을 알고는 있는 걸까? 뭐가 잘못된 거지? 엄마는 무척 슬퍼 보였다. 왜 아빠는 클레오가 집에 없다고 화를 내는 걸까? 사라는 입술을 꼭 깨문 채 두 사람을 번갈아 쳐다보다가, 이윽고 한 걸음 앞으로 다가가 아빠의 코트 자락을 잡아당겼다.

"아빠……"

"그렇게 부르지 마!"

사라는 아빠의 태도에 놀라 두 눈만 깜빡였다. 이 사람은 분명 사라의 아빠다. 엄마가 그렇게 말했다. 아빠도 집에 올 때마다 사라에게 선물을 사다 주지 않았던가. 엄마가 모두 전해 주었다. 어쩌면 선물을 받고도 감사 인사를 하지 않아서 화가 났는지도 모른다.

"그동안 보내 주신 선물, 정말 감사해요……"

"쉿, 사라. 지금은 그런 말을 할 때가 아니야, 아가."

엄마가 재빨리 말했다.

아빠는 무시무시한 눈으로 엄마를 보았다.

"그냥 놔둬. 아이랑 다정하게 이야기하기를 원했잖아. 그런데 왜 갑자기 아이 말을 막는 거지, 메이?"

엄마는 사라에게 한 걸음 다가가 어깨에 손을 올렸다. 엄마의 손이 떨리고 있었다. 곧 아빠가 사라에게 미소 띤 얼굴로 다가와 허리를 굽히고 말했다.
"무슨 선물 말이지? 자, 말해 보렴."
엄마 말처럼 아빠는 정말 미남이다. 사라는 이런 아빠를 가졌다는 사실이 자랑스러웠다.
"아빠가 가져다주신 사탕은 항상 마음에 들었어요. 모두 정말 맛있었어요. 그렇지만 선물 중에서 가장 마음에 들었던 건 크리스털 백조예요."
아빠의 관심을 받게 되자 뿌듯해진 사라는 다시 미소 지었다. 아빠가 이토록 자상하게 자기 말을 들어 주고 있다는 게 기뻤다. 심지어 아빠가 웃기까지 했다. 아주 희미하고 옅어 보였지만 말이다.
"그래, 내 선물을 얼마나 뜻깊게 생각했는지 알게 되어서 기쁘구나."
아빠는 다시 허리를 펴고 서서 엄마를 바라보았다. 사라는 아빠의 말에 고개를 들고 들뜬 목소리로 말했다.
"백조를 창가에 올려놓았어요. 햇빛이 비치면 벽에 온갖 아름다운 색이 춤을 춰요. 같이 가서 보실래요?"
사라는 아빠의 손을 잡았다. 하지만 아빠는 사라의 손을 차갑게 뿌리쳤다. 엄마는 입술을 깨물고 한 손을 아빠에게 내밀려다 이내 동작을 멈췄다. 또다시 두려워진 모양이다. 사라는 엄마와 아빠를 번갈아 보면서 지금 무슨 일이 일어나고 있는지 이해하려고 애썼다.

'내가 뭘 잘못한 걸까? 선물이 마음에 들었다는 말이 왜 아빠를 언짢게 했을까?'

"그러니까 내가 선물한 것들을 모두 이 아이에게 안겨 준 모양이군. 그 선물들이 당신에게 어떤 의미였는지 알게 되어서 다행이야."

아빠의 냉랭한 말투에 사라는 입술을 꼭 깨물었다. 뭔가 이야기를 하려는데 엄마가 사라의 어깨를 지그시 눌렀다.

"아가, 착하지? 이제 밖에 나가서 놀아라."

사라는 슬픈 얼굴로 엄마를 올려다보았다.

"그냥 여기 있으면 안 돼요? 조용히 있을게요."

엄마는 말을 잇지 못하고 물기 어린 눈으로 아빠를 쳐다보았다. 알렉스가 허리를 굽혀 사라와 눈을 맞추며 조용히 말했다.

"밖에 나가서 놀다 오렴. 엄마하고 둘이서 할 말이 있단다."

아빠는 미소 지으며 사라의 뺨을 쓰다듬었다. 사라는 완전히 넋을 잃고 미소를 지었다. 아빠가 볼을 쓰다듬어 주셨다. 화를 내지도 않으셨다. 엄마 말대로 사라를 사랑하는 것이 분명했다!

"그럼 엄마랑 아빠가 이야기를 다 끝내시면 돌아와도 되나요?"

아빠가 천천히 허리를 폈다.

"다 끝나면 엄마가 너를 데리러 나가실 게다. 자, 이제 나가 놀아라."

"네, 아빠."

사라는 밖에 나가고 싶지 않았지만, 아빠를 기쁘게 해 드리고 싶었다. 거실을 지나 부엌 뒷문을 통해 밖으로 나간 사라는 문 바로 옆에 있는 작은 꽃밭에서 데이지 꽃 몇 송이를 꺾어 장미로 만든 격자 모양 울타리 쪽으로 걸어가며 꽃잎을 하나씩 뗐다.

"아빠는 나를 사랑한다, 사랑하지 않는다, 사랑한다, 사랑하지 않는다……."

모퉁이를 돌아선 사라는 소리를 죽였다. 엄마와 아빠를 방해하지 않고 그저 두 사람 가까이에 있을 요량이었다.

사라는 상상의 나래를 폈다.

'어쩌면 아빠가 목마를 태워 주실지도 몰라. 아빠가 타고 온 커다랗고 검은 말을 태워 주시진 않을까? 그러려면 드레스를 갈아입어야 할 텐데. 드레스가 더러워지는 걸 좋아하지 않으실 거야.'

아빠가 엄마와 이야기하는 동안 사라를 무릎 위에 앉혀 주었다면 기분이 정말 좋았을 텐데. 사라는 절대 성가시게 하지 않을 자신이 있었다.

열린 거실 창문으로 집 안에서 말하는 소리가 들려왔다. 엄마는 항상 응접실을 정원에서 들어오는 장미향으로 가득 채우고 싶어 했다. 사라는 가만히 앉아서 부모님의 말소리를 들을 생각이었다. 그러면 아빠가 사라를 다시 데려오라고 말씀하시는 것도 금방 알 수 있을테니까.

"알렉스, 내가 어떻게 하면 좋겠어요? 지금껏 사라하고 단 일 분도 함께 보내지 않았잖아요. 그 아이에게 뭐라고 말하죠? 아빠가 너를 신경쓰지도 않는다고요? 아예 태어나지도 않길 바랐다고요?"

사라의 입이 저절로 벌어졌다.

'아니라고 해요, 아빠! 아니라고 말해요!'

"그 백조를 유럽에서 사 온 건 당신을 위해서였어. 그런데 당신은 그 물건을 가치도 모르는 아이에게 줘 버렸지. 전에 준 진주 목걸이도 그 아이에게 주었나? 뮤직 박스는? 분명 그것도 아이에게 주었겠지!"

사라의 손에 들린 데이지 꽃이 파르르 떨렸다. 사라는 예쁜 드레스가 더러워지는 것도 모르고 땅바닥에 털썩 주저앉았다. 기쁨에 팔딱거리던 심장박동은 어느새 속도를 천천히 늦추고 있었다. 들려오는 말 한마디 한마디에 사라의 머릿속 모든 생각이 소용돌이치며 빠져나갔다.

"알렉스, 제발요. 그게 왜 잘못이죠? 오히려 잘한 일 아닌가요? 사라가 오늘 아침에 이제는 아빠를 만나도 될 정도로 크지 않았느냐고 묻더군요. 당신이 올 때마다 계속 같은 질문을 하는 아이에게 어떻게 또 안 된다고 말할 수 있었겠어요. 난 못해요. 사라는 당신의 무관심을 이해하지 못한다고요. 그건 나도 마찬가지고요."

"내가 그 아이를 어떻게 생각하는지 잘 알잖아."

"당신이 무슨 수로 사라에 대해 생각하죠? 그 아이를 알지도 못하잖아요. 사라는 예쁜 아이예요. 똑똑하고 매력적인데다 겁도 없어요. 당신을 빼닮았죠. 사라는 특별해요, 알렉스. 영원히 그 아이를 모른 척하고 지낼 수는 없어요. 사라는 당신의 딸이고……."

"아이라면 내 아내와의 사이에서도 충분해. 적출의 아이들이지. 더는 아이를 원하지 않는다고 말했을 텐데."

"어떻게 그런 말을 해요? 어떻게 자신의 핏줄을 사랑하지 않을 수 있죠?"

"처음부터 내가 어떻게 생각하는지 분명히 말했어. 그 아이는 애초에 태어나지 말았어야 했어, 메이. 그런데도 당신이 고집을 부린 거야."

"내가 원해서 임신한 거라고 생각해요? 내가 계획적으로 아이를 가졌다고?"

"가끔은 그랬다는 생각이 들어. 특히 내가 이 상황을 해결할 방법을 마련했는데도 당신이 거절했을 때는 더욱 그랬지. 내가 보낸 의사는 이 난리를 깨끗하게 정리해 주었을 거야. 그가 아이를 없애……."

"그런 일은 할 수 없었어요! 어떻게 태어나지도 않은 아이를 죽이라고 할 수 있죠? 그건 영원히 구제 받을 수 없는 죄악이에요."

"아무래도 당신 성당에서 보내는 시간이 너무 많은 것 같군. 내 말대로 아이를 없앴다면 지금 이런 문제는 없었을 거란 생각은 안 해 봤어? 아주 간단하게 일을 처리할 수 있었어. 그런데도 당신이 외면했지."

"난 사라를 원했어요! 그 아이는 당신의 일부이고, 또 나의 일부예요. 당신은 아니었는지 몰라도 난 이 아이를 원했어요."

"정말 그런 이유에서였나?"

"알렉스, 정말 마음이 아프네요."

밖에서 이야기를 듣고 있던 사라는 몸을 움츠렸다. 마음이 산산이 조각나 부서져 내렸다.

"정말 그런 이유에서였나, 메이? 아이를 갖게 되면 내 약점을 쥐게 되리라 생각한 건 아니고?"

"정말 그렇게 생각하는 건 아니죠? 진짜로 그렇게 생각하나요, 알렉스? 당신은 정말 바보예요. 오, 맙소사. 내가 무슨 짓을 저지른 거지? 난 당신을 위해 모든 걸 포기했어요! 가족과 친구, 그리고 내 자존심까지. 내가 믿고 바라던 모든 것을 희생했는데……."

엄마는 울고 있었다.

"난 당신에게 이 집을 사 줬어. 게다가 지금도 계속 필요한 돈을 대주고 있고."

"이 마을에서 내가 어떻게 지내는지 알기나 해요? 당신은 마음 내킬 때만 왔다 가면 그만이죠. 하지만 모두 당신이 누구인지, 그리고 내가 어떤 처지인지 알아요. 그래서 아무도 나에게 눈길조차 주지 않아요. 말을 거는 사람도 없다고요. 사라도 그걸 느끼고 있어요. 지난번에 왜 그런지 묻기에 우리는 여느 사람과는 다르다고 말해 줄 수밖에 없었어요. 달리 뭐라고 설명해야 할지 모르겠더군요."

엄마의 목소리는 이상할 정도로 높아져 있었다. 잠시 엄마의 목소리가 끊겼다가 다시 이어졌다.

"아마 난 지옥에 가고 말 거예요."

"당신의 그 죄의식에 이제 진절머리가 나. 아이 이야기도 지겹고. 그 아이가 우리 두 사람 사이를 엉망으로 만들어 버렸어. 우리가 얼마나 행복했는지 기억나? 우린 단 한번도 싸운 적이 없었어. 난 언제나 당신에게 오고 싶어 했지. 당신과 함께하고 싶어 안달을 냈다고."

"그렇게 말하지 말아요."

"그런데 지금은? 오늘 우리가 함께 보낼 시간이 얼마나 남았는지 알아? 아이 때문에 시간을 다 써 버리고 말았잖아. 이거 봐, 내가 말했지. 이렇게 될 거라고. 그 아이는 정말이지 태어나지 말았어야 해!"

엄마가 큰소리로 끔찍한 욕설을 퍼부었다. 이어 뭔가 부서지는 소리도 들려왔다. 겁에 질린 사라는 자리에서 일어나 뛰쳐나갔다. 엄마가 가꾼 꽃밭과 잔디밭을 가로질러 시냇가의 저장고로 가는 오솔길을 따라 달렸다. 더는 달릴 수 없을 때까지 달렸다. 옆구리가 끊어질 듯 아파 오자 사라는 거친 숨을 몰아쉬며 키 큰 풀숲에 몸을 던졌다. 가녀린 어깨가 흐느낌에 들썩였고, 얼굴은 온통 눈물범벅이 되었다. 그때 말 달리는 소리가 들려왔다. 사라는 시냇가의 덩굴 쪽으로 기어가 몸을 숨기고 고개를 빠끔히 내밀어 아빠가 커다랗고 검은 말을 타고 떠나는 모습을 지켜보았다. 그런 다음 몸을 잔뜩 웅크리고 고개를 숙인 채 엉엉 울면서 엄마가 데리러 오기만을 기다렸다.

하지만 엄마는 오지 않았다. 사라의 이름을 부르는 소리도 들리지 않았다. 사라는 저장고 주변을 잠시 배회하다가 꽃이 만발한 덩굴 옆에 앉아서 한참을 더 기다렸다. 이윽고 엄마가 나왔을 때는 이미 눈가의 눈물을 모두 닦고 예쁜 드레스에 묻은 먼지도 말끔히 털어 버린 후였다. 하지만 몸은 여전히 떨고 있었다.

엄마의 안색은 창백했고, 충혈된 두 눈은 멍해 보였다. 분칠로 가리려고 했지만 한쪽 볼이 푸르스름한 색을 띠고 있었다. 엄마는 미소 짓고 있었지만 평소와 달랐다.

"어디 있었니? 한참 찾아다녔잖니."

사라는 엄마가 자신을 찾아다니지 않았다는 것을 알고 있었다. 엄마를 계속 지켜보고 있었기 때문이다. 엄마는 레이스 달린 손수건에 침을 묻혀 사라의 뺨에 묻은 얼룩을 지웠다.

"아빠는 급한 볼일이 생겨서 가셨단다."

"또 오세요?"

사라는 두려웠다. 다시는 아빠를 만나고 싶지 않았다. 엄마를 아프게 하고 사라를 울게 한 사람이다.

"한동안은 오시지 않을 거야. 그저 기다릴 수밖에 없겠지. 아빠는 중요한 일을 많이 하셔서 늘 바쁘시거든."

사라는 아무 대꾸도 하지 않았다. 엄마는 사라를 안아 올려 꼭 보듬었다.

"괜찮아, 아가. 자, 이제 우리 뭘 할까? 우선 집으로 돌아가서 옷을 갈아입자꾸나. 그러고 나서 음식을 준비해 시냇가로 소풍을 가는 거야. 좋겠지?"

사라는 고개를 끄덕이며 엄마의 목덜미를 두 손으로 꼭 끌어안았다. 입술이 파르르 떨려 왔지만 울지 않으려 애썼다. 만약 지금 울음을 터트리면 어른들의 이야기를 엿들은 걸 들키게 되고, 그러면 엄마도 화를 낼 게 분명했다. 엄마는 사라의 머리카락에 얼굴을 묻으며 사라를 끌어안았다.

"우린 잘 이겨 낼 수 있을 거야. 그럼, 우린 잘 해낼 거야. 반드시."

알렉스는 다시 오지 않았다. 엄마는 점점 파리해지고 쇠약해졌다. 아침에도 늦게까지 침대에서 나오지 않았고, 일어나서도 예전처럼 오랫동안 산책을 하는 일은 없었다. 미소를 짓고 있어도 두 눈은 텅 비어 보였다. 클레오는 엄마에게 뭐라도 좀 먹어야 한다고 말하면서 사라 앞에서 생각 없이 이런저런 말을 지껄여댔다.

"그래도 여전히 돈은 보내시잖아요. 그것만 해도 얼마나 다행한 일이에요."

"돈 따위는 상관없어. 돈에는 관심 없다고."

엄마의 두 눈에 눈물이 가득 고였다.

"돈이 떨어지면 관심이 생기실걸요."

사라는 엄마의 기운을 되살리려고 커다란 꽃다발을 만들어

오기도 하고, 예쁜 돌을 찾아서 깨끗이 닦아 선물하기도 했다. 그러면 엄마는 미소 지으며 고맙다고 말했지만, 눈동자에는 여전히 생기가 없었다. 사라는 엄마가 가르쳐 준 노래도 불렀다. 슬픈 곡조의 아일랜드 민요와 미사 시간에 부른 라틴어 성가였다.

"엄마, 요즘은 왜 노래를 부르지 않아요? 노래를 부르면 기분이 나아질 거예요."

사라는 엄마의 침대에 올라가 앉아 헝클어진 이불 위에 인형을 내려놓으며 물었다. 엄마는 긴 금발머리를 천천히 빗어 내리면서 말했다.

"노래를 부르고 싶은 마음이 생기지 않는구나. 지금은 엄마 머릿속에 다른 생각이 가득 차 있어."

사라는 가슴속에서 뭔가 묵직한 것이 점점 커지는 느낌이 들었다. 이 일이 모두 자기 탓인 것만 같았다. 사라가 태어나지 않았다면 엄마는 행복하게 살았을 것이다.

"엄마, 알렉스 씨가 다시 올까요?"

엄마는 사라를 빤히 쳐다보았지만 사라는 개의치 않았다. 다시는 그를 아빠라고 부르지 않을 작정이었다. 엄마를 아프게 했고, 사라를 슬프게 만든 사람이었다. 그가 떠난 후, 엄마는 사라에게 눈길도 잘 주지 않았다. 심지어 클레오에게 사랑은 축복이 아니라 저주라는 말까지 했다.

사라는 엄마의 얼굴을 쳐다보았다. 엄마는 너무나 슬퍼 보였다. 툭하면 먼 곳을 응시하며 딴생각을 했다. 사라는 엄마가 그 남자를 생각한다는 것을 알았다. 엄마는 그가 돌아오기를 바라고 있었다. 엄마가 밤마다 우는 것은 그가 돌아오지 않아서였다. 엄마는 밤이면 베갯잇에 얼굴을 묻고 소리 죽여 울었지만, 사라는 그 소리를 모두 듣고 있었다.

사라는 입술을 꽉 깨물고 고개를 숙여 인형을 만지작거렸다.
"엄마, 내가 만약 병에 걸려 죽는다면 어떻게 될까요?"
"그럴 일은 없단다. 너는 아직 어리고 건강해."

엄마는 사라를 쳐다보며 미소 지었다. 사라는 엄마가 머리 빗는 모습을 바라보았다. 하얀 어깨 위로 햇살이 쏟아져 내리는 듯했다. 어떻게 알렉스 씨는 저렇게 예쁜 엄마를 사랑하지 않는 거지?

"하지만 만약 내가 그렇게 되면 엄마, 알렉스 씨가 다시 돌아와 엄마랑 같이 있게 되지 않을까요?"

엄마는 머리 빗던 손을 멈추고 고개를 돌려 사라를 뚫어져라 쳐다보았다. 엄마의 놀란 얼굴을 보고 사라도 깜짝 놀랐다. 그런 말을 하는 게 아니었다. 이제 엄마는 사라가 두 사람의 이야기를 엿들었다는 사실을 알아차릴지도 모른다.

"그런 생각 다시는 하지 말아라, 사라."
"하지만……."
"아니! 다시는 그런 말 해서는 안 돼. 알았지!"

엄마가 이렇게 목소리를 높이는 건 처음이었다. 사라의 아래턱이 덜덜 떨려왔다.

"네, 엄마."

"다시는 그런 말을 하지 않겠다고 약속하렴. 이 일은 다 너와는 상관 없는 일이야."

엄마는 다시 손을 뻗어 사라를 품에 안고 다정하게 등을 쓰다듬으며 말했다.

"사랑한다, 사라. 아주 많이 사랑해. 이 세상 그 무엇보다, 그 누구보다 널 사랑한단다."

'그를 제외하면 그렇겠죠.'

사라는 생각했다. 알렉스 스태포드 씨를 제외한다면 그럴 것이다. 하지만 만약에 그가 돌아온다면? 그가 엄마에게 사라와 자신 중 하나를 선택하라고 한다면? 그럼 엄마는 어떻게 할까?

무서워진 사라는 엄마에게 매달려 알렉스 씨가 멀리 가 버리기를 간절히 기도했다.

젊은 남자가 엄마를 찾아왔다.

사라는 벽난로 근처에서 인형을 갖고 놀면서 엄마와 그 남자가 이야기하는 모습을 바라보았다. 그 젊은 남자는 엄마에게 편지 한 통을 건넸다. 하지만 엄마는 편지 봉투를 열어 보지도 않고 남자에게 먼저 차를 대접했다. 남자는 고맙다는 말 외에 별다른 말을 하지 않았다. 그저 날씨 이야기와 엄마가 가꾼 꽃밭이 참 예쁘다는 따위의 몇 마디 말이 오갈 뿐이었다. 그리고 도시에서 오는 데 한참 걸렸다고도 이야기했다. 엄마는 남자에게 비스킷을 대접했다. 사라에게는 신경도 쓰지 않고 있었다.

사라는 뭔가 잘못되고 있다는 생각이 들었다.

"아주 예쁜 아가씨로군요."

남자가 사라에게 미소를 지어 보이며 말했다. 사라는 당황해서 고개를 푹 숙였다. 남자가 사라에게 신경을 쓰면 엄마가 밖에 나가서 놀라고 할지도 모른다는 생각이 들었다.

"네, 그렇죠. 고맙습니다."

"부인을 많이 닮았네요. 아침에 떠오르는 태양처럼 예쁘군요."

엄마는 사라를 보고 미소 지었다.

"사라, 밖에 나가서 테이블 위에 놓을 꽃을 좀 꺾어다 주겠니?"

사라는 별다른 대꾸 없이 순순히 인형을 집어 들고 자리에서 일어섰다. 엄마를 기쁘게 해 드리고 싶었다. 사라는 부엌 찬장 서랍에서 날카로운 칼을 꺼내 들고 꽃밭으로 나갔다. 엄마는 장미꽃을 가장 좋아했다. 거기에 참제비꼬깔 꽃 몇 대와 빨간 비단향꽃무, 미나리아재비, 마거리트, 그리고 데이지까지 몇 송이 섞어 팔에 걸고 있던 바구니에 가득 담았다.

다시 집 안으로 돌아왔을 때 젊은 남자는 이미 가고 없었다. 엄마의 무릎 위에는 편지가 한 통 놓여 있었다. 엄마의 두 눈은 밝게 빛나고, 두 볼은 상기되어 있었다. 엄마는 편지를 접어 봉투에 넣은 후 소매 속에 집어넣었다. 그리고 자리에서 일어나 사라를 번쩍 안아 올려 힘차게 한 바퀴 돌았다.

"아가, 꽃을 가져다줘서 정말 고맙다."

엄마는 사라에게 입을 맞췄다. 엄마가 사라를 바닥에 내려놓자 사라는 바구니를 테이블 위에 올려놓았다.

"난 꽃이 좋단다. 정말 사랑스러워, 그렇지 않니? 그 꽃을 좀 꽂아 줄래? 엄마는 부엌에서 뭘 좀 찾아야 한단다. 오, 사라! 오늘 날씨 참 좋구나. 정말 아름다워, 그렇지?"

천만에. 오늘은 날씨가 고약하다. 방을 나서는 엄마를 보면서 사라는 생각했다. 갑작스레 느껴지는 공포에 구역질이 날 것 같았다. 사라는 테이블 위에 놓인 커다란 꽃병을 밖으로 가지고 나와서 시들어 버린 꽃을 퇴비더미 위에 던졌다. 그리고 시원한 물을 펌프로 퍼 올려 꽃병에 담았다. 꽃병을 들고 들어가는 동안 물이 옷에 튀었지만 신경쓰지 않았다. 엄마도 신경쓰지 않을 것이다.

알렉스 스태포드 씨가 돌아오는 게 분명했다. 엄마는 클레오를 데리고 거실로 돌아왔다.

"오, 우리 아가. 정말 멋진 소식이 있단다. 클레오가 이번 주에 해변으로 놀러가는데 너를 데려가고 싶다는구나. 정말 근사하지 않니?"

사라의 심장이 빠르게 뛰었다.

"정말 자상하지? 클레오의 친구가 그곳에서 여관을 운영하고 있다는구나. 그 친구가 어린 여자아이를 무척 좋아한대."

클레오는 뻣뻣하고 차가운 미소를 지었다. 사라는 엄마를 쳐다보았다.

"난 가고 싶지 않아요, 엄마. 엄마랑 같이 있고 싶어요."

사라는 다 알고 있었다. 아빠가 사라를 원하지 않아서 멀리 보내려고 하는 것이다. 어쩌면 이제 엄마도 사라를 원하지 않을지 모른다.

"무슨 소리야, 사라. 넌 여기 말고 다른 곳에는 가 본 적이 없잖니. 세상 구경을 해 볼 필요가 있단다. 일단 바다를 보면 정말 좋아하게 될 거야. 굉장히 아름답거든. 모래사장에 앉아서 파도소리를 들으며 모래성도 쌓고 조개껍질도 주울 수 있어. 파도 거품이 네 발가락을 간질거리는 걸 느껴 보렴. 정말 좋을 거야."

엄마는 새롭게 태어난 사람 같았다. 모든 게 편지 때문이었다. 알렉스가 엄마를 만나러 오겠다고 한 것이 분명했다. 엄마는 지난번 같은 일을 또다시 겪고 싶지 않아서 사라를 알렉스의 눈에 띄지 않게 치워 버리려는 것이다. 사라는 빛나는 엄마의 얼굴을 보자 심장이 쿵 내려앉았다.

"자, 아가야. 이제 떠날 채비를 하자."

사라는 자기 물건이 커다란 여행 가방에 하나씩 담기는 것을 물끄러미 바라보았다. 엄마는 어서 사라를 치우고 싶어 안달이 난 모양이다.

"인형은 어디 있니? 인형도 데리고 갈 거지?"

"아니, 싫어."

"어째서? 항상 인형하고 같이 다녔잖니."

"인형은 엄마랑 같이 집에 있고 싶대."

엄마는 미간을 찡그렸지만 그 문제는 더 이야기하지 않았다.

그렇다고 사라를 보내지 않기로 마음을 고쳐먹지도 않았다.

클레오가 사라를 데리러 왔다. 두 사람은 읍내까지 일 킬로미터 정도를 걸었다. 클레오가 차표를 사자 때맞춰 역마차가 도착했다. 마부는 여행 가방을 마차에 실었고, 클레오는 사라를 번쩍 안아 역마차 위에 태웠다. 뒤이어 마차에 올라탄 클레오는 사라의 건너편에 자리를 잡고 앉아 미소 지었다. 클레오의 두 눈이 밝게 빛났다.

"사라, 우리 이제 함께 멋진 모험을 떠나자."

사라는 당장 역마차에서 뛰어내려 집으로, 엄마에게로 달려가고 싶었다. 하지만 엄마는 사라를 다시 돌려보낼 것이다. 말이 움직이기 시작하자 사라는 창가에 꼭 붙어 앉아 눈에 익숙한 건물들이 뒤로 지나가는 광경을 물끄러미 바라보았다. 마차는 덜컹거리며 다리 위를 지나 나무가 우거진 길을 따라 달렸다. 익숙한 것들이 모두 순식간에 눈앞에서 사라져 버렸다. 사라는 덜컹거리는 자리에 털썩 주저앉았다. 마차가 멀리 갈수록 사라의 마음은 더욱 비참해졌다.

"포 윈즈라는 곳에 가는 거야."

클레오는 사라가 말없이 얌전히 앉아 있는 것에 무척 만족한 표정으로 말했다. 아마도 한바탕 소동이라도 부릴 줄 알았던 모양이다. 그렇게 해서 엄마의 마음을 바꿀 수 있다면 대단한 난리를 피웠을 것이다. 단 몇 시간도 엄마와 떨어져 지낸 적이 없던 사라였다. 하지만 그렇게 해 봐야 아무것도 달라지지 않는다는 것을 사라는 너무나 잘 알았다. 알렉스 스태포드

씨가 오기로 되어 있으니 사라는 집에서 나와야만 했다. 사라는 침울한 얼굴로 자리에 가만히 앉아 있었다.

"방도 깔끔하고 음식도 괜찮은 곳이야. 바닷가도 가깝고. 잔디가 깔린 오솔길을 따라 절벽까지 산책할 수도 있어. 파도가 바위에 부서지면서 내는 소리는 정말 근사하지. 짠내 나는 바다 냄새는 그 무엇과도 비교할 수 없을 만큼 최고야."

그 무엇과도 비교할 수 없을 만큼 최고라……

사라에게 그 무엇과도 비교할 수 없을 만큼 최고인 것은 집과 집 뒤 꽃밭뿐이었다. 엄마와 함께 저장고 옆 시냇가에 앉아 물장구를 치는 것이 최고였다.

눈물이 나오려는 것을 억지로 참으며 사라는 다시 창가로 고개를 돌렸다. 길가의 먼지 때문에 두 눈이 따갑고 목이 깔깔했다. 거칠게 달리는 말 때문에 마차가 쿵쿵 울려 머리가 아파 왔다. 사라는 피곤했다. 너무나 피곤해서 두 눈을 제대로 뜨기 힘들었다. 하지만 눈을 감으면 마차가 한쪽으로 기울거나 갑자기 흔들거려 다시 뜰 수밖에 없었다.

이윽고 마부가 마차를 멈추었다. 말을 바꾸고 마차를 손보기 위해서였다. 사라는 클레오를 따라 옥외 화장실에 가서 볼일을 보고 나왔는데 클레오가 보이지 않았다. 마차로 달려갔다가 마구간에도 가 봤지만 클레오는 없었다. 사라는 길가로 뛰어나가 클레오의 이름을 크게 불렀다.

"조용히 해! 세상에, 이게 웬 난리야? 네가 뛰어다니는 꼴을 보면 사람들이 머리 없는 닭이 뛰어다니는 것 같다고 하겠다."

클레오가 사라에게 서둘러 다가오며 말했다.

"어디 있었어? 엄마가 우리 둘이 함께 있어야 한다고 했잖아."

눈물이 사라의 뺨을 타고 흘러내렸다. 클레오가 눈을 치켜뜨며 말했다.

"어이구, 미안하네요, 아가씨. 에일 한잔하고 있었어요."

클레오는 사라의 손을 잡고 역사로 들어갔다. 역장의 아내가 문가에 서서 손을 닦으며 사라에게 미소를 지었다.

"정말 예쁜 꼬마 아가씨네. 아가야, 배고프지 않니? 양고기 스튜 한 그릇 먹을 시간은 있단다."

사라는 자신을 찬찬히 뜯어보는 여자의 시선에 겁을 먹고 고개를 숙였다.

"사라, 이리 와."

클레오가 사라를 팔꿈치로 살짝 쳐서 안쪽으로 밀었다. 역장의 아내는 사라의 등을 가볍게 두드리며 테이블로 안내했다.

"귀여운 아가, 살 좀 쪄야겠다. 내가 만든 스튜 좀 먹어 보렴. 이래봬도 이 근방에서는 제법 알아주는 요리사란다."

"배고프지 않아요."

클레오가 앞으로 상체를 기울이며 낮은 목소리로 말했다.

"배가 고프든 안 고프든 먹어. 마차가 떠나려면 삼십 분 정도는 더 있어야 해. 그리고 해변에 도착하려면 서너 시간은 더 가야 하고. 그 사이에 네가 배고프다고 징징대는 꼴은 보고 싶지 않아. 지금이 포 윈즈에 도착하기 전에 먹을 수 있는 마지막 기회야."

사라는 울음을 참으며 클레오를 빤히 쳐다보았다. 클레오는 크게 한숨을 내쉬고는 손을 뻗어 어색하게 사라의 뺨을 쓰다듬으며 말했다.

"사라, 그냥 좀 먹어."

사라는 얌전하게 숟가락을 들고 먹기 시작했다. 엄마는 이 여행이 사라를 위한 것이라고 말했지만, 클레오는 마치 이 여행에 사라가 방해가 된다는 투로 굴고 있었다. 사라를 누군가의 눈에 띄지 않게 하려고 보내는 게 분명했다.

역마차가 다시 달리기 시작했다. 사라는 입을 꼭 다물고 창가에 앉았다. 그러고 나서 두 손을 꽉 쥐어 무릎 위에 올려놓고 등을 꼿꼿이 세운 채 물끄러미 밖을 바라보았다. 클레오는 마차 안의 침묵을 다행스럽게 생각하는 듯 곧 선잠에 빠졌다. 한참을 자다 깬 클레오가 사라를 쳐다보며 미소 지었다.

"바다 냄새 나지?"

사라는 클레오가 잠들기 전과 똑같은 자세로 앉아 있었다. 다만 도저히 눈물을 주체하지 못해 먼지 낀 얼굴에는 하얗게 눈물 자국이 남아 있었다. 클레오는 슬픈 눈으로 그런 사라를 바라보다가 창밖으로 시선을 돌렸다.

두 사람이 포 윈즈에 도착했을 때는 막 해가 진 무렵이었다. 마부가 두 사람의 여행 가방을 내리는 동안 사라는 클레오의 손을 꼭 잡고 옆에 붙어 서 있었다. 괴물이 으르렁거리는 것 같은 소리가 났다.

"이 소리는 뭐야, 클레오?"

"파도가 바위에 부딪히는 소리야. 정말 굉장하지?"

파도 소리는 사라가 지금껏 들었던 그 어떤 소리보다 무시무시했다. 나뭇가지 사이에서 으르렁거리는 바람도 먹이를 찾아 헤매는 야수의 울부짖음 같았다. 포 윈즈 여관의 문이 열리자 커다란 웃음소리와 남자들이 왁자지껄 떠드는 소리가 들렸다. 사라는 안으로 들어가기 싫어서 황급히 뒤로 물러섰다.

"조심해. 그리고 네 가방은 네가 들어. 나는 내 가방을 들어야 하니까."

클레오는 사라를 앞으로 밀면서 말했다.

사라는 자신의 여행 가방을 질질 끌다시피 해서 문가로 가져갔다. 클레오가 어깨로 문을 밀고 안으로 들어가자 사라는 클레오 뒤에 바짝 붙어서 들어갔다. 클레오가 주위를 둘러보면서 미소 지었다. 사라도 클레오의 시선을 따라 주위를 둘러보았다. 한 남자가 바에서 건장한 선원과 팔씨름을 하고 있었다. 덩치 큰 남자가 에일을 잔에 따르다가 클레오를 발견하고 팔씨름을 하는 남자를 쿡 찌르며 말없이 클레오 쪽으로 고갯짓을 했다. 남자가 살짝 고개를 돌리는 틈을 타서 상대방 선원이 사정없이 팔을 밀어 쓰러뜨리고 승리의 함성을 질렀다. 팔씨름에서 진 남자가 자리에서 벌떡 일어나 선원의 눈에 주먹을 날렸다. 선원은 바닥으로 나가떨어졌다. 이 광경을 쳐다보는 사라는 두렵기만 했다.

클레오는 크게 웃음을 터트렸다. 사라는 완전히 잊고 있는 듯했다. 사라는 클레오의 치맛자락 뒤에 숨었다. 바에 있던 남자가 클레오에게 다가와 진한 키스를 하고 클레오 뒤에 서 있는 사라를 쳐다보았다. 사라는 겁이 나서 기절할 것만 같았다. 그가 눈썹을 추켜세웠다.

"혹이 생겼어? 아이 얼굴을 보니 붙어먹은 녀석이 꽤 반반한 얼굴이었나 봐."

키스로 어지러워진 호흡을 가다듬던 클레오는 잠시 후에야 남자의 말을 이해했다.

"아니야, 메릭. 이 아이는 내 아이가 아니라 내가 일하는 주인 집 딸이야."

"그런데 너랑 여기서 뭐 하는 거지?"

"얘기하자면 길고 딱한 사정이 있어. 그냥 접어 두는 게 좋아."

메릭은 고개를 끄덕이고 클레오의 뺨을 토닥거렸다.

"시골 생활은 어때?"

그는 미소 짓고 있었지만, 사라가 보기에 상냥한 미소는 아니었다. 클레오가 고개를 뒤로 젖히며 말했다.

"내가 바라던 그대로야."

메릭이 크게 웃음을 터트리면서 여행 가방을 받아 들었다.

"그래서 포 윈즈로 돌아온 거로군, 그렇지?"

그는 씩 웃으며 사라의 가방도 받아 들었다. 사라는 메릭이 악마라도 되는 양 얼른 뒤로 물러섰다. 그 모습에 메릭은 크게 웃음을 터트렸다.

사라는 메릭 같은 사람을 본 적이 없다. 그는 엄청난 덩치에 검은 머리, 잘 다듬은 턱수염을 갖고 있었다. 엄마가 들려준 해적 이야기가 생각났다. 그는 우렁차고 굵은 목소리로 말하면서 당장이라도 클레오를 먹어치울 듯이 바라보았다. 하지만 클레오는 전혀 개의치 않는 모양이었다. 클레오는 사라를 신경도 쓰지 않고 실내를 가로질러 걸어갔다. 공포에 질린 사라는 열심히 클레오의 뒤를 따라갔다. 모든 사람이 사라를 유심히 보고 있었다.

"어이, 스텀프, 클레오에게 에일 한 잔 줘!"

메릭이 반백의 바텐더에게 큰소리로 외쳤다. 스텀프라는 사내는 클레오에게 윙크를 보내고 이를 드러내며 웃었다. 메릭은 사라의 허리를 잡고 번쩍 안아 올려 바 위에 털썩 내려놓았다.

"네 엄마는 분명 부자일 거야, 그렇지?"

"아이 아빠가 부자야. 그런데 다른 여자와 결혼해서 살고 있지."

클레오가 말했다. 메릭은 클레오에게 장난스러운 미소를 지어 보였다.

"오호, 그렇게 된 거로군. 나는 네가 점잖은 일을 하겠다고 여길 떠난 걸로 기억하는데."

"점잖은 일이야. 누구도 나를 함부로 깔보거나 하지 않아."

"네가 신분을 높이기로 마음먹기 전까지 오 년 동안 선술집에서 일했다는 것을 그 사람들이 알고 있나? 거기에 약간의 부업을 했던 것까지 말이야."

메릭은 클레오의 팔을 어루만지며 말했다. 클레오는 사라를 흘깃 보고는 메릭의 손을 털어내듯 쳐냈다.

"메이 아씨는 알고 계셔. 그분은 다른 사람을 얕보거나 하지 않아. 좋은 분이지."

"요 꼬맹이가 좀 닮았나?"

"꼭 빼닮았지."

메릭이 사라의 턱을 가볍게 어루만지다 뺨을 쓰다듬었다.

"제비꽃 같은 푸른 눈동자에 천사의 머리카락이군. 네 엄마가 너하고 닮았다면 정말 끝내주는 미인이겠구나. 한번 보고 싶다."

클레오의 표정이 굳어졌다. 사라는 클레오가 화가 난 모양이라고 생각하면서 제발 메릭이 저리 가 버리기를 바랐다. 하지만 그는 계속 사라의 얼굴을 어루만졌다. 사라는 야비한 미소와 검은 눈동자, 검은 수염을 가진 이 무서운 남자에게서 가능한 한 멀리 떨어져 있고 싶었다.

"그 아이는 내버려둬, 메릭. 네가 그렇게 놀리지 않아도 이미 잔뜩 겁에 질려 있으니까. 이번이 엄마하고 처음 떨어진 거라고."

메릭이 크게 웃었다.

"그렇지 않아도 놀라서 얼굴이 완전히 하얗게 질렸네. 꼬맹아, 난 나쁜 사람이 아니야. 이거나 마시렴."

그는 물을 탄 와인을 사라에게 내밀었다.

"옳지. 이거 한 모금이면 두려운 게 없어질 거야."

사라가 싫은 기색을 하고 얼굴을 찡그리자 그는 또다시 큰

소리로 웃었다.

"평소에는 이것보다 좋은 것들만 먹겠지?"

"뭐든 잘 안 먹어."

클레오가 말했다. 사라는 클레오가 화났다는 것을 분명히 알 수 있었다. 메릭이 사라에게 신경쓰는 것이 마음에 들지 않는 모양이었다. 또 사라가 잔뜩 겁을 먹은 것도 마뜩잖은 듯했다.

"그렇게 겁쟁이처럼 굴지 않아도 된단다. 저 남자는 순 허풍에 잘난척쟁이야."

스텀프와 바에 있던 사람들이 모두 크게 웃었다. 메릭도 따라 웃었다.

사라는 당장 바 아래로 뛰어내려 그 큰 목소리와 웃음소리, 물끄러미 쳐다보는 사람들의 시선에서 도망가고 싶었다. 클레오가 사라를 안아서 내려놓자 안도심에 눈물이 다 나올 지경이었다. 클레오는 사라의 손을 잡고 테이블에 자리를 잡았다. 하지만 메릭이 뒤따라와서 사라는 입술을 꼭 깨물었다. 그는 의자를 잡아당겨 자리에 앉고는 술잔을 비우기 무섭게 또 술을 주문했다. 메릭이 농담을 지껄이면 클레오가 크게 웃었다. 메릭이 테이블 아래로 손을 집어넣어 클레오를 만졌다.

클레오는 화들짝 놀라며 그를 밀쳐 냈지만 얼굴에는 미소가 가득했다. 클레오는 점점 말이 많아졌다. 목소리도 이상해지고, 말이 마구 뒤엉켰다.

밖에는 비가 내렸고, 나뭇가지가 유리창을 긁어댔다. 사라는 피곤했다. 눈꺼풀이 너무 무거워 도저히 눈을 뜨고 있을 수 없었다.

메릭이 또다시 잔을 들어올리며 말했다.

"우리 꼬맹이가 피곤한 모양이군."

클레오가 사라의 머리를 만졌다.

"테이블 위에 엎드려서 잠깐 눈 좀 붙여."

사라는 클레오의 말대로 엎드리면서 어서 이 자리를 떴으면 하고 바랐다. 하지만 클레오는 그럴 마음이 전혀 없는 듯했다. 무척 즐거운 시간을 보내고 있는 것이 분명했다. 이전에는 한 번도 본 적 없는 미소를 지으며 메릭을 응시하고 있었다.

"그런데 이 아이는 왜 데리고 온 거야?"

메릭이 물었다. 사라는 두 눈을 감고 자는 척했다.

"애 엄마가 그 잘난 애 아빠를 즐겁게 하려면 이 아이를 눈에 띄지 않게 해야 하거든."

클레오의 말투가 차가워졌다.

"이러지 마."

"하지 말라고? 이러려고 다시 온 거잖아. 거기 시골 놈팡이들하고는 좋았나?"

"아무 일도 없었어. 결혼해 달라고 쫓아다니는 놈이 하나 있기는 하지만."

"이층에 올라가서 네가 여기 왜 왔는지 이야기 좀 하자."

"이 아이를 데리고 뭘 어쩌자고? 나한테 애를 떠넘기다니 정말 화가 나."

사라는 눈물이 솟구쳐 올랐다. 세상에 나를 원하는 사람은 아무도 없는 걸까?

"요렇게 예쁜 꼬마라면 어디든 맡길 수 있을 텐데. 서로 데려가겠다고 난리겠네."

"나도 메이 아씨에게 그렇게 말했지. 하지만 싫대. 아씨는 나를 믿고 있거든. 그리고 그 남자가 집에 얼씬거리지 않을 때 아씨에게는 이 아이밖에 없어. 메이 아씨가 할 줄 아는 일이라고는 예쁘게 치장하는 법과 꽃을 키우는 일뿐이야."

"그 주인 아씨를 좋아한다고 했잖아."

"물론 진심으로 좋아해. 하지만 그 잘난 폐하께서 아씨를 찾아오기라도 하면 이 혹을 데리고 숨어 다녀야 하는 사람이 누구겠어. 애를 달고 다니는 건 정말이지 피곤한 일이야. 더군다나 자기 아이도 아닌 경우에는 말이야."

메릭은 껄껄 웃었다.

"그럼 그냥 낭떠러지에 던져 버리지 그래? 그 엄마나 아빠도 고마워할 것 같은데. 어쩌면 보너스를 줄지도 모르지."

사라의 심장이 두근거렸다.

"하나도 재미없어, 메릭. 애를 깨워서 침대에 눕혀야겠어. 애한테는 엄청 힘든 하루였을 거야."

클레오는 짜증스러운 얼굴로 한숨을 크게 내쉬고 사라를 쿡 찔렀다. 사라는 안도하는 마음으로 고개를 들었다.

"자, 이제 방으로 올라가자. 메릭 아저씨에게 안녕히 주무시라고 인사해야지."

메릭은 이를 드러내고 웃으며 말했다.

"이층까지 안전하게 데려다줄게요, 아가씨들."

클레오가 방문을 열자, 메릭은 그 틈을 놓치지 않고 안으로 들어왔다. 사라는 놀란 눈으로 클레오를 쳐다보았다.

"무슨 짓이야? 당신이랑 여기 같이 있을 수 없어. 애가 자기 엄마에게 다 말할 거라고. 그러면 난 잘릴 거야."

"그건 내가 다 알아서 할게. 꼬마 아가씨, 내가 이 방에 클레오랑 함께 있었다는 사실을 다른 사람한테 말했다가는 네 그 귀여운 핑크빛 혀를 잘라 버릴 거다. 알겠지?"

메릭이 허리를 굽혀 사라의 턱을 잡았다. 사라는 그의 말이 진심이라고 믿으며 고개를 끄덕였다. 메릭은 희미하게 미소 지으면서 사라를 잡았던 손을 거두었다. 사라는 구석으로 달려가 몸을 웅크리고 앉아 벌벌 떨었다. 구역질이 날 것만 같았다.

"봤지? 걱정할 거 없어. 저 꼬마는 아무한테도 말하지 않을 거야."

메릭은 의기양양한 기색으로 신이 나서 큰 소리로 말했다.

클레오는 두 눈을 크게 뜨고 메릭을 빤히 쳐다보았다. 기분이 상한 듯 보였다. 사라는 제발 클레오가 메릭에게 당장 방에서 나가라고 말해 주기만을 바랐다.

"끔찍한 소리 그만둬. 아가, 저 아저씨가 한 말은 진짜가 아니야. 그냥 장난으로 한 말이야. 아저씨 말은 단 한마디도 믿지 마."

"꼬마 아가씨, 내 말을 믿는 게 좋을 거야. 나는 장난 같은 건 안 해."

메릭이 클레오를 잡아당겼다.

"그리고 잔인한 건 너지. 내가 이렇게 너랑 같이 있고 싶어 하는데 나를 쫓아내려고 하다니 말이야."

클레오는 메릭을 밀쳐 냈다. 메릭이 다시 손을 뻗쳐 클레오를 잡으려 하자 클레오는 몸을 획 틀었다. 하지만 클레오의 몸짓은 사라의 눈에도 진심이 아닌 듯 보였다. 클레오는 왜 저런 남자와 가깝게 지내는 걸까?

"난 당신을 알아, 클레오. 포 윈즈에는 왜 돌아온 거지? 다시 바다를 보고 싶어서?"

메릭은 번득이는 눈으로 희미한 미소를 지으며 말했다.

"당신만큼이나 내 핏속에도 바다가 흘러."

클레오가 말을 마치자 메릭이 클레오에게 키스했다. 클레오는 저항하며 메릭을 밀어냈지만 메릭은 클레오를 더 꽉 끌어안았다. 마침내 클레오가 몸을 맡기자, 메릭은 뒤로 살짝 고개를 들고 클레오의 얼굴을 보며 말했다.

"네 핏속에 흐르는 건 바다 말고도 더 있잖아."

"메릭, 아이가 보고 있어."

"그래서?"

메릭은 다시 클레오에게 키스했다. 이번에는 클레오가 만만치 않게 저항했다. 사라는 두려움에 온몸이 얼어붙었다. 어쩌면 저 남자가 클레오와 사라를 모두 죽일지도 몰랐다.

"안 돼! 여기서 나가. 난 사라를 돌봐야 해."

클레오가 성난 목소리로 말했다.

"네가 그렇게 맡은 일을 중요하게 생각하는 사람인 줄 몰랐는걸."

메릭은 크게 웃으며 클레오를 놓아주었다. 하지만 클레오는 전혀 기뻐하는 것 같지 않았다. 오히려 금방이라도 울음을 터트릴 것 같았다. 메릭은 미소를 지으며 사라에게 돌아서서 말했다.

"이리 와, 꼬마 아가씨."

"무슨 짓을 하려는 거야, 메릭?"

메릭에게서 멀어지려고 몸을 피하는 사라를 보면서 클레오가 물었다.

"밖으로 내보내야지. 잠깐 복도에 좀 나가 있는다고 해서 큰일 날 것도 없잖아. 안 된다고 말하지 마, 클레오. 난 너를 잘 알아. 이 아이는 문 앞에 서 있으면 된다고. 아이를 귀찮게 할 사람은 아무도 없어."

메릭은 침대에서 담요와 베개를 집어 들고 사라에게 손짓했다.

"내가 너를 직접 밖으로 끌어내지 않게 하는 게 좋을 거다."

감히 그 말에 거역할 수 없던 사라는 메릭을 따라 복도로 나갔다. 메릭이 어두워진 복도 구석에 담요와 베개를 집어던졌다. 그 순간 뭔가 커다란 것이 복도 끝으로 달려가 어둠 속에 숨는 기척이 났다. 사라는 놀라 휘둥그레진 눈으로 메릭을 쳐다보았다.

"저기 가만히 앉아 있어. 얌전히 있지 않고 돌아다니거나 하면 당장에 너를 바다로 끌고 가서 게가 잡아먹게 던져 버릴 테니까. 알겠어?"

사라는 입술이 말라서 한마디도 할 수 없었다. 그저 고개를 끄덕이는 게 다였다.

클레오가 문가에 나와 섰다.

"메릭, 아이를 밖에 세워 둘 수는 없어. 쥐가 있단 말이야."

"애가 너무 쪼그매서 쥐도 성가시게 굴고 싶어 하지 않을걸? 괜찮아."

메릭은 사라의 볼을 토닥였다.

"그렇지? 클레오가 찾으러 나올 때까지 여기서 꼼짝 말고 기다려. 클레오가 나오기 전까지는 한 발자국도 움직이면 안 된다."

"네, 아, 아저씨."

사라는 더듬거리며 말했다. 목이 메어 말이 잘 나오지 않았다.

"봤지?"

메릭은 허리를 펴고 되돌아가 클레오를 데리고 그대로 방 안으로 들어갔다. 메릭의 등 뒤로 방문이 굳게 잠겼다.

메릭이 말하는 소리와 클레오가 킬킬거리는 소리가 들려왔다. 그리고 뭔가 다른 소리도 들렸다. 사라는 두 사람이 내는 소리를 피해 어디론가 도망치고 싶었다. 하지만 메릭이 조금이라도 움직이면 어떻게 할지 으름장을 놓았던 것이 떠올랐다. 잔뜩 겁에 질린 사라는 더러운 담요로 머리를 감싸고 두 손으로 귀를 꼭 막았다.

잠시 후 묵직한 침묵이 찾아왔다. 사라는 어두운 복도 끝을 흘깃 보았다. 누군가 쳐다보고 있는 것 같았다. 쥐가 나타나면 어떻게 하지? 사라의 심장은 북이 되어 둥둥 울렸고, 그 소리에 맞춰 온몸이 욱신거리며 아파 왔다. 희미하게 무언가 긁는 소리가 들렸다. 사라는 다리를 가슴 쪽으로 끌어당기고 앉아 어둠을 노려보았다.

얼마나 지났을까. 문이 달칵 소리를 내며 열렸다. 사라는 벌떡 일어섰다. 메릭이 나왔다. 사라는 몸을 벽에 바짝 붙이고 서서 그의 눈에 띄지 않기를 빌었다. 하지만 사라의 존재를 아예 잊어버린 메릭은 복도를 따라 계단으로 내려가면서 사라에게 눈길 한번 주지 않았다. 이제 곧 클레오가 나와서 사라를 데리고 들어갈 것이다. 이 어두운 복도에서 구해 줄 것이다.

몇 분이 지나고, 다시 몇 시간이 지났다.

하지만 클레오는 사라를 데리러 나오지 않았다. 담요로 몸을 꼭 감싸고 벽에 딱 붙은 채 사라는 기다렸다. 알렉스가 집에 왔던 날 엄마가 찾으러 오기를 기다렸던 그때처럼 그렇게 기다렸다.

얼굴에 쏟아지는 햇빛에 잠이 깬 클레오는 머리가 깨질 듯이 아팠다. 지난밤에 에일을 너무 많이 마셨는지 혀가 퉁퉁 부어오른 느낌이다. 손을 옆으로 뻗어 보았다. 메릭은 가고 없었다. 그다운 행동이다. 이제는 그의 냉정한 태도에 익숙했다. 하지만 지난밤 일로 그를 사랑하는 마음을 부인할 수 없게 되었다. 커피 생각이 간절해진 클레오는 자리에서 일어나 마른 세수를 하고 옷가지를 챙겨 입었다. 방문을 열고 나서는데, 차가운 복도에 웅크리고 앉아 있는 아이가 눈에 들어왔다. 아이의 푸른 눈동자에는 어두운 그림자가 드리워져 있었다.

"오!"

클레오는 자신에게 맡겨진 일을 잊고 있던 두려움과 죄책감이 밀려왔다. 메이 아씨가 자신의 딸이 차갑고 어두운 복도에서 밤을 지새웠다는 사실을 알면 어떻게 될까? 클레오는 사라를 안아서 방으로 데리고 왔다. 조그만 손은 얼음장같이 차가웠고, 얼굴은 창백했다.

"엄마에게 말하지 말아 줘. 내가 쫓겨나면 그건 모두 네 탓이야."

클레오는 눈물이 그렁그렁한 얼굴로 말했다. 클레오는 이런 어린아이의 말 한마디에 일자리를 잃을 처지가 되었다는 사실에 화가 났다.

"어째서 어젯밤에 방으로 들어오지 않았니? 메릭이 나가면서 방으로 들어가라고 했을 거 아니야."

"아니, 그런 말 하지 않았어. 아저씨는 클레오가 나를 데리러 올 때까지 꼼짝 말고 있으랬잖아."

"거짓말하지 마! 메릭이 하는 소리는 나도 들었어. 그렇게 말하지 않았다고!"

사라는 괴로운 얼굴로 속삭이다가 클레오의 성난 얼굴에 결국 울음을 터트리고 말았다.

"미안해, 클레오. 미안해. 미안해. 제발 아저씨한테 말하지 마. 아저씨가 날 낭떠러지에서 밀어 버리거나 게한테 먹이로 던지지 못하게 해 줘."

"쉿! 그만 울어. 울어도 아무 소용없어. 네 엄마만 해도 그래. 울어 봐야 어디 되는 일이 있디? 우리 오늘 일은 아무한테도 말하지 말자. 우리 둘만의 비밀로 하는 거야."

클레오는 미안한 기색이 역력한 얼굴로 사라를 끌어안았다.

그날 밤, 메릭은 포 윈즈로 돌아오지 않았고, 클레오는 잔뜩 술을 마셨다. 사라를 일찍 잠자리에 눕히고 바로 내려가 늦게까지 메릭을 기다렸지만, 그는 오지 않았다. 클레오는 아무렇지도 않은 척 다른 남자들과 시시덕대며 시간을 보내다가 럼주 한 병을 들고 이층으로 올라왔다. 사라는 잠에서 깨어 두 눈을 동그랗게 뜨고 클레오를 쳐다보았다.

클레오는 말할 상대가 필요했다. 메릭에 대한 화풀이를 하고 싶었다. 또다시 그 남자 때문에 마음을 다치게 된 것이 싫었다. 그가 미웠다. 이전에도 몇 번이나 이렇게 당했더랬다. 언제쯤이나 그에게 똑 부러지게 안 된다고 말할 수 있을까? 애초에 여기로 돌아온 이유는 뭘까? 여기 돌아오면 항상 같은 일이 되풀이된다는 것을 잘 알면서.

"꼬마 아가씨, 내가 하나님의 진리를 알려 줄게. 잘 들어봐."

클레오는 럼주 병을 들고 길게 한 모금 마신 후 눈물과 비참함을 꿀꺽 삼키고 분노와 고통을 쏟아 냈다.

"남자들은 죄다 너를 이용하려고 들 거야. 네가 마음을 주기라도 하면 당장 발기발기 찢어 버릴 거라고. 그래 봐야 아무도 신경쓰지 않아. 네 아빠만 봐도 그렇잖아. 그치가 네 엄마를 신경이나 쓰는 줄 아니? 아니야."

사라는 이불 속으로 파고들어 두 귀를 막았다.

"그래, 우리 어린 공주님께서는 끔찍한 진실을 듣고 싶지 않으시다 이거지? 그것 참 안 됐네."

클레오가 성난 목소리로 말하며 사라의 담요를 잡아챘다. 사라가 뒤로 슬금슬금 물러서려 하자 사라의 두 다리를 잡아 끌어당겼다.

"앉아서 내 말 들어!"

클레오는 사라의 팔을 붙잡아 일으켜 앉히고 마구 흔들어 댔다. 사라는 두 눈을 꼭 감고 고개를 옆으로 돌렸다.

"날 봐!"

클레오는 사라를 잡고 있는 것만으로는 성이 차지 않는지 화를 냈다. 사라는 놀라서 두 눈을 크게 떴다. 몸이 심하게 떨려 왔다. 클레오는 사라를 잡은 손에 힘을 뺐다.

"네 엄마가 나한테 너를 잘 돌봐 주라고 했거든. 그래서 너한테 하나님의 진리를 들려주는 거라고. 잘 듣고 배워."

클레오는 사라를 잡은 손을 놓았다. 사라는 그대로 앉아 있었다. 앞에 앉은 아이를 뚫어지게 쳐다보던 클레오는 창가에 놓인 의자에 털썩 주저앉아서 럼주를 들이킨 다음 떨리는 손으로 삿대질을 하면서 말을 꺼냈다.

"네 그 잘난 아빠는 전혀 신경쓰지 않는다고. 적어도 너희 두 모녀한테는 말이야. 그자가 네 엄마한테 원하는 거라곤 네 엄마가 줄 수 있는 달콤함뿐이야. 네 엄마는 네 아빠에게 모든 것을 주었어. 그런데 네 아빠는 마음 내킬 때만 나타나서 네 엄마를 이용하고는 읍내에 있는 그 귀족 마누라와 혈통 좋은 자식들한테 가 버리지. 그러고 나면 네 엄마는? 네 아빠를 만날 날만 기다리면서 사는 거야."

사라는 뒤로 조금씩 물러나 벽지가 다 벗겨진 벽에 바짝 기대앉았다. 마치 그 벽이 자신을 보호해 주기라도 할 것처럼. 하지만 차갑고 매정한 진실 앞에서 보호받을 수는 없는 일이다. 클레오는 서글프게 웃으며 고개를 저었다.

"네 엄마는 정말 순진하고 어리석은 바보야. 네 아빠만 기다리고 있다가 그가 오면 달려나와 그의 발에 키스하며 좋아하지. 네 아빠가 왜 한동안 안 찾아왔는지 알아? 바로 너 때문이야. 자신의 핏줄이 보고 싶지 않아서라고. 네 엄마는 울며불며 애원했지만 그게 다 무슨 소용이야. 결국 언젠가 네 아빠는 네 엄마가 싫증나면 그대로 버릴 텐데. 그러면 너는 그런 엄마랑 같이 있어야 해. 네가 의지할 수 있는 유일한 사람이 네 엄마뿐이니 어쩔 수 없는 일이지."

사라는 두 손으로 흘러내리는 눈물을 연신 닦아 냈다.

"이 세상에서 다른 사람을 진심으로 생각해 주는 사람은 없어. 그저 서로를 이용할 뿐이지. 기분이 좋아지기 위해서든 기분이 나빠서든, 아니면 아무런 기분도 느끼지 않기 위해서 서로를 이용할 뿐이야. 진짜 운이 좋은 사람은 이렇게 사람을 이용하는 일에 능숙한 사람뿐이야. 메릭이나 네 부자 아빠처럼 말이지. 나머지 우리 같은 사람들은 그나마 얻을 수 있는 것에 만족하며 살아야 하는 거야."

서글퍼진 클레오는 회한에 찬 목소리로 말했다. 클레오의 머릿속은 뒤죽박죽이었다. 계속 이야기하고 싶었지만, 눈꺼풀이 너무 무거워서 제대로 떠지지 않았다. 의자에 깊숙이 기대어 앉은 클레오는 어깨 쪽으로 고개를 떨어뜨렸다.

사라는 클레오가 의자에 축 늘어져 앉아 중얼대다가 잠드는 모습을 지켜보았다. 클레오는 입을 벌리고 침을 흘리면서 요란하게 코까지 골았다.

사라는 침대에 앉아 온몸을 떨면서 클레오의 말에 대해 생각했다. 마음속 깊은 곳에서 클레오의 말이 옳다고 속삭였다. 아빠가 사라를 사랑했다면 차라리 죽었으면 좋았을 거라는 말 같은 건 하지 않았겠지. 엄마가 사라를 사랑한다면 이렇게 멀리 보내 버리지도 않았겠지.

하나님의 진리……. 하나님의 진리가 뭘까?

사라와 클레오는 다음 날 아침 집을 향해 길을 나섰다. 바다는 구경도 못한 채였다.

집에 도착했을 때 엄마는 아무 문제 없는 척했지만, 사라는 뭔가 끔찍한 일이 벌어졌다는 것을 눈치챘다. 문밖에 상자가 나와 있고, 엄마는 물건을 하나씩 챙기고 있었다.

"할머니 할아버지를 만나러 갈 거란다. 할머니 할아버지가 너를 한번도 못 보셨잖니."

엄마는 밝은 목소리로 말했지만 눈동자는 생기를 잃고 어두웠다. 엄마는 클레오에게 일을 그만두게 해서 미안하다고 말했다. 클레오는 괜찮다면서 전부터 자신을 따라다니던 푸줏간 주인 밥과 결혼하기로 마음먹었다고 했다. 엄마는 클레오의 행복을 빌어 주었고, 클레오는 짐을 꾸려 집을 떠났다.

한밤중에 문득 잠에서 깬 사라는 엄마를 찾았다. 하지만 엄마는 침대에 없었다. 어디선가 들려오는 엄마의 목소리를 따라 거실로 나가 보니 창문이 열려 있었다. 사라는 창가로 가서 밖을 내다보았다. 엄마는 한밤중에 밖에서 무얼 하고 있는 거지?

달빛이 흐드러지게 쏟아지는 꽃밭에서 엄마는 하얀색 나이트가운을 입은 채 무릎을 꿇고 앉아 있었다. 엄마가 꽃을 모조리 뽑아 버리는 것이 보였다. 엄마는 두 손 가득 꽃을 뽑아 사방으로 흩뿌리면서 울고 있었다. 그러다가 칼을 집어 들고 몇 걸음 걸어가서 그토록 사랑하는 장미 덩굴 뿌리를 잘라 냈다. 하나도 남김없이 모조리.

그런 다음 엄마는 앞으로 몸을 웅크리고 흐느꼈다. 손에는 여전히 칼을 든 채 상체를 앞뒤로 마구 흔들며 큰 소리로 울었다. 사라는 맥없이 주저앉아 어둠 속에서 두 손으로 머리를 감쌌다.

 다음날 사라와 엄마는 하루 종일 역마차를 탔고 밤에는 여관에 묵었다. 엄마는 거의 말을 하지 않았다. 사라는 인형을 꼭 끌어안고 있었다. 여관방에는 침대가 하나였다. 그래서 사라는 엄마 품에 안겨 잠들 수 있었다. 다음날 아침 눈을 떴을 때, 엄마는 창가에 앉아 언제나처럼 로사리오 묵주를 헤아리며 기도를 하고 있었다. 사라는 한 구절만 계속해서 반복하는 엄마의 기도에 귀를 기울였지만 무슨 뜻인지는 알 수 없었다.
 "용서하소서, 예수님. 모두 제가 자초한 일입니다. 메아 쿨파, 메아 쿨파(내 탓이오, 내 탓이오)."
 다음날 두 사람은 또 다른 역마차를 타고 한 읍내로 들어섰다. 창백한 얼굴의 엄마는 잔뜩 긴장해 있었다. 엄마는 사라의 머리를 빗기고 모자를 반듯하게 매만졌다. 그리고 사라의 손을 잡고 한참을 걸어 나무가 쭉 늘어선 길까지 왔다.
 엄마는 하얀 담장이 있는 집 문 앞에서 걸음을 멈추고 속삭였다
 "주여, 제발, 용서받도록 해 주세요. 오, 하나님, 제발."
 사라는 눈앞에 있는 집을 쳐다보았다. 엄마와 함께 살던 집보다 크지는 않지만 포치가 근사하고 창턱에는 예쁜 화분이 놓여 있었다. 창가에는 레이스 달린 커튼이 늘어져 있었다. 사라는 이곳이 무척 마음에 들었다.
 현관문 앞에 서서 엄마는 크게 숨을 들이마시고 문을 두드

렸다. 곧 한 여자가 문을 열고 나왔다. 작은 체구에 은발의 부인은 꽃무늬가 그려진 깅엄 드레스를 입고 그 위에 하얀색 앞치마를 걸치고 있었다. 그 부인은 엄마를 보고 또 보았다. 부인의 푸른 눈동자에는 눈물이 가득 고였다.

"이런!"

"돌아왔어요, 어머니. 집으로 들여보내 주세요."

"그렇게 간단한 일이 아니란다. 알잖니, 그렇게 쉬운 일이 아니야."

"아무데도 갈 곳이 없어요."

부인은 사라를 보며 서글픈 미소를 지어 보였다.

"네 아이냐고 물어볼 필요도 없겠구나. 정말 예쁜 아이다."

"어머니, 제발."

부인은 문을 열고 두 사람을 책이 잔뜩 있는 작은 방으로 안내했다.

"여기서 기다리렴. 네 아버지께 말씀드리고 올게."

부인은 이렇게 말하고 자리를 떴다. 엄마는 두 손을 맞잡고 비틀며 서성거렸다. 그러다가 걸음을 멈추고 두 눈을 감고서 입술을 움직거렸다. 잠시 후에 부인이 돌아왔다. 창백한 뺨은 눈물로 젖어 있었다. 주름살이 깊어 보였다.

"안 된다."

그게 다였다.

엄마가 문을 향해 걸음을 내딛는데, 부인이 앞을 가로막았다.

"가 봐야 험한 소리에 마음만 더 다칠 게다."

"다쳐요? 어머니, 제가 이보다 더 마음을 다칠 수 있을 거라고 생각하세요?"

"메이, 제발, 그러지 마라……."

"가서 사정해 볼래요. 무릎이라도 꿇겠어요. 아버지 말씀이 다 옳았다고 말할 거예요. 정말 아버지 말씀이 다 옳았어요."

"그래 봐야 소용없단다. 당신 딸은 이미 죽었다고 하셨어."

메이는 어머니 옆을 지나쳐 밖으로 나갔다.

"난 죽지 않았어요!"

부인은 사라에게 방에 있으라는 손짓을 해 보였다. 그리고 서둘러 엄마의 뒤를 따라가면서 문을 닫았다. 사라는 멀어지는 말소리를 들으면서 방에서 기다렸다.

잠시 후 엄마가 돌아왔다. 백지장처럼 하얀 얼굴이었지만 울고 있지는 않았다.

"자, 이리 와, 우리 아가. 그만 가자."

엄마가 기운 없는 목소리로 말했다.

"메이야, 내가 가진 전부란다."

부인은 뭔가를 엄마의 손에 쥐어 주었다. 엄마는 아무 말도 하지 않았다. 다른 방에서 성난 남자의 목소리가 울려 퍼졌다.

"이만 가 봐야겠다."

부인이 말하자 엄마는 고개를 한 번 끄덕이고 얼굴을 옆으로 돌렸다.

다시 나무가 늘어선 길의 끝자락에 도착하자 메이는 손을 펴서 자신의 어머니가 쥐어 준 돈을 내려다보았다. 그리고 힘없이 웃었다. 잠시 후 메이는 사라의 손을 잡고 앞으로 걸어갔다. 눈물이 쉴 새 없이 뺨을 타고 흘러내렸다.

사라의 엄마는 루비 반지와 진주 목걸이를 팔았다. 그 돈이 다 떨어질 때까지 사라와 엄마는 여관에서 머물렀다. 그리고 다음에는 뮤직 박스를 팔았다. 덕분에 두 사람은 한동안 값싼 하숙집에서 편안하게 지낼 수 있었다. 결국 엄마는 사라에게 크리스털 백조를 돌려 달라고 했다. 그걸 판 돈에 갖고 있던 돈을 모두 합해서 두 사람은 한동안 허름한 호텔에서 지내다가 마침내 뉴욕항 근처에 있는 한 판잣집을 찾아내서 그곳에 정착했다.

사라는 드디어 바다를 보게 되었다. 바다 위에는 온갖 쓰레기가 둥둥 떠다녔지만 아무래도 좋았다.

사라는 부두에 내려가 앉아 소금기 배어나는 바다 냄새를 맡거나 짐을 싣고 오가는 배를 보는 것이 좋았다. 발아래 기둥에 부딪혀 부서지는 파도 소리와 머리 위에서 울어대는 갈매기 소리도 좋았다.

선착장에는 거친 남자가 많았다. 온 세계를 돌아다니는 선원들이었다. 그 사람들이 가끔씩 집으로 찾아왔는데, 그럴 때면 엄마는 사라에게 밖에 나가서 놀다 오라고 했다. 그들은 오래 머물지 않았다. 때로 사라의 볼을 꼬집으며 사라가 더 크면 다시 찾아오겠다고 말하기도 했다. 몇몇은 사라가 엄마보다 더 예쁘다고 말했지만, 사라는 그 말이 사실이 아니라는 것을 알고 있었다.

사라는 그 사람들이 정말 마음에 들지 않았다. 엄마는 그들이 오면 큰 소리로 웃으며 마치 그들을 만나 행복하다는 듯 행동했지만 그들이 가고 나면 울면서 위스키를 마시다가 창가에 놓인 침대에 누워 잠들었다.

일곱 살이 된 사라는 클레오가 말한 하나님의 진리가 어느 정도는 옳을지도 모른다고 생각했다.

그러다가 랩과 함께 살게 되면서 형편이 나아졌다. 여전히 남자들이 가끔씩 찾아왔지만, 그건 랩의 주머니에서 동전 딸랑거리는 소리가 나지 않을 때뿐이었다. 랩은 커다란 덩치에 동작이 굼떴지만, 엄마는 그에게 다정했다. 두 사람은 창가 침대에서 함께 잤고, 사라는 바닥에 놓인 휴대용 간이침대를 썼다.

"머리가 좋은 사람은 아니야. 하지만 착한 마음씨를 가졌고 우리를 먹여 살리느라 애쓰잖니. 물론 먹고살기가 팍팍할 때는 어쩔 수 없이 엄마가 도와야 하지만."

술에 취할 때면 랩은 문밖에 앉아 여자에 관한 노래를 불렀다. 비가 오는 날은 길 아래 여관에 가서 친구들과 어울렸고, 엄마는 술을 마시다 잠들었다. 사라는 깡통을 찾아 윤이 나도록 깨끗이 씻어서 지붕이 새는 곳 아래 가져다 놓았다. 그러면 비가 내리는 날 조용한 판잣집 안에서는 빗물이 깡통 속으로 떨어지며 내는 음악 소리로 가득했다.

클레오가 울음에 대해 한 말은 다 맞았다. 울어 봐야 아무런 소용이 없었다. 엄마는 사라가 진저리나도록 울고 또 울었다. 하지만 그렇게 울어 봐야 변하는 것은 없었다.

다른 아이들이 사라를 놀리고 엄마를 욕해도 사라는 그저 그 아이들을 쳐다볼 뿐 아무 말도 하지 않았다. 아이들의 말이 모두 사실이어서 대꾸할 말이 없었다. 사라는 눈물이 울컥 치밀어 오르려는 순간, 가슴 속에서 느껴지는 뜨거운 덩어리를 꿀꺽 삼켜 아주 조그맣고 단단한 돌멩이로 만드는 법을 체득했다. 그러자 자신을 괴롭히는 아이들을 쏘아보면서 차갑고 거만한 미소로 경멸할 수 있게 되었다. 아이들의 말에 전혀 개의치 않은 척할 수 있었고, 때로는 정말 그 무엇에도 상처받거나 마음 상하지 않을 수 있다고 생각했다.

여덟 살이 되던 해 겨울, 엄마는 병에 걸렸다. 엄마는 의사를 부르지 않고 그저 쉬고 싶다고만 했다. 엄마의 상태는 점점 나빠져서 숨 쉬기조차 힘들어졌다.

"랩, 우리 아가를 잘 보살펴 줘요."

엄마의 얼굴에 옛날에 짓던 미소가 떠올랐다.

엄마는 아침에 죽었다. 봄빛같이 환한 햇살이 엄마의 얼굴을 비추었다. 엄마의 하얀 손에는 묵주가 들려 있었다. 랩은 통곡했다. 하지만 사라는 눈물이 나지 않았다. 사라의 마음 속 돌덩이가 너무 커져서 견딜 수 없을 지경이 되어 버렸다. 랩이 잠시 밖으로 나간 사이 사라는 엄마 곁으로 다가가 두 팔로 엄마를 껴안았다. 엄마는 차갑고 뻣뻣했다. 엄마를 따뜻하게 해 주고 싶었던 사라는 두 눈을 감고 계속해서 속삭였다.

"일어나, 엄마. 일어나, 제발. 일어나, 엄마."

엄마가 일어나지 않자 걷잡을 수 없는 눈물이 터져 나왔다.

"나도 데리고 가 줘. 나도 데려가. 하나님, 제발 나도 엄마하고 같이 가게 해 주세요."

사라는 울다 지쳐 쓰러졌다. 랩이 사라를 안아 엄마의 침대에서 떼어놓을 때에야 눈을 떴다. 남자 여럿이 랩과 함께 방에 들어와 있었다.

사라는 그들이 엄마에게 다가가는 모습을 보고는 엄마를 내버려두라며 비명을 질러댔다. 랩이 사라를 꼭 안았다. 고약한 냄새가 나는 그의 셔츠에 묻혀 질식할 것만 같았다. 그러는 동안 다른 남자들이 엄마를 이불로 싸기 시작했다. 사라는 그들이 움직이는 모습을 아무 말 없이 지켜보았다. 랩이 잠잠해진 사라를 놓아주자 사라는 그대로 바닥에 털썩 주저앉아 꼼짝도 하지 않았다.

남자들은 사라가 거기에 없는 듯 마구 지껄여댔다. 어쩌면 정말 사라는 없는 것인지도 몰랐다. 엄마가 전에 말했던 것처럼 여느 사람들과는 다른 존재가 되어 버렸는지도 몰랐다.

"메이는 한때 정말 끝내주는 미인이었을 거야."

한 남자가 엄마의 얼굴을 덮는 수의를 바느질하면서 말했다.

"죽는 편이 더 나을지도 몰라. 적어도 이제 불행하지는 않겠지. 자유로워졌잖아."

랩은 또다시 울음을 터트리며 말했다.

'자유로워졌다.'

사라는 생각했다.

'나에게서 자유로워졌다는 말이겠지. 내가 아예 태어나지 않았다면 엄마는 시골에 있는 그 아름다운 집에서 꽃에 둘러싸여 잘 지냈을 거야. 그랬다면 무척 행복했겠지. 그리고 여전히 살아 있었을 거야.'

"잠깐. 네 엄마가 너에게 이걸 주고 싶었을 것 같구나, 아가."

남자가 엄마의 손에 들려 있던 묵주를 꺼내 사라의 무릎 위에 떨어뜨렸다. 그 남자가 바느질을 마칠 때까지 사라는 멍한 표정으로 허공을 응시하면서 묵주를 손으로 천천히 돌렸.

남자들이 모두 나갔다. 엄마도 그 사람들이 데리고 갔다. 사라는 한참 동안 혼자 앉아서 랩이 자신을 돌보라는 엄마의 부탁을 들어줄 것인지 생각했다. 밤이 되어도 랩이 돌아오지 않자 사라는 선착장에 나가 버려진 폐선에 묵주를 던져 버렸다.

"하나님 따위가 다 무슨 소용이야!"

사라는 하늘을 향해 울부짖었다. 아무런 답도 돌아오지 않았다. 엄마가 커다란 성당에 가서 검은 옷을 입은 남자와 이야기를 나누던 모습이 떠올랐다. 그 남자는 오랫동안 이야기를 늘어놓았고, 엄마는 고개를 숙인 채 눈물을 흘리며 묵묵히 그의 이야기를 들었다. 그리고 엄마는 다시는 성당에 가지 않았다. 하지만 빗줄기가 창가를 톡톡 두드리는 날이면 가녀린 손가락 사이로 묵주를 하나씩 헤아리는 일을 계속했다.

"도대체 무슨 소용이 있냐고! 말해 봐요!"

사라가 소리를 질렀다. 선원 한 명이 의아한 눈으로 쳐다보며 지나갔다.

랩은 이틀 동안 돌아오지 않았다. 마침내 집에 돌아왔을 때도 너무 취해서 사라를 알아보지 못했다. 사라는 불을 등지고 책상다리를 하고 앉아 랩을 바라보았다. 턱수염이 가득한 그의 뺨에 더러운 눈물이 줄줄 흘러내렸다. 사라는 그가 반쯤 비어 있는 술병을 입에 댈 때마다 그의 목젖이 움직이는 모습을 보았다. 랩은 이내 엎어져서 코를 골기 시작했다. 남아 있던 위스키는 엎질러져 바닥 틈새로 흘러들어 갔다. 사라는 담요를 가져와 덮어 주고 그 옆에 앉았다.

"괜찮아요, 랩. 이제부터는 내가 아저씨를 돌봐 줄게요."

사라는 엄마가 해 준 것처럼은 못하겠지만 어떤 식으로든 그를 도와줄 수 있을 거라고 생각했다.

빗줄기가 창문을 두들겼다. 사라는 깡통 안으로 떨어지는 빗방울 소리에만 온 신경을 집중했다. 차갑고 어두운 방을 통통 빗방울 떨어지는 소리가 메우고 있었다. 사라는 정말 잘됐다고 생각했다. 이제 남자들이 방문을 두드리는 일은 없을 터였다. 그 누구도 사라와 랩을 방해하지 않을 것이다.

다음날 아침, 랩은 지독한 죄책감에 시달렸다. 랩은 또 눈물을 흘렸다.

"메이에게 한 약속을 지켜야 해. 그렇지 않으면 메이는 죽어서도 눈을 편히 감지 못할 거야."

랩은 두 손으로 머리를 움켜쥐고 붉게 충혈된 슬픈 눈으로 사라를 바라보았다.

"그런데 너를 어떻게 해야 할까? 술이 필요해, 아주 많이."

랩은 찬장을 뒤졌지만 콩 조림 깡통 하나 이외에는 나오는 게 없었다. 랩은 깡통을 따서 반절을 먹고 나머지는 사라를 위해 남겼다.

"잠깐 나가서 생각 좀 정리하고 올게. 친구들하고 이야기 좀 해 봐야겠다. 도움이 될지도 몰라."

사라는 침대에 누워 베개에 얼굴을 묻고 아직 남아 있는 엄마의 체취에서 위안을 얻었다. 그리고 랩이 돌아오기를 기다렸다. 시간이 지나면서 몸속 깊은 곳에서 시작된 떨림이 온몸으로 번져 갔다.

날이 춥고 눈이 내렸다. 사라는 난로에 불을 피우고 콩을 먹었다. 온몸이 덜덜 떨려서 담요로 몸을 꽁꽁 감싸고 벽난로에 최대한 붙어 앉았다.

태양이 지고 죽음 같은 침묵이 찾아왔다. 몸 안의 모든 기능이 천천히 작동하는 듯했다. 이대로 두 눈을 감은 채 기운을 빼고 있으면 천천히 호흡이 멎어 죽어 버릴 것 같았다. 사라는 정신을 모으고 그렇게 하려고 했다. 그때 한 남자의 목소리가 들려왔다. 랩이었다.

"분명 흡족하실 겁니다. 장담합니다요. 정말 착한 아이입죠, 메이처럼요. 그리고 예쁘기도 합죠. 아주 예쁘고 영리하답니다."

랩이 문을 열고 들어오자 사라는 안도했다. 랩은 술에 취해 있지 않았다. 몇 잔 가볍게 걸친 정도로 두 눈은 생기 넘치고 명랑해 보였다. 이번 주 들어 처음 보는 미소까지 짓고 있었다.

"얘야, 이제 모든 게 다 잘될 거다."

랩이 판잣집 안으로 한 남자를 데리고 들어오며 말했다. 그 낯선 사람은 선착장에 있는 하역 인부처럼 덩치가 컸고 두 눈은 험악했다. 그가 쳐다보자 사라는 뒤로 주춤 물러났다.

"일어나 봐. 이 신사 분께서 너를 만나려고 오셨단 말이다. 꼬마 여자아이를 입양하겠다는 분을 대신해서 오신 분이야."

사라는 랩이 무슨 소리를 하는지 알 수 없었다. 하지만 랩과 함께 온 남자가 마음에 들지 않는 건 분명했다. 그가 다가오자 사라는 랩의 뒤로 숨으려 했다. 하지만 랩은 사라를 잡아 그 남자 앞에 세웠다. 낯선 남자는 사라의 턱을 받쳐 잡고 고개를 이리저리 돌렸다. 얼굴에서 손을 뗀 그는 사라의 금발을 한 줌 잡아 손가락으로 비볐다.

"근사하군. 정말 근사해. 주인님이 마음에 들어 하시겠어."

사라의 심장이 크게 뛰었다. 사라는 고개를 들어 필사적으로 랩을 바라보았지만, 정작 그는 뭔가 이상하다는 생각 따위는 전혀 하지 않는 것 같았다.

"아이 엄마하고 정말 많이 닮았답니다."

랩의 목소리가 갈라져 나왔다.

"그런데 너무 말랐군. 더럽고."

"저흰 가난하거든요."

랩의 목소리는 애처롭기 짝이 없었다. 남자는 주머니에서 지폐 다발을 꺼내 두 장을 랩에게 건넸다.

"아이를 좀 씻기고 쓸 만한 옷을 사서 입힌 다음, 여기 이 주소로 데려오게."

남자는 쪽지에 주소를 적어 주고는 가 버렸다.

"와, 이제 일이 잘 풀릴 것 같구나. 내가 네 엄마한테 널 잘 돌보겠다고 약속했잖니."

랩은 환호성을 지르고 이가 보이게 웃으면서 말했다. 랩은 사라의 손을 잡고 몇 블록 떨어진 곳에 있는 판잣집으로 갔다. 문을 두드리자 얇은 실내복을 입은 여자가 나왔다. 그녀의 갈색 고수머리는 가녀린 어깨에 흘러내려 있었고, 담갈색 눈동자 아래는 그늘이 져 있었다.

"스텔라, 도움이 필요해."

랩이 사정을 말하자, 여자는 얼굴을 찡그리며 아랫입술을 질근질근 깨물었다.

"랩, 정말 이렇게 하는 게 옳다고 생각해? 지금 취해서 이러는 거 아니지? 아무래도 수상쩍어. 그 남자가 이름이나 뭐, 그런 거 알려 줬어?"

"물어보지 않았어. 하지만 그가 누구를 위해서 일하는 사람인지는 알아. 래들리가 말해 줬거든. 여자아이를 입양하고 싶어 하는 부유한 남자가 주인이래. 그 주인 되는 사람은 나라에서 높은 자리도 맡았다고 했어."

"그런데 왜 이런 선착장에서 딸이 될 아이를 찾는 거래?"

"그게 무슨 상관이야, 안 그래? 사라에게는 더할 나위 없는 기회야. 그리고 나는 메이에게 사라를 잘 돌봐 주겠다고 약속했단 말이야."

랩이 또다시 울먹이며 말했다. 스텔라는 서글픈 눈으로 랩을 쳐다보았다.

"울지 마, 랩. 내가 사라를 예쁘게 꾸며 줄게. 어디 가서 술이나 한잔하고 와. 잘 준비해 놓을 테니."

랩이 나가자 스텔라는 옷장을 뒤적거려 부드러운 분홍 옷가지를 찾아냈다.

"잠깐만. 금방 돌아올게."

스텔라는 물을 길어 와 냄비에 데웠다.

"자, 이제 좀 씻자. 더러운 아이를 원하는 사람은 아무도 없단다."

사라는 시키는 대로 했지만, 마음속 두려움은 점점 커져 갔다. 스텔라는 몸을 씻고 남은 물로 사라의 머리를 감겼다.

"정말 이렇게 예쁜 머리카락은 본 적이 없구나. 햇살 같아. 게다가 파란 눈동자도 예쁘구나."

스텔라는 사라에게 분홍색 드레스를 줄여 입히고, 파란색 리본으로 머리를 묶어 주었다. 시골집에서 살 때 엄마가 이렇게 해 주던 것이 기억났다. 혹시 그건 모두 꿈이 아니었을까? 스텔라는 사라의 차가운 볼과 입술에 분홍 연지를 바르고 부드럽게 문질렀다.

"너무 창백하구나. 두려워하지 마, 아가야. 너처럼 예쁜 천사 아가를 누가 해치겠니?"

랩은 다음날 돌아왔다. 완전히 술에 취한 그의 주머니에서는 더 이상 동전 딸랑거리는 소리가 나지 않았다. 퀭한 두 눈에는 슬픔이 가득했다.

"안녕, 아가야. 이제 다 된 거지?"

"날 다른 곳으로 보내지 말아요, 랩. 같이 있게 해 줘요. 내 아빠가 되어 줘요."

사라가 랩을 꼭 끌어안으며 말했다.

"내가 어떻게 너 같은 애를 데리고 살 수 있겠니, 응? 나 혼자 몸으로도 엉망인데."

랩은 사라의 팔을 풀고 서글픈 미소를 지으며 사라를 내려다보았다.

"뭘 어떻게 할 필요 없어요. 난 혼자서도 잘 지낼 수 있어요. 그리고 아저씨도 돌봐 줄 수 있고요."

"어떻게 그럴 수 있겠냐? 너는 돈벌이를 할 나이가 아니잖아. 나처럼 도둑질이라도 하고 다닐 테냐? 안 될 일이야. 돈주머니 두둑한 양반하고 살아. 그러면 멋진 인생을 살 수 있을 거다. 자, 그만 가자."

날이 어두워졌다. 사라는 어스름이 내려오는 것이 무서워 랩의 손을 꼭 붙잡고 매달리듯 걸었다. 두 사람은 커다란 음악 소리와 고함 소리, 노랫소리가 울려 퍼지는 술집들을 지나쳐 걸었다. 그리고 이어서 들어선 거리에는 사라가 한번도 본 적 없는 커다랗고 근사한 집들이 줄지어 있었다. 불이 켜진 창문은 사라의 발걸음을 하나하나 지켜보는 눈동자 같았다. 사라는 이곳에 어울리지 않는 아이였다. 빛나는 눈동자는 그 사실을 잘 알아서 사라에게 어서 이곳에서 나가라고 말하는 듯했다. 사라는 오싹한 기운에 몸을 떨며 랩에게 더욱 바짝 매달렸다. 랩은 지나가는 사람에게 잔뜩 구겨진 종이쪽지를 보여 주며 길을 물었다.

사라는 다리가 아프고 배 속이 부글거렸다. 랩이 걸음을 멈추고 그 거리에 있는 다른 집들과 비슷한 커다란 집 한 채를 올려다보았다.

"정말 끝내주는 곳이지 않냐!"

건물의 당당한 위력에 압도당한 랩이 감탄했다. 하지만 꽃도 없이 돌뿐이었다. 차갑고 어두웠다. 지친 사라는 집이 어떤지 신경쓸 겨를도 없이 계단 맨 아래 칸에 걸터앉았다. 슬펐다. 파도에 실려오는 바다 냄새 가득한 부두의 판잣집으로 돌아가고 싶었다.

"자, 꼬마야. 몇 걸음만 더 가면 네 집이다."

랩이 사라를 일으키며 말했다. 사라는 두려운 마음으로 문에 걸려 있는 커다란 놋쇠 사자 머리를 응시했다. 랩은 허옇게 드러난 사자의 송곳니에 걸려 있는 고리로 문을 두드렸다.

"오, 멋진데."

검은색 정장 차림의 남자가 문을 열더니 냉소적인 시선으로 랩을 위아래로 훑어 내렸다. 랩은 면전에서 문이 닫힐세라 재빨리 들고 있던 종이를 건넸다. 종이를 찬찬히 훑어본 남자는 문을 열어 두 사람을 안으로 들였다.

"이쪽이오."

남자가 차갑게 말했다. 집 안은 따뜻했고, 달콤한 냄새가 났다. 사라 앞에 펼쳐진 커다란 방의 광택 나는 나무 바닥에는 화려한 꽃무늬 카펫이 깔려 있었다. 천장 불빛은 보석처럼 반짝였다. 이렇게 근사한 곳은 처음이었다.

'천국이 꼭 여기 같을 거야.'

검은 눈에 두툼한 붉은 입술을 가진 빨강머리 여자가 두 사람을 맞이하러 다가왔다. 아름다운 검은 드레스 차림에 어깨부터 풍만한 가슴까지 드리워진 반짝이는 흑옥 목걸이를 하고 있었다. 여자는 사라를 내려다보더니 얼굴을 살짝 찡그렸다. 하지만 랩을 힐긋 보고 나서 다시 시선을 돌려 사라와 눈길이 마주쳤을 때는 한층 다정해진 얼굴을 했다. 여자가 고개를 숙여 손을 내밀었다.

"내 이름은 샐리란다, 귀여운 아가야. 네 이름은 뭐니?"

사라는 물끄러미 여자를 바라보다가 랩의 뒤로 숨었다.

"부끄러움을 타는 아이입죠. 신경쓰지 마십쇼."

랩이 변명조로 말했다. 샐리는 허리를 반듯이 펴고 서서 냉혹한 시선으로 랩을 보았다.

"지금 무슨 일을 하는 건지 분명히 알고 계신 건가요?"

"그럼요, 알고 있습죠. 여기는 정말 대단하네요, 부인. 우리가 사는 쓰레기같이 초라한 곳하고는 차원이 다릅니다요."

"오른쪽 계단으로 올라가세요. 왼쪽 첫 번째 문이에요. 거기서 기다리세요."

하지만 랩이 미처 두 걸음도 떼기 전에 샐리가 손을 뻗어 랩을 잡아 세웠다.

"내 충고를 받아들일 정도로 영리한 사람같아 보이지는 않지만, 당장 여길 떠나요. 아이를 데리고 집으로 가요."

"왜죠?"

"오늘 밤 이후로 다시는 아이를 볼 수 없을 거예요."

랩이 어깨를 으쓱해 보였다.

"어차피 이 아이는 제 딸이 아닙니다요. 그런데 지금 계신가요? 그러니까, 그 대단하신 양반 말입니다."

"금방 오실 거예요. 머릿속에 조금이라도 생각이란 게 있는 사람이라면 그 입은 가만히 다물고 있는 편이 좋을 거예요."

랩은 계단을 향해 걸어갔다. 사라는 도망치고 싶었지만 랩이 손을 단단히 잡고 있어 도리가 없었다. 뒤돌아보니 검은 드레스의 여인이 가슴 아픈 표정으로 사라를 쳐다보고 있었다.

이층 방은 모든 것이 컸다. 마호가니 서랍장과 붉은 벽난로, 원목 책상에 황동 침대까지. 방 한쪽 구석에는 하얀색 대리석 세면대가 놓여 있고, 그 옆에는 황동 수건걸이가 우아한 광택을 내며 진짜 황금인 양 빛나고 있었다. 전등마다 보석 술 장식이 달렸고 창문에는 피처럼 새빨간 진홍빛 커튼이 드리워져 있었다. 단단히 여민 커튼 덕에 누구도 안을 들여다볼 수 없었고, 마찬가지로 안에서도 밖을 내다볼 수 없었다.

"저기 앉아서 좀 쉬어라, 아가."

랩은 사라의 등을 가볍게 두드리며 안락의자를 가리켰다. 시골 별장에서 엄마가 앉았던 것과 똑같은 의자였다. 사라의 심장박동이 갑자기 빨라졌다. 진짜 엄마 의자라면? 혹시 아빠가 후회한 게 아닐까? 그래서 내내 엄마와 사라를 찾아 헤매다가 그동안 무슨 일이 일어났는지 알아내고 사라를 찾으러 온 게 아닐까? 예전에 퍼부었던 그 지독한 말을 후회하고 사라를 원하고 있는 거라면? 사라의 마음속 공포와 절망감을 뚫고 희망과 꿈이 피어올랐다.

랩은 창가에 있는 테이블로 다가갔다.

"이것 좀 봐라."

그는 테이블 위의 크리스털 병 두 개를 사랑스럽다는 듯 손끝으로 어루만졌다. 그러더니 그중 하나의 마개를 따서 그 안에 담긴 호박색 액체의 향을 킁킁거리며 맡았다.

"음, 좋군."

크게 숨을 내쉰 그가 병을 집어 입술에 대고 기울여 반쯤이나 마시고 나서 소매 끝으로 입술을 훔쳤다.

"정말 천국이 따로 없군."

그는 다른 병마개를 따서 자신이 마신 술병에 술을 부었다. 그리고 두 병을 눈높이로 들어올려 비슷한 양이 담겨 있는지 확인한 다음 조심스레 테이블 위에 내려놓고 마개를 막았다.

그러더니 이번에는 커다란 옷장을 열고 그 안을 뒤져 뭔가를 주머니에 집어넣었다. 그런 다음에는 책상을 샅샅이 뒤져 뭔가를 또 주머니에 쑤셔넣었다.

사라의 귓가에 희미한 웃음소리가 들렸다. 눈꺼풀이 무거워져 머리를 의자에 기댔다.

'아빠는 언제 오실까?'

다시 술병이 있는 곳으로 간 랩이 술을 더 마셨다.

"내 브랜디를 즐기고 있었나?"

굵고 낮은 목소리였다. 사라는 놀라 고개를 들었다. 목소리의 주인공을 유심히 살피던 사라의 가슴이 철렁 내려앉았다. 아버지가 아니었다. 거무스름한 피부에 키가 큰 낯선 남자였다. 그렇게 차가우면서도 잘생긴 얼굴은 처음이었다. 남자는 온통 검은색으로 차려입고 광택 나는 모자를 쓰고 있었다.

랩은 크리스털 병에 마개를 마구 쑤셔넣고 은쟁반 위에 도로 내려놓았다.

"이렇게 맛좋은 술은 정말 오래간만입니다요."

남자의 묘한 눈동자가 빤히 쳐다보자 랩의 얼굴이 창백해졌다. 랩은 헛기침을 하면서 자리를 옮겼다. 긴장한 모습이었다. 남자가 모자를 벗어 책상 위에 내려놓고 장갑을 벗어 모자 안에 떨어뜨렸다.

그 남자에게 완전히 정신을 빼앗겨 멍하니 바라보던 사라는 그 뒤에 다른 사내가 서 있다는 사실을 바로 알아차리지 못했다. 사라는 놀란 눈을 깜빡였다. 부두의 판잣집에 와서 사라를 살펴보았던 바로 그 사내였다. 사라는 등을 의자에 바짝 기댔다. 사내는 랩을 쳐다보고 있었다. 그의 눈은 판잣집 뒷골목에 사는 쥐를 연상시켰다. 사라는 다시 멋진 신사를 보았다. 그는 희미한 미소를 띠고 사라를 바라보고 있었다. 하지만 그 미소를 봐도 기분은 나아지지 않았다.

'왜 저렇게 쳐다보는 거지?'

그는 마치 굶주린 사람이 눈앞의 음식을 쳐다보는 것처럼 사라를 쳐다보았다.

"아이 이름은?"

남자가 사라에게 시선을 고정한 채 물었다. 랩은 입을 살짝 벌리고 서서 어안이 벙벙한 얼굴을 했다.

"모릅니다요."

그는 불안한 웃음을 거나하게 흘렸다. 술에 취한 게 분명했다.

"아이 엄마는 뭐라고 불렀나?"

남자가 냉담한 어조로 물었다.

"그냥 아가라고……. 하지만 앞으로는 원하시는 대로 부르시면 됩니다요."

남자는 메마른 웃음을 짧게 터트리더니 경멸이 가득한 눈짓으로 랩을 물러나게 했다. 그리고 사라를 찬찬히 살펴보았다. 사라는 너무나 무서워서 남자가 다가오고 있는데도 꼼짝할 수가 없었다. 걸음을 멈춘 남자는 묘한 눈빛으로 미소를 지었다. 그는 바지 주머니에서 지폐 한 다발을 꺼내 지폐를 묶은 황금색 클립을 뺐다. 그런 다음 그중 몇 장을 뽑아 랩에게는 눈길도 주지 않고 돈만 내밀었다. 랩은 게걸스럽게 돈을 받아들어 세어 본 후 주머니에 꾸겨 넣었다.

"감사합니다요, 선생님. 정말이지 래들리 노인한테서 입양할 딸을 찾고 있는 분이 선생님이라는 말을 들었을 때, 이 아이의 행운이 믿어지지 않을 정도였습니다요. 이 아이에게는 더할 나위 없이 잘된 일이라고 말씀드리지 않을 수가 없습니다요."

랩은 신사의 이름을 두어 번 들먹이며 계속해서 떠들었다. 멍청한 데다 술까지 취한 그는 남자의 표정이 변하는 것을 알아차리지 못했다.

하지만 사라는 보았다.

그는 무척 화를 내고 있었다. 아니 그 이상이었다. 그 표정이란……. 사라는 몸을 떨었다. 어떤 표정이라고 표현해야 할지 적당한 말을 찾을 수는 없었지만 곧 심상치 않은 일이 벌어질 것만은 분명해 보였다. 사라는 마음속 공포가 켜켜이 쌓이는 것을 느끼며 랩을 쳐다보았다. 랩은 사라 앞에 선 남자를 치켜세우고 공치사를 하느라 신사가 랩 뒤에 서 있는 사내에게 살짝 신호를 보내는 것도 눈치채지 못했다. 비명이 사라의 목까지 차올랐지만 밖으로 터져 나오지는 않았다. 아니, 그럴 수가 없었다. 온몸이 굳어 버린 것처럼 목소리도 그대로 얼어붙었다. 사라는 공포에 질린 채 랩이 말하는 모습만 바라보았다. 목에 검은색 노끈이 감기고 나서야 랩은 수다를 그쳤다. 랩은 두 눈을 크게 뜨고 숨이 막혀 괴로운지 더러운 손톱으로 피가 나도록 목덜미를 후벼팠다.

사라는 의자에서 벌떡 일어나 쏜살같이 문으로 달려갔다. 달아나려고 문고리를 잡아 비틀었지만 문은 꿈쩍도 하지 않았다. 목이 졸린 랩이 두 다리를 버둥대면서 몸부림치는 소리가 들렸다. 사라가 두 주먹으로 나무 문을 두드리며 비명을 질렀다.

단단한 손이 사라의 입을 막고 문에서 떼어 냈다. 사라는 발길질을 하고 깨물며 저항했지만 소용없었다. 남자의 몸은 바위였다. 그는 한 손으로 사라의 두 팔과 몸을 꽉 끌어안고 아프도록 조였다. 그리고 다른 한 손으로 사라의 입을 막고 세게 눌렀다.

이윽고 랩이 잠잠해졌다.

"그 녀석을 여기서 치워."

사라를 안은 남자가 말했다. 사라는 언뜻 바닥에 널브러져 있는 랩을 보았다. 여전히 검은색 노끈을 목에 감고 있는 랩의 얼굴은 기괴하게 일그러져 있었다. 전에 판잣집으로 찾아왔던 그 남자가 랩의 목에서 노끈을 풀어 주머니에 도로 집어넣고 랩을 잡아 일으켜 어깨에 둘러멨다.

"사람들은 녀석이 취했다고 생각할 겁니다."

"강물에 처넣기 전에 주머니를 샅샅이 뒤져서 여기서 훔친 내 물건은 모조리 가져오도록."

사라의 머리 위에서 차가운 목소리가 울려 퍼졌다.

"네, 알겠습니다."

문이 열렸다가 닫히는 소리가 났다.

마침내 남자는 사라를 풀어 주었다. 사라는 그에게서 가능한 한 멀리 떨어진 방구석으로 달려가 몸을 웅크렸다. 남자가 방 한가운데 서서 한참이나 그런 사라를 쳐다보았다. 잠시 후 그는 대리석 세면대로 걸어가 도자기 대야에 물을 따랐다. 그리고 하얀색 천을 물에 적셔 비틀어 짜더니 사라에게 다가왔다. 사라는 벽에 몸을 바짝 붙였다. 남자가 사라 앞에 무릎을 굽히고 앉아 사라의 턱을 잡았다.

"화장으로 가리기엔 너무 예쁜 얼굴이구나."

남자가 사라의 얼굴을 닦기 시작했다. 그의 손길이 닿자 사라는 심하게 몸을 떨었다. 그는 랩이 쓰러져 있던 바닥을 보고 있는 사라의 턱을 잡고 고개를 돌렸다.

"그 주정뱅이 얼간이가 네 아버지일 리 없지. 닮은 데라고는 하나도 없으니. 그리고 네 눈에는 뭔가 번뜩이는 것이 있어."

그는 사라의 입술과 볼에서 화장기를 다 닦아 내고는 하얀 천을 한쪽으로 던져 버렸다.

"자, 꼬마야. 어디 나를 좀 보렴."

사라는 시키는 대로 고개를 들어 남자를 쳐다보았다. 심장이 쿵쿵 울려 온몸으로 퍼졌다. 공포로 온몸이 떨렸다. 남자가 얼굴을 붙잡고 있었기 때문에 다른 곳으로 고개를 돌릴 수도 없었다.

"내가 하라는 대로만 하면 잘 지낼 수 있을 거다. 이름이 뭐지?"

남자는 희미하게 미소 지으며 사라의 뺨을 어루만졌다. 묘한 빛을 띤 그의 두 눈이 빛났다. 사라는 대답할 수 없었다. 남자는 사라의 머리와 목덜미, 팔을 차례로 만졌다.

"뭐든 상관없다. 앞으로는 엔젤이라고 부를 테니."

남자는 자리에서 일어서며 사라의 손을 잡았다.

"자, 이제 일어나라, 엔젤. 가르쳐 줄 게 있다. 날 공작님이라고 불러라. 그 혀가 다시 움직이기 시작하면 말이다."

그는 사라를 번쩍 안아 올려서 커다란 침대 위에 앉혀 놓고 자신의 검은색 실크 코트를 벗기 시작했다.

"아마 곧 움직이게 될 게다."

남자는 다시 미소를 지으며 넥타이를 풀고 이어서 셔츠 단추를 천천히 풀었다.

그리고 다음 날 아침, 사라는 클레오가 하나님의 진리에 대해 했던 말이 모두 사실이었다는 것을 알게 되었다.

1부

버림받다

1장

>뮤즈로 태어났어도
>그 강퍅함은 타락한 천사와 같구나
>뿌리째 뽑힌 나무요, 어둠이요, 벌레요, 수의요, 무덤이라
>하지만 그 강퍅함을 즐기라. 삶의 가시덤불을 갉아먹으니
>노고를 위로하고 사람의 마음을 북돋우는 친구가 되는
>시의 대단원은 잊을지라.
>_키츠

캘리포니아, 1850년.

엔젤은 천막 출입문 덮개를 살짝 들어올리고 진흙으로 뒤덮인 거리를 내다보았다. 차가운 오후 공기에 몸이 부르르 떨렸다. 환멸로 가득한 악취가 실려 들어왔다.

페어러다이스는 캘리포니아 주광맥에 자리 잡고 있다. 엔젤이 아는 한 세상에서 가장 형편없는 곳이다. 폐선에서 주워 온 썩은 돛으로 만들어진 천막촌에는 일확천금의 꿈을 품은 부랑자와 귀족, 정처 없이 떠도는 사람과 완전히 파산한 인생이 뒤엉켜 있었다. 이 초라한 거리에 늘어선 술집과 도박장은 적나라한 악행과 탐욕, 고독과 거대한 환상의 지배를 받으며, 광란에 휩싸여 흥청댄다. 페어러다이스에서는 암울한 절망과 두

려움이 한데 뒹굴고, 쓰라린 좌절과 관계를 맺었다.

엔젤은 냉소적인 미소를 띤 채 한쪽 모퉁이에 서서 하나님의 구원에 대해 열변을 토하는 남자를 바라보았다. 다른 한쪽에서는 그의 형제가 굽실거리며 하나님에게 버림받은 사람들을 상대로 바가지를 씌우고 있었다. 눈길 닿는 곳마다 가족에게 버림받은 사람들이 미래에 대한 썩은 희망이 만들어 낸 연옥에서 벗어나려고 필사적으로 애를 쓰고 있었다.

이 한결같이 어리석은 사람들은 엔젤을 '사랑의 여신'이라 부르며 그녀에게서 그 어디에서도 얻을 수 없는 위안을 찾았다. 하지만 엔젤 역시 그들이 찾는 위안을 갖고 있지 않았다. 그들은 엔젤이 베푸는 금화 사 온스짜리 호의를 받기 위해 제비를 뽑았다. 물론 엔젤이 사는 천막 매음굴인 팰리스의 마담인 공작부인에게 선불로 돈을 낼 수 있는 사람에 한해서였다. 대가를 지불하면 엔젤과 삼십 분의 시간을 즐길 수 있었다. 손님이 낸 화대에서 얼마 안 되는 엔젤의 몫은 여성혐오증이 있는 거인 마고완이 자물쇠를 채워 안전하게 보관했다. 한편 엔젤의 재능을 맛볼 만한 돈이 없는 불운한 나머지 사람들은 메인스트리트라고 불리는, 무릎까지 푹푹 빠지는 진흙탕 거리에 서서 한 번이라도 그 천사의 얼굴을 보려고 하염없이 기다렸다.

한 달 후면 사라가 이곳에서 지낸 지 일 년이 된다. 남자를 받는 일 외에는 아무것도 할 수 없는 곳이다. 언제나 끝날까? 그렇게 기를 쓰고 계획했는데 어쩌다 이런 먼지구덩이와 흩어진 꿈만 가득한 끔찍한 곳으로 오게 된 걸까?

"이제 그만. 오래들 기다리신 건 알지만, 엔젤은 피곤해요. 손님들도 최상의 컨디션인 엔젤을 원하시죠?"

공작부인은 몇몇 남자들을 내몰았다. 남자들은 투덜대고, 으름장을 놓고, 애원하며 흥정을 붙여 왔다. 하지만 공작부인은 엔젤이 한계에 도달했다는 것을 잘 알았다.

"엔젤은 쉬어야 해요. 오늘 저녁에 다시 오세요. 자, 다들 술이나 마시러 가시죠."

모두 자리를 떠났다는 사실에 안심한 엔젤은 천막 출입문 덮개를 활짝 열고 헝클어진 침대에 누워 멍하니 천장을 바라보았다. 오늘 아침에 공작부인은 신축 건물이 완공되어 내일이면 그곳으로 이사할 수 있다고 했다. 드디어 사방이 벽으로 된 건물에 살게 된 것이다. 이젠 썩어 가는 돛천의 찢어진 틈으로 차가운 밤바람이 들어오는 일은 없을 것이다. 캘리포니아 행 범선의 뱃삯을 낼 때만 해도 사방에 벽이 있다는 사실이 얼마나 중요한지 알지 못했다. 당시 엔젤은 자유를 찾게 되었다고만 생각했다. 하지만 배와 육지 사이에 걸쳐 놓은 건널판에 도착해 배에 탄 여자가 자신을 포함해 셋뿐이고, 나머지는 앞으로 펼쳐질 모험에 들떠 있는 팔팔한 백이십 명의 젊은 남자들이라는 사실을 알아차렸을 때, 그런 환상은 여지없이 깨지고 말았다. 차갑고 냉정한 눈동자를 지닌 두 창녀는 당장 일을 시작했지만, 엔젤은 자신의 선실에서 한 발자국도 나가지 않았다. 하지만 두 주가 채 지나기도 전에 선택의 여지가 없다는 사실을 깨달았다. 다시 창녀가 되든지, 아니면 강간을 당해야 했다. 생각해 보면 그렇게 대수로운 일도 아니었다. 사실 그 일 말고는 할 수 있는 일도 없었다. 어쩌면 다른 여자들처럼 주머니 가득 황금을 채울 수 있을지도 모른다. 일단 돈을 많이 모으면 그 돈으로 자유를 살 수도 있을 것이다.

엔젤은 거친 파도도 이겨 내고, 엉터리로 만든 랍스카우스(고기와 야채, 비스킷 등으로 만든 스튜로 선원들이 주로 먹는 음식)와 역겨운 허쉬마그런디(말린 야채와 대구로 만든 골드러시 시대의 대표 음식)도 참아 냈으며, 비좁은 선실에서도 살아남았다. 인간으로서의 존엄과 체면은 접었다. 캘리포니아 해변에 도착할 때까지 새로운 삶을 시작하는 데 필요한 돈을 벌 수 있을 거라는 희망에 의지하며 그 모든 걸 버텨 냈다. 하지만 배가 부두에 도착해서 흥분에 차 있던 엔젤을 기다린 것은 뜻하지 않은 마지막 일격이었다.

다른 두 창녀가 선실에 있던 엔젤을 덮쳤다. 정신이 돌아왔을 무렵에는 이미 두 창녀가 엔젤의 돈과 물건을 모두 훔쳐서 상륙한 뒤였다. 엔젤은 얻어맞아서 쓰리고 아픈 몸에 멍해진 정신으로 이틀 동안 뱃머리에 웅크리고 앉아 있다가 배를 약탈하러 들어온 부랑자들과 마주쳤다. 그들은 사람 없는 배와 엔젤에게서 원하는 것을 모두 취한 후 엔젤을 부두로 끌고 갔다. 억센 빗줄기가 쏟아지고 있었다. 부랑자들이 약탈품을 나누려고 입씨름을 벌이는 틈에 엔젤은 그들에게서 달아났다.

엔젤은 한 부랑자가 준 두툼한 담요로 머리와 얼굴을 감싼 채 며칠을 헤맸다. 배가 고프고 추웠다. 그녀는 이제 모든 것을 체념했다. 자유는 한낱 꿈이었다.

엔젤은 포츠머스 광장에서 남자들을 상대하며 생계를 유지해 갔다. 그러다가 만난 사람이 지금의 공작부인이다. 매춘부로서는 전성기가 한참 지났지만 사업 감각은 뛰어난 이 여자는 엔젤을 보자마자 함께 황금의 나라로 떠나자고 유혹했다.

"아가씨 네 명이 더 있어. 파리에서 온 계집애하고, 토이한테 넘겨받은 중국 여자애, 그리고 속을 다 파먹은 아일랜드 감자 요리처럼 보이는 여자애 둘. 걔네는 음식을 좀 잘 챙겨 먹이면 살집이 붙을 거야. 그리고 너. 너를 처음 본 순간, 관리만 제대로 받으면 한몫 단단히 잡을 수 있는 아이라고 생각했어. 너 정도면 저기 금광촌에 있는 광부들이 냇가에서 건져 낸 금을 서로 네 손에 쥐어 주려고 싸우고 난리가 날 거야."

공작부인은 화대의 팔십 퍼센트를 넘겨받는 대가로 신체적인 보호를 약속했다.

"그리고 가능한 한 가장 좋은 숙소와 음식, 그리고 최고의 옷을 줄게."

엔젤은 우스꽝스러운 일이라고 생각했다. 공작에게서 달아났는데 다시 공작부인의 손아귀에 떨어지다니, 지지리 운도 없다.

공작부인은 겉으로 보기에는 자상하고 따뜻해 보였지만 사실 탐욕적인 폭군이었다. 엔젤은 공작부인이 제비뽑기를 조작하는 대가로 뇌물을 받는다는 걸 알았다. 손님들이 아가씨들의 주머니에 몰래 넣어 주는 금가루 역시 그냥 넘어가지 않았다. 흡족한 봉사의 대가로 손님이 주는 팁 역시 원래 맺은 계약 조건대로 나누어야 했다. 유명한 중국 창녀인 토이가 팔아넘겼다는 마이 링이라는 중국 애는 팁으로 받은 금가루를 숨겼다가 잔인한 미소와 솥뚜껑만 한 주먹을 가진 마고완과 '잠시 이야기를 나누어야' 했다.

엔젤은 자신의 삶을 증오했고 공작부인을 혐오했다. 마고완도 싫었다. 자신의 지독한 무력함도 증오했다. 하지만 무엇보다 싫은 건 사정없이 자신만의 쾌락을 추구하는 남자들이었다. 엔젤은 그들에게 몸뚱이는 내주었지만, 마음은 조금도 주지 않았다. 아니, 애초에 누군가에게 내어 줄 마음 따위는 남아 있지 않은지도 몰랐다. 엔젤은 자신에게 마음이란 게 있는지조차 알 수 없었다. 하지만 그런 걸 신경쓰는 남자는 어디에도 없었다. 그들이 찾는 것은 얼음처럼 차갑게 얼어붙은 심장을 감싸고 있는 겉모습의 아름다움뿐이었다. 남자들은 그것만으로도 마음을 빼앗겼다. 천사 같은 엔젤의 두 눈을 바라보며 무아지경에 빠졌다.

엔젤은 그들이 끊임없이 지껄이는 사랑 고백에 속지 않았다. 그들은 사금을 탐하는 것처럼 엔젤을 탐할 뿐이었다. 그들에게 엔젤은 갈망의 대상에 불과했다. 엔젤과 함께하기 위해서 쟁탈전을 벌이고, 드잡이하고, 도박하고, 가로챘다. 그렇게 가지고 있는 전부를 아무 생각 없이 허비했다. 그들은 기꺼이 값을 치르고 욕망의 노예가 되었다. 엔젤은 그들이 꿈꾸던 천국을 주었지만, 정작 그들은 지옥으로 내몰리고 있었다.

하지만 그게 뭐 어쨌단 말인가. 엔젤에게는 아무것도 남아 있지 않았다. 어찌 되어도 상관없었다. 사실 엔젤에게 가장 강력한 영향력을 발휘하는 감정은 증오가 아니었다. 영혼을 메마르게 하는 권태였다. 열여덟의 엔젤에게 삶은 이미 권태로웠다. 달라질 것은 아무것도 없다는 것을 묵묵히 받아들였다. 도대체 자신이 왜 태어났는지 의아하기만 했다. 어쩌면 지금 이 일을 하라고 태어났는지도 모른다. 이대로 살거나, 그게 싫으면 그만두는 게 하나님의 진리였다. 그리고 그만두는 유일한 방법은 자살이었다. 엔젤은 이런 냉엄한 사실을 깨달을 때마다, 그리고 그 기회가 올 때마다 용기를 내보았지만 번번이 실패했다.

엔젤의 유일한 친구는 럭키라는 이름의 늙고 지친 매춘부였다. 그녀는 브랜디를 달고 사는 바람에 점점 뚱뚱해지고 있었다. 하지만 친구인 럭키도 엔젤이 어디서 태어나서 어떻게 자랐는지, 또 지금의 처지가 되기 전에 어떤 일을 겪었는지 아는 바가 없었다. 다른 창녀들 역시 엔젤에 관해서는 입조심을 했다. 모두들 엔젤을 궁금해했지만 절대 물어보지 않았다. 애초에 엔젤이 자신의 과거는 그 누구도 접근할 수 없는 영역임을 분명히 해 두었기 때문이었다. 물론 럭키는 예외였다. 엔젤은 입이 무거운 주정뱅이 럭키를 좋아했다. 럭키는 쉬는 시간을 술에 취해 보냈다.

"엔젤, 계획을 세워야 해. 이 세상에서 뭔가 희망을 걸 일을 찾아야 한다고."

"무슨 희망?"

"희망이 없으면 살아갈 수 없어."

"지금도 잘 살고 있는걸."

"어떻게?"

"뒤돌아보지 않고, 앞도 내다보지 않으면 돼."

"그럼 지금은? 엔젤, 지금 이 순간에 대해 생각해야만 해."

엔젤은 희미한 미소를 지으며 길고 긴 황금빛 머리칼을 빗어 내렸다.

"지금이란 존재하지 않아."

2장

> 그녀 걷는 모습 아리따워라
> 구름 한 점 없는 하늘에 별 총총한 밤하늘처럼
> 어둠과 빛의 정수가
> 그녀의 얼굴과 눈 속에 서려 있네.
> _바이런

미가엘 호세아는 마차 짐칸에서 채소 상자를 내리다가 거리를 걸어오는 아름다운 여인을 보았다. 과부처럼 검은색 옷을 입은 그녀 곁에는 허리춤에 권총을 찬 거칠어 보이는 덩치가 같이 걸어가고 있었다. 메인스트리트에 늘어선 남자들은 모두 하던 일을 멈추고 그 여자를 쳐다보았다. 하지만 그녀는 아무에게도 말을 건네지 않았다. 옆을 쳐다보는 법도 없었다. 어깨를 반듯이 펴고 고개를 치켜든 간단한 동작에서도 유려한 우아함을 드러냈다.

미가엘은 그녀에게서 눈을 뗄 수가 없었다. 여자가 가까이 다가올수록 심장박동이 빨라졌다. 그녀의 눈길을 받고자 했지만 여자는 흔들림 없이 앞만 보고 걸었다. 그 여자가 완전히 지나간 후에야 미가엘은 비로소 자신이 숨을 멈추고 있다는 사실을 깨닫고 크게 한숨을 내쉬었다.

이 사람이로다, 내 사랑하는 자여.

미가엘은 기쁨에 넘쳐 아드레날린이 솟구치는 것을 느꼈다.

'주여, 주여!'

"정말 굉장하지? 엔젤이라고 하는 여자야. 로키산맥 서부에서 동부까지 통틀어 가장 예쁘지."

요셉 혹실드가 말했다. 이 우람한 잡화상은 감자 포대를 어깨에 올리면서 씨익 웃고는 가게로 들어갔다.

미가엘은 사과가 든 나무통을 어깨에 들쳐 메고 요셉의 뒤를 따르며 말했다.

"그녀에 대해 아는 대로 말해 봐."

"뭐 다른 사람들이 아는 정도밖에 몰라. 산책을 오랫동안 하지. 그것도 매주 월, 수, 금 오후 요맘때쯤."

요셉은 길가에 늘어서 있는 남자들을 고갯짓으로 가리켰다.

"저 사람들 모두 저 여자를 보려고 와 있던 거야."

"옆에 있는 남자는 누구야? 남편인가?"

미가엘은 순간 우울해졌다.

"남편?"

요셉은 웃음을 터트렸다.

"일종의 경호원이야. 마고완이라는 작자지. 다른 사람이 저 여자한테 지분대지 못하게 하려는 거야. 값을 치르지 않고서는 저 여자 발치에도 얼씬거리면 안 되거든."

미가엘은 살짝 얼굴을 찡그리고 다시 밖으로 나가 멀어지는 여자의 뒷모습을 바라보았다. 미가엘의 마음속 깊은 곳을 사로잡는 여자였다. 그녀에게는 장중하고 비극적인 위엄이 서려 있었다. 가게 주인이 야채가 든 나무 상자를 다시 들어 올리자, 미가엘은 속에서 끓어오르는 질문을 했다.

"어떻게 하면 저 여자를 만날 수 있지, 요셉?"

요셉이 씁쓸한 미소를 지으며 말했다.

"줄을 서면 돼. 공작부인은 엔젤을 만날 수 있는 특권을 누릴 사람을 제비뽑기로 정하거든."

"공작부인?"

"저기 길 아래 있는 공작부인 말이야."

요셉은 엔젤이 사라진 곳의 반대 방향 쪽을 고갯짓으로 가리켰다.

"여기 페어러다이스에서 가장 큰 매음굴인 팰리스의 주인 여자야."

미가엘은 명치끝을 강하게 걷어차인 기분이 들었다. 요셉을 뚫어져라 쳐다보았지만 정작 그는 가게 안에서 당근을 커다란 통에 들이붓느라 전혀 눈치채지 못하고 있었다. 미가엘은 사과가 든 나무통 하나를 더 어깨에 짊어졌다.

'주님, 제가 오해한 것이겠죠? 분명 그렇죠? 저 여자일 리 없잖습니까.'

"나도 금을 두어 번 내고 제비뽑기를 한 적이 있지. 하지만 제대로 된 모자에 이름표를 집어넣으려면 그보다 더 많은 금을 줘야 한다는 걸 알고 그만뒀어."

요셉은 어깨너머로 흘깃 시선을 주면서 말했다.

미가엘은 쿵 소리가 나게 사과 상자를 바닥에 내려놓았다.

"그 여자가 더러운 비둘기(당시 미 서부에서는 창녀를 '더러운 비둘기', '타락한 천사' 등의 별칭으로 불렀다.-옮긴이)란 말인가? 저런 여자가?"

미가엘은 도무지 믿어지지 않았다.

"그냥 흔히 볼 수 있는 더러운 비둘기는 아니야. 듣기로 엔젤은 그야말로 굉장한 여자래. 특별한 훈련을 받았다더군. 하지만 그게 사실인지 아닌지 알아볼 만한 돈이 없어서 직접 확인해 보지는 못했네. 여자가 필요하면 나는 프리스를 찾아가거든. 그 여자는 깔끔하고 평범하지만 간단하게 일을 처리해 줘. 그리고 내가 땀흘려 번 금을 지나치게 많이 요구하지도 않지."

미가엘은 갑자기 숨이 막혀서 다시 가게 밖으로 나왔다. 자신도 모르게 검은 옷의 늘씬한 여자가 사라진 쪽으로 시선이 갔다. 여자는 어느새 길을 건너 되돌아와 이번에는 미가엘의 옆을 스쳐 지나갔다. 미가엘은 꼼짝할 수가 없었다. 도저히 견딜 수 없을 정도의 감정이 일었다.

"몽둥이로 머리를 한 대 얻어맞은 황소 같은 표정이군. 아무래도 그 농장에서 너무 오랫동안 혼자 처박혀 지낸 모양이야."

요셉이 순무 상자를 마차에서 내리며 짓궂게 말했다.

"계산이나 하지."

미가엘은 마지막 상자를 들고 가게 안으로 들어갔다. 정신을 일에 집중시키고 그 여자는 잊어야 했다.

"물건값을 다 받으면 그 여자를 만날 정도의 여유는 생길 거 같은데. 아니, 그보다 더한 일도 할 수 있겠어."

요셉은 나무 상자를 비우고 한쪽으로 밀어놓은 다음 계산대에 저울을 올려놓았다.

"신선한 채소는 여기서 한 재산 나가지. 여기 있는 젊은 양반들은 시냇가에 머물면서 밀가루와 물, 소금에 절인 고기 쪼가리로 연명하거든. 그러다가 잔뜩 부어오른 잇몸에서 피가 줄줄 나는 상태가 되거나 괴혈병으로 다리가 퉁퉁 부으면 읍내로 내려와서는 의사를 찾아. 제대로 된 식사를 하고 상식대로만 살면 되는데 말이야. 자, 그럼 뭐가 왔는지 확인해 볼까? 사과랑 순무, 당근이 각각 두 상자, 호박 여섯 상자, 사슴고기 육포 십 킬로그램."

미가엘은 마차로 실어 온 비용도 포함해 달라고 말했다.

"뭐? 완전히 날 벗겨먹으려고 작정했군."

미가엘은 미소 지었다. 미가엘은 풋내기가 아니다. 미가엘도 1848년과 1849년 사이에 사금을 채취했기 때문에 그 일을 하는 사람에게 가장 필요한 것이 무엇인지 잘 알았다. 물론 필요한 게 음식만은 아니었지만, 그가 제공하는 식재료가 필요한 건 분명한 사실이었다.

"자네 가게에서는 이 값의 두 배로 팔아먹을 거잖아."

요셉은 계산대 뒤에 있던 금고문을 열고 사금 두 부대를 꺼내서 하나는 미가엘에게 주고 다른 하나에서는 일정량을 덜어 다른 작은 주머니에 옮겨 담았다. 그리고 나머지는 다시 금고에 넣고 발로 문을 걷어차서 닫고는 잘 잠겼는지 손잡이를 확인했다.

미가엘은 사금을 자신이 만든 허리띠에다 옮겨 넣었다. 요셉은 히죽거리며 그 모습을 바라보았다.

"거기 가서 한바탕 놀아도 될 양의 금이야. 엔젤을 만나 볼 텐가? 그 사금을 좀 갖고 공작부인에게 가 봐. 그럼 당장 이층으로 안내해 줄 걸세."

엔젤. 그녀의 이름을 듣는 것만으로도 미가엘의 마음이 요동쳤다.

"이번에는 말고."

요셉은 미가엘의 턱이 굳어지는 것을 보고 말없이 고개만 끄덕였다. 미가엘 호세아는 조용한 남자였다. 하지만 유약한 남자는 전혀 아니었다. 존경심을 품게 하는 뭔가가 있는 그런 남자였다. 깊은 인상을 주기에 충분한 훤칠한 키와 강인한 육체 때문만은 아니었다. 분명하고 확고한 눈빛이 주는 힘이 있었다. 미가엘은 온 세상 사람이 아니라고 말해도 자신이 생각하는 바가 무엇이고, 그것을 얻으려면 어떻게 해야 하는지 분명히 아는 사람이었다. 요셉은 미가엘을 좋아했다. 그리고 미가엘이 엔젤을 보고 무척 깊은 인상을 받았다는 사실을 충분히 눈치챌 수 있었다. 하지만 미가엘이 그 일에 대해 말하고 싶어 하지 않는다면, 그대로 존중해 줄 생각이었다.

"그 사금으로 뭘 할 텐가?"

"소를 한두 마리 살까 하네."

"좋은 생각이야. 살지게 잘 먹여 키우게. 소고기는 채소보다 값이 더 나가니까."

읍내를 빠져나오는 동안 미가엘의 마차는 문제의 매음굴을 지났다. 크고 아름다운 건물에는 남자들로 차고 넘쳐났다. 대부분 턱수염이 제법 있는 남자들이었지만, 솜털이 보송보송한 뺨을 가진 이들도 있었다. 하지만 그들 모두 만취했거나 만취 상태가 되어 가는 중이었다. 누군가 바이올린을 연주했고, 사람들은 그 가락에 맞춰 음담패설을 읊조렸다. 노래 가사는 점점 노골적으로 변해 갔다.

'그녀가 여기 살고 있단 말이지. 침대 하나 달랑 있는 이층의 한 침실에서.'

미가엘이 얼굴을 잔뜩 찡그린 채 말고삐를 홱 당겨서 마차를 몰았다.

그는 엔젤에 대한 생각을 지울 수 없었다. 그날 하루만이 아니었다. 페어러다이스에서 벗어나 자신이 사는 계곡으로 돌아온 이후에도 내내 엔젤의 모습을 떠올렸다. 진흙투성이 거리를 따라 걷던 검은 옷의 늘씬한 여자가 계속 눈앞에 어른거렸다. 석상처럼 아름답고 파리한 그 얼굴을 지울 수 없었다. 고향이 어디일까?

"엔젤."

시험 삼아 그 이름을 소리 내어 불러 봤다. 이제 더는 부인할 수 없었다. 그의 오랜 기다림이 드디어 끝난 것이다.

"주여, 이건 제가 생각한 것과 전혀 다릅니다."

미가엘은 무거운 목소리로 말했지만, 자신이 그녀와 결혼하게 되리라는 것을 알았다.

3장

> 나의 절망은 견딜 수 있지만,
> 다른 사람의 희망은 정말로 참아 낼 수 없다.
> _윌리엄 월시

엔젤은 푸른색 실크 실내복을 입고 침대 끝에 걸터앉아 다음 사람이 문을 두드리기를 기다렸다. 두 명만 더 받으면 오늘 밤은 끝이다. 옆방에서 럭키의 웃음소리가 들려왔다. 럭키는 웃음이 많은 재미있는 여자였다. 특히 술에 취했을 때는 더 그랬는데 대부분 술에 절어 있으니 웃음소리가 끊이지 않는 것은 당연했다. 위스키 한 병을 마시면 완전히 정신을 놓아 버렸다.

엔젤도 예전에 한 번 럭키처럼 정신을 놓고 싶어서 술을 마셔 본 적이 있다. 럭키가 한 잔 가득 따라 준 술을 모두 마시려고 했지만 곧 머리가 아찔해지고 속이 뒤틀렸다. 럭키는 엔젤에게 요강을 대주고 안됐다며 웃었다. 위스키를 견뎌 낼 수 있는 사람이 있고, 그렇지 못한 사람이 있는 법이라고 말하며 아마도 엔젤이 후자에 속하는 모양이라고 했다. 럭키는 엔젤을 방에 데려다주고 잠을 자라고 했다.

그날 밤, 첫 번째 손님이 방문을 두드렸을 때, 엔젤은 절대 공손하지 않은 어조로 당장 나가라고 소리쳤다. 화가 난 그 남자는 공작부인에게 항의하고 자신이 낸 사금을 돌려받았다. 공작부인은 침실로 올라와 엔젤을 살펴보고는 마고완을 불렀다.

엔젤은 마고완을 좋아하지 않았지만 그렇다고 그를 두려워하지도 않았다. 마고완은 엔젤을 괴롭히지 않았다. 그저 엔젤이 산책을 하러 나가면 옆에 가만히 서 있는 사람이었다. 그는 아무 말도, 아무것도 하지 않았다. 팰리스 밖에서 다른 사람이 엔젤에게 다가오지 못하도록 감시만 했다. 엔젤은 마고완이 자신을 보호하려고 그러는 게 아니라는 것을 잘 알았다. 모두 공작부인을 위한 일이었다.

마이 링은 마고완이 자신의 방에 와서 무슨 짓을 했는지 한 번도 말하지 않았다. 하지만 마고완이 가까이 갈 때마다 그 중국 여자애의 눈동자에 비친 두려움을 볼 수 있었다. 마고완은 그저 미소를 짓는 것만으로도 마이 링을 하얗게 질리고 온 얼굴에 식은땀이 흐르게 할 수 있었다. 엔젤은 속으로 코웃음을 쳤다. 엔젤에게 겁을 주려면 몇 마디 말로는 어림도 없을 것이다.

그날 밤 마고완이 방에 들어왔을 때, 엔젤은 자신을 내려다보는 검은 그림자만을 알아볼 뿐이었다.

"지금은 당신이 낸 돈의 가치만큼 나를 안을 수 없을 거예요."

 엔젤이 이렇게 말하고 고개를 들었다.
 "오, 당신이었군요. 나가요. 오늘은 일 안 할 거예요."
 마고완은 사람을 불러 욕조에 물을 채우게 했다. 일을 마친 하인들이 나가자마자 마고완은 허리를 굽혀 사악한 미소를 지으며 엔젤을 내려다보았다.
 "조만간 우리가 이야기를 나누게 될 거라고 생각했지."
 마고완은 엔젤을 붙잡았다. 정신이 번쩍 든 엔젤은 몸부림쳤다. 하지만 마고완은 엔젤을 번쩍 안아 올려 얼음처럼 차가운 욕조 속에 처넣었다. 엔젤은 숨을 헐떡이며 욕조에서 빠져나오려 했다. 하지만 마고완은 엔젤의 머리를 잡고 아래로 밀어넣었다. 커다란 마고완의 손이 누르는 무게감에 놀란 엔젤은 있는 힘을 다해 맞붙어 싸웠다. 하지만 허파가 산소를 애타게 원하게 된 순간, 그대로 정신을 잃었다. 마고완은 그제서야 엔젤을 끌어올리며 물었다.
 "이젠 알아들었나? 충분히?"
 "그래, 충분히."
 엔젤은 허파 가득 공기를 들이마시면서 쉿소리로 대꾸했다.
 하지만 마고완은 다시 엔젤을 욕조 속으로 밀어넣었다. 엔젤은 마고완의 팔을 움켜잡고 발버둥치며 필사적으로 저항했다. 다시 물 밖으로 끌어올려진 엔젤은 숨이 막혀 꺽꺽대다가 구토하고 말았다. 마고완이 크게 웃었다. 엔젤은 그가 즐기고 있다는 걸 알았다. 마고완은 두 다리를 쩍 벌리고 엔젤 앞에서 있다가 다시 손을 뻗어 엔젤의 머리를 붙잡았다. 그러자 엔젤의 가슴속에서 분노가 솟구쳤다. 엔젤은 주먹을 쥐고 앞으로 휘둘렀고, 적중했다. 마고완이 신음 소리를 내면서 주저앉자 엔젤은 기다시피 해서 그의 손아귀에서 벗어났다.

다시 마고완이 쫓아오자 엔젤은 큰소리로 비명을 질러댔다. 마고완이 그녀를 붙잡자 엔젤은 숨을 헐떡이며 발길질을 하고 두 손으로 사정없이 그의 얼굴을 할퀴었다. 마고완이 엔젤의 목을 조이려는 순간, 침실 문이 벌컥 열리고 공작부인이 들이닥쳤다. 등 뒤로 문을 세게 닫은 그녀는 두 사람을 향해 당장 그만두라고 소리 질렀다.

마고완은 명령에 순순히 따르면서도 악의에 가득 찬 시선은 거두지 않았다.

"맹세컨대 널 죽여 버리겠어."

"됐다. 그만! 계단까지 비명이 흘러나왔어. 사람들이 그 소리를 들으면 어떻게 하겠어?"

공작부인이 성난 목소리로 말했다.

"당장 마고완을 목매달걸요."

엔젤은 다리를 꼬고 앉아 마고완을 비웃으며 말했다. 공작부인이 엔젤의 뺨을 철썩 내리쳤다. 엔젤이 놀라 뒤로 넘어졌다.

"한마디만 더 해 봐라, 엔젤."

공작부인이 경고했다. 그리고 마고완을 쳐다보면서 말했다.

"술이 깨도록 이야기나 몇 마디 나누고 오라고 했잖아. 엔젤한테는 그 정도면 돼. 알았어?"

공작부인은 사람을 부르는 끈을 잡아당겼다. 심장이 고동치는 소리 외에는 아무 소리도 나지 않는 침묵 속에서 세 사람은 가만히 있었다. 공작부인의 폭력은 엔젤을 침묵시켰다. 공작부인은 가까스로 성질을 죽이고 있었다. 여기서 더 성질을 부리면 마고완이 목줄을 끊고 달려들 것이다.

곧 누군가 조심스럽게 방문을 두드렸다. 공작부인은 문을 조금만 열고서 따뜻한 커피와 빵을 가져오라고 시켰다. 다시 문을 닫은 부인은 방을 가로질러 걸어와 등받이 의자에 앉았다.

"마고완, 내가 시킨 일은 아주 간단한 거였다. 시킨 대로만 해야지 다른 건 안 돼. 엔젤의 말이 맞아. 아래층에 있는 사람들이 널 가만두지 않았을 거다."

"하지만 엔젤에게 분명히 가르쳐 줘야 했습니다."

마고완의 두 눈은 엔젤을 향해 있었다. 엔젤의 허세가 증기처럼 사라지는 순간이었다. 마고완의 눈동자에서 어두운 악의 기운을 분명히 볼 수 있었다. 전에도 다른 남자에게서 때때로 보았던 눈빛이다. 이전에는 마고완에 대해 심각하게 생각한 적이 없는데, 지금 보니 절대로 방심할 수 없는 작자였다. 그렇다고 두려워하는 기색을 내보일 생각은 추호도 없었다. 피에 굶주린 그의 욕망에 기름을 붓는 꼴이 될 것이다. 그렇게 되면 공작부인도 그를 말릴 수 없게 된다. 결국 엔젤은 자신의 굴로 돌아간 쥐처럼 자세를 낮추고 침착해졌다.

공작부인은 한참 동안 엔젤을 쳐다보았다.

"이제는 얌전하게 굴 거지, 엔젤?"

"네, 부인."

엔젤은 천천히 일어나 앉아 냉소적이지만 정중한 눈빛을 공작부인에게 보냈다. 그리고 오싹한 냉기를 느끼며 몸을 떨었다.

"오한이 들기 전에 어서 이불을 가져다줘라."

마고완은 침대에서 이불을 걷어다가 엔젤에게 홱 던졌다. 엔젤은 새틴 이불을 마치 왕족의 가운이라도 되는 듯 우아하게 몸에 두르면서 마고완의 시선을 피했다. 걷잡을 수 없는 분노와 두려움이 엔젤의 마음을 가득 메웠다.

"이리 와라, 엔젤!"

공작부인이 말했다. 엔젤은 고개를 들어 공작부인을 바라보았다. 엔젤이 꾸물거리자 마고완은 엔젤의 금발 머리채를 잡고 일으켜 세웠다. 엔젤은 이를 악물고 마고완이 흡족해할 비명을 참아 냈다.

"부인이 말씀하시면 당장 하도록 해!"

마고완은 엔젤을 앞으로 밀치며 거친 목소리로 으르렁거렸.

엔젤이 공작부인 발아래 쓰러지자 공작부인이 엔젤의 머리를 쓰다듬었다. 마고완의 무모한 잔인함이 엔젤을 완전히 굴복시킨 다음에야 보여 주는, 철저히 계산된 친절이었다.

"엔젤, 음식이 나오면 하나도 남기지 말고 다 먹고 마시도록 해. 다 먹을 때까지 마고완이 옆에서 지켜볼 거다. 네가 다 먹어야 마고완이 여기서 나갈 거야. 두 시간 정도면 다시 일할 수 있겠지?"

공작부인은 자리에서 일어나 문으로 걸어 나가다가 다시 뒤를 돌아보았다.

"마고완, 엔젤의 몸에 손자국을 내선 안 돼. 우리 가게의 최고 상품이잖아."

"네, 그렇게 하겠습니다."

마고완은 냉담한 목소리로 말했다. 그리고 공작부인의 명령을 충실히 이행하여 엔젤에게 손을 대지 않고 말로 했다. 하지만 그의 말은 엔젤의 피를 그대로 얼어붙게 했다. 빨리 먹을수록 마고완이 빨리 나갈 것이므로 엔젤은 빵과 커피를 억지로 삼켰다.

"엔젤, 넌 곧 내 것이 될 거다. 일주일이나 한 달만 지나면 넌 또 공작부인의 인내심이 한계를 넘어서는 행동을 할 테니까. 그러면 부인은 널 은쟁반에 올려서 나한테 하사해 주실 거다."

그날 밤 이후 엔젤은 얌전해졌다. 마고완도 더는 엔젤을 괴롭히지 않았다. 하지만 그는 참을성 있게 기다렸다. 엔젤도 그 사실을 잘 알았지만 마이 링처럼 그에게 만족감을 선사할 마음은 없었다. 그래서 그가 방 안에 들어올 때면 언제나 장난기 어린 미소를 지어 보였다. 공작부인이 시키는 대로 얌전하게 구는 한, 그래서 공작부인이 흡족해하는 한 마고완은 아무 짓도 할 수 없다.

하지만 사방을 둘러싼 벽은 또다시 엔젤을 조여 왔다. 시간이 갈수록 엔젤의 마음속 압박감은 점차 커져서 침착한 모습을 유지하는 일만으로도 온몸의 기운이 다 소진될 정도였다.

'이제 한 명만 더 받으면 잘 수 있다.'

엔젤은 생각했다. 두 손을 앞으로 내밀어 내려다보았다. 손이 떨렸다. 아니 온몸이 다 떨렸다. 자제력이 한계에 다다른 것이다. 너무나 오랫동안 아무렇지도 않은 척 지내 왔다. 하지만 엔젤은 곧 고개를 저었다. 하룻밤 푹 쉬면 좋아질 거야. 자고 나면 내일은 모든 것이 괜찮아져 있을 거야.

'한 명 남았다.'

엔젤은 그 마지막 한 명이 빨리 일을 끝내기만을 바랐다.

문을 두드리는 소리가 들리고, 곧 한 남자가 눈에 들어왔다. 보통 사람보다 훨씬 큰 키에 나이도 어느 정도 들어 보였다. 근육질의 다부진 몸매였지만 특별한 점은 없어 보였다. 하지만 뭔가 다른 느낌이 들었다. 뭐라고 해야 할까? 묘한 거북함이라고 할까? 몸의 떨림이 더 심해졌다. 온 신경세포가 날뛰어 통제할 수 없는 느낌이었다. 엔젤은 고개를 숙이고 천천히 숨을 들이마신 후 남아 있는 모든 힘을 다해 이 이상한 반응을 억제했다.

'한 명만 더 받으면 오늘 밤은 자유다.'

스물여섯 해를 살아온 그였지만, 희미한 불빛이 비치는 매음굴 복도에 서 있다가 엔젤의 방문이 열리자 갑자기 풋내기 청년이 된 것 같았다. 숨을 제대로 쉴 수 없었고, 심장은 너무나 빠르게 뛰었다. 엔젤은 그가 기억하고 있던 것보다 훨씬 더 아름다웠고 훨씬 더 작아 보였다. 푸른색 새틴 실내복은 그녀의 가녀린 몸을 그대로 드러냈다. 엔젤의 어깨 아래로는 시선을 주지 않으려고 노력해야 했다.

엔젤은 그가 안으로 들어오도록 옆으로 비켜섰다. 미가엘의 시야에 들어오는 것은 엔젤의 침대뿐이었다. 내키지 않는 장면이 머릿속에 떠올라 마음이 불편해진 미가엘은 엔젤에게 시선을 돌렸다. 엔젤은 살짝 미소 지었다. 세속적이고 매혹적인 미소였다. 엔젤은 지금 이 남자가 어떤 생각을 하고 있는지 훤히 알고 있었다.

"어떤 걸 좋아하시나요, 손님?"

부드럽고 낮은 음성은 놀랍도록 세련되게 들렸다. 하지만 너무나 직설적인 말에 미가엘은 흠칫 놀라지 않을 수 없었다. 그 노골적인 말은 그녀가 무슨 일을 해서 생계를 이어 나가는지 분명히 해 주었을 뿐만 아니라, 미가엘이 엔젤에게 육체적으로도 끌리고 있다는 사실을 새삼 확인시켜 주었다.

그가 방으로 들어서자 엔젤은 그의 등 뒤에서 문을 닫고 문에 기대어 서서 재빨리 그를 살펴보았다. 걱정할 일은 없을 것 같았다. 다른 남자들과 별반 다르지 않아 보였다. 조금 더 나이가 들었고, 조금 더 넓은 어깨를 가졌을 뿐이다. 그는 어린 나이가 아닌데도 매우 불편해했다. 아마 아내가 있는 모양이다. 그래서 죄책감을 느끼는 거겠지. 어쩌면 독실한 기독교인 어머니가 창녀를 찾은 것에 대해 뭐라고 말씀하실지 걱정하는지도 모른다. 이 남자라면 그리 오래 있을 것 같지 않다. 다행이다. 빨리 끝날수록 좋은 일이다.

미가엘은 무슨 말을 해야 할지 몰랐다. 온종일 엔젤을 만나는 일을 생각했는데 정작 그녀의 침실에 들어서서는 아무 말도 못하고 있었다. 심장이 심하게 펄떡거려 목구멍까지 치솟아 오를 것만 같았다. 너무나도 아름다운 그녀는 이 상황을 무척 재미있어 하는 듯했다.

'주여, 이제 어떻게 해야 합니까? 지금은 아무 생각도 할 수가 없습니다.'

엔젤은 미가엘을 향해 다가왔다. 움직임 하나하나에서 육감적인 매력이 느껴졌다.

엔젤은 미가엘의 가슴에 손을 댔다. 미가엘이 숨을 헉 들이마셨다. 엔젤은 미소 지으며 미가엘의 주변을 천천히 돌았다.

"저하고 있을 때는 부끄러워하실 필요 없어요. 원하시는 걸 말씀하세요."

"당신을 원하오."

미가엘은 고개를 숙여 엔젤의 눈을 바라보며 말했다.

"저는 온전히 당신 것이랍니다."

가볍게 대꾸한 엔젤은 방을 가로질러 세면대로 걸어갔다. 미가엘은 그 모습을 지켜보았다. 엔젤이라는 이름과 딱 어울리는 외모였다. 티 하나 없는 푸른 눈동자와 하얀 피부, 그리고 황금빛 머릿결을 지닌 도자기 인형이다. 아니 어쩌면 대리석 인형이란 표현이 더 어울릴지도 모르겠다. 도자기는 깨지기 쉽다. 하지만 엔젤은 그보다 훨씬 더 단단해 보였다. 너무 단단해 보이는 그 모습에 마음이 아팠다. 어째서지? 이런 느낌이 들 것이라고는 생각하지 못했다. 사실 이곳에 오기 전까지 미가엘이 가장 걱정했던 것은 엔젤을 향한 욕정을 참아 낼 수 있을까 하는 것이었다. 그래서 기도했다.

'하나님, 유혹을 이겨 낼 힘을 주소서.'

엔젤은 세면대에 놓인 도자기 대야에 물을 붓고 비누를 집어 들었다. 그녀의 몸짓은 하나하나 우아하면서도 도발적이었다.

"이리 오시지 그래요? 제가 씻겨 드릴게요."

뜨거운 열기가 미가엘의 온몸으로 맹렬히 퍼졌다가 얼굴로 모였다. 미가엘은 헛기침을 했다. 셔츠 칼라가 목을 조이는 것 같았다.

엔젤은 조그맣게 웃었다.

"아프지 않게 해 드릴게요."

"그럴 필요 없소. 난 여기에 섹스 때문에 온 게 아니오."

"그래요. 성경 공부 때문에 오신 거겠죠."

"당신과 이야기를 나누려고 온 거요."

엔젤은 이를 악물고 짜증을 참았다. 애써 아무렇지도 않은 얼굴을 한 엔젤은 대담한 시선을 위로 올렸다. 미가엘은 그 시선을 받으며 어색하게 움직였다. 엔젤이 미소 지었다.

"정말 이야기를 원하시는 게 확실한가요?"

"그렇소."

지독히도 확신에 찬 대답이었다. 한숨을 푹 내쉬면서 엔젤은 몸을 돌려 젖은 손을 닦았다.

"그럼 원하시는 대로 하세요, 미스터."

엔젤은 침대에 걸터앉아 다리를 꼬았다. 미가엘은 엔젤이 어떤 의도로 저런 행동을 하고 있는지 잘 알았다. 그래서 엔젤이 분명하게 보내고 있는 메시지를 덜컥 받아들이고픈 충동적인 욕망과 한바탕 싸움을 벌여야 했다. 침묵이 길어질수록 그의 머릿속은 온갖 이미지로 어지러워졌다. 엔젤 역시 그런 미가엘의 상태를 잘 알고 있는 듯한 눈빛이었다.

'나를 비웃고 있을까? 분명 그럴 것이다.'

"일하지 않을 때도 여기서 지내는 거요?"

"네."

엔젤은 고개를 옆으로 살짝 기울였다.

"그럼 어디서 산다고 생각하셨어요? 저 멀리 있는 하얀 저택에서?"

엔젤은 날카로운 말을 무마하기 위해 미소를 지어 보였다. 이런 식으로 탐문하듯 질문을 늘어놓는 남자는 딱 질색이다.

미가엘은 주변을 천천히 살펴보았다. 개인적인 물건은 하나도 눈에 띄지 않았다. 벽에 그림 한 점 걸려 있지 않았다. 구석에 놓인 레이스로 장식된 테이블 위에도 장식품 하나 없었다. 흔히 여자들이 갖고 있을 법한 물건은 하나도 눈에 띄지 않았다. 깔끔하고 검소했다. 점잖은 장식의 옷장과 협탁 하나, 등유 램프, 노란색 자기 주전자가 놓인 대리석 세면대, 반듯한 등받이가 있는 의자 하나가 방 안에 있는 가구 전부였다. 아,

그리고 지금 엔젤이 앉아 있는 침대가 더 있었다.

미가엘은 구석에 있던 의자를 끌어와 엔젤의 앞에 놓고 앉았다. 엔젤의 새틴 실내복이 살짝 벌어져 있었다. 미가엘을 놀리고 있는 것이 분명했다. 엔젤은 시계추처럼 발을 흔들었다. 일 초가 모여서 일 분이 되고, 일 분이 모여서 삼십 분이 된다. 미가엘에게 허락된 시간은 그게 다였다.

'주여, 이 여자에게 제 마음을 전하려면 백만 년은 필요할 겁니다. 정녕 이 여자가 당신께서 정해 주신 여인이 맞단 말입니까?'

엔젤의 눈동자는 깊이를 헤아릴 수 없이 깊고 푸른 빛이었다. 미가엘은 그 안에서 아무것도 읽을 수 없었다. 그녀는 벽이었고, 끝이 없는 바다였고, 구름이 잔뜩 끼어 눈앞의 자기 손도 볼 수 없을 정도로 캄캄한 밤하늘이었다. 엔젤이 보여 주기로 마음먹은 것 이외에는 아무것도 볼 수 없었다.

"이야기를 하고 싶다고 하셨잖아요, 미스터. 그러니 어서 하세요."

미가엘은 슬퍼졌다.

"이런 식으로 당신을 찾아오는 게 아니었소. 다른 방법을 찾아내야 했는데."

"다른 방법이 어디 있나요?"

미가엘은 다른 사람과 똑같은 방법으로 찾아와서 나는 다르다고 이야기하려던 자신이 어리석게만 느껴졌다. 금으로 그녀의 시간을 사다니.

미가엘은 요셉의 이야기를 듣고 공작부인을 찾아갔다. 그 여자는 마치 엔젤이 고가의 상품인 양 말했다. 결론은 돈을 내야 그녀와 이야기할 수 있다는 것이었다. 값을 치르는 것이 엔젤을 만나는 가장 간단하고 정확한 방법 같았다. 가격이 얼마인지는 중요하지 않았다. 하지만 가장 쉬운 방법이 반드시 가장 좋은 방법은 아니다.

다른 방법을 찾았어야 했다. 다른 장소에서 만났어야 했다. 엔젤은 전적으로 일로서만 그를 대할 뿐, 이야기를 들을 준비가 전혀 되어 있지 않았다. 게다가 미가엘도 도무지 정신을 집중할 수 없었다.

"몇 살이오?"

엔젤은 피식 웃었다.

"많이 먹었어요. 늙었죠."

미가엘은 맞는 말이라고 생각했다. 엔젤이 말하는 것은 단순한 나이가 아니었다. 엔젤은 웬만해서는 놀라거나 동요하는 법이 없을 것 같았다. 어떤 일에든지 마음의 준비가 되어 있는 것처럼 보였다. 처음 그녀를 본 순간에 받았던 느낌 그대로 그녀 안에 뭔가가, 분명 이 겉모습 아래 전혀 다른 뭔가가 있었다.

'주여, 어떻게 하면 그 안으로 들어갈 수 있습니까?'

"손님은 몇 살인가요?"

엔젤이 되물었다.

"스물여섯이오."

"금광에서 일하기엔 나이가 많으시네요. 금광 인부들은 대게 열여덟이나 열아홉이거든요. 최근에는 진짜 남자다운 남자를 만난 적이 별로 없어요."

미가엘의 마음을 전혀 눈치채지 못한 엔젤의 말에 미가엘은 마음을 단단히 먹었다.

"어째서 이름이 엔젤인거요? 외모 때문인가? 아니면 본명?"

엔젤은 입을 지그시 다물었다. 유일하게 남겨놓은 것이 이름이었다. 엔젤은 그 누구에게도 자신의 이름을 말하지 않았다. 심지어 공작에게도. 엔젤을 진짜 이름으로 부른 사람은 엄마뿐이었다. 그런데 그 엄마는 죽었다.

"다른 이름으로 부르고 싶으시면 얼마든지 그렇게 하세요, 미스터."

엔젤은 그가 값을 치른 것을 가져가지 않는다고 해서 다른 것을 줄 생각은 없었다. 미가엘은 천천히 엔젤을 바라보았다.

"마라가 어울릴 것 같소."

"고향에서 알고 지내던 사람의 이름인가요?"

"아니, '비탄에 잠겨 있는 자'라는 의미를 가진 이름이오."

엔젤은 순간 그를 빤히 바라보다가 그대로 입을 다물었다. 이건 또 뭐 하자는 수작이지?

"그렇게 생각하세요? 뭐 마라도 괜찮은 이름이네요."

엔젤은 한쪽 어깨를 살짝 올렸다. 그리고 다시 다리를 앞뒤로 흔들면서 속으로 시간을 쟀다.

'이 남자가 여기 얼마나 있었지? 얼마나 더 참아 내야 하는

걸까?'

미가엘은 계속 질문을 이어 갔다.

"어디서 왔소?"

"여기저기서요."

정중하지만 도발적인 말투에 숨겨진 조심성에 미가엘은 살짝 미소를 지었다.

"그 여기저기 중에 이름을 댈 만한 곳은 없소?"

"그냥 여기저기였어요. 그러는 손님은요? 이름이 어떻게 되나요? 어디서 오셨는지 밝힐 수 있어요? 아내가 있으신가요? 꺼림칙한 게 있어서 진짜로 원하는 걸 못하고 계시는 건 아닌가요?"

엔젤은 발 흔들기를 멈추고 상체를 앞으로 기울여 한꺼번에 쏘아붙였다. 하지만 미가엘은 놀라기보다는 오히려 안심했다. 아까 문을 열어 주던 여자보다는 지금 이런 모습의 엔젤이 훨씬 더 진짜로 보였다.

"미가엘 호세아요. 여기서 북서쪽에 있는 계곡에 살고 있소. 그리고 미혼이오. 하지만 곧 결혼하게 될 거요."

엔젤은 거북한 마음이 들어 얼굴을 찡그렸다. 엔젤을 바라보는 미가엘의 시선이 싫었다. 그 강렬한 눈빛이 엔젤의 마음을 불편하게 만들었다.

"무슨 성이 그래요? 호세아?"

미가엘은 묘한 미소를 지었다.

"성경에 나오는 선지자의 이름이오."

엔젤은 '이 남자가 지금 농담이라도 하는 건가?' 하고 생각했다.

"그럼 내 미래가 어떻게 될지 말해 줄래요?"

"당신은 나와 결혼하게 될 거요. 내가 당신을 여기서 데리고 나갈 테니까."

엔젤은 웃음을 터트렸다.

"오늘 받은 세 번째 청혼 되겠습니다. 정말이지 영광이에요."

머리를 절레절레 흔들며 엔젤은 상체를 숙였다. 그녀의 입가에 어린 미소는 냉소적이었다. 이런 식의 수작이 신선할 거라고 생각한 걸까? 이런 게 통할 거라고?

"그럼 제가 맡은 역할은 언제부터 시작하면 될까요, 미스터?"

"당신 손가락에 결혼반지가 끼워지고 난 다음에 시작하면 될 거요. 지금 당장은 당신에 대해 좀 더 잘 알고 싶소."

이런 식으로 질질 끄는 남자는 딱 질색이다. 시간을 낭비하면서 위선을 떨고 끝없는 거짓말이나 늘어놓는다. 덕분에 밤이 길어졌다. 엔젤은 더는 장단을 맞추고 싶지 않았다.

"뭘 더 말해 드릴까요? 저는 보시는 그대로의 사람이에요. 손님이 원하시는 것을 말씀해 주시면 그대로 해 드릴 수 있거든요. 하지만 서두르세요. 시간이 많이 지났어요."

미가엘은 이 첫 번째 만남이 완전히 엉망이 되었다고 인정할 수밖에 없었다. 하지만 뭘 기대할 수 있단 말인가? 이곳에 와서 이야기를 나누고 나면 엔젤이 순순히 그의 팔을 잡고 따라나서리라 생각했단 말인가? 엔젤은 당장이라도 그를 내쫓고 싶어 안달이 난 듯 보였다. 미가엘은 이런 뻔한 결과를 예상하지 못할 정도로 순진한 멍청이처럼 굴었던 자신에게 화가 났다.

"당신이 이야기하는 건 사랑이 아니잖소, 마라. 난 당신을 이용하려고 여기에 온 게 아니오."

그의 끈질긴 말과 마라라는 이름에 엔젤이 발끈 화를 냈다.

"아니라고요? 그렇다면 알겠네요."

엔젤은 미가엘이 앉아 있는 곳으로 가까이 다가갔다. 그리고 부드러운 손으로 미가엘의 머리를 쓸어내렸다. 그가 긴장하고 있다는 것을 느낄 수 있었다. 엔젤은 더 자극적으로 움직였다.

"어디 맞춰 볼까요, 미스터? 그러니까 손님은 저에 대해 더 알고 싶으시다는 거잖아요. 제가 어떤 생각을 하고 어떤 감정을 느끼는지 말이에요. 그리고 아마 무엇보다도 저처럼 착한 아가씨가 어쩌다 이런 일을 하게 되었는지 궁금하실 테죠."

미가엘은 두 눈을 감고 입을 굳게 다문 채 엔젤의 손길이 미치는 여파에 저항하려 애썼다.

"지금 머릿속에 떠오르는 대로 해 버리세요, 미스터."

미가엘은 단호한 손짓으로 엔젤을 옆으로 밀었다.

"난 당신과 이야기를 하려고 왔소."

엔젤은 가늘게 뜬 눈으로 미가엘을 쳐다보다가 실내복 앞섶을 획 잡아당겨 여미고는 허리끈을 꽉 조였다. 하지만 꿰뚫어

보는 듯한 미가엘의 시선에 속을 들켜 버린 듯한 느낌을 떨칠 수 없었다.

"그렇다면 잘못 찾아오셨어요. 아무래도 여기서 얻을 수 있는 게 뭔지 제대로 알려 드려야겠네요."

엔젤이 노골적으로 뭘 할 수 있는지 말했다. 하지만 이번에 미가엘은 얼굴을 붉히지 않았다. 아니, 아예 아무런 반응도 보이지 않았다.

"난 당신에 대해 알고 싶은 거지, 당신이 뭘 할 수 있는지 알고 싶은 게 아니오."

미가엘이 무뚝뚝한 어조로 말했다.

"대화를 원하시면 아래층에 있는 바에나 가 보세요."

미가엘은 자리에서 일어섰다.

"내 아내가 되어서 나와 함께 이곳에서 나갑시다."

엔젤이 싸늘하게 웃었다.

"아내를 원하신다면 우편으로 한 명 보내 드리죠. 아니면 다음 역마차가 도착할 때까지 기다리시든가요."

미가엘은 엔젤에게 한 걸음 다가왔다.

"행복한 삶을 약속하겠소. 당신이 여기서 어떻게 지냈는지, 또 그 전에 어디 있었는지는 상관하지 않겠소. 지금 당장 나와 같이 갑시다."

엔젤이 미가엘을 비웃었다.

"왜요? 또 그 타령인가요? 이봐요, 전에도 이런 이야기는 수백 번도 넘게 들었어요. 나를 보자마자 사랑에 빠져서 나 없이는 하루도 살 수 없다는 거잖아요. 나한테 근사한 생활을 할 수 있도록 보장해 주겠다고요? 대단한 미끼네요."

"난 정말 그렇게 할 수 있소."

"아무리 그래 봐야 늘 똑같이 끝나 버리죠."

"아니, 그렇지 않소."

"내 관점에서는 그래요. 누구라도 날 소유할 수 있는 시간은 삼십 분이에요, 미스터."

"이런 것이 당신이 원하는 삶이라는 거요?"

원하고 말고가 다 무슨 소용이지?

"이게 내 삶이에요."

"꼭 이렇게 살아야 하는 건 아니잖소. 선택할 수 있다면 무엇을 하고 싶소? 바라는 삶이 있소?"

"당신에게 무엇을 바라는지 묻는 건가요? 그렇다면 아무것도 없어요."

"삶에서 원하는 바가 무엇이냐고 묻는 거요."

순간 엔젤의 마음속에 살을 에는 듯한 차가운 바람이 일었다. 삶이라고? 도대체 이게 다 무슨 소리지? 미가엘의 질문이 엔젤을 난타했다. 엔젤은 차갑고 냉담한 미소로 스스로를 방어했다. 두 손을 활짝 펼친 엔젤은 최소한의 가구만을 갖춘 자신의 방을 가리켜 보였다.

"필요한 건 여기에 다 있어요."

"지붕과 음식, 좋은 옷이 있겠지."

"그리고 일이요. 내 일을 잊지 말아 주세요. 나는 정말 이 일을 잘하거든요."

"하지만 당신은 이 일을 증오하고 있잖소."

순간 엔젤은 아무 말도 하지 않고 경계하는 눈빛을 보냈다.

"정말이지 오늘 밤은 지독하게 힘들군요. 댁 덕분이에요."

엔젤은 창가로 걸어갔다. 밖을 내다보는 척하면서 엔젤은 두 눈을 감고 마음을 가라앉히려고 노력했다. 도대체 오늘 밤은 왜 이 모양이지? 이 남자가 뭐라고 이렇게 마음을 흔들어 놓는 거야? 이렇게 혼란스러운 감정보다는 아무것도 느끼지 못하는 무감각한 상태가 더 좋았다. 희망은 고문이다. 희망은 엔젤의 적이다. 그리고 이 남자는 정말 성가신 골칫덩이다.

미가엘이 뒤로 다가와 엔젤의 어깨에 두 손을 얹었다. 엔젤의 긴장이 손을 타고 미가엘에게 전해졌다.

"나와 같이 갑시다. 내 아내가 되어 줘요."

엔젤은 성난 몸짓으로 그 손을 떨쳐내고 물러섰다.

"사양하겠어요."

"어째서?"

"이곳을 떠나고 싶지 않기 때문이죠. 그게 이유예요. 이 정도면 충분한 이유가 되겠죠?"

"나와 같이 가고 싶지 않다면, 내가 당신에게 조금 더 가까이 다가갈 틈이라도 허락해 줘요."

'드디어 본색을 드러내시는군.'

"여섯 걸음만 더 다가오시면 되는데요, 미스터. 발을 하나씩 떼서 옮기기만 하면 된다고요."

"나는 실제 거리를 이야기하는 게 아니오, 마라."

엔젤의 모든 감정이 소용돌이쳐 빠져나갔다. 그대로 온몸이 발아래 블랙홀로 빨려들어 갈 것만 같았다.

"엔젤이에요. 제 이름은 엔젤이라고요. 아셨어요? 엔젤! 아까운 시간과 사금만 낭비하고 계시네요."

"아무것도 낭비하지 않았소."

엔젤은 다시 침대에 걸터앉아 한숨을 크게 내쉬고 한쪽으로 고개를 기울인 채 미가엘을 올려다보았다.

"이보세요, 손님. 남자들은 대부분 여기에서는 솔직하게들 굴어요. 돈을 냈으니 원하는 것을 얻은 다음 떠나는 거죠. 그런데 가끔은 댁 같은 사람들이 있어요. 다른 사람들과 똑같다는 사실을 못 견디는 부류죠. 그래서 나를 얼마나 사랑하는지 늘어놓고 내 삶에 어떤 문제가 있는지 설교하면서 자신들이 그것을 고쳐 줄 수 있다고 말하죠."

엔젤의 입술은 냉소적으로 비뚤어졌다.

"하지만 그래 봐야 결국에는 그 모든 말들은 젖혀 두고 진짜로 원하는 것을 얻고 사라져 버리죠."

미가엘은 크게 숨을 들이마셨다. 좋다. 적어도 이제는 말을 돌려서 하지는 않고 있다. 그렇다면 미가엘 역시 솔직하게 말할 수 있다.

"당신을 보기만 해도 내 육체가 반응하는 건 틀림없는 사실이오. 당신도 욕망에 허약한 인간의 나약함에 대해 잘 알 거요. 그렇소. 난 당신을 원하오. 하지만 내가 얼마나 당신을 원하는지에 대해서는 잘못 알고 있소."

엔젤은 더 불쾌해졌다.

"그런 느낌이 든다고 해서 창피해하거나 불쾌해할 필요 없어요. 남자들은 원래 다 그러니까."

"말도 안 되는 소리. 그 사람들은 모두 엉터리요."

"지금 저한테 남자들에 대해 말씀하시는 건가요? 손님, 제가 제일 잘 아는 게 그건데요. 바로 남자들이요."

"나에 대해서는 아무것도 모르잖소."

"남자들은 모두 자신은 다르다고 말하기를 좋아하죠. 남들보다 자기가 낫다고 생각하기를 좋아하신단 말씀이에요."

엔젤은 침대를 톡톡 두들겼다.

"자, 이리 오세요. 그럼 손님이 다른 남자들과 얼마나 비슷한지 알려 드릴게요. 아니면 내 말이 맞을까 봐 두려워서 못하시겠어요?"

미가엘은 부드러운 미소를 지어 보였다.

"그 침대 위에서라면 나를 상대하는 게 훨씬 편할 거라고 생각하는군. 그렇소?"

미가엘은 엔젤 앞에 놓인 의자에 가서 앉았다. 당황한 기색은 전혀 없었다. 미가엘은 상체를 앞으로 기울이고 두 손은 편안하게 아래로 늘어뜨렸다.

"내가 당신을 찾아오는 다른 남자들보다 더 낫다고 말하는 게 아니오. 그저 그 사람들보다 더 많은 것을 원한다고 말하는 거요."

"예를 들면?"

"당신의 모든 것을 원하오. 당신 자신도 모르고 있는 모습까지 모두 다."

"사금 몇 온스로 제비를 모조리 뽑아 버리는 사람도 있었어요."

"내가 당신에게 주려는 게 뭔지 들어 봐요."

"당신이 내게 주겠다는 것이 무엇이든 여태껏 내가 가졌던 것과 별반 다를 게 없을 것 같은데요."

누군가 문을 두 번 두드렸다. 엔젤은 노골적으로 안도하는 표정을 지었다. 그런 다음 억지웃음을 지으며 어깨를 으쓱여 보였다.

"어머, 손님께서 원하시던 이야기 시간이 다 되었네요. 그렇죠?"

엔젤은 자리에서 일어나 옷걸이에 걸린 모자를 집어 미가엘에게 내밀었다.

"이제 가실 시간이에요."

미가엘은 실망했지만 그렇다고 풀이 죽어 보이지는 않았다.

"다시 오겠소."

"얼마든지 좋으실 대로요."

미가엘은 엔젤의 얼굴을 손으로 만졌다.

"생각을 바꿔요. 당장 나와 함께 갑시다. 여기보다는 훨씬 나을 거요."

엔젤의 심장이 거칠게 뛰었다. 이 남자가 진심으로 말하는 듯 보였다. 하지만 조니도 이런 얼굴이었다. 매력적인 외모에 번지르르한 말로 그녀를 꾀었다. 하지만 결국 그가 원하던 것은 공작의 물건을 빼돌리는 것이었다. 그때 엔젤은 도망칠 수만 있다면 무엇이든 할 수 있었다. 하지만 두 사람은 결국 실패했고, 그 대가는 참혹하고 끔찍했다.

엔젤은 이 농부를 어서 쫓아내고 싶었다.

"당신의 사금은 여기 말고 다른 곳에 사용하는 게 훨씬 낫겠어요. 당신이 찾는 게 뭐든 그건 나한테 없어요. 메기를 찾아가 보세요. 그 여자는 철학적이니까."

엔젤이 문을 열려고 하자 미가엘이 막았다.

"내가 찾는 것은 모두 당신에게 있소. 당신을 처음 본 순간에는 이런 마음까지 느끼지 못했지만 지금은 확신하오."

"삼십 분 다 됐어요."

미가엘은 엔젤이 듣고 있지 않는다는 것을 깨달았다. 오늘은 이만하기로 했다.

"다시 오겠소. 내가 원하는 건 솔직한 모습으로 만나는 삼십 분이 전부요."

엔젤은 미가엘을 위해 문을 열었다.

"손님, 오 분만 더 계시면 꽁지가 빠지게 달아나서야 할 거에요."

4장

내가 원하는 바 선은 행하지 않고,
도리어 원하지 아니하는 바 악을 행하는도다.
_로마서 7장 19절

　미가엘은 다시 찾아왔다. 다음 날 밤에도, 그 다음 날 밤에도. 그를 볼 때마다 엔젤은 마음이 흔들렸다. 그는 말했고, 엔젤은 절망적일 정도로 동요했다. 남의 말을 쉽게 믿을 정도로 순진한 엔젤이 아니었다. 그래서는 안 된다는 교훈을 그야말로 힘들게 배웠다. 희망은 꿈일 뿐이다. 희망을 좇는 일은 삶을 참을 수 없는 악몽으로 바꾸어 놓는다. 다시는 헛된 말이나 약속에 말려들지 않을 생각이었다. 남자의 말에 속아 지금보다 나은 뭔가가 있다는 생각 따위는 하지 않을 것이다.
　그렇지만 문 앞에 그 남자가 서 있는 모습을 볼 때마다 느껴지는 긴장감을 완전히 떨쳐 버릴 수는 없었다. 그는 엔젤에게 손끝 하나 대지 않았다. 그저 자유의 그림을 말로 그려 보였으며, 그 옛날에 접어 두었던 어릴 적 간절한 바람을 다시 헤집어 놓았다. 그것은 절대로 죽지 않는 간절한 바람이었다. 하지만 그 바람을 만족시키기 위해서는 언제나 도망쳐야 했고, 어김없이 엄청난 재난이 뒤따라왔다. 하지만 여전히 그 바람은 마음속 깊은 곳에 남아 있었다. 마지막으로 그 바람을 이루려 노력했을 때, 엔젤은 공작에게서 도망쳐 지독한 냄새가 진동하는 불결한 이곳으로 오게 되었다.

그랬다. 마침내 교훈을 얻은 것이다. 나아지는 것은 아무것도 없다. 삶은 계속 고약해지기만 한다. 살아남는 길은 적응하고 수용하는 것뿐이다.

그런데 이 고집불통 사내는 엔젤이 그뿐만 아니라 다른 누구와도 떠나지 않을 거라는 사실을 왜 받아들이지 못하는 것일까? 어째서 그만 포기하고 엔젤을 내버려두지 않느냔 말이다!

그가 떠나고 나면 엔젤은 머릿속에서 그를 지우려 애썼다. 하지만 그의 뭔가가 끊임없이 엔젤을 괴롭혔다. 시도 때도 없이 그가 생각나서 억지로 다른 생각을 하려고 애써야 했다. 그렇게 간신히 그에 대한 생각을 지우고 나면 다른 사람들이 불쑥 이야기를 꺼내 그를 다시 생각나게 했다.

"지난밤에 같이 있던 그 남잔 누구야?"

저녁식사를 하는데 레베카가 물었다. 엔젤은 짜증이 밀려오는 것을 꾹 참고 빵에 버터를 발랐다.

"누구?"

엔젤은 테이블 건너편에 앉아 있는 가슴이 풍만한 빨강머리 아가씨를 쳐다보며 되물었다.

"누구긴? 그 덩치 크고 잘생긴 남자 말이야."

엔젤은 빵을 한입 베어 물었다. 누가 왔다 갔는지에 대해 시시콜콜 물어보는 사람 없이 이스트로 부풀린 맛있는 빵과 사슴고기 스튜를 즐기고 싶었다. 손님이 어떻게 생겼는지 알게 뭐람. 모두 똑같은 남자들인데.

"나한테 넘겨, 엔젤."

레베카가 조바심을 내면서 말했다.

"네가 별로 좋아하지 않는 것 같아서 하는 얘기야. 어젯밤에 너한테 갔던 그 남자 말이야, 마지막으로 함께 있었던 그 남자. 이층으로 올라오다가 복도에서 봤어. 백팔십 센티미터는 훌쩍 넘는 키에 검은 머리칼과 푸른 눈동자, 그리고 넓은 어깨까지. 몸도 단단하고 늘씬하더라. 걷는 폼도 군인처럼 반듯하던데. 날 보고 웃는데 완전히 녹여 주더라고."

럭키는 적포도주 병을 들고 앉아 스튜 그릇을 옆으로 치우면서 말했다.

"낸터킷 섬에서 온 곰보딱지 난쟁이의 미소에도 그냥 녹아내릴 거면서."

"넌 그냥 포도주나 처마시고 있어. 너한테 한 얘기가 아니거든?"

레베카가 경멸 어린 말투로 이야기했다. 레베카에게는 럭키의 장난스런 농담을 받아 줄 여유가 없었다.

"내가 말하는 사람이 누구인지 모르는 척하지 마. 너 지금 나한테 말해 주기 싫어서 그러는 거지?"

엔젤이 레베카를 뚫어지게 쳐다보았다.

"난 잘 모르겠는데. 괜찮다면 식사나 맛있게 했으면 좋겠다."

토리가 웃음을 터트렸다.

"어째서 그치를 혼자서만 독차지하려고 그러는 거야?"

토리가 영국 억양이 진하게 묻어나는 어투로 계속 말했다.

"아무래도 드디어 엔젤이 좋아할 만한 작자가 나타난 모양이네."

다른 여자들이 크게 웃었다.

"아니면 엔젤 말대로 그냥 방해받지 않고 식사를 하고 싶어서 그러는지도 모르지."

럭키가 말했다.

레베카는 한숨을 내쉬었다.

"엔젤, 나 좀 불쌍하게 여겨 줘라. 지난달 내내 경험 없는 풋내기들만 상대했다고. 기분 전환을 위해 진짜 남자 한 번 상대했으면 좋겠어."

"그런 남자가 내 방을 찾아온다면, 난 당장 방문을 걸어 잠그고 둘만 있을 거야."

토리가 접시를 옆으로 밀어내며 말했다. 엔젤은 우유를 따르면서 미가엘 이야기는 그만하면 좋겠다고 생각했다.

"벌써 두 잔째잖아."

테이블 끝에 앉아 있던 르네가 말했다.

"공작부인이 우유는 한 끼에 한 잔씩만 마실 수 있다고 했어. 비싸다고 말이야. 그런데 엔젤, 넌 두 잔째야!"

"엔젤에게 내 몫의 우유도 먹으라고 했거든. 대신 엔젤 몫의 포도주는 내가 먹기로 했고."

럭키가 실실 웃으며 말했다.

"그건 공평하지 못해! 나도 엔젤만큼이나 우유를 좋아한단 말이야. 그런데 엔젤은 언제나 먹고 싶은 만큼 먹어."

르네가 투덜거렸다.

"그 몸에 우유를 더 마시면, 허리가 더 두툼해질 거다."

럭키가 웃으면서 말했다. 두 사람이 본격적으로 싸우기 시작했다. 엔젤은 비명을 지르고 테이블을 떠나고 싶었다. 머리가 욱신거리고 럭키가 계속 이죽대는 소리도 짜증스러웠다. 게다가 레베카는 그 몹쓸 남자를 포기할 생각이 없는 듯했다.

"세 번이나 연속해서 네 방에 들어갈 정도면 한몫 단단히 잡은 모양이야. 그 남자 이름이 뭐야? 모르는 척할 생각은 마."

엔젤은 자신을 좀 내버려두기만을 바랐다.

"그는 금 채굴꾼이 아니야. 농부야."

"농부?"

토리가 웃었다.

"누굴 바보로 아니? 농부일 리가 없잖아. 흙이나 파고 사는 농부들은 모두 멍청이라고."

"그가 자기 입으로 그렇게 말했어. 그 말이 꼭 맞는다는 보장은 없지만."

"이름은 뭐야?"

레베카가 다시 물었다.

"기억 안 나."

이놈의 남자는 곁에 없을 때도 엔젤을 괴롭힌다.

"말도 안 돼. 넌 알고 있잖아!"

이제 레베카는 화를 내고 있었다. 엔젤은 냅킨을 내던졌다.

"이봐, 난 이름 따위는 묻지 않아! 나를 찾아오는 사내들이 누군지는 관심 없다고. 그 작자들은 내게서 원하는 것을 얻어 갈 뿐이야. 그게 다야."

"나도 그런 데는 신경도 안 써."

럭키가 포도주를 더 따르며 거들었다.

"레베카, 그 남자가 너를 찾지 않아서 질투하는구나?"

"입 좀 닥치고 가만히 있어 줄래? 그냥 술이나 계속 퍼마시고 계셔. 그럼 곧 공작부인이 네 엉덩이를 걷어차서 내쫓으실 테니까."

레베카는 럭키를 노려보며 말했다. 럭키는 침착성을 잃지 않고 크게 웃었다.

"무슨 말씀. 그래도 내 엉덩이가 아직은 꽤 쓸 만하다고."

"여기에 여자가 별로 없는 게 다행인 줄이나 알아. 그렇지 않았다면 네 방문을 두드리는 남자는 거의 없었을 테니까."

토리가 코웃음을 치며 말했다. 럭키가 서서히 발동을 걸기 시작했다.

"너희 둘이 멀쩡한 정신으로 있어도 술 취한 나 하나만도 못해."

엔젤은 여자들 사이에 욕설이 오가는 것을 무시했다. 그나마 자신에게 쏟아지던 질문 공세가 그쳐서 다행이었다. 그런데 문제는 다시 그 남자 생각이 머리를 떠나지 않게 되었다는 것이다.

지금까지 엔젤 옆에서 아무 말 없이 앉아 있던 메기가 자신의 블랙커피에 설탕 한 스푼을 넣고 휘저으며 말했다.

"그래서 그 맛좋은 남자는 어떻게 생긴 사람이야, 엔젤? 뇌가 있는 남자야?"

엔젤의 얼굴이 어두워졌다.

"네가 직접 그 남자를 불러들여서 알아 봐."

메기는 눈썹을 올리고 미소를 지으며 의자에 기대어 앉았다.

"정말? 여기 이 친구들을 온통 흔들어 놓은 그 남자가 궁금해서라도 꼭 그렇게 해 봐야겠어. 정말 그래도 괜찮겠지?"

메기는 엔젤을 찬찬히 쳐다보았다.

"당연하지. 내가 왜 신경을 쓰겠어?"

"내가 먼저 찜했어!"

레베카가 말했다. 럭키는 크게 웃었다.

"야, 그 남자를 때려눕혀서 네 방으로 끌고 들어가기 전까지는 방법이 없을 텐데."

"그리고 공작부인이 좋아하시지 않을 거야."

르네가 샐쭉한 얼굴로 비꼬며 말했다.

"엔젤이 남자를 받으면 돈을 더 많이 벌거든. 도대체 왜 그러는지 이해가 안 되지만 말이야."

"그거야 네가 최고로 쌩쌩한 것보다 엔젤이 피곤에 절어 죽겠는 모습이 훨씬 낫기 때문이지."

럭키가 기세등등하게 말했다. 르네가 럭키에게 포크를 집어 던졌지만, 럭키는 몸을 살짝 옆으로 틀어 피했다. 포크는 벽에 부딪혀 탕 소리를 내며 튕겨 나왔다.

"제발 조용히 해, 럭키."

엔젤이 말했다. 마고완이 올 게 분명했다. 럭키는 술을 마시면 앞뒤 생각을 못했다.

"그러니까 어쨌든 너는 상관없다 이거지?"

레베카가 말했다.

"기꺼이. 네가 차지한다면 대환영이야."

엔젤은 미가엘에게 더는 괴롭힘을 당하고 싶지 않았다. 미가엘은 엔젤을 원했다. 그의 육체에서 뿜어져 나오는 열기로 충분히 알 수 있었다. 하지만 그는 아무런 행동도 하지 않았다. 그저 이야기를 할 뿐이었다. 많은 질문을 쏟아 놓을 뿐이었다. 그리고 기다렸다. 엔젤도 모르는 그 무엇을 기다렸다. 그를 기쁘게 해 주려고 가식적으로 상대하는 일도 피곤하기만 했다. 그는 언제나 같은 질문을 방식을 바꿔 물어왔다. 도무지 포기할 줄 모르는 사람이었다. 매번 찾아올 때마다 더욱 단호해졌다. 지난번에는 마고완이 두 번이나 올라왔고, 결국에는 어서 옷을 입고 나오지 않으면 재미없는 일을 당할 거라는 협박을 받아야 했다. 그때 미가엘은 셔츠 단추 하나 풀지 않고 있었다.

그리고 떠나기 직전에는 언제나 똑같은 말을 했다.

"나와 같이 갑시다. 나와 결혼해 줘요."

"이미 싫다고 말했잖아요. 그것도 세 번씩이나요. 내 말 못 알아들어요? 싫어요, 싫어요. 싫어!"

"당신은 여기서 행복하지 않아요."

"당신과 함께한다고 해서 더 행복해지지도 않을 거예요."

"그걸 어떻게 확신하지?"

"그냥 알 수 있어요."

"아무 옷이나 입고 나랑 같이 갑시다. 지금 당장. 너무 많이 생각하지 말아요. 그냥 저질러 버리는 거요."

"마고완이 밖에서 기다리고 있을 거예요."

하지만 정작 마고완은 이 남자에 대해 아무런 걱정도 하지 않는 듯 보였다. 엔젤은 이런 남자와 함께 사는 것은 어떤 것일지 생각해 보았다. 아무것도 두려워하지 않는 이런 남자와 같이 지내면 어떨까? 하지만 그 순간, 공작 역시 그 무엇도 두려워하지 않는 남자였다는 사실이 기억났다. 엔젤은 공작과 함께 지낸다는 것이 어떤 것인지 너무나 잘 알았다.

"마지막으로 말하는데, 싫어요."

엔젤은 단호하게 말하고 문고리로 손을 뻗었다. 미가엘이 엔젤의 손목을 잡았다.

"무엇 때문에 여기 있겠다고 고집하는 거요?"

엔젤은 손목을 비틀어 빼내서 문을 확 잡아당겼다.

"여기가 좋아요. 자, 이제 나가세요!"

"내일 또 봅시다."

미가엘은 그렇게 말하고 밖으로 나갔다.

엔젤은 문을 소리 나게 닫고 문에 기대어 섰다. 미가엘이 나갈 때쯤에는 언제나 머리가 쪼개질듯 아파 왔다. 그날 밤 엔젤은 침대 끝에 걸터앉아 두 손가락으로 관자놀이를 누르면서 통증을 가라앉히려고 애썼다.

그런데 지금 그때와 같은 통증이 일었다. 미가엘의 질문이 엔젤의 머릿속에서 메아리쳐 울리며 두통은 점점 심해져 갔다. 무엇 때문에 여기 있겠다고 고집하는 걸까? 어째서 저 문 밖으로 걸어 나가지 못하는 거지?

엔젤은 두 손을 꼭 말아 쥐었다. 일단 공작부인에게 맡긴 사금을 찾아야 했다. 그런데 사금을 한 번에 다 찾아올 방법이 없었다. 공작부인은 약간의 사치품을 살 정도의 금만 주었다. 금을 원하는 만큼 다 줄 만한 여유가 없다고 했다.

그런데 설혹 이곳을 떠날 정도로 충분한 금이 있다고 한들 뭐가 다를까? 공작에게서 도망쳐서 탄 배 위에서나 그 항해 끝에 흠씬 두들겨 맞아 부랑자들에게 발견되었을 때와 똑같지 않을까? 샌프란시스코에서 보낸 그 며칠간의 기억이야말로 지옥과 가장 닮아 있었다. 춥고 배고프고 두려웠다. 공작과 함께 지내던 때를 진심으로 그리워할 정도였다. 그 많고 많은 사람 중에서 하필이면 공작을.

절망이 마음속 가득 밀려 왔다.

'난 떠날 수 없어. 공작부인이나 마고와 같은 사람이 없다면 난 갈가리 찢기고 부서질 거야.'

엔젤은 미가엘 호세아와 함께 모험할 생각이 없었다. 그는 도무지 알 수 없는 미지의 사람이었다.

미가엘은 갖고 있던 사금과 여유 시간을 모두 써 버렸다. 이제 어떻게 그 여자에게 다가가야 할지 알 수 없었다. 문을 열 때마다 엔젤이 그에게서 멀어지려 하는 것이 보였다. 그가 말하면 그의 말을 듣는 척하면서 눈을 맞춰 줬지만 사실 그녀는 아무 말도 듣지 않았다. 그저 약속한 삼십 분이 어서 끝나기만을 기다렸다가 떠날 시간이 되었다고 말할 뿐이었다.

'주여, 마지막으로 딱 한 번 그녀를 찾아갈 수 있을 정도의 금이 남았습니다. 그녀가 제 말을 듣도록 도와주소서!'

미가엘은 층계를 올라가면서 이번에 할 말을 속으로 연습해 보고 있었다. 그러다가 빨강머리 여자와 부딪쳐 사과하면서 뒤로 물러섰다. 그 여자는 미가엘의 팔에 손을 올리고 미소를 지으며 그를 올려다보았다.

"오늘 밤은 엔젤을 성가시게 하지 마세요. 엔젤이 아저씨는 저를 더 좋아할 거라고 하던 걸요."

미가엘은 여자를 똑바로 바라보았다.

"또 뭐라고 하던가요?"

"손님을 제가 떠맡아 주면 고맙겠다고도 했어요."

미가엘은 이를 악물고 여자의 손을 떨쳐 냈다.

"알려 줘서 고맙습니다."

복도를 따라 걸어가 엔젤의 방문 앞에 선 미가엘은 분노를 억제하려고 노력했다.

'주님, 지금 듣고 계십니까? 제가 여기서 다시 이 짓을 해야만 합니까? 아시겠지만 저도 할 만큼 했습니다. 그렇지만 저 여자는 제가 주고자 하는 것을 원하지 않습니다. 그러니 이제 제가 어찌해야 합니까? 머리채라도 잡고 끌어내야 하는 겁니까?'

미가엘은 방문을 크게 두 번 두들겼다. 그 소리는 어두운 복도를 따라 크게 울려 퍼졌다. 엔젤은 문을 열고 미가엘에게 흘깃 시선을 주며 말했다.

"또 오셨네요."

"그래요. 또 왔소."

미가엘은 안으로 걸어 들어가 등 뒤로 문을 닫았다.

엔젤은 눈썹을 위로 치켜올렸다. 화난 남자는 예측불허의 위험한 존재다. 더구나 이렇게 덩치 큰 남자라면 엔젤에게 심한 해를 입히는 것은 일도 아니다.

"내가 아무리 이야기해 봐야 당신을 이곳에서 데리고 나갈 수 없는 거요?"

"당신이 금을 허투루 낭비한 건 내 탓이 아니에요. 첫날 분명히 말씀드렸잖아요. 기억하시죠? 저는 오해하시지 않게 잘 말씀드렸어요."

엔젤은 나직이 말하고 침대 끝에 걸터앉았다.

"이제는 계곡으로 돌아가서 일을 해야 하오."

"말리지 않을게요."

미가엘의 얼굴이 창백하게 굳어졌다.

"이렇게 타락한 곳에 당신을 버려두고 가고 싶지 않소!"

엔젤은 그가 폭발하듯 쏟아 놓는 말에 두 눈을 깜빡거렸다.

"손님이 신경쓸 일이 아니에요."

"당신을 처음 본 순간부터 당신은 내가 신경쓸 일이 되었소."

엔젤은 또다시 발을 앞뒤로 까닥까닥 흔들면서 초를 재고 있었다. 두 눈은 뜨고 있었지만 반쯤 잠들어 있었다. 그녀의 아름다운 푸른 눈동자에서는 아무것도 읽어 낼 수 없었다.

"더 하고 싶은 이야기가 있나요?"

엔젤은 두 손으로 입을 가리고 하품을 한 다음 한숨을 쉬었다.

"그럼 어서 하세요. 열심히 들어 드릴게요."

"내 말이 졸리기라도 하다는 거요?"

미가엘의 목소리에 날이 섰다. 드디어 이 남자의 성미를 건드린 모양이다. 좋다. 조금만 더 몰아붙이면 본색이 드러나게 할 수 있겠다.

"오늘은 정말 너무나 긴 하루였거든요. 이야기는 뻔할 테고요."

엔젤은 등을 살짝 두들겼다. 드디어 미가엘이 폭발했다.

"당신과 함께 침대에서 뒹굴어 주는 편이 훨씬 좋다는 말이로군, 그렇소?"

"적어도 당신이 지금껏 치른 금값이 아깝지 않다고 생각하며 돌아가게 될 거예요."

미가엘의 심장이 거칠고 빠르게 뛰었다. 분노와 육체적 욕망에 온몸을 떨며 창가로 걸어가 커튼을 젖히고 밖을 내다보았다.

"여기서 바라보는 풍경이 마음에 드는 거요, 엔젤? 진흙탕과 갈라진 건물들, 천막과 술 취해 난잡한 노래를 부르는 남자들, 생존을 위해 몸부림치는 사람들의 모습이 말이오."

'엔젤.'

그가 처음으로 엔젤이라고 불렀다. 엔젤은 왠지 모르게 마음이 아파 왔다. 마침내 그가 본색을 드러내는 순간이라고 생각했다. 이제 나머지 수순이 이어지기를 기다리면 되겠다. 그는 준비된 대사를 읊조리고 나서 원하는 것을 취하고 떠날 것이다. 그러면 모든 것이 끝이다. 엔젤이 조심해야 할 일은 그가 엔젤의 일부를 떼어 내서 가져가지 못하도록 하는 것이다.

"아니면 아래층의 군상들? 그래, 당신이라면 그 편을 더 좋아할지도 모르겠군."

미가엘은 노골적으로 비웃으며 커튼을 잡았던 손을 내렸다. 그리고 고개를 들어 엔젤을 똑바로 바라보았다.

"매일 밤 내가 당신에게 애정을 구걸하니 권력이라도 생긴 것 같소?"

"당신에게 그렇게 하라고 시킨 적 없어요."

"그래, 당신이 시킨 일은 아니지. 당신은 뭘 시키거나 요구하지 않았지. 아무것도 필요 없으니까. 아무것도 원하지 않고, 아무것도 느끼지도 않지. 차라리 아까 그 빨강머리 아가씨의 방으로 갈 걸 그랬나? 나를 떠넘기려 했던 그 아가씨 말이오."

'그거였군. 그래서 자존심이 상한 거로군.'

"난 그저 당신이 미소 짓는 모습으로 이곳을 떠나기를 바랐을 뿐이에요."

"내가 미소 짓는 모습을 바란다? 정말 그렇다면 내 이름을 불러 주시오."

"이름이 뭐라고 하셨죠? 잊어버렸어요."

미가엘은 엔젤을 잡고 침대에서 일으켜 세웠다.

"미가엘. 미가엘 호세아."

자제력을 잃은 미가엘은 엔젤의 얼굴을 두 손으로 감싸 쥐었다.

엔젤의 피부가 전하는 감촉이 미가엘이 왜 그곳에 와 있는지 잊게 했다. 그는 엔젤에게 키스했다.

"드디어 때가 되었군요."

엔젤이 그에게 더 가까이 다가갔다. 엔젤의 두 손이 능숙하게 움직였다. 미가엘은 지금 당장 엔젤을 멈추게 하지 않으면 자제력을 완전히 잃어버리게 될 것을 잘 알았다. 그렇게 되면 단순히 싸움에서 지는 정도가 아니라 전쟁에서 완패하게 되는 것이다.

엔젤이 셔츠 단추를 풀고 안으로 손을 밀어넣는 순간, 미가엘은 뒤로 물러섰다.

"이런, 빌어먹을."

미가엘이 소리쳤다. 깜짝 놀란 엔젤은 미가엘을 쳐다보았다. 엔젤은 분명하게 알 수 있었다. 충격이었다.

"어떻게 스물여섯 살이나 된 남자가 여자 경험이 전혀 없을 수 있죠?"

"천상의 배필을 만날 때까지 기다리기로 했소."

"그런데 그 배필이 나라는 건가요? 이런 불쌍한 사람 같으니라고. 정말 바보 같군요."

엔젤은 미가엘을 비웃었다. 마침내 이 남자를 무너뜨렸다.

'주여, 제가 오해한 것 같습니다. 이 여자가 당신이 제게 보내신 짝일 리 없습니다.'

남은 생애를 모두 바쳐야 이 여자를 이해시킬 수 있을 터였다. 지금이라도 엔젤을 부여잡고 마구 흔들면서 바보 같은 여자라고 말해 주고 싶었다. 하지만 그래 봐야 돌아오는 것은 '마침내 본색을 드러냈군.' 하는 표정으로 차가운 미소를 짓는 모습뿐일 것이다. 미가엘 역시 다른 남자와 같은 분류표를 받고는 깡통 속으로 던져질 것이다.

"당신이 그렇게 생각하고 싶다면, 그렇게 생각하시오."

화가 치솟은 미가엘은 문을 소리 나게 닫고 성큼성큼 복도를 걸어갔다. 층계를 내려와 카지노를 가로질러 앞을 가로막고 있는 여닫이문을 사정없이 밀쳐 내고 밖으로 나왔다. 차가운 밤공기가 이 뜨거운 열기를 가라앉혀 주기를 바라며 계속 걸었다.

미가엘······.

'모두 잊어 주세요! 제가 아내를 달라고 간구했다는 사실 자체를 잊어 주세요! 그렇게 꼭 필요한 건 아니었습니다.'

미가엘······.

'독신으로 살겠습니다.'

미가엘, 나의 사랑하는 자여.

미가엘은 걸음을 멈추지 않았다.

'하나님, 어째서 그 여자입니까? 어째서 점잖은 가정에서 얌전하게 자라 결혼식 첫날밤을 위해 순결을 고이 간직한 그런 여자는 안 되는 겁니까? 하나님을 숭배하는 독실한 과부는 안 될까요? 주여, 평범한 여자를 보내 주소서. 착하고 인내심 많고, 들판에 나가 저와 함께 밭을 갈고 씨를 뿌리고 추수를 할 그런 여자를 보내 주소서! 손톱 아래 때를 묻힐 수 있는 그런 여자를 보내 주소서. 그 피에 이미 더러움이 깃든 여자는 안 됩니다! 제 아이를 낳아 줄 여자를 보내 주소서. 아니, 혹 당신의 계획 안에 제 핏줄이 존재하지 않는다면 이미 아이가 있는 여자여도 괜찮습니다. 어찌하여 저에게 매춘부와 결혼하라고 하시나이까.'

이 여자야말로 너를 위해 내가 택한 자니라.

미가엘은 격분하며 걸음을 멈추고 어두운 하늘을 우러러 크게 소리쳤다.

"저는 예언자가 아닙니다! 당신이 택한 성인이 아니란 말입니다. 저는 그저 평범한 사람일 뿐입니다!"

다시 돌아가 엔젤을 데려오라.

"그렇게 안 할 겁니다. 이번에는 잘못 생각하신 겁니다."

돌아가라.

"네, 그 여자는 섹스에는 매우 능할 겁니다. 그건 정말이지 제대로 해 줄 겁니다. 하지만 그 외에는 아무것도 없습니다. 겨우 그런 것을 위해 돌아가라고요? 다시 돌아간다 해도 그 알량한 삼십 분의 시간 이외에는 그녀에게서 얻어낼 게 없을 겁니다. 희망을 품고 그 방으로 올라갔다가 좌절감만을 안고 돌아오겠죠. 도대체 하나님의 권세로 도와주시지 않으니 무슨 소용이 있겠습니까? 또다시 저를 본다 해도 그녀는 신경도 쓰지 않을 겁니다. 그녀는 저를 마치 짐짝처럼 다른 여자에게 넘기려고 했습니다. 주님, 싫습니다. 싫어요! 저는 그녀에게 있어서 길게 줄지어 늘어선 얼굴 없는 수많은 남자 중 하나에 불과합니다. 이런 것이 주님께서 생각하신 것은 아닐 겁니다!"

미가엘은 주먹을 쥐어 하늘을 향해 들어올렸다.

"그리고 제가 원한 것도 이런 게 아니었습니다!"

미가엘은 두 손으로 머리를 쓸어넘겼다.

"그 여자는 분명히 말했습니다. 제가 원한다면 어떻게든 그녀를 가질 수 있었습니다. 목 아래 모든 곳을 차지할 수 있었을 겁니다. 하지만 주여, 저는 그저 한낱 평범한 남자에 지나지 않습니다. 그녀가 저를 어떻게 만드는지 아시잖습니까!"

비가 차갑게 몰아쳤다.

미가엘은 어둠 속에 서 있었다. 읍내에서 이 킬로미터 떨어진 진흙탕 길 위였다. 빗줄기가 그의 얼굴을 타고 흘러내렸다. 미가엘은 두 눈을 감았다.

"참으로 고맙고, 감사합니다."

미가엘은 신랄한 어조로 말했다. 분노로 가득한 그의 뜨거운 피가 온몸을 타고 흘렀다.

"만약 제 분노의 열기를 식히려고 이러시는 거라면 별 소용이 없을 거라고 말씀드려야 할 것 같습니다."

사랑하는 자여, 내 뜻을 행하라. 내가 너를 웅덩이와 수렁에서 끌어올리고 네 발을 반석 위에 세워 그 걸음을 견고케 해주었도다. 엔젤을 구하러 돌아가라.

하지만 미가엘은 분노를 방패처럼 치켜들었다.

"아무것도 소용없을 겁니다. 아무런 감정도 느끼지 못하는 그런 여자는 원하지도 않고 또 필요하지도 않습니다."

미가엘은 마차 보관소를 향해 걸음을 옮겼다.

"손님, 지금은 길을 떠나시지 않는 게 좋아요. 폭풍이 몰려오고 있습니다."

"길 떠나기 좋은 날씨가 따로 있나요. 그리고 정말이지 이곳이 신물나게 싫습니다."

"그거야 뭐, 손님 말고 다른 사람들도 다 그렇게 생각하고 있을 겁니다."

읍내를 떠나려면 다시 팰리스 앞을 지나쳐야 했다. 술에 취한 사람들의 웃음소리와 피아노 소리가 귀에 거슬렸다. 미가엘은 위층 창문을 올려다보지도 않았다. 왜 그래야 한단 말인가? 그 여자는 아마도 일을 하고 있을 것이다. 미가엘은 계곡에 도착하는 대로 지옥에나 갈 그 여자는 완전히 잊어버릴 것이다. 그러면 기분이 나아지겠지.

미가엘은 다음번에 하나님께 인생을 함께 나눌 여자를 보내 달라고 기도할 때는 자신이 원하는 조건을 구체적으로 이야기하겠다고 결심했다.

엔젤은 창가에 서서 미가엘이 팰리스를 지나가는 모습을 내려다보았다. 쏟아지는 빗줄기에 한껏 웅크린 어깨만 보고도 그라는 것을 알 수 있었다. 그가 얼굴을 들어 창문을 쳐다봐 주기를 기다렸지만 그는 그렇게 하지 않았다. 엔젤은 그의 모습이 완전히 보이지 않을 때까지 창가에 서서 그를 쳐다보았다.

마침내 그를 쫓아냈다. 처음부터 간절히 원하던 일이다.

그런데 왜 뭔가를 잃어버린 느낌이 드는 거지? 드디어 그를 쫓아냈으니 기뻐해야 하는 게 아닌가? 이제 다시는 그가 이 방에 찾아와 엔젤을 미쳐 버리게 만드는 일은 없을 것이다.

그가 드디어 엔젤이라고 불렀다.

'엔젤!'

엔젤은 떨리는 손을 들어 유리창을 짚었다. 냉기가 손바닥을 파고들어 팔까지 전해졌다. 이마를 창살에 기대고 계속해서 떨어지는 빗방울 소리를 들었다. 그 소리는 부둣가 판잣집과 미소를 지으며 죽은 엄마를 생각나게 했다.

엔젤은 온몸을 떨면서 커튼을 내렸다. 어쩌면 유일한 탈출구는 그것뿐일지도 몰랐다. 죽음. 죽는다면 그 누구도 다시는 엔젤을 이용하지 못할 것이다.

엔젤은 침대에 올라가 앉아 두 무릎을 가슴으로 그러모은 다음 무릎에 머리를 묻고 몸을 앞뒤로 가볍게 흔들었다. 어째서 그 남자는 엔젤을 찾아온 것일까? 엔젤은 그저 모든 것을 받아들이며 잘 견뎌 내고 있었다. 그럭저럭 헤쳐 나가고 있었다. 그런데 그 남자가 나타나 마음의 평안을 완전히 부숴 놓았다. 엔젤은 두 주먹을 꼭 쥐었다. 미가엘 호세아가 쏟아지는 빗속을 뚫고 마차를 몰고 사라지던 모습을 잊을 수가 없었다.

마지막 기회를 던져 버린 것이 아닌가 하는 끔찍한 느낌이 들었다.

5장

> 죽음이 오늘 내 앞에 이르렀도다.
> 수년 동안 포로로 있던 자가 그의 집을 소원하는 마음처럼.
> _고대 이집트의 파피루스 중에서

폭풍은 며칠간 계속되었다. 빗줄기가 창가에 눈물처럼 흘러 더러운 먼지를 씻어 내렸다. 창 너머 보이는 세상은 물기로 가득했다. 엔젤은 일하고, 잠자고, 하염없이 앉아 판잣집과 오두막, 그리고 수천 개의 불빛이 켜진 낡은 천막촌 너머를 물끄러미 바라보았다. 초록색은 눈 씻고 봐도 찾을 수 없었다. 회색과 갈색뿐이었다.

지금쯤이면 헨리가 아침을 차려놓았을 것이다. 하지만 배가 고프지 않았다. 다른 여자들과 나란히 앉아서 다투는 소리나 온갖 불평을 들어야 하는 것도 내키지 않았다.

빗줄기는 점점 거세졌다. 거센 빗줄기를 따라 지난 추억이 세차게 밀려 왔다. 이렇게 비가 오는 날 오후에는 엄마와 게임을 하곤 했다. 비가 오면 판잣집은 몹시 추웠다. 평범한 사람이라면 도저히 견디지 못할 정도였다. 그래서 남자들은 안락한 선술집에서 몸을 덥히느라 판잣집에 오지 않았다. 랩 역시 그들과 어울렸다. 그러면 엄마는 사라를 무릎에 앉히고 담요를 둘렀다. 사라는 엄마를 온전히 차지할 수 있게 해 주는 폭풍이 좋았다. 엄마와 사라는 유리창 틀에 떨어지는 커다란 빗방울이 다른 빗방울과 합쳐져서 굵은 물줄기에 합세하는 것을 지켜보았다. 엄마는 엄마의 어릴 적 이야기를 들려주기도 했다. 좋았던 시절의 행복한 이야기들이었다. 엄마는 사라의 아빠에게 버림받은 이야기는 하지 않았다. 알렉스 스태포드에 대해서는 한마디도 하지 않았다. 하지만 엄마가 말없이 있을 때면 그 남자를 생각하면서 아파하고 있다는 걸 알 수 있었다. 엄마는 사라를 꼭 껴안고 조용히 흔들면서 콧노래를 불러 주기도 했다.

"아가, 너는 다르게 살게 될 거다. 너는 다르게 살게 될 거야. 두고 보렴."

엄마는 사라에게 입을 맞추며 이렇게 말하곤 했다. 그리고 엔젤은 지금 엄마의 말이 틀렸다는 것을 알고 있다.

엔젤은 과거를 떠올리는 걸 접고 커튼을 제자리로 내린 다음 레이스로 장식된 조그만 테이블 앞에 앉았다. 추억은 구석으로 밀어넣었다. 고통을 느끼기보다는 텅 빈 공허함이 더 나았다.

미가엘은 다시는 오지 않을 것이다. 이번에는 정말 끝이다.

엔젤은 두 눈을 꼭 감고 무릎 위에 올려놓은 손을 꼭 쥐었다. 어째서 자꾸 그를 생각하는 걸까?

"나와 함께 가서 내 아내가 되어 줘요."

그래, 싫증을 느껴 엔젤을 다른 사람에게 넘기기 전까지는 그렇게 하겠지. 공작처럼, 조니처럼. 삶이란 절대 변하지 않는 것이다.

엔젤은 침대에 드러누워 하얀 새틴 이불을 얼굴까지 덮었다. 남자들이 서툰 바느질로 만든 수의로 엄마의 굳어진 미소를 덮었던 일이 떠올랐다. 마음이 휑해졌다. 한때나마 품었던 희망이 모두 소진되었다. 이제는 버틸 힘이 없었다. 서서히 무너져 가고 있었다.

"이번에는 해내겠어."

엔젤은 주위를 감싼 침묵을 깨고 말했다. 어디에선가 공작의 웃음소리가 들리는 듯했다.

'어련하겠니, 엔젤. 지난번처럼 말이지.'

누군가 문을 두드리는 소리가 들려와 어두운 기억 속으로 빠져들던 엔젤을 잡아당겨 현실로 돌아오게 했다.

"들어가도 돼, 엔젤?"

럭키라면 환영이었다. 럭키는 기분이 좋아지려고 술을 마신다는 점만 빼면 여러모로 엄마와 비슷한 구석이 있었다. 문을 열고 들어오는 럭키는 취하지 않은 듯했다. 하지만 손에는 술병과 잔 두 개를 들고 있었다.

"요즘 계속해서 혼자만 있는 것 같아서 말이야. 괜찮아? 어디 아프거나 그런 건 아니지?"

"괜찮아."

"오늘 아침도 걸렀잖아."

럭키는 침대 옆에 놓인 협탁 위에 술병과 잔을 내려놓았다.

"배가 고프지 않아서."

"잠도 잘 못 잔 모양이네. 눈가에 그늘이 졌잖니. 기분이 안 좋구나, 그렇지?"

럭키는 다정하게 엔젤의 머리를 뒤로 쓸어 주었다.

"뭐, 사실 기분 안 좋은 일이야 우리 같은 여자들에게는 흔한 일이지. 나같이 늙은 창녀도 그러니까."

럭키는 엔젤이 좋았다. 그래서 엔젤이 걱정스러웠다. 너무나 젊고 단단하고 차가운 엔젤이 자신이 처한 상황에 대해 좀 더 여유를 갖고 웃음 짓는 법을 배우면 좋을 것 같았다. 엔젤의 미모는 이런 일을 하는 여자에게는 정말이지 여러모로 도움이 되는 점이었다. 럭키는 무성한 잡초 가운데 피어난 한 송이 꽃처럼 아름다운 엔젤을 바라보는 게 좋았다. 그리고 바로 그런 면 때문에 다른 여자들은 엔젤을 좋아하지 않았다. 그러나 엔젤 역시 다른 여자들을 개의치 않았다. 그들과 어울리고 싶지 않았기 때문이다.

럭키만이 유일하게 엔젤이 다가오는 것을 허락한 사람이었다. 하지만 거기에도 규칙은 있었다. 무슨 이야기든 할 수 있었지만, 남자와 하나님 이야기만은 금지였다. 이유는 묻지 않기로 했다. 엔젤이 럭키를 친구로 받아들여 준 것만으로도 황송한 일이었다.

그런 엔젤이지만 오늘은 특별히 더 조용했다. 그 아름다운 얼굴이 창백하고 여위어 보였다.

"술 한 병과 잔을 가져왔어. 다시 마셔 볼래? 어쩌면 이번에는 좀 나을지도 몰라. 천천히 마시면 될 거야."

"싫어."

엔젤은 진저리를 쳤다.

"아픈 게 아닌 건 확실한 거야?"

"어쩌면 약간 그런지도 몰라."

삶에 신물이 나 죽을 지경인 것은 맞았다.

"엄마 생각을 하고 있었어."

럭키가 엔젤의 과거 이야기를 듣는 것은 처음이었다. 럭키는 이런 이야기를 들은 것만으로도 대단한 영광이라고 생각했다. 같이 일하는 여자들 모두가 엔젤이 어디 출신인지조차 몰랐기 때문이다.

"엄마가 있었다니 몰랐네."

엔젤은 씁쓸한 미소를 지었다.

"어쩌면 현실이 아니었는지도 몰라. 그저 내 상상 속의 일인지도 모르지."

"그런 뜻으로 한 말 아니란 거 알잖아."

"알아. 그냥 가끔 정말 그런 게 아닌가 하는 생각을 해."

엔젤은 천장을 올려다보며 말했다.

사방에 꽃이 만발하고 장미 향기가 창문을 통해 들어오던 그런 집이 정말 있기는 했던 걸까? 엄마와 함께 들판을 뛰어다니고, 노래 부르고, 크게 웃던 일이 정말 있었던 일일까?

럭키가 엔젤의 이마를 짚어 보았다.

"열이 있네."

"두통이 좀 있어. 하지만 곧 괜찮아질 거야."

"얼마나 오래됐는데?"

"그 농부가 나를 귀찮게 굴면서부터 생긴 두통이야."

"그가 다시 왔어?"

"아니."

"그 남자가 너를 사랑하는 것 같더라. 그와 함께 이곳을 떠나지 않은 걸 후회하고 있는 거니?"

"아니. 그 남자도 다른 작자들과 똑같아."

"혼자 있게 나갈까?"

엔젤이 럭키의 손을 꼭 잡았다.

"아니. 그러지 마."

혼자 있고 싶지 않았다. 특히 과거가 자꾸 떠올라 도저히 밀어낼 수 없는 이런 때는. 죽음에 관한 생각만이 머릿속을 가득 메우는 이런 때는. 비 때문일 것이다. 끊임없이 창가를 두들겨 대는 빗줄기 때문이다. 엔젤은 미쳐 가고 있었다.

두 사람은 그렇게 한참을 아무 말 없이 침묵 속에 앉아 있었다. 럭키는 혼자서 술을 따라 마셨다. 엄마가 인사불성이 되도록 혼자서 술을 따라 마시던 기억이 되살아나자 엔젤의 몸속에 긴장감이 퍼졌다. 엄마의 슬픔과 죄책감, 그리고 끊임없는 흐느낌이 기억났다. 삶에 분노하고 비참해하며 술에 취해 남자에 대한 하나님의 진리를 이야기해 주던 클레오가 생각났다.

럭키는 엄마나 클레오가 아니다. 유쾌하고 자유분방한 그녀는 다른 사람과 이야기 나누는 것을 좋아했다. 스스럼없는 이야기가 향유처럼 흘러나오는 사람이었다. 럭키의 살아온 이야기를 듣고 있으면 엔젤의 지나간 이야기가 떠오르지 않을지도 몰랐다.

"우리 엄마는 내가 다섯 살 때 줄행랑을 쳤어. 전에 이 이야기해 줬던가?"

"다시 해 줘."

"고모가 날 맡아 주었지. 아주 근사한 요조숙녀였어. 이름은 프리실라 랜트리. 고모는 편찮으신 아버지를 돌보느라 근사한 신사와 결혼할 기회를 포기했어. 그리고 아버지가 돌아가시기 전까지 장장 십오 년이나 병간호를 했대. 그런데 그 아버지가 돌아가시자마자 사랑하는 우리 엄마가 고모네 집 문 앞에 쪽지 한 장 달랑 남겨 놓고 나를 버리고 간 거야. 그 쪽지에는 이렇게 적혀 있었지. '애는 보니라고 해요.' 그리고 '샤론'이라고 서명을 하셨다더군."

럭키는 소리 내어 웃었다.

"프리실라 고모가 아이 키우는 일을 달가워할 리가 없었지. 더군다나 별로 좋아하지도 않던 올케가 버린 딸아이니 말해 뭐해. 이웃에 사는 사람들은 나를 맡아 준 고모를 거의 성녀로 여겼어."

럭키는 잔에 위스키를 더 따르며 말을 이어 갔다.

"고모는 나를 엄마와 달리 바른 사람으로 키우기로 작정했지. 적어도 하루에 두 번 이상 회초리로 날 때리지 않으면, 자기 의무를 다하지 못했다고 생각하는 사람이었어. 매를 아끼면 아이를 망친다는 금언을 소중히 여기신 분이었지."

럭키는 협탁 위에 술병을 거칠게 내려놓고 상기된 얼굴로 흐트러진 머리카락을 쓸어넘겼다.

"고모는 술을 마셨어. 물론 나처럼은 아니었지. 모든 일을 딱 적절하게 하는 양반이었으니까. 그냥 홀짝거리는 정도였어. 그리고 분명히 말해 두는데 위스키는 마시지도 않았어. 마데이라 백포도주였지. 그것도 최상품으로. 아침부터 여기저기서 조금씩 홀짝거리며 마셔댔어. 예쁜 크리스털 잔에 담긴 백포도주는 마치 황금처럼 보였어. 그리고 이웃 사람이 찾아오기라도 하면 이모는 더할 나위 없이 나긋나긋하고 다정하게 굴었어. 사람들은 고모야말로 매력적이고 상냥한 사람이라고 생각했지."

럭키는 낄낄거리며 말하다가 한숨을 내쉬고는 잔을 들어 그 안에 담긴 호박 빛 액체를 빙글빙글 돌렸다.

"하지만 고모는 내가 아는 한 가장 잔인한 여자였어. 여기 공작부인보다 훨씬 더 야비했지. 손님들이 고모의 근사한 저택에서 멀어지자마자 나를 괴롭혔어."

럭키는 우아한 남부 억양을 흉내내며 말했다.

"애버내시 부인이 오셨는데 무릎을 꿇고 몸을 굽혀 제대로 인사를 하지 않았잖니. 게다가 내가 비스킷은 한 개만 먹으라고 했는데 두 개나 먹었어. 그리고 학교 선생님이 그러시는데 너 어제 산수 숙제 안 해 갔다며?"

럭키는 위스키를 거의 반 병 넘게 마시고 있었다.

"그러고 나서는 나를 꿇어앉히고 밖으로 나가 때리기 좋은 버드나무 회초리를 꺾어 올 동안 기다리게 했지. 그 여자 중지만 한 두께라야 했으니까 고르려면 시간이 좀 걸렸거든."

럭키는 술잔을 들어 램프 빛에 비추어 보다가 한숨에 다 마셔 버렸다.

"어느 날 오후 고모가 목사 사모님과 함께 티 파티에 갔어. 나를 여자기숙학교에 보내는 문제를 상의하러 간 거였지. 그때 내가 그놈의 버드나무를 다 잘라 버렸어. 나무가 지붕을 덮치고 고모가 가장 좋아하는 예쁜 응접실 위로 넘어졌지. 고모가 좋아하던 크리스털 그릇이 모조리 깨졌고, 나는 고모가 돌아오기 전에 그 집에서 도망쳐 나왔어."

럭키는 살짝 웃으며 빈 잔을 물끄러미 쳐다보았다.

"가끔은 그때 고모가 돌아와 어떤 얼굴을 하는지 보고 나서 도망칠걸 그랬다는 생각을 해. 그리고 가끔은 다시 돌아가서 고모에게 미안하다는 말을 하고 싶다는 생각도 들어."

럭키는 술병을 집어 들고 자리에서 일어났다. 눈이 흐릿해져 있었다.

"이제 그만 가서 눈 좀 붙여야겠다."

"럭키, 너무 많이 마시지 마. 공작부인이 술을 줄이지 않으면 정말로 쫓아내겠다고 했잖아."

엔젤은 럭키의 손을 잡고 말했다.

"내 걱정은 하지 마, 엔젤. 지난번에 그 소리를 들었을 때도 여긴 남자 스무 명에 여자 한 명꼴이었어. 짝이 안 맞으니 얼마나 다행이야. 너나 몸조심하렴. 마고완이 단단히 벼르고 있더라."

"마고완은 말똥만큼이나 하찮은 녀석이야."

"그래, 하지만 공작부인은 그 녀석을 상당히 신뢰해. 그런데 그놈이 계속 네가 농땡이나 부리고 건방지게 군다고 말하는 모양이야. 그러니 정말 조심해."

엔젤은 상관없었다. 몸조심한들 달라질 게 있을까? 남자들은 계속 이곳에 찾아와 돈을 내고 재미를 보려 할 것이다. 그러다가 이곳에도 괜찮은 여자들이 많아지고 가정을 꾸릴 수 있는 환경이 조성되면 그때는 엄마에게 했던 것처럼 엔젤을 대할 것이다. 길거리에서 마주쳐도 알은체하지 않을 것이다. 착한 여자들은 입을 벌리고 바라보면서 저 여자가 누구냐고 물어보는 아이들에게 아무런 대꾸도 하지 않고 고개를 돌릴 것이다. 그래도 엔젤은 계속 일을 할 것이다. 물론 어둠이 찾아온 다음에 말이다. 더는 예쁘지 않은 나이가 되거나 아무도 돌아보지 않을 정도로 심한 병이 들기 전까지는 이 일을 계속하는 것이다.

서부를 개척하는 남자들처럼 황야에 나가 그곳에서 살아나갈 수만 있다면 얼마나 좋을까. 사냥으로 음식을 마련하고, 쉴 곳을 직접 짓고, 그 어떤 사람도 상관하지 않고 혼자 지낼 수 있다면, 그곳이 바로 천국일 것이다.

엔젤은 자리에서 일어나 세면대로 걸어갔다. 도자기 대야에 물을 붓고 얼굴을 씻었다. 하지만 물이 전하는 차가움도 아무런 위안이 되지 못했다. 엔젤은 수건을 얼굴에 대고 한참을 그렇게 서 있었다. 그러다가 창가에 있는 조그만 테이블 앞에 앉아 커튼 너머로 밖을 응시했다. 건물 아래 세워진 텅 빈 사륜짐마차가 보였다. 미가엘이 생각났다. 하필 왜 지금 또 그를 생각하는 걸까.

'그와 함께 떠났다면 어땠을까? 그랬다면 뭔가 달라졌을까?'

하지만 곧 전에 한 남자와 같이 달아났던 일이 떠올랐다. 열네 살의 엔젤은 너무나 어리고 무지해서 조니의 야망을 알아차리지 못했다. 그는 끼니를 해결해 줄 호구를 찾던 중이었고, 엔젤은 공작에게서 달아나고 싶어 했다. 하지만 결국 두 사람 모두 원하는 바를 얻을 수 없었다. 엔젤은 공작이 두 사람을 잡아와 저질렀던 끔찍한 일을 떠올리며 두 눈을 질끈 감았다. 불쌍한 조니.

그 농부가 찾아오기 전까지는 모든 것이 견딜 만했다. 그는 조니 같은 남자다. 희망을 미끼삼아 엔젤을 꼬였다. 자유를 눈앞에 그려 보이며 엔젤에게 그 자유를 주겠다고 약속했다. 하지만 엔젤은 이제 그런 거짓말을 믿지 않는다. 자유에 대한 믿음도 버린 지 오래다. 까마득한 옛날에 자유를 꿈꾸는 걸 그만두었다. 그런데 미가엘 호세아가 와서는 모든 것을 휘저어 놓았다. 이제 다시는 그 생각을 지울 수가 없게 되었다.

엔젤은 커튼 자락을 움켜잡았다.

"여기서 벗어나야겠어."

어디든 상관없다. 어디든 이곳보다는 훨씬 나을 것이다.

지금까지 모은 금이면 조그만 오두막 한 채를 짓고 당분간 일을 하지 않고도 지낼 수 있을 것이다. 지금 필요한 것은 아래층으로 내려가 공작부인에게 지금까지 일한 몫을 달라고 말할 용기를 내는 일이다. 매우 위험한 일이라는 걸 알지만 이제는 그런 위험이 두렵지 않았다.

아래층으로 내려가니 바텐더 피트가 유리잔을 닦아 차곡차곡 쌓아올리고 있었다.

"좋은 아침이야, 엔젤. 산책하려고? 마고완을 찾아 줄까?"

엔젤은 용기가 조금씩 사그라지는 걸 느꼈다.

"아니."

"배고파? 헨리가 공작부인을 위해서 뭘 좀 만들어 놨어."

음식을 좀 먹으면 지금 느껴지는 이 메스꺼움을 진정시킬 수 있을 것도 같았다. 엔젤이 고개를 끄덕이자 피트는 잔을 내려놓고 바 끝에 있는 문을 열고 나갔다가 돌아왔다.

"헨리가 곧 먹을 걸 가지고 올 거야, 엔젤."

곧 조그만 체구의 프랑스 남자가 감자튀김과 베이컨이 담긴 쟁반을 들고 왔다. 커피는 미지근했다. 헨리는 식자재가 충분치 않아서 음식이 변변하지 못하다며 미안해했다. 그런데 엔젤은 도무지 먹을 수가 없었다. 먹으려 애를 썼지만 목에 걸려 넘어가지 않았다. 엔젤은 커피를 몇 모금 마시며 두려움도 같이 삼켜 버리려 했다. 하지만 가슴에 단단한 덩어리가 걸려 있는 것만 같았다.

피트는 그런 엔젤을 지켜보았다.

"무슨 일 있어, 엔젤?"

"아니. 그런 거 없어."

어서 해치워 버리는 편이 나을 것 같다고 생각한 엔젤은 접시를 옆으로 밀어내고 자리에서 일어섰다.

공작부인의 방은 일층 카지노 뒤편에 있었다. 엔젤은 묵직한 오크 문 앞에 섰다. 두 손에 땀이 찼다. 손바닥을 치마에 문질러 땀을 닦아 내고 크게 숨을 들이마신 다음 문을 두들겼다.

"누구?"

"엔젤이에요."

"들어와."

공작부인은 냅킨으로 입가를 톡톡 우아하게 눌렀다. 엔젤은 그 유명한 드레스덴 접시 위에 남겨진 치즈 오믈렛을 보았다. 달걀 하나면 이 달러다. 게다가 치즈는 아무리 돈을 많이 주어도 구하기 어려운 식품이었다. 마지막으로 달걀을 먹어 본 게 언제였는지 기억도 나지 않았다. 사기꾼 암소. 엔젤의 분노가 커진 만큼 두려움은 작아졌다.

"왜 잠 좀 자지 않고? 기분이 몹시 안 좋아 보이는구나. 기분 나쁜 일이라도 있는 거니?"

공작부인이 미소를 지으며 말했다.

"저한테만 일을 너무 많이 시키시잖아요."

"말도 안 되는 소리. 또 신경질을 부리는구나."

공작부인은 입고 있는 붉은색 실크 드레스 자락을 매만졌다. 그래 봤자 허리춤에 두둑이 붙어 있는 살집을 감출 수는 없었다. 두 볼은 불룩해졌고, 턱도 두 개가 되어 가고 있었다. 은발이 되어 가는 머리는 분홍색 리본으로 가지런히 묶었다. 역겨운 모습이었다.

"앉아 봐, 자기야. 뭔가 기분 나쁜 일이 있었구나. 마고완이 그러는데 오늘 아침에도 식사하러 내려오지 않았다며? 뭔가 새로운 걸 먹어 볼래?"

공작부인은 통통한 손을 흔들어 머핀이 담긴 바구니를 가리켰다.

"내 금을 받고 싶어요."

공작부인은 놀란 기색 하나 없이 그저 웃음을 터뜨리면서 커피를 따르기 위해 상체를 앞으로 숙일 뿐이었다. 공작 부인은 커피를 따른 다음 크림을 넣었다. 엔젤은 저런 크림은 도대체 어디서 구하는 것이며, 그것을 사려면 돈을 얼마나 내야 하는 것인지 궁금해졌다. 공작부인은 홀짝홀짝 커피를 마시며 잔 너머로 엔젤을 유심히 바라보다가 대수롭지 않다는 듯 툭 이야기를 던졌다.

"어째서 금을 달라는 거지?"

"내 거잖아요."

공작부인은 온화한 어머니와 같은 태도로 재미있다는 듯 엔젤을 바라보았다.

"커피나 마시면서 좀 더 얘기해 봐."

"커피는 마시고 싶지 않아요. 그리고 다른 이야기도 더 하고 싶지 않고요. 내 금을 돌려주세요. 지금 원하는 건 그것뿐이에요."

공작부인은 살짝 고개를 갸우뚱했다.

"그런데 조금 예의 바르게 이야기하면 안 되겠니? 어젯밤에 성질 사나운 손님이라도 받았던 거야?"

엔젤이 아무런 대답도 하지 않자 공작부인은 두 눈을 가늘게 뜨고 들고 있던 잔을 내려놓았다.

"뭐에 쓰려고 금을 달라는 거지, 엔젤? 여기서 돈 쓸 일이 뭐가 있다고? 옷이나 장신구들이 더 필요해?"

공작부인은 다시 재미있다는 표정을 지었다. 하지만 눈빛에는 경고가 담겨 있었다.

"원하는 걸 말해 봐. 그럼 내가 구해 줄 수 있는지 알아볼게. 물론 말도 안 되는 것이 아니라는 전제하에 말이야."

그러니까 달걀이나 크림 같은 것은 안 된다는 말이다. 자유도 안 되고.

"내 집이 갖고 싶어요."

공작부인의 낯빛이 어두워졌다.

"그럼 혼자서 일을 하겠다는 거니? 자기, 정말 야심차네?"

"분명히 말해 두는데 제가 팰리스와 경쟁할 일은 없을 거예요. 여기서 수백 킬로미터 떨어진 곳에서 살 생각이니까요. 난 그저 멀리 가고 싶어요. 혼자 지내고 싶다고요."

공작부인은 한숨을 내쉬면서 딱하다는 표정을 지었다.

"엔젤, 누구나 한 번씩은 그렇게 허황된 생각을 한단다. 나도 그랬어. 하지만 넌 이 일을 그만둘 수 없어. 너무 늦었거든. 내가 잘 돌봐 주고 있잖니? 그리고 합리적인 불평이라면 언제든지 받아 줄 수 있어. 하지만 널 혼자 있게 할 수는 없단다. 여긴 거친 곳이야. 혼자서는 안전할 수 없지. 너같이 예쁜 애가 혼자 있으면 끔찍한 일이 수도 없이 일어난단다."

공작부인의 눈이 번득였다.

"널 돌봐 줄 사람이 꼭 필요해."

"그럼 돈을 주고 경호원을 채용하면 되겠네요."

엔젤은 턱을 살짝 치켜올렸다.

공작부인이 피식 웃었다.

"마고와 같은? 하지만 너는 그런 부류를 좋아하지 않잖니?"

"결혼해도 되죠."

"결혼? 네가? 오, 정말 꿈도 야무지다."

"청혼 받았어요."

"오, 당연히 그랬겠지. 네 술주정뱅이 친구 럭키조차도 그런 청혼은 가끔 받는단다. 하지만 럭키는 그게 제대로 될 리가 없다는 걸 알 정도로는 머리가 돌아가거든. 창녀를 아내로 삼는 남자는 없어. 주변에 아무도 없어서 외롭고 여자가 그리우면 남자들은 온갖 바보 같은 소리를 지껄이는 법이야. 아, 그렇지만 그치들은 재빨리 정신을 차릴 줄도 안단다. 게다가 네가 그런 일을 좋아할 리도 없어."

"적어도 한 남자만을 위해서 일하게는 될 거예요."

공작부인은 미소 지었다.

"너 같은 애가 어떻게 한 남자의 더러운 바지나 빨고 음식을 만들고 집 청소나 하면서 지낼 수 있겠니? 그 모든 일을 다 해 주고 그 남자가 원할 때면 언제든지 몸까지 바쳐야 하는 일을 좋아한다고? 혹시 너는 온종일 누워만 있고 모든 일은 하인이 하게 해 줄 남자가 있다고 생각하는 거니? 다른 데서라면 그런 일이 가능할 수도 있겠다. 하지만 여기 캘리포니아에서는 어림없어. 더군다나 요즘 같은 때는 말이야. 지금 누리는 것이라도 지키려면 좀 더 똑똑하게 굴어."

엔젤은 입을 꼭 다물고 가만히 앉아 있었다. 공작부인의 양쪽 입 꼬리가 위로 올라갔다.

"문제는 네가 너무 자기 생각만 하는 데 있어, 엔젤."

부인은 고개를 절레절레 흔들었다.

"가끔 너희들은 꼭 버릇없는 아이같이 굴어서 나를 힘들게 하는구나. 좋아. 오늘 이 방문의 목적을 마무리해야겠지? 네 몫을 얼마나 더 올려 주면 되겠어? 삼십 퍼센트?"

"지금까지 번 것만 주세요. 당장요."

"좋아. 꼭 그래야겠다면 할 수 없지. 하지만 좀 기다려 봐. 널 대신해서 여기저기 투자를 좀 했거든."

공작부인은 무거운 한숨을 내쉬고 말했다. 엔젤은 꼼짝도 하지 않고 앉아 있었다. 분노와 좌절감이 점점 커져 갔다. 엔젤은 두 손을 꼭 맞잡았다.

"회수하세요. 그리고 지금 바로 내 몫을 청산해 줄 만큼의 금이 금고에 있다는 거 알아요. 당신이 먹을 달걀이나 치즈, 크림을 살 돈은 있잖아요."

엔젤은 두 손을 모아 오목하게 만들어 보였다.

"내가 원하는 건 겨우 이 정도 크기면 돼요. 어젯밤에 저한테 보내신 손님 중에 회계사가 있었어요. 그분이 계산해 주신 몫이에요."

"정말 은혜도 모르는 배은망덕한 애로구나. 내가 너를 위해서 한 일을 모두 잊어버렸나 보네. 이 조그만 사업체를 처음 시작할 때 든 비용이 얼만 줄이나 알아? 게다가 지금 물가가 얼마나 올랐는데. 지금 네가 입고 있는 옷값만 해도 한 재산이야. 실크에 레이스 달린 옷은 이런 탄광촌에서 구할 수도 없어. 게다가 음식은 또 어떻고. 그리고 이 건물은 공짜로 세운 줄 알아?"

공작부인은 애써 위엄을 지키며 자리에서 일어나 엔젤을 노려보며 말했다. 엔젤의 분노와 비통함은 어느새 이성적 사고로 변해 있었다.

"이 건물의 부동산 양도 증서에 내 이름이 올라 있나요?"

"지금 뭐라고 했니?"

공작부인은 움찔한 얼굴로 말했다.

"분명히 말했잖아요. 내 이름이 올라 있어요?"

엔젤 역시 자리에서 일어났다. 자제력을 잃고 말았다.

"당신은 아침으로 치즈와 달걀을 먹고 커피에 크림까지 넣어 마시잖아요. 레이스 달린 새틴 드레스도 입고요. 게다가 고급 도자기 커피 잔까지 쓰고."

엔젤은 잔을 집어 벽에 던져 버렸다.

"내가 얼마나 많은 남자를 받았길래 이렇게 돼지처럼 처먹고 귀족 흉내나 내는 우스꽝스러운 옷을 입을 수 있는 거죠, 공작부인? 어디서 오신 어떤 공작부인이신가요? 웃기고 있네. 당신은 어떤 남자도 거들떠보지 않는 늙고 뚱뚱한 창녀일 뿐이야!"

공작부인의 얼굴은 분노로 창백해졌다. 엔젤의 심장은 더욱 빠르게 요동쳤다. 공작부인이 증오스러웠다.

"그리고 내 손님들에게 받는 돈도 이제는 삼십 분당 사 온스가 아니잖아요. 요즘은 도대체 얼마를 받나요? 육 온스? 팔 온스? 지금쯤이면 이런 거 하나 차릴 만큼의 돈이 내 앞으로 모였을 거 아니에요!"

"만약 그렇지 않다면?"

공작부인은 매우 작은 목소리로 말했다. 엔젤은 턱을 치켜 올렸다.

"영리한 아가씨라면 혼자서도 잘 지낼 수 있죠."

"영리한 아가씨라면 나한테 이런 식으로 이야기할 생각은 애초에 하지 말았어야지."

공작부인은 매우 침착해져 있었다. 엔젤은 위험을 감지했다. 자신이 무슨 일을 했는지 그제야 깨달았다. 엔젤은 맥없이 주저앉았다. 심장이 목으로 튀어나올 것만 같았다.

공작부인은 엔젤에게 다가와 머리를 어루만졌다.

"내가 너한테 얼마나 잘해 줬는데 이럴 수 있니. 샌프란시스코에서 여기로 왔던 처음 몇 주간의 일은 까맣게 잊은 거니?"

공작부인은 엔젤의 턱을 잡고 고개를 들어올렸다.

"내가 너를 처음 봤을 때, 너는 온몸에 두들겨 맞은 자국이 선명했지. 이가 들끓는 큰 부대자루에서 지내면서 굶어 죽기 직전이었잖아."

공작부인이 턱을 잡은 손아귀에 힘을 주자 엔젤은 통증을 느꼈다.

"그 진창에서 너를 구해다가 이렇게 근사하게 만든 게 바로 나야. 내가 너를 이곳의 공주로 만들었어!"

공작부인은 엔젤의 얼굴을 놓아주었다.

"공주?"

엔젤이 음산하게 말했다.

"정말 배은망덕하구나. 마고와 말이 맞았네. 특별대우를 받는다고 네가 아주 건방져졌어."

엔젤은 속으로 떨었다. 불쑥 솟아오른 분노는 어느덧 증기처럼 사라졌다. 엔젤은 공작부인의 손을 잡고 자신의 차가운 볼에 가져다댔다.

"제발요. 더는 이곳을 견딜 수가 없어요. 여기서 벗어나야만 해요."

"어쩌면 정말 변화가 좀 필요한지도 모르겠구나."

공작부인은 엔젤의 머리를 쓰다듬으면서 말했다.

"생각 좀 해 보마. 이제 올라가서 좀 쉬어라. 나중에 다시 얘기하자."

엔젤은 순순히 공작부인의 말을 따랐다. 방으로 돌아와 침대 끝에 앉아서 기다렸다. 마고완이 노크도 없이 방으로 들어왔을 때, 엔젤은 자신의 부탁에 대한 공작부인의 답을 알 수 있었다. 엔젤은 자리에서 벌떡 일어나 뒤로 물러섰다. 마고완은 조용히 방문을 닫았다.

"공작부인께서 좀 전에 네가 무척 많은 이야기를 쏟아 냈다고 하시더군. 자, 작은 비둘기야. 이제는 내가 너한테 이야기를 좀 해야겠다. 내 얘기가 끝나면 너도 마이 링처럼 고분고분해질 거다. 그럼 나는 즐거운 마음으로 그런 너를 바라보게 되겠지. 오랫동안 이 순간이 오기만을 기다렸다. 너도 잘 알고 있지?"

엔젤은 꼭 잠겨 있는 이층 창문과 방문을 번갈아 보았다.

"내 손아귀에서 벗어날 생각은 하지 마라."

마고완은 입고 있던 검은색 코트를 벗었다.

엔젤은 검은색 이브닝 정장을 차려입은 키가 큰 검은 머리 남자를 떠올렸다. 이제 다 틀렸다는 체념과 함께 마지막이라는 생각이 들었다. 더는 남은 것이 없었다. 아니, 이전에도 뭔가가 있었던 적은 없다. 앞으로도 그럴 것이다. 어디를 둘러 봐도, 아무리 애를 써도 언제나 다시 덫에 걸리고 이전보다 더 나빠질 뿐이었다.

"걱정 마. 몸에는 어떤 자국도 남지 않게 해 줄 테니까. 이 일이 아무리 지겨워도 너는 오늘 밤에도 손님을 받게 될 거다."

엔젤의 가슴속에서 주체할 수 없는 분노가 끓어올랐다. 샌프란시스코 선착장의 부대자루 속에서 지내던 시절부터 지금 이 방에 오기까지 있던 일들이 모두 떠올랐다. 앞으로도 더 나아질 리는 없다. 엔젤의 삶에서 기대할 수 있는 것이라고는 지금 이것이 전부다. 세상은 공작과 공작부인, 마고완과 문 앞에 줄지어 서서 자신을 기다리는 남자들로 가득 차 있을 뿐이다. 언제나 그녀를 노예로 만들어 이용하고 그녀의 피와 살을 쥐어짜 자신의 잇속만을 채우려는 사람들만이 존재할 뿐이다.

탈출구는 단 하나다. 어쩌면 그 유일한 방법을 엔젤은 진작 알고 있었는지도 모른다. 그 탈출구가 방 안에 실체를 드러내고 바로 곁에서 그녀를 유혹했다. 마침내 엔젤은 그것을 포용할 준비를 마쳤다. 목표를 잘 겨냥한 말 몇 마디면 마고완이 끝내 줄 것이다. 그러면 마침내 자유로워질 것이다. 영원한 자유다.

마고완은 엔젤의 얼굴에 떠오른 표정을 보고 인상을 썼다. 하지만 엔젤은 신경쓰지 않았다. 더는 두렵지 않았다. 엔젤은 마고완을 보고 싱긋 웃었다.

"도대체 왜 그래?"

엔젤의 두 눈동자는 몹시 흥분한 듯 밝게 빛났다. 엔젤이 웃음을 터트렸다.

"도대체 뭐가 웃겨서 그러는 거야?"

"너 말이야, 이 덩치야. 공작부인의 애완견."

엔젤은 마고완이 어리벙벙한 표정을 짓자 더 크게 웃어댔다. 점점 높아져 가는 웃음소리는 엔젤이 듣기에도 기묘했다. 정말 너무나 재미있었다. 믿을 수 없을 정도로 웃겼다. 어째서 전에는 알아차리지 못했을까? 그녀의 인생 자체가 엄청난 농담이라는 것을. 마고완이 엔젤에게 다가오는 순간에도 엔젤은 웃음을 멈출 수 없었다. 마고완의 주먹이 한두 번 날아왔지만, 엔젤은 여전히 웃었다. 세 번째 주먹질에도 웃음은 멈춰지지 않았다.

네 번째 주먹이 날아온 후에야 엔젤의 귓가에는 짐승처럼 으르렁거리는 소리가 들려왔다.

6장

이제부터 영원히
좋을 때나 나쁠 때나
부유하거나 가난하거나
아프거나 병들거나
죽음이 우리를 갈라놓을 때까지
서로 아끼고 사랑할 것을 서약합니다.
_영국 성공회 기도서

미가엘은 엔젤을 지울 수가 없었다. 일에 집중하려고 애쓰다가도 어느새 엔젤을 생각하고 있는 자신을 발견했다. 어째서 그녀가 계속 내 머릿속을 좀먹고 있는 거지? 어째서 자꾸만 뭔가 잘못되었다는 생각이 드는 걸까? 미가엘은 매일 어두워질 때까지 일을 하고 돌아와 난로 앞에 앉을 때면 엔젤을 생각하며 괴로워했다. 불꽃에 어른거리는 엔젤의 모습은 그를 유혹했다. 지옥으로 유혹하는 것이 분명했다. 아니 이미 지옥을 맛보고 있는 건 아닐까?

미가엘은 엔젤을 처음 만나던 날 그녀를 감싸고 있던 비극적인 분위기를 떠올렸다. 그리고 곧 엔젤이 얼마나 고집스럽게 자신을 거절했는지를 기억해 냈다. 다시는 그녀에게 돌아가지 않으리라. 하지만 잠자리에 들면 엔젤은 번번이 그의 꿈 속에 나타나 그를 괴롭혔다. 도무지 엔젤에게서 도망칠 수가 없었다. 그의 앞에서 엔젤은 헤롯 왕 앞에서 춤추는 살로메처럼 춤을 추었다. 그녀를 잡으려고 손을 뻗으면 어느새 그녀는 뒤로 한 발짝 물러나 더욱 그를 유혹했다.

'나를 원하죠? 그렇죠, 미가엘? 그럼 돌아와요, 돌아와.'

그렇게 며칠이 지나자 그 꿈은 이제 악몽으로 변했다. 엔젤이 뭔가에 쫓겨 도망치고 있었다. 미가엘도 엔젤의 뒤를 쫓아가며 멈추라고 외쳤다. 하지만 그녀는 계속 달려 바위 턱에 올라가서 뒤를 돌아보았다. 그녀의 황금빛 머리카락은 바람에 나부껴 창백한 얼굴에 흐트러졌다.

'마라, 기다려!'

엔젤은 다시 돌아서서 두 팔을 크게 벌리고 그대로 뛰어내렸다.

"안 돼!"

미가엘이 놀라 잠에서 깼다. 온몸이 땀으로 흥건했다. 가슴은 심하게 들썩였고, 격한 심장박동에 온몸이 떨릴 지경이었다. 미가엘은 떨리는 손으로 머리를 쓸어넘겼다.

"주여, 이 악몽에서 저를 구해 주소서."

미가엘은 어둠 속에서 속삭였다. 어째서 엔젤은 이렇게 끊임없이 미가엘을 괴롭히는 걸까?

미가엘은 자리에서 일어나 문을 열고 힘에 겨운 듯 몸을 문가에 기대고 섰다. 비가 내리고 있었다. 미가엘은 지친 두 눈을 꼭 감았다. 요즘은 기도도 할 수 없었다.

"다시 돌아간다면 저는 바보입니다. 바보요!"

미가엘은 큰 소리로 말하고 어둠 속을 응시하다가 눈물을 머금은 하늘로 시선을 옮겼다.

"하지만 그게 바로 당신이 원하시는 거겠죠, 주님? 제가 당신의 뜻을 따르기 전까지는 마음의 평안을 얻을 수 없겠죠?"

미가엘은 힘겹게 한숨을 내쉬고 목 뒷덜미를 어루만졌다.

"이렇게 해서 어떤 선하신 뜻을 이루시려는 건지 모르겠습니다만, 돌아가겠습니다. 마음에 들지 않지만, 당신이 원하시는 일을 하겠습니다."

그런 다음에 침대로 돌아간 미가엘은 며칠 만에 처음으로 꿈도 꾸지 않고 푹 잘 수 있었다. 다음 날 하늘은 맑게 개어 있었다. 미가엘은 마차에 짐을 꾸리고 말을 맸다.

그날 오후 늦게 페어러다이스에 도착한 미가엘은 엔젤의 방 창가 아래 서서 위를 올려다보았다. 커튼이 내려져 있었다. 턱 근육에 경련이 일었고, 복부에는 조여 오는 듯한 통증이 일었다. 아마도 엔젤은 일을 하고 있을 것이다.

'주여, 당신께서 당신의 뜻을 이루라고 하셨으니 최선을 다 하겠습니다. 하지만 제가 왜 이렇게 큰 고통을 받아야만 합니까? 저는 아내가 필요해서 당신의 선택을 기다려 왔습니다. 하지만 어째서 이런 여자입니까? 어째서 여기 이곳에 돌아와 터질 것 같은 심장을 부여안고 그녀의 창문을 바라보아야 하는 겁니까? 그녀는 저와 어떤 관계도 맺고 싶어 하지 않습니다.'

어깨를 움츠린 미가엘은 일단 메인스트리트로 가서 물건을 넘기기로 했다. 팰리스 이층으로 올라가기 위해서는 금이 필요했다. 미가엘은 요셉의 가게 앞에 마차를 세우고 마차에서 뛰어내려 성큼성큼 계단을 올라갔다. 가게 문은 잠겼고 창문에는 쪽지가 꽂혀 있었다.

"영업 종료".

미가엘은 문을 세게 두드렸다. 안에서 요셉이 경험 많은 상인도 무안해할 만큼 거친 욕지거리를 해댔다. 하지만 문을 연 요셉의 얼굴은 금세 누그러졌다.

"미가엘! 그동안 어디 있었나? 물건은 다 떨어졌는데 자네는 몇 주 동안 코빼기도 안 보이더군."

면도도 하지 않고 셔츠 자락이 튀어나온 채인 요셉은 반쯤 취한 상태였다. 그는 밖으로 나와 마차를 살폈다.

"물건이 가득하군. 세상에, 다행이야. 벌레 먹고 썩은 거여도 상관없으니 다 내가 사겠네."

"정말이지 거래하기 딱 좋은 친구야."

미가엘이 미소 지으며 말했다. 그리고 한꺼번에 나무 상자를 두 개씩 나르며 말했다.

"몰골이 형편없어 보이는데, 아팠나?"

요셉이 너털웃음을 터뜨렸다.

"술을 너무 많이 마셔서 그렇지. 자네, 시간은 좀 있나? 잠시 얘기 좀 할 수 있을까?"

"이번에는 안 돼."

"이번에도 받은 금을 모두 팰리스에 가서 쓰려고? 정말 남자들의 고통의 원인이야, 그렇지? 여자들에 대한 욕구 말이야."

미가엘은 턱을 긴장시켰다.

"내 사생활에 대해 어떻게 그렇게 잘 알고 있지?"

"지난번에 일을 마치고 나흘이나 이곳에 더 머물렀는데 어떻게 모르겠나."

요셉은 미가엘을 흘깃 보고는 조용히 휘파람을 불면서 화제를 바꿨다.

"강 상류로 오 킬로미터 정도 떨어진 곳에서 광맥이 터졌다네. 그 사금이 흘러들어 올 테니 가격을 좀 올려야겠어."

미가엘은 마지막 상자를 카운터 위에 쿵 소리가 나게 올려놓았다. 엔젤의 몸값 역시 올랐을 것이다. 요셉은 물건 값을 계산하며 뚱하게 내민 볼을 긁적였다. 제법 친근하게 굴던 미가엘이 오늘은 잔뜩 침울해 보였다.

"자네, 가축은 아직 못 샀나?"

"아직."

지난번 읍내에 왔을 때 벌었던 금을 모두 엔젤에게 써 버렸다. 미가엘은 요셉이 건네준 사금을 허리춤에 모두 쏟아부었다.

"엔젤이 당분간 손님을 받지 않을 거라는 소문이 있어."

요셉이 말했다.

엔젤이라는 이름만 들었는데도 미가엘의 심장이 철렁 내려앉았다. 마치 가슴을 한방 얻어맞은 것만 같았다.

"편히 쉴 만큼 벌었나 보군."

요셉의 눈썹이 치켜 올라갔다. 미가엘답지 않은 말이었다. 그 여자에게 단단히 빠져서 상심이 큰 모양이다. 요셉은 고개를 내저으며 싱긋 웃었다.

"그 여자 이야기는 잊어버리게."

요셉은 밖으로 나가 미가엘이 마차에 올라타는 모습을 지켜보았다.

"지난 수요일에 읍내에 목사님이 한 분 오셨다네. 골드 너겟 살롱에서 설교하실 테니 생각 있으면 가 봐."

미가엘은 엔젤에 대해 생각하며 고삐를 쥐었다.

"몇 주 후에 다시 보세."

"그 말들도 좀 쉬어야겠네. 여기까지 너무 서둘러서 온 모양이야."

"지금 당장 말을 맡길 곳으로 갈 생각이야."

미가엘은 모자챙에 손을 가볍게 갖다 대는 것으로 인사를 대신하고 메인스트리트를 따라 마차를 몰았다. 오늘 밤은 그럴듯한 말과 뇌물이 있어야 엔젤을 만날 수 있는 상황인 듯했다. 마차 보관소에 말 두 필과 마차를 맡긴 미가엘은 읍내의 중심부에 있는 팰리스 건너편 호텔에 방을 잡았다. 생애 처음으로 미가엘은 야단법석을 떨며 술을 마시고 싶었다. 하지만 그 대신 한참 동안 산책을 했다. 감정을 조절하고 엔젤에게 할 말을 생각할 시간이 필요했다.

땅거미 질 무렵이 되어 돌아왔지만 마음은 전혀 가라앉지 않았다. 골드 너겟 살롱 바깥에는 한 무리의 사람들이 모여 있었고, 새로 온 목사가 「요한계시록」에 나오는 세상의 종말에 대해 큰 소리로 설교하고 있었다. 미가엘은 맨 뒤에 서서 설교를 들었다. 그러다가 눈을 들어 엔젤의 창문을 쳐다보았다. 누군가 움직이는 그림자가 비쳤다.

이제는 가서 공작부인과 거래를 할 시간이다. 그 생각만으로도 심장이 뛰고 땀이 맺혔다. 조금 더 기다리는 게 낫지 않을까 하는 비겁한 생각이 들기도 했다.

그때 누군가 미가엘의 등을 쳤다. 돌아보니 한 늙은 여자가 붉게 충혈된 눈으로 그를 바라보고 있었다. 검은 고수머리의 그녀는 유난히 번쩍거리는 야한 초록색 드레스를 입고 있었다.

"저는 럭키라고 해요. 엔젤의 친구죠. 저기 건너편에서 당신을 봤어요."

그녀는 고갯짓으로 팰리스를 가리켰다. 술에 취해서 발음이 정확하지 않았다.

"당신이죠? 엔젤에게 같이 떠나자고 졸라댔던 사람이?"

미가엘의 가슴속에서 분노가 불길같이 솟구쳐 올랐다.

"그거 말고 엔젤이 또 어떤 말을 하던가요?"

"화내지 말아요. 그냥 가서 엔젤에게 같이 떠나자고 다시 말해 보기나 해요."

"엔젤이 여기로 가 보라고 시켰나요?"

저 커튼 뒤에서 미가엘을 보며 비웃고 있었던 걸까?

"아니에요. 엔젤은 나에게 아무것도 부탁하지 않아요."

여자는 재빨리 고개를 저었다. 그러고는 두 눈에 가득 고인 눈물을 어깨에 걸친 숄로 훔쳐냈다.

"내가 당신에게 이런 이야기를 할 거라는 생각도 못할 거예요."

"그렇다면, 감사합니다, 럭키. 하지만 마지막으로 엔젤을 보았을 때, 그녀는 나를 쫓아내지 못해 안달이었습니다. 제가 다시는 찾아오지 않았으면 하는 기색이 역력했죠."

럭키는 미가엘을 올려다보았다.

"미스터, 엔젤을 저기서 꺼내 줘요. 지금 혹시 당신 마음이 변했더라도, 또 엔젤이 원하지 않더라도, 제발 저기서 엔젤을 꺼내 줘요."

순간 뭔가 이상하다는 생각을 한 미가엘은 말을 마치고 뒤돌아서려는 여자의 팔을 잡았다.

"엔젤에게 무슨 일이 있습니까? 지금 무슨 이야기를 하는 거죠?"

럭키는 다시 눈물을 훔쳤다.

"더는 이야기할 수 없어요. 공작부인이 내가 없어진 걸 알아차리기 전에 돌아가야 해요."

여자는 거리를 가로질러 건물의 앞문을 피해 뒤쪽으로 살금살금 들어갔다.

미가엘은 엔젤의 창문을 다시 올려다보았다. 뭔가 아주 크게 잘못되어 있었다. 미가엘은 큰 걸음으로 거리를 가로질러서 흔들리는 여닫이문을 지나 건물 안으로 들어섰다. 몇몇이 모여 카드놀이를 하거나 술을 마시고 있을 뿐 황량해 보였다. 계단 앞에 서 있던 경호원도 보이지 않았다. 미가엘은 서둘러 이층으로 올라갔다. 복도는 어둡고 조용했다. 한 남자가 엔젤의 방에서 나오고 있었다. 공작부인도 함께였다. 공작부인이 미가엘을 먼저 보았다.

"여기서 뭘 하고 계신 거죠? 저하고 먼저 계산을 하기 전에는 누구도 이곳에 올라올 수 없습니다."

"엔젤을 만나고 싶습니다."

"엔젤은 오늘 일 안 해요."

미가엘은 남자의 손에 들린 검은 가방을 쳐다보았다.

"도대체 무슨 일이 있는 거요?"

"아무 일도 아닙니다. 그냥 며칠 쉴 거예요. 그러니 이제 여기서 나가 주세요."

공작부인은 재빨리 대답하며 미가엘을 가로막으려 했지만 미가엘은 그녀 옆을 비켜서 방 안으로 들어갔다.

"엔젤 가까이 가지 마! 의사 선생님, 저자를 잡아요!"

의사는 차가운 눈으로 공작부인을 바라보았다.

"싫습니다, 부인. 그런 일은 안 합니다."

미가엘은 침대로 다가가 엔젤을 보았다.

"오, 세상에……."

"마고완이 한 짓입니다."

의사가 미가엘 뒤에 서서 조용히 말했다.
"제 탓이 아니에요!"
공작부인은 미가엘의 얼굴에 떠오른 험악한 표정을 보고 뒤로 물러서며 말했다.
"공작부인의 말이 맞습니다. 그나마 공작부인이 때맞춰 들어가지 않았다면 마고완이 엔젤을 죽였을지도 모릅니다."
의사가 말했다.
"이제는 그만 엔젤 혼자 있게 여기서 나가 주시겠어요?"
공작부인이 말했다.
"좋습니다. 나가죠. 하지만 엔젤을 데리고 나가겠습니다."
미가엘이 대답했다.

엔젤은 누군가의 손길을 느끼며 의식을 되찾았다. 또다시 공작부인이 요란하게 고함치고 있었다. 엔젤은 어둠을 원했다. 다시는 그 어떤 것도 느끼고 싶지 않았다. 다시는. 하지만 누군가 거기 있었다. 매우 가까이에서 따스한 숨결이 느껴졌다.
"내 집으로 가요."
다정한 목소리가 말했다.
"엔젤을 집으로 데리고 가시겠다? 좋아요. 잘 포장해서 드리죠. 하지만 먼저 돈을 내셔야겠어요."
공작부인이 말했다.
"당신은 부끄러움이 뭔지도 모르는 사람이오? 이 아가씨는 간신히 목숨만 건진 거란 말이오."

또 다른 남자의 목소리가 들려왔다.

"오, 그래도 엔젤은 앞으로 잘살 거니까 나를 그렇게 경멸하지는 말아 주세요! 나는 엔젤을 알아요. 이 애는 잘살 거라고요. 그러니 저 남자에게 거저 넘길 수는 없어요. 그리고 나도 할 말이 있어요. 이 모든 게 엔젤이 자초한 일이에요. 저 약아빠진 여우는 자신이 무슨 짓을 하고 있는지 잘 알았을 거라고요. 마고완을 잔뜩 약 올려서 끝장을 보게 한 거예요. 내가 샌프란시스코의 진창에서 건져 온 이후로 끊임없이 사고 뭉치였다니까요."

"이 금을 다 가져요."

엔젤을 어둠 속에서 끌어낸 목소리가 말했다. 다만 이번에는 좀 더 굳은 음색이었다. 화가 난 모양이었다. 엔젤이 또 뭘 잘못한 것일까?

"그리고 당장 여기서 나가요. 그렇지 않으면 나도 후회할 짓을 하게 될지 모르니까."

문이 쿵 하고 닫혔다. 날카로운 통증이 엔젤의 머릿속에서 솟구쳤다. 두 남자가 이야기하는 소리가 들려왔다. 한 남자가 엔젤에게 말했다.

"이곳을 떠나기 전에 당신과 결혼하고 싶소."

결혼? 엔젤은 코웃음을 쳐 보려 애썼다.

누군가 그녀의 손을 잡았다. 처음에는 럭키라고 생각했지만 럭키의 부드럽고 작은 손이 아니었다. 크고 단단한 손이었다.

굳은살이 박이고 거칠었다.

"그저 '네.'라고만 해요."

엔젤은 여기서 데리고 나가기만 해 준다면 악마와도 결혼할 수 있었다.

"그러죠, 뭐."

엔젤은 간신히 말했다. 엔젤은 조용한 목소리와 통증의 바다 위를 둥둥 떠다녔다. 방안 가득 목소리와 통증이 울려 퍼졌다. 럭키가 있었다. 의사와, 그리고 너무나도 익숙하지만 누구인지 생각나지 않는 한 남자의 목소리도 들렸다. 누군가가 엔젤의 손가락에 반지를 끼워 주고 있었다. 또 누군가가 엔젤의 머리를 살짝 들어 쓴맛이 나는 뭔가를 입에 흘려 넣어 주었다.

그리고 럭키가 엔젤의 손을 잡았다.

"마차가 준비되면 저이가 와서 너를 데리고 집으로 갈 거야. 아편을 마셨으니까 너는 가는 내내 잠을 잘 거야. 아무런 고통도 느끼지 않을 거야."

럭키가 머리카락을 어루만지는 것을 느낄 수 있었다.

"엔젤, 이젠 너도 평범한 유부녀가 되었어. 저이가 목에 결혼반지를 걸고 있었지 뭐니. 그의 어머니에게 물려받은 거래. 엔젤, 그의 어머니의 것이라고. 그런 결혼반지를 네 손가락에 끼워 주었단다. 내 말 들려?"

엔젤은 누가 자신과 결혼했는지 물어보고 싶었지만 그게 무슨 소용인가 하는 생각이 들었다. 통증이 서서히 줄어들고 있었다. 엔젤은 너무나 피곤했다. 어쩌면 이대로 죽을지도 몰랐다. 그렇게 된다면 모든 것이 끝날 것이다.

엔젤은 병이 술잔에 부딪히는 소리를 들었다. 럭키가 다시 술을 마시고 있었다. 엔젤은 럭키의 울음소리를 들었다. 엔젤은 힘없는 손을 뻗어 럭키의 손을 꼭 잡았다. 럭키도 그 손을 맞잡고 조용히 흐느꼈다.

"엔젤, 뭐라고 했기에 마고완이 널 이 지경으로 만들었니? 죽여 주길 바랐던 거야? 삶이 그렇게 비참했던 거야?"

럭키는 엔젤의 머리를 어루만지며 말했다.

"엔젤, 견뎌 내. 포기하지 마."

엔젤은 럭키가 중얼거리는 소리를 들으면서 서서히 안락한 어둠 속으로 빠져들었다.

"엔젤, 네가 많이 그리울 거야. 사방에 장미 넝쿨이 있는 오두막에 살면서 가끔 내 생각을 해 줄래? 네 오랜 친구 럭키를 꼭 기억해 줘."

7장

> 분수 옆에서
> 나는 목마름으로 죽어 가는도다.
> _샤를 도를레앙

 엔젤은 근사한 요리 냄새에 천천히 잠에서 깼다. 자리에서 일어나 앉으려 했지만 밀려오는 통증에 숨을 쉴 수가 없었다.
 "천천히."
 남자의 목소리가 들려오고 강한 팔이 엔젤의 어깨 밑으로 들어와 천천히 일으켜 주었다. 그가 엔젤의 등 뒤와 머리에 뭔가를 받쳐 주었다.
 "어지러운 증상은 곧 없어질 거요."
 두 눈이 퉁퉁 부어서 제대로 뜰 수 없었다. 긴 부츠와 가슴받이가 달린 작업복, 붉은 셔츠를 입은 남자가 앞에 있다는 것만 어렴풋이 볼 수 있었다. 그는 불쪽으로 몸을 숙이고 커다란 철제 냄비 속을 휘젓고 있었다.

엔젤 바로 앞 창가에서 아침 햇살이 흘러들어 왔다. 햇살이 눈부셨다. 팰리스에 있는 엔젤의 방만 한 오두막이었다. 바닥은 널빤지로 되어 있었고, 벽난로와 다양한 색깔의 돌이 보였다. 침대 옆에는 묘한 모양의 테이블이 있었고, 짐을 잔뜩 올려놓은 선반 네 개와 버드나무로 만든 의자 하나, 서랍장 하나, 검은색의 커다란 트렁크 가방이 있었다. 그 트렁크 위에는 담요가 쌓여 있었다.

남자가 다시 엔젤에게 다가와 침대 모서리에 걸터앉았다.

"좀 먹을 수 있겠소, 마라?"

마라.

엔젤의 몸이 굳어졌다. 조각난 기억이 순식간에 되살아났다. 마고완이 때렸고, 주위가 갑자기 온갖 목소리로 가득 찼다. 누군가 그녀에게 물었는데…….

순간 엔젤의 심장이 철렁 내려앉았다. 얼른 손가락을 더듬어 보니 반지가 끼워져 있었다. 머리의 욱신거림이 더 심해졌다. 엔젤은 조그맣게 욕설을 내뱉었다. 이 세상에 이런 일을 할 남자는 그 사람밖에 없었다.

"사슴고기 스튜요. 아마 배가 고플 거요."

엔젤은 말을 하려고 입을 벌렸다가 턱에 날카로운 통증을 느끼고 바로 다물어야 했다. 미가엘은 자리에서 일어나 다시 불가로 갔다. 그가 다시 돌아와 앉았을 때 그의 손에는 숟가락과 대접이 들려 있었다. 그가 스튜를 먹여 주려고 한다는 걸 알 수 있었다. 엔젤은 낮은 목소리로 거친 말을 웅얼거리면서 고개를 돌리려 했지만 그 간단한 동작조차도 만만치 않았다.

"몸이 좀 나아진 것 같아 다행이오."

미가엘이 담담하게 말했다. 엔젤은 입술을 꼭 다물고 먹지 않으려 했다. 하지만 배는 엔젤의 의지와 상관없이 요란한 소리를 냈다.

"배 속에 있는 늑대는 좀 먹입시다, 마라. 그래야 싸울 기운도 날 테니까."

엔젤은 순순히 음식을 받아먹기로 했다. 배가 아주 많이 고팠다. 채소와 고기로 만든 묽은 스튜는 헨리가 만들어 주던 음식보다 맛있었다. 머리의 욱신거림도 덜 했다. 하지만 턱은 여전히 끔찍하도록 아팠고, 팔에는 삼각 붕대 비슷한 것이 감겨 있었다.

"어깨가 탈구됐소. 갈비뼈 네 대가 부러졌고, 쇄골에도 금이 갔소. 뇌진탕도 있고. 의사 선생님이 장기에도 문제가 있을지 모른다고 하셨소."

앉아 있느라 애를 쓰는 통에 얼굴 옆으로 땀이 방울방울 맺혀 떨어졌다. 엔젤은 뻣뻣한 어투로 천천히 말했다.

"그래서 드디어 나를 차지하셨군요. 축하해요. 여기가 그 집인가요?"

"그렇소."

"나를 데리고 여기까지는 어떻게 왔죠?"

"내 마차로 왔소. 팰리스에서 마차까지는 요셉이 준비해 준 해먹으로 옮겼고."

엔젤은 손가락에 끼워진 단순한 디자인의 금반지를 내려다보다가 주먹을 꼭 쥐었다.

"여기는 페어러다이스에서 얼마나 멀리 떨어져 있죠?"

"평생이 걸릴 정도로 멀지."

"숫자로 말해 주세요."

"오십 킬로미터 정도요. 여기는 뉴 헬베티아의 북서쪽에 위치해 있소."

미가엘이 숟가락을 다시 내밀었다.

"좀 더 먹어요. 몸무게를 좀 늘려야겠소."

"살집이 좀 있는 스타일을 좋아하나 보죠?"

미가엘은 아무런 반응도 보이지 않았다.

엔젤은 자신의 비꼬는 말에 미가엘의 마음이 상했는지 알 수 없었다. 하지만 이 남자를 화나게 하는 일도 지금은 아니라는 생각이 뒤늦게 들었다. 엔젤은 음식을 더 받아먹으면서 두려워하는 모습을 보이지 않으려 애썼다. 미가엘은 다시 냄비가 걸린 곳으로 돌아가서 그릇에 음식을 더 채워 옆에 있는 작은 테이블에 앉았다.

"내가 여기에 얼마나 있었죠?"

"사흘."

"사흘?"

"대부분은 고열로 제정신이 아니었소. 어제 오후부터 열이 내리기 시작했고. 기억나는 게 좀 있소?"

"아니요."

애써 기억하고 싶지도 않았다.

"목숨을 구해 주셨으니 고맙다는 인사는 해야겠군요."

엔젤이 씁쓸하게 말했다. 미가엘은 아무 대꾸도 없이 묵묵히 식사를 계속했다.

"그럼 이제 어떻게 되는 거죠, 미스터?"

"무슨 뜻이오?"

"나한테 원하는 게 뭐냐는 거죠."

"당분간은 아무것도 없소."

"참, 그냥 이야기만 원하시죠, 그렇죠?"

그제야 미가엘은 고개를 들어 엔젤을 보았다. 엔젤은 그의 침착한 모습에 마음이 불안해졌다. 그가 자리에서 일어나 엔젤에게 다가오자 엔젤의 심장이 크게 요동치기 시작했다.

"내가 당신을 해치는 일은 없을 거요, 마라. 나는 당신을 사랑하오."

미가엘이 다정하게 말했다.

남자에게 사랑 고백을 받는 것이 처음은 아니었다.

"정말 몸 둘 바를 모르겠네요. 그런 말씀까지 해 주시고."

엔젤은 냉담한 어조로 말했다. 미가엘이 아무런 말도 하지 않자 엔젤은 담요를 꼭 잡아 끌어당겼다.

"그리고 제 이름은 마라가 아니라 엔젤이에요. 내 손가락에 결혼반지를 끼워 줄 거라면 이름 정도는 제대로 불러 주셔야죠."

"전에 어떻게 부르든 상관없다고 하지 않았소."

엔젤을 다른 이름으로 부르는 남자들이 종종 있었다. 좀 더 착하게 들리는 이름인 경우도 있고 전혀 착하게 들리지 않는 이름인 경우도 있었다. 하지만 이 남자에게는 엔젤 이외의 다른 이름으로 불리고 싶지 않았다. 그가 결혼한 사람은 바로 엔젤이었다. 엔젤. 그리고 앞으로 그가 가질 수 있는 여자도 오직 엔젤일 뿐이다.

"'마라'라는 이름은 성경 「룻기」에 나오지."

"오호, 성경을 읽으시는 분이니 저 같은 여자에게 엔젤이라는 선한 이름은 가당찮다고 생각하신 거로군요."

"선하고 아니고는 상관없소. 엔젤은 당신의 진짜 이름이 아니잖소."

"엔젤이야말로 지금의 내게 딱 맞는 이름이에요."

미가엘의 얼굴이 굳어졌다.

"엔젤은 페어러다이스에 있던 창녀요. 이제 그 여자는 세상에 존재하지 않소."

"당신이 나를 뭐라고 부르든 내 모습이 달라지는 건 아니죠."

미가엘은 침대 끝에 걸터앉았다.

"아니, 완전히 다르오. 이제 당신은 내 아내요."

엔젤은 마음이 약해져 온몸이 떨려 왔다. 하지만 애써 마음을 다잡고 약해지는 자신을 추슬렀다.

"그렇다고 해서 뭐가 다른가요? 어떻게요? 당신은 이전처럼 나 때문에 돈을 냈잖아요."

"그 공작부인이라는 여자를 처리하는 가장 간단한 방법으로 금을 준 것뿐이오. 당신이 그 일에 신경쓰리라고는 생각하지 못했소."

"오, 물론 나는 신경쓰지 않아요."

엔젤은 머리가 욱신거리는 것을 느꼈다.

"그만 다시 자리에 눕는 게 좋겠소."

미가엘이 팔로 엔젤을 감싸 안은 다음 엔젤의 등을 지탱하던 것을 빼고 자리에 눕혔다. 도무지 저항할 힘이 없었다. 엔젤의 등을 받쳐 주다가 굳은살 박인 그의 손이 엔젤의 맨살에 닿았다. 따스한 감촉이 느껴졌다.

"이불 차지 말아요."

미가엘이 담요를 덮어 주며 말했다.

엔젤은 그의 얼굴을 똑바로 보려 했지만 그렇게 할 수가 없었다.

"조금 더 기다리셔야겠네요. 지금 당장은 당신께 감사하는 마음을 보여 드리기 위해 일어날 수가 없으니까요."

"난 인내심이 강한 사람이오."

엔젤은 그의 목소리에 묻어나는 웃음기를 느낄 수 있었다. 미가엘의 손가락 끝이 땀으로 젖은 엔젤의 이마를 살짝 스치고 지나갔다.

"이렇게 오랫동안 앉아 있게 하는 게 아닌데. 한 번에 몇 분 이상은 앉아 있지 않도록 해요."

엔젤은 반박하고 싶었지만 그래 봐야 소용없다는 생각이 들었다. 엔젤의 온몸이 아프다는 것을 그도 잘 알고 있었다.

"어디가 제일 아프지?"

"아무데도 손대지 말아요."

엔젤은 두 눈을 감으면서 죽어 버리면 이 통증이 사라질 거라고 생각했다. 미가엘이 관자놀이를 어루만지자 엔젤이 숨을 크게 들이마셨다.

"긴장을 풀어요."

엔젤을 어루만지는 그의 손길에는 관능적이거나 몸을 탐하는 기색이 하나도 없었다. 엔젤은 안심이 되었다.

"그리고, 내 이름은 미가엘이오. 미가엘 호세아. 기억을 못하고 있을까 봐."

"잊고 있었어요."

엔젤은 거짓말을 했다.

"미가엘. 기억하기에 그리 어려운 이름은 아닐 거요."

"원하신다면 기억하죠."

미가엘은 나지막하게 웃었다. 엔젤은 지난번 매음굴에서 그의 성질을 건드려 자극했던 일이 떠올랐다. 어째서 그는 페어러다이스에 다시 돌아와 나를 데리고 나온 것일까? 그가 마지막으로 문을 열고 나갈 때 다시는 그를 볼 수 없을 거라고 생각했다. 그런데 어째서 돌아왔지? 이런 모습의 그녀를 어디에 써먹으려고?

"또 긴장하고 있군. 이마 근육의 긴장을 풀어요. 자, 마라. 뭔가를 생각해야겠으면 근육의 긴장을 푸는 일이나 생각하도록 해요."

"어째서 돌아온 거죠?"

"하나님이 나를 보내셨소."

미친놈이다. 그거다. 이 사람은 정신이 나간 것이다.

"너무 많이 생각하지 않도록 해요. 창가에서 지빠귀가 지저귀는 소리나 좀 들어 봐요."

그의 손길은 너무나 다정했다. 미가엘이 말한 대로 긴장을 풀자 통증이 덜했다. 미가엘은 부드러운 음성으로 속삭였고 엔젤은 잠이 들었다. 전에도 수많은 남자의 속삭임을 들은 적이 있지만 이런 목소리는 처음이었다. 깊고 고요하며 잔잔했다.

너무나 피곤해서 이대로 영원히 잠들어 버리고 싶었다. 눈을 제대로 뜰 수조차 없었다.

"당신과 당신의 하나님은 나한테 너무 많은 것을 바라지 말아야 할 거예요."

엔젤이 웅얼거리듯 말했다.

"나는 모든 것을 원하오."

"또 그 타령이군요."

모든 걸 바라는 일이야 얼마든지 할 수 있다. 또 바라는 것을 구할 수도 있을 것이다. 하지만 앞으로 그가 얻게 될 것은 엔젤에게 남아 있는 것뿐이다. 그런데 엔젤에게 남은 것은 아무것도 없었다. 아무것도.

8장

거만한 자는 지혜를 구하여도 얻지 못하거니와.
_잠언 14장 6절

엔젤은 몸을 어서 추스르고픈 마음이 전혀 없었다. 고요한 어둠이 그녀를 짓눌렀다. 비참한 삶을 끝낼 수 있는 길을 찾았고, 절망의 순간에 그 길에 들어섰다. 그런데 또다시 실패하고 말았다. 그렇게 찾아 헤매던 평안 대신 지독한 고통을 만나게 되었다. 자유롭게 되기는커녕 또 다른 남자에게 묶이게 된 것이다.

어째서 제대로 되는 일이 하나도 없는 걸까! 애써 세운 계획은 왜 항상 틀어지기만 할까?

미가엘이야말로 가장 피하고 싶은 그런 부류였는데, 바로 그런 사람에게 걸린 것이다. 그와 싸울 힘도 없는 상황이다. 설상가상으로 그에게 먹을 것과 마실 것, 쉴 곳까지 모두 의지

해야만 했다. 엔젤은 전적으로 그에게 의지해야 하는 자신의 처지가 몹시 짜증스러웠다. 누군가에게 무작정 얹혀 지내는 일이 낯설기만 했다. 그래서 그가 더욱 미웠다.

미가엘이 보통 남자였다면 엔젤은 그와 어떻게 싸워야 할지 쉽게 알 수 있었을 것이다. 하지만 그는 여느 남자와 달랐다. 어떤 말을 해도 그를 괴롭힐 수 없었다. 화강암으로 이루어진 산 같은 그를 상처 입힐 방법이 없었다. 그의 침착한 과단성은 엔젤을 무기력하게 만들었다. 그에게는 뭐라 형용할 수 없는 기운이 어려 있었다. 그는 엔젤이 열이 올라 있는 동안 많은 것을 알게 되었다고 말했지만, 구체적으로 무엇을 알았는지는 말해 주지 않았다. 미가엘이 원한다는 그 '모든 것'이 무엇인지도 걱정이었다. 잠에서 깨어날 때마다 그가 옆에 있었다. 엔젤은 제발 자신을 혼자 내버려두기만을 바랐다.

어떤 덫이 서서히 엔젤을 조여 오고 있었다. 이번에는 근사한 갈색 사암으로 지은 집은 아니다. 배의 돛으로 만든 썩어 가는 천막도, 이층짜리 매음굴도 아니다. 그렇지만 분명히 덫이다. 그리고 그 덫의 열쇠는 이 미치광이 같은 남자가 쥐고 있다. 그가 원하는 것이 무엇일까? 엔젤이 그동안 만났던 그 어떤 사람들보다 이 남자가 더 위험하다고 느껴지는 이유는 무엇일까?

일주일이 지나자 미가엘은 종종 몇 시간씩 엔젤을 혼자 남겨두고 오두막을 비웠다. 일을 하러 나가는 것이었다. 그가 무슨 일을 하는지 알지 못했지만, 엔젤은 묻지 않았다. 엔젤이 신경쓸 일이 아니었다. 그저 곁에서 얼씬거리며 수프를 떠먹여 주거나 이마를 닦아 주는 난리를 치지 않아 안심이 될 뿐이었다. 엔젤은 혼자 있고 싶었다. 생각이란 걸 좀 하고 싶었다. 하지만 그가 곁에서 어슬렁거리는 동안은 제대로 생각할 수가 없었다.

그러나 막상 그렇게 바라던 혼자 있는 시간은 외로움으로 채워졌다. 그래서 정말 할 수 있는 일이라고는 생각밖에 없었다. 비가 내렸다. 지붕 위로 떨어지는 빗방울 소리에 귀를 기울였다. 빗방울 소리에 실려 부둣가에 있던 판잣집과 엄마, 랩이 떠올랐다. 랩에 관한 생각은 자연스레 공작에 관한 생각으로 이어졌고, 공작에 관한 생각은 또 다른 어두운 기억을 불러냈다. 엔젤은 이러다가 미쳐 버리는 게 아닐까 생각했다. 자기 어머니의 반지를 손가락에 끼워 준 그 미친 남자처럼 엔젤도 하나님에게 말을 걸게 될 것만 같았다.

그 남자는 도대체 무슨 생각으로 이런 짓을 했을까? 어째서 엔젤과 결혼한 걸까?

그런 생각 끝에 그가 문가에 서 있었다. 크고 건장한 그는 아무 말 없이 평소와 다름없는 차분한 시선으로 엔젤을 바라보았다. 그를 무시하고 싶었지만 어느새 그의 존재감은 오두막 안을 가득 채웠다. 벽난로 앞에 앉아 조용히 그 낡고 닳은 책을 읽고 있을 때도 그의 존재감은 엔젤을 압도했다. 두 눈을 감고 있어도 그가 보였다. 벽난로 앞에 놓인 의자에 앉아 있는 그의 모습이 머릿속에 생생히 그려졌다.

끈질기게 매음굴을 찾아왔던 때의 미가엘보다 지금의 모습이 더 이해하기 힘들었다. 어딘가 달랐다. 그는 말을 많이 하지 않았다. 정확히 말하자면 말을 거의 하지 않았다. 미소 띤 얼굴로 엔젤을 쳐다보면서 기분이 어떤지, 필요한 것이 있는지 묻기는 했다. 하지만 그렇게 할 말을 마치고 나면 밖으로 나가 일을 했다. 엔젤은 매일 미가엘을 지켜보면서 그가 모자를 쓰면 곧 밖으로 나가 자신은 혼자 남겨진다는 것을 알았다.

"미스터."

엔젤은 절대로 그의 이름을 부르지 않기로 한 결심을 지키려고 이렇게 불렀다.

"나를 이 오두막에 혼자 놔두기만 할 거였으면 뭐하러 데려온 거죠?"

"생각할 시간을 주고 있는 거요."

"무슨 생각이요?"

"무엇이든 당신이 생각할 필요가 있는 것들을 생각하도록 해요. 그리고 준비가 되면 자리에서 일어나요."

말을 마친 그는 문 옆 고리에 걸린 모자를 집어 들고 밖으로 나갔다.

열어 놓은 창문으로 아침 햇살이 한가득 쏟아져 들어왔다. 난로에는 장작불이 타오르고 있었다. 배도 부르고 몸도 따스했다. 만족감을 느낄 만했다. 긴장을 풀고 뒤로 기대어 앉아 아무 생각 없이 즐겨야 했다. 그토록 바라던 혼자 지내는 시간이 아닌가. 그런데 어째서 이렇게 불편한 거지? 도대체 뭐가 문제일까?

사방에서 와글거리는 환경에 익숙한 엔젤이었다. 남자들이 문을 두드리고, 원하는 것을 이야기하고, 또 자신들이 엔젤에게 어떻게 할 것인지 말했다. 아래층 바에서는 고함과 노랫소리, 걸쭉한 욕지거리가 들려왔다. 때로 의자가 벽에 부딪히고 유리잔이 깨지는 소리도 났다. 공작부인이 자신이 얼마나 관대한 사람인지 늘어놓는 잔소리도 빼놓을 수 없는 일상의 소리였다. 마고완이 남자들에게 시간이 다 되었으니 당장 바지를 입고 나가지 않으면 후회하게 될 거라고 으름장을 놓는 소리도 물론이었다. 하지만 지금 엔젤의 귓가에 울리는 것이라고는 침묵과 고요뿐이다. 한번도 경험해 보지 못한 일이었다.

엔젤이 너무나 조용하다고 투덜대자 미가엘이 말했다.

"얼마나 많은 소리가 들리는데. 귀 기울여 들어 봐요."

특별히 할 일도 없던 엔젤은 미가엘의 말대로 주변의 소리에 귀를 기울여 보았다. 그러자 침묵은 이제 침묵이 아니었다. 어디선가 들려오는 소리가 있었다. 마치 어둡고 비좁은 판잣집 깡통 속에 떨어지는 빗방울 소리 같았다. 시간이 흐르자 주변에서 합창처럼 어우러져 들리던 소리를 하나씩 구분해 낼 수 있었다. 침대 밑 귀뚜라미와 창가 바로 밖에서 울어대는 황소개구리, 날개를 파닥거리며 떼 지어 날아다니는 새들이 있었다. 울새와 참새, 시끄러운 어치까지.

드디어 엔젤은 발을 딛고 일어서 보았다.

몸에 걸칠 것을 찾아 보았지만 아무것도 없었다. 그제야 그 오두막에는 엔젤의 물건이 하나도 없다는 사실이 떠올랐다. 그녀에게 속한 물건은 하나도 없었다. 내 물건은 모두 어디 있지? 미가엘은 내 물건을 가져올 생각은 하지 못했던 걸까? 그럼 뭘 입으라는 거지? 따끔거리는 저 삼베 자루라도 뒤집어쓰고 있으라는 걸까?

미가엘 옷도 입을 만한 것이 거의 없었다. 조그만 서랍장에는 낡은 겨울용 내의 몇 벌과 작업복 두 벌, 묵직한 양말 몇 켤레가 전부였다. 그나마 모두 엔젤이 입기에는 터무니없이 컸다. 한쪽 구석에 오래되고 낡아 보이는 검은색 트렁크가 하나 보였다. 하지만 엔젤은 이미 너무 지쳐서 그것을 열어 볼 기력이 없었다. 진이 빠진 엔젤은 침대에서 담요를 집어 몸에 두르는 것조차 힘들어 그냥 벌거벗은 채로 창가에 기대어 신선한 공기를 양껏 들이마셨다.

대여섯 마리 조그만 새들이 커다란 나뭇가지 사이를 오갔다. 좀 더 커다란 새 한 마리는 오두막에서 멀지 않은 곳에서 유유자적 돌아다니며 땅을 쪼아댔다. 잘난 척 거드름을 떠는 그 모습에 엔젤은 미소를 지었다. 부드러운 산들바람이 강렬한 향내를 품고 불어와 마치 그 맛이 느껴지는 듯했다. 엄마와 살던 집 근처의 들판에서도 이런 냄새가 났다. 엔젤은 두 눈을 감고 냄새를 음미했다. 엔젤은 다시 두 눈을 뜨고 넓게 펼쳐진 대지를 응시하며 속삭였다.

"아, 엄마……."

목이 메어 왔다. 척추를 따라 스멀스멀 전해지는 이 느낌은 마음이 약해졌다는 뜻이다. 가슴이 뻐근하게 아파 왔다. 엔젤이 머리를 가볍게 흔들자 현기증이 났다.

그때 미가엘이 안으로 들어왔다. 그는 나체로 창가에 기대어 서 있는 엔젤의 모습을 보고는 아무 말 없이 침대에서 퀼트 이불을 집어 들어 엔젤의 몸에 둘러 주었다. 엔젤은 이불의 무게에 비틀거렸다. 미가엘은 조심스레 엔젤을 두 팔로 안아 올렸다.

"얼마나 오래 이러고 있던 거요?"

"다시 침대로 가야 할 정도로 오래 있지는 않았어요."

미가엘은 마치 아이를 안듯이 엔젤을 안았다. 그의 따스한 온기가 엔젤에게 고스란히 전해졌다. 그에게서 대지와 태양의 내음이 묻어났다.

"이제 내려놔도 돼요. 하지만 침대는 싫어요. 난 평생을 침대에서 지내 온 사람이에요. 이제 침대는 신물이 나요."

미가엘은 미소 지었다. 일을 어중간하게 하지 않는 성격의 엔젤은 두 발을 딛고 서는 일도 한번에 해내려고 했다. 미가엘은 벽난로 가에 있는 의자에 엔젤을 앉혀 놓고 난롯불에 장작 하나를 던져 넣었다.

엔젤의 온몸에 통증이 일었다. 마고완이 주먹과 발로 강타한 구석구석에서 생생한 고통이 느껴졌다. 의자 손잡이를 꼭 붙잡고 앉아 있어야 했다. 엔젤은 자신의 얼굴을 손으로 조심스레 더듬으며 얼굴을 찡그렸다.

"거울 있어요?"

미가엘은 면도할 때 사용하는 잘 닦인 깡통을 엔젤에게 건넸다. 엔젤은 넋 나간 표정으로 깡통을 응시하다 한참 후 미가엘에게 깡통을 다시 건네주었다.

"내 몸값으로 얼마를 지불했죠?"

"내가 가진 것 전부."

엔젤은 피식 웃었다.

"미스터, 정말 어리석군요."

그래 놓고도 이런 눈길로 엔젤을 바라보고 있다니 믿을 수가 없었다.

"상처는 곧 회복될 거요."

"그럴까요? 어쨌든 치아는 모두 제자리에 붙어 있네요. 그것만 해도 엄청난 행운이죠."

"내가 당신과 결혼한 건 당신의 외모 때문이 아니오."

"물론 그러시겠죠. 제 매력적인 성격 때문에 결혼하셨겠죠. 아니면 당신의 그 하나님이 나와 결혼하라고 시켰나요?"

"하나님이 보시기에 당신 머리에 있는 뿔이 내 머리에 있는 구멍에 꼭 맞다고 생각하신 것 같소."

엔젤은 뒤로 머리를 젖혀 의자에 기댔다.

"처음 봤을 때부터 당신이 미친 사람인 줄 알았어요."

엔젤은 체력의 한계에 도달했는지 완전히 힘이 다 빠져 버렸다. 밀짚으로 만든 침대 매트리스에 등을 대고 누우면 얼마나 편안할까. 혼자서도 걸어갈 수 있을지 모른다. 하지만 첫발을 떼다가 저 널빤지 바닥에 그대로 고꾸라져 코까지 부러뜨릴 수도 있다.

미가엘이 엔젤에게 다가와서 엔젤의 저항에도 아랑곳하지 않고 그녀를 안아 올렸다.

"미스터, 아까 분명히 말했을 텐데요. 난 아직 다시 누울 생각이 없어요."

"좋소. 그럼 침대에 앉아 있도록 해요."

"내 물건들은 모두 어떻게 했죠?"

"미처 생각하지 못했소. 하지만 그곳에 있는 당신 물건들은 여기에 어울리지 않을 거요. 농부의 아내는 레이스 달린 새틴 드레스를 입지 않으니까."

"그러시겠죠. 농부의 아내들은 홀딱 벗은 채로 콩이며 당근을 심은 밭을 돌아다녀야겠죠."

미가엘은 장난기 어린 눈으로 싱긋 웃었다.

"그거 참 재미있겠군."

활짝 웃는 그의 얼굴을 보며 왜 레베카가 이 남자에게 홀딱 반해서 그 난리를 쳤는지 이해할 수 있을 것 같았다. 하지만 아무리 잘생긴 얼굴도 엔젤에게는 소용없었다. 공작 역시 잘생긴 남자였다. 카리스마와 매력이 넘쳐났다. 엔젤은 볼멘소리로 말했다.

"이봐요, 난 이제 자리에서 일어나 혼자 걸어 다니고 싶어요. 뭘 좀 걸치고 말이에요."

"때가 되면 필요한 걸 주겠소."

"지금 필요하다고요."

미가엘의 입술 한쪽 끝이 살짝 올라갔다.

"나도 그렇게 생각하오."

짜증이 날 정도로 침착한 태도였다. 미가엘은 낡은 트렁크를 열어 꾸러미 하나를 꺼내 왔다.

"이걸로 한동안은 지낼 수 있을 거요."

엔젤은 내심 궁금해하며 꾸러미를 풀었다. 제일 먼저 낡은 회색 모직 망토가 나왔다. 그리고 마와 모로 만든 치마 두 벌이 나왔다. 바랜 빛의 갈색과 검은색이었다. 그리고 블라우스 두 벌이 더 있었다. 하나는 한때 흰색이었던 것 같지만 이제는 거의 노란색으로 변해 있었고, 나머지 하나는 옅은 청색에 분홍빛 꽃무늬가 있었다. 둘 다 턱까지 단추를 채우고 소매는 손목까지 내려오는 디자인이었다. 블라우스에 어울리는 테 없는 모자도 두 개 있었다. 모자 안에는 평범한 디자인의 캐미솔 몇 벌과 속바지 몇 벌, 그리고 지독하게 까만 스타킹 몇 켤레가 얌전히 개켜져 있었다. 마지막으로 뒤축이 다 닳은 검은색 부츠 한 켤레가 나왔다.

엔젤은 인상을 잔뜩 찡그린 채 안 믿긴다는 얼굴로 미가엘을 올려다보았다.

"이 은혜는 영원히 잊지 않겠어요."

"당신이 전에 쓰던 것들과는 많이 다를 거라는 건 알고 있소. 하지만 일단 입어 보면 이전에 입던 것보다 잘 어울린다는 걸 알게 될 거요."

"그 말을 믿고 입어 보도록 하죠."

엔젤은 치마를 손으로 쓰다듬어 보았다. 미가엘이 살짝 미소 지었다.

"두 주 정도 지나면 간단한 집안일을 맡아 줘요."

엔젤은 고개를 들어 미가엘을 쳐다보았지만, 어느새 그는 문밖으로 나가고 있었다. 집안일? 도대체 무슨 집안일? 소젖이라도 짜나? 요리? 아니, 어쩌면 냇가에서 물을 길어 오고, 장작을 패서 쌓아 놓는 일을 해야 할지도 모르지. 그리고 빨래! 설거지에 다림질도 시킬지 모른다. 웃기는 일이다! 엔젤이 잘 하는 일이라고는 오직 하나뿐이다. 나머지는 모두 엉망이다. 엔젤이 집안일을 하게 되면 당장 미가엘도 크게 깨닫는 바가 있을 것이다.

미가엘이 두 팔 가득 장작을 안고 들어왔다.

"미스터, 전 농부의 아내가 무슨 일을 하는지 하나도 몰라요."

"모르는 게 당연하지."

미가엘은 가져온 장작을 얌전히 쌓으며 말했다.

"그런데도 시키겠다는 그 집안일은 뭐죠?"

"요리, 빨래, 다림질, 정원 가꾸기."

"아까 말했지만……."

미가엘은 난로에 장작 하나를 더 던져 넣었다.

"당신은 영리한 사람이니 금방 배울 거요. 하지만 몸이 완전히 낫기 전까지는 정말 힘든 일은 시키지 않을 거요. 적어도 한 달은 푹 쉬어야겠지."

정말 힘든 일? 그게 무슨 뜻이지? 되묻기보다는 돌려서 말하는 게 확실한 답을 얻을 가능성이 커 보였다. 엔젤의 입가에 오랜 연습으로 익힌 은근한 미소가 떠올랐다.

"아내의 또 다른 의무는 어떻게 되나요?"

미가엘은 흘깃 고개를 돌려 엔젤을 보았다.

"그 의무가 당신에게 단순한 일 이상의 의미가 있게 될 때, 그때 우리 결혼은 완성될 거요."

미가엘의 솔직한 말에 엔젤은 흠칫 놀랐다. 엔젤이 손을 대기만 해도 놀라 얼굴을 붉히며 펄쩍 뛰던 농부는 어디로 간 거지? 내심 기가 죽은 엔젤은 괜히 화가 났다.

"좋아요, 미스터. 생각하시는 대로 뭐든지 해 드리죠. 저를 돌봐 주셨으니 받은 만큼 정확하게 돌려드릴게요."

"나한테 빚진 걸 다 갚았다고 생각하면 떠나겠지, 그렇지 않소?"

"페어러다이스로 돌아가서 공작부인에게 내 몫을 달라고 할 거예요."

"그러지 말아요."

미가엘이 조용히 말했다.

"아니, 할 거예요."

엔젤은 반드시 공작부인에게서 자신의 몫을 되찾아올 생각이었다. 그 노파의 금고를 억지로 열어서라도 말이다. 그리고 페어러다이스에서 멀리 떨어진 곳에 이런 오두막을 한 채 짓고 고약한 냄새와 소음을 피해 살고 싶다. 다만 필요한 물품을 살 수 있을 정도의 규모는 되는 지역이면 좋겠다. 그리고 총을 살 것이다. 커다란 총을. 그리고 총알도 최대한 많이 준비해서 집 근처에 남자가 얼씬거리면 당장 그 총을 사용할 생각이다. 돈이 떨어질 때까지 그렇게 버틸 것이다. 그러다가 돈이 다 떨어지면 그 얼씬거리던 남자들을 받아들여 일을 시작할 수도 있을 것이다. 하지만 살림을 알뜰하게 해서 이미 벌어놓은 것만으로도 오랫동안 살 수 있을지도 모른다. 엔젤은 조바심이 났다. 한번도 혼자서 살아 본 적이 없는 엔젤에게 그런 삶은 천국이었다.

'지난 일주일 내내 혼자 있었잖아.'

마음속 작은 목소리가 놀리듯 말했다.

'그때 넌 비참한 기분이 든다고 했어, 기억해? 인정해. 혼자서 지내는 건 결코 천국이 아니야. 수많은 악마와 함께 어울려 있을 때도 아니었지만.'

"나 때문에 많은 양의 금을 썼겠지만 그렇다고 해서 내가 당신의 소유는 아니에요, 미스터."

미가엘은 인내심을 갖고 찬찬히 엔젤을 살펴보았다. 작고 연약한 여자였지만 강철 같은 의지를 갖고 있었다. 도전적인 푸른 눈동자와 완고한 얼굴에서 그 강인함을 엿볼 수 있었다. 미가엘을 이길 수 있다고 생각하고 있는 것 같았다. 하지만 그녀의 생각은 틀렸다. 미가엘은 하나님의 뜻을 따르고 자신만의 계획도 세우고 있었다. 미가엘의 계획은 점점 구체화되고 있었지만, 당분간은 꼭 필요한 것만 엔젤에게 알려 줄 생각이었다. 지금은 엔젤이 마음대로 생각하게 놔둘 요량이었다.

"당신 말이 맞소. 당신은 내 소유가 아니오. 하지만 그렇다고 여기서 도망쳐서는 안 되오."

두 사람은 방의 양쪽 끝에서 각자 식사를 했다. 엔젤은 침대에 앉아 무릎 위에 접시를 놓고 식사했고, 미가엘은 테이블에서 먹었다. 탁탁 장작 타는 소리뿐이었다.

엔젤은 침대 옆 테이블 위에 접시를 내려놓았다. 온몸이 떨렸지만 다시 눕고 싶지는 않았다. 엔젤은 미가엘을 찬찬히 살펴보면서 조만간 그가 어떤 사람인지 알아내고야 말겠다고 결심했다. 그도 남자다. 그러니 복잡할 리 없다. 낱낱이 분해해서 살펴보리라.

"남자들은 모두 괴상한 취미를 갖고 있단다, 아가. 남자들이 보내는 메시지를 잘 살펴보고 너한테 원하는 것이 무엇인지 알아내야 해. 네가 남자들을 행복하게 해 주는 한 잘 지낼 수 있어. 그렇게 하지 않으면 그치들은 야비하게 변하지."

샐리가 말했다. 공작을 만난 날 밤에 그 사실을 분명히 알 수 있었다. 그는 권력을 좋아했고 즉각적인 순종을 원했다. 공작이 원하는 일은 마음에 들지 않아도 무조건 따라야 했다. 그것도 미소와 함께. 조금이라도 주저하면 그 차갑고 어두운 표정을 봐야만 했다. 저항은 뺨에 불이 나게 했고, 반항은 잔인한 폭력으로 진압됐다. 그리고 도주의 끝은 담뱃불을 살갗으로 느끼는 것이었다. 공작이 엔젤을 혼자서 차지하는 걸 지겨워하게 되면서 엔젤은 중요한 교훈을 얻었다. 그녀가 어떤 감정인지, 얼마나 놀랐는지, 얼마나 화가 났는지, 얼마나 혐오감을 느끼는지 상관없이 남자들이 돈을 지불했다면 그들이 원하는 모습을 보여 줘야 한다. 그런 모습을 도저히 가장해 보일 수 없다면, 적어도 아무것도 신경쓰지 않는 척이라도 해야 한다. 이제 엔젤은 그런 일에 아주 정통해 있었다.

샐리는 남자들을 이해하면서도 나름의 규칙을 갖고 있었다.

"그 술 취한 바보가 너를 여기로 데려온 건 오지게 불운한 일이야. 그렇지만 한편으로 생각해 보면 그렇게 나쁜 일도 아니지. 네 엄마 역시 창녀였던 걸 생각해 봐. 점잖은 집안 사람들은 네가 아무리 예쁘다 해도 너를 데려가려고 하지 않았을 거야. 여기서 지내는 게 아무리 힘들어도 이게 네가 감당해야 하는 현실이야, 엔젤. 여기가 앞으로 네가 머물 곳이란 말이지."

샐리는 엔젤의 턱을 잡고 얼굴을 위로 들어올렸다.

"그러니 오늘 이후로 다시는 그런 표정을 짓지 말아라. 네가 어떤 생각을 하고 무엇을 느끼든 그건 네 마음속에만 두도록 해. 알겠니? 우리는 모두 각자 슬픈 사연을 갖고 있어. 몇몇은 너보다 지독한 경우이기도 하고. 앞으로는 남자들이 돈을 내고 너한테서 사려고 하는 것을 그들 손에 쥐어 주고 미소 띤 얼굴로 보내는 법을 배우게 될 거다. 네가 일을 잘 해내면 돌아가신 네 엄마 대신 내가 잘해 줄게. 하지만 제대로 하지 않으면 공작하고 지내던 때가 천국이었다고 생각하게 될 거야."

샐리는 말한 것은 반드시 지키는 여자였다. 엔젤은 남자에 대해 알아야 할 모든 것을 배웠다. 자신이 원하는 것이 무엇인지 아는 남자도 있었다. 자신이 원하는 것을 알고 있다고 생각하는 남자도 있었고, 자신이 무엇을 원하는지 모르는 남자도 있었다. 배짱 두둑한 남자가 있는가 하면, 뻔뻔하기만 한 작자도 있었다. 그렇지만 이러니저러니 해도 모든 남자가 원하는 것은 하나로 귀결되었다. 엔젤을 맛보기 위해서 돈을 내는 것이다. 그들은 게걸스럽게 양껏 물어뜯어다가 마지막 한방울까지 모조리 해치웠다. 모두 똑같았다. 차이가 있다면 침대 끝에 떨어진 실크 속옷 아래에 조용히 돈을 밀어넣느냐, 아니면 엔젤의 눈을 똑바로 바라보면서 손바닥 위에 돈을 올려놓느냐뿐이었다.

엔젤은 미가엘 호세아를 쳐다보았다. 이 남자는 어떤 부류일까?

낡은 옷가지를 만지작거리면서 엔젤은 입술을 씹었다. 어쩌면 아무 값어치도 없는 물건을 사 왔다는 생각에 이 평범한 옷으로 꽁꽁 싸 놓고 다시는 쳐다보지 않으려는 것인지도 몰랐다. 엔젤의 진짜 모습을 보고 싶어 하지 않는 건 아닐까? "불을 켜지 말고 손가락에 반지를 끼고 있어요. 그러면 모든 것이 제대로인 척할 수 있으니."라고 말하고 싶은 건지도 몰랐다. 그렇다면 이런 옷을 입고 엔젤이 아닌 척하는 게 딱히 부도덕하다고 생각할 필요도 없다. 그가 원하는 대로 처녀 행세를 해 줄 수도 있다. 필요하다면 감사한 마음을 보여 주는 척할 수도 있다. 오, 그래. 나를 구해 줬으니 얼마나 고마운 일이야. 잠깐만이라는 단서가 붙는다면 무슨 일이든, 어떤 역할이든 기꺼이 해 줄 수 있다.

'맙소사. 척하며 사는 건 정말 지겨워. 이렇게 사는 건 이제 신물이 나. 그냥 두 눈을 감고 죽어 버리고 싶어.'

"배불러요."

엔젤은 접시를 침대 옆 테이블에 내려놓았다. 미가엘은 엔젤을 유심히 지켜보고 있었다.

"당신이 감당할 수 없는 일은 그 어떤 것도 억지로 맡길 생각 없소."

엔젤은 미가엘의 시선을 되받으며 그가 말하는 것이 집안일만이 아니라는 사실을 깨달았다.

"그럼, 당신은 어떤가요, 미스터? 내가 당신에게 맡기는 일을 모두 감당할 수 있나요?"

"한번 시켜 보시오."

엔젤은 저녁을 먹고 있는 미가엘을 쳐다보았다. 아무것도 걱정하지 않는 듯한 표정이다. 머리부터 발끝까지 자신이 누구인지 알고 있다는 확신이 넘쳐 보였다. 심지어 엔젤은 짐작도 하지 못할 앞일에 대해서도 확신하는 듯 보였다. 그럭저럭 버티다가 빨리 도망가지 않으면 그가 엔젤을 갈가리 찢어 버릴 것 같았다.

다음 날 아침, 엔젤은 미가엘이 문을 열고 밖으로 나가자마자 옷을 갈아입었다. 캐미솔을 뒤집어쓰고 닳아서 너덜너덜해진 리본을 묶었다. 속이 전혀 비치지 않는 두툼한 천은 엔젤의 몸을 완전히 감싸 주었다. 이렇게 평범하고 이렇게 귀엽고……, 이렇게 저렴한 옷은 입어 본 적이 없었다.

누가 입었던 옷일까? 이 옷의 주인은 어떻게 된 거지? 옷으로 보건데 이 옷의 주인은 깔끔하고 부지런한 사람이었던 모양이다. 길을 걷는 엄마를 보면 등을 돌리며 외면하던 바로 그 여자들처럼.

엔젤은 왼쪽 부츠에 걸린 단추걸이를 이용해 부츠를 신었다. 그럭저럭 잘 맞았다. 미가엘이 집으로 돌아왔다. 엔젤은 한쪽 눈썹을 올리며 고개 들어 그를 올려다보았다.

"결혼한 적 없다고 하지 않았어요?"

"내 누이 테스가 쓰던 것들이오. 테스와 테스의 남편 바울은 나와 함께 이곳 서부로 이주해 왔소. 테스는 그린 강가에서 열병으로 세상을 떠났소."

미가엘은 서부 길가에 테스를 묻어야 했던 기억을 떠올렸다. 가슴이 아팠다. 긴 마차 행렬이 테스의 무덤을 짓밟았을 것이고, 이제는 그 흔적조차 찾기 어려울 것이다. 그렇지만 미가엘과 바울은 테스의 시신이 인디언이나 짐승들에게 유린당하느니 그 편이 낫다고 생각했다. 하지만 미가엘은 사랑하는 누이를 그렇게 매장했다는 사실에 마음이 편치 않았다. 무덤을 표시할 만한 비석이나 십자가 하나 세우지 못했다. 테스는 더 나은 대우를 받아야 마땅했는데.

"그 남편은 어떻게 되었죠? 그도 같이 죽었나요?"

미가엘은 웃옷을 벗었다.

"이 계곡 끝 초원에 바울의 땅이 있소. 지금은 유바에서 사금을 채굴하고 있지. 원래 어느 하나에 마음을 주고 정착하는 성격이 못 되는 친구라서."

애초에 험한 길을 따라 서부로 온 것도 테스에 대한 사랑 때문이었던 바울은 테스가 죽자 원래대로 거친 본성을 드러내며 방황했다. 엔젤은 서글픈 미소를 지었다.

"캘리포니아의 시냇가를 약탈하는 무리 중 한 명이군요. 가져갈 수 있는 것은 무엇이든 탐내는 그런 무리요."

미가엘은 고개를 돌려 엔젤을 보았다. 엔젤은 미가엘의 얼굴을 보고 그가 무슨 생각을 하는지 짐작할 수 있었다.

"그가 남자고, 유바에 있는 게 분명하다면, 팰리스에 온 적이 있겠네요."

엔젤의 짐작이 맞는 모양이었다. 아무렇지도 않은 척 어깨를 으쓱여 보인 엔젤은 더욱 짓궂게 말했다.

"그가 나한테 왔었는지도 모르겠네요. 어떻게 생긴 사람인지 말해 봐요. 어쩌면 기억할 수 있을지도 모르니까."

엔젤의 말은 차갑고 무정했다. 하지만 미가엘은 속지 않았다. 엔젤은 미가엘을 밀어내려고 지독하게 노력하는 것뿐이었다. 미가엘은 엔젤이 왜 그러는지 궁금했다. 미가엘의 침묵에 엔젤은 기가 꺾였다.

"그가 날 알고 있을까 봐 걱정하지 말아요. 그가 오기 전에 나는 내 자리로 돌아갈 테니까."

"당신은 나와 함께 여기 있어야 하오. 당신이 있어야 할 자리는 여기니까."

엔젤은 차가운 미소를 흘렸다.

"조만간 처녀들을 한가득 실은 마차가 도착할 거예요. 먼지 투성이의 낡은 면 옷을 입고 있는 얌전한 여자들이요. 그러면 당신도 제정신이 들 거예요. 당신이 이런 말을 하는 모습을 생각해 봐요. '이 사람이 내 아내랍니다. 1851년에 페어러다이스에 있는 매음굴에서 돈을 주고 사 온 여자죠.'."

"누가 오든 상관없소. 나는 당신과 결혼했소."

"그거야 간단하게 바로 잡으면 되는 문제예요."

엔젤은 손가락에서 결혼반지를 뺐다.

"봤죠? 이러면 우린 더 이상 결혼한 사이가 아니에요."

엔젤은 손바닥에 결혼반지를 올려 미가엘에게 내밀었다.

"이렇게 간단하게 해결되는 문제라고요."

미가엘은 엔젤의 얼굴을 찬찬히 살폈다. 정말 이렇게 간단하게 끝날 문제라고 생각하는 걸까? 결혼반지만 빼면 결혼이 무효가 되고, 모든 것이 이전으로 돌아갈 거라고 생각하는 걸까?

"마라, 그건 당신 생각이 틀렸소. 당신이 반지를 끼고 있든 빼고 있든 우리는 여전히 결혼한 사이요. 그런데 이왕이면 그 반지는 아까처럼 당신이 잘 끼고 있으면 더 좋겠군."

엔젤은 얼굴을 살짝 찡그리고 미가엘의 말에 따랐다. 손가락에 반지를 다시 끼고 빙그르르 돌렸다.

"럭키가 말하던데, 당신 어머니 반지라면서요."

"그렇소."

엔젤은 양손을 아래로 힘없이 떨어뜨렸다.

"필요하면 언제든지 돌려 달라고 말만 해요."

"그럴 일은 없을 거요."

엔젤은 스커트 앞자락에 손을 모으고 무표정한 얼굴로 미가엘을 보았다.

"원하시는 대로 하세요, 미스터."

순간 미가엘의 평정심이 무너졌다.

"그 말 좀 하지 마시오. 원하시는 대로 하라니. 마치 커피라도 주는 것 같군."

'원하시는 대로 하세요.' 엔젤이 남자들에게 자신의 몸을 주었던 방식이 바로 그것이었다.

"일단 하나만 분명히 합시다. 나는 좋을 때나 나쁠 때나, 그리고 죽음이 우리 두 사람을 갈라놓을 때까지 이 결혼을 유지할 거요. 당신과 결혼하면서 하나님 앞에서 맹세했소. 그리고 그 맹세를 깨지 않을 거요."

하나님이라면 엔젤도 잘 알고 있었다. 그 앞에서는 모든 것을 의롭고 바르게 해야 한다. 그렇지 않으면 하나님은 바퀴벌레 밟듯이 밟아 버릴 것이다. 그것이 하나님이었다. 미가엘의 눈동자가 더욱 검게 변해 있었다. 엔젤은 아무 말도 하지 않았다.

엄마는 하나님을 믿었다. 엄마는 마음을 열고 하나님을 받아들였다. 하지만 하늘에 계신 우리 아버지는 알렉스 스태포드같이 고매하게 저 높은 곳에 사는 부류였을 뿐이다. 엔젤은 하나님은 고사하고 그 누구에게도 자신의 마음을 열고 다가가지 않을 것이다. 만약 이 남자가 엔젤에게 그놈의 하나님을 믿게 할 생각이라면 어림도 없는 일이었다. 엔젤은 진즉부터 알고 있었다. 엔젤이 믿지 않으면 그 하나님이라는 존재로 인해 벌을 받을 일도 없다.

"우리 결혼식에 대해 기억나는 거라도 있소?"

미가엘이 불쑥 던진 말에 생각에 잠겨 있던 엔젤이 화들짝 놀랐다.

"예수보다 더 답답한 목소리를 가진 검은 옷 입은 남자가 뭐라고 지껄였던 것은 기억해요."

"당신은 '네.'라고 대답했소. 그건 기억하오?"

"'네.'라고 하지 않았어요. '그러죠, 뭐.'라고 했죠."

"그거면 됐소."

9장

나는 마음이 온유하고 겸손하니
나의 멍에를 메고 내게 배우라
그리하면 너희 마음이 쉼을 얻으리니.
_예수(마태복음 11장 29절)

  침대에서 일어난 처음 며칠은 옷을 갈아입는 것 정도밖에 할 수 없었다. 자리에서 일어나 돌아다니기 시작한 지 일주일이 지나서야 엔젤은 천천히 집 밖을 둘러볼 수 있었다. 테스의 옷을 입은 엔젤의 모습은 미가엘에게 묘한 마음의 고통을 느끼게 했다. 두 여자는 같은 점이라고는 전혀 찾아볼 수 없을 정도로 달랐다. 테스는 귀엽고 사랑스러운데다 단순하고 솔직한 여자였다. 반면 엔젤은 차갑고 복잡하며 마음 문을 꼭 걸어 잠근 폐쇄적인 여자였다. 테스는 검은 머리에 건강미가 넘쳤고, 엔젤은 금발에 여린 몸매를 갖고 있다.
  미가엘은 엔젤이 밖으로 나오는 게 자신과 함께 있고 싶어서라고 생각하는 건 바보짓이라고 생각했다. 그저 오두막에 갇혀 있는 것이 지겹고 지루한 것이리라.

하지만 엔젤은 외로웠다. 바로 그 사실 때문에 미가엘이 옆에 오면 더욱 날카롭고 방어적으로 나왔다. 미가엘에게 괜히 엉뚱한 생각을 심어 주고 싶지 않았다.

"밭 가는 일은 언제 시작할까요?"

엔젤이 냉랭하게 말했다.

"가을에."

엔젤은 날카로운 시선으로 미가엘을 쳐다보았다. 미가엘은 크게 웃으면서 엔젤의 어깨에 흘러내린 머리카락을 뒤로 넘겨주었다.

"산책 좀 하겠소?"

"얼마나 멀리요?"

"당신이 그만하자고 할 때까지."

미가엘은 엔젤의 손을 잡았다. 엔젤이 손에 힘을 빼서 마치 죽은 물고기처럼 축 늘어뜨렸지만, 신경쓰지 않기로 했다. 엔젤의 수동적인 저항이었다. 두 사람은 옥수수 창고와 마차를 보관하는 곳을 둘러보고 시냇가에 있는 긴 다리로 갔다. 그 냇가에는 나중에 암소를 사면 유제품과 육류를 보관할 저장고를 세울 생각이었다. 그리고 오솔길을 따라 조그만 마구간에 가서 마차 끄는 말 두필을 보았다. 미가엘은 자신이 경작한 너른 밭을 지나 탁 트인 초원으로 엔젤을 이끌었다.

"황소 여덟 마리로 시작했는데 지금은 보다시피 두 마리만 남았소."

"나머지는 어떻게 되었는데요?"

"한 마리는 인디언이 훔쳐갔고, 다섯 마리는 일을 하다 죽고 말았소. 힘든 일을 해내야 했으니까. 훔볼트 소택지에서 죽어야 했던 것은 비단 짐승들만이 아니었소."

미가엘은 문득 엔젤을 내려다보았다. 얼굴이 창백해진 엔젤이 손등으로 이마에 맺힌 땀을 닦아 냈다. 미가엘이 돌아가고 싶은지 물었지만 엔젤은 아니라고 대답했다. 그렇지만 미가엘은 그대로 걸음을 되돌렸다. 엔젤은 이미 기진맥진한 상태가 분명했지만 고집을 피웠다.

'하나님, 이 여자는 앞으로도 이렇게 매사에 어리석을 정도로 고집을 부릴까요?'

돌아가는 길에 미가엘은 엔젤에게 포도 넝쿨이 우거진 나무 그늘 아래 휴게소를 만들 자리를 보여 주었다.

"더운 여름날이면 저 아래 앉아 있읍시다. 태양 빛에 익어 가는 포도 내음보다 근사한 것도 없으니. 서쪽에는 침실과 부엌을 만들고 포치를 붙일 거요. 그 아래서 저녁마다 태양이 지고 별이 나오는 모습을 지켜보고, 뜨거운 여름 오후면 사과주를 홀짝이며 우리 옥수수들이 자라는 모습을 지켜봅시다. 그리고 언젠가 하나님이 허락하시면 우리 아이들도 저곳에서 뛰어놀게 될 거요."

순간 엔젤의 심장이 덜컥 내려앉았다.

"그렇게 먼 미래까지 모조리 생각해 놨으니 할 일이 산더미겠네요."

미가엘은 엔젤의 턱에 가볍게 손을 대고 두 눈을 마주보며 말했다.

"마라, 우리 둘이 함께할 평생의 일이오."

엔젤은 고개를 옆으로 휙 돌려 미가엘의 손을 뿌리쳤다.

"당신의 희망사항을 나한테 강요하지 말아요, 미스터. 나한테도 나름의 계획이 있다고요. 그리고 그 계획에 당신은 포함되어 있지 않아요."

오두막으로 돌아가는 길은 엔젤 혼자 걸었다.

산책은 무척 좋았다. 하지만 피곤한 일이기도 했다. 그런데도 엔젤은 문을 열고 의자를 밖에 끌어다 놓고 앉았다. 따스한 태양을 느끼고 신선한 공기를 들이마시고 싶었다. 부드러운 오후의 미풍이 엔젤의 머리카락을 가지고 놀았다. 풍요롭고 강렬한 대지의 내음이 느껴지자 온몸의 근육이 풀어졌다. 엔젤은 두 눈을 감았다.

미가엘이 일을 마치고 돌아왔을 때, 엔젤은 잠들어 있었다. 아직 눈가와 턱이 시커멓게 멍들어 있는 채였지만 몹시 평화로워 보였다. 미가엘은 엔젤의 머리카락 끝을 잡아 손가락으로 문질러 보았다. 실크 같았다. 엔젤이 살짝 몸을 뒤척였다. 미가엘은 가녀리고 하얀 그녀의 목덜미를 쳐다보다 고르게 뛰고 있는 맥박으로 시선을 옮겼다. 몸을 기울여 그곳에 입술을 대고 싶었다. 그녀의 체취를 호흡하고 싶었다.

'주여, 그녀를 사랑합니다. 하지만 언제까지 지금과 같아야

합니까? 절대로 이겨 낼 수 없을 것 같은 내 안의 이 아픈 갈망은 언제까지인가요?'

엔젤이 잠에서 깨어났다. 눈을 뜨던 엔젤은 곁에 선 미가엘을 보고 깜짝 놀랐다. 미가엘의 등 뒤에서 태양빛이 비치고 있어서 그가 어떤 표정을 짓고 있는지 보이지 않았다. 엔젤은 흐트러진 머리카락을 뒤로 쓸어넘기며 시선을 옆으로 돌렸다.

"언제부터 여기 서 있던 거죠?"

"평화로워 보이더군. 나 때문에 깼다면 미안하오. 볼이 빨개졌소."

엔젤은 두 손으로 볼을 만졌다. 따스함이 느껴졌다.

"시커멓고 푸르뎅뎅한 얼굴에 빨간색까지 더하게 됐군요."

"배고프지 않소?"

엔젤은 배가 고팠다.

"나한테 요리하는 법부터 가르쳐 주는 게 좋겠네요."

엔젤은 통증에 얼굴을 찡그리며 일어나 미가엘을 따라 집 안으로 들어갔다. 나중에 자신만의 공간을 갖게 될 때를 대비해서라도 요리하는 법을 알아 놓는 편이 좋을 것이다.

"가장 먼저 불을 잘 지펴야 하오."

미가엘은 난로 바닥에 있는 석탄을 쑤석거려 불씨를 돋우고 장작을 더 넣었다. 그다음 소금에 절인 사슴고기 한 덩이를 잘라 물이 끓고 있는 냄비에 넣었다. 미가엘이 허브를 손바닥에 비벼 보글보글 끓고 있는 냄비에 넣자 톡 쏘는 강한 향이 났다.

"한동안 끓게 놔 둬야 해요. 같이 밖에 나갔다 옵시다."

미가엘이 양동이를 들고 말했다. 엔젤은 미가엘을 따라 채소밭으로 갔다. 미가엘이 쪼그리고 앉아 잘 익은 당근이나 토마토를 찾아내는 법을 알려 주었다. 그리고 다 자란 감자 줄기 뽑는 시범을 보여 주었다. 엔젤은 그 모습을 보고 깜짝 놀랐지만 내색하지 않았다. 사실 누군가 엔젤에게 감자가 어디서 나는지 물었다면 아일랜드에서 가져왔다고 대답했을 것이다. 그런데 미가엘이 뽑은 감자 줄기에 며칠은 먹을 수 있는 감자가 딸려 나왔다.

엔젤은 조금 떨어진 곳에서 미가엘이 쪼그리고 앉아 풀을 뽑아 한쪽으로 던져 버리는 모습을 보았다. 달빛 비치는 정원에서 보았던 엄마의 모습이 문득 뇌리를 스쳤다.

"어째서 정원을 그렇게 엉망으로 만드는 거죠?"

미가엘은 엔젤의 날카로운 목소리에 고개를 들었다. 엔젤의 안색은 창백하고 일그러져 있었다. 미가엘은 허리를 펴고 두 손을 바지에 쓱쓱 문지르며 말했다.

"잡초를 뽑은 거요. 정작 자라야 할 풀을 모조리 말라 죽게 하는 녀석들이니까. 일할 시간이 부족해서 잡초가 많소. 당신에게 부탁하고 싶은 일 중 하나가 바로 여기 정원을 가꾸는 일이지. 물론 당신이 일을 할 수 있을 때 말이오."

미가엘은 바구니를 집어 들고 언덕 위를 고갯짓으로 가리켰다.

"저쪽에도 먹을 것들이 야생으로 자라고 있소. 치커리와 겨자, 쇠비름 같은 것들이오. 어떤 것들이 먹을 수 있는 것인지는 차차 가르쳐 주겠소. 시냇물을 따라 일 킬로미터쯤 내려가면 블랙베리가 있는데 늦여름에나 따 먹을 수 있소. 언덕 위쪽으로 일 킬로미터쯤 가면 블루베리도 있지. 사과랑 호두도 있고."

미가엘은 엔젤에게 바구니를 건넸다.

"저기 시냇가에서 이 채소를 씻어 주겠소?"

엔젤은 미가엘이 시킨 대로 채소를 씻어서 오두막으로 돌아왔다. 미가엘은 채소 껍질을 벗기고 자르는 시범을 보인 다음 엔젤이 직접 해 보도록 했다. 불 위에 올린 고기 냄비가 끓고 있었다. 미가엘은 고리로 냄비를 난로 바깥쪽으로 살짝 당겨 놓았다.

"한 번씩 저어 주도록 해요. 나는 나가서 가축을 좀 돌아보고 오겠소."

스튜는 좀처럼 시원하게 끓지 않았다. 그래서 엔젤은 냄비를 다시 불쪽으로 밀어넣었다. 그러자 너무 펄펄 끓어 냄비를 다시 빼내야 했다. 엔젤은 고개를 숙이고 냄비 안의 내용물을 휘저은 후 불쪽으로 밀어넣다가 다시 빼내서 젓기를 반복했다. 불꽃의 열기와 젓기로 진이 다 빠졌다. 엔젤은 이마로 흘러내린 젖은 머리카락을 뒤로 넘겼다. 연기로 두 눈이 따끔거렸다.

미가엘은 물 한 양동이를 들고 들어오다가 쿵 소리가 나게 내려놓았다. 그 바람에 바닥에 물이 튀었다.

"조심해요!"

미가엘이 엔젤의 팔을 세게 잡아당겼다.

"왜 그래요?"

"치맛자락에서 연기가 나고 있었소. 조금만 더 있었다면 그대로 불길에 휩싸일 뻔했잖소."

"스튜를 저으려면 불 가까이 가야 했단 말이에요!"

냄비 뚜껑이 들썩거리더니 안의 내용물이 끓어 넘쳤다. 빨갛게 달구어진 석탄에 국물이 떨어져 치직 소리를 냈다. 엔젤은 무심코 냄비 손잡이를 잡았다가 외마디 비명을 질렀다. 엔젤은 욕지기를 뱉어 내며 냄비 고리를 다시 잡아챘다.

"천천히!"

미가엘이 경고했지만 엔젤은 그런 말을 들을 기분이 아니었다. 너무 세게 잡아당기는 바람에 냄비가 엎어져 스튜가 모조리 쏟아졌다. 벽난로 불은 국물을 뒤집어쓰고 치직 소리를 내면서 탁탁 튀었다. 스튜 타는 고약한 냄새와 연기가 온 집안을 가득 메웠다.

엔젤은 이런 것 하나도 제대로 못하는 사람이었! 엔젤은 엉망이 된 난롯가에 냄비 고리를 던져 버리고 버드나무 의자에 앉았다. 얼굴을 잔뜩 찡그린 채 몸을 숙여 아픈 갈비뼈 부분을 움켜잡았다.

미가엘이 창문과 문을 모두 활짝 열자 연기는 이내 걷혔다. 엔젤은 이를 악물고 사슴고기 한 덩어리가 연기가 되어 사라지는 모습을 지켜보았다.

"저녁 준비가 다 되었습니다, 미스터."

미가엘은 웃지 않으려고 노력했다.

"다음에는 더 잘할 수 있을 거요."

엔젤은 미가엘을 올려다보았다.

"나는 요리에 대해서는 아무것도 몰라요. 당근과 잡초도 구분할 줄 모르죠. 나한테 밭을 갈라고 시키면 고랑을 제대로 파지 못해서 씨도 뿌릴 수 없게 될 거예요."

엔젤은 자리에서 일어섰다.

"나한테 일을 시키고 싶다고 했죠? 좋아요, 하죠. 내가 할 줄 아는 유일한 일을 말이에요. 바로 저기서요."

엔젤은 침대를 가리켰다.

"괜찮으시면 지금 당장 해요, 미스터. 혹 당신의 판타지를 충족시키는 데 침대가 적당하지 않다면, 바닥이나 마구간은 어때요? 원하시는 곳은 어디라도 좋아요. 말씀만 하세요!"

미가엘은 크게 한숨을 내쉬었다.

"마라, 고작 스튜 한 냄비였을 뿐이오."

엔젤은 좌절감을 느끼며 극도로 흥분했다.

"당신 같은 성인군자가 어떻게 나 같은 여자를 택한 거죠? 당신의 신앙심을 시험하기라도 하는 건가요? 그래요?"

엔젤은 미가엘 옆을 지나쳐 밖으로 나가 버렸다. 그대로 멀리 도망가고 싶었지만 그럴 수 없었다. 한 걸음 내딛을 때마다 통증이 느껴졌다. 간신히 들판까지 가서 걸음을 멈추고 숨을 골라야 했다. 그가 난로에서 엔젤을 갑자기 잡아당겼을 때 깜짝 놀랐고 몸도 아팠다. 하지만 육체적인 고통은 엔젤이 느끼고 있는 자기혐오나 굴욕에 비하면 아무것도 아니었다. 정말로 바보 같다! 도대체 무엇 하나 제대로 할 줄 아는 게 없다. 그렇게 간단한 요리 하나 못해서야 어떻게 혼자 살아간단 말인가. 불 피우는 방법조차 모르고 있었다. 생존을 위해 필요한 그 어떤 일도 알지 못했다.

"아니, 싫어. 안 배울 거야! 도와달라고 하지도 않을 거야. 앞으로 절대로 신세 지지 않을 거야."

엔젤은 불타는 듯 아파 오는 손을 꼭 쥐고 하늘에 대고 소리쳤다.

"그에게 돌아와 달라고 부탁한 적 없어요. 이런 일 해 달라고 부탁한 적 없다고요!"

엔젤은 시냇가로 내려가 손을 물에 담그고 앉아 화를 누그러뜨렸다.

10장

그러므로 보라
내가 그를 타일러 거친 들로 데리고 가서 말로 위로하고
거기서 비로소 그의 포도원을 그에게 주고
아골 골짜기로 소망의 문을 삼아 주리니.
_호세아 2장 14~15절

    엔젤이 다시 집으로 돌아갔을 때는 엉망이 된 난로가 말끔히 정리된 후였다. 하지만 미가엘은 집에 없었다. 그가 없으니 안도하는 마음이 들어야 했지만 실제로는 그렇지 못했다. 오히려 텅 빈 공간에 표류하는 듯 허전했다. 어쩌면 미가엘은 밖으로 나가서 엔젤이 화를 낸 것에 대해 어떤 벌을 줄지 생각하고 있는지도 모른다.
    엔젤을 바보 같다고 생각하고 있을 게 분명했다. 그의 누이였다면 불을 피우거나 근사한 요리를 하는 일, 밭을 갈거나 그 외 필요한 일은 무엇이든지 척척 잘 해냈을 것이다. 그녀였다면 대서양에서 태평양에 이르는 모든 채소들을 멀찌감치 떨어진 곳에서도 단박에 알아볼 수 있었을 것이다. 들짐승의 낌새

도 재빨리 알아차려서 총으로 사냥해 가죽옷을 만들어 입었을지도 모른다.

완전히 풀이 죽은 엔젤은 벽난로 앞에 주저앉아 온기가 사라져 버린 화로를 쳐다보았다.

"마치 내 인생 같아. 차갑고 텅 빈 벽에 아무짝에도 쓸모없는 구멍이야."

엔젤은 자리에서 일어났다. 뭔가 해야만 했다. 엔젤은 빛과 온기가 필요했다. 미가엘이 불 피우는 모습은 여러 번 보았으니 혼자서 할 수 있을지도 모른다. 엔젤은 나뭇조각을 가져다 난로 안에 쌓고, 불쏘시개가 될 잔가지들을 위에 올려놓았다. 덮개에 싸여 있던 부시와 부싯돌을 가져와 불을 피웠다. 하지만 아무리 애를 써도 좀처럼 불꽃은 일어나지 않았다.

미가엘은 문가에 서서 그런 엔젤의 모습을 가만히 지켜보았다. 엔젤을 찾으러 밖으로 나갔다가 시냇가에 있는 엔젤을 보았지만, 그가 다가온 것도 눈치 채지 못하자 그대로 물러서 있었다. 엔젤이 다시 집으로 돌아갈 때까지 그저 옆에 서서 지켜볼 수밖에 없었다. 모습을 드러내지 않는 편이 더 나을 것 같았다. 엔젤은 자신만의 생각에 빠져 있었다. 비참하고 어두운 생각에 빠져서 다른 것은 아무것도 보이지 않는 듯했다. 그리고 지금 엔젤은 불을 피우다가 사납게 욕설을 내뱉으며 허공에 주먹질을 해대고 있다. 미가엘은 엔젤의 뒤로 가만히 다가가 머리에 살짝 손을 얹었다. 엔젤이 놀라 펄쩍 뛰어올랐다.

"어떻게 하는 건지 보여 주지."

미가엘은 엔젤의 옆에 쪼그려 앉아 손을 내밀었다. 엔젤은 부싯돌을 건넸다.

"우선, 처음부터 완벽하게 할 수 있을 거라는 생각은 버려요. 모든 일에는 연습이 필요하니까."

미가엘은 스튜 요리도 마찬가지라는 말을 덧붙이고 싶었다. 다른 방식의 삶을 살아가는 것도 모두 마찬가지라고 말해 주고 싶었다.

엔젤은 미가엘이 부싯돌을 부딪쳐서 불을 지피는 모습을 유심히 지켜보았다. 불꽃이 일자 미가엘은 연기가 날 때까지 조심스레 입김을 불었다. 금세 불길이 타올랐다. 처음에는 조그만 나뭇가지를 던져 넣었고, 그런 다음 좀 더 큰 나뭇가지들을 집어넣었다. 잠시 후 불꽃이 너울거렸다.

미가엘은 뒤로 조금 물러나서 앉았다. 엔젤 곁에서 따뜻한 불기운을 즐기고 싶었다. 하지만 엔젤의 생각은 달랐다. 부지깽이를 집어 든 엔젤은 나뭇가지를 탁탁 쳐서 불을 끄고 나뭇조각들을 흩어 놓더니 이내 마지막 남은 불씨까지 모두 꺼 버렸다.

그런 다음 난로 가까이에 꿇어앉아 방금 미가엘이 한 대로 불을 지폈다. 미가엘처럼 부시와 부싯돌을 부딪쳤다. 하지만 불꽃이 나지 않았다. 결의에 찬 표정으로 계속해서 부싯돌을 부딪쳐 보았지만 실패였다. 불에 데인 손이 지독하게 아팠다. 하지만 멈추지 않았다. 손바닥에서는 땀이 났다. 부싯돌을 부딪칠 때마다 가슴께가 뻐근했다. 통증이 온몸에 퍼져 몸을 움직이지도 못할 지경이 되어서야 엔젤은 뒤로 물러나 주저앉았다.

"못하겠어요."

엔젤은 다 소용없는 짓이라고 생각했다. 미가엘은 마음이 아파 왔다. 엔젤은 단 한번도 우는 모습을 보이지 않았다. 열에 들떠 정신을 잃었을 때조차 눈물을 흘리지 않았다. 하지만 하나님은 엔젤이 눈물을 흘릴 필요가 있다는 것을 알고 계셨던 모양이다.

"내려놓아요, 마라."

"좋아요. 당신이 해요."

엔젤은 부시와 부싯돌을 미가엘과 자신의 사이에 내려놓았다.

"그런 말이 아니오. 너무 애쓰고 있잖소. 처음부터 모든 것을 완벽하게 하려고 하지 말아요. 그건 불가능한 일이니까."

"지금 무슨 소리를 하는 건지 모르겠네요. 내가 원하는 건 불을 지피는 것뿐이에요."

"우린 같은 언어로도 대화를 나누지 못하는군."

미가엘은 힘없이 말했다. 차라리 스페인어를 사용하는 캘리포니아 아가씨에게 영어로 이야기하는 편이 더 나을 것이다.

"그럴 필요가 없는데도 당신은 싸우려고만 하는 것 같소."

엔젤은 고집스레 미가엘의 시선을 피했다.

"다시 불이나 피워 봐요. 내가 뭘 잘못했는지 보게."

미가엘은 엔젤의 말대로 불을 다시 피웠고, 엔젤은 가까이 다가와 살펴보았다. 자신이 잘못한 것은 아무것도 없었다. 그런데 왜 불을 피우지 못했을까? 난로는 곧 밝은 불빛으로 가득 찼다. 미가엘이 피운 불은 밤새 일렁일 것이다.

엔젤은 갑자기 벌떡 일어나서 뒤로 물러났다. 미가엘의 능숙함이 싫었다. 그의 침착함도 미웠다. 그의 능력이나 침착함을 모두 부숴 버리고 싶었다. 엔젤이 사용할 수 있는 무기는 하나뿐이다. 엔젤은 자신을 지켜보는 미가엘의 시선을 의식하면서 천천히 기지개를 켰다.

"언젠가는 불 지피는 법을 배우겠죠."

엔젤은 이렇게 말하고 침대에 걸터앉았다.

"어깨가 아프네요. 지난번처럼 마사지 좀 해 줄래요?"

미가엘은 엔젤의 부탁을 들어주었다. 긴장으로 굳은 엔젤의 어깨를 주무르는 미가엘의 어깨가 오히려 긴장되기 시작했다.

"기분 좋은데요."

엔젤의 관능적인 어조는 분명 미가엘의 맥박을 거칠게 만들고 있었다. 등 뒤로 드리워진 엔젤의 머리카락은 마사지를 하는 미가엘의 손 위에서 실크처럼 하늘거렸다. 미가엘이 한쪽 무릎을 침대 위에 올려놓자 엔젤은 그의 허벅지에 손을 갖다 댔다.

'이럴 생각이었군.'

미가엘은 아차 했다. 난로에 불을 지피지 못하자 대신에 미가엘의 마음에 불을 지르기로 마음먹은 것이다. 엔젤은 금방 성공했다. 미가엘이 뒤로 물러섰다.

엔젤은 그가 물러서는 것을 느끼고 그를 향해 돌아앉았다.

미가엘의 뒤로 다가가 허리에 팔을 감고 그의 곧은 등에 몸을 바짝 기댔다.

"날 돌봐 줄 사람이 있어야 한다는 사실을 알았어요. 나한테 돌아와 줘서 정말 기뻐요."

'주여, 저에게 이 유혹을 이길 힘을 주소서!'

미가엘은 두 눈을 감았다. 엔젤의 손이 움직이기 시작하자 미가엘은 엔젤의 손목을 잡아채고 엔젤에게서 완전히 멀어졌다.

그가 돌아서자 엔젤은 이미 준비가 다 된 모습을 하고 있었다. 엔젤은 자신의 역할이 무엇인지 완벽하게 이해하고, 필요한 모든 대사를 외우고 있었다. 부드러운 속삭임은 그의 심장을 갈기갈기 찢어 놓으려 계산된 것이다. 엔젤은 미가엘이 자신을 거부하면 마음이 아플 거라는, 죄책감을 일게 만드는 말을 속삭였다. 미가엘의 내면에서 뜨거운 피가 끓어올랐다. 일렁이는 욕망이 마구 들썩였다. 엔젤은 미가엘에게 유혹에 질 수밖에 없다는 변명거리를 제공하고 있었다. 미가엘이 매음굴에 찾아왔던 마지막 밤에 이미 이런 방법으로 그를 약하게 만든 적이 있다. 이제 그는 어린 양처럼 순순히 따라오기만 하면 되었다.

엔젤은 다시 미가엘에게 다가갔다. 자신의 감정은 철저히 숨긴 채 미가엘의 머리를 잡고 키스했다. 미가엘 역시 엔젤에게 키스했다. 그와의 전쟁을 치루기 위해 엔젤은 알고 있는 모든 지식을 사용했다. 불을 피우고 스튜를 요리하는 법에 대해서는 아는 바가 전혀 없는 엔젤이었지만, 이런 일이라면 모르는 게 없었다.

"당신은 정말 잔인한 사람이군."

미가엘은 엔젤의 어깨를 잡고 얽혀 있는 몸을 떼어내며 말했다. 미가엘은 엔젤에게 말려들지 않았다.

엔젤은 고개를 들어 미가엘을 응시하며 그를 속일 수 없다는 걸 깨달았다. 엔젤이 무엇을 하는지, 그 이유가 무엇인지 그는 정확히 알고 있었다. 실패를 감지한 엔젤이 미가엘의 손을 뿌리치고 뒤로 물러서려 했지만, 그가 놓아주지 않았다.

"당신이 알고 있는 그런 방식만 있는 게 아니오."

"놔요!"

엔젤은 필사적으로 몸부림쳤다. 미가엘은 엔젤의 몸이 상할까 봐 순순히 놓아주었다. 엔젤은 미가엘에게서 멀찌감치 떨어졌다.

"이렇게 하고 나니 기분이 좋소?"

"그래요!"

엔젤은 미가엘에게 육체적 불쾌감 이상의 것을 느끼게 해주고 싶었다. 그를 완전히 이기고 싶었다. 고리에 걸린 애벌레처럼 꿈틀거리는 그의 모습을 보고 싶었다. 계획에 실패한 엔젤은 화가 나서 버드나무 의자에 털썩 앉아 목을 꼿꼿이 세우고 앞만 바라보았다.

미가엘은 어두운 얼굴로 엔젤을 쳐다보았다. 그녀의 침묵은 미가엘에게 온갖 불경스러운 말을 외치고 있었다. 엔젤은 자신이 졌고 미가엘이 이겼다고 생각하는 것일까? 미가엘은 밖으로 나갔다.

'이 여자는 뼛속까지 의심이 배어 있는 걸까? 내 남은 평생을 이런 것에 만족하며 지내야 한단 말인가? 주님, 그녀는 저에게 공평치 않은 싸움을 걸고 있습니다.'

엔젤은 자신이 알고 있는 유일한 방법으로 너와 싸우고 있느니라.

미가엘은 시냇가로 내려가 무릎을 꿇고 앉아 차가운 물을 얼굴에 끼얹었다. 그렇게 무릎을 꿇은 채 한참을 앉아 있다가 헛간으로 가서 철로 만든 빨래통을 찾았다.

다시 오두막으로 돌아왔을 때, 엔젤은 미가엘에게 등을 돌리고 있었다. 미가엘이 난로 옆에 빨래통을 놓자 엔젤이 아무 말없이 빨래통과 미가엘을 번갈아 쳐다보았다.

'나 때문에 자신이 더러워졌다고 생각하는 건가? 그래서 내 흔적을 지우기 위해 목욕을 해야 한다고 생각한 걸까?'

한 시간 동안 미가엘은 우물에서 물을 길어다 난로 위에 걸린 커다란 냄비에 부었다. 그리고 따뜻하게 데워진 물을 빨래통에 부었다. 비누를 물속에 던져 넣으며 미가엘이 말했다.

"난 산책 좀 하고 오겠소."

놀란 엔젤은 문 쪽으로 걸어가 밖을 쳐다보았다. 미가엘은 뒤도 돌아보지 않고 숲속으로 사라졌다. 엔젤은 문을 닫고 옷을 모두 벗은 다음 빨래통 안으로 들어갔다. 머리와 몸을 열심히 문지른 후 따뜻한 물을 몸에 끼얹어 헹궈 냈다. 엔젤은 미가엘이 의자 등받이에 걸어 둔 수건을 집어 몸의 물기를 닦고 마지막으로 머리를 감쌌다. 목욕을 마친 엔젤은 재빨리 옷을 입고 다시 난로 앞에 앉아서 머리에 감은 수건을 풀었다. 머리카락이 온통 엉켜 있었다. 손가락으로 머리를 빗어 내렸다.

미가엘은 한 시간이 넘도록 돌아오지 않았다.

마침내 엔젤의 뒤에서 문이 열리는 소리가 들렸다. 엔젤은 흘깃 고개를 돌려 미가엘을 보았다. 그의 검은 머리가 젖어 있었다. 얼음처럼 차가운 시냇물로 목욕을 한 모양이다. 엔젤은 죄책감과 의구심이 솟구치는 것을 느꼈다. 미가엘은 오두막 안을 서성거렸다. 엔젤은 그의 동작 하나하나를 강렬하게 의식하면서 손가락으로 머리를 빗어 내렸다. 미가엘이 트렁크를 열었다 닫는 소리가 들렸다. 그리고 엔젤에게 다가와 브러시를 무릎 위에 떨어뜨려 주었다. 엔젤은 브러시를 집어 살펴보았다. 목이 메어 왔다. 엔젤은 미가엘을 쳐다보면서 그 브러시로 천천히 머리를 빗어 내렸다. 미가엘은 테이블에 기대어서서 엔젤의 모습을 지켜보았다. 그가 무슨 생각을 하는지 알 수 없었다. 뭐라고 말을 해야 할지도 생각나지 않았다.

"다시는 내게 그런 짓 하지 마시오."

미가엘이 창백한 얼굴로 말했다. 엔젤은 마음속 깊은 곳에서 어떤 응어리 같은 것이 묵직하게 가라앉는 걸 느꼈다.

"다시는 안 그럴게요."

엔젤은 진심으로 말했다.

미가엘은 두 손을 편안하게 무릎 위에 올려놓은 채 난로 앞에 놓인 버드나무 의자에 앉았다. 그리고 한참 동안 일렁이는 불꽃을 응시했다.

"잠깐이지만 당신이 어떤 기분이었는지 알 것 같았소."

엔젤이 놀라 고개를 들었다.

"무슨 소리죠?"

"이용당하는 건 불쾌한 일이오. 그 이유가 무엇이든 간에."

엔젤은 가슴이 미어지는 느낌이 들었다. 브러시를 든 손을 무릎 위에 떨어뜨린 채 멍하니 시선을 아래로 내렸다.

"당신 같은 남자와 여기서 무엇을 해야 할지 모르겠어요."

"난 당신을 처음 본 순간부터 당신과 결혼하게 될 줄 알았소."

"그래요, 그렇게 말했죠. 이봐요, 미스터. 제가 아는 삶의 진실 몇 가지를 설명해 드릴게요. 오랫동안 혼자 지내던 농부가 어느 날 읍내에 왔어요. 그런 사람이라면 암말의 꽁무니만 보고도 당장 자신의 천생배필이라고 생각하기 마련이에요."

"내가 처음 본 건 어리지만 돌처럼 차가운 여인의 얼굴이었소. 그리고 나서 당신의 나머지 모습을 보았지."

미가엘은 쓸쓸한 미소를 지었다. 그의 시선이 엔젤을 지나 허공을 향했다.

"미망인처럼 검은 드레스를 입은 당신의 곁에는 마고완이 있었소. 그가 당신이 도망가지 못하도록 지키고 있다고 생각했지."

엔젤은 한동안 아무 말도 하지 않았다. 두 눈을 감고 아무 생각도 하지 않으려고 노력했다. 하지만 구역질나는 냄새가 나는 것만 같았다. 엔젤은 그 냄새를 없애려 노력했지만 미가엘이 준 비누의 상쾌한 향기 아래 여전히 도사리고 있었다. 그 구역질나는 썩은 내는 엔젤의 몸에 배어 있었다. 혈관을 타고 흘러내리고 있었다.

"호세아라는 이름이 어떤 뜻인지 물었을 때, 내가 선지자의 이름이라고 말했던 거 기억하오?"

엔젤은 다시 천천히 빗질을 시작했다. 하지만 미가엘은 엔젤이 자신의 이야기를 듣고 있다는 것을 알 수 있었다.

"선지자였던 호세아는 하나님께 창녀와 결혼하라는 명을 받았소."

엔젤은 조소를 머금은 얼굴로 미가엘을 흘깃 쳐다보았다.

"그래, 하나님이 당신한테도 나와 결혼하라고 하셨나요?"

"그렇소."

엔젤이 경멸에 찬 시선을 보냈다.

"하나님이 당신한테 직접 이야기하신단 말이에요?"

"하나님은 모든 사람에게 직접 말씀하신다오. 사람들 대부분이 귀 기울여 듣지 않을 뿐이지."

엔젤은 이런 상황이라면 적당히 장단을 맞춰 주는 게 낫겠다고 생각했다.

"이야기를 막아서 미안해요. 아까 그 얘기나 더 해 줘요. 그래서 그 호세아라는 선지자는 어떻게 되었죠? 창녀와 결혼했나요?"

"그렇소. 하나님께서 합당한 이유로 명하신 일이라고 생각했으니까."

'미가엘 역시 그와 같은 이유로 나한테 이러는 거야.'

"그래서 그 호세아는 여자의 죄를 모두 없애 주었나요? 아마 그 여자는 엉금엉금 기어가서 자신의 영혼을 구해 준 그의 발에 입 맞추었겠군요?"

"아니, 그녀는 다시 창녀 일을 했소."

엔젤의 심장이 철렁 내려앉았다. 엔젤은 고개를 들어 미가엘의 얼굴을 찬찬히 살펴보았다. 그는 수수께끼같이 속을 알 수 없는 엄숙한 표정으로 엔젤의 시선을 받아 냈다.

"그렇다면 하나님도 그렇게 전지전능한 분은 아니시군요, 그렇죠?"

엔젤이 조용히 말했다.

"하나님은 호세아에게 가서 다시 그녀를 데리고 오라고 명하셨소."

엔젤은 살짝 얼굴을 찡그렸다.

"그래서 호세아는 어떻게 했나요?"

"하나님 말씀대로 했소."

"단지 하나님이 하라고 했다는 이유로?"

그런 일을 할 남자는 세상에 없다.

"그래요. 그리고 아내를 사랑하기 때문이기도 했지."

엔젤은 자리에서 일어나 창가로 가서 어두워지는 하늘을 쳐다보았다.

"사랑이라고요? 내 생각에는 그 이유 때문이 아닌 것 같은

데요? 자존심 때문이었을 거예요. 그 늙은 선지자는 자기 혼자 그 여자를 차지할 수 없다는 것을 인정하고 싶지 않았을 거예요."

"마라, 자존심은 남자를 떠나게 할 뿐이오. 페어러다이스에서 마지막으로 당신을 찾아갔던 밤에도 난 그 자존심 때문에 당신을 떠났소."

미가엘은 그때 하나님의 말씀에 순종해서 엔젤에게 돌아갔어야 했다고 생각했다. 엔젤이 아무리 반항하고 소리를 질러대도 그곳에서 끌어냈어야 했다.

엔젤은 어깨너머로 흘깃 미가엘을 보았다.

"그래, 그런 후에 그 여자는 선지자와 계속 함께 있었나요?"

"아니, 그녀는 또다시 떠났소. 호세아는 노예가 된 그녀를 다시 사 와야 했지."

엔젤은 그 이야기가 몹시 마음에 들지 않았다.

"그런 다음에는 함께 지냈나요?"

"그녀는 계속 호세아를 떠났소. 심지어 다른 남자의 아이를 임신하기까지 했소."

엔젤은 가슴이 묵직해지는 것을 느꼈다. 엔젤은 방어적인 태도로 놀리듯이 말했다.

"드디어 그 여자를 돌로 쳐죽일 수 있었겠군요. 그렇지 않나요? 결국에는 그 여자가 원래 속한 곳으로 보내야 했겠어요."

빈정거리는 말에도 미가엘이 아무런 대답을 하지 않자 엔젤은 등을 돌리고 앉았다.

"그래, 진짜 하고 싶은 이야기가 뭐죠, 미스터? 그냥 말씀하시죠."

"언젠가 당신도 선택을 해야만 할 거요."

미가엘은 더는 말하지 않았다. 엔젤은 이야기의 끝이 그게 다인지 궁금했지만 이를 악물었다. 그 창녀가 선지자와 계속해서 함께 지냈는지, 아니면 결국 선지자가 그 여자를 포기했는지 따위 절대 물어보지 않을 것이다.

미가엘은 자리에서 일어나 콩이 든 통조림 두 개를 따서 냄비에 부었다. 잠시 후 콩이 다 데워지자 미가엘은 상을 차렸다.

"와서 앉아요, 마라."

엔젤은 미가엘과 함께 식탁에 앉았다. 미가엘이 머리를 숙이고 기도를 드리자 다시 한 번 엔젤의 마음속에 분노가 빠르게 번져 나갔다. 그를 무시하려 애쓰면서 엔젤은 묵묵히 먹기 시작했다. 미가엘이 고개를 들어 엔젤을 바라보자 엔젤은 시선을 되받아치며 도전적이고 딱딱한 미소를 지어 보였다.

"내가 무슨 생각을 하는 줄 알아요? 당신이 과거에 지었던 어떤 엄청난 죄 때문에 당신의 그 잘나신 하나님이 나랑 결혼하라는 벌을 준 모양이라고 생각하고 있어요. 옛날에는 수많은 여자들에게 욕정을 느꼈나 봐요, 미스터?"

"이따금 그 문제 때문에 괴롭기는 하다오."

미가엘은 씁쓸한 미소를 지으며 테이블 너머에 앉은 엔젤을 바라보았다. 그리고 식사하는 내내 침묵을 지켰다.

엔젤은 그의 평안함과 자제력이 부럽고 샘났다. 미가엘이 식사를 마치자 엔젤은 그의 접시를 집어 자신의 접시 위에 포갰다.

"요리는 당신이 했으니까, 설거지는 내가 할게요."

엔젤은 어둠을 좋아하지 않았다. 하지만 이 오두막에 미가엘과 단둘이 있는 것보다는 그 편이 나았다. 더 있다가는 미가엘이 또 어떤 시시껄렁한 이야기를 할지 몰랐다.

설거지를 마치고도 엔젤은 한참 동안 시냇가에 가만히 앉아 있었다. 온몸이 다 아파 왔다. 오늘 하루에 너무 많은 일을 했다. 하지만 물 흐르는 소리를 들으니 불안한 신경이 차분히 가라앉았다. 엔젤이 혼잣말을 했다.

"내가 여기서 뭘 하고 있는 거지? 그 남자와 여기서 뭘 하고 있는 거냐고."

부드러운 미풍이 사시나무 이파리를 흔들었다. 순간 어디선가 부드러운 음성이 들려왔다. 고개를 돌려보았지만 아무도 없었다. 엔젤은 몸을 부르르 떨고 걸음을 재촉해서 집으로 돌아갔다. 미가엘이 두 손을 바지 주머니에 찔러 넣은 채 문틀에 기대어 서서 엔젤을 기다리고 있었지만, 엔젤은 그의 옆을 돌아 오두막 안으로 들어가 그릇을 정리했다. 피곤해진 엔젤은 어서 잠자리에 들고 싶었다.

엔젤은 옷가지를 벗고서 재빨리 퀼트 이불 아래로 들어가 다시 창녀가 되었다는 여자 이야기를 생각했다. 어쩌면 그 여자에게도 돈을 떼어먹은 공작부인과 같은 포주가 있었는지도 모른다. 아니면 여기 이 농부가 엔젤을 미치게 만드는 것처럼 그 선지자도 여자를 미치게 만들었는지 모를 일이다. 그것도 아니면 그저 혼자 있고 싶어서 그랬는지도. 그 선지자라는 사람은 그런 생각을 한 번이라도 해 봤을까?

미가엘이 옆자리로 들어오자 엔젤은 몸을 긴장시켰다. 엔젤 스스로 자초한 일이니 화를 낼 수도 없는 일이었다. 남자들이란 일단 맛을 보면 당장 전부를 달라고 한다. 좋아, 빨리 해치우면 그만큼 빨리 잘 수 있겠지.

엔젤은 자리에서 일어나 앉아 신경질적으로 어깨 위로 흘러내린 머리를 손으로 빗어 넘기고, 결의에 찬 표정으로 누워 있는 미가엘를 내려다보았다.

"아니, 싫소."

미가엘의 성마른 표정에 엔젤이 놀랐다.

"싫어요?"

"그래요, 싫다고 했소."

"이봐요, 미스터. 난 당신 마음을 읽는 재주가 없어요. 원하는 것이 있으면 말씀을 해 주셔야죠."

"난 내 침대에서 아내와 함께 잠을 자고 싶소. 그게 다요."

미가엘이 엔젤의 머리카락 한 올을 가볍게 잡아당기며 말했다.

당황한 엔젤은 다시 자리에 누워 그가 마음을 바꾸기를 기다리기로 했다. 시간이 좀 흐르자 그의 숨소리가 낮아졌다. 조심스레 고개를 옆으로 돌려 불빛에 비친 그의 얼굴을 바라보니, 그는 잠들어 있었다! 엔젤은 한동안 미가엘의 옆모습을 바라보다가 그에게서 등을 돌리고 누웠다. 두 사람 사이에 공간을 확보하려고 애썼지만, 미가엘 호세아는 온 오두막을 가득 채우던 그 존재감으로 침대를 차지하고 있었다.

그리고 이제 그는 엔젤의 삶도 그렇게 차지하기 시작했다.

11장

> 인생이라는 여정 가운데
> 어두운 숲에 도착하게 되었도다.
> _단테

 공작이 고개를 숙여 바라보았다. 엔젤은 신음했다. 그가 나지막이 웃으며 말했다.
 "알파요 오메가인 나에게서 도망갈 수 있다고 생각했나?"
 저 멀리서 누군가 엔젤을 불렀다. 하지만 공작의 냉정하고 차가운 음성은 사라지지 않았다.
 "몇 천 킬로미터 떨어져 있으면 될 거라고 생각했겠지. 하지만 내가 이렇게 왔어."
 엔젤은 그에게서 벗어나려 몸을 비틀면서 멀리서 그녀를 부르는 목소리를 들으려 애썼다. 공작이 다시 엔젤을 잡아당겼다.
 "넌 내 거야. 그래, 언제나 그랬지. 너도 잘 알잖아. 널 가질 수 있는 사람은 나뿐이야."

공작의 숨결이 느껴졌다. 담배를 피운 후 씹는 정향 냄새가 났다.

"네가 무슨 생각을 하고 있는지 알아. 언제나 그랬잖아? 꿈이라면 얼마든지 꿔도 좋아. 하지만 난 절대로 죽지 않아. 네가 이 세상에 존재하지 않는 그 순간이 와도 나는 여전히 살아 있을 거다. 나는 영원해."

엔젤은 저항했다. 하지만 그를 밀어낼 수 없었다. 그는 그림자였다. 그 그림자는 엔젤을 덮어 싸서 깊고 어두운 구덩이로 끌고 갔다. 쓰러진 엔젤은 자신의 몸이 그에게 빨려들어 가는 것을 느꼈다. 머리끝에서 발끝까지 온몸이 빨려들어 가 온통 검게 변해 버리고 있었다. 엔젤은 자신의 살을 잡아 뜯었다.

"안 돼! 안 돼!"

"마라, 마라!"

엔젤이 비명을 지르며 벌떡 일어났다.

"마라."

미가엘이 침대 끝에 앉아 부드럽게 말했다. 그가 엔젤의 얼굴 위로 흘러내린 머리카락을 넘기는 동안 엔젤은 온몸의 떨림을 잦아들게 하려고 애썼다.

"악몽을 많이 꾸는군. 무슨 꿈이었소?"

미가엘의 부드러운 목소리와 손길에 긴장이 풀렸다. 하지만 엔젤은 미가엘의 손을 툭 쳐냈다.

"기억 안 나요."

공작의 모습이 마음속에 낙인처럼 찍혀 있었지만 엔젤은 거짓말을 했다. 이렇게 오랜 시간이 흘렀는데 아직도 나를 찾고 있을까? 하지만 엔젤은 이미 답을 알고 있었다. 온몸에 냉기가 돌았다. 공작의 얼굴이 눈앞에 어른거렸다. 그에게서 도망친 지 일 년이 지났지만 마치 어제 일처럼 느껴졌다. 그는 언젠가 엔젤을 찾아내고 말 것이다. 그렇게 되면……

엔젤은 더 생각하고 싶지 않았다. 하지만 다시 잠을 잘 수도 없었다. 언제나처럼 악몽이 다시 시작될 것이다.

"마라, 무엇이 두려운지 말해 봐요."

"아무것도 아니에요. 그냥 혼자 있게 내버려둬요."

엔젤은 굳은 목소리로 말했다. 미가엘이 엔젤의 가슴에 손을 올렸다. 엔젤은 긴장했다.

"이렇게 심장이 뛰다가는 밖으로 튀어나와 버리겠는걸."

"지금 나한테 다른 걸 기대하시는 건가요?"

미가엘은 손을 걷었다.

"우리 두 사람 사이에는 섹스 이상의 것이 있소."

"아니요. 그것 외에는 아무것도 없어요."

엔젤은 미가엘에게 등을 돌려 누웠다. 미가엘은 이불을 걷어 냈다.

"다른 것이 있다는 것을 보여 주겠소."

"혼자 있게 해 달라고 말했잖아요!"

엔젤은 이런 악몽도 낯설었고, 미가엘과 함께라는 사실도 어색하기만 했다. 엔젤은 이불을 다시 잡아당겼다. 하지만 미가엘은 이불을 둘둘 말아 구석에 있는 트렁크 위로 던져 버렸다.

"일어나요, 지금 당장. 싫든 좋든 나와 같이 나갑시다."

미가엘이 천천히 다가오자 엔젤은 두려워졌다. 그가 화를 참고 있다는 것을 느낄 수 있었다.

"산책을 갑시다."

"지금요? 이 한밤중에?"

밖은 춥고 어두웠다. 미가엘은 두 손으로 엔젤을 번쩍 안아 올려 바닥에 세웠다. 그리고 바지에 다리를 넣으며 말했다.

"옷을 입어도 좋고 안 입어도 좋소. 나는 아무래도 상관없으니까."

오두막 안에 어른거리는 그림자들이 싫었다. 저 문을 열고 어둠 속으로 나가고 싶지도 않았다.

"아무데도 가지 않을 거예요. 여기 있을래요."

엔젤은 미가엘이 이불을 던져 놓은 곳으로 걸어갔다. 하지만 미가엘이 엔젤의 팔을 잡고 뒤로 홱 돌려세웠다. 순간 엔젤은 주먹이 날아오기라도 하는 것처럼 몸을 움츠리고 팔로 얼굴을 가렸다. 미가엘의 분노가 폭발했다. 그동안 함께 지낸 시간이 얼마인데 아직도 이런 생각을 하고 있단 말인가.

"당신을 해치는 일 같은 건 하지 않아요."

미가엘은 이불을 펼쳐서 엔젤의 어깨에 두르고 신발을 찾아 내밀었다. 엔젤은 고집스레 신발을 신지 않았다.

"신발을 신기 싫으면 그대로 나가도 좋소. 당신 마음이니까. 하지만 나와 같이 나가기는 해야 해요."

엔젤은 신발을 신었다.

"당신이 정말로 두려워하는 게 뭔지 이야기를 해 보면 어떻겠소?"

엔젤은 단추고리로 부츠의 단추를 채우는 일은 그만두기로 하고 허리를 펴고 반듯이 섰다.

"난 아무것도 두려워하지 않아요. 하물며 당신 같은 먼지투성이 농부 따위야 뭐가 두렵겠어요."

미가엘이 문을 열었다.

"좋아요, 그렇게 용감한 사람이니 나갑시다."

엔젤은 헛간으로 도망갈까 생각했지만, 미가엘은 엔젤의 손목을 단단히 잡고 숲속을 향해 걷기 시작했다.

"날 어디로 데려가는 거예요?"

엔젤은 자신의 목소리에 어린 불안감을 애써 무시했다.

"도착해서 보면 알게 될 거요."

미가엘은 엔젤을 잡아끌면서 계속 걸어갔다. 사방에 희미한 형체만이 눈에 들어왔다. 모두 위협적으로 보였고 어두웠다. 몇몇 형체는 움직이기까지 했다. 아주 오래 전 랩이 어두운 밤에 그녀를 재촉하며 걸었던 기억이 떠올랐다. 두려움이 몰려왔다. 엔젤의 심장이 빠르게 뛰었다.

"돌아갈래요."

엔젤이 발을 헛디뎌 하마터면 넘어질 뻔했다. 미가엘은 엔젤을 붙잡아 넘어지지 않게 잡아 주었다.

"한 번만 날 믿어 봐요. 내가 당신에게 해가 될 만한 일을 한 적이 있소?"

"당신을 믿으라고요? 내가 왜요? 당신은 한밤중에 이런 곳으로 나를 끌고 올 만큼 제정신이 아닌 사람이에요. 그러니 지금 당장 돌아가게 해 줘요."

엔젤의 온몸이 떨려 왔다. 멈출 수가 없었다.

"내가 당신에게 보여 줘야 하는 걸 보기 전까지는 안 되오."

"나를 질질 끌고서라도 가겠다는 거예요?"

"어깨에 지고 가는 한이 있더라도 데리고 갈 거요."

엔젤은 미가엘에게 잡혀 있던 손을 빼냈다.

"그럼 당장 그렇게 하세요."

"그렇게 하지."

미가엘은 대답했다.

엔젤은 되돌아가려 했지만 나무 사이에 가려 길이 보이지 않았다. 다시 뒤로 돌아섰지만, 이번에는 미가엘도 보이지 않았다. 겁에 질린 엔젤이 큰소리로 외쳤다.

"기다려요. 기다리라고요!"

"여기 있소."

미가엘이 엔젤을 잡았다. 엔젤이 떨고 있는 것을 느낀 미가엘은 가만히 자신의 품으로 엔젤을 끌어안았다.

"당신을 이런 어둠 속에 남겨 두고 가는 일은 절대 하지 않을 거요."

미가엘은 엔젤의 얼굴을 손끝으로 들어올려 부드럽게 키스했다.

"언제쯤에야 내가 당신을 사랑한다는 것을 이해하겠소?"

엔젤은 두 팔로 미가엘을 감싸 안고 꼭 끌어당겼다.

"나를 사랑한다면 당장 돌아가게 해 줘요. 침대로 가면 따뜻하고 편안하게 있을 수 있잖아요. 당신이 원하는 일은 무엇이든지 하겠어요."

"아니, 그건 안 되지. 자, 나와 함께 갑시다."

미가엘은 거친 음성으로 말하며 엔젤의 말에 반응하려는 자신의 육체를 다스렸다. 엔젤이 미가엘을 잡아당겼다.

"잠깐만요. 좋아요. 하지만 난 어둠이 무서워요. 이렇게 어두운 밖에 나와 있으면……."

엔젤은 문득 말을 멈췄다.

"있으면?"

"어릴 때 일이 생각나요."

미가엘은 엔젤이 말을 이어 가기를 가만히 기다렸다. 엔젤은 입술을 꼭 깨물었다. 랩에 관한 이야기나 그가 어떻게 되었는지는 이야기하고 싶지 않았다. 무시무시했던 그날 밤 이야기는 하고 싶지 않았다.

"제발, 그냥 돌아가요."

미가엘이 엔젤의 머리카락을 뒤로 쓸어넘겨 주었다. 그리고 고개를 뒤로 젖히게 해 달빛에 비친 엔젤의 얼굴을 바라보았다. 엔젤은 두려움을 감추지 못하고 있었다.

"나 역시 두렵소, 마라. 어둠이나 과거의 일이 아니라 당신이, 당신을 만질 때 드는 이 느낌이 두렵소. 당신은 당신을 향한 내 욕망을 무기로 사용하려 하지. 하지만 내가 갖는 이 느낌은 하늘의 선물이오. 난 내가 원하는 것이 무엇인지 잘 알지만, 당신이 다가와 기댈 때면 내 마음속에 당신의 육체와 내 욕구만 존재하지. 당신 때문에 나는 아슬아슬하게 마음 졸이게 되오."

"그럼 당장 오두막으로 돌아가서……"

"내 말을 제대로 듣지 않았군. 아무것도 이해하지 못했어. 난 당신을 데리고 돌아갈 수 없소. 당신 방식대로는 절대로 하지 않을 거요. 내 방식이 아니면 절대로 하지 않을 거라고."

미가엘은 다시 엔젤의 손을 잡았다.

"자, 이제 갑시다."

미가엘은 어두운 숲속을 헤치고 걸음을 옮겼다. 그의 손바닥이 땀으로 축축했다. 하지만 그 안에 잡혀 있는 엔젤의 손은 전에 그랬던 것처럼 축 늘어져 있지 않았다. 마치 온 생명이 그 손에 달린 듯 미가엘의 손을 붙잡고 있었다.

사방에서 소리가 들려왔다. 끊임없이 윙윙 울려대는 소리가 엔젤의 머리를 지나갔다. 정적의 소리였다. 너무나 고요해서 스스로가 비명이 되어 버린 듯한 정적이었다. 주위에서 뭔가가 움직이는 것 같았다. 이 두려운 어둠을 벗어나 어서 오두막으로 돌아가고만 싶었다. 날개 달린 악마가 엔젤을 지켜보며 히죽대고 있었다. 여기는 공작이 지배하는 세계였다. 피곤에 젖은 엔젤은 춥고 힘들었다.

"얼마나 더 가야 하는 거죠?"

미가엘은 엔젤을 휙 낚아채듯 안아 올렸다.

"거의 다 왔소."

어느새 숲은 두 사람 뒤로 지나고 하늘 위의 달빛이 언덕진 비탈길에 은빛 어스름을 만들어 내고 있었다.

"저 언덕 꼭대기까지만 가면 되오."

언덕마루에 올라선 미가엘은 엔젤을 내려놓았다. 엔젤은 당황한 표정으로 주변을 둘러보았다. 아무것도 없었다. 멀리 나지막한 언덕과 산등성이가 있을 뿐이었다. 미가엘은 엔젤의 연한 금발이 밤의 미풍에 춤추는 모습을 바라보았다. 엔젤은 걸치고 있던 이불을 부여잡고 몸을 웅크리며 미가엘을 마주보았다.

"여기는 아무것도 없잖아요."

"중요한 것은 모두 있소."

"이런 곳에 오느라 지금껏 그 고생을 했단 말이에요?"

이 남자가 무엇을 보여 준다는 것인지 상상도 되지 않았다. 기념물이나 뭐 그런 대단한 것이 있어야 하는 게 아닐까? 온몸에 기운이 다 빠진 엔젤은 차가운 밤공기에 몸을 떨며 주저앉았다. 몸에 두른 이불만으로는 추위를 막을 수 없었다. 이불을 열 장쯤 두른다 해도 소용없을 것이다. 지금 엔젤이 느끼는 냉기는 마음에서 나오는 것이다. 도대체 무슨 생각으로 한밤중에 이런 언덕으로 사람을 끌고 온 것일까?

"여기가 뭐 때문에 특별하다는 거죠?"

미가엘은 엔젤의 뒤에 앉았다. 강인한 두 다리를 벌려 엔젤을 앉힌 다음 뒤로 기대도록 했다.

"기다려 봐요."

엔젤은 그의 품에 안기지 않으려 했지만 너무나 추워서 거부할 수 없었다.

"뭘 기다리라는 거죠?"

미가엘이 두 팔로 엔젤을 안았다.

"아침이 오는 것."

"그런 거라면 오두막 안에서도 기다릴 수 있어요."

미가엘은 엔젤의 머리에 얼굴을 묻고 웃다가 고개를 들어 목덜미에 키스했다.

"여기서 두 눈으로 직접 보지 않으면 내 말이 무슨 뜻인지 이해할 수 없을 거요."

그리고 미가엘은 엔젤의 귓불 아래 부드러운 부분에 코를 살짝 가져다댔다. 엔젤은 살짝 몸을 떨었다.

"원하면 잠깐 눈을 붙여요. 시간 맞춰 깨워 줄 테니까."

미가엘은 엔젤을 더 바짝 끌어안았다. 엔젤은 한참을 걸어온 후라 조금도 졸리지 않았다.

"이런 짓을 자주 하나요?"

"자주라고 할 만큼은 아니오."

두 사람은 다시 침묵했다. 하지만 엔젤은 그 침묵이 불편하지 않았다. 미가엘의 온기가 엔젤에게 전해졌다. 엔젤을 감싼 팔의 무게감과 등을 지탱해 주는 든든함이 느껴졌다. 어두운 벨벳에 수놓은 조그만 보석 같은 별들을 올려다보았다. 이전에는 보지 못한 장관이었다. 너무나 가까이 있어서 손을 뻗으면 그 밝게 빛나는 작은 보석을 만질 수 있을 것만 같았다. 밤하늘은 아름다웠다. 창문을 통해서는 볼 수 없는 모습이었다. 그리고 코를 자극하는 내음, 진하고 축축한 흙냄새를 맡을 수 있었다. 어느새 주변에서 들려오는 소리는 음악이 되어 있었다. 새들과 곤충들이 만들어 내는 음악은 초라한 판잣집에 놓인 깡통 속으로 떨어지는 빗방울이 만드는 음악과 같았다. 어느새 어두움이 옅어지고 있었다.

천천히, 거의 눈치채지 못할 만큼 천천히 별들이 작아지고 어두움은 엷어져 갔다. 엔젤은 자리에서 일어나 이불을 꼭 붙잡고 앞을 바라보았다. 등 뒤는 여전히 어두웠지만, 눈앞에는 빛이 있었다. 투명한 노란빛이 점점 밝아져 붉은빛과 주황빛을 띤 황금빛 줄무늬가 생겼다. 이전에도 건물 안에서 유리창 너머로 밝아 오는 일출을 본 적이 있다. 하지만 이런 장관은 아니었다. 망망한 언덕 위에서 시원한 미풍을 얼굴에 맞으며 바라보는 것은 완전히 다른 경험이었다. 이렇게 아름다운 광경은 한번도 본 적이 없었다.

아침 햇살이 산등성이를 넘어 오두막으로 가는 계곡과 오두막 뒤에 있는 숲속, 그리고 그 너머 언덕 비탈까지 흘러넘쳤다. 미가엘의 강한 손이 어깨에 닿았다.

"마라, 이게 바로 당신에게 주고 싶은 삶이오."

아침 태양은 너무나 밝아 엔젤의 두 눈을 아프게 했다. 어두움보다 더 앞을 볼 수 없게 만들었다. 미가엘의 입술이 엔젤의 머리에 닿았다.

"내가 당신에게 주고 싶은 게 바로 이거요. 당신의 삶을 온기와 빛깔로 채워 주고 싶소. 빛으로 가득 채워 주고 싶소."

엔젤의 살에 닿는 그의 숨결이 따스했다. 미가엘이 두 팔로 엔젤을 감싸고 뒤로 기대도록 끌어안았다.

"나한테 기회를 줘요."

엔젤의 마음은 무거워졌다. 정말 아름다운 말이었지만 말만으로는 살 수 없다. 삶은 그렇게 간단치 않다. 탄생하는 순간부터 얽히고설켜 뒤틀려 버린 삶이다. 지난 십 년의 세월을 지울 수 없다. 아니, 랩이 엔젤을 공작에게 넘겨서 모든 것을 엉망으로 만들어 버리기 이전의 팔 년 세월도 엉망이기는 마찬가지였다. 훨씬 더 이전부터 일은 꼬여 있었다.

엔젤은 태어난 것부터가 잘못이었다. 친부에 의해 어머니의 자궁에서 떨어져 쓰레기통에 버려질 뻔한 생명이었다. 아마 어머니도 무모하고 작은 도전 때문에 남편을 잃게 될 줄 알았다면 순순히 엔젤의 친부 말을 따랐을 것이다. 수년 동안 끊임없이 눈물을 흘리던 어머니의 모습이 그렇다고 말해 주었다.

아니다. 모두 그만두자. 이런 생각을 아무리 수백 수천 번을 한들 무슨 소용인가. 꿈속에서 공작이 말했듯이 엔젤을 얽어매고 있는 운명의 틀에서 절대로 벗어날 수 없다. 아무리 애를 써도 진리를 피할 수는 없는 법이다.

엔젤의 입가에 슬픈 미소가 어렸다. 마음이 아팠다. 어쩌면 지금 이 남자는 진심인지도 모른다. 그의 말 한마디 한마디가 모두 진심일지도 모른다. 하지만 엔젤은 그가 모르는 것을 알고 있었다. 그가 바라는 대로 순순히 될 리가 없다. 그런 일은 있을 수 없다. 이 남자는 몽상가다. 엔젤이 절대로 할 수 없는 불가능한 일을 원하고 있다. 그에게도 모든 것이 선명해지는 새벽이 찾아올 것이다. 그러면 눈을 뜨겠지. 그 순간이 오기 전에 엔젤은 그의 곁을 떠나고 싶었다.

12장

나를 설득한다 해도,
정말로 나를 설득할 수는 없네.
_아리스토파네스

미가엘은 그날 밤 이후로 엔젤이 달라진 것을 느꼈다. 하지만 전혀 달갑지 않은 변화였다. 엔젤은 한껏 움츠러들어 미가엘과 일정한 거리를 유지했다. 멍이 사라지고 갈비뼈는 나아져 몸은 건강을 되찾아 가고 있었지만, 여전히 마음속 상처를 안고 지냈다. 미가엘이 다가갈 틈을 주지 않았다. 마고완이 휘두른 사악한 폭행 뒤에 빠진 체중도 어느덧 회복하고 있었다. 육체적으로는 점점 강해지고 있는 게 분명했지만 미가엘은 더 깊은 상처로 약해져 있는 엔젤을 보았다. 엔젤에게 일거리를 만들어 주려고 일부러 이런저런 일을 맡긴 덕에 매음굴의 기억과 오두막의 황량함은 사라졌다. 하지만 엔젤의 눈동자에서는 생기를 찾아볼 수 없었다.

남자라면 대부분 유순하고 열심히 일하는 아내를 환영할 테지만 미가엘은 아니었다. 고되게 일을 시키려고 결혼한 게 아니었다. 그의 삶의 일부분이 될 여자를 원했다. 그의 일부가 되어 줄 여자를 바랐다.

매일 밤은 시련의 연속이었다. 엔젤의 옆에 누워 엔젤의 체취를 마시다 보면 머리는 아찔해지고 현기증이 일었다. 엔젤은 미가엘이 원한다면 언제든지 얼마든지 자신의 육체를 이용해도 좋다고 분명히 말했다. 엔젤은 매일 밤 옷을 벗으며 미가엘을 쳐다보았다. 그녀의 눈동자가 제안하는 것을 읽는 미가엘의 입이 바짝 말랐다. 하지만 굴복하지 않을 것이다. 미가엘은 엔젤의 마음이 풀리기만을 기도하며 기다렸다.

엔젤의 악몽은 조금도 누그러질 기색이 없었다. 종종 땀에 흠뻑 젖은 채 온몸을 떨며 잠에서 깨어났다. 그럴 때면 엔젤은 미가엘이 손끝 하나 대지 못하게 했다. 그녀가 다시 잠든 후에야 미가엘은 조심스레 두 팔로 엔젤을 끌어안고 위로를 전할 수 있었다. 그러면 엔젤은 긴장을 풀었다. 미가엘은 엔젤이 마음 깊은 곳에서는 그와 함께라면 안전하다는 것을 알고 있다고 생각했다.

미가엘이 느끼는 자연스러운 욕구는 둘이 함께하는 시간이 더 길어지게 했다. 미가엘은 두 사람이 「아가서」에 나온 것처럼 함께 사랑을 나누는 모습을 마음속으로 그려 보았다. 그러면 어느새 엔젤의 달콤한 키스와 그를 휘감는 팔의 촉감을 느낄 수 있었다. 하지만 허망한 백일몽에서 깨어나면 더욱 심한 욕구불만에 허탈했다.

물론 미가엘은 원한다면 언제든지 엔젤을 취할 수 있었다. 엔젤은 순순히 협조할 것이다. 전문가답게 능숙한 태도로 사랑의 행위를 해 나갈 것이다. 하지만 미가엘은 안다. 그가 자신의 모든 희망을 그녀 안에 쏟아붓는 동안에도 엔젤은 천장의 들보 수나 세고 다음날 할 집안일을 생각하며 미가엘에게서 멀어져 있을 것이다. 미가엘의 눈동자를 똑바로 보지 않을 것이다. 엔젤에 대한 사랑으로 죽어 가는 그의 모습 따위를 알아주지 않을 것이다.

미가엘은 문득 과거의 기억을 떠올렸다. 팰리스에서 침대 끝에 앉아 다리를 추처럼 앞뒤로 흔들던 엔젤의 모습이다. 지금 미가엘이 육체적 욕망에 굴복한다면 그때와 똑같은 모습의 엔젤을 보게 될 것이다. 미가엘이 볼일을 마치기를 기다리고 있다가 그녀의 육체를 이용하기만 하던 다른 남자들과 마찬가지로 망각 속으로 치워 버릴 엔젤은 그의 마라가 아니다.

'하나님, 무엇을 해야 하나요? 저는 미쳐 가고 있습니다. 저에게 너무 많은 것을 바라고 계십니다. 아니면 제가 그녀에게 너무 많은 것을 바라고 있는 건가요?'

되돌아오는 답은 언제나 같았다.

기다릴지어다.

무엇보다도 미가엘이 가장 간절하게 바라는 것은 엔젤이 자신의 이름을 불러 주는 것이었다.

'단 한번만이라도 좋습니다, 주여. 제발 단 한번만이라도.'

미가엘은 엔젤이 "미가엘!"이라고 불러 주며 그의 존재를 인정해 주기를 간절히 바랐다. 그러나 엔젤의 시선은 미가엘을 지나쳐 허공을 가를 뿐이었다. 미가엘은 엔젤의 영혼 주변을 맴돌기만 하는 사람으로 남고 싶지 않았다. 엔젤을 짓밟고 이용하는 사람이 아니라는 사실을 알아주기를 바랐다. 하지만 사랑이라는 말은 엔젤에게 있어서 구역질나는 욕지거리일 뿐이었다.

'내 본능적인 욕구를 다스리기도 벅찬 마당에 어떻게 사랑이 무엇인지 그녀에게 가르칠 수 있을까요? 주여, 제가 잘못하고 있는 건가요? 페어러다이스에 있을 때보다 지금의 엔젤이 더 멀게만 느껴집니다.'

인내심을 가져라, 나의 사랑하는 자여.

미가엘의 좌절감은 더욱 커졌다. 예전에 아버지가 모든 여자는 지배 당하기를 원한다고 말씀하신 것까지 생각났다. 이전에는 그 말을 믿지 않았다. 사실 지금도 그 말이 옳다고 생각하지 않는다. 하지만 그 거짓말을 믿을 수만 있다면 엔젤과 함께 지내는 시간이 훨씬 더 편해질 것만 같았다. 엔젤의 시선이 미가엘을 비켜 가는 순간이면 미가엘은 아버지의 말씀을 떠올렸다. 잠결에 미가엘에게 다가오는 엔젤을 볼 때마다 미가엘 스스로가 정한 금욕 생활에 대해 아버지가 뭐라고 말씀하실지 생각했다. 어둡고 강력한 그 목소리는 아주 오래 전부터 존재해 왔다.

'언제쯤 돼야 남자답게 굴 거지? 당장 엔젤을 가져. 뭘 망설이는 거야! 그녀를 취해. 그녀는 네 거야, 그렇지 않아? 남자답게 굴라고. 네가 그녀에게서 얻을 수 있는 유일한 것이 그녀의 육체뿐이라면 기꺼이 그 육체를 즐겨야지, 뭘 기다리고 있는 거야?'

미가엘은 머리를 울리는 그 목소리와 씨름했다. 듣고 싶지 않았지만 언제나 자신 안에 도사리고 있는 목소리였다. 그것은 마음이 약해지는 순간마다 어김없이 찾아와 미가엘을 충동질했다. 기도를 하려고 무릎을 꿇은 순간조차 달콤한 목소리로 그를 유혹했다.

엔젤은 시간이 지나면서 점점 초조해졌다. 매우 위협적이고 기묘한 뭔가가 천천히 진행되고 있었다. 이 작은 오두막에서 지내는 시간이 좋아졌다. 미가엘 호세아를 제외하면 모든 것이 편안하고 안전하게 느껴졌다. 하지만 미가엘 때문에 일어나는 묘한 감정은 마음에 들지 않았다. 그 감정은 엔젤의 결심을 흔들어댔다. 이전에 알던 사람들의 부류 중 어디에도 속하지 않는 미가엘이 싫었다. 그는 약속을 꼭 지켰다. 엔젤을 이용하지도 않았다. 그 이전에는 한번도 받아 보지 못한 대접을 그에게서 받았다.

엔젤이 실수를 해도 그는 화를 내지 않았다. 오히려 엔젤에게 칭찬과 격려를 보냈다. 엔젤이 스스로의 무능에 짜증을 내지 않게 하려고 과거 자신의 실패담을 재미있게 들려주었다. 엔젤에게 배울 수 있다는 희망을 주었고, 마침내 일을 배우면 자긍심을 느끼게 해 주었다. 이제 엔젤은 불을 지필 수도, 끼니를 때울 요리를 할 수도 있었다. 잡초와 채소를 구분할 수 있었고, 매일 저녁 미가엘이 읽어 주는 이야기에도 귀를 기울였다. 물론 그 이야기를 조금도 믿지는 않았지만.

'하루라도 빨리 그에게서 벗어나는 게 좋겠어.'

페어러다이스에 마무리하지 못한 일이 남아 있었다. 그동안 벌었던 엔젤의 몫을 다 받으면 이런 조그만 오두막을 가질 수 있을 것이다. 그러면 더는 이 남자와 함께 살지 않아도 된다.

엔젤은 속으로 자신의 건강을 되찾아 주고 혼자 지낼 수 있도록 이런저런 일을 가르쳐 주는 데 미가엘이 쓴 시간과 돈을 어림짐작해서 계산했다. 그를 떠나기 전에 그가 쓴 돈과 시간을 모조리 갚고도 남을 정도로 열심히 일할 생각이었다.

엔젤은 미가엘의 정원을 가꾸었다. 요리하고, 청소하고, 옷을 다리고 기웠다. 미가엘이 마구간을 청소하면 엔젤은 삽을 들고 도왔다. 그가 겨울을 날 땔감을 패고 있으면 엔젤은 두 팔 가득 장작을 안고 헛간으로 날라 깔끔하게 쌓아 올렸다.

넉 달이 지날 무렵 엔젤의 피부는 갈색을 띠고 허리는 튼튼해졌으며, 두 손은 거칠어졌다. 잘 닦인 깡통에 비춰 보니 얼굴도 어느새 제 모습을 되찾고 있었다. 콧대가 약간 휘어 보였지만 이만하면 돌아갈 계획을 실행에 옮길 때가 된 듯했다.

"지금까지 내가 키운 채소면 페어러다이스에서 금 한 자루 정도는 받을 수 있나요?"

어느 날 저녁, 엔젤이 식사 중에 물었다.

"그보다 더 될 거요. 소 두 마리 정도는 충분히 살 수 있을걸."

미가엘이 고개를 들고 말했다. 엔젤은 생각만으로도 흐뭇해 고개를 끄덕였다. 그럼 젖소 한 마리를 사서 우유를 짤 수도 있을 것이다. 그럼 미가엘에게 우유로 치즈 만드는 법을 배울 수 있을지도 모른다. 엔젤은 얼굴을 찡그렸다. 지금 무슨 생각을 하는 거지? 미가엘이 소를 열두 마리를 사든 말든 무슨 상관이야? 페어러다이스로 돌아가 일을 마무리해야만 한다. 미가엘의 어머니가 주셨다는 이 반지를 빼고 그를 완전히 잊어버릴 순간이 다가오고 있었다.

엔젤이 설거지를 하고 옷을 다리는 동안 미가엘은 커다란 목소리로 성경을 읽었다. 엔젤은 귀를 닫고 인두가 차가워질 때까지 박박 문질러대다 석쇠 위에 올려놓았다. 여기서 저 남자와 함께 지낸 지도 몇 달이 흘렀다. 그동안 노예처럼 일해 왔다. 팰리스에서는 이런 일을 한번도 해 보지 않았다. 손을 보니 손톱이 모두 부러져 뭉툭해져 있었다. 굳은살도 있었다. 이걸 보고 공작부인은 뭐라고 말할까? 엔젤은 인두를 다시 집어 들었다.

구체적인 계획을 세워 보려 했지만, 마음은 어느새 정원으로, 침실 창가에서 보이는 둥지의 새끼 새한테로, 그리고 미가엘 호세아가 책을 읽는 목소리의 깊고 고요한 평온함으로 흘러들었다.

'도대체 왜 이러는 거야? 마음속에 느껴지는 이 묵직함은 뭐

지? 옛날에 다 사라졌다고 생각했는데.'

검은 목소리가 들려왔다.

'페어러다이스로 돌아가 공작부인과 정산하기 전까지는 사라지지 않을 거다.'

그래, 바로 그것 때문이다. 페어러다이스로 돌아가기 전까지는 모든 것이 미결로 남아 있을 것이다. 그 늙고 추한 노파는 엔젤을 속였다. 그 작자가 모든 걸 꿀꺽 삼키고 도망가게 놔둘 수는 없다.

그렇다면 이 농부와 함께 지내야 하는 시간이 다 끝나간다는 사실에 안도해야 한다. 하지만 엔젤은 그렇지 않았다. 미가엘이 페어러다이스에서 마지막으로 엔젤을 찾아왔다가 떠나던 날과 같은 느낌이 들었다. 가슴에 커다란 구멍이 뻥 뚫려 모든 생기가 새어 나가는 것 같았다. 물밀 듯 갑자기 빠져나가는 것이 아니라, 천천히 조금씩 새어 나간 생기는 엔젤의 발치에 붉은 얼룩을 남겼다.

'엔젤, 너는 돌아가야만 해, 반드시. 그렇게 하지 않으면 절대로 자유로워질 수 없어. 돌아가면 금을 돌려받을 수 있을 거야. 그러면 너는 정말 자유로워지는 거야. 그럼 언제라도 이런 오두막 한 채를 짓고 혼자서 마음껏 살 수 있어. 너한테 많은 것을 요구하는 남자와 같이 지낼 필요도 없어. 미가엘은 네게 없는 것, 그리고 앞으로도 네가 절대로 가질 수 없는 것을 기대하고 있어. 그는 미친 작자야. 세상에 존재하지도 않고 인간들에게는 관심도 없는 하나님이라는 작자에게 기도나 하고 신

화 나부랭이가 적힌 책이나 읽으며 그게 모든 일의 답이라도 되는 양 굴잖아.'

엔젤은 일을 하면서 입술을 꽉 깨물고 인두를 다시 석쇠 위에 올려놓았다.

"필요한 물건들을 사러 페어러다이스에는 언제 가요?"

오십 킬로미터는 걸어가기에 너무 먼 거리였다.

미가엘은 책 읽기를 멈추고 고개를 들어 엔젤을 바라보았다.

"페어러다이스에 다시는 가지 않을 거요."

"안 간다고요? 하지만 왜요? 그곳 메인스트리트에 있는 유대인에게 작물을 팔았잖아요."

"그 친구는 유대인이 아니오. 그리고 그의 이름은 요셉이고. 요셉 혹실드. 지금까지는 그 친구에게 작물을 팔았지만 이젠 거기에 가지 않는 편이 좋겠소. 그 친구도 그렇게 알고 있지. 물건을 팔 데는 많소. 메리스빌이나 새크라멘토도 있고."

"그래도 한번은 돌아가서 당신 돈을 돌려받기는 해야죠."

"무슨 돈 말이오?"

"내 몸값으로 지불한 돈이요."

미가엘이 입을 꼭 다물었다.

"그런 건 상관없소."

"상관있어야죠. 당신을 속인 건데 어떻게 가만있어요?"

엔젤은 미가엘을 쳐다보다가 다시 다림질을 했다.

미가엘은 엔젤이 다시 돌아가고 싶어 한다는 것을 알았다. 그와 함께 지낸 그 모든 시간에도 불구하고 엔젤은 페어러다이스를 그리워하는 모양이다. 미가엘의 몸에서 열이 나기 시작했다. 온몸에 힘이 들어갔다. 엔젤은 그런 미가엘의 마음도 눈치채지 못하고 아무 일도 없었다는 듯 다림질만 계속했다. 미가엘은 당장이라도 엔젤을 붙들고 정신을 차릴 때까지 흔들어 주고 싶었다.

'주여, 도대체 되찾을 정신이 있기는 한 여자일까요? 저는 그녀에게 손가락 하나 대지 않았습니다. 일을 너무 많이 시켜서 그러는 것일까요? 아니면 이런 생활에 염증을 느껴서일까요? 주여, 저는 어떻게 해야 하나요? 그녀를 개처럼 묶어 놓기라도 할까요?'

미가엘은 한동안 엔젤이 페어러다이스에 관한 생각을 못하게 할 방법을 생각해 냈다. 잔인하고 유치한 술수였지만 적어도 몇 주는 더 그녀의 마음을 잡아둘 수 있을 것이다. 그렇게 시간을 보내다 보면 엔젤이 정신을 차리게 될지도 모를 일이었다.

"내일부터 해 줘야 할 일이 있소. 물론 당신이 하겠다고 동의해 준다면 말이오."

엔젤은 내일 이곳을 떠나야겠다고 생각하고 있었다. 하지만 걸어서 가기에는 너무나 먼 거리였고, 그곳까지 어떻게 가는지도 알지 못했다. 미가엘에게 길을 물어볼 수도 없는 노릇이었다. 어떻게 해야 할까? 그의 하나님에게 물어볼까?

"뭔데요?"

엔젤은 퉁명스레 말했다.

"목초지 가운데 검은 호두나무가 한 그루 있소. 호두 열매가 익어서 떨어지고 있으니 좀 주워 와요. 헛간에 있는 삼베 자루에 담아 와서 마당에 말리면 되오."

"좋아요. 원하신다면 무엇이든 해드리죠."

미가엘은 이를 악 물었다. 또다시 그 말을 썼다. '원하신다면 무엇이든지.' 한번만 더 저 말을 쓰면 아버지가 말씀하시던 그 이론을 당장 실험해 보고야 말겠다고 생각했다.

"가축들을 살펴보고 오겠소."

미가엘은 부아가 치밀어 오르는 것을 진정시키며 가축우리로 큰 걸음을 옮겼다.

"어떻게 해야 저 여자를 이해시킬 수 있을까?"

미가엘은 잇새로 혼잣말을 내뱉었다.

"하나님, 제게 뭘 원하시는 겁니까? 몇 번이고 저 여자를 데려다 상처를 치료해 주고 쉬게 한 다음 다시 돌아가게 해야 하는 겁니까? 지금 이것이 당신의 뜻이란 말입니까?"

머릿속에서 울리던 작은 목소리는 이제 들리지 않았다. 그 어느 때보다 엉망진창이었다. 하마터면 마음의 가르침보다는 육체의 욕망을 따를 뻔했다. 하지만 하나님이 바라시는 바가 무엇인지 잘 알고 있는 미가엘이었다. 미가엘은 벌떡 일어나 시냇가로 내려갔다. 차가운 물은 어느 정도 도움이 되었지만 그를 괴롭히는 일을 완전히 해결해 주지는 못했다.

'어째서 저에게 이러시는 겁니까, 주여. 왜 이런 고집불통에 사람을 미치게 만드는 여자를 주신 겁니까? 엔젤 때문에 제 머

릿속이 혼란스럽고 어지럽기만 합니다.'

엔젤은 미가엘이 침대에 누워 있다가 밖으로 나가는 것을 알고 있었다. 어디로 가는지 궁금했다. 그의 온기가 그리웠다. 미가엘이 다시 돌아왔을 때 엔젤은 잠이 든 척했다. 미가엘은 엔젤이 누워 있는 침대로 들어오지 않고 난로 옆에 있는 버드나무 의자에 앉았다. 무슨 생각을 하는 걸까? 가축? 작물?

엔젤이 아침에 일어나서 보니 미가엘이 의자에 앉은 채 잠들어 있었다. 엔젤은 잠옷으로 입고 있던 미가엘의 낡은 셔츠를 조심조심 벗고 옆에 개켜 두었던 옷가지를 챙겨들었다. 다시 뒤를 돌아보았을 때 미가엘이 자신을 응시하고 있었다. 뭐가 문제였는지 알 것 같았다. 저런 얼굴을 한 남자가 무슨 생각을 하는지는 익히 알고 있었다. 그를 괴롭힌 일이 그거였나? 그렇다면 어째서 말하지 않았을까?

엔젤은 허리를 펴고 천천히 두 팔을 아래로 내려 자신의 모습을 똑바로 볼 수 있게 했다. 엔젤은 닳고 닳은 미소를 지어 보였다. 미가엘의 얼굴이 굳어졌다. 그는 자리에서 일어나 모자를 집어 들고 밖으로 나갔다.

당황한 엔젤은 겨우 아침을 준비하고 미가엘이 돌아오기만을 기다렸다. 그러나 마침내 돌아온 미가엘은 말없이 아침을 먹었다. 이렇게 험악한 분위기의 미가엘을 보는 것은 처음이었다. 미가엘은 엔젤을 어두운 시선으로 바라보았다.

"호두 줍는 일은 어떻게 하겠소?"

"할게요. 그런데 왜 그렇게 서두르는지 이해가 안 되네요."

엔젤은 두 눈을 깜빡이며 말하고 의자를 뒤로 밀고 일어나 당장 헛간으로 가 삼베 자루를 가져왔다.

자루를 가득 채우는 데는 몇 시간이나 걸렸다. 호두를 가득 담은 자루를 질질 끌다시피 마당으로 가져온 엔젤은 뿌듯한 얼굴로 자루를 털어 호두를 쏟아 냈다.

미가엘은 장작을 패다가 잠시 일을 멈추고 손등으로 이마를 훔친 다음, 수북이 쌓인 호두를 고갯짓으로 가리켰다.

"그게 다요?"

엔젤의 얼굴에 가득했던 미소가 순식간에 사라졌다.

"이 정도면 충분하지 않아요?"

"더 많이 떨어져 있었을 텐데."

엔젤의 얼굴이 굳어졌다.

"거기 있는 걸 다 가져오란 말인가요?"

"그렇소."

입술을 굳게 다문 엔젤은 왔던 길을 되돌아갔다.

"자기가 다람쥐야 뭐야."

잔뜩 화가 난 엔젤은 점심때가 지나도록 고집스레 호두만 주웠다.

'점심은 알아서 혼자 챙겨 먹으시라지. 그렇게 호두를 원하신다면 질리도록 가져다 드릴 테니.'

엔젤이 마지막으로 삼베 자루에 담긴 호두를 헛간에 쏟아 낼 때는 어스름이 내리고 있었다. 허리가 빠질 듯이 아팠다.

"낙엽 뒤까지 샅샅이 뒤졌는데 더는 없었어요."

엔젤은 뜨거운 물에 오랫동안 몸을 담그고 싶었다. 하지만 여기서 물까지 길어 오다가는 그대로 죽을 것만 같아서 포기하기로 했다. 미가엘은 미소를 지었다.

"그럼 이제 이웃들과 나눠 먹을 만큼 충분하겠군."

나눠 먹는다고?

"우리한테 이웃이 있는지는 몰랐네요!"

엔젤은 화가 나 뿌루퉁하게 말하며 입속으로 들어온 머리카락 한 올을 집어냈다. 얼굴도 모르는 사람들을 위한 일인 줄 알았다면 하지 않았을 것이다. 자기가 먹을 건 자기가 주워야지.

'그런 걸 왜 신경쓰는 거지, 엔젤? 넌 이제 여기 있지 않을 거잖아.'

엔젤은 시냇가로 걸어가며 말했다.

"가서 씻고 저녁 준비할게요."

"그렇게 해요."

미가엘은 씨익 웃고 나서 건초더미에 쇠스랑을 찔러 넣었다. 휘파람이 절로 흘러나왔다.

그로부터 삼십 분 뒤, 엔젤이 고함을 치며 달려왔다.

"이걸 봐요!"

엔젤은 검게 물든 손바닥과 손가락을 미가엘의 눈앞에 들이밀며 소리쳤다.

"비누도 쓰고, 그리스도 써 봤어요. 모래로 문질러 보기도 했고요. 그런데 안 돼요! 어떻게 해야 이걸 지울 수 있죠?"

"호두 껍데기에서 물든 거요."

"그럼 계속 이렇게 지내야 한다는 거예요?"

"몇 주 동안은 그럴 거요."

"이렇게 될 줄 알고 있었죠?"

엔젤의 푸른 눈이 가늘어졌다. 미가엘은 희미하게 미소 지으며 건초 더미를 축사에 던져 넣는 일을 계속했다.

"어째서 미리 말해 주지 않았죠?"

"물어보지 않았잖소."

미가엘은 쇠스랑에 기대어 섰다. 엔젤은 까맣게 물든 두 손을 꼭 쥐었다. 분노로 얼굴이 새빨갛게 달아올랐다. 미가엘은 아랑곳하지 않고 활활 타오르고 있는 불에 기름을 끼얹었다.

"이제는 호두 껍데기를 벗겨서 말린 다음 다시 자루에 담아야 해요. 그럼 겨우내 우리 둘이서 호두를 먹을 수 있어요."

엔젤의 얼굴에 열기가 훅 올라왔다. 당장이라도 폭발할 것만 같았다.

"일부러 이랬죠! 이런 손으로 어떻게 다시 돌아가란 말이에요!"

미가엘은 무표정한 얼굴로 침묵을 지켰다.

엔젤은 검게 물든 자신의 손을 보고 공작부인이 비웃는 소리가 들리는 듯했다. 뭐라고 말할지도 그려졌다. 미가엘의 입술이 묘하게 뒤틀렸다.

"마라, 정말로 페어러다이스로 돌아갈 생각을 했다면 진작 떠났어야 했소."

엔젤은 얼굴을 붉혔다. 얼굴을 붉혔다는 사실에 더욱 화가 치밀어 올랐다. 몇 년 동안 얼굴을 붉히는 법이 없었던 엔젤이다.

"도대체 왜 이러는 거죠? 나 때문에 쓴 돈만큼은 다 빼먹었잖아요!"

엔젤은 격한 음성으로 따져 물었다. 미가엘은 쇠스랑을 건초더미 위로 집어던졌다.

"부인, 나는 당신에게 아무것도 빼먹지 않았소. 쓸 만한 것은 아무것도 받은 게 없단 말이지."

분노로 엔젤의 눈이 벌겋게 흐려졌다.

"그거야 당신이 받아낼 능력이 없는 남자니까 그렇겠죠!"

엔젤은 그대로 뒤돌아서 미가엘을 욕하며 헛간을 나갔다.

미가엘의 분노도 마침내 폭발했다. 미가엘은 엔젤의 뒤를 쫓아가 팔을 잡아 엔젤을 돌려세웠다.

"혼잣말로 중얼거리지 말아요, 마라. 자, 내 얼굴에 대고 말해 봐요! 나에 대한 당신의 진심을 솔직하게 털어놔 보란 말이오."

엔젤은 미가엘의 손을 뿌리쳤다. 그리고 미가엘을 보며 온갖 욕을 퍼부어댔다. 욕이라면 많이 알고 있었다. 미가엘의 얼굴이 분노로 일그러지는 것을 본 엔젤은 턱을 올리고 도발적으로 말했다.

"어디 한번 맘대로 때려 보시죠. 그러면 진짜 남자답게 느껴질걸요!"

"그럴 일은 없소. 하지만 그게 당신이 원하는 거요? 더 맞아야 쾌감을 느낄 수 있다는 건가?"

순간 미가엘은 자신의 끓어오르는 감정이 두려워졌다. 뜨거워진 피는 엔젤의 도발에 맞서라고 부추겼다. 서둘러 그런 감정을 털어 버려야 했다.

"당신이 아는 것은 그런 사람들뿐이군. 그리고 당신은 너무나 고집스러워 이 세상에 그런 놈들 외에 다른 사람도 존재한다는 사실을 인정하지 않고 있어!"

"웃기는 소리 말아요! 당신이라고 다른 남자들하고 특별히 다를 줄 알아요? 이젠 여기서 벗어나겠어요. 당신이 나한테 베푼 호의에 대해서는 모조리 다 갚았으니까요. 당신이 쓴 사금만큼 뼈 빠지게 일해서 갚았잖아요!"

"엉터리에 쓰레기 같은 소리군. 당신이 도망치려는 건 두렵기 때문이잖소. 당신은 여기에서 지내는 걸 좋아하게 되었기 때문에 도망치려는 거요."

엔젤은 미가엘에게 주먹을 날렸다. 하지만 미가엘이 그 손을 냉큼 잡았다. 다른 손도 휘둘렀지만, 이번에도 손목을 잡혔다.

"마침내 당신이 나를 제대로 쳐다보게 되었군! 적어도 이제는 나를 못 본 척하거나 무시하지 않고 똑바로 봐 주기는 하게 되었군."

미가엘은 엔젤의 손을 놓았다. 엔젤은 뒤로 돌아 큰 걸음으로 마당을 가로질러 오두막 안으로 들어가 문을 쿵 닫았다. 미가엘은 뭔가가 창문으로 날아올지도 모른다고 각오했다. 하지만 아무런 일도 일어나지 않았다.

미가엘의 심장이 기관차처럼 뛰었다. 크게 심호흡을 하고 손으로 머리카락을 빗어 넘겼다. 이제부터는 노골적인 싸움이다. 좋다. 해야 한다면 그렇게 하지. 그렇다 해도 무관심보다는 낫다. 미가엘은 다시 하던 일을 계속했다.

미가엘이 오두막에 들어갔을 때 엔젤은 어느새 침착해져 있었다. 미가엘을 흘깃 쳐다본 엔젤은 달콤한 미소를 지어 보이고는 스튜를 테이블 위에 올려놓았다. 미가엘이 한입 떠넣은 스튜에는 미가엘을 몽땅 절여 버릴 만큼의 소금이 들어 있었다. 빵에서는 모래가 버석거렸고, 커피 잔에는 파리 대여섯 마리가 둥둥 떠다녔다. 미가엘은 웃음을 터트리며 커피를 문밖으로 부어 버렸다. 또 다른 메뉴는 뭘까?

"당신을 정말 괴롭히는 문제가 뭔지 이야기해 봅시다."

엔젤은 테이블 위에 두 손을 포개 올렸다.

"내가 할 말은 단 하나예요. 난 여기서 당신과 계속 살 생각이 없어요."

미가엘이 수수께끼 같은 표정으로 희미하게 웃었다. 엔젤은 곤봉이라도 휘둘러 그 얄미운 미소를 사라지게 만들고 싶었다.

"절대로 여기 있지 않을 거예요."

"한 번에 하나씩 천천히 생각해요, 내 사랑."

미가엘은 찬장에서 콩 통조림을 꺼냈다. 엔젤의 눈에서는 스테이크를 익힐 만한 불이 뿜어져 나왔다. 미가엘은 조리대에 기대어 서서 차가운 저녁을 먹었다.

"난 여기 어울리지 않는 사람이에요. 당신도 잘 알잖아요."

엔젤이 미가엘을 쏘아보며 말했다.

"그럼 어디에 어울리는 사람이라고 생각하는 거요? 그 매음굴로 다시 돌아가야 한다고 생각하오?"

"그건 내가 선택할 문제예요."

"당신은 자신이 선택할 수 있다는 사실도 모르고 있소. 갈 길은 오로지 하나뿐이라고 생각하고 있단 말이오. 그 길은 지옥으로 직행하는 길이라고."

"내가 뭘 원하는지는 내가 잘 알아요."

"그렇다면 나에게 말해 주겠소?"

"난 여기서 벗어나고 싶어요!"

엔젤은 자리에서 일어나 밖으로 나갔다. 너무 화가 나고 짜증스러워서 미가엘을 쳐다볼 수도 없었다. 미가엘은 콩 통조림을 내려놓고 문가에 다가가 기대어 섰다.

"당신 말을 믿지 않소."

"그럴 줄 알았어요. 그런데 내가 뭘 원하는지 당신이 왜 신경쓰는지 모르겠네요."

미가엘이 웃음을 터트렸다. 하지만 전혀 즐거워하는 표정은 아니었다. 달빛을 받아 반짝이는 엔젤의 두 눈이 미가엘을 노려보고 있었다.

"도대체 무슨 생각으로 날 여기에 데려온 거죠?"

미가엘은 아무런 대꾸도 하지 않았다. 엔젤을 이해시킬 자신이 없었다. 말로 설명할 수 있을지 걱정이 되었다.

"당신이 날 사랑해 주기를 바라오."

미가엘은 엔젤의 얼굴에 떠오르는 조소를 보았다.

"내가 당신을 사랑할 수 있게 나를 믿어 주기를 바라오. 그리고 우리가 함께 삶을 설계해 나가도록 여기 머물러 주기를 바라오. 이게 내가 원하는 바요."

미가엘의 진지함에 엔젤은 더욱 화가 났다.

"미스터, 그게 가당키나 한 일이라고 생각해요?"

"얼마든지 가능한 얘기요."

"내가 어떤 사람이고 무엇을 하던 사람인지 완전히 잊으신 모양이네요. 당신 머릿속에 내가 아닌 다른 사람을 만들어 놓으신 모양이에요."

"그렇다면 당신이 누구인지 말해 보시오."

'어서 말해, 엔젤. 그에게 털어놔.'

엔젤이 그동안 겪어 온 일이나 했던 일을 이 남자는 상상하지도 못할 것이다.

'그래, 말해 버리는 거야. 총구를 겨누자.'

하지만 그 총구는 두 사람 모두를 향하고 있었다. 직격탄이 될 것이다. 그의 심장을 관통해 버리고 나면 모든 게 끝날 것이다. 모든 것을 순식간에 정리해 버릴 것이다. 그런데 엔젤은 어째서 망설이는 걸까?

"마라."

미가엘이 밖으로 나와서 엔젤을 불렀다. 그의 다정한 목소리는 엔젤의 상처에 흩뿌려진 소금이 되었다.

"내 이름은 마라가 아니에요. 엔젤이라고요, 엔젤."

"아니. 나는 내가 보는 당신에게 어울리는 이름으로 부를 거요. 마라, 삶에 한을 품고 있는 사람, 디르사, 내 몸이 녹아내리도록 내 안에 불꽃을 피워낸 내 사랑."

미가엘은 엔젤에게 다가가 그 앞에 우뚝 섰다.

"언제까지 이렇게 도망 다닐 수만은 없소. 모르겠소? 여기 있어요. 나와 함께. 우리 둘이 함께라면 어떤 일도 다 헤쳐 나갈 수 있소. 사랑하오."

미가엘은 엔젤에게 손을 내밀었다.

"그런 말이라면 전에도 수없이 들어 봤다는 거 알아요? 사랑해, 엔젤. 정말 아름답군. 자기야, 사랑해. 오, 베이비, 그렇게 해 주면 정말 사랑스러워. 날 사랑한다고 말해 줘, 엔젤. 날 사랑한다고 말하면 믿을게. 내가 시키는 대로 해 주면 널 사랑할게, 엔젤. 사랑해, 사랑해, 사랑해. 그놈의 사랑 타령, 이제는 정말 지겨워 죽겠어!"

엔젤은 성난 눈으로 미가엘을 노려보았다. 하지만 미가엘의 얼굴을 보자 금방 수그러들었다. 엔젤은 두 손으로 자신을 꼭 감쌌다.

'생각하지 마. 아무것도 느끼지 마. 그러면 그가 널 망가뜨릴 거야.'

엔젤은 뭔가 다른 것에 정신을 집중시키려 애썼다.

밤하늘이 너무나 깨끗했다. 사방에 흩뿌려진 별이 빛났고 달은 너무나 둥글고 커서 하늘에서 은색 외눈이 땅을 노려보는 듯했다. 엔젤의 마음은 여전히 들끓었다. 방어막을 다시 세워 보려고 노력했지만, 어찌 된 일인지 모두 흐트러지기만 했다. 그전에 갔던 언덕에 다시 올라가 일출이 보고 싶었다. 그때 미가엘이 했던 말이 또렷이 기억났다.

"마라, 이게 바로 당신에게 주고 싶은 삶이오."

누굴 바보로 아는 건가? 엔젤은 그런 일은 절대로 일어나지 않으리란 걸 잘 알았다. 비록 이 남자는 그 사실을 알지 못하는 것 같지만. 엔젤의 두 눈이 이글거렸다.

"가능한 한 빨리 페어러다이스로 돌아가고 싶어요."

"내가 너무 가깝게 다가간 거요?"

엔젤은 뒤로 획 돌아섰다. 엔젤은 마음을 가라앉히고 미가엘을 설득해 보기로 했다.

"난 여기서 당신과 함께 있을 생각이 없어요. 이봐요, 미스터. 내가 무슨 짓을 하며 살아왔는지 반만 말해 줘도 당신은 나를 당장 페어러다이스로 보내 버릴 거예요."

"한번 말해 봐요, 어서. 그리고 달라지는 게 있는지 봅시다."

엔젤은 과거를 생각하는 것만으로도 위축되는 자신을 느꼈다. 한번 판도라의 상자를 열면 다시는 닫지 못할 것이다. 그 끔찍하고 기괴한 기억들이 어둠을 박차고 되살아날 것이다. 딸을 거부한 아빠, 묵주를 움켜쥐고 죽은 엄마, 공작에게 목졸려 죽은 랩, 그리고 공작. 끊임없이 이어지던 공작의 겁탈과 그 뒤로 몇 년간 엔젤의 몸을 스쳐간 수많은 남자, 그리고 엔젤의 마음속 한가운데서 뙈리를 틀고 있는 결핍.

미가엘은 달빛의 도움으로 엔젤의 얼굴이 하얗게 질려 있는 걸 보았다. 엔젤이 무슨 생각을 하는지는 알 수 없었지만, 그녀가 과거의 기억을 떠올리며 괴로워하고 있다는 건 알 수 있었다. 미가엘은 손을 뻗어 엔젤의 볼을 어루만졌다.

"당신의 마음을 열고 그 안에 들어가 당신과 함께 있을 수 있다면 좋으련만."

두 사람이 함께라면 엔젤을 통째로 집어삼키려는 어두움과 싸워 이길 수 있을지도 몰랐다. 미가엘은 엔젤을 안고 싶었다. 하지만 이미 엔젤은 저만치 뒤로 물러서 있었다.

'하나님, 어떻게 하면 그녀를 지켜 줄 수 있을까요?'

엔젤은 고개를 들어 미가엘의 얼굴을 보았다. 미가엘의 눈가가 촉촉이 젖어 있었다. 충격이 온몸을 관통했다.

"지금 울어요? 나 때문에?"

엔젤의 마음속에서 뭔가가 툭 부러졌다. 그 느낌을 지우려고 속으로 몸부림쳤다. 하지만 어깨에 가볍게 올린 미가엘의 손길과 그의 부드러운 눈동자로 인해 그 느낌은 점점 커져만 갔다. 미친 듯이 뛰는 심장을 손으로 누르면 심장이 터져 뿜어져 나오는 피로 두 손이 피범벅이 될 것만 같았다. 이 남자가 원하는 게 이런 걸까? 그를 위해 피를 흘리는 것?

"나에게 말해 줘요, 아만다."

미가엘이 속삭였다.

"아만다? 이번엔 무슨 뜻을 가진 이름이죠?"

"잘 모르겠소. 그저 다정하고 사랑스러운 이름이란 생각이 들었소. 마라보다는 이 이름을 더 좋아할 거란 생각이 드는군."

미가엘은 살짝 미소 지었다.

정말 이상한 사람이다. 그런데 엔젤의 그 튼튼한 방어막은 어디로 간 걸까? 엔젤의 분노와 경멸은? 그 대단했던 결심은?

"도대체 무슨 말을 듣고 싶으신 거죠, 미스터?"

일부러 비아냥대며 이야기했지만 효과는 없었다. 이 남자를 무슨 말로 이해시킬 수 있을까?

"뭐든 다 얘기해 봐요."

엔젤은 고개를 가로저었다.

"됐어요. 그만둬요."

미가엘은 두 손으로 엔젤의 얼굴을 다정하게 감쌌다.

"그럼 지금 어떤 생각을 하는지, 어떤 느낌이 드는지만 말해 봐요."

"고통스러워요."

미처 생각할 겨를도 없이 튀어나온 말이다. 엔젤은 미가엘의 손을 밀어내고 오두막으로 돌아갔다. 추웠다. 몸을 덥혀야 했다. 벽난로 앞에 무릎을 꿇고 앉았지만, 도무지 온기가 전해지지 않았다. 달아오른 석탄 위에 누워도 엔젤의 온몸에 엄습한 냉기를 녹일 수 없을 것 같았다.

'그에게서 도망쳐, 엔젤. 지금 당장 도망쳐.'

그대로 있으라, 사랑하는 자여.

머릿속에서 두 목소리가 엔젤의 영혼을 잡아당기며 싸웠다. 미가엘이 들어와 엔젤 옆에 앉았다. 미가엘은 무릎을 끌어당겨 웅크린 엔젤의 모습을 가만히 바라보았다. 엔젤이 다시 그를 밀어내고 마음의 문을 닫으려 한다는 것을 알 수 있었다. 하지만 이번에는 그렇게 하도록 내버려두지 않을 생각이었다.

"당신의 고통을 나에게 줘요."

놀란 엔젤이 미가엘을 쳐다보았다. 엔젤은 지금 이 남자와 황야에 서 있다. 익숙한 길을 찾아보려 애썼지만 이정표 하나 찾을 수 없다. 눈물이 흐를 것 같은 기분을 마지막으로 느낀 게 언제인지도 기억나지 않았다. 엔젤에게는 눈물이 없었다. 그런데 미가엘이 그런 엔젤을 흔들어 놓았다.

"내가 가장 잘하는 일 하나만 제외하고는 당신을 위해 모든 일을 했잖아요. 어째서 그건 받지 않는 거죠?"

미가엘의 표정이 변하자 엔젤의 마음이 누그러들었다. 그의 약해진 모습을 보자 어쩐지 그를 공격하고 싶지 않아졌다.

"두려워서인가요? 그래서 애써 참고 있는 건가요? 당신이 여자와 잔 적이 없다고 내가 놀릴까 봐?"

미가엘은 엔젤의 머리카락 한 올을 손가락으로 잡았다. 합리적이고 이성적인 대꾸가 하나도 생각나지 않았다.

"그런 생각을 전혀 하지 않았다고는 못 하겠소. 하지만 그것보다 중요한 건 이유였소."

"이유요?"

엔젤은 무슨 말인지 이해할 수 없었다.

"당신이 나와 사랑을 나누고 싶어 하는 이유가 중요하오."

"어째서요?"

엔젤은 이 남자를 이해할 수 없다. 지금껏 만난 남자들은 꽃다발이나 사탕 상자만 가져다주고도 그에 합당한 감사를 받는 게 당연하다고 말했다. 하지만 이 남자는 엔젤을 살려 내고 건강을 되찾아 주었다. 혼자서 살아갈 수 있게 여러 가지를 가르쳐 주기까지 했다. 그러고도 엔젤의 육체를 받으려면 이유가 있어야 한다고 말한다.

"목숨을 건져 준 것에 대한 감사는 충분한 이유가 되지 않나요?"

"살고 죽는 문제는 내게 달린 게 아니오. 그건 하늘에 계신 주님이 하시는 일이오."

엔젤은 고개를 획 돌렸다.

"당신의 하나님에 관한 이야기라면 그만둬요. 내가 어려울 때 나를 구하러 달려온 건 그 하나님이 아니라 당신이었어요."

엔젤은 무릎에 얼굴을 묻고 더는 말하지 않았다. 미가엘은 뭔가 말하려 했지만, 문득 들려오는 목소리에 입을 닫았다.

미가엘, 모든 일에는 때가 있느니라.

미가엘은 속으로 깊은 한숨을 내쉬며 그 말씀을 마음에 새겼다. 엔젤은 무엇 때문에, 어떤 이유로 그런 일이 일어났는지 들을 준비가 되어 있지 않았다. 더 말한다 해도 위안이 되기는 커녕 오히려 마음만 더 아프게 할 것이다. 그래서 미가엘은 그대로 침묵을 지켰다.

'주여, 제발 저를 인도하소서.'

불꽃이 탁탁 소리를 내며 타올랐다. 엔젤은 마음을 진정시켜 주는 불꽃 소리에 귀를 기울이며 긴장을 풀었다.

"난 죽고 싶었어요. 죽을 날만 기다렸어요. 그러다가 드디어 때가 되었다고 느낀 순간 당신이 찾아왔어요."

"지금도 죽고 싶소?"

"아니요. 하지만 여전히 왜 살아야 하는지 모르겠어요."

순간 감정에 휩쓸린 엔젤은 고개를 옆으로 살짝 돌려 다시 미가엘을 바라보았다.

"어쩌면 당신과 상관 있는 건지도 몰라요. 그렇지만 더 자세히는 모르겠어요."

미가엘의 마음에 기쁨이 솟아났다. 하지만 순간일 뿐이었다. 엔젤의 얼굴은 행복하기는커녕 아파 보였다. 확신에 차 있기보다는 혼란스럽기만 한 것 같았다. 미가엘은 손을 뻗어 엔젤을 어루만지고 싶었다. 하지만 엔젤이 엉뚱한 뜻으로 오해할까 봐 두려웠다.

내 양을 위로하라.

'주여, 지금 그녀를 만지면 저도······.'

네 아내를 위로하라.

미가엘은 엔젤의 손을 잡았다. 엔젤의 손에 힘이 들어갔다. 하지만 미가엘은 놓아주지 않았다. 엔젤의 손을 뒤집어 검게 물든 손바닥과 손가락 사이로 자신의 커다란 손을 밀어넣었다.

"우리 이렇게 함께해요, 아만다."

"당신을 이해하지 못하겠어요."

"알아요. 하지만 내게 시간을 줘요. 그럼 이해하게 될 거요."

"아니요, 죽어도 이해하지 못할 거예요. 당신이 내게 무얼 원하는지 난 정말 모르겠어요. 당신은 이야기만 하고 아무것도 하지 않아요. 당신의 눈을 보면 나를 원한다는 것을 알 수 있어요. 그런데도 당신은 날 아내로 대하지 않아요."

미가엘은 엔젤의 손가락에 끼워진 금반지를 잡고 돌렸다. 엔젤은 그의 아내였다. 이제 아내와 뭔가를 해야 할 때가 된 것이다. 만약 섹스와 사랑의 차이를 엔젤이 모른다면, 그가 직접 보여 줄 수 있을지도 모른다.

'오, 하나님, 두렵습니다. 제 육체의 욕망이 두렵습니다.'

미가엘이 가장 두려운 것은 엔젤을 기쁘게 해 줄 방법을 구체적으로 모른다는 것이기도 했다.

'주여, 도와주소서!'

엔젤은 자신의 손가락에 끼어져 있는 반지를 쳐다보는 미가엘을 지켜보았다.

"다시 돌려줄까요?"

"아니."

미가엘은 엔젤의 손에 깍지를 끼고 미소를 지었다.

"나도 당신만큼이나 결혼이라는 것이 낯설기만 하오."

어느새 미가엘의 마음은 차분히 가라앉았다. 모든 것이 잘 되리라는 확신이 들었다.

엔젤은 미가엘의 시선을 피했다. 엔젤을 찾아온 유부남들은 수없이 많았다. 그들의 입을 통해 결혼이란 것에 대해서도 들을 만큼 들었다. 그들의 아내는 모두 남편을 이해하지 못한다고 했다. 사람들은 그저 편이를 위해, 그리고 이세를 생산하기 위해 결혼했다고 했다. 늘 똑같은 여자와 지내는 일이 지겨워진 그들은 약간의 변화가 필요하다고 했다. 매일 먹는 닭고기 대신 이따금 생선을 먹거나 스튜 대신 스테이크를 먹어야 하는 것과 같은 일이라고 했다. 그들은 대부분 아내가 섹스를 즐거워하지 않아 불만이라고 했다. 그러면서 그 작자들은 엔젤은 다르다고 생각했던 모양이다.

"내가 결혼에 대해 아는 건 그리 바람직한 것들이 아니에요, 미스터."

"그럴지도 모르지. 하지만 결혼이란 남자와 여자가 함께 삶을 설계해 나가기로 맺은 계약이라고 생각하오. 무슨 일이 닥쳐도 서로를 사랑하겠다는 약속이지."

미가엘은 엔젤의 손에 키스했다.

"내가 어떤 여자인지 알잖아요. 어째서 나 같은 여자에게 그런 약속을 하려는 거죠?"

"내가 아는 건 당신이 과거에 어떤 일을 했는지 뿐이오."

엔젤의 가슴이 뻐근해 왔다.

"당신은 몰라요."

미가엘은 엔젤의 턱을 살짝 받쳐 올리고 몸을 앞으로 숙여 키스했다. 엔젤은 미가엘을 밀쳐 내지 않았다. 하지만 아무런 반응도 보이지 않았다.

미가엘은 떨리는 손으로 엔젤의 머리카락을 뒤로 쓸어넘기고 다시 키스했다. 너무나도 조심스러운 미가엘의 태도에 엔젤은 긴장을 풀었다. 이런 일이라면 잘 해 낼 수 있었다. 미가엘을 다루는 일은 간단하다. 그가 잘하도록 도와줄 수도 있다.

미가엘이 몸을 뒤로 뺐다. 자신의 욕망이 마음대로 활개를 치도록 내버려두지 않을 생각이었다. 사랑의 행위가 아닌 성욕만을 채우는 행위를 할 생각은 없었다. 엔젤에게는 익숙하지 않은 방식이 될지라도 말이다.

"당신 방식이 아니라 내 방식대로 할거요. 알겠소?"

미가엘은 자리에서 일어섰다. 엔젤은 당혹스러운 시선으로 미가엘을 올려다보았다.

"당신의 방식이란 게 뭐죠?"

"두고보면 알게 될 거요."

"어째서 일을 그렇게 까다롭게 만들려고 하죠? 어떻게 하든 모두 다 같은 일이에요. 내 방식이나 당신 방식 따위는 없어요. 다 똑같은 짓일 뿐이죠."

엔젤이 말하는 것은 행위 그 자체에 관한 이야기였다. 사실 미가엘도 어떻게 해야 성행위가 사랑을 나누는 것이며, 사랑을 찬미하는 의식이 될 수 있는지 알지 못했다. 엔젤이 볼 수 있는 것은 그저 미가엘의 단호한 얼굴뿐이었다. 엔젤은 천천히 일어서서 미가엘에게 다가갔다.

"굳이 당신 방식대로 해야 한다면 그렇게 하죠."

'일단 시작은 말이죠.'

미가엘은 엔젤의 눈동자를 똑바로 바라보았다. 냉담하거나 고집스러운 모습은 없었다. 하지만 그의 말을 이해하고 있는 것도 아니었다. 이제 미가엘 역시 어떤 것에 따라야 할지 갈피를 잡을 수 없게 되었다. 육체가 전하는 압박감이 미가엘을 압도하고 있었다. 엔젤은 그에게 과분하리만치 아름다웠다.

"내가 도와줄게요."

엔젤은 미가엘의 손을 잡으며 말했다.

미가엘은 버드나무 의자에 앉았다. 엔젤이 그 앞에 무릎을 꿇고 부츠를 벗기자 심장이 목구멍까지 치솟을 것 같았다. 미가엘의 자제력은 빠르게 무너지고 있었다. 옷을 벗으면서 에덴동산에 있던 아담에 대해 생각했다. 처음 이브가 그에게 왔을 때 그는 어떤 느낌이었을까? 반쯤은 죽도록 두렵지만 삶의 생기로 들끓는 이런 느낌이었을까?

미가엘이 뒤로 돌아서자 아내가 벽난로 앞에 알몸으로 서서 그를 기다리고 있었다. 숨이 멎을 것만 같았다. 이브도 이런 모습이었을 것이다. 미가엘은 경탄하며 엔젤에게 다가갔다.

'오, 주여. 너무나 완벽합니다. 이 세상의 그 어떤 피조물도 이렇게 완벽하게 저와 어울리지 못할 겁니다. 이 여자야말로 저의 반려자입니다.'

미가엘은 두 팔로 엔젤을 안아 키스했다.

미가엘은 신혼부부의 침대 위에 엔젤을 내려놓고 그 옆에 누우며 엔젤의 몸이 자신과 딱 맞아떨어지는 것에 놀랄 뿐이었다. 미가엘을 위해 맞춘 엔젤은 그에게 딱 어울렸다.

"오, 맙소사."

미가엘은 하늘의 선물에 압도당해 속삭였다. 엔젤은 그가 온몸을 격렬하게 떨자 오랫동안 금욕생활을 해 왔기 때문이라고 생각했다. 하지만 엔젤은 전혀 불쾌하지 않았다. 오히려 이전에는 느끼지 못한 동정심 비슷한 것이 솟아올랐다. 하지만 엔젤은 곧 그런 느낌을 지우고 미가엘을 마음속에서 밀어내려고 했다. 그런데 미가엘이 몸을 옆으로 빼더니 엔젤의 두 눈을 바라보았다. 너무나 많은 것을 담은 그의 시선을 차마 피할 수가 없었다.

'페어러다이스에 있는 네 몫의 돈을 생각해, 엔젤. 돌아가서 공작부인에게서 그 돈을 되찾는 일에 대해 생각해 봐. 네 자신만의 것을 갖게 되는 거야. 자유롭게 된다고. 이 남자에 대해서는 생각하지 마.'

과거에는 이런 말로 충분히 마음을 가라앉힐 수 있었다. 하지만 지금은 통하지 않았다. 어째서일까?

'이봐, 엔젤. 마음을 닫는 법을 알고 있잖아. 전에도 했으니까 지금도 할 수 있어. 다시 해 봐. 아무것도 느끼지 마. 그냥 맡은 역할만 충실히 해내라고. 저 남자는 절대로 모를 거야.'

하지만 미가엘은 다른 남자들과는 달랐다. 그는 알고 있었다. 그는 실제로 죽지 않고서도 천사가 그를 천국의 가장자리까지 데리고 갔다가 바로 그 앞에서 문을 쾅 닫아 버리는 걸 알아차릴 사람이었다.

"사랑하는 나의 사람, 어째서 내가 당신에게 다가가지 못하게 하는 거요?"

미가엘은 엔젤의 얼굴을 돌려 자신을 바라보도록 했다. 엔젤은 억지웃음을 지었다.

"얼마나 더 가까이 다가와야 한다는 거죠?"

엔젤은 이 남자는 다른 남자들과는 다르다는 것을 온몸으로 느꼈다. 그러니 더욱 강하게 자신을 보호해야 했다. 미가엘은 엔젤의 푸른 눈동자가 냉담하게 변해 가는 것을 보았다. 가슴이 아파 왔다.

"또다시 나를 밀어내고 문을 닫아 버리는군. 디르사, 나와 함께 있어 줘요."

"이번에는 디르사인가요?"

'오, 주여, 도와주소서.'

"나한테서 도망치지 말아요!"

'당신한테서 도망치는 게 아니에요. 이 지긋지긋한 일에서 도망치는 거예요. 배려심도 없이 이기적으로 쾌락을 움켜잡으려는 이 짓은 그들이나 당신의 쾌락일 뿐 나의 쾌락은 아니에요!'

엔젤은 이렇게 크게 울부짖고 싶었다. 하지만 실제로 말하지는 못했다. 대신에 그저 화난 목소리로 미가엘을 자극하기만 했다.

"도대체 무슨 말이 필요하죠?"

엔젤은 어떻게든 자신이 아는 방식으로 이끌어 가려 했지만, 미가엘은 꿈쩍도 하지 않았다. 도대체 이 남자는 어째서 끊임없이 엔젤의 생각을 방해하는 걸까? 그는 엔젤의 감정을 온통 혼란스럽게 흩트려 엉망으로 만들었다. 미가엘은 엔젤의 양팔을 붙잡고 두 눈을 똑바로 바라보았다. 그녀 마음속 깊은 곳에 있는 뭔가가 움직이는 걸 볼 수 있었다. 엔젤의 두려움은 점점 커져 갔다. 엔젤은 두 눈을 감아 버렸다.

"날 봐요, 사랑하는 사람."

"싫어요. 안 해요."

"무얼 안 한다는 거지? 날 사랑하는 일? 내 일부가 되는 일? 난 이미 당신의 일부요."

"이런 면에서?"

"아니, 모든 면에서."

"아니에요."

엔젤은 애써 부인했다.

"맞소."

미가엘의 목소리는 다정했다.

"우리가 나누는 행위는 아름다운 거요. 지금까지 당신이 배워 온 그런 게 아니고. 이건 축복이오, 내 사랑. 내 이름을 불러 주겠소?"

이 몸서리치게 더럽고 단순한 일이 뭐 어떻다고? 섹스에 관한 것이라면 엔젤이 모르는 일은 없었다. 공작과 수많은 남자들이 가르쳐 주지 않았던가. 그러니 이 농부야말로 진짜 섹스가 무엇인지 알아야 했다. 엔젤은 그에게 본격적으로 달려들어 섹스가 무엇인지 보여 주려 했다.

"아니. 그러지 말아요."

미가엘의 거친 외마디에 엔젤은 깜짝 놀랐다.

"내가 당신을 기쁘게 해 주는 걸 원치 않나요?"

"날 기쁘게 해 주고 싶소? 그렇다면 내 이름을 불러 줘요. 내가 부탁하는 일은 무엇이든지 거절하지 않겠다고 했잖소. 기억하오? 지금 난 당신이 내 이름을 불러 주기를 바라고 있소. 무엇이든 다 해 준다고 한 약속을 지킬 수는 없는 거요?"

그의 거친 숨결이 엔젤의 숨결에 얽혀들었다. 미가엘은 어느새 평정심을 잃고 조바심을 냈다.

"미가엘."

엔젤은 잇새로 내뱉듯이 말했다. 미가엘은 두 손으로 엔젤의 얼굴을 감쌌다.

"나를 바라봐요. 그리고 다시 말해 줘요."

"미가엘."

이만하면 만족했겠다고 생각한 엔젤은 그의 얼굴에 득의만만한 미소가 떠오를 것을 예상했다. 하지만 엔젤의 눈에 들어온 것은 사랑이 가득 담긴 눈동자였고, 들려오는 것은 부드러운 목소리였다.

"계속 말해 줘요……."

엔젤이 미가엘을 여러 번 부르자 미가엘은 엔젤을 꼭 끌어안고 자신이 얼마나 엔젤을 사랑하는지, 그녀를 보며 얼마나 큰 기쁨을 느끼는지 속삭였다. 이제 미가엘은 주저하지 않았다. 그의 확신에 찬 모습은 엔젤을 더욱 의아하게 만들었다.

정체를 알 수 없는 달갑지 않은 감정이 엔젤의 마음속 깊은 곳에서 천천히 기지개를 폈다. 뭔가 딱딱하고 단단하게 뭉쳐져 있던 것이 부드럽게 풀리고 있었다. 하지만 그와 동시에 어두운 목소리도 커졌다.

'이 남자에게서 도망쳐, 엔젤. 여기서 당장 벗어나야 해! 몸을 사리고 있다가 달아나. 달아나라고!'

13장

만일 우리가 보지 못하는 것을 바라면
참음으로 기다릴지니라.
_로마서 8장 25절

 아침 일을 보러 미가엘이 밖으로 나가자마자, 엔젤은 길가로 이어지는 언덕으로 향했다. 미가엘이 마차로 지나간 희미한 흔적을 따라가는 일은 무척 어려웠다. 길이 닦인 곳은 흔적이 더 희미해서 엔젤은 곧 길을 잃고 말았다. 모든 것이 낯설어 당황스럽기만 했다. 제대로 된 방향으로 가고 있는 걸까? 뱅뱅 제자리만 맴돌아서 미가엘의 땅 근처에 있는 건 아닐까?
 하늘이 어두워지기 시작했다. 묵직한 회색 구름이 몰려들었다. 엔젤은 몸에 두른 숄을 움켜쥐고 몸을 움츠렸다. 하지만 얇은 천 하나로 차가운 공기를 막아 내기에는 역부족이었다.
 산맥이 보이는 쪽으로 걸어갔다. 페어러다이스가 그 산 너머 어딘가에 있으니 그쪽으로 가는 편이 나을 것이다. 게다가 동쪽으로 가면 미가엘 호세아에게서 멀어지는 것이 확실하다. 그에게서 멀어질수록 좋았다.

두 사람 사이에는 많은 변화가 생겼다. 잠자리를 함께했기 때문은 아니다. 뭔가 좀 더 깊고 근본적인 변화였다. 엔젤의 머리로 이해할 수 없는 어떤 일이 일어나고 있었다. 무엇인지 정확히 알 수는 없었지만 그래도 자신만의 삶을 꾸려 나가려면 그에게서 벗어나야 한다는 사실은 알고 있었다. 그것도 지금 당장.

하지만 자유로 가는 길은 어디 있는 거지? 엔젤은 헤매고 있었다.

시냇물이 시야에 들어왔다. 목이 마른 엔젤은 그곳으로 가서 무릎을 꿇고 두 손으로 물을 양껏 떠 마셨다. 주변을 돌아보면서 이 시냇물이 미가엘의 땅을 가로질러 흐르던 그 시내일지도 모른다고 생각했다. 만약 그렇다면 이 시냇물을 건너 언덕을 올라가 다시 길로 들어설 수 있을 것이다.

시냇물은 폭이 넓지 않고 물결도 잔잔해 보였다. 단추걸이를 가지고 오지 않았다는 사실이 떠올랐다. 짜증스럽게 한참 동안 씨름을 한 끝에서야 겨우 신발을 벗을 수 있었다. 치맛자락을 들어 올려 앞으로 묶고 그 안에 신발을 안전하게 넣은 다음 냇물로 걸어 들어갔다.

바위에 부드러운 발이 찔렸고, 물은 너무나 차가워 아릴 지경이었다. 조심스레 걸음을 옮겼지만 이끼 낀 자갈에 미끄러져 그만 신발 한 짝을 떨어뜨리고 말았다. 욕지거리를 내뱉으며 엔젤은 신발을 잡으려고 손을 뻗다가 또다시 넘어졌다. 이번에는 완전히 주저앉았다. 몸에 힘을 주고 벌떡 일어섰지만 이미 온몸이 젖은 후였다. 더군다나 이번에는 신발 두 짝이 모두 시냇물에 둥둥 떠내려 가고 있었다. 어깨에 걸친 숄을 벗어 반대편 기슭에 던져 놓았다.

신발 한쪽은 완전히 젖어서 시냇물 아래로 가라앉아 있었다. 엔젤은 그 신발만 간신히 건져 내서 허리춤에 단단히 넣었다. 나머지 한 짝은 쓰러진 나뭇가지에 걸려 있었다. 엔젤이 그쪽을 향해 터벅터벅 물길을 헤치고 걸어갔다.

세차게 흐르는 시냇물의 수심이 깊어져서 물결이 발길을 잡아당겼다. 하지만 맨발로 페어러다이스까지 걸어갈 수는 없는 노릇이었다. 어떻게 해서든 저 신발을 되찾아야 했다. 마음을 단단히 먹은 엔젤은 치마를 더욱 높이 들어올리고 물길을 헤치며 신발 가까이 다가갔다.

그 순간, 시내 바닥이 기울어지기라도 하는 것처럼 수심이 깊어졌다. 다행히 엔젤은 나뭇가지를 붙잡을 수 있었다. 그 상태로 신발을 집으려 몸을 앞으로 내미는데, 손가락이 신발 끝에 닿는 순간 나뭇가지가 부러지고 말았다. 엔젤은 크게 비명을 지르며 미끄러졌다. 차가운 물이 엔젤의 머리 위까지 차올랐다.

물살은 나무 아래 깊이 팬 웅덩이로 엔젤을 밀어넣었다. 나무 기둥을 손끝으로 움켜잡고 간신히 일어선 엔젤은 헐떡이며 숨을 들이마셨다. 치마가 다리를 휘감았다. 온 힘을 다해 쓰러진 나무에 매달린 엔젤은 발버둥을 쳐 다리를 휘감은 치마를 풀고 덩굴을 움켜쥐었다. 블랙베리 가시가 손바닥을 파고들었지만 그대로 붙잡고 안전한 기슭까지 걸어가 그곳에서 주저앉았다. 추위와 두려움에 온몸이 떨려 왔다.

화가 난 엔젤은 신발이 떠 있는 곳에 돌을 마구 던져 마침내 신발이 냇물을 따라 아래로 떠내려 가게 했다. 신발은 물을 따라 흘러가다 그리 멀지 않은 갈대밭에 걸렸다. 손쉽게 건져 낼 수 있을 만한 위치였다.

춥고 지치고 비참한 상태의 엔젤은 흠뻑 젖은 신발을 겨우 신고 언덕을 올랐다. 그쪽으로 가면 분명 길을 찾을 수 있을 것 같았다.

하지만 아니었다.

하늘에서 빗방울이 떨어지기 시작했다. 빗줄기는 점차 굵어져 머리에 머리카락이 달라붙게 만들더니 입고 있던 드레스까지 완전히 적셔 버렸다. 춥고, 온몸은 뻐근했으며 아픈 것도 느끼지 못할 만큼 피곤했다. 엔젤은 주저앉아 두 손으로 머리를 감쌌다.

도대체 이게 다 무슨 소용이지? 그래, 길까지 갔다고 치자. 그다음은? 수십 킬로미터나 되는 길을 이렇게 걸어갈 수는 없었다. 절대로 할 수 없는 일이었다. 이미 지칠 대로 지쳤고, 온몸은 아프고 배도 고팠다. 게다가 어디로 가야 할지도 몰랐다. 엔젤을 페어러다이스로 데려다줄 사람이 있을까? 그런데 그 사람이 마고와 같은 사람이라면?

미가엘의 오두막에 있는 따뜻한 벽난로와 두툼한 이불, 그리고 음식 생각이 엔젤을 괴롭혔다. 이미 배는 등가죽에 바짝 달라붙어 있었다. 잔뜩 기가 죽고 낙심했지만 그래도 결연한 의지를 발휘해 엔젤은 자리에서 일어나 걸음을 옮겼다.

일 킬로미터 정도를 더 걷고 나자 다리가 너무 아팠다. 신발을 벗어 치마 주머니에 하나씩 꽂아 넣고 걸었다. 길을 걷다가 신발이 떨어졌지만 눈치채지도 못했다.

미가엘이 아침식사를 하러 집으로 돌아왔을 때, 엔젤은 가고 없었다. 미가엘은 말에 안장을 얹고 엔젤을 찾으러 나갔다. 이런 일을 예측하지 못한 자신을 책망했다. 어젯밤 미가엘의 이름을 부르던 엔젤의 표정이 떠올랐다. 한순간 엔젤이 쌓아 놓았던 높은 방어벽을 부숴 버린 것 같았다. 그리고 엔젤은 그 사실을 마음에 들어하지 않았다.

엔젤이 갔던 길을 따라가다가 흔적을 발견했다. 테스의 숄이 바닥에 떨어져 있었다. 기슭에는 신발 자국도 찍혀 있었다. 엔젤의 발자국은 언덕 위를 향하고 있었다. 비가 내리고 있었다. 엔젤은 비에 젖어 춥고 무서워하고 있을 것이다. 지금 자신이 어디 있는지, 또 어디로 가야 할지 전혀 모르고 있을 것이 분명했다. 얼마 가지 않아 미가엘은 엔젤이 신고 있던 신발을 발견했다.

"맙소사, 길에서 점점 멀어지고 있군."

미가엘은 둔덕까지 천천히 말을 몰아 올라가서 엔젤을 찾아

보았다. 저 멀리 초원을 가로질러 걸어가는 엔젤의 모습이 보였다. 입에 손을 모으고 큰 소리로 이름을 불렀다.

"마라!"

엔젤은 걸음을 멈추고 뒤를 돌아보았다. 미가엘은 천천히 말을 몰아 엔젤에게 다가갔다. 백 미터 정도 떨어진 곳에 다다르자 미가엘은 말에서 내려 엔젤에게 걸어갔다. 엔젤의 얼굴은 더러웠고, 드레스는 여기저기 찢어져 있었다. 치맛자락에 묻은 핏자국도 보였다. 엔젤의 눈동자에 어린 단호함에 미가엘은 할 말을 잃었다.

"난 갈 거예요."

"맨발로 말이오?"

"그래야 한다면요."

"이야기를 좀 합시다."

미가엘이 엔젤의 팔꿈치를 잡자 엔젤이 홱 뒤로 물러서서 그의 **뺨**을 때렸다. 미가엘이 당황해서 비틀거리며 뒤로 물러섰다. 입가에 맺힌 피를 닦아 내며 엔젤을 쳐다보았다.

"왜 이러는 거요?"

"말했잖아요. 난 갈 거라고요. 날 억지로 다시 데려갈 수는 있겠죠. 하지만, 그래도 난 다시 떠날 거예요. 도대체 얼마나 얘기해야 내 말을 알아듣겠어요?"

미가엘은 아무 말 없이 서 있었다. 화끈거리는 **뺨**보다 더 뜨거운 분노가 치밀어 올랐다. 하지만 지금 무슨 말이라도 하게 되면 나중에 분명 후회하게 되리라는 것을 잘 알았다.

"내 말 듣고 있는 거예요, 미가엘? 여기는 자유 국가라고요. 날 억지로 당신 집에 머물게 할 수는 없어요. 당신이 공작부인에게 얼마를 주었든 나를 소유할 수는 없어요!"

미가엘은 아무 말도 하지 않았다. 참으라고 하나님이 말씀하셨다. 그렇지만 참는 데도 한계가 있는 법이었다. 미가엘은 입가에 흘러내리는 피를 닦아 냈다.

"길이 있는 곳까지 태워 주겠소."

미가엘은 말이 있는 곳으로 걸어갔다. 엔젤은 입을 벌린 채 서 있었다. 미가엘이 흘깃 뒤를 돌아보았다. 엔젤은 턱을 치켜 올려 보였지만 발걸음을 옮기지는 않았다.

"탈 거요, 말 거요?"

미가엘의 말을 들은 엔젤은 미가엘 쪽으로 걸어갔다.

"드디어 제정신을 찾으신 모양이네요."

미가엘은 엔젤을 안아 올려서 말 안장에 앉혔다. 그리고 자신도 그 뒤로 훌쩍 올라탔다. 길가에 도착하자 미가엘은 엔젤의 팔을 잡고 말에서 내려 주었다. 엔젤은 멍하니 서서 미가엘을 올려다보았다. 미가엘이 말에 매어 둔 수통을 풀어 엔젤에게 던지자 엔젤이 가슴으로 수통을 받았다. 미가엘이 오면서 주운 신발을 엔젤의 발아래 던져 주었다.

"이쪽으로 가면 페어러다이스가 나와요. 오십 킬로미터 거리지. 이 길을 따라 쭉 걸어가면 그 끝에 마고완과 공작부인이 당신을 기다리고 있을 거요."

미가엘은 반대편을 고갯짓으로 가리켰다.

"그리고 이쪽으로 가면 집이오. 언덕 아래로 일 킬로미터만 내려가면 따뜻한 난로와 음식, 그리고 내가 있소. 하지만 분명히 알아 둬야 할 것은 만약 당신이 이쪽으로 돌아온다면, 지난밤보다 진도를 더 나가게 된다는 거요. 여전히 내 방식대로."

말을 마친 미가엘은 길 한가운데 엔젤을 남겨 둔 채 떠났다.

엔젤이 오두막 문을 열었을 때는 완전히 어두워진 후였다. 미가엘은 책을 읽다가 고개를 들어 엔젤을 쳐다보았지만 아무 말도 하지 않았다. 엔젤은 창백한 얼굴에 흙먼지를 잔뜩 뒤집어서 더러워진 몰골로 한동안 우두커니 서 있었다. 그리고 입을 꼭 다물고 안으로 들어섰다.

"봄이 올 때까지 기다릴게요."

쓸쓸한 어조로 말한 엔젤은 테이블 위에 텅 빈 수통을 올려놓고 욱신거리는 몸으로 의자에 앉았다. 난로의 온기를 느끼기 위해 몸을 움직이기에는 자존심이 상했다. 엔젤은 미가엘의 조롱을 각오했다.

미가엘이 자리에서 일어나 양철 냄비에서 스튜를 퍼 담고 납작한 냄비에서 빵을 집어 들었다. 엔젤의 앞에 음식을 내려놓는 미가엘의 얼굴에 유감스러운 미소가 어렸다. 고개를 들어 미가엘을 쳐다본 엔젤은 미간을 살짝 찡그렸다.

급하게 음식을 먹어치운 엔젤은 미가엘이 따라 주는 커피를 한 모금 마시고 미가엘이 대야에 물을 붓는 것을 지켜보았다.

미가엘이 난로 선반에 팔꿈치를 기대고 엔젤을 쳐다보자 그녀는 고개를 숙이고 다시 먹는 일에 열중했다.

"여기 와서 앉아요."

엔젤이 식사를 마치자 미가엘이 말했다. 엔젤은 일어설 힘조차 없었지만, 순순히 미가엘이 시키는 대로 했다. 미가엘은 무릎을 꿇고 앉아 물이 담긴 대야를 엔젤의 발치에 놓고 엔젤의 신발을 벗겼다.

엔젤은 이곳으로 돌아오는 내내 미가엘이 비웃으며 조롱하고 자존심을 깔아뭉개는 장면을 머릿속에 그렸다. 하지만 그는 무릎을 꿇고 앉아 자신의 물집투성이 더러운 발을 닦아 주었다. 목구멍이 화끈거렸다. 엔젤은 고개를 숙여 미가엘의 검은 머리를 내려다보며 안에서 끓어오르는 어떤 감정을 애써 누르며 이 감정이 어서 사라져 버리기를 기다렸다. 하지만 좀처럼 그렇게 되지 않았다. 오히려 더 강해져서 엔젤의 마음을 아프게 했다.

미가엘의 손길은 너무나 부드러웠다. 미가엘은 정성을 다해 발을 씻긴 다음 욱신거리는 엔젤의 종아리를 주물렀다. 그리고 대야의 더러워진 물을 버리고 다시 깨끗한 물을 담아 엔젤의 무릎에 올려놓고 이번에는 손을 씻어 주었다. 생채기가 난 더러운 손바닥에 키스하고 연고를 바른 다음 붕대로 감아 주었다.

'난 이 남자를 때렸어. 그는 나 때문에 피도 흘렸어……'

부끄러움에 엔젤의 몸이 움츠러들었다. 미가엘이 고개를 들자 엔젤은 그의 눈동자를 들여다보았다. 봄날 하늘처럼 파란 눈동자였다. 전에는 전혀 알지 못했다.

"왜 나한테 이렇게 해 주는 거죠?"

엔젤이 잠긴 목소리로 말했다.

"어떤 사람에게는 일 킬로미터가 오십 킬로미터보다 더 걷기 힘든 거리일 수도 있으니까."

미가엘은 엔젤의 머리카락에 묻은 먼지를 털고 엉킨 머리카락을 풀어 준 후에 옷을 벗겨 침대에 눕혔다. 그리고 미가엘 자신도 옷을 벗고 엔젤의 옆에 누웠다. 하지만 그는 아무것도 묻지 않았다.

엔젤은 변명하고 싶었다. 미안하다는 말도 하고 싶었다. 하지만 말이 입 밖으로 나오지 않았다. 가슴에 뜨거운 돌덩어리가 들어 있어서 아래로 아래로 엔젤을 누르는 것만 같았다.

'이런 감정 느끼고 싶지 않아. 이런 식으로 느끼고 싶지 않아. 정말 견딜 수 없어.'

미가엘이 옆으로 돌아누워 한쪽 팔로 머리를 받쳤다. 그리고 다른 손을 뻗어 관자놀이에 흘러내린 엔젤의 머리카락을 뒤로 넘겨 주었다. 그녀가 미가엘의 작은 오두막에 다시 돌아왔다. 그 어느 때보다 자포자기한 모습으로.

그녀의 몸은 얼음처럼 차가웠다. 미가엘은 자신의 온기를 나누고자 엔젤을 가까이 끌어안았다.

미가엘이 키스했지만 엔젤은 전혀 움직이지 않았다. 섹스를 원한다면 얼마든지 해 줄 생각이었다. 원하는 것은 무엇이든, 어떤 것이든. 적어도 오늘 밤은 그렇게 해 줄 생각이었다.

"좀 자도록 해요. 집에 왔으니 이제는 안전해요."

집. 엔젤은 긴 한숨을 내쉬며 눈을 감았다. 그녀에게는 집이란 게 없었다. 엔젤은 미가엘의 가슴에 얼굴을 기댔다. 그의 규칙적인 심장박동 소리가 마음을 달래 주었다. 한참을 그렇게 있었다. 무척 피곤한데도 잠이 오지 않는 엔젤은 반듯이 누워 천장을 올려다보았다.

"이야기나 하겠소?"

"무엇에 대해서요?"

"왜 떠났는지."

"나도 몰라요."

"아니, 당신은 알고 있소."

미가엘은 엔젤의 얼굴선을 손가락으로 훑어내렸다. 엔젤은 힘들게 침을 꿀꺽 삼켰다. 정체 모를 감정이 일어나는 것을 막아 내야 했다.

"뭐라고 설명할 수 없어요."

미가엘은 손가락에 엔젤의 금발 머리카락 한 올을 감아 살짝 잡아당겼다.

"당신에게 내 이름을 불러 달라고 했던 그 순간에 우리 사이에 아무 일도 일어나지 않았다고 우기지는 못할 거요. 그것 때문이었소? 난 당신의 마음속으로 들어가고 싶었소. 내가 당신 마음속에 조금은 들어갔던 거요?"

미가엘이 가라앉은 음성으로 말했다.

"약간은요."

"다행이군."

미가엘이 한 손가락으로 엔젤의 얼굴선을 쓰다듬었다.

"여자는 벽이거나 문이오."

엔젤은 음산한 웃음을 터트리며 미가엘을 쳐다보았다.

"그럼 나는 수천 명의 남자가 지나다닌 문이겠네요."

"아니, 당신은 벽이지. 단단한 돌벽. 일 미터 두께에 삼십 미터 높이의 크고 단단한 벽. 나 혼자 힘으로는 도저히 넘을 수 없는. 하지만 계속 노력할 생각이오."

미가엘은 엔젤에게 키스했다.

"디르사, 내겐 도움이 필요하오."

엔젤의 입매가 부드러워졌다. 엔젤은 미가엘의 머리카락을 손으로 가볍게 만졌다. 미가엘은 순간 뜨거운 욕망이 이는 걸 느꼈지만 그것을 지그시 눌렀다. 엔젤이 얼마나 피곤한지 잘 알고 있었다.

"이리로 와요."

미가엘이 부드럽게 말했다. 엔젤은 순순히 그 말에 따랐다. 미가엘은 뒤에서 온몸으로 엔젤을 감싸고 두 팔로 휘감아 안은 다음 엔젤의 머리카락에 입술을 댔다.

"좀 자도록 해요."

엔젤은 안도의 한숨을 내쉬었다. 피로가 엄습해 왔다. 안전하고 편안한 미가엘의 품에 안긴 엔젤은 꿈을 꾸었다. 높고 두꺼운 벽 저만치 아래 미가엘이 포도나무를 심고 있었다. 포도

나무는 땅에 뿌리를 내리기 무섭게 덩굴을 뻗어 온 벽을 푸르게 뒤덮어 버렸고, 그 강인한 덩굴손은 벽돌 사이사이에 박혔다. 그리고 벽은 산산이 부서졌다.

미가엘은 깨어 어둠 속에 가만히 누워 있었다. 엔젤이 세운 벽을 뚫고 안으로 들어갈 수 있을 거라는 희망을 포기하는 편이 나을지도 몰랐다.

'주여, 어떻게 해야 그녀에게 닿을 수 있을까요? 방법을 알려 주세요!'

미가엘은 두 눈을 감고 편안히 잠들었다. 세상을 활보하는 사탄에 대해서는 잊고 있었다. 하지만 전쟁은 아직 끝나지 않았다.

바울이 돌아오고 있었다.

14장

> 비판을 받지 아니하려거든 비판하지 말라
> 너희가 비판하는 그 비판으로 너희가 비판을 받을 것이요
> 너희가 헤아리는 그 헤아림으로 너희가 헤아림을 받을 것이니라.
> _예수(마태복음 7장 1~2절)

바울은 낡은 마구를 털썩 던져 놓고 언덕 비탈에 섰다. 저만치 들에서 일하는 미가엘의 모습이 보이자 두 손을 입에 모으고 큰 소리로 미가엘을 불렀다. 바울을 발견한 미가엘은 잡고 있던 삽을 내려놓고 언덕을 올랐다. 두 사람은 곧 힘차게 포옹했다. 바울은 미가엘의 강인하고 믿음직한 품을 느끼자 눈물이 날 지경이었다.

"아, 이렇게 보니 정말 좋다."

피로한 데다 오랜만에 미가엘을 만난 감격으로 바울의 목소리가 탁해졌다. 안도감이 밀려와 남자답지 못하게 눈물이 찔끔 나려는 것을 간신히 참았다. 바울은 뒤로 물러서서 미가엘의 시선을 의식하며 과장되게 얼굴을 문질렀다. 몇 주 동안 면

도도 못하고, 머리도 장발이었다. 옷을 갈아입은 지도 한 달이 넘어가고 있었다.

"내 꼴이 끔찍하지?"

바울이 힘없이 웃었다. 돈도 안 되는 고된 노동을 하고, 잊기 위해 술을 마시고, 기억하기 위해 여자를 찾고, 살아남기 위해 싸움을 하며 고통스러운 시간을 견뎌 냈다.

미가엘은 바울의 어깨에 손을 얹었다.

"좀 씻고 허기를 채우면 훨씬 나아질 거야."

바울은 몹시 피곤해서 미가엘이 언덕 위에 던져 놓았던 짐을 가져오는 것을 말릴 여력도 없었다.

"유바는 어땠어?"

"음침하고 추웠어."

바울은 얼굴을 찡그렸다.

"그래, 찾던 건 찾았어?"

"노다지가 지척이라고 하던데 나는 구경도 못했어. 근근이 먹고 살 수 있을 정도의 사금밖에 못 찾았지."

바울은 저만치 계곡 끝을 바라보면서 테스를 생각했다. 지난 며칠간 테스 생각만 했다. 두 사람이 얼마나 부푼 꿈을 안고 캘리포니아에 왔었는지, 그리고 자신들만의 거처를 마련하는 일에 어떤 기대를 안고 있었는지 생각했다. 바울이 황금을 찾아 떠난 건 테스를 잃었기 때문이다. 테스를 생각할 때마다 사그라질 줄 모르는 고통이 찾아왔다.

'오, 테스. 왜 그렇게 가 버린 거야······.'

바울의 눈시울이 뜨거워졌다. 그의 의지와는 상관없이 눈물이 고였다. 테스는 그에게 너무도 절실한 존재였다. 이제는 무엇을 어떻게 해야 할지도 알 수 없었다. 테스가 없는 인생은 아무런 의미도 없었다.

"아주 돌아온 거야?"

감상에 젖은 모습을 들킬까 봐 바울은 헛기침을 하며 목소리를 추스르고 대답했다.

"아직은 잘 모르겠어. 지금은 완전히 지쳐 버려서 말이야."

바울은 솔직하게 말했다. 너무 지쳐서 내일 무엇을 할지 생각할 기력조차 없었다.

"그 산속에서는 겨울을 날 수 없겠더라고. 사실 집까지 무사히 돌아올 수 있을지도 자신이 없었어."

하지만 이렇게 돌아왔다. 그리고 잊었던 아픔이 다시 살아나고 있었다. 그래도 다행히 이제는 미가엘과 함께 겨울을 보낼 수 있다. 지적인 대화가 얼마나 그리웠는지 모른다. 사금이 흐르는 냇가에서 지내는 인간들은 모두 황금과 여자 이야기밖에 몰랐다. 하지만 미가엘은 많은 것을 이야기해 준다. 사람의 머리를 가득 채워 줄 대단한 것들을 알려 주고, 그것들을 통해 희망을 품게 해 준다.

바울은 빨리 성공하고 부를 쌓기 위해 금맥을 찾아떠났다. 처음에는 미가엘도 함께였다. 하지만 몇 달 후 미가엘이 이렇게 말했다.

"이건 내가 원하던 삶이 아니야."

미가엘은 바울에게 함께 이 땅으로 돌아가자고 이야기했지만 바울은 자존심 때문에 그곳을 떠나지 못했다. 그렇지만 살을 에는 추위와 환멸감, 심한 굶주림은 바울을 다시 이곳으로 돌아오게 만들었다. 음식이나 부에 대한 갈망이 아니라 좀 더 깊은 영적 갈망을 위해서였다.

"이렇게 돌아와서 기쁘다. 작물을 심어야 할 들은 넓은데, 일꾼이 없었거든."

미가엘은 언제나 사람을 편안하게 해 주었다. 바울은 겸연쩍은 미소를 지으며 말했다.

"고마워. 모든 게 내 생각과는 달랐어."

바울은 미가엘과 나란히 걸었다.

"무지개 끝에 보물 항아리가 없었다는 말이야?"

"무지개도 없던걸."

바울은 벌써 기분이 좋아지고 있었다. 이제 집을 떠나지 말아야겠다고 생각했다. 등골을 빼먹는 일을 하느니 흙을 파헤치는 게 나을 것이다. 사금을 찾으려 얼음처럼 차가운 물에 서 있느니 마구간을 청소하는 편이 훨씬 낫다. 조용하고 재미없는 농부의 생활이야말로 지금 그에게 가장 필요한 일이다. 하루하루 똑같은 일과가 이어지겠지만, 땅에서 뭔가를 훔쳐내는 대신 그 땅에서 뭔가 자라는 걸 지켜보게 될 것이다.

"내가 없는 사이에 뭐 별다른 일 없었어?"

미가엘이 건물 몇 채를 더 세우고 땅을 더 개간한 것은 한눈에 알아볼 수 있었다.

"나, 결혼했다."

바울은 순간 걸음을 멈추고 미가엘을 멍하니 바라보았다.

"말도 안 돼."

하지만 말을 내뱉자마자 자신의 말이 얼마나 버릇없고 고약하게 들렸을지 깨달았다.

"미안해. 하지만 여기서 너한테 어울릴 만한 괜찮은 여자를 본 적이 없어서 그래."

순간 미가엘의 얼굴에 떠오른 뜻밖의 표정을 보고 바울은 서둘러 둘러댔다.

"물론 네가 결혼했다면 아내 되는 그분은 분명 훌륭한 여자일 거라고 생각해."

미가엘은 언제나 하나님이 정해 주시는 배필을 기다리고 있노라고 말했다. 바울은 미가엘의 결혼이 잘된 일이라고 생각하려 했지만 쉽지 않았다. 질투가 났다. 집으로 돌아오는 그 험한 길 내내 미가엘과 함께 난로 앞에 앉아 이런저런 이야기를 나누기를 고대했는데, 이제 미가엘에게 아내가 있다니. 바울은 정말 지지리 복도 없는 사람이었다.

바울에게는 미가엘의 충고가 필요했다. 그의 우정과 지지가 간절했다. 미가엘은 사람의 말을 잘 들어 주고 미처 털어놓지 못한 것까지 헤아려 주는 사람이었다. 가장 어려운 시기에도 마음을 가볍게 해 주었다. 모든 일이 예정 가운데 선하게 이루어질 것이라는 생각이 들게 해 주었다. 미가엘은 희망을 일깨워 주는 사람이었고, 지금 바울은 그 어느 때보다 미가엘이 전해 주는 희망이 필요했다. 하나님도 아실 것이었다. 집에 돌아오면 모든 것이 이전과 같으리라고 생각하며 기대에 부풀어 있던 그였다.

과거에도 미가엘을 쫓아다니는 여자들은 많았다. 그러니 언제라도 마음만 먹으면 그중 한 명과 쉽게 결혼할 수 있었을 것이다. 하지만 왜 하필 지금이란 말인가.

"결혼했구나."

바울이 웅얼거렸다.

"그래, 결혼했다."

"축하해."

"고맙다. 정말 진심으로 축하해 주는 것 같구나."

바울은 움찔했다.

"아, 내가 이기적인 놈이라는 거 잘 알잖아."

두 사람은 다시 걸음을 옮겼다.

"그나저나 그렇게 고대하던 반쪽은 어떻게 찾아냈어?"

"그냥 운이 좋았다."

"얘기 좀 해 줘. 어떻게 생겼어?"

미가엘은 오두막 쪽을 고갯짓으로 가리켰다.

"가서 직접 봐."

"아, 싫어, 이런 꼴로는. 지금 나를 봤다가는 유일한 이웃이 완전히 형편없는 망나니라고 생각할 거야. 어쨌든 이름이라도 알려 줘. 이름이 뭐야?"

"아만다."

"아만다? 좋네."

바울이 장난스레 씨익 웃었다.

"예뻐?"

"아름답지."

아마 평범하기 그지없는 외모를 가졌을 것이다. 하지만 미가엘이라면 어떤 모습이라도 자신의 짝이니 아름답다고 말할 것이다. 바울은 직접 보기 전까지는 어떤 선입견도 품지 않겠다고 생각했다.

"오늘 밤은 헛간에서 지낼게. 완전히 지쳤거든. 네 아내는 좀 씻고 나서 만날게."

미가엘은 담요와 비누, 갈아입을 옷가지를 가져다주었다. 바울은 너무나 피곤해서 서 있기조차 힘들었다. 지금 할 수 있는 일이라고는 벽에 기대어 발을 쭉 뻗는 일뿐이었다. 미가엘이 따뜻한 식사를 가져왔다.

"뭘 좀 먹어야지. 뼈하고 가죽뿐이잖아."

바울은 살짝 미소 지었다.

"네 아내한테는 헛간에 더러운 거지 한 놈이 들어왔다고 말했지?"

"묻지도 않더라."

미가엘은 지푸라기를 던졌다.

"담요를 덮고 여기 파고들어서 자도록 해. 그럼 오늘 밤은 따뜻하게 지낼 수 있을 거야."

"몇 달 동안 딱딱한 땅바닥에서 지냈는데 이 정도면 천국이지."

 몇 주만에 지붕을 머리에 이고 잠자리에 드는 것인지 몰랐다. 스튜를 한 입 먹어 본 바울은 눈썹을 올리며 말했다.

 "정말 괜찮은 요리사네. 감사하다고 전해 줘, 알았지?"

 나머지 스튜를 게걸스럽게 모두 먹어 치운 바울은 짚 속으로 파고들었다.

 "피곤하네. 이렇게 피곤한 줄도 몰랐어."

 바울은 더는 눈을 뜨고 있을 수가 없었다. 그가 마지막으로 본 것은 미가엘이 허리를 숙여 두꺼운 담요를 덮어 주는 모습이었다. 지난 몇 달 동안 바울의 몸에 쌓여 있던 모든 긴장이 사라졌다.

 바울은 말이 힝힝거리는 소리에 잠에서 깨어났다. 자리에서 일어나자 온몸이 뻐근하고 욱신거렸다. 기지개를 켜며 헛간 문을 열고 밖으로 나가자 미가엘이 울타리를 세우려고 땅에 구멍을 파는 모습이 보였다. 바울은 헛간 벽에 기대어 한동안 미가엘의 모습을 바라보다가 다시 건초가 쌓여 있는 곳으로 돌아가 빌린 옷가지를 들고 냇가로 내려가 목욕을 했다. 처음 만나는 미가엘의 부인에게 나쁜 인상을 주고 싶지 않았다. 면도까지 끝낸 바울은 미가엘의 빨간 모직 셔츠를 끼어 입고 일을 도우러 갔다.

 미가엘은 일을 멈추고 삽에 기대어 서 있었다.

 "그렇지 않아도 언제쯤 일어나나 했다. 이틀 내내 잠만 잤어."

"냄비로 사금을 채굴하는 일이 울타리 세우는 일보다 어렵거든."

바울이 씨익 웃으며 말하자 미가엘은 크게 웃었다.

"자, 집으로 가자. 아만다가 아침을 준비해 놨을 거야."

바울은 이곳에서 여자를 보게 된다고 생각하자 기대감이 생겼다. 테스 같은 여자를 보겠지. 조용하고 다정하며 상냥하고 헌신적인 그런 여자일 것이다. 미가엘의 뒤를 따라 집으로 들어서며 어서 만나고 싶다고 생각했다.

난로 앞에는 두 사람에게 등을 돌리고 선 호리호리한 여자가 있었다. 그녀가 입고 있는 옷은 테스가 오리건 주 기찻길을 따라 걸을 때 입었던 옷이다. 바울은 묘한 기분을 느끼며 살짝 얼굴을 찡그렸다. 냄비 안을 들여다보느라 여자가 허리를 숙였다. 한눈에 멋진 엉덩이를 갖고 있다는 것을 알아보았다. 다시 허리를 펴는 모습에서 가녀린 허리와 그 허리까지 닿는 길고 풍성한 금발 머리가 보였다. 지금까지는 아주 좋아 보였다.

"아만다, 바울이 왔소."

그녀가 뒤로 돌아서는 순간 바울의 심장은 그대로 철렁 내려앉아 땅바닥에 내동댕이쳐졌다. 믿을 수 없어 뚫어져라 그녀를 쳐다보았다. 그의 시선을 당당히 받아 내는 그녀는 분명 페어러다이스에 있던 값비싼 창녀였다. 바울은 미가엘을 흘깃 보았다. 미가엘은 그녀가 마치 천상에 있는 달이나 별, 혹은 해라도 되는 양 환히 빛나는 미소를 짓고 있었다.

"바울, 내 아내 아만다야."

바울은 여자를 빤히 쳐다보면서 도대체 뭐라고 말을 해야 할지 갈피를 잡을 수 없었다. 미가엘이 뒤에 서서 기다리고 있었다. 뭔가 상냥한 말을 당장 하지 않으면 상황이 묘하게 꼬일 게 분명했다. 바울은 억지로 딱딱한 미소를 지어냈다.

"입을 헤 벌리고 쳐다보기만 해서 죄송합니다. 미가엘이 아름다운 분이라고는 했지만 이 정도인지는 몰랐네요."

정말 아름다운 여자였다. 살로메, 데릴라, 이세벨처럼.

미가엘은 대체 무슨 생각으로 이런 여자와 결혼한 거지? 이 여자가 창녀였다는 걸 알고는 있는 걸까? 그럴 리가 없다. 평생 매음굴 근처에도 가보지 않았을 위인이다. 아니, 여자 경험도 전혀 없는 사람이다. 물론 그럴 기회가 없어서는 아니었다. 어떤 상황에서도 미가엘은 자신의 배필을 기다리겠다고 마음먹고 있었다. 그런데 그 순결한 미가엘이 맞이한 사람이 바로 엔젤이다!

'저 마녀가 뭐라고 거짓말을 꾸며냈을까? 이제 어떻게 해야 할까? 미가엘에게 당장 말해야 하나?'

미가엘은 평소와 다른 모습의 바울을 유심히 보고 있었.

엔젤은 미소 지었다. 그러나 다정한 미소가 아니었다. 눈부시게 아름다운 푸른 눈동자는 지독히도 차가웠다. 바울이 자신을 알아본 것을 눈치챘지만 전혀 개의치 않는다는 표정이었다. 그렇다면 엔젤은 사랑해서 미가엘과 결혼한 것이 아닌 게 분명했다.

바울 역시 미소로 화답했다. 엔젤보다 더 차가운 미소였다.

'어떻게 그 교활한 발톱을 미가엘에게 꽂은 거지?'

엔젤은 바울의 눈에 담긴 세상을 보았다. 사방에서 돌이 날아오고 있었다. 미소를 짓고 있던 한쪽 입술이 좀 더 위로 치켜 올라갔다. 바울이 어떤 남자인지 알 것 같았다. 팰리스의 계단을 올라올 만큼의 금도 얻지 못한 불쌍한 인생이었을 것이다.

미가엘은 두 사람 사이에 끼어들며 얼굴을 찡그렸다.

"자리에 앉아, 바울."

엔젤이 스튜와 커피를 가져다주자 바울은 뻣뻣한 목소리로 고맙다고 말했다. 그녀는 정말 아름다웠다. 지나치게 아름다웠다. 차갑고 불결한 설화 석고로 만든 여신이었다.

엔젤은 두 사람과 같이 앉아 대화를 나누지 않았다. 바울은 엔젤이 유바에 관해 자신보다 잘 알 거라고 생각했다. 한몫 단단히 잡은 사람이 아니고서는 그녀의 서비스를 받을 수 없었다. 그런 여자가 여기서 뭘 하고 있는 거지? 미가엘의 귀에 어떤 달콤한 감언이설을 속삭였을까? 미가엘이 진실을 알게 되면 어떻게 될까? 저 여자를 내칠까? 물론 저 여자는 그런 대접을 받아 마땅했다.

바울은 농장에 대한 질문을 던져 한동안 미가엘이 이야기하도록 했다. 생각할 시간이 필요했다. 아니 적어도 생각을 하려는 시도는 해 봐야 했다. 흘깃 엔젤을 훔쳐보았다. 어떻게 미가엘이 모를 수 있지? 어떻게 의심하지 않는 거지? 저렇게 아름다운 여자가 이 황금의 나라에서 할 일이 뭐가 있겠어? 분별력이 있는 사람이라면 누구라도 쉽게 짐작할 수 있는 일이었다.

하지만 저 맑고 푸른 눈동자에 빠지면 그 어떤 남자라도 분별력을 잃고 헤맬 것이다. 미가엘은 여자와 노닥거리며 희롱하는 그런 사람이 아니다. 정직하고 진실한 사람이다. 그러니 저 여자가 뭐라고 말하든 간에 다 믿었을 것이다. 저런 여자라면 미가엘을 마음대로 요리할 수 있었을 것이다.

'미가엘에게 진실을 말해야 해. 그런데 어떻게 하지? 언제 해야 할까?'

미가엘은 자리에서 일어나 커피를 더 따랐다. 바울은 엔젤을 바라보았다. 엔젤은 턱을 살짝 치켜올리고 바울의 시선을 그대로 받아쳤다. 그녀의 푸른 눈동자는 바울을 조롱하는 듯했다. 너무나도 자신만만한 그 모습에 바울은 당장 모든 진실을 밝히고 싶은 충동이 들었다. 하지만 미가엘의 얼굴을 바라보자 말이 목에 걸려 나오지 않았다.

엔젤은 문 옆에 걸려 있던 숄을 몸에 두르고 양동이를 집어 들며 말했다.

"물을 좀 길어 올게요. 두 분은 그동안 못다한 이야기를 한참 나누셔야 할 것 같으니까요."

엔젤은 문을 열고 나가기 전에 바울을 똑바로 바라보았다. 바울은 크게 한 방 얻어맞은 기분이 들었다.

'미가엘한테 말하든 말든 신경도 쓰지 않으시겠다는 말이군.'

미가엘이 진지한 얼굴로 바울을 보았다.

"바울, 무슨 생각을 하고 있는 거야?"

바울은 말을 할 수 없었다. 헛기침을 몇 번 하고 늘 하던 식으로 장난스레 넘겨 보려 했지만, 그조차도 제대로 할 수 없었다.

"미안. 네 아내가 너무 미인이어서 숨이 막히는 줄 알았어. 대체 어떻게 만난 거야?"

"하나님의 은총으로."

하나님의 은총? 미가엘은 지옥으로 떨어지는 검은 구덩이에 빠져 있는데도 그 사실을 알지 못했다. 미가엘은 지금 푸른 눈동자와 가녀린 허리, 긴 금발로 남자들을 죄와 죽음으로 유혹하는 악마를 쫓아가고 있었다.

미가엘이 자리에서 일어섰다.

"자, 이제 나가 보자. 네가 한몫 챙기겠다고 돌아다니는 동안 내가 일궈 낸 것들을 보여 줄게."

밖으로 나간 바울은 엔젤이 자신의 옷을 빨고 있는 모습을 보았다. 대단한 술수다. 그런다고 바울이 입 다물어 줄 거라고 생각하는 걸까? 엔젤은 두 사람 쪽을 보지 않았다. 바울은 당장이라도 엔젤에 대한 이야기를 미가엘에게 할 수 있었지만, 그런다고 저 여자를 간단히 쫓아낼 수 있을 것 같지는 않았다.

"저기, 아만다하고 잠깐 얘기 좀 했으면 하는데. 괜찮겠지, 미가엘? 처음 만나자마자 빤히 처다보기나 해서 날 나쁘게 봤을 거 같아. 아침이랑 빨래까지 해 준 것에 대해 감사 인사도 하고 싶고."

"그렇게 해. 그럼 이따가 시냇가에서 보자. 거기에 저장고를 짓고 있거든. 좀 도와줘."

"곧 갈게."

바울은 엔젤이 있는 쪽으로 방향을 바꿔 걸어갔다. 엔젤의 위아래를 찬찬히 훑어보았다. 그녀가 입고 있는 옷은 분명 테스의 옷이었다. 순간 온몸에 열이 확 끓어올랐다. 어떻게 저런 여자에게 테스의 옷을 줄 수가 있지? 엔젤이 그의 낡은 작업바지를 털며 빨래를 마치자마자 바울이 다가갔다. 엔젤이 뒤를 돌아보리라고 생각했지만 그녀는 꼼짝도 하지 않았다. 엔젤은 바울이 다가온 것을 알면서도 일부러 무시하고 있었다.

"어이, 엔젤."

바울은 이렇게 부르면 당장 엔젤의 주의를 끌 수 있으리라 생각했다. 엔젤은 뒤를 돌아보았지만, 그녀의 표정은 차갑고 당당하기만 했다.

"엔젤. 그게 당신 진짜 이름이잖아, 안 그래? 아만다가 아니고 말이야. 내가 잘못 알고 있는 거라면 그렇다고 해 보시든지."

"드디어 내 정체를 알아내신 모양이군요, 그렇죠?"

엔젤은 미가엘이 달아 준 빨랫줄에 바울의 바지를 널었다.

"그런데 제가 당신을 만난 적이 있던가요?"

이런 뻔뻔한 여자를 보았나.

"그런 일을 하면 사람들 얼굴이 다 비슷비슷하게 보이나?"

"그렇죠."

엔젤은 바울을 어깨너머로 흘깃 보고 웃음을 터트렸다. 생각보다 더 지독한 여자다.

"사금 채굴에서 별 재미를 보지 못하신 모양이에요, 미스터?"

"미가엘은 당신이 어떤 여자인지 알고 있나?"

"직접 물어보지 그래요?"

"진실을 알면 어떻게 될지 걱정되지도 않나?"

"미가엘이 절망에 빠져 엉망진창이 되리라고 생각하나요?"

"어떻게 너 같은 여자가 미가엘을 꼬신 거지?"

"나를 거위처럼 덥석 들어서 마차에 실어 여기로 데려온 사람은 바로 그이에요."

"말도 안 되는 소리."

따분하다는 듯한 엔젤의 표정에 바울은 더욱 격앙되었다.

"내가 당신을 페어러다이스의 매음굴에서 봤다는 이야기를 하면 미가엘이 어떻게 할 것 같아?"

"글쎄요, 잘 모르겠네요. 당신은 어떻게 생각해요? 나한테 돌이라도 던질까요?"

"미가엘의 마음을 완전히 잡았다고 확신하는군, 그렇지?"

엔젤은 텅 빈 양동이를 집어 올려 엉덩이와 팔 사이에 끼었다.

"미가엘에게 뭐든 하고 싶은 대로 말해요. 그런다고 해서 달라질 건 없으니까."

엔젤은 말을 마치고 자리를 떴다. 바울은 미가엘에게 가면서 당장 엔젤에 대한 이야기를 털어놓기로 마음먹었다. 하지만 막상 미가엘에게 다가가자 도저히 말을 할 수가 없었다. 온종일 미가엘 옆에서 같이 일을 했지만 차마 용기를 내지 못했다. 집으로 돌아가는 길에 바울은 너무나 피곤해서 저녁을 먹을 수 없겠다고 말하고 헛간으로 돌아가서 갖고 있던 육포를 씹었다. 엔젤과 나란히 앉아 식사하고 싶지 않았다. 자신의 가장 친한 친구이자 형제처럼 의지하는 미가엘이 교활한 창녀와 결혼했다는 사실에 기뻐하는 연기를 계속할 수는 없었다. 바울은 물건을 모두 챙겨 계곡 끝에 있는 자신의 집으로 떠났다.

오두막 문을 열고 서 있던 미가엘은 바울이 떠나는 모습을 지켜보다 목덜미를 문지르며 돌아섰다.

엔젤은 미가엘을 쳐다보면서 커져 가는 긴장감을 느꼈다. 엔젤은 자신을 위해 미가엘이 새로 만들어 준 버드나무 의자에 앉아서 미가엘이 난롯가에 앉는 것을 물끄러미 보았다. 미가엘은 부츠를 벗어 방수를 위한 밀랍을 바르고 문질렀다. 미가엘은 엔젤에게 시선을 주지 않았다. 오늘 밤은 말도 없었다. 성경을 읽을 생각도 없어 보였다. 어젯밤에도 성경은 까맣게 잊고 있었다.

"지금 궁금하죠? 그런데 왜 물어보지 않죠?"

"알고 싶지 않소."

"그러시겠죠. 하지만 난 말해야겠어요. 괜히 긴장된 분위기를 만들고 싶지 않아요. 내가 바울을 봤는지는 잘 모르겠어요. 하지만 그렇다고 해서 팰리스에서 한번도 만나지 않았다고 장담할 수는 없어요. 나는 남자들 얼굴은 잘 기억하지 못해요.

당신도 처음에는 기억하지 못했어요. 몇 번 계속해서 찾아오기 전까지는요."

엔젤은 냉랭한 어조로 말했다. 목이 조여 오는 듯한 느낌이 들었다.

미가엘은 엔젤이 자신의 얼굴을 기억하지 못했다는 말이 진실이 아니란 걸 알고 있었다. 그런데도 마음이 아파 오는 건 어쩔 수 없었다.

"거짓말 말아요, 아만다. 내가 당신을 사랑한다는 말을 아직도 이해하지 못하는 거요? 지금 당신은 내 아내요. 과거는 모두 과거의 일일 뿐이니 그만해요."

이것으로 소강상태는 끝났다. 두 사람 사이에 일었던 폭풍이 다시 고개를 들었다.

"두 주 전에는 나에 관한 모든 걸 듣고 싶다고 했잖아요. 지금도 그런가요?"

"그만둬요!"

엔젤은 자리에서 일어섰다. 미가엘에게 등을 돌린 채, 떨리는 손으로 벽난로 난간을 잡았다.

"아직도 모르겠어요? 설혹 내가 여기서 잘 지내 보려 해도 다른 사람들이 그냥 내버려두지 않을 거예요. 당신의 그 대단하신 매제처럼 말이죠."

엔젤은 냉담한 미소를 지으며 벽을 올려다보았다.

"바울이 나를 알아보던 순간에 어떤 표정을 지었는지 봤어요?"

"바울 때문에 마음이 상했다면 미안하오."

엔젤은 뒤로 휙 돌아 미가엘을 노려보았다.

"그렇게 생각했어요?"

엔젤은 어이없다는 듯 짧은 웃음을 터트렸다.

"그런 남자 때문에 마음이 상하는 일은 없어요. 당신 역시 내 마음을 아프게 하지 못해요."

엔젤은 이 남자들에게 그런 기회를 줄 생각이 전혀 없었다.

바울은 종일 오두막을 청소하면서 엔젤을 어떻게 할지 생각했다. 당장 돌아가서 미가엘에게 그 여자 이야기를 해야 했다. 입 다물고 있을 수는 없는 노릇이다. 미가엘은 그 교활한 여자의 술수를 반드시 알아야 한다. 모든 진실을 알고 나면 당장 일을 바로잡고 그 여자를 내쫓을 것이다. 하지만 아무리 세게 내동댕이쳐도 그 여자는 고양이처럼 두 발로 사뿐히 땅에 내려앉을 것 같았다.

결혼은 무효화할 수 있다. 어쩌면 결혼식이 신성하신 목사님의 주례로 진행되지 않았을지도 모른다. 그러면 애초에 이 결혼은 법적으로 효력이 없을지도 모른다. 그렇다면 미가엘은 이 지독한 악몽을 모두 잊고 캘리포니아로 쏟아져 들어오는 짐마차의 행렬 가운데서 또 다른 여자를 찾아낼 수 있다. 엔젤 따위는 쉽게 잊게 해 줄 멋진 여자가 있을 것이다.

미가엘이 찾아와 바울의 장작을 패 주었다. 두 사람은 간단한 이야기를 나누었지만 사이가 예전 같지는 않았다. 바울은 너무나 많은 이야기를 가슴 속에 담아 놓았고, 미가엘 역시 평소와는 달리 혼자만의 생각에 잠겨 있었다.

"저녁 먹으러 집으로 와라."

미가엘이 집으로 돌아가기 전에 말했다. 바울은 엔젤과 같은 식탁에 앉아 식사한다는 생각만으로도 견딜 수가 없었다.

"너 때문에 아만다가 속상해한다."

미가엘이 바울에게 역정을 냈다. 하마터면 바울은 크게 웃음을 터트릴 뻔했다. 속상해한다고? 그 지독하고 모진 창녀가? 어림도 없는 일이다. 바울은 그 여자가 무슨 짓을 하는지 확실히 알았다. 미가엘과 바울 사이를 이간질해서 두 사람의 우정을 깨 버리려는 수작이다. 좋다. 그렇게 나온다면 바울에게도 수가 있다.

"내일 갈게."

바울이 미가엘의 집에 도착했을 때 엔젤은 빨랫줄에 담요를 걸고 방망이로 두들기고 있었다. 엔젤은 방망이질을 멈추고 바울을 똑바로 보았다. 그가 괴로운 상황을 견디고 있다는 걸 알아보는 건 어렵지 않았다.

"미가엘은 냇가에서 저장고 만드는 일을 하고 있어요. 가슴에 묻어 놓고 그렇게 끙끙대며 고생하지 말고 다 말하지 그래요?"

"내가 말하지 않을 거라고 확신하고 있군, 그렇지?"

"아니요. 당신이 다 말할 거라고 생각해요. 어서 말하고 싶어 안달이 나 있잖아요."

"미가엘을 사랑하나? 너 따위가 미가엘을 행복하게 해 줄 수 있을 것 같아? 조만간 미가엘도 네 진짜 모습을 알게 될 거야."

바울이 코웃음을 치며 말했다. 방망이를 붙잡은 엔젤의 손마디가 하얗게 변했다. 엔젤은 어깨를 으쓱여 보이고는 고개를 돌렸다.

"아무래도 상관없다 이건가?"

"내가 상관할 필요가 있나요?"

엔젤은 다시 담요를 두들기기 시작했다. 바울은 엔젤을 움켜잡고 돌려세워 그 오만한 얼굴에 주먹질을 해 주고 싶다고 생각했다.

"그렇다면 바라는 대로 해 주지."

바울은 곧바로 개울가를 향해 걸었다. 그가 사라지는 모습을 지켜보던 엔젤의 굳은 몸이 순식간에 풀어졌다. 옆에 있던 나무 그루터기에 털썩 주저앉은 엔젤은 온몸에 흐르는 감정을 애써 부인했다.

"딱 시간 맞춰 왔네. 이 널빤지 대는 일 좀 도와줘."

미가엘이 허리를 펴고 이마에 흐르는 땀을 손등으로 훔치며 말했다. 바울은 한쪽을 대패로 납작하게 밀고 눈금을 새겨 놓은 통나무를 가지런히 놓는 일을 도와주었다.

"미가엘, 할 얘기가 있어."

통나무가 제자리를 찾아 딱 맞춰지는 순간 끙 하는 신음을 내면서 바울이 말했다. 미가엘은 어두운 표정에 속을 알 수 없는 시선으로 바울을 바라보았다. 하지만 바울은 이미 분노가 극에 달해 앞뒤 살필 겨를 없이 돌진해 나갔다.

"유바에서 지낼 때 얘기도 아니고, 계속 집에 있을 건지에 관한 얘기도 아니야. 다른 이야기지. 바로 네 아내 이야기야."

미가엘은 천천히 허리를 펴서 바울을 바라보았다.

"어째서 뭔가를 꼭 말해야만 한다고 생각하니?"

"그거야 네가 반드시 알아야 하는 사실이 있기 때문이지."

바울의 눈앞에 오만한 엔젤의 얼굴이 생생하게 떠올랐다.

"네 아내는 네가 생각하는 그런 여자가 아니야."

"내 아내는 내가 생각하는 그대로의 여자야, 바울."

미가엘은 다시 허리를 숙이고 일을 시작했다.

그 여자가 그동안 일을 제대로 꾸며낸 모양이다. 바울은 다음 통나무를 쿵 소리가 나게 내려놓았다. 그리고 저 너머에 있는 엔젤을 바라보았다. 미가엘의 오두막 문가에 서 있는 모습이 눈에 들어왔다. 테스의 옷을 입고 있었다. 당장 달려가서 그 옷을 모두 찢어서 벗겨 버리고 싶었다. 그리고 흠씬 두들겨 패서 이 계곡에서 당장 쫓아내고 싶었다. 하고 많은 사람 중에 하필이면 미가엘을 속여 넘기다니. 높은 이상과 강인함을 지닌 미가엘이다. 순결한 미가엘이다. 생각할 수도 없는 일이었다. 음란하고 저속한 일이었다.

"더는 그냥 두고 볼 수 없어. 도저히 그럴 수 없어."

미가엘은 바울 쪽으로 시선도 주지 않고 있었다. 바울은 미가엘의 팔을 잡았다.

"내 말 들어. 그 여자는 네 아내가 되기 전에는 창녀였어. 이름도 아만다가 아니라 엔젤이었고. 페어러다이스에 있는 매음굴에서 일하던 여자야. 그 동네에서 가장 값비싼 고급 창녀였다고."

"이 손 치워, 바울!"

바울은 놀라서 순순히 손을 치웠다. 미가엘이 이렇게 화를 내는 모습은 처음이었다.

"할 말 없어?"

"나도 다 알고 있어."

바울은 미가엘을 빤히 쳐다보았다.

"알고 있다고?"

"그래."

미가엘은 다시 허리를 굽혀 통나무를 집었다.

"그쪽이나 좀 잡아 줄래?"

바울은 미가엘의 말대로 통나무를 잡았다.

"언제 알았는데? 결혼반지를 끼워 주기 전? 아니면 그 후에?"

바울이 냉소적인 어조로 물었다.

"전에 알았어."

바울은 통나무를 맞추어 내려놓았다.

"그런데도 결혼했단 말이야?"

미가엘은 허리를 폈다.

"그래. 그때로 다시 돌아간다고 해도 나는 또 그 여자와 결혼할 거야."

침착하고 조용하게 말하고 있었지만 미가엘의 두 눈에는 격노의 불길이 타오르고 있었다. 바울은 한 대 크게 얻어맞은 것 같았다.

"그 여자에게 완전히 빠져 버렸군. 그 여자 때문에 완전히 바보가 되었어."

바울은 미가엘의 이성을 되찾아 줘야 한다고 생각했다.

"뭐 그리 드문 일도 아니야. 몇 달 동안 여자 구경도 못하고 지냈을 거 아니야. 그러다가 한 여자를 본 거야. 근사한 몸매에 푸른 눈동자를 가진 여자를. 완전히 넋을 잃어버린 거지. 좋아. 그렇다면 잠시 즐겨. 하지만 저 여자가 네 성실한 아내가 될 거라는 생각은 하지 마. 한번 창녀는 영원한 창녀니까."

미가엘은 이를 악물었다. 바울의 말은 엔젤이 스스로를 두고 했던 말과 비슷했다.

"함부로 재단하지 마라."

"너나 바보짓 좀 그만해!"

"입 닥쳐, 바울. 넌 아만다를 몰라."

바울은 미가엘의 말을 비웃었다.

"더 알아볼 필요도 없어. 필요한 건 다 알고 있으니까. 너만 모르고 있어. 그런 여자를 상대해 본 경험이나 있어? 모든 일과 모든 사람을 네 눈으로만 봐서 그러는 거야. 세상은 그렇지 않아. 그 여자 때문에 네가 쓸데없는 고통을 겪을 필요 없어.

내 말 들어, 미가엘! 수백 명의 남자와 놀아났던 여자가 네 아이들의 엄마가 되기를 바라는 거야?"

미가엘은 바울을 매섭게 바라보았다. 엔젤이 평생 참고 견뎌야 했던 게 바로 이것이었나? 온갖 비난과 이유 없는 증오?

"그만하는 게 좋겠다."

미가엘이 단호한 어조로 말했다. 하지만 바울은 그럴 생각이 없었다.

"그 여자의 정체를 알면 사람들이 뭐라고 하겠어? 이웃에 사람들이 살기 시작하면 어떻게 될 것 같아? 선량한 사람들 말이야. 점잖고 품위 있는 사람들. 그런 사람들이 네 예쁘장한 아내가 값비싼 창녀였다는 사실을 알면 어떻게 생각하겠냐고!"

미가엘의 눈동자는 불길한 기운을 띠우며 어두워졌다.

"내가 어떻게 생각하는지, 그리고 하나님이 어떻게 생각하시는지는 분명히 알고 있어. 그거면 되지. 아만다에 대해 이러쿵저러쿵하기 전에 네 삶이나 정리해 보는 게 좋겠다."

바울은 마음이 상해서 미가엘을 노려보았다. 전에는 미가엘이 이런 식으로 말하며 면박을 준 적이 없었다. 마음이 아팠다. 미가엘을 도우려는 진심을 보지 못한단 말인가. 저 아무짝에도 쓸모없는 여자 때문에 미가엘이 망가지는 걸 막으려는데 말이다.

"우리 형이랑 똑같네. 내 최악의 시간만을 기억하며 나를 평가하는 거 말이야. 나는 저 음흉한 흉계를 꾸미는 마녀가 네 심장을 움켜쥐고 널 망쳐 버리는 꼴을 보고 싶지 않단 말이야. 너도 모르는 사이에 끔찍한 불행 속으로 빠져 버리게 될 거야!"

바울은 잠긴 목소리로 말했다. 미가엘의 턱 근육에 힘이 들어갔다.

"그만하면 됐어. 그만해!"

하지만 바울의 눈에는 사랑하는 테스의 옷을 입은 창녀의 모습이 너무도 생생했다.

"미가엘, 그 여자는 오물덩어리야!"

바울은 주먹이 날아오는 것을 미처 알아차리지 못했다. 턱에 통증이 번쩍하고 번지는가 싶더니 어느새 뒤로 벌러덩 자빠졌다. 격노한 낯빛의 미가엘이 주먹을 쥐고 서서 바울을 내려다보았다.

미가엘은 바울의 셔츠 앞자락을 움켜잡고 그를 일으켜 세워서 헝겊 인형을 흔들듯 마구 흔들어댔다.

"네가 정말 나를 아끼고 사랑한다면 내 아내 역시 아끼고 사랑해 주길 바란다. 그녀는 나의 일부야. 알겠니? 내 육체의 일부고, 내 삶의 일부라고. 내 아내에 대해 좋지 않은 말을 하는 건 나에 대해 좋지 않게 이야기하는 것과 같아. 아내의 감정을 다치게 하면, 내 감정도 다치게 하는 거다. 알겠어?"

"미가엘······."

"알겠어?"

바울은 처음으로 미가엘이 무서웠다.

"알았어."

"그래, 됐어."

미가엘은 바울을 잡고 있던 손을 놓았다. 그리고 그대로 바울을 등지고 서서 자신의 분노를 통제하려고 애썼다.

바울은 멍이 든 턱을 문질렀다. 미가엘과의 사이에 불화가 생긴 건 다 그 여자 때문이다. 모두 그 여자 탓이다.

'그래, 이젠 잘 알겠어, 미가엘. 네가 생각하는 것보다 훨씬 더 잘 알게 됐어.'

미가엘은 목 뒷덜미를 만지며 바울을 보았다.

"때려서 미안하다. 지금 난 훼방을 놓는 사람이 아니라 도움을 줄 사람이 필요해. 아만다는 네가 이해하기 힘든 고통 속에 있어. 그리고 난 그녀를 사랑한다. 그녀를 위해 죽을 수도 있을 만큼 사랑해."

미가엘은 호흡을 고르고 평정을 되찾았다. 그리고 주먹을 꼭 그러쥐었다. 얼굴은 괴로움으로 일그러지고 두 눈가는 촉촉하게 젖어 있었다.

"미안해."

"미안해하지 마. 그저 조용히 있어 주면 돼."

바울은 미가엘의 말대로 조용히 일을 도왔다. 하지만 마음속으로는 끊임없이 소리치고 있었다. 미가엘을 위해 그 여자를 어떻게든 쫓아내야 한다. 빠르면 빠를수록 좋다. 반드시 좋은 수를 생각해 낼 거다.

팽팽한 긴장감을 깬 건 미가엘이었다.

"읍내에 나가서 겨울을 나는 데 필요한 물건을 좀 사야 할 거야. 너한테 빌려 줄 여유분이 없거든."

"남은 사금이 없는데."

"내가 따로 챙겨 둔 게 있어. 네 몫이야. 내 말이랑 마차도 가져가서 써."

바울은 부끄러웠다. 하지만 어디까지나 미가엘이 상처받지 않게 하려고 노력했던 것뿐이다. 미가엘은 원래 분별력 있는 사람이다. 그러니 곧 제정신을 차릴 것이다. 미가엘의 가장 큰 문제는 다른 사람의 결점에 지나치게 관대하다는 점이다. 미가엘은 창녀도 사랑할 가치가 있는 사람으로 생각하고 있다.

바울은 순간 속이 부글부글 끓었다. 이미 그 여자가 미가엘과 자신의 사이를 갈라놓고 있었다. 그 여자 때문에 벌써 다툼이 생겼다. 엔젤이 편안하게 숨어 있지 못하게 어서 몰아낼 방법을 생각해 내야 했다. 그래서 그 여자를 원래 자리로 돌려보내야 한다. 그 여자가 미가엘의 마음을 갈가리 찢어 놓기 전에 어서 방법을 찾아야 한다.

두 사람은 마지막 통나무를 제자리에 맞추었다. 내부 벽이 모두 세워졌다. 미가엘이 지붕은 혼자서도 만들 수 있다며 바울의 어깨에 손을 얹고 도와줘서 고맙다고 말했다. 하지만 두 사람 사이에 흐르는 긴장감은 여전히 묵직했다.

"내일 페어러다이스에 다녀와. 요셉에게 몇 주 안에 내가 찾아가겠다는 말도 전해 주고. 그 친구라면 너한테 필요한 물건들을 모두 찾아 줄 거야."

"고마워, 미가엘."

페어러다이스. 그곳에 가면 엔젤의 약점이 무엇인지 찾아낼 수 있을 것이다. 공작부인은 자신이 거느리던 최고의 창녀가 다시 돌아오기를 바라고 있을 것이다. 엔젤을 마치 왕관의 보석인 양 호위하고 다니던 그 덩치를 보낼지도 모를 일이다.

땅거미가 질 무렵 미가엘은 집으로 돌아왔다. 하지만 엔젤은 바울이 무어라 말했는지 묻지 않았다. 식탁 위에 저녁을 차려놓고 등을 꼿꼿이 세우고 고개를 치켜든 채 미가엘과 함께 앉았다. 미가엘은 여전히 아무 말도 하지 않았다. 아마 이미 모든 것을 생각하고, 재 보고, 가늠해 보았는지 모른다. 그렇다면 그렇게 하도록 내버려두면 된다.

엔젤의 마음속에 묵직한 무언가가 다시 느껴졌다. 하지만 엔젤은 아무렇지도 않은 척했다. 그가 무슨 생각을 하든 상관하지 않겠다고 다짐했다. 미가엘이 고개를 들어 엔젤을 바라보자 엔젤은 턱을 들어올리고 미가엘의 시선을 똑바로 받아 냈다.

'자, 어서 말씀하시죠, 미스터. 뭐라고 하든 난 상관없어요.'

미가엘은 불쑥 엔젤의 두 손을 잡았다. 날카로운 통증이 엔젤의 가슴을 관통하고 지나갔다. 엔젤은 자신의 손을 냉큼 잡아 뺐다. 미가엘의 얼굴을 쳐다볼 수가 없었다. 식탁 위에 놓인 냅킨을 집어 조심스레 무릎 위에 펼쳐 놓았다. 다시 고개를 들었을 때도 미가엘의 시선은 엔젤을 향하고 있었다. 그 눈동자는, 아, 그의 눈동자는…….

"그렇게 쳐다보지 말아요. 전에도 말했죠. 그 남자가 나에 대해 어떻게 생각하든 난 신경쓰지 않아요. 말하고 싶은 대로 말하라고 해요. 모두 사실이니까요. 당신도 알잖아요. 나는 아무래도 상관없어요. 경멸하고 업신여기는 시선을 받는 게 처음도 아닌걸요. 그리고 앞으로도 얼마든지 있을 일이고."

엔젤은 엄마가 길을 걸어가면 벌어지던 일을 떠올렸다. 바로 어제 엄마를 찾아왔던 남자들이 전혀 모르는 사람인 양 고개를 돌리고 옆을 지나쳐 갔다.

"이렇게 화를 내지 않았다면 정말 상관없어 한다고 생각했을 거요."

엔젤은 턱을 들어올렸다.

"난 화나지 않았어요. 내가 무엇 때문에 화를 내겠어요?"

엔젤은 입맛이 없었지만 억지로 음식을 밀어넣었다. 그래야 미가엘이 자신의 말을 믿어 줄 거라 생각하며 접시를 깨끗이 다 비웠다. 미가엘은 벽난로에 장작을 던져 넣으며 말했다.

"바울은 며칠간 여기 없을 거요. 물건들을 좀 사러 가야 해서. 내일 아침에 마차를 빌리러 우리 집에 들렀다 가기로 했소."

엔젤은 살짝 고개를 들고 생각에 잠겼다. 그리고 양동이에 물을 붓고 설거지를 했다. 미가엘은 엔젤이 있던 곳으로 순순히 데려다주지 않을 것이다. 하지만 바울이라면 해 줄 것이다. 불쌍한 미가엘을 구해 주겠다는 생각으로.

미가엘을 떠난다는 생각을 하자 가슴이 조여드는 느낌이 들었다. 하지만 억지로 생각을 돌려 공작부인을 대면하고 돈을 달라고 말할 때 느끼게 될 만족감에 대해 생각했다. 필요하다면 바텐더의 도움을 받을 수 있을 것이다. 그는 마고완만큼이나 덩치가 좋고 주먹질도 꽤 해 본 사람이다. 엔젤 몫의 황금이 안전하게 수중에 들어오는 즉시 자유다. 자유!

가슴이 뻐근해졌다. 엔젤은 손으로 지그시 가슴을 눌렀다.

그날 밤 미가엘은 엔젤을 꼭 끌어안았다. 엔젤은 저항하지 않았다. 잠시 후, 미가엘은 땀에 흠뻑 젖은 채 온몸을 떨며 뒤로 물러났다. 숨조차 제대로 쉬지 못했다.

"지금 뭘 하는 거요?"

"당신에게 잘해 주고 싶어서요."

엔젤은 자신이 알고 있는 모든 기교를 동원해 미가엘이 받아 마땅한 육체의 쾌락을 느끼게 해 주었다.

새벽녘에 바울이 마차와 말을 빌리러 찾아왔다. 미가엘은 말을 마차에 매는 일을 도와주었다. 그리고 사금과 요셉에게 전할 편지를 주었다.

"한 네댓새 후에나 보겠구나."

"저쪽에서 커다란 수사슴 한 마리가 돌아다니는 걸 봤어. 아주 커다란 녀석이던데."

"그래, 고맙다."

바울이 길에 들어서는 걸 보고 난 미가엘은 오두막으로 들어가 벽난로 위에 걸어 놓았던 총을 집어 들었다.

"바울이 저쪽에서 수사슴을 보았다는군. 겨울 동안 먹을 고기를 좀 더 마련할 수 있을지 가 봐야겠소."

엔젤은 밤새도록 어떻게 하면 미가엘의 눈을 피해 도망칠까 고민했다. 그런데 지금 그 답이 나왔다. 엔젤은 미가엘이 멀어질 때까지 기다렸다가 손에서 반지를 빼 미가엘이 찾기 쉽도록 성경책 위에 올려놓고, 숄을 잡아채서 어깨에 두르고 서둘러 오두막을 나왔다.

아직 마차가 멀리 가지 않았을 것이다. 엔젤은 치맛단을 잡아 올리고 마차를 향해 달렸다.

바울은 엔젤이 부르는 소리를 들었다. 고삐를 잡아당겨 마차를 세우고 엔젤을 기다리며 도대체 저 여자가 무엇 때문에 이러는지 궁금해했다. 아마 미가엘이 준 금으로 자신에게 필요한 물건을 좀 사다 달라고 말할 모양이다. 아니면 제발 입 다물고 가만히 있어 달라고 부탁하려는지도 몰랐다.

'뭐, 마음대로 하라지. 아주 팔자가 폈군.'

엔젤이 잔뜩 상기된 얼굴로 헐떡이며 바울에게 와서 말했다.

"페어러다이스로 데려다줘요."

바울은 퉁명스러운 웃음으로 놀란 마음을 감추었다.

"벌써 도망치려고?"

엔젤은 당장 그런 바울을 비웃어 주었다.

"그럼 내가 계속 미가엘 곁에 있으면 좋겠어요?"

"당장 올라 타."

바울은 냉정하게 말했다. 그는 엔젤이 마차에 오를 때 손도 내밀어 주지 않고 그대로 앉아만 있었다. 밤이 새도록 미가엘의 더러운 신부를 어떻게 처리해야 할지 머리를 싸매고 생각하던 바울이다. 그런데 지금 그 여자가 바울의 고민거리를 완전히 해결해 주었다. 이렇게 쉽게 미가엘에게서 떨어져 나갈 줄은 생각도 못했다. 뇌물이나 위협도 필요 없었다. 자기 발로 자진해서 나서 준 것이다. 바울은 고삐를 철썩 내려쳐 마차를 출발시켰다.

바울이 흘끔 엔젤을 보았다. 엔젤은 테스의 숄 자락으로 얼굴을 톡톡 두드리고 있었다. 당장이라도 옷가지를 벗겨 내 찢어 버리고 싶은 마음이 굴뚝 같았다.

"당신이 집을 나간 걸 알면 미가엘 기분이 어떨 것 같아?"

엔젤은 고개를 들고 앞만 똑바로 바라봤다.

"곧 괜찮아질 거예요."

"미가엘의 기분 같은 건 신경쓰지도 않는군, 그렇지?"

엔젤은 아무 대꾸도 하지 않았다. 바울도 앞을 똑바로 바라보았다. 하지만 곧 다시 엔젤에게 고개를 돌렸다.

"당신 말이 맞아. 미가엘은 곧 괜찮아질 거야. 몇 년 안에 캘리포니아에도 미가엘의 신붓감으로 적당한 점잖은 여자들이 많아질 테니까. 미가엘을 좋아하는 여자들은 늘 많았어."

엔젤은 바울의 이야기에 전혀 신경쓰지 않는 척 앞에 펼쳐진 숲을 바라보았다. 바울은 엔젤의 마음을 아프게 만들고 싶었다. 엔젤이 뒤도 돌아보지 않고 떠났다는 사실을 알게 되면 미가엘이 겪게 될 마음의 상처만큼 이 여자를 피 흘리게 해 주고 싶었다. 미가엘은 진작에 바울의 충고를 받아들여야 했다. 하지만 어쨌든 이 여자도 뭔가 대가를 치러야 하지 않겠는가. 그래야 정의가 지켜지는 것이다. 바울은 갑자기 궁금해졌다.

"왜 떠나기로 한 거지?"

"특별한 이유는 없어요."

"미가엘과 함께 사는 조용한 삶이 싫증난 모양이군. 아니면 항상 같은 남자와 잠자리를 하기가 지루해서인가?"

엔젤은 아무런 반응도 보이지 않았다. 이제 미가엘은 이 여자에 대한 바울의 생각이 옳았다는 것을 인정할 것이다. 여자들은 모두 미가엘을 좋아한다. 그의 잘생긴 외모뿐만 아니라 부드러움과 강인함이 어우러진 성격은 여자들의 마음을 사로잡았다. 미가엘은 언제라도 다시 결혼할 수 있다. 그리 오래 기다리지 않아도 될 일이다. 다음번 여자는 누가 되더라도 이 여자보다는 나을 것이다.

"당신이 다시 돌아가면 공작부인이 무척 기뻐하겠군. 당신이 그 여자 금고를 단단히 채워 주었다고 들었어."

엔젤은 살짝 고개를 들고 역겹다는 듯 미소를 지어 보였다.

"점잖은 대화를 나눠야 한다고 생각할 필요 없어요."

바울도 차갑게 웃었다. 슬슬 긁어대기 시작한 게 효과를 발휘하는 모양이다. 조금 더 파 보기로 했다.

"물론 당신이 하는 일에는 대화가 그리 중요하지 않았겠지."

엔젤은 속에서 울컥하며 화가 치밀었다. 혼자 경건한 척하는 돼지 같은 녀석이다. 페어러다이스까지 가는 길이 언덕을 몇 개나 넘어야 하는 수십 킬로미터만 아니었다면, 엔젤은 당장이라도 마차에서 뛰어내렸을 것이다. 원하는 만큼 얼마든지 떠들게 내버려두자. 이 저속한 위선자와 함께 마차에 앉아 있어야 하는 고된 일도 하루 정도는 참아 줄 수 있다. 엔젤은 자신이 갖게 될 금과 숲속에 지을 자신만의 오두막을 생각했다. 그때가 되면 다시는 이런 바보 같은 남자들을 보지 않아도 된다.

바울은 무시 당하는 것을 질색하는 사람이었다. 하물며 이런 여자에게 무시 당할 수는 없었다. 도대체 자기가 뭐라고 저러는 건가. 바울은 고삐를 철썩 내리치며 말을 재촉했다. 일부러 길에 있는 웅덩이라는 웅덩이는 모두 지나쳐서 엔젤이 엉덩이를 들썩이며 깜짝 놀라게 했다. 마차에서 떨어지지 않고 균형을 잡으려면 자리를 꼭 붙잡고 있어야만 했다. 엔젤이 불편해하자 바울은 즐거워졌다. 엔젤은 입을 꼭 다물고 아무런 불평도 하지 않았다. 바울이 마차를 거칠게 몰아대는 통에 결국 말들이 지쳐서 속도를 늦춰야만 했다.

"이젠 기분이 좀 나아졌나요?"

엔젤이 조롱기 어린 말투로 말했다. 바울은 시간이 지날수록 엔젤이 역겨워졌다. 태양이 두 사람의 머리 위에서 작렬하자 바울은 길 한쪽에 마차를 세우고 말이 근처에서 풀을 뜯어 먹게 했다. 그리고서 근처 숲속으로 어슬렁어슬렁 걸어 들어갔다. 다시 돌아왔을 때는 엔젤이 반대편 숲을 향해 걸어 들어가는 모습이 보였다. 걸음을 옮기는 모습이 무척 고통스러워 보였다.
 바울의 안장주머니는 마차의 앞자리 밑에 들어 있었다. 그 안에는 사과 하나와 소고기 육포, 콩 통조림 하나가 있었다. 바울은 가지고 온 음식을 맛있게 먹었다. 다시 마차로 돌아온 엔젤은 바울이 식사하는 모습을 흘깃 보더니 옆에 있는 소나무 그늘로 가서 주저앉았다. 바울은 엔젤을 보면서 소고기 육포를 뜯었다. 엔젤은 피곤하고 더워 보였다. 아마도 배가 몹시 고플 것이다.
 바울은 수통을 열어 물을 양껏 마시고 다시 코르크 마개로 막았다. 그리고 엔젤을 쳐다보고는 심하게 인상을 썼다. 짜증스럽게 자리에서 일어선 바울은 엔젤에게 다가가서 그녀의 얼굴에 대고 수통을 앞뒤로 흔들었다.
 "마시고 싶나? 마시고 싶으면 제발 달라고 부탁해 보시지."
 "제발 주세요."
 엔젤이 조용히 말했다. 바울은 수통을 엔젤의 무릎 위에 던졌다. 엔젤은 코르크 마개를 열고 수통 주둥이를 손으로 닦은 다음 물을 마셨다. 물을 다 마시고 난 엔젤은 수통 주둥이를 다시 손으로 닦고 코르크 마개로 막은 다음 바울에게 건넸다.
 "고마워요."
 엔젤은 말했다. 하지만 그녀의 푸른 눈동자에는 아무런 감정도 실려 있지 않았다. 바울은 다시 나무 아래 자기 자리로 돌아가 앉아 남아 있던 육포를 뜯었다. 그리고 성난 얼굴로 사과를 먹기 시작했다. 반쯤 먹었을 때 엔젤을 쳐다보고 물었다.

"배고픈가?"

"그래요."

간단한 대답이었다. 하지만 이번에 엔젤은 바울을 외면하고 말했다. 바울은 남은 사과를 엔젤에게 던져 주었다. 그리고 자리에서 일어나 말을 다시 마차에 매었다. 흘깃 돌아보니 엔젤이 반쯤 먹다가 던져 준 사과에 붙은 먼지와 솔가지를 털어내고 한 입 베어 물고 있었다. 그녀의 차갑고 침착한 위엄이 바울을 불편하게 했다.

"자, 이만 가지!"

바울은 자리를 잡고 앉아 엔젤이 올라타기를 기다리며 조바심을 냈다.

엔젤은 마차에 기어오르다시피 올라 자리에 앉았다.

"미가엘과는 어떻게 만난 거지?"

바울은 고삐를 철썩 내려쳐서 다시 마차를 몰기 시작하면서 물었다.

"그가 팰리스에 찾아왔어요."

"웃기는 소리 말아! 미가엘은 그런 더러운 곳에는 발도 들여놓지 않을 사람이야. 술도, 도박도 안 한다고. 그런데 창녀랑 어울리는 짓을 할 리가 없잖아."

엔젤은 비웃음을 흘렸다.

"그럼 당신 생각에는 어떻게 된 일인 것 같은데요?"

"당신같이 남자 홀리는 재주가 있는 여자라면 교활한 꼼수를 만들어 냈겠지. 상점 같은 데서 미가엘을 만나서 서부로 오는 중에 가족이 다 죽어서 이 세상에 혼자 남겨졌다는 신파를 읊어댄 거 아니야?"

엔젤이 크게 비웃었다.

"그런데요, 미스터. 이젠 그런 거 궁금해할 필요 없잖아요. 내가 자리를 비워 주었으니 겨우내 미가엘은 당신 차지예요."

고삐를 잡은 바울의 손마디가 하얗게 변했다. 지금 이 여자가 뭔가 지저분한 걸 말하는 것 같다. 내가 남자라는 사실을 의심하는 거야? 바울이 고삐를 휙 잡아당겨 길가에 마차를 세웠다. 엔젤이 몸을 긴장시키며 경계했다.

"마차는 왜 세운 거죠?"

"마차를 태워 줬으니 신세를 갚아야 하잖아."

"지금 무슨 말을 하는 거예요?"

바울은 엔젤을 완전히 부숴 버리고 싶었다.

"지금 나한테 대가로 낼 수 있는 게 뭐가 있지? 누군가에게 도움을 받으면 보답을 해야 한다는 것 정도는 알고 있을 텐데, 그렇지?"

엔젤은 시선을 돌렸다. 바울이 엔젤의 팔을 잡아채자 엔젤의 시선이 다시 바울을 향했다. 엔젤의 안색은 창백해져 있었다. 바울은 냉소적인 엔젤의 눈동자를 쏘아보았다.

"그러니 마차를 태워 준 나한테 갚을 것이 있다고 할 수 있겠지."

바울은 엔젤을 잡고 있던 손을 휙 놓았다. 엔젤은 이번에는 시선을 피하지 않았다. 아무런 표정도 없는 침착한 얼굴로 바울을 똑바로 바라보았다.

"당신도 알겠지만 난 팰리스의 이층에 올라갈 만큼 돈을 벌지 못했어."

바울은 차갑게 말하며 엔젤의 머리를 묶은 가죽끈을 잡아당겼다.

"그 모자에 내 이름을 집어 넣을 정도의 사금이 없었거든. 엔젤의 내실에 들어가면 어떤 일이 있을지 늘 궁금했지."

"그래서 지금 알아보고 싶으시다 이 말씀이군요."

바울은 엔젤이 움츠러드는 모습을 보고 싶었다.

"어쩌면 그럴지도."

엔젤은 마음속에서 뭔가가 소용돌이치며 빠져나가는 것을 느꼈다. 그 무언가는 물이 배수구로 빠져나가는 것처럼 그렇게 사라져 버렸다. 모든 일에는 대가를 치러야 한다는 당연한 법칙을 깜빡 잊고 있었다. 크게 숨을 내쉰 엔젤은 고개를 살짝 기울이고 말했다.

"그럼 어서 해치워 버리는 게 좋겠군요."

엔젤은 마차에서 내렸다. 바울은 그런 엔젤을 빤히 쳐다보다가 엔젤의 반대편으로 훌쩍 뛰어내려 마차를 돌아 엔젤 앞에 우뚝 섰다. 엔젤은 창백한 안색에 피곤해 보였다. 바울은 자신이 차마 못할 줄 알고 허세를 부리는 건지도 모른다는 생각이 들었다. 하지만 오십 킬로미터나 되는 길을 걸어갈 생각은 아니겠지? 괜히 엔젤이 마음을 바꿔 집으로 돌아가게 만들고 싶지는 않았다.

"어쩔 셈이지?"

"원하시는 건 무엇이든지요, 미스터."

엔젤은 숄을 벗어 마차 옆에 깔았다.

"자, 그럼 시작하실까요?"

엔젤은 조롱하는 듯한 미소로 바울을 약 올렸다.

잔뜩 화가 난 바울은 엔젤의 팔을 잡고 길에서 삼십 미터 정도 떨어진 곳으로 끌고가 덤불 그늘에 던졌다. 바울은 거칠고 신속하게 일을 치렀다. 그의 유일한 욕망은 엔젤을 상처 입히고 타락시키는 것이었다. 엔젤은 아무런 소리도 내지 않았다. 신음조차 없었다.

"곧 옛날 방식대로 살아가겠군, 그렇지?"

바울은 역겨운 표정으로 엔젤을 내려다보았다.

엔젤은 천천히 일어서서 치맛자락에 붙은 덤불을 털어냈다. 머리에 붙은 덤불도 집어냈다. 바울은 혐오감이 들었다.

"이런 일 따위는 아무렇지도 않은가? 도덕관념이라고는 전혀 없는 뱀같이 사악한 여자로군."

엔젤은 천천히 고개를 들어 담담한 얼굴로 차갑게 미소 지었다. 갑자기 마음이 불편해진 바울은 성큼성큼 마차로 돌아갔다. 그는 이 여행길이 어서 끝나기만을 바랐다.

엔젤은 온몸이 떨려 왔다. 캐미솔 끈을 묶고 셔츠드레스의 웃옷 단추를 채워 치마에 끼워 넣었지만 몸의 떨림은 점점 더 심해져 갔다. 바울이 볼 수 없도록 나무가 빽빽한 곳으로 가서 무릎을 꿇고 주저앉았다. 식은땀이 이마에 축축하게 맺혔다. 전신에 오한이 느껴졌다. 두 눈을 감고 구역질이 몰려오는 것을 참아 보았다.

'생각하지 마, 엔젤. 네가 막을 수 있는 일이 아니었어. 그저 아무 일도 없었다고 생각하자.'

엔젤의 손가락이 나무줄기를 파고들었다. 간신히 몸을 일으켜 세웠다. 한기가 가시고 몸의 떨림도 멈췄다. 다시 평정심을 되찾기까지 한동안 그렇게 서서 기다렸다.

"서둘러! 어두워지기 전에 도착해야 해."

바울이 소리쳤다. 엔젤은 고개를 들어올리고 길가를 향해 걸음을 옮겼다. 바울은 마부석에 앉아 엔젤을 내려다보았다.

"이봐, 엔젤, 사람들이 당신을 과대평가하고 있어. 사금 두 알만큼의 가치도 없는 여자인데 말이야."

순간 엔젤의 속에서 울컥 뭔가가 치밀어 올랐다.

"그러는 당신은 얼마나 가치 있죠?"

바울이 두 눈을 가늘게 떴다.

"무슨 소리야?"

엔젤은 마차 옆에 깔아 놓았던 솔을 획 집어 들었다.

"나는 내 주제를 잘 알아요. 그래서 뭐라도 되는 양 잘난 척하지는 않죠. 절대로!"

엔젤은 마부석 가장자리를 손으로 꼭 붙잡았다.

"그런데 지금 당신을 봐요. 미가엘의 마차와 말, 그리고 그의 금을 빌린 데다 그의 아내를 이용했잖아요. 그런 당신은 뭐죠? 그의 매제?"

엔젤이 크게 비웃었다. 바울의 안색이 불그락푸르락하다가 다시 하얗게 변했다. 주먹을 꽉 쥐고 엔젤을 당장이라도 죽일 듯 무서운 눈으로 노려보았다.

"여기 놔두고 가야겠군. 나머지 길은 두 발로 걸어가서."

엔젤은 곧 완벽하게 감정을 추스르고 마차에 기어올라 바울 옆에 앉아서 미소를 지으며 치맛자락을 매만졌다.

"이제는 그렇게 할 수 없죠. 그렇지 않아요? 난 이미 값을 냈으니까요."

페어러다이스로 가는 길 내내 두 사람은 한마디도 나누지 않았다.

2부

그녀의 이름은

15장

> 그 때에 베드로가 나아와 이르되
> 주여 형제가 내게 죄를 범하면 몇 번이나 용서하여 주리이까
> 일곱 번까지 하오리이까
> 예수께서 이르시되 네게 이르노니
> 일곱 번뿐 아니라 일곱 번을 일흔 번까지라도 할지니라.
> _마태복음 18장 21~22절

팰리스가 없다.

엔젤은 발목까지 올라오는 진창에 서서 검은 잔해를 황망하게 바라보았다. 떨어지는 눈송이에 몸이 떨려 왔다. 조용한 거리는 황폐해져 있었다. 몇몇 건물은 반쯤 허물어져 있었고, 널빤지며 지붕널이 마차에 실려 있었다.

무슨 일이 있었던 거지?

길 건너 살롱은 문을 열었다. 적어도 실버 달러는 아직 장사를 하는 모양이었다. 그곳 주인인 머피는 뒷문으로 엔젤에게 오곤 했다. 엔젤이 여닫이문을 열고 안으로 들어서자 안에 있던 몇몇 남자들이 이야기를 멈추고 엔젤을 쳐다보았다. 머피는 바에 있었다.

"세상에, 이게 누구야. 엔젤 아닌가!"

머피가 이를 드러내고 웃으며 상스럽게 말했다.

"그런 누더기를 입고 있으니 못 알아볼 뻔했잖아. 맥스! 여기 아가씨에게 담요 한 장 갖다드려. 홀딱 젖은 데다 반은 얼어 버렸네. 어이, 이봐, 누가 왔는지 좀 봐! 우리 아가씨를 찾느라 사람들이 눈에 불을 켰었지. 그래, 그동안 어디 있었던 거야? 들리는 말로는 웬 농부랑 결혼을 했다고 하던데."

머피는 대단한 농담이라도 한 양 요란스레 웃어 젖혔다. 머피의 커다란 목소리에 엔젤은 당장 입 닥치라고 말해 주고 싶었다.

"팰리스는 어떻게 된 거죠?"

엔젤은 뼛속까지 떨리는 몸을 가누려고 애쓰면서 침착하게 물었다.

"다 타 버렸어."

"그건 봐서 알아요. 언제요?"

"한 두어 주 전에. 요 근래 보기 드문 장관이었지. 봐서 알겠지만 여기 경기가 다 죽었어. 이 근처 금광에 남아 있는 금이 거의 없어서 말이야. 두어 달 지나면 페어러다이스는 완전히 말라 비틀어질 거고. 나도 곧 노다지가 있다는 금광을 찾아서 떠날 거야. 그렇지 않으면 다른 사람들처럼 조만간 파산하고 말 테니까. 요셉은 벌써 눈치를 채고는 몇 주 전에 가게를 딴 곳으로 옮겼지. 지금은 새크라멘토에서 사금을 긁어모으고 있을걸."

엔젤은 조바심이 나는 것을 참으며 꺼져 가는 희망을 붙잡았다.

"공작부인은 어디 있죠?"

"공작부인? 아, 그 여자도 갔지. 불이 난 후에 곧바로 떠났어. 샌프란시스코에 있는 새크라멘토로 말이야. 그게 정확히 어딘지는 잘 몰라. 하지만 여기보다는 더 큰 데라는 것만은 확실하지."

모든 계획이 수포로 돌아갔다. 이 냉혹한 현실에 엔젤은 막막해졌다. 맥스가 담요를 가져다주었다. 엔젤은 담요로 몸을 감싸고 점점 심해지는 한기를 막아 보려 했다. 머피가 계속 이야기했다.

"마고완이 가게를 완전히 태워 버린 뒤에는 꼬챙이 하나 남지 않았어. 불 때문에 데리고 있던 여자들도 둘이나 죽었지."

엔젤은 고개를 홱 돌려 머피를 보았다.

"누구요?"

"마이 링, 그 작은 중국 꽃. 정말 보고 싶네."

"그리고 다른 한 명은요?"

"그 술주정뱅이. 이름이 뭐였더라? 어쨌든 불길이 일 때 그 둘이 이층에 갇혀 있었어. 구해 낼 도리가 없었지. 그 둘에서 어찌나 요란스레 비명을 질러댔는지, 지금도 생생해. 그 일이 있고 며칠 동안 악몽을 꾸었다니까."

'오, 럭키. 너 없이 이제 난 어떻게 하지?'

"마고완은 도망쳤다가 얼마 못 가서 잡혔어. 우리가 잡아다가 저기 메인스트리트에 목매달아 놨었지. 깃발처럼 세워 놨었어. 죽는 데 한참 걸리더군. 암튼 그 녀석은 내가 아는 한 제일 비열하고……."

엔젤은 바에서 일어나 테이블로 자리를 옮겼다. 혼자서 감정을 추스를 필요가 있었다.

머피가 술 한 병과 잔 두 개를 들고 와 엔젤에게 위스키를 따라 주었다.

"너무 속상해하지 마, 자기."

머피는 위스키를 한 잔 더 따라서 이번에는 자기가 마셨다. 엔젤을 은근히 바라보는 그의 눈동자는 음흉한 빛을 발했다.

"걱정할 거 없어, 엔젤. 우리 가게 이층에 남은 방이 하나 있거든."

머피는 주변에 있는 남자들을 흘깃 쳐다보며 말했다.

"좋다고 한마디만 하면 오 분 안에 다시 일할 수 있어."

머피는 엔젤에게 바짝 다가왔다.

"나랑 어떻게 나눌지만 결정하면 돼. 내가 육을 갖고 엔젤이 사를 갖는 거 어때? 거기에 숙소와 식사, 옷 등 필요한 건 다 대줄게. 내가 잘 보살펴 줄게."

다시 몸속에서 울려 나오는 떨림이 느껴졌다. 엔젤은 위스키가 담긴 유리잔을 두 손으로 감싸 쥐고 멍하니 그 호박색 액체를 응시했다. 그녀의 모든 기대와 바람은 허사가 되었다. 금도, 옷도, 의지할 사람도, 먹을 음식도, 머물 거처도 모두 사라져 버렸다. 샌프란시스코에서 처음 시작하던 그때로 돌아온 것이다. 그때와 다른 것이 있다면 지금은 추운 겨울이라는 것뿐이다.

'오두막을 지을 수 없겠군.'

머피가 앞으로 바짝 고개를 숙이며 다가왔다.

"어떻게 할래, 엔젤?"

엔젤은 고개를 들어 머피를 쳐다보면서 쓸쓸한 미소를 지었다. 거절하지 못할 것을 잘 알고서 하는 말이었다.

'나는 절대로 자유로워질 수 없어.'

"자, 어떻게 할 거지?"

머피가 한 손가락으로 엔젤의 팔을 살살 문질렀다.

"오 대 오요. 그리고 돈은 손님들한테 내가 직접 받겠어요. 이 조건 아니면 안 해요."

머피는 상체를 뒤로 젖히고 눈썹을 위로 올린 채 한참을 엔젤을 쳐다보다가 느닷없이 크게 웃었다. 그리고 위스키를 꿀꺽 삼킨 다음에 고개를 끄덕였다.

"좋아, 공평하군. 그럼 조건 하나 더. 필요한 것을 제공하는 대신 내가 원하는 것은 무엇이든지 공짜로 줘. 어쨌든 여기는 내 가게니까 말이야. 좋지?"

머피는 잠시 뜸을 들이다 엔젤이 아무런 반박도 하지 않자 미소를 지었다.

"자, 그럼 당장 시작하자고, 자기."

머피는 자리에서 일어섰다.

"헤이, 맥스! 여기 좀 맡아 줘. 나는 엔젤에게 금을 긁어모을 장소를 보여 주러 가야 하니까."

"그럼 앞으로 엔젤이 여기 있는 거야?"

한 남자가 마치 고대하던 크리스마스를 맞이하기라도 한 듯한 얼굴로 크게 말했다. 머피가 씨익 웃으며 대답했다.

"여기 있을 거야."

"그럼 내가 먼저 할게! 얼마야?"

머피는 높은 가격을 불렀다.

엔젤은 앞에 놓인 위스키를 마셨다. 머피가 뒤로 돌아와 의자를 빼 주자 엔젤은 떨리는 몸을 일으켜 세웠다.

'변한 건 아무것도 없어.'

계단을 따라 올라가면서 엔젤의 심장박동은 점차 느려졌다. 계단을 다 올라갔을 때는 심장이 전혀 움직이지 않는 것처럼 아무것도 느껴지지 않았다. 미가엘 곁에 있어야 했어. 어째서 미가엘 곁에 그대로 있지 않았을까?

'잘될 리가 없는 일이야, 엔젤. 백만 년이 지나도 어림없는 일이야.'

'하지만 한동안 잘 지냈잖아.'

'세상이 너를 가만히 놔두는 동안만 그랬던 거지. 이 세상에 자비란 없어, 엔젤. 너도 잘 알잖아. 다 부질없는 헛된 꿈이야. 미가엘이 너를 다 이용해 먹기 전에 떠난 것뿐이야. 이제 원래 자리로 돌아와 네 타고난 천직을 다시 하는 거야.'

엔젤은 다 쓸데없다고 생각했다. 후회하기에는 너무 늦었다. 왜 이런 짓을 했는지 생각하기에도 늦었다. 그 어떤 생각도 너무 늦었다.

머피는 엔젤이 어서 일하기를 원했다.

그가 떠나자 엔젤은 침대에서 일어나 램프를 껐다. 어둠 속에 주저앉아 무릎을 끌어안고 몸을 앞뒤로 흔들었다. 바울이 계곡에 나타났을 때 시작된 고통이 점점 커져 이제 완전히 엔젤을 집어삼켜 버렸다. 엔젤은 두 눈을 꼭 감은 채 아무런 소리도 내지 않았지만 방 안 가득 조용한 비명이 넘쳐나고 있었다.

며칠이 흘렀다. 별다른 일은 없었다. 공작부인 대신 머피가, 마고완 대신 좀 더 유순한 맥스가 있을 뿐이다. 방은 더 작아졌고, 옷도 덜 화려했다. 음식은 먹을 만했고, 원하는 만큼 먹을 수 있었다. 남자들도 여전했다.

엔젤은 침대 위에 걸터앉아 다리를 꼬고 앞뒤로 흔들었다. 어린 광부가 옆에서 주섬주섬 옷을 벗고 있었다. 젖은 머리는 뒤로 매끈하게 빗어 넘겼고, 값싼 비누 냄새가 강하게 풍겼다. 별로 말이 많지 않은 남자였다. 그건 좋은 일이다. 다른 사람이 말하는 걸 듣고 싶은 기분이 아니었다. 이 남자는 오래 걸리지 않겠군. 엔젤은 마음 문을 철컥 잠가 버리고 감정이나 느낌을 모두 잠재운 다음 일을 시작했다.

그때 문이 쾅 소리를 내면서 열렸다. 누군가 젊은 광부를 잡아 일으켜 한쪽으로 던져 버렸다. 엔젤은 다가온 남자의 얼굴을 보고 숨을 훅 들이마셨다.

"미가엘! 오, 미가엘……."

엔젤은 몸을 일으켰다.

"뭐야?"

바닥에 쓰러졌다가 일어난 광부가 욕지거리를 내뱉으며 미가엘에게 주먹을 휘둘렀다. 미가엘은 다시 주먹을 날려 그 남자를 벽 쪽으로 날려 버렸다. 미가엘은 남자의 멱살을 잡고 일으켜 세우더니 다시 한 방을 먹여 문밖으로 던져 버렸다. 쿵 소리를 내며 나가떨어진 남자는 복도 벽에 기댄 채 축 늘어졌다. 미가엘은 광부의 옷가지들을 잡아채서 던져 주고는 문을 닫았다. 그리고 천천히 엔젤에게 돌아섰다.

엔젤은 미가엘의 모습을 보자 너무나 안심이 되어 그의 발치에 매달리고 싶었다. 하지만 그의 표정을 보고 흠칫 뒤로 물러서야 했다.

"옷 입어요."

미가엘은 엔젤이 옷을 가지러 가는 것도 기다리지 못해 벗어 놓은 옷을 냉큼 집어 엔젤에게 던졌다.

"지금 당장!"

엔젤은 쿵쾅거리는 심장 소리를 들으며 떨리는 손으로 옷을 입었다. 머릿속으로는 어떻게 해야 미가엘에게서 벗어날 수 있을지 열심히 생각했다. 하지만 미처 옷을 다 입기도 전에 미가엘은 엔젤을 침대에서 끌어내 문을 열고 복도로 밀어붙였다. 신발 신을 시간도 허락하지 않았다. 그때 머피가 왔다.

"지금 무슨 짓을 하는 거요? 아래층에서 기다리라고 말했을 텐데. 저 남자는 돈을 냈단 말이오. 그러니 당신 순서가 될 때까지 기다려야지."

"저리 비켜."

머피가 두 발을 쩍 벌리고 주먹을 쥐었다.

"나를 해치우고 여기를 빠져나갈 수 있겠어?"

엔젤은 이전에 머피가 싸우는 모습을 본 적이 있다. 미가엘은 분명 상대가 안 되었다.

"미가엘, 제발……"

미가엘은 엔젤을 거칠게 옆으로 밀어 놓고 앞으로 나섰다. 머피가 미가엘에게 한 걸음 다가왔다. 하지만 미가엘이 더 빨랐다. 상황을 파악하기도 전에 미가엘의 주먹이 머피에게 꽂혔다. 미가엘은 엔젤의 허리를 잡고 뛰었다. 그러나 계단에 도착하기도 전에 머피가 정신을 차리고 일어나 엔젤의 팔을 잡아채고 세게 당겼다. 엔젤은 너무 아파서 크게 비명을 지르고 넘어졌다. 머피가 다시 미가엘에게 달려들고 있었다. 이번에 미가엘은 주먹을 날려 머피를 계단 아래로 굴러 떨어뜨렸다.

미가엘이 다가와 엔젤을 잡아 일으키려 하자 엔젤이 뒤로 물러났다.

"일어서!"

미가엘이 고함쳤다. 감히 거역할 수 없었다. 미가엘은 엔젤의 팔을 잡고 앞으로 걸어가도록 밀었다.

"계속 걸어! 멈추지 말고."

아래층에 내려서자 이번에는 맥스가 미가엘에게 덤벼들었

다. 미가엘은 달려드는 맥스를 살짝 피해 그대로 포커 테이블 위로 날려 버렸다. 남자 둘이 더 다가왔다. 두 사람이 미가엘에게 주먹을 날리기 직전, 미가엘은 엔젤을 옆으로 비켜 세웠다. 세 명의 남자는 한데 뒤엉켜 미가엘을 덮쳤다. 칩과 카드, 사람들이 사방으로 흩어졌다. 그 위로 두 명이 더 합세했다.

"그만해요!"

엔젤이 비명을 질렀다. 사람들이 미가엘을 죽일지도 모른다는 생각에 엔젤은 미친 듯이 무기로 사용할 만한 것을 찾았다. 그런데 미가엘은 사람들 밑에 오래 깔려 있지 않았다. 한 남자를 발로 차서 떼어 버리고 벌떡 일어섰다. 엔젤은 입을 딱 벌리고 서서 미가엘이 싸우는 모습을 지켜보았다. 사방에서 날아오는 공격을 견뎌 내면서 미가엘은 빠르고 센 주먹을 날렸다. 뒤에서 한 남자가 미가엘에게 다가오자 미가엘은 뒤로 홱 돌아 다리를 쭉 뻗어 정확하게 남자의 얼굴을 가격했다. 엔젤은 이렇게 잘 싸우는 사람은 처음 보았다. 평생 밭이나 갈고 옥수수나 심던 농부의 솜씨가 아니었다. 직업적인 싸움꾼 같았다. 그의 주먹은 강하고 정확해서 그에게 맞은 사람들은 모두 길게 뻗어 버렸다. 잠시 후 사람들은 더 이상 그에게 덤벼들지 못했다.

미가엘은 경계를 늦추지 않은 채 눈을 빛내며 서 있었다.

"더 덤벼 보시지."

미가엘은 사람들에게 해볼 테면 해보라는 식으로 이를 악물고 말했다.

"누가 내 아내와 나 사이에 끼어들 텐가? 어디 한번 해보시지!"

아무도 움직이지 않았다.

뒤집어진 테이블을 발로 걷어차 길을 만든 미가엘은 큰 걸음으로 엔젤에게 다가왔다. 계곡에서 같이 지낸 그 남자가 맞는지 의심스러울 지경이었다.

"계속 걸어가라고 했잖소!"

미가엘은 엔젤의 팔을 잡고 문을 향해 돌려세웠다.

그의 짐 마차가 바로 문 앞에 서 있었다. 미가엘은 두 팔로 엔젤을 안아 올려서 마차에 앉혔다. 그리고 도망갈 틈도 주지 않고 곧바로 엔젤의 옆에 올라탔다. 미가엘은 고삐를 잡고 세게 내리쳤다. 엔젤은 마부석 가장자리에 필사적으로 매달리지 않을 수 없었다. 마차는 빠르게 달렸다. 한참을 전속력으로 달리던 마차는 페어러다이스에서 한참 멀어진 후에야 속도를 줄였다. 하지만 엔젤이 걱정되어서가 아니라 말 때문이었다.

엔젤은 미가엘을 쳐다보지도 못할 만큼 두려웠다. 한 마디도 꺼낼 수가 없었다. 이런 모습의 미가엘은 본 적이 없다. 헛간에서 이성을 잃고 화를 내던 순간에도 이런 모습은 아니었다. 엔젤이 알던 조용하고 인내심 많은 그 남자가 아니다. 복수에 불타는 전혀 낯선 남자였다. 담뱃불을 붙이던 공작의 모습이 떠올랐다. 엔젤은 식은땀을 흘렸다. 미가엘은 입가에 흘러내린 피를 쓱 닦아 냈다.

"어디 말해 봐요, 엔젤. 내가 이해할 수 있게 이유를 말해 봐요."

엔젤. 그 이름에는 마지막을 알리는 불길함이 어려 있었다.

"마차에서 내려 줘요."

"나와 함께 집으로 가요."

"거기 가서 나를 죽이려고요?"

"주여, 지금 이 말 들으셨나요? 도대체 왜 이렇게 어리석고 고집불통인 여자를 저에게 보내 주신 겁니까?"

"내려 줘요."

"어림없는 소리. 빠져나갈 생각 말아요. 확실히 해결해야 할 일이 있으니까."

그의 눈동자 가득 거친 폭력이 난무했다. 엔젤은 주저 없이 마차에서 뛰어내려 바닥에 나뒹굴었다. 간신히 숨을 고른 엔젤은 땅을 짚고 힘들게 일어나서 뛰기 시작했다. 미가엘은 고삐를 세게 잡아당겨 마차를 세우고 엔젤의 뒤를 쫓아 달리기 시작했다.

"엔젤!"

숲속으로 사라져 가는 엔젤의 발소리가 들렸다.

"어두워지고 있어. 목이라도 부러지기 전에 멈춰 서요."

엔젤은 멈추지 않았다. 하지만 곧 나무뿌리에 발이 걸려 앞으로 넘어졌다. 숨이 탁 막혔다. 그대로 누워 숨을 헐떡이고 있는데 미가엘이 뒤에서 다가오는 소리가 들렸다. 그의 빠른 걸음에 나뭇가지가 으스러지고 있었다. 엔젤을 발견한 그가 걸음을 멈추었다.

엔젤은 간신히 몸을 일으켜 세웠다. 나뭇가지가 얼굴을 때리는 것도 아랑곳하지 않고 그에게서 벗어나기 위해 앞으로 달려 나갔다. 미가엘이 뒤따라와 엔젤의 어깨를 잡았다. 무게 중심을 잃고 휘청거리던 엔젤은 미가엘과 함께 얽혀 넘어졌다. 미가엘이 재빨리 몸을 돌려 먼저 땅에 등을 대고 넘어지며 엔젤을 안았다. 엔젤은 발로 걷어차고 몸을 비틀며 미가엘의 품에서 벗어나려고 발버둥쳤다. 미가엘은 옆으로 돌아 엔젤을 땅에 반듯이 눕힌 후, 그 위에 올라타 제압했다. 엔젤이 손으로 미가엘의 얼굴을 할퀴려고 하자 손목을 잡아 땅에 대고 눌렀다.

"이제 그만!"

 엔젤은 숨을 헐떡이며 두 눈을 동그랗게 뜨고 가만히 누워 있었다. 호흡이 정상으로 돌아온 미가엘은 엔젤을 잡아 일으켜 세웠다. 잡고 있던 손을 느슨하게 하자마자 엔젤은 다시 달아나려 했다. 미가엘이 엔젤을 돌려세우자 엔젤이 주먹질을 해댔다. 엔젤에게 한 대 얻어맞은 미가엘도 반사적으로 주먹을 날릴 뻔했다. 하지만 한번 엔젤에게 손을 댔다가는 주체하지 못할 것 같았다. 엔젤을 잡았던 손을 다시 놓았지만 엔젤이 도망가려고 할 때마다 다시 잡아서 돌려세웠다. 결국 엔젤은 미가엘에게 달려들어 그의 뺨을 때리고 주먹을 휘두르고 발길질을 해댔다. 미가엘은 묵묵히 엔젤의 공격을 막아 냈다.

 마침내 엔젤의 힘이 다 빠지자, 미가엘은 엔젤을 품에 꼭 안았다. 엔젤의 몸이 격렬하게 떨렸다. 그녀 안에 번져 가는 두려움을 감지할 수 있었다. 그럴 법도 했다. 미가엘 자신도 스스로의 모습에 놀랄 지경이었다. 한 번이라도 엔젤에게 손을 대면 그대로 그녀를 죽여 버릴 것만 같았다.

엔젤이 떠났다는 사실을 알았을 때 미가엘은 거의 제정신이 아니었다. 사방으로 엔젤을 찾아다니다가 마차의 바퀴 자국을 보고 무슨 일이 일어났는지 깨달았다. 바울과 함께 떠난 것이다. 페어러다이스로 돌아간 것이다. 미가엘은 바울과 엔젤 두 사람에게 모두 상처를 받았다. 동시에 격한 분노도 느꼈다. 바울이 다시 돌아오기를 기다리는 동안 거의 지옥이나 다름없는 시간을 보냈다. 어째서 바울이 그런 짓을 했을까? 어째서 엔젤을 집으로 돌려보내지 않고 데려간 것일까? 하지만 이유는 충분히 짐작할 수 있었다.

바울이 마차와 말을 돌려주러 와서 요셉이 새크라멘토로 옮겨 가서 거기까지 갔다 오느라 시간이 많이 걸렸다고 말했다. 엔젤에 관한 이야기를 실토할 생각이 없는 게 분명했다. 미가엘은 단도직입적으로 추궁했다. 바울은 미가엘의 짐작이 맞다고 인정하는 말 외에 달리 할 말이 없었다. 페어러다이스까지 데려다준 게 다였다.

"이곳을 떠나겠다는 건 그 여자 생각이었어. 내가 꼬인 게 아니야."

바울은 창백한 안색에 겁먹은 목소리로 말했다. 무엇보다 미가엘의 마음을 아프게 한 것은, 후회하는 바울의 얼굴에 뚜렷이 새겨진 죄의식이었다. 미가엘은 더 묻지 않았다. 가는 도

중이나 페어러다이스에 도착해서 어떤 일이 있었는지 짐작할 수 있었다.

"미가엘, 정말 미안해. 하지만 맹세코 내가 꾸민 일이 아니야. 나는 그저 그 여자에게 주제를 알라고만······."

"내 눈앞에 나타나지 마라, 바울. 집으로 가."

바울은 순순히 미가엘의 말을 따랐다.

미가엘은 다시 엔젤을 찾으러 가지 말까도 생각했다. 엔젤이 자초한 일이니 어떻게 되든 스스로 감당해야 한다는 생각이 들었다. 그녀가 바라던 대로 된 것 아닌가. 눈물이 흘렀다. 엔젤에게 저주를 퍼부었다. 그는 엔젤을 사랑했지만 엔젤은 그를 저버렸다. 미가엘의 창자에 칼을 꽂고 비틀어댄 것이나 마찬가지였다.

하지만 밤이 되자 어둠 속에 잠긴 미가엘은 엔젤이 많이 아파하며 그녀의 진실한 영혼을 보여 준 순간들을 떠올렸다. 열에 들뜬 상태에서 엔젤은 많은 것을 이야기했다. 그녀가 견뎌 온 지독한 삶의 모습을 얼핏 보여 주었다.

바울이 처음 엔젤을 보았을 때 어떤 반응을 보였는지, 그런 바울을 대하며 엔젤이 얼마나 분노했는지도 떠올려 보았다. 엔젤은 아무렇지도 않다고 열심히 부인했지만, 상처받은 건 자명한 일이었다. 가서 데리고 와야 한다. 엔젤은 그의 아내였다.

'죽음이 우리를 갈라놓을 때까지.'

미가엘은 페어러다이스에서 어떤 일을 당하게 되더라도 다 참아 내겠다고 마음먹었다. 하지만 막상 엔젤이 있던 방에서 무슨 짓이 벌어지고 있는지 두 눈으로 목도하자 완전히 이성을 잃고 말았다. 엔젤의 눈동자나 그녀가 자신의 이름을 부르는 소리에 묻어 나오는 떨림을 감지하지 못했다면, 미가엘은 방 안에 있던 두 사람을 모두 죽이고 말았을 것이다. 하지만 다행히 그는 분명히 보고 들을 수 있었다. 순간이었지만 엔젤은 진실로 원하는 것이 무엇인지 솔직하게 드러냈다. 엔젤의 얼굴에 떠오른 것은 안도감이었다. 그녀가 진심으로 안도하고 있다는 사실에 미가엘은 냉정을 되찾을 수 있었다. 하지만 그렇다고 해서 그녀의 배신에 대한 본능적인 분노가 완전히 사라진 것은 아니었다. 미가엘은 진저리를 치면서 엔젤에게서 물러섰다.

"갑시다. 집으로 가요."

미가엘은 엔젤의 손을 잡고 숲을 가로질러 마차가 있는 쪽으로 걸었다. 엔젤은 저항하고 싶었지만 두려웠다. 이 남자가 무슨 짓을 하려는 거지? 이런 식이라면 공작만큼이나 잔인한 짐승이 될지도 모른다.

"왜 나를 찾아온 거죠?"

"당신은 내 아내니까."

"결혼반지라면 테이블 위에 빼놓았잖아요! 난 도둑질은 안 해요."

"그런다고 달라질 것은 없소. 반지가 있든 없든 우리는 결혼한 사이오."

"결혼한 적이 있다는 것쯤은 간단히 잊어버릴 수 있어요."

미가엘은 걸음을 멈추고 엔젤을 노려보았다.

"내 사랑하는 책에 결혼 서약은 평생을 바쳐 지켜야 하는 약속이라고 나와 있소. 상황이 나빠진다고 해서 마음대로 없던 일로 할 수 있는 게 아니란 말이지."

엔젤은 얼떨떨한 얼굴로 미가엘의 표정을 살폈다.

"하지만 내가 무슨 짓을 했는지 알잖아요……."

미가엘은 엔젤을 잡아당기며 다시 걸음을 옮겼다. 엔젤은 미가엘을 이해할 수 없었다. 정말이지 눈곱만큼도 이해할 수 없는 남자였다.

"그런데도 이러는 이유가 뭐죠?"

"당신을 사랑하기 때문이오."

미가엘은 탁한 음성으로 말하고 엔젤을 잡아 자신의 앞에 세웠다. 그의 눈동자에 괴로움이 가득했다.

"아주 간단하오, 아만다. 난 당신을 사랑해. 도대체 언제쯤이나 이 말의 의미를 이해해 줄 거요?"

엔젤은 목이 메어 고개를 아래로 떨구었다. 마차로 돌아가는 내내 두 사람은 침묵을 지켰다. 미가엘은 엔젤이 마차에 오를 수 있도록 안아 올려 주었다. 미가엘이 올라타자 엔젤은 옆으로 자리를 살짝 옮겼다. 그리고 우울한 눈으로 미가엘을 보았다.

"당신이 말하는 그런 사랑은 마음에 들지 않아요."

"그럼 당신이 생각하는 사랑은 마음에 드는 거요?"

엔젤은 고개를 돌려 미가엘을 외면했다. 미가엘은 매어 놓았던 말고삐를 풀면서 말했다.

"지금 당장 중요한 건 이 사랑이 마음에 드느냐 아니냐가 아니오."

미가엘의 어조는 단호했다.

"오해는 마시오. 나 역시 다른 사람들처럼 평범한 인간이니까. 하지만 난 이 사랑이 괜찮소. 바로 지금 이 순간에도 좋아. 사실 그렇지 않았으면 하고 바라지만 그렇게 느껴지는 건 어쩔 수 없소."

미가엘은 고개를 절레절레 흔들며 말했다. 그의 얼굴은 상처와 분노로 얼룩져 있었다.

"아까 그 방에 들어갔을 때만 해도 당신을 죽이고 싶었소. 하지만 그렇게 하지 않았지. 지금도 당장 당신에게 본때를 보여 줘서 정신 차리게 해 주고 싶지만 그렇게 하지 않을 거요."

미가엘은 더욱 짙어진 검은 눈동자로 엔젤을 바라보았다.

"아무리 내 마음이 아프고, 당신이 나에게 했던 일에 대해 보복하고 싶은 마음이 들더라도, 절대로 그렇게 하지 않을 거요."

미가엘은 고삐를 휘둘러 마차를 다시 움직였다. 엔젤은 마음속에서 불쑥 솟아나는 어떤 감정을 억지로 물리치려 노력했지만 마음대로 되지 않았다. 자꾸만 목이 메어 왔다. 엔젤은 두 주먹을 꼭 그러쥐고 자신의 마음과 사투를 벌였다.

"내가 어떤 사람이었는지 잘 알잖아요. 당신은 다 알잖아요."

엔젤은 미가엘이 자신을 이해해 주기를 바랐다.

"미가엘, 나는 늘 이렇게 살아왔어요. 앞으로도 이렇게 살 수밖에 없고요."

"이전의 삶은 그야말로 지독한 말똥 같은 거였소. 도대체 언제쯤 그곳에서 뒹구는 일을 그만둘 거요?"

엔젤은 어깨를 축 늘어뜨리고 고개를 돌렸다.

"당신은 이해 못할 거예요. 절대로 당신이 바라는 대로 되지 않아요. 그럴 수가 없다고요! 설령 당신 생각대로 될 가능성이 조금이라도 있었다 한들 이제는 그것마저 내 손으로 다 날려버렸어요, 모르겠어요?"

미가엘의 시선이 엔젤에게 꽂혔다.

"바울 이야기를 하는 거요?"

"그가 말했나요?"

"아니 말하지 않았소. 하지만 얼굴에 다 쓰여 있더군."

엔젤은 입을 다물었다. 아무 변명도 하지 않고 그저 어깨를 축 늘어뜨린 채 앞만 바라보았다. 미가엘은 엔젤이 묵묵히 모든 비난을 감당하려는 모습을 보았다. 분명 바울에게도 책임이 있었다. 그리고 미가엘 역시 책임이 없다고 할 수 없었다. 미가엘은 다시 길가로 시선을 돌렸다. 그리고 한동안 침묵을 지켰다.

"어째서 돌아간 거지? 난 그걸 이해하지 못하겠소."

엔젤은 두 눈을 감고 적당한 이유를 생각해 보았다. 하지만 도무지 변변한 이유를 찾을 수가 없어 그저 침만 꿀꺽 삼켰다.

"내 금을 되찾으려고요."

엔젤이 퉁명스레 말했다. 입 밖으로 소리 내어 이유를 말하자 보잘것없고 공허한 변명으로 들렸다.

"무엇 때문에?"

"숲 속에 오두막을 짓고 싶었어요."

"오두막이라면 이미 갖고 있잖소."

가슴에 뻐근하게 느껴지는 통증에 엔젤은 말을 계속할 수 없었다. 한 손으로 가슴을 지그시 눌렀다.

"미가엘, 난 자유를 원해요. 내 평생에 단 한순간이라도 자유롭기를 원한다고요!"

엔젤의 목소리가 감정에 겨워 갈라졌다. 엔젤은 입술을 꼭 깨물고 마부석 옆을 꼭 붙잡았다. 힘을 너무 세게 줘서 손이 나무를 파고들 지경이었다.

미가엘의 얼굴이 부드러워졌다. 분노는 사라졌지만 지독한 상처와 슬픔은 여전했다.

"당신은 자유로워. 아직 그 사실을 모르고 있을 뿐이지."

계곡으로 돌아가는 길은 멀고 적막했다.

16장

> 마음은 그 자체로 하나의 독립적인 영역이어서
> 천국을 지옥으로 바꾸기도 하고,
> 지옥을 천국으로 바꾸기도 한다.
> _밀턴

미가엘은 머릿속을 깨끗이 지울 수 없었다. 엔젤은 사과의 말을 하지 않았다. 변명도 없었다. 그저 두 손을 무릎 위에 모으고 등을 꼿꼿이 세운 채 아무 말 없이 앉아 있었다. 집이 아니라 전투장으로 가는 사람 같았다. 마음을 열고 미가엘의 진심을 받아들이기보다는 영원한 어둠 속에 살면서 미가엘이 주는 선물을 거절하는 편이 낫다고 생각하는 것일까? 그 대단한 자존심이 세상에서 가장 중요하다는 것일까?

이해할 수 없었다.

하지만 사실 엔젤은 소리 없는 고문에 시달리고 있었다. 마음을 갈기갈기 찢어 놓는 감정과 사투를 벌이고 있었다. 양심의 가책, 죄책감, 혼란스러움은 점점 커져 목구멍까지 치밀어 올라왔다. 그리고 그 모든 것은 가슴에서 단단한 응어리로 변해 갔다. 암세포가 사지로 퍼져 나가 통증을 전하는 것처럼 괴로움이 서서히 온몸으로 퍼져 나가고 있었다. 엔젤은 두려웠다. 오래전에 버렸던 희망이 되살아나고 있었다. 어렸을 적 이따금 마음속 깊은 곳에서 반짝거리던 작은 불빛이 있었다. 그 불씨가 조금씩 살아날 때면 공작이 완전히 짓밟아 버렸다. 하지만 지금은 엔젤 스스로 그 불씨를 꺼 버리려 하고 있었다.

세상에 변하지 않는 것은 없다. 미가엘과의 사이에서 뭔가 생겨난다 해도 결국에는 모두 엉망이 되어 버릴 것이다. 엔젤은 알고 있었다. 바울이 그녀를 이용하던 순간, 엔젤에게 있던 마지막 기회마저 날아갔다.

'모두 제가 자초한 일입니다. 메아 쿨파, 메아 쿨파'

어머니가 되뇌던 말이 엔젤의 머릿속을 맴돌았다. 버림받은 삶에 관한 지울 수 없는 기억이 되살아났다. 결국에는 모조리 파괴되고 말 텐데 어째서 그 작은 불씨가 다시 살아나는 것일까? 언제나처럼 결국 모든 것이 파괴될 것이다. 희망은 잔인하다. 굶주린 아이 앞에 풍기는 맛난 음식 냄새에 불과하다. 우유도, 고기도 아이 앞에 없다.

'오, 하나님, 저는 아무것도 희망하거나 바랄 수 없어요. 그럴 수 없어요. 그랬다가는 살아남지 못할 거예요.'

하지만 여전히 어둠 속에서 반짝이는 아주 작은 불씨가 있었다.

동이 터 올 무렵 두 사람은 계곡에 도착했다. 어깨 위로 태양의 온기가 서서히 전해지자 엔젤은 미가엘이 자신을 언덕 위로 데려가 일출을 보여 준 일을 떠올렸다.

"이게 바로 당신에게 주고 싶은 삶이오."

그때는 그가 무슨 말을 하는지 알지 못했다. 실버 달러 살롱의 계단을 올라가 다시 노예가 되어 영혼을 팔면서 비로소 그 말의 뜻을 이해할 수 있었다.

'하지만 이미 늦었어, 엔젤.'

'그럼 어째서 미가엘이 나를 다시 데려가는 거지? 왜 날 그냥 페어러다이스에 내버려두지 않는 거야?'

'공작도 널 다시 데려갔잖아, 그렇지? 그것도 몇 번씩이나 말이야.'

공작의 검은 눈동자에는 항상 보복과 응징이 서려 있었다. 그는 엔젤을 처절하게 응징했다. 하지만 무엇보다 견디기 힘들었던 것은 엔젤을 도와주던 사람에게 그가 하는 짓을 지켜보는 일이었다. 조니는 이 세상에서 영원히 사라지기 직전까지 공작에게 몹쓸 짓을 당했다.

하지만 미가엘은 공작과는 달랐다. 그의 눈동자에서는 계획적인 잔인함을 찾아볼 수 없었다. 그의 손길에서도 그런 기색은 느껴지지 않았다.

'모든 것에는 대가가 따르는 법이야, 엔젤. 너도 잘 알잖아. 언제나 그랬듯이.'

지옥에서 엔젤을 빼내 준 미가엘은 도대체 어떤 대가를 바랄까? 엔젤 스스로가 자초한 어리석은 짓을 해결해 준 대가는 무엇이 될까?

엔젤은 떨렸다.

미가엘은 오두막 앞 마당에 마차를 세우고, 고삐를 울타리에 단단히 묶었다. 엔젤이 마차에서 내리려는데 어느새 미가엘의 손이 엔젤의 허리를 감싸 안았다.

"가만히 앉아 있어요."

미가엘의 목소리는 단호했다. 엔젤은 얌전히 앉아 그의 다음 명령을 기다렸다. 미가엘이 자리에서 내려가 마차를 돌아 엔젤에게 다가오는 동안 엔젤은 두 눈을 감았다. 그와 시선을 마주치는 것이 두려웠다. 미가엘은 자상한 손길로 그녀를 마차에서 내려 주었다.

"집으로 들어가 있어요. 난 말을 좀 살피고 들어갈 테니."

엔젤은 오두막 문을 열고 안으로 들어섰다. 온몸에 안도감이 퍼져 나갔다.

'아, 집이다.'

'이게 얼마나 가겠어, 엔젤? 미가엘이 너를 내팽개치기 전까지 시간이 얼마나 남았을 것 같아?'

지금은 그런 생각을 하고 싶지 않았다. 엔젤은 안으로 들어서서 달라진 것이 있는지 살펴보았다. 모든 것이 익숙한 그대로였다. 너무나 평범하고 너무나 사랑스러웠다. 투박한 식탁과 난로 앞에 놓인 버드나무 의자 두 개, 마차 짐칸으로 만든 침대, 미가엘의 누이가 만들었다는 낡은 퀼트 이불까지. 엔젤은 난로에 불을 피우고, 헝클어진 침대를 정돈했다.

한쪽에 던져진 붉은색 모직 셔츠를 집어 든 엔젤은 셔츠에 얼굴을 파묻고 미가엘의 체취를 한껏 들이마셨다. 그에게서는 대지와 하늘과 바람의 내음이 느껴졌다. 엔젤은 숨이 막혔다.

'도대체 내가 무슨 짓을 저지른 거지? 왜 이 모든 걸 내던져 버렸던 걸까?'

바울의 말이 생생하게 되살아났다. 엔젤에게 '사금 두 알만큼의 가치도 없는 여자'라고 했다. 그 말은 사실이었다. 그녀는 창녀였고, 앞으로도 영원히 창녀일 것이다. 하루도 못 견디고 다시 옛날 일을 한 그녀였다.

몸을 부르르 떨면서 엔젤은 미가엘의 셔츠를 조심스레 개켜서 서랍장에 넣었다. 더는 생각하지 말자. 늘 그래 왔던 것처럼 그저 흘려보내면서 살자. 하지만 지금 이런 상황에서는 어떻게 해야 하지? 어떻게? 엔젤은 필사적으로 답을 찾아 헤맸다. 하지만 찾을 수가 없었다.

'미가엘이 나와 함께 있기를 원한다면, 그가 원하는 동안만큼은 그렇게 하겠어. 내가 이곳에 있는 것을 허락하는 한 말이야.'

엔젤은 식욕이 전혀 없었지만, 미가엘은 배가 고플 거라는 생각이 들었다. 엔젤은 정성을 다해 식사를 준비하고, 스튜가 끓는 동안 집 안을 청소했다. 한 시간이 지났다. 또다시 한 시간이 지났다. 하지만 여전히 미가엘은 돌아오지 않았다.

미가엘은 무슨 생각을 하고 있을까? 화가 가라앉지 않는 걸까? 아니면 벌써 마음이 바뀌어서 엔젤을 데려온 것을 후회하고 있을까? 지금 당장 엔젤을 쫓아내려는 건 아닐까? 만약에 그렇게 된다면 엔젤은 어디로 가야 하지?

순간 공작의 모습이 머릿속에 떠올랐다. 욕지기가 났다.

'미가엘은 공작 같은 사람이 아니야.'

'배신 당하면 남자는 다 공작처럼 되는 거야.'

썩은 고기를 찾아 헤매는 새처럼 엔젤의 마음이 허공을 맴돌았다. 엔젤의 자기 방어가 되살아나 미가엘에 대한 마음을 꼭꼭 걸어 잠갔다. 누가 억지로 데려오라고 했나? 그가 페어 러다이스에서 목격한 장면 때문에 상처를 받았다면 그건 오롯이 그의 탓이다. 그가 그 순간에 그 방에 들어온 것은 엔젤의 탓이 아니다. 아니 애초에 엔젤은 그가 오기를 바란 적이 없다. 그러니 엔젤의 잘못이 아니다. 처음부터 엔젤을 그냥 내버려두었으면 될 일이었다. 엔젤은 미가엘에게 거짓말을 한 적이 없다. 그는 도대체 무얼 기대했단 말인가? 미가엘도 처음부터 엔젤에게서 얻게 될 것이 무엇인지, 엔젤이 어떤 여자인지 잘 알았다.

'그런데 나는 어떤 여자지?'

엔젤은 마음속으로 울부짖었다.

'나는 누구지? 진짜 이름조차 갖고 있지 않잖아. 사라라는 이름의 여자가 조금은 남아 있기는 한 걸까?'

미가엘의 눈동자가 머릿속에서 떠나지 않았다. 마음속에 자리 잡은 뜨겁고 묵직한 덩어리는 점점 참을 수 없을 지경으로 커졌다.
 엔젤은 더는 참을 수 없어 미가엘을 찾으러 밖으로 나갔다. 말들은 들에서 풀을 뜯고 있었다. 사방을 둘러보았지만 미가엘은 보이지 않았다. 마지막으로 헛간 문을 조용히 열어보았다. 그곳에 그가 있었다. 미가엘은 두 손에 얼굴을 파묻고 흐느끼고 있었다. 그 모습을 바라보던 엔젤의 마음이 철렁 내려앉았다. 마음을 조금이라도 가볍게 하려고 미가엘을 찾아 나섰던 것인데 오히려 더 무거워지기만 했다.
 '내가 그에게 상처를 입혔어. 그의 심장에 칼을 꽂고 비틀어버린 거나 마찬가지 짓을 한 거야. 나 같은 건 마고완에게 맞아 죽었어야 했어. 아니, 아예 태어나지 않았다면 더 좋았을걸.'
 두 팔로 몸을 감싸 안은 엔젤은 오두막으로 돌아와 난로 앞에 무릎을 꿇고 앉았다. 모든 것이 그녀의 탓이다. '만약'이라는 말이 끊임없이 엔젤의 머릿속을 부유했다. 만약 애초에 공작의 곁을 떠나지 않았더라면……, 만약 그 범선에 타지 않았더라면……, 만약 샌프란시스코의 진흙탕 속에서 지나가던 사람에게 몸을 팔다가 공작부인을 따라나서지 않았더라면……, 아니, 적어도 여기를 떠나지 않았더라면……. 만약, 만약, 만약에……. 엔젤은 끊임없이 이어지는 나선형 계단을 굴러 아래로 아래로 떨어졌다.
 '하지만 그 모든 일을 한 사람은 나야. 그래, 이제는 너무 늦었어. 미가엘이 울고 있는데도 정작 나는 눈물 한 방울 흘리지 못해.'

엔젤은 두 팔로 몸을 감싸 안고 앞뒤로 몸을 흔들었다.

"어째서 나 같은 게 이 세상에 태어났을까? 어째서?"

엔젤은 두 손을 내려다보았다.

"이 몸뚱이 때문에?"

엔젤은 자신의 두 손이 감싸고 있는 육체의 불결함을 느꼈다. 온몸이 더럽혀져 있었다. 안과 밖 모두 불결했다. 미가엘은 그 구렁텅이와 같은 나락에서 엔젤을 건져 내어 기회를 주었다. 그런데 엔젤 스스로 그 기회를 내던져 버렸다. 그러자 미가엘이 다시 찾아와 엔젤을 그 더러운 침대에서 끌어내 그의 집으로 데리고 왔다. 그런데 어리석게도 엔젤은 오두막의 더러움을 닦을 생각만 하고 자신의 더러움을 씻을 생각은 하지 못했다.

엔젤은 미친 듯이 비누를 찾아 들고 시냇가로 달려가 옷을 모두 벗어 아무렇게나 던져 놓고 물속으로 걸어 들어갔다. 얼음처럼 차가운 공기와 물살이 살을 에는 듯했다. 하지만 상관없었다. 그저 몸을 깨끗이 씻을 수만 있다면, 기억하는 모든 더러움을 씻어 낼 수만 있다면 아무래도 상관없었다. 이것이야말로 엔젤에게 가장 중요한 일이다. 엔젤이 잉태되던 바로 그 순간으로 거슬러 갈 때까지 모든 걸 다 지워 내고 싶었다.

미가엘은 자리에서 일어나 마구를 헛간 벽에 걸었다. 헛간에서 나온 미가엘은 천천히 오두막을 향해 걸었다. 배우자의 배신으로 더럽혀진 결혼은 어떻게 되는 걸까?

'처음부터 엔젤은 나를 사랑하지 않았다. 그런 여자에게 어떻게 정절을 기대할 수 있단 말인가. 엔젤은 그런 약속을 한 적이 없다. 내가 억지로 그녀에게 결혼 서약을 하게 했지. 그렇지만, 주여, 그녀는 단 한마디 사과도 하지 않습니다. 오십 킬로미터를 달려오는 내내 한마디 말도 없었습니다. 제가 실수하고 있는 건가요? 제가 들었던 당신의 음성이 사실은 제 육욕에서 나온 착각이었나요? 어째서 저에게 이런 일을 당하게 하십니까?'

엔젤을 페어러다이스에 내버려두었어야 했다.

그녀는 네 아내니라.

'네, 맞습니다. 하지만 그녀를 용서할 수 있을지 모르겠습니다.'

엔젤이 다른 남자와 함께 침대에 있던 모습이 미가엘의 뇌리에서 떠나지 않았다.

'주여, 엔젤을 사랑합니다. 그녀를 위해 목숨을 바칠 수 있을 만큼 그녀를 사랑합니다. 제게 이런 일을 한 그녀를 여전히 사랑합니다. 하지만 어쩌면 그녀를 구제하는 일은 불가능할지도 모르겠습니다. 용서받기를 원하지 않는 사람을 어떻게 용서할 수 있겠습니까?'

그녀가 무엇을 원하더냐, 미가엘?

"자유입니다. 그녀는 자유를 원합니다."

오두막이 깨끗해져 있었다. 벽난로에는 따뜻한 불이 넘실거렸고 식탁 위에는 얌전하게 식사가 차려져 있었다. 그런데 가장 중요한 엔젤이 보이지 않았다. 미가엘은 그야말로 몇 년 만에 처음으로 상스러운 욕지거리를 마구 내뱉었다.

"좋아, 마음대로 하라고! 돌아가고 싶으면 가라고 하겠습니다! 이제는 더 상관하지 않을 겁니다. 이런 식으로 마음고생하는 일도 이제는 지겹습니다."

미가엘은 난로에서 내려놓은 냄비를 발로 차버렸다.

"도대체 몇 번이나 쫓아가 다시 데리고 와야 하는 겁니까?"

미가엘은 한참 동안 버드나무 의자에 앉아 있었다. 하지만 그의 분노는 계속해서 커져만 갔다. 다시 엔젤을 찾아가겠다. 하지만 이번에는 그저 충고만 해 줄 것이다. 그렇게 떠나고 싶다면 마차에 태워서 데려다주겠다고 말할 것이다.

오두막 문을 쿵 소리가 나게 열고 밖으로 나간 미가엘은 양손을 허리에 대고 엔젤이 이번에는 도대체 어느 쪽으로 도망갔을지 생각했다. 주변을 천천히 살펴보던 미가엘은 시냇물 속에 발가벗고 서 있는 엔젤의 모습을 발견하고 소스라치게 놀랐다. 미가엘은 큰 걸음으로 시냇가로 걸어갔다.

"지금 무슨 짓을 하는 거요? 목욕이 하고 싶다면, 물을 데워서 집에서 했어야지."

엔젤은 평소와 달리 부끄러워하며 미가엘에게 등을 돌리고 서서 자신의 몸을 가렸다.

"저리 가요."

미가엘은 입고 있던 웃옷을 벗었다.

"이리 와요. 감기 걸리겠소. 그렇게 목욕이 하고 싶으면 내가 물을 길어다 주겠소."

"저리 가라고요!"

엔젤은 무릎을 꿇고 주저앉아 몸을 웅크렸다.

"바보 같은 짓 하지 말아요!"

미가엘은 물 안으로 걸어 들어가 엔젤을 잡아 일으켰다. 엔젤의 주먹 가득 자갈이 들려 있었다. 엔젤의 가슴과 배는 살갗이 벗겨져 있었다.

"대체 지금 무슨 짓을 하는 거요?"

"난 씻어야 해요. 깨끗이 씻어야만 해요……."

"이 정도면 충분히 깨끗하게 씻었소."

미가엘은 웃옷을 엔젤의 어깨에 걸쳐 주려 했지만 엔젤이 거부했다.

"난 아직 깨끗하지 않아요, 미가엘. 그냥 날 내버려둬요."

"살갗을 모두 벗겨내야 멈출 건가? 피가 줄줄 흘러야 성이 차겠소? 이렇게 하면 깨끗해질 거라고 생각하는 거요? 이런 식으로는 아무 소용도 없소."

미가엘은 엔젤을 잡은 손을 놓았다. 격한 감정에 엔젤을 다치게 할까 봐 두려웠다.

엔젤은 두 눈을 깜빡이며 천천히 주저앉았다. 얼음처럼 차가운 물이 그녀의 허리춤을 휘어 감았다.

"그래요, 나도 소용없는 짓이라고 생각해요."

엔젤이 작게 말했다. 젖어서 말려 올라간 엔젤의 머리카락이 하얗게 질린 얼굴과 어깨에 달라붙었다.

"집으로 돌아갑시다."

미가엘은 엔젤을 잡아 일으켰다. 이번에 엔젤은 아무런 저항 없이 순순히 미가엘이 이끄는 대로 일어서서 비틀거리는 걸음으로 물 밖으로 걸어 나왔다. 그녀가 옷을 입으려고 몸을 구부리자 미가엘은 옷가지를 내버려두고 엔젤을 잡아끌어서 오두막 안으로 거의 밀어넣다시피 한 다음 문을 세게 닫았다.

미가엘은 침대 위에서 담요를 집어 엔젤에게 던졌다.

"난롯가로 와서 앉아요."

엔젤은 담요를 어깨에 두르고 앉아 고개를 아래로 떨구었다. 미가엘은 엔젤을 흘깃 쳐다보고 커피를 따라 주었다.

"마셔요."

엔젤은 시키는 대로 했다.

"감기에나 걸리지 않으면 정말 다행이오. 도대체 무얼 하려던 거지? 내가 당신을 창녀로 돌아가게 한 일에 죄책감을 느끼게 하려는 것이었소? 아니면 매음굴로 쳐들어가 당신을 억지로 끌고 온 일에 죄책감을 느껴야 한다는 거요?"

"아니요."

미가엘은 엔젤을 동정하고 싶지 않았다. 엔젤을 붙잡고 정신없이 흔들어 대고 싶었다. 엔젤을 죽이고 싶었다.

'하나님, 진짜 그렇게 할 수 있습니다. 엔젤을 죽여야 속이 시원하겠단 말입니다!'

일곱 번을 일흔 번까지라도 용서하라.

'이제 더는 하나님 말씀을 듣지 않겠습니다. 이제 하나님 말씀에 신물이 납니다. 저한테 너무나 많은 것을 요구하십니다.

저는 지금 아파서 죽을 것 같습니다. 아시겠습니까? 엔젤이 저에게 무슨 짓을 했는지 아십니까?'

일곱 번을 일흔 번까지라도 용서할지라.

미가엘의 눈시울이 뜨거워졌다. 눈가에 눈물이 맺히고, 심장이 전장의 북처럼 둥둥 울렸다. 엔젤은 엉망진창으로 놀아서 잔뜩 지저분해진 아이처럼 보였다. 그녀의 푸른 눈동자 너머에는 어두운 그림자가 드리워져 있었다.

'괴로워하라지. 그래도 싸다.'

하지만 목덜미에 난 상처에 시선이 닿자 미가엘의 마음은 불편해졌다. 엔젤은 손으로 목덜미를 가리고 미가엘에게서 고개를 돌렸다. 작아진 모습이었다. 일말의 양심이라도 남아 있는 모양이었다. 어쩌면 약간의 수치심을 느낄지도 모른다. 아, 그렇지만 얼마나 갈까? 조만간 엔젤은 다시 미가엘의 마음을 갈기갈기 찢어 버리고 말 것이다.

'주여, 제 마음을 저도 어쩌지 못하겠습니다. 엔젤이 절 사랑해 줄 거라는 믿음을 가질 수만 있다면, 그럴 수만 있다면 어쩌면 저도……'

나를 사랑하듯 사랑할 수 있겠느냐?

'그것과는 다릅니다. 당신은 하나님이십니다. 저는 그저 한낱 평범한 인간일 뿐입니다.'

"나를 데리러 오지 말지 그랬어요. 애초에 나 같은 여자 근처에 당신 같은 사람이 얼씬거리는 게 아니었어요."

엔젤이 멍한 얼굴로 말했다.

"그렇소. 다 내 잘못이오. 하지만 난 서약을 했소. 그러니 그 서약이 내 목을 조여 오더라도 끝까지 지켜야 하오."

엔젤은 텅 빈 눈을 들어 미가엘을 쳐다보며 고개를 저었다.

"그럴 필요 없어요."

"아니, 서약은 지킬 거요. 꼭 그렇게 할 거요."

'주여, 당신께서 저에게 약속하신 것이 정말 이것이 맞습니까? 아니면 그저 제 상상이었나요? 엔젤의 말이 모두 맞고, 이 모든 것이 저의 성적 욕망에 의한 기만이었던가요?'

"당신은 스스로를 기만하고 있어요. 당신은 이해 못해요. 나는 애초에 이 세상에 태어나서는 안 되는 사람이었어요."

미가엘이 크게 비웃었다.

"이제는 자기 연민이요? 엔젤, 당신은 정말로 아무것도 모르는 바보로군. 당신 코앞에 있는 것도 보지 못해."

그건 미가엘 너도 마찬가지다.

"내가 아무것도 보지 못한다는 말은 틀렸어요. 난 평생을 두 눈 부릅뜨고 살아왔어요. 내가 지금 무슨 말을 하는 건지 모른다고 생각해요? 내 말이 사실이라는 생각은 안 들어요? 내 친 아버지가 직접 말했어요. 날 지워 버렸어야 했다고."

엔젤은 떨리는 음성으로 말하다가 애써 자제력을 발휘해 좀 더 침착하고 낮은 목소리로 말을 이어 갔다.

"당신 같은 남자가 어떻게 이해할 수 있겠어요? 내 아버지는 유부남이었어요. 이미 본처와의 사이에서 낳은 자식들이 충분히 있었죠. 아버지는 엄마가 나를 낳은 건 아버지를 휘두르기 위해서라고 엄마를 비난했어요. 그 말이 사실인지 아닌지는 알 수 없는 노릇이죠. 아무튼 아버지는 엄마를 버렸어요. 더는 엄마가 필요하지 않았기 때문이죠. 다 나 때문이었어요. 아버지는 엄마를 사랑하지 않게 된 거예요. 나 때문에."

엔젤은 고통스러운 가운데 침착하게 말을 이어 갔다.

"엄마의 부모님은 좋은 동네에 사는 점잖은 분들이었어요. 그래서 사생아를 낳은 딸을 받아들이지 않으셨죠. 엄마는 다니던 성당에서조차 외면당해야 했어요."

엔젤을 감싸고 있던 담요가 벌어져 빨갛게 벗겨진 살결이 드러났다.

'주여, 저에게 왜 이러시는 겁니까?'

미가엘은 고통 받는 엔젤의 영혼을 대면하느니 차라리 화를 내면서 난리를 치는 엔젤을 보는 것이 더 편할 것 같았다.

"우리는 결국 어떤 부두의 선착장에 정착하게 되었어요."

이제 엔젤의 목소리에는 아무런 감정도 실려 있지 않았다.

"엄마는 창녀가 되었어요. 남자들이 찾아왔다가 돌아가고 나면 엄마는 잠이 들 때까지 술을 마셨고, 랩도 밖으로 나가 엄마가 번 돈을 모두 술로 날려 버렸어요. 엄마는 더는 예쁘지 않았죠. 그리고 내가 여덟 살 때 돌아가셨어요. 마지막에 엄마는 미소를 짓고 있었어요."

엔젤은 고개를 들어 미가엘을 올려다보았다.

"알겠어요? 이게 진실이에요. 나는 애초에 태어나지 말았어야 하는 사람이에요. 내 존재 자체가 처음부터 끔찍한 실수였던 거예요."

미가엘은 힘겹게 주저앉았다. 다시 눈물이 솟구쳤다. 하지만 이번에는 자신을 위한 눈물이 아니었다.

"그러고 나서는 어떻게 지냈소?"

엔젤은 고개를 숙이고 두 손을 꼭 맞잡았다. 엔젤은 미가엘에게 시선을 주지 않았다. 그리고 한동안 무거운 침묵이 흘렀다. 드디어 입을 연 엔젤의 목소리는 매우 작았다.

"랩이 나를 매음굴에 팔았어요. 거기 있는 공작은 어린 여자아이를 좋아하는 사람이었어요."

미가엘은 두 눈을 감았다. 이제 엔젤은 고개를 들어 미가엘을 보았다. 당연히 혐오감을 느낄 것이다. 성인 남자와 간음한 어린 아이에 관한 생각을 하면서 어떻게 그렇지 않겠는가?

"그게 시작이었어요."

엔젤은 더는 미가엘을 쳐다볼 수 없어서 고개를 떨구고 멍한 얼굴로 이야기를 이어 갔다.

"그곳에서 무슨 일이 벌어졌었는지 당신은 상상할 수조차 없을 거예요. 나한테 그런 일이 있었어요. 다 내가 했던 일이에요."

엔젤은 그것이 생존을 위함이었다고 말하지 않았다. 그게 다 무슨 소용이란 말인가. 어쨌든 그들의 말에 순종하기로 한 건 엔젤의 선택이었다. 미가엘은 눈물이 가득 고인 눈으로 엔젤을 바라보았다.

"그 모든 게 다 당신의 탓이라고 생각하는군, 그렇소?"

"그럼 누구 탓이겠어요? 우리 엄마요? 엄마는 아버지를 사랑했어요. 그리고 나도 사랑해 주셨고요. 게다가 엄마는 하나님도 사랑했어요. 사랑으로 가득 찬 분이었어요. 그런 엄마를 어떻게 탓할 수 있겠어요. 그렇다고 랩을 탓할까요? 그는 그저 가난하고 덜떨어진 술주정뱅이였을 뿐이에요. 자기 딴에는 나를 위한 최선이라고 믿었던 일이고요. 나를 매음굴에 데리고 가던 날 랩은 살해당했어요. 나를 넘기던 바로 그 자리, 내 눈앞에서요. 너무 많은 것을 알아 버렸기 때문이었죠."

엔젤은 고개를 가로저었다. 정말이지 랩은 얼마든지 그런 최후를 맞이하지 않을 수 있었다.

"당신 탓이 아니오, 아만다."

'아만다라니. 오, 세상에.'

"어떻게 지금도 나를 그 이름으로 부를 수 있죠?"

"그건 당신이 바로 아만다이기 때문이오."

"언제쯤이나 돼야 알아듣겠어요? 과거의 일이 누구 탓인지는 중요하지 않아요. 그 모든 일을 없던 것처럼 모르는 척 살 수 없다는 게 문제죠."

엔젤은 절망적인 목소리로 외치고 어깨에 두른 담요를 꼭 잡아당겼다.

"당신은 내 말을 멋대로 생각하고 있어요. 과거에 일어난 일들이 바로 지금의 나를 만든 거예요. 당신도 아까 말했잖아요. 그 말이 맞아요. 내 몸의 불결함은 씻어 낼 수 있는 게 아니에요. 난 깨끗해질 수 없어요. 내 살갗을 모조리 벗겨 내고 내 피를 한 방울도 남김 없이 뽑아 버릴 수는 있겠죠. 그렇다고 해도 이 불결함은, 이 더럽고 고약한 악취는 지울 수 없어요. 미가엘, 나도 노력해 봤어요. 맹세해요. 싸우고 도망가고 달아나 봤어요. 하지만 결국 죽기만을 바라게 되었죠. 그리고 마고와 덕분에 거의 성공할 뻔했고요. 알겠어요? 무슨 일을 해도 소용없어요. 아무리 해 봐도 달라지는 건 없어요. 난 창녀고, 그렇게 살도록 태어난 여자예요."

"그렇지 않소!"

"아니, 그래요."

미가엘은 엔젤에게 다가가 허리를 숙였다. 하지만 엔젤은 담요를 잡아당기며 얼굴을 외면한 채 뒤로 물러났다.

"아만다, 우리 함께 헤쳐 나갑시다. 우리는 해낼 수 있을 거요. 내가 당신과 하나님 앞에 서약하겠소."

"아니, 그렇게 될 리가 없어요. 그냥 나를 제자리로 돌려놔 줘요."

미가엘이 고개를 젓자 엔젤이 애원했다.

"제발. 난 당신과 같이 여기에 있을 만한 사람이 아니에요. 다른 여자를 찾아요."

"당신보다 나은 여자를 찾으라는 말이오?"

엔젤의 얼굴은 백지장처럼 하얗게 변했다. 엔젤의 고통이 그대로 전해졌다.

"그래요."

미가엘이 손을 뻗어 엔젤의 어깨를 만지려 했다. 하지만 엔젤은 뒤로 물러났다. 이제 미가엘은 그 이유를 이해할 수 있었다. 미가엘의 손이 닿지도 못할 만큼 스스로가 더럽다고 생각하는 엔젤의 고통이 미가엘의 심장을 관통했다.

"내가 뭐 대단한 성자라도 된다고 생각하는 거요?"

미가엘은 목멘 목소리로 말했다. 조금 전만 해도 사랑과 하나님을 거부하던 그였다. 그리고 자신의 아내를 죽여 버리겠다고 생각하던 그였다. 생각으로 한 살인이 진짜 살인과 다를 바가 무엇이란 말인가. 그도 보복이나 응징을 생각했고, 심지어 그 생각에 열광하기까지 했다.

미가엘은 무릎을 꿇고 엔젤의 어깨를 감싸 안았다.

"그때 달려서라도 페어러다이스로 가야 했는데. 바울이 돌아올 때까지 기다리는 게 아니었소. 내 잘못이오."

엔젤은 고개를 들고 미가엘을 똑바로 바라보았다. 모든 것을 말하고 완전히 끝내야겠다고 생각했다.

"마차를 태워 주는 대가로 그에게 몸을 주었어요."

엔젤의 말이 전하는 고통은 미가엘을 흔들었다. 하지만 미가엘은 지지 않고 엔젤의 턱을 들어올렸다.

"날 봐요, 아만다. 난 절대로 당신을 보내지 않을 거요, 절대로. 우리는 서로에게 속한 사람들이오."

"당신은 바보예요, 미가엘 호세아! 아무것도 볼 줄 모르는 멍청이에요."

엔젤은 몸을 격하게 떨었다. 미가엘이 마른 이불을 가져오려고 일어섰다. 다시 돌아왔을 때 엔젤의 눈동자는 미가엘을 향해 있었다. 두 눈 가득 두려움이 고여 있었다.

"왜? 내가 당신을 해치려 한다고 생각하는 거요?"

엔젤은 두 눈을 꼭 감았다.

"당신은 내게 없는 것을 원하고 있어요. 난 당신을 사랑할 수 없어요. 설혹 그럴 능력이 남아 있다고 해도 나는 그러지 않을 거예요."

미가엘은 엔젤 앞에 앉아 젖은 담요를 벗겨 내고 마른 퀼트 이불로 엔젤을 감싸 주었다.

"어째서?"

"내 생애 첫 팔 년 동안 엄마가 남자를 사랑한 대가를 톡톡히 치르며 지내는 모습을 지켜봤기 때문이에요."

미가엘은 엔젤의 턱 끝을 잡아 고개를 들게 했다.

"그건 잘못된 상대를 골랐기 때문이었소. 그리고 나는 잘못된 상대가 아니오, 아만다."

미가엘의 음성은 단호했다. 미가엘은 일어서서 주머니에서 뭔가를 찾았다. 그리고 다시 엔젤 앞에 무릎을 꿇고 앉아 퀼트 이불 아래로 손을 넣어 엔젤의 손을 찾았다. 미가엘은 어머니가 물려주신 반지를 다시 엔젤의 손가락에 끼워 주었다.

"공식적으로 이건 당신 거요."

미가엘은 엔젤의 볼을 부드럽게 어루만지며 미소 지었다. 엔젤은 고개를 떨어뜨리고 두툼한 모직 천 아래로 손을 감추었다. 가슴께로 이불을 꼭 그러모아 쥐자 스스로 낸 생채기가 생생하게 느껴졌다. 하지만 무엇보다 견디기 힘든 것은 마음

한편에서 커지는 감정의 덩어리였다. 마음속에서 피어나던 불꽃은 어느새 화염이 되어 일렁이고 있었다.

미가엘은 헝겊 한 장을 가져다 엔젤의 머리를 닦았다. 물기를 다 닦아 낸 미가엘은 엔젤을 끌어당겨 자신의 품에 안았다.

"내 살 중의 살이요. 내 피 중의 피로다."

미가엘이 엔젤의 귓가에 속삭였다. 엔젤은 두 눈을 꼭 감았다. 엔젤을 원하는 미가엘의 욕망은 시간이 지나면 시들해질 것이다. 아버지가 엄마를 사랑하지 않게 되었던 것처럼 그렇게 엔젤에 대한 미가엘의 사랑도 사라질 것이다. 만약 엄마가 알렉스 스태포드를 사랑했던 것처럼 자신도 미가엘을 사랑하게 된다면, 그때는 엔젤의 심장도 엄마처럼 산산조각이 나고 말 것이다.

'헝클어진 침대에 누워 잠이 들 때까지 술을 마시며 울고 싶지 않아. 내 삶을 술로 날려 버릴 수는 없어.'

미가엘은 엔젤이 몸을 떠는 것을 느꼈다.

"내 몸이 반쪽 나는 한이 있어도 당신을 보내지 않을 거요. 당신은 이미 내 몸의 일부니까."

미가엘의 입술이 엔젤의 관자놀이를 스쳤다.

"다시 시작합시다. 과거의 일들은 모두 과거에 묻어 두도록 해요."

"어떻게 그럴 수 있죠? 이미 일어났던 일을 없던 일로 할 수는 없어요. 그 모든 일은 내 안에 있어요. 돌에 새겨진 낙인처럼 내 안에 새겨져 있어요."

"그럼 우리 둘이 그 낙인을 파내서 묻어 버리면 되겠군."

엔젤은 힘없이 헛웃음을 터트렸다.

"그러려면 나를 묻어야 할 거예요."

미가엘의 마음이 가벼워졌다.

"좋아. 그럼 세례로 당신을 정결케 할 수도 있지."

엔젤이 허락하기만 한다면 물로서가 아니라 성령으로 세례를 받을 수도 있을 것이다. 미가엘은 엔젤의 머리에 키스하고 엔젤을 품에 안았다. 아이러니하게도 이제 미가엘은 엔젤과 그 어느 때보다 더 가까워졌다고 느끼고 있었다. 미가엘은 엔젤의 머리를 천천히 쓰다듬었다.

"오래전부터 이 세상에는 우리 힘으로 어찌할 수 없는 일들이 많다는 것을 깨달았소, 아만다. 세상사가 모두 우리 일이지만 우리 손에 달린 일은 없단 말이지. 태어난 것이나 여덟 살에 창녀가 된 일은 모두 우리가 어떻게 할 수 있는 일이 아니었소. 우리가 할 수 있는 일은 그저 생각을 바꾸고 살아가는 방법을 바꾸는 것뿐이오."

엔젤은 진저리를 치며 한숨을 내쉬었다.

"당신 말은 당분간은 나와 함께 지내겠다고 마음먹었다는 말이군요."

"당분간이 아니오. 영원히 함께할 거요. 당신도 나와 함께 있겠다고 마음을 먹어 주면 좋겠소."

미가엘은 부드럽게 엔젤의 살을 어루만졌다.

"이전에 다른 사람들이 당신에게 무슨 짓을 하고 무슨 말을 했든 간에 이제부터 당신 삶에 관한 결정을 내리는 건 전적으로 당신 몫이오. 어떻게 할지는 당신에게 달려 있소. 하지만 이제는 나를 믿는 쪽으로 결정을 내려 주면 좋겠소."

엔젤은 불안한 표정으로 미가엘의 얼굴을 살폈다.

"그냥 그렇게요?"

"그렇소. 그냥 그렇게. 한 번에 하나씩 천천히 해 나갑시다."

엔젤은 잠시 미가엘의 얼굴을 바라보다가 가만히 고개를 끄덕였다. 미가엘의 말을 믿는 것이 그렇지 않은 것보다 삶을 더 견딜 만하게 해 줄 게 분명했다.

미가엘은 엄지손가락으로 엔젤의 볼을 쓰다듬으며 입술에 키스했다. 미가엘의 입술이 닿자 엔젤의 입술이 부드럽게 열렸다. 엔젤의 두 손은 미가엘의 셔츠 깃을 붙잡고 있었다. 미가엘의 입술이 떨어지자 엔젤은 고개를 그의 가슴에 묻었다. 미가엘은 엔젤이 자신에게 모든 것을 맡기고 편안히 기대어 있는 것을 느꼈다. 미가엘은 두 눈을 감았다.

'주여, 용서하소서. 당신께서 아만다에게 가라고 명하셨을 때, 제 자존심 때문에 쉽게 순종하지 못했습니다. 아만다에게 제가 필요하다고 말씀하셨을 때도 그 말씀을 믿지 못했습니다. 아만다를 사랑하라고 말씀하셨을 때, 그것은 아주 쉬운 일이라고만 생각했습니다. 주여, 도우소서. 당신이 저를 사랑하셨듯이 저도 아만다를 사랑할 수 있게 마음을 열어 주소서.'

벽난로의 불꽃이 부드럽게 타는 소리가 들려왔다. 어린 아내를 품에 안고 있는 미가엘의 마음에도 온기가 퍼지고 있었다. 온몸에 전율이 흘렀다. 미가엘은 한숨을 내쉬며 엔젤을 더는 엔젤로 생각하지 않기로 했다. 이제 이 여자는 그의 사랑을 배신한 창녀가 아니었다. 쇠약하고 낙심한 채 길을 잃고 헤매는 이름 없는 아이였다.

17장

> 너희는 우리의 편지라 ··· 이는 먹으로 쓴 것이 아니요
> 오직 살아 계신 하나님의 영으로 쓴 것이며
> 또 돌판에 쓴 것이 아니요 오직 육의 마음판에 쓴 것이라.
> _고린도후서 3장 2~3절

 용서라는 말은 엔젤에게 낯설기만 했다. 하물며 자비는 생각조차 하기 어려운 일이었다. 그렇기에 엔젤은 자신이 저지른 일을 변상하고 싶었다. 그래서 찾은 방법이 고된 노동이었다. 엄마는 한번도 용서받은 적이 없었다. 그렇게나 많이 아베 마리아와 하늘에 계신 우리 아버지를 찾고도 말이다. 그러니 어떻게 엔젤이 단 한마디로 용서받을 수 있겠는가?
 미가엘에게 보상하기 위해서 엔젤은 열심히 일했다. 집안일을 다 끝내고 나면 밖으로 나가 미가엘에게 일을 더 달라고 말했다. 그가 땅을 갈면 엔젤도 그 뒤를 따르며 바위를 골라서 밭 사이 돌담으로 날랐다. 미가엘이 나무를 베면 손도끼를 가져다가 불쏘시개로 쓸 잔가지를 쳐서 다발로 묶어 헛간에 쌓

앉다. 장작을 패면 그 장작을 쌓았다. 심지어 삽을 가지고 와서 나무 그루터기를 파내는 일을 돕기도 했다.

미가엘이 일을 하라고 말하는 법은 없어서 엔젤 스스로 도울 일을 찾아야 했다. 밤이 되면 완전히 녹초가 되었지만 그렇다고 해서 멍하니 앉아 있지 않았다. 멍하니 앉아 있으면 죄책감이 느껴졌다. 하지만 미가엘은 이런 노력을 기뻐하기는커녕 오히려 아무 말 없이 엔젤을 쳐다보며 생각에 잠기곤 했다. 엔젤을 다시 데려온 것을 벌써 후회하는 걸까?

어느 날 저녁, 미가엘이 책을 읽는 동안 엔젤은 피로와 싸우고 있었다. 미가엘의 목소리에는 깊고 풍부한 울림이 있었다. 엔젤은 피곤에 지친 몸으로 멍하게 앉아 어떻게든 두 눈을 뜨고 있으려 노력했다. 미가엘이 책을 덮어 벽난로 선반 위에 올려놓았다.

"당신, 요새 몸을 너무 혹사하고 있소."

엔젤은 몸을 꼿꼿이 세우고 손에 들고 있던 바느질거리를 쳐다보았다. 두 손이 떨렸다.

"아직 일이 손에 익지 않아서 그래요."

"내 일의 반이나 떠맡아서 하고 있소. 완전히 녹초가 되어서 맥없이 다니고 있지 않소."

"활발하지 않은 성격이라 조용히 있는 것뿐이에요."

미가엘은 엔젤의 어깨에 손을 얹었다. 엔젤이 움찔하는 게 느껴졌다.

"어제 돌을 날라서 몸이 쑤시고 아플 텐데 오늘 아침에는 마구간에서 비료를 삽으로 퍼 나르기까지 했잖소."

"정원에 필요해서 그런 거예요."

"나한테 말하면 해 줄 일인데!"

"하지만 정원은 내 책임이라고 했잖아요!"

미가엘은 더 이야기해 봐야 소용이 없다는 걸 알았다. 엔젤은 속죄를 위한 고행을 선택한 게 분명했다.

"잠깐 나가서 산책 좀 하고 올 테니 먼저 잠자리에 들어요."

미가엘은 언덕 위에 올라 두 팔을 무릎 위에 올려놓고 주저앉았다.

"이제 어떻게 해야 하지?"

모든 것이 이전과 달라졌다. 같은 길을 나란히 걸어가고 있지만 서로 이야기를 나누지도 않았고, 손끝 하나 닿지 않도록 긴장하고 있었다. 엔젤을 집으로 데리고 온 날 밤, 엔젤은 마음을 열고 모든 것을 미가엘에게 쏟아부었다. 그런데 지금 그녀는 죽을 만큼 처절하게 피를 흘리면서도 치료를 거부하고 있다. 미가엘이 엔젤에게 원하는 것은 사랑뿐인데, 엔젤은 마치 노예처럼 일하는 것으로 미가엘을 기쁘게 하려고 한다. 미가엘은 한 손으로 머리를 쓸어넘기다가 그대로 부여잡았다.

'주여, 이제 어찌해야 합니까? 무엇을 어떻게 해야 하나요?'

내 양을 치라.

"어떻게 말입니까?"

미가엘은 밤하늘에 대고 물었다.

조용히 오두막으로 들어선 미가엘은 의자에 앉은 채로 잠들어 있는 엔젤을 보고 가만히 안아 침대에 눕혔다. 너무나 어리고 연약한 모습이었다. 여덟 살 어린 나이로 강간 당한 일을 극복했을까? 그러지 못했을 것이다. 그러니 섹스를 사랑과 관련된 뭔가로 생각하지 않는 것도 당연한 일이었다. 어떻게 그럴 수 있겠는가. 엔젤이 그동안 겪은 일은 절반도 이해하기 어려운 일이다. 찢기고 상한 영혼을 고치실 이는 하나님뿐이다. 하지만 엔젤은 하나님을 거부했다.

'친부가 자신을 증오하고 죽기를 바랐다는 사실을 알고 있는 상처 입은 어린아이에게 어떻게 하나님을 믿으라고 말할 수 있습니까? 절박한 심령의 어머니를 차갑게 거절한 신부를 곁에서 지켜본 그녀에게 어떻게 이 세상이 그렇게 나쁘지만은 않다고 말할 수 있겠습니까? 주여, 아만다는 사탄이나 진배없는 남자에게 성노예로 팔려 갔습니다. 지금껏 만난 사람들에게 이용 당하고, 그 일에 대한 온갖 비난을 혼자 받아야 했습니다. 그런 그녀에게 어떻게 이 세상에는 좋은 사람들도 있으니 믿으라고 하겠습니까?'

미가엘은 엔젤의 머리카락 한 올을 집어 살짝 문질렀다. 엔젤을 데리고 온 그날 이후로 한번도 엔젤과 사랑을 나누지 않았다. 물론 미가엘은 엔젤과 사랑을 나누고 싶었다. 그의 온몸이 엔젤을 바라고 있었다. 하지만 엔젤이 힘없는 목소리로 "공작은 어린 여자아이를 좋아하는 사람이었어요."라고 말한 것을 생각하면 그런 욕망이 흔적도 없이 증발해 버렸다.

'그러니 나와 함께 지내는 내내 어떻게 생각을 했을까? 나

역시 다른 사람들처럼 그녀를 이용해서 쾌락이나 추구하려는 것으로 보았겠지?'

엔젤은 언제나 강한 모습을 보여 주었다. 그리고 그녀는 정말 강한 여자였다. 형언할 수 없는 학대와 강간을 견뎌 내고 살아남을 정도로 강한 사람이었다. 어떤 일을 당해도 적응할 정도로 강한 여자였다. 그리고 스스로를 안전하게 보호하기 위해 마음의 벽을 높이 쌓아올려 그 안에서 혼자 지낼 정도로 강한 여자였다. 사실 다른 방법이 없었을 것이다. 그러니 지금 미가엘이 주고자 하는 것을 이해하지 못하는 것도 당연하다.

'주여, 아만다는 어린아이에 불과했습니다. 어째서 그런 일이 벌어지도록 하셨습니까? 주여, 이해할 수 없습니다. 왜 그러셨나요? 당신은 약한 자와 결백한 자를 보호하시는 주님이 아니셨나요? 어째서 아만다를 보호해 주지 않으셨나요? 어째서 그녀를 도와주시지 않았나요? 어째서?'

아버지에 의해 선지자에게 팔려 간 호세아의 아내 고멜과 엔젤의 경우는 다를 것이 없었다. 창녀의 자녀이며 간음한 여인인 것도 같았다. 고멜이 남편의 사랑으로 죄에서 구원을 얻었던가? 하나님은 이스라엘을 수도 없이 여러 번 구원해 주셨다. 그리스도 역시 이 세상을 구원하셨다.

'하지만 주여, 고멜은 어찌 되었나요? 엔젤은 어찌하나요? 제 아내는 어찌 되나요?'

내 양을 치라.

'계속 그렇게 말씀하시지만 저는 어떻게 해야 할지 도무지 모르겠습니다. 주께서 무슨 뜻으로 하시는 말씀인지 모르겠습니다. 주여, 저는 선지자가 아닙니다. 그저 평범한 농부에 지나지 않습니다. 당신께서 명하시는 일을 감당할 능력이 없습니다. 제 사랑만으로는 충분치가 않습니다. 아내는 여전히 사망의 구렁텅이에서 헤매고 있습니다. 손을 뻗어 보지만 제 손을 잡으려 하지 않습니다. 이미 준 제 사랑을 얻으려고 스스로를 죽여 가고 있습니다.'

충심으로 나를 믿고 따르며 너 스스로의 생각에 기대지 마라.

'그러려고 노력하고 있습니다, 주님. 노력하고 있습니다.'

낙담한 미가엘은 침대 가장자리에 걸터앉았다. 테스의 치마가 스르륵 미끄러져 바닥에 쌓아 놓은 옷더미 위로 떨어졌다. 미가엘은 옷을 줍다가 솔기가 다 헤진 것을 보았다. 옷을 다시 침대 위에 던져 놓고, 빛바랜 셔츠 드레스도 집어서 살펴보았다. 처음 엔젤을 데리러 이층으로 올라갔던 날, 엔젤은 레이스 달린 새틴 드레스를 입고 있었다. 그런데 지금은 누더기나 다름없는 낡은 옷을 입고 있었다. 그것도 죽은 시누이의 옷을.

엔젤은 지금껏 다른 옷을 달라고 말한 적이 없다. 미가엘 역시 다른 생각에 골몰하느라 그런 일에 신경을 쓰지 못했다. 이제는 바꿔야 했다. 새크라멘토는 여기서 멀지 않다. 요셉을 만나러 가지 못할 이유가 없었다. 장사꾼으로서의 감각을 타고난 요셉이라면 서부로 찾아올 가족들에게 필요한 물건들을 이미 마련해 놓았을 것이다.

미가엘은 바울에게 가서 자신과 엔젤이 집을 비우는 동안 가축을 돌봐 달라고 부탁했다. 미가엘의 말을 듣는 순간 바울의 얼굴이 창백해졌다.

"그 여자를 다시 데려온 거야?"

"그래. 다시 집으로 데리고 왔다."

바울은 굳은 얼굴로 아무 말도 하지 않았다. 미가엘은 자신의 아내가 누구인지 다시 상기했다. 바울은 부탁받은 일을 해 주겠다고 말했다.

"새크라멘토에 있는 동안 요셉한테 못 갚은 외상이 있으면 대신 갚아 줄게."

미가엘이 말했다.

"정말 고마운 말이지만, 내 일은 내가 알아서 할게."

미가엘은 잠시 주저하다가 고개를 끄덕였다. 두 사람 사이의 불화가 점점 커지고 있었다. 바울과 미가엘의 굽힐 수 없는 자존심과 죄책감, 그것이 문제였다.

미가엘은 감자 푸대와 양파 상자, 겨울 사과를 담은 나무 상자를 마차에 가득 실었다. 엔젤은 숄을 어깨에 꼭 두르고 헛간 문가에 서 있었다. 엔젤은 아무것도 묻지 않았다.

"바울이 가축을 돌봐 줄 거요."

미가엘은 물건 위에 천막을 치면서 말했다.

"나도 할 수 있어요. 바울에게 그런 부탁할 필요 없어요."

"당신은 나와 함께 가요."

그 말에 엔젤은 상당히 놀란 듯했다. 미가엘은 미소를 지었다.

"오늘 저녁에는 빵을 좀 여유 있게 굽도록 해요. 콩 통조림도 몇 개 준비하고. 내일 아침에는 길을 나서야 하오."

 두 사람은 해가 떠오를 무렵에 출발했다. 엔젤은 거의 말을 하지 않았다. 정오가 되자 두 사람은 마차를 세우고 점심을 먹었다. 그리고 다시 길을 나서 땅거미가 내릴 무렵까지 쉬지 않고 마차를 달렸다. 드디어 완전히 어두워지자 미가엘은 길에서 몇 백 미터 떨어진 곳에 천막을 쳤다. 맑은 하늘 아래 공기가 차가웠다. 엔젤은 땔감을 모았고, 미가엘은 넓은 구덩이를 파서 그 위에 달개지붕을 세웠다. 저녁식사를 마치자 미가엘은 구덩이에 뜨거운 목탄을 퍼 넣었다. 그 위에 고운 흙을 뿌리고 솔가지를 얹은 후 천막 천을 덮고 담요를 깔았다. 엔젤은 미가엘이 만든 임시 침대에 기쁜 마음으로 들어갔다. 흔들리는 마차 때문에 온몸이 욱신거렸다.

 코요테들이 멀리서 짖는 소리가 들려왔다. 엔젤이 미가엘 곁으로 바짝 다가가자 미가엘은 엔젤에게 팔을 둘렀다. 엔젤은 미가엘에게 안겼다. 퍼즐 조각처럼 두 사람은 서로에게 꼭 들어맞았다. 미가엘이 옆으로 고개를 돌려 엔젤에게 키스하고 손가락으로 엔젤의 머리카락을 만지작거렸다. 하지만 잠시 후 미가엘은 몸을 뒤로 빼고 반듯이 누워 하늘의 별을 바라보았다. 엔젤도 몸을 옆으로 뺐다.

 "더는 나를 원하지 않는군요. 그렇죠?"

 미가엘은 엔젤을 쳐다보지 않은 채 말했다.

 "당신을 무척이나 원하오. 하지만 어린아이였던 당신에게 성관계가 어떻게 보였을지 생각하지 않을 수 없소."

"그 이야기를 하지 않는 건데 그랬네요."

미가엘이 고개를 돌려 엔젤을 바라보았다.

"왜 그렇게 생각하지? 당신이 어떤 생각을 하는지, 무엇을 희생하는지도 모르는 채 내 쾌락만 추구해야 한다는 말이오?"

"내가 뭘 희생하거나 그러는 건 아니에요, 미가엘. 이제는 아니에요."

"그래도 여전히 내 이름을 불러 달라고 당신에게 강요해야 하잖소."

엔젤은 대답할 수 없었다.

미가엘은 엔젤에게 돌아누워 다정스레 얼굴을 어루만졌다.

"내가 원하는 건 당신의 사랑이오, 아만다. 내가 당신을 만질 때 느끼는 기쁨을 당신도 느끼기를 바라오. 당신이 나를 기쁘게 해 주는 만큼 나도 당신을 기쁘게 해 주고 싶소."

"당신은 언제나 너무 많은 것을 원하는군요."

"그렇지 않소. 그냥 시간이 좀 걸리는 일일 뿐이지. 우리는 서로를 더 잘 알고 신뢰해야 할 뿐이오."

엔젤은 별이 촘촘히 박혀 있는 하늘을 쳐다보았다.

"사랑에 빠진 창녀를 본 적이 있어요. 그렇게 되면 정말 엉망진창이 되죠."

"어째서?"

"우리 엄마처럼 병적으로 집착하게 되거든요. 두 사람 모두 비참해져요."

엔젤은 자신에게 사랑하는 능력이 없는 것이 다행이라고 생각했다. 예전에 사랑에 빠졌다고 생각한 적이 있지만, 그것도 알고 보니 허상이었을 뿐이다. 조니는 그저 탈출을 위한 도구였다.

"이제 당신은 창녀가 아니오, 아만다. 당신은 내 아내요."

미가엘은 씁쓸한 미소를 지으며 엔젤의 금발 고수머리를 만지작거렸다.

"얼마든지 자유롭게 마음대로 나를 사랑해도 되는 거요."

사랑에 빠진다는 것은 감정을 통제하지 못하게 된다는 의미고, 결국 자신의 의지와 삶을 잃게 된다는 뜻이다. 스스로를 잃어버리는 일이다. 엔젤은 그런 모험을 할 생각이 없었다. 아무리 이 남자라 해도 그런 위험한 일은 하지 않을 것이다.

"내가 만지면 어떤 느낌이 들지?"

미가엘이 손가락 끝으로 엔젤의 볼을 쓰다듬으며 물었다. 엔젤은 미가엘을 쳐다보았다.

"내가 어떤 느낌이 들었으면 좋겠어요?"

"내가 무얼 원하는지는 신경쓰지 말고 당신 마음에 어떤 느낌이 드는지 말해 봐요."

미가엘은 대답을 들을 때까지 포기하지 않고 기다릴 것이다. 거짓말을 해도 금방 알아차릴 것이다.

"사실 특별한 느낌은 없는 것 같아요."

미가엘은 얼굴을 살짝 찡그리며 엔젤의 얼굴을 계속 쓰다듬었다. 미가엘은 엔젤의 부드럽고 매끈한 피부 감촉을 사랑했다.

"당신을 만지면 나는 온몸이 살아나오. 온기가 번지지. 우리가 사랑을 나눌 때 얼마나 근사한 느낌이 드는지는 차마 말로 형용할 수도 없을 정도요."

엔젤은 다시 고개를 옆으로 돌렸다. 꼭 이런 이야기를 나눠야 한단 말인가?

"내가 육체의 사랑을 통해 얻는 이 근사한 느낌을 당신도 느끼고 좋아하게 하려면 어떻게 해야 할지 생각해 봐야겠군."

"그게 그렇게 중요한가요? 내가 뭘 느끼는지가 뭐 그렇게 중요하다고 애를 쓰는 거예요?"

"나한테는 중요한 일이오. 사랑의 쾌감은 함께 나누는 거니까."

미가엘은 엔젤에게 팔을 둘러 꼭 끌어안았다.

"이리 와요. 그냥 안고만 있을게."

엔젤은 옆으로 돌아누워 미가엘의 팔에 머리를 올리고 편안하게 누웠다. 미가엘의 넓은 가슴에 두 손을 올려놓았다. 그는 따뜻하고 단단했다.

"그런 일에 이렇게 신경쓰는 이유를 모르겠어요."

지금까지 엔젤이 어떻게 생각하는지, 무엇을 느끼는지 신경쓴 사람은 아무도 없었다. 그녀가 해야 할 일을 하는 한 아무도 상관하지 않았다.

"당신을 사랑하니까 당연히 신경이 쓰이는 거지."

어쩌면 이 남자는 성에 관한 지식을 이해하지 못하는 것인지도 모른다. 환상을 갖고 섹스를 하는 것인지도 모른다.

"미가엘, 대부분의 여자들은 진짜로 섹스를 즐기지 않아요.

거의 연기를 하죠."

"누가 그렇게 말했소?"

"몇몇 사람이요."

"남자였소, 여자였소?"

"둘 다요."

"그건 주께서 우리 인간에게 바라시는 바가 아니오."

엔젤은 미가엘의 순진한 말에 웃음을 터트렸다.

"하나님이요? 미가엘, 당신 정말 순진하군요. 섹스는 엄청난 원죄예요. 아담과 이브도 바로 그것 때문에 에덴동산에서 쫓겨나지 않았나요?"

그러니까 엔젤도 성경에 대해서 약간은 알고 있는 모양이다. 아마도 엄마가 알려 주었을 것이다. 그런데 왜곡해서 알고 있는 게 문제였다.

"아담과 이브가 에덴동산에서 쫓겨난 건 섹스와 아무런 관련이 없소. 이브의 죄악은 스스로 하나님이 되려던 것이었지. 선악과를 먹으려고 했던 이유가 바로 그거요. 선악과를 먹으면 모든 것을 알고 주님처럼 될 수 있다고 생각했던 거요. 속임수에 넘어갔던 거지. 아담은 약한 사람이라서 이브의 말에 혹해 같이 선악과를 먹는 죄를 지었고."

엔젤은 살짝 뒤로 몸을 빼내 다시 하늘을 쳐다보았다. 애초에 이런 이야기를 꺼내는 게 아니었다.

"당신 말이 맞겠죠. 그 분야에서는 전문가니까."

미가엘이 미소 지었다.

"우리가 첫날밤을 함께 보내기 전에 나는 성경으로 공부를 했소."

엔젤은 놀라서 미가엘을 쳐다보았다.

"그럼 성경에서 첫날밤 무엇을 해야 할지 알게 되었단 말인가요?"

미가엘은 웃음을 터트렸다.

"무엇을 할지는 문제가 아니라, 어떻게 할지가 걱정이었소. 「아가서」에서 남자와 여자의 열정은 서로를 위한 것이어야 한다고 읽었지. 그것은 두 사람이 함께 나누는 축복이라고 말이오."

미가엘의 미소가 서서히 잦아들더니 어느새 어두운 얼굴이 되었다.

엔젤은 미가엘의 품에서 빠져나와 하늘의 별을 보았다. 하나님에 관한 이야기를 시작하자 마음이 불편해졌다. 그 위대하고 대단하신 존재가 저 위에서 엔젤을 바라보고 있을까? 엄마는 불이 꺼져 캄캄해져도 하나님은 모든 것을 볼 수 있다고 말했다. 누군가와 침실에 들었을 때조차 하나님은 다 볼 수 있고, 심지어 무슨 생각을 하는지도 다 안다고 했다. 그 위대한 하늘의 첩자는 엔젤의 생각 하나하나를 모조리 엿듣고 있다고 했다.

엔젤은 진저리를 쳤다. 어두운 밤하늘의 광활함이 엔젤을 두렵게 했다. 작은 소리 하나까지 증폭되어 불길한 기운을 더했다.

'진짜로는 저 위에 아무도 없는 거잖아, 그렇지? 엄마의 머릿속에서 만들어 낸 상상일 뿐이야. 미가엘의 머릿속에서 만들어 낸 이야기일 뿐이야. 그렇지?'

"떨고 있군. 춥소?"

"야외에서 잠을 자는 일은 처음이라서."

미가엘은 엔젤을 옆으로 끌어당겨 안고 하늘의 별자리를 알려 주었다. 오리온, 북두칠성, 페가수스……. 엔젤은 미가엘의 목소리가 전하는 깊은 여운에 젖어들었다. 그는 어둠이나 낯선 소리가 하나도 불편하지 않은 모양이었다. 그렇게 한참을 미가엘의 품에 안겨 있으니 엔젤 역시 편안해졌다. 미가엘이 잠든 후에도 엔젤은 한참 동안 미가엘이 하늘에 그려 준 그림을 바라보았다. 하지만 감히 하나님에 관한 생각은 다시 할 수 없었다.

다음 날 아침 동이 틀 무렵, 두 사람은 다시 길을 나섰다. 낮은 산기슭을 벗어나자마자 가을비로 촉촉해진 들판의 푸른 잔디가 펼쳐졌다. 우람한 떡갈나무들이 점점이 자리 잡고 있었다. 역마차 한 대가 빠르게 언덕을 올라와 요란하게 진흙을 튀며 지나가자 미가엘이 얼른 엔젤에게 몸을 기울여 막아 주었다.

새크라멘토 초입에 도착할 무렵 엔젤은 눈앞에 펼쳐진 풍경에 흥미진진해졌다. 일 년 전에 공작부인과 마이 링, 럭키와 함께 이곳을 지나친 적이 있다. 그때는 이곳에 천막촌과 판잣집이 떼 지어 모여 있었다. 그런데 지금 새크라멘토는 제대로 된 건물이 즐비한 신흥 도시가 되어 있었다. 거리에는 마차와 행인으로 가득했다. 정장을 차려입고 여유를 부리는 사람들이 있는가 하면 이제 막 광산에서 돌아온 듯 삽이 든 배낭을 둘러맨 사람도 보였다. 어두운 색의 모직 드레스와 망토를 걸친 여자들도 보였다. 몇몇 여자들 곁에는 아이들이 있었다.

미가엘이 넓은 대로로 마차를 몰자 대형 호텔 건물과 두 개의 레스토랑, 여섯 개의 살롱이 보였다. 남자들이 길게 줄을 서 있는 이발소와 부동산 간판을 단 가게도 있었다. 다음 블록에 접어들자 건설회사가 눈에 들어왔고, 이어서 청바지와 묵직한 코트, 챙이 넓은 모자를 전시하고 있는 잡화점도 보였다. 엔젤의 왼편으로는 광부들을 위한 잡화점과 극장, 보석감정 사무실이 있었다. 반대편에는 이층짜리 건물에 철조망과 못, 말발굽 등을 광고하는 간판이 보였다. 광부들을 위한 가게가 몇 개 더 있었고, 이어서 마차 바퀴가 세워져 있는 곡물 종자 가게와 통을 파는 큰 소매점이 보였다. 고약을 판다는 광고문이 붙은 약국 앞에는 열두어 명의 남자들이 줄을 서 있었다. 또 다른 역마차가 진흙을 튀며 옆을 지나갔다.

"바울이 그러는데 요셉은 강가에 가게를 냈다더군. 그래야 샌프란시스코에서 올라오는 배에 실린 물건을 사는 데 유리하다고."

미가엘은 마차를 다른 쪽 길로 돌리면서 말했다.

미가엘은 지나가는 남자들이 엔젤을 보려고 고개를 돌리는 것을 보았다. 엔젤은 진흙탕이 가득한 도시에 보기 드문 보석과도 같은 존재였다. 사람들은 걸음을 멈추고 빤히 쳐다보거나 빗줄기가 내리기 시작했는데도 모자를 벗어 인사를 건넸다. 엔젤은 미가엘 곁에 등을 꼿꼿이 세우고 앉아 앞만 바라보고 있어서 그런 상황을 전혀 눈치 채지 못했다. 미가엘은 의자 뒤에 손을 뻗어 담요를 꺼냈다.

"이걸로 몸을 감싸요. 비도 막아 주고 따뜻할 거요."

엔젤은 미가엘을 흘깃 쳐다보면서 긴장을 살짝 풀었다. 하지만 어깨에 담요를 두르는 엔젤의 표정은 여전히 불편해 보였다. 엔젤은 두 사람 앞에 나타난 돛단배들을 보았다. 미가엘은 강가를 따라 난 길로 마차를 몰았다. 커다란 살롱 옆에 요셉의 가게가 있었다. 페어러다이스에서 운영하던 가게보다 두 배는 큰 가게였다. 문 위에 붙어 있는 간판에는 자랑스레 "태양 아래 모든 물건을 팝니다."라고 쓰여 있었다. 미가엘은 가게 앞에 마차를 세우고 훌쩍 뛰어내려 엔젤을 높은 의자에서 내려 주고 나서 진흙탕을 지나 널빤지가 깔린 보행로로 안내했다.

두 명의 젊은이가 상점에서 나왔다. 이야기를 나누던 그들은 엔젤을 보자 말을 멈추고 모자를 홱 벗어 든 채, 기절한 나귀처럼 멍한 표정으로 정신없이 엔젤을 쳐다보았다. 그 옆에서 미가엘이 부츠에 묻은 진흙을 털어내고 있는 건 미처 보지 못했다. 미가엘이 그 두 남자를 흘깃 보고는 미소를 지으며 엔젤의 팔을 잡았다.

"두 신사 분께서 좀 비켜 주시겠습니까?"

두 사람은 사과의 말을 중얼거리며 문 앞에서 비켜섰다.

가게 뒤쪽에 프랭클린 난로가 있는 것을 본 엔젤은 미가엘이 일을 보는 동안 그 앞에서 몸을 녹이고 있겠다고 말했다. 흘깃 살펴보니 요셉은 사다리를 타고 선반 맨 위에 있는 통조림을 아래 서 있는 점원에게 던져 주고 있었다. 엔젤은 조금 전에 문 앞에서 만난 두 젊은 남자가 다시 가게 안으로 들어오는 것을 보았다. 미가엘은 다양한 장비들이며 재킷과 부츠가 전시된 선반을 천천히 가로질러 계산대로 걸어갔다.

"무슨 잡화상이 이래? 감자도 없고 말이야."

아무 생각 없이 아래를 내려다보던 요셉의 얼굴에 서서히 커다란 미소가 어렸다.

"미가엘!"

요셉은 민첩한 동작으로 재빨리 사다리에서 내려와 손을 내밀었다. 나머지 통조림은 점원에게 알아서 처리하라고 지시한 요셉은 미가엘을 데리고 가게 한쪽으로 갔다. 요셉은 엔젤 쪽을 한 번 흘깃 쳐다보았다가 놀란 기색이 역력한 얼굴로 다시 엔젤을 보았다. 미가엘도 고개를 돌려 미소 띤 얼굴로 엔젤을 쳐다보며 윙크를 해 보이고 요셉에게 뭔가를 말했다.

엔젤은 두 사람에게서 고개를 돌려 난로에 가까이 다가섰다. 조금 전 두 젊은이 중 한 명이 엔젤 옆으로 다가왔다. 엔젤은 그를 무시하려 했지만 뚫어지게 바라보는 시선을 의식하지 않을 수 없었다. 다른 젊은이도 옆에 와 있었다. 엔젤은 어깨에 두른 숄을 더욱 바짝 당겨 몸을 감싸고 차가운 시선으로 두 사람을 쳐다보았다. 엔젤이 귀찮아한다는 것을 눈치채기를 바랐다. 두 사람 모두 바짝 마른 체구에 여기저기 기운 코트를 입고 있었다.

"저는 퍼시라고 합니다."

한 남자가 말했다. 다른 남자와 마찬가지로 턱수염도 나지 않은 앳된 나이로 보였지만, 피부는 검게 그을려 있었다.

"지금 막 투올름에서 돌아온 참입니다. 염치없이 빤히 쳐다봐서 죄송합니다, 부인. 하지만 이런 숙녀 분을 뵙게 된 것이 그야말로 오랜만의 일이라 그렇습니다."

그는 옆에 서 있는 친구를 고갯짓으로 가리켰다.

"여기는 같이 일하는 친구, 퍼거슨입니다."

엔젤은 퍼거슨이라는 남자를 쳐다보았다. 그의 얼굴이 금세 붉어졌다. 엔젤은 팔을 손으로 문질러 냉기를 쫓으며 어서 이 남자들이 가 버리기를 바랐다. 이름이 뭔지, 어디서 왔는지, 무얼 하고 지냈는지 따위는 관심 없었다. 아무 말 없이 침묵을 지키면 남자들이 제풀에 그만두리라고 생각했는데 퍼시라는 남자가 오히려 용기를 얻어서는 펜실베이니아에 있는 자기 고향 이야기며 그곳에 두고 온 두 누나와 세 남동생, 그리고 부모님의 이야기까지 늘어놓았다.

"이곳이 얼마나 근사한 곳인지 가족들에게 편지를 써서 전했죠. 그래서 모두들 이곳으로 옮겨올 생각이랍니다. 퍼거슨의 가족도 함께요."

미가엘이 무슨 생각을 하는지 알 수 없는 얼굴로 다가오고 있었다. 엔젤은 자신이 이 남자들을 꼬여 냈다는 오해를 받을까 봐 두려웠다. 미가엘은 엔젤의 허리를 감아 안으며 소유욕을 드러내기는 했지만, 얼굴에는 밝은 미소를 짓고 있었다.

"저희가 부인께 말을 걸어서 불쾌하셨다면 죄송합니다, 선생님."

"아닙니다. 하지만 혹시 제 마차에서 짐을 내리는 걸 좀 도와주시면 어떨까 부탁드리고 싶은데요."

두 젊은이는 흔쾌히 응했다. 엔젤은 두 사람이 뒤로 돌아서자 비로소 안도하고 미가엘의 기분을 살폈다. 미가엘은 여전히 미소 짓고 있었다.

"악의 없는 외로운 친구들일 뿐이오. 만약 저 젊은이들이 당신을 고깃덩어리 보듯 쳐다봤다면 당장 주먹질로 머리를 날려 버렸겠지만, 그렇지 않았잖소. 그렇지?"

"그래요. 숙녀를 본 게 정말 오랜만의 일이라고 하더군요."

엔젤은 재미있다는 듯 살짝 웃었다.

"하지만 결혼한 숙녀란 사실은 잊지 말아요."

미가엘이 진열장 쪽을 고갯짓으로 가리키며 말했다.

"요셉이 파는 천을 좀 살펴보고 마음에 드는 걸 고르도록 해요."

미가엘은 엔젤을 데리고 금광에서 사용하는 도구들이 놓여 있는 진열장을 지나 천이 몇 필 있는 진열장 앞에서 걸음을 멈췄다.

"이거 한 필이면 드레스 세 벌은 만들 수 있겠군."

미가엘은 마차에서 짐을 내리러 젊은이들이 있는 곳으로 갔다. 엔젤은 미가엘이 좋아할 것 같은 짙은 회색의 모직천과 갈색으로 된 것 하나를 골랐다. 잠시 후 돌아온 미가엘은 엔젤의 선택을 보고 전혀 기뻐하지 않았다.

"테스가 갈색과 검은색 옷을 입었다고 해서 당신도 꼭 그렇게 입어야 하는 건 아니오."

미가엘은 엔젤이 고른 천을 다른 진열장에 던져 버리고 쌓여 있던 옷감 맨 아래서 밝은 하늘빛 천을 끄집어냈다.

"당신에게는 이게 더 잘 어울리겠소."

"비쌀 거예요."

"우리한테 이 정도 여유는 있소."

미가엘은 그 천과 어울릴 만한 밝은 적갈색과 연한 노란색 격자무늬 천을 한 필 더 집었다. 그다음에는 짙은 녹색과 꽃무늬 깅엄 천을 뽑아 들었다. 요셉은 꽃무늬가 있는 면을 두 필 더 가져왔다.

"여기 있는 것들은 모두 지금 막 도착한 물건이네. 조금 있으면 더 많은 물건이 들어올 걸세. 가능한 한 많이 들여놓을 생각이야. 남편들이 아내와 아이들을 데리고 오고 있거든."

요셉은 엔젤에게 고개를 끄덕여 인사하고 미소 지었다.

"안녕하세요, 엔젤. 다시 만나 반갑습니다. 단추도 한 상자 있고, 하얀색 아마포도 한 필 더 있답니다. 붉은색 플란넬 천도 두 필이나 더 있어요. 한번 보시겠어요?"

"그러지. 모직 스타킹이랑 부츠, 장갑, 그리고 쓸 만한 코트도 필요한데."

미가엘이 대답했다. 요셉은 물건이 있는지 알아보려고 자리를 떴다. 미가엘은 푸른색과 하얀색이 섞인 깅엄 천 한 필을 들어 보였다.

"이걸로 커튼을 만들면 어떻겠소?"

"예쁘겠네요."

엔젤은 미가엘이 그 천을 다른 천 위에 쌓아 놓는 것을 보았다. 요셉은 단추 상자를 들고 와서 보여 주었다.

"우리가 쓸 만한 난로를 구하려면 시간이 얼마나 걸리겠나?"

미가엘이 물었다.

"배는 언제나 오니까 오래 걸리지 않네. 얼마만 한 난로를 원하는지만 얘기해 주면 준비해 놓겠네."

미가엘은 난로의 크기를 말했다. 엔젤은 미가엘의 팔에 손을 올리고 작게 말했다.

"미가엘, 그건 너무 크잖아요. 게다가 집에는 이미 벽난로가 있어요."

"새 난로가 훨씬 유용할 것 같아서. 장작도 덜 들고. 밤새 오두막을 따뜻하게 해 줄 거요."

"하지만 얼만데요?"

"엔젤, 미가엘하고 그런 일로 말씨름하지 말아요. 녀석이 감자와 당근 값으로 부른 돈이면 그런 난로 하나쯤이야 너끈히 사고도 남아요."

"채소에 매기는 것처럼 난로에 비싼 값을 매기지 않는다면 그렇겠죠."

엔젤이 되받아쳤다. 남자들은 크게 웃었다.

"아무래도 물건 흥정은 아내에게 맡기는 게 좋겠군."

미가엘이 이렇게 말하고 식기 한 벌을 사겠다고 말을 하자 엔젤은 뒤로 물러서서 프랭클린 난로 옆으로 갔다. 미가엘이 자기 돈을 한 푼도 남기지 않고 다 써 버리겠다고 해도 엔젤이 상관할 일이 아니었다.

요셉이 두 사람에게 저녁을 먹고 하룻밤 묵었다 가라고 말했다. 미가엘의 주머니를 완전히 털어 버렸으니 사실 그 정도 대접이야 얼마든지 해 줄 수 있는 일이었다.

"근처에 있는 호텔에는 방이 없을 걸세. 겨울이라 사람들이 모두 산에서 내려왔거든."

요셉은 두 사람을 이층으로 몰아대며 말했다.

"게다가 자네랑 이야기를 나누는 것도 정말 오랜만이지 않은가."

이층은 편안하게 지낼 수 있게 잘 꾸며져 있었다.

"여기 있는 건 거의 공짜나 다름없는 가격으로 산 것들이네. 동부에서 배를 타고 온 친구가 금광에서 한몫 잡은 신흥 백만장자들의 집에 팔아먹으려고 근사한 소파를 비롯해 치펜데일식 가구를 잔뜩 들여왔지. 거기에 일 톤은 나갈 모기장에 파나마 지협에 사는 사람이 다 쓰고도 남을 만큼의 파나마 모자까지 말이야."

요셉은 두 사람을 강이 내려다보이는 단정한 응접실로 안내했다. 멕시코인 요리사가 맛있어 보이는 로스트비프와 감자를 우아한 도자기 그릇에 담아 왔다. 요셉은 외국에서 수입한 최상급 차를 따라 주었다. 나이프와 포크, 수저는 은이었다. 이야기는 주로 요셉이 했다.

"가족을 서부로 불러올 생각이네. 어머니는 내가 아내를 맞이하면 오시겠다고 하지만."

미가엘은 테이블 너머에 앉아 있는 요셉에게 싱긋 웃어 보였다.

"어머니께 아내감을 데리고 와 달라고 말했나?"
"그럴 필요도 없었어. 이미 한 명 점찍어 놓고 잘 포장해서 서부로 보낼 만반의 채비를 끝내셨다네."

저녁식사를 마치자 요셉이 커피를 따라 주었다. 두 남자는 정치와 종교에 관한 이야기를 나누었다. 두 사람의 생각에는 차이가 있었지만 대화는 심한 논쟁 없이 원만하게 이어졌다. 엔젤은 졸렸다. 캘리포니아가 주가 되든 말든 금광 회사가 이 황금의 나라를 지배하든 말든, 또 요셉이 주장하듯이 예수가 그가 기다리는 메시아가 아니고 한낱 선지자에 불과하든 아니든 엔젤은 관심 없었다. 비가 와서 강물이 불든 말든 신경쓸 일이 아니었다. 새로운 쟁기가 칠십 달러밖에 안 되는데 삽 하나에 삼백 달러가 나가든 말든 모두 상관없는 일이었다.

"엔젤은 그만 잠자리에 드는 게 좋겠군."

요셉이 잠이 든 엔젤의 모습을 보고 난로에 장작 하나를 더 넣으며 말했다.

"손님 침실은 저 문을 열고 나가면 오른쪽에 있네."

요셉은 미가엘이 조심스레 아내를 안아서 방으로 데리고 가는 모습을 지켜보았다. 요셉은 남은 커피를 마저 마셨다. 요셉은 프랭클린 난로 옆에 서 있는 엔젤을 본 이후 계속해서 엔젤을 유심히 살펴보았다. 아무리 봐도 남자들의 숨을 턱 막히게 하는 빼어난 미모를 가진 여자였다. 미가엘이 다시 돌아와 앉자 요셉은 미소를 지었다.

"자네가 처음 엔젤을 보았을 때의 표정은 잊을 수가 없었네만, 자네가 엔젤과 결혼했다는 소식을 들었을 때는 정말이지 자네가 미쳤다고 생각했네."

건실한 남자가 타락한 여자에게 빠져 강박관념을 갖고 지내다 인생을 망치는 경우는 얼마든지 있었다. 요셉은 미가엘이 걱정되었다. 이렇게 어울리지 않는 한 쌍은 본 적이 없었다. 성자와 죄인이라니.

"지금도 여전히 처음과 같은 마음인 것 같군."

미가엘은 크게 웃으며 커피잔을 집어 올렸다.

"내가 달라졌을 거라고 생각했나?"

"엔젤이 자네 마음을 잘 받아 주면 좋겠군."

미가엘의 미소가 흐려졌다. 고통스러운 기색이 엿보였다.

"그렇게 하고 있네."

"많이 바뀌었더군."

요셉이 말했다. 물론 엔젤에게 사랑에 빠진 여자 특유의 환한 빛은 보이지 않았다. 두 눈 가득 반짝이는 빛도 찾아볼 수 없었고, 두 볼이 발갛게 달아오르는 법도 없었다. 하지만 뭔가 이전과는 달라진 듯 보였다.

"정확히 뭐라고 설명할 수는 없네만, 내가 기억하는 만큼 까다로워 보이지는 않았어."

"원래 까다로운 여자가 아닐세. 그런 척하고 다닌 것뿐이지."

요셉은 더는 아무 말도 하지 않았다. 하지만 매주 월, 수, 금에 메인스트리트를 산책하던 아름다운 창녀에 대한 기억은 여전히 생생했다. 요셉도 다른 사람들처럼 거리로 나와서 그 완벽한 아름다움에 넋을 잃고는 했다. 하지만 그때 그녀는 분명 까다롭고 완고해 보였다. 화강암만큼이나 단단해 보였다. 지금 미가엘은 엔젤 같은 여자에게는 분에 넘치는 사랑을 쏟아 붓고 있으니 엔젤의 그런 모습을 보지 못하는 것이리라. 하지만 어쩌면 그런 미가엘의 사랑이 엔젤을 변화시켰는지도 몰랐다. 엔젤은 미가엘 같은 남자를 한번도 만나 보지 못했을 것이다. 엔젤이 했던 일을 생각하면 어림없는 일이다. 미가엘이 엔젤에게는 새로운 경험이 될 것이다. 요셉은 속으로 가만히 미소 지었다.

사실 그에게도 미가엘은 새로운 경험이었다. 그는 매우 보기 드문 사람이었다. 자신의 신념에 따라 매일 매일, 한 시간 한 시간을 충실히 보냈고, 그 신념에 따른 행동이 아무리 힘겨워도 굽히지 않았다. 상냥하고 점잖으며 부드러웠지만 약한 구석이라고는 눈을 씻고 봐도 찾아볼 수 없었다. 그는 요셉이 지금껏 만난 그 어떤 사람보다 강한 의지를 지닌 사람이었다. 마치 노아 같았다. 양치기 왕 다윗 같았다. 미가엘은 하나님의 뜻에 따라 사는 사람이었다.

    요셉은 엔젤이 온 인류의 귀감이 될 만한 미가엘의 심장을 찢어 버려 그를 파멸로 이끌어 가는 일이 없도록 해 달라고 하나님께 기도했다.

18장

> 무엇이든지 남에게 대접을 받고자 하는 대로 너희도 남을 대접하라.
> _예수(마태복음 7장 12절)

다음 날 아침, 사들인 물건을 모두 마차에 실은 미가엘과 엔젤은 일찍 길을 나섰다. 미가엘은 종자 가게에 들러 봄에 심을 씨앗을 사고, 시내를 가로질러 작은 건물에 들렀다. 미가엘이 마차에서 내려 마차를 빙 돌아가서 엔젤을 안아 마차에서 내려 주었다. 엔젤은 문 앞에 도착해서야 비로소 자신이 교회에 왔다는 것을 알았다. 노랫소리가 들려왔다. 엔젤은 미가엘에게 잡힌 손을 빼고 고개를 가로저었다.

"당신만 가요. 나는 여기서 기다릴게요."

미가엘은 미소 지었다.

"한번 가 봅시다. 나를 봐서라도."

미가엘은 엔젤의 손을 다시 잡았다. 교회 안으로 들어서자 엔젤은 숨이 막히는 것 같았다. 몇몇이 고개를 들어 엔젤을 쳐다보았다. 늦게 도착한 두 사람을 의식하는 사람들이 점점 많아지자 엔젤의 심장은 금방이라도 밖으로 터져 나올 것 같았다. 미가엘은 두 사람이 앉을 자리를 찾았다.

엔젤은 두 손을 꼭 잡고 고개를 푹 숙였다. 교회에 오다니, 이게 도대체 무슨 짓이지? 같은 줄 끝에 앉은 여자가 고개를 쑥 빼고 엔젤을 쳐다보았다. 엔젤은 고개를 들고 똑바로 앉아 앞만 바라보았다. 앞줄에서도 한 명이 어깨너머로 흘깃 뒤를 돌아보았다. 교회는 여자들로 가득 차 있었다. 엄마에게 등을 돌렸던 그 여자들처럼 근면하게 노동하며 평범하게 살아가는 여자들이었다. 엔젤이 어떤 여자인지 알면 이 여자들 역시 엔젤에게 등을 돌릴 것이다.

암갈색 보닛을 쓴 검은 머리 여자가 엔젤을 유심히 살피고 있었다. 입술이 바짝 말라 왔다.

'내가 누군지 벌써 알아차린 걸까? 이마에 낙인이라도 찍혀 있나?'

목사는 엔젤을 응시하며 죄와 벌에 대해 이야기했다. 엔젤은 식은땀을 흘리며 한기를 느꼈다. 욕지기가 올라오고 있었다.

다들 일어서서 노래를 불렀다. 미가엘이 노래하는 걸 처음 들었다. 굵직하고 깊은 목소리였다. 미가엘은 옆에 있는 남자가 보여 주는 찬송가를 보지 않고도 노래를 정확하게 따라 불렀다. 미가엘은 이곳에 어울리는 사람이었다. 이곳의 모든 것을 믿고 있는 것이 분명했다. 엔젤은 다시 시선을 앞으로 돌렸다. 목사의 검은 눈동자와 눈이 마주쳤다.

'저 사람은 알고 있는 거야. 엄마의 신부님이 알고 있었던 것처럼.'

당장 여기서 나가야겠다는 생각이 들었다. 사람들이 다시 자리에 앉으면 목사가 엔젤을 지목해 가리키며 여기서 무얼 하고 있느냐고 다그칠 것이다. 겁에 질린 엔젤은 나란히 앉아 있던 사람들에게 비켜 달라고 부탁하며 미친 듯이 출입구 쪽을 향해 걸었다. 이제 모든 사람이 엔젤을 쳐다보고 있었다. 서둘러 뒷문으로 빠져나가려는 순간, 한 남자가 웃는 모습이 눈에 들어왔다. 숨이 턱 막혀 왔다. 엔젤은 현기증과 싸우며 마차에 기대어 섰다.

"괜찮소?"

미가엘이 물었다. 엔젤은 미가엘이 뒤따라 오리라고는 생각하지 못했다.

"난 괜찮아요."

"그냥 내 옆에 앉아만 있는 것도 안 되겠소?"

엔젤은 돌아서서 미가엘을 올려다보았다.

"싫어요."

"예배는 참석하지 않아도 좋소."

"나를 다시 데리고 들어가려면 질질 끌고 가야만 할 거예요."

미가엘은 엔젤의 불안한 얼굴을 찬찬히 살펴보았다. 엔젤은 두 팔로 몸을 감싸 안고 미가엘을 올려다보았다.

"아만다, 몇 달 만에 교회에 온 거요. 내겐 공동체의 교제가 필요하오."

"당신한테 나오라고 말한 적 없어요."

"혼자서 괜찮겠소?"

"그럼요."

엔젤이 손을 뻗어 마차 좌석으로 올라가려 하자 미가엘이 안아 올려 주었다. 미가엘의 손길이 닿자 엔젤의 마음이 가라앉았다. 거칠게 굴었던 게 미안한 엔젤은 미가엘에게 자신의 상황을 설명하고 싶었다. 하지만 몸을 돌렸을 때 미가엘은 이미 교회 안으로 사라진 뒤였다. 엔젤은 뭔가를 잃은 것만 같았다.

교회 안에서는 사람들이 다시 노래를 부르기 시작했다. 목소리가 우렁차서 밖에서도 가사를 분명히 알아들을 수 있었다.

"믿는 사람들은 군병 같으니 앞에 가신 주를 따라갑시다……."

그래, 이것은 군병이 나서야 하는 전쟁이다. 하나님과 미가엘, 그리고 온 세상에 대항하여 싸우는 전쟁. 하지만 때로 엔젤은 더는 싸울 필요가 없기를 바라기도 했다. 계곡으로 돌아가고 싶다는 생각이 들었다. 미가엘과 엔젤 두 사람만 지내던 처음 그때로 돌아가고 싶었다. 바울이 계속 금광에 머물렀다면 좋았을 것이다. 그랬다면 상황은 달라졌을 것이다. 하지만 그것도 잠시였을 것이다. 조만간 세상이 덮쳐 왔을 테니.

'엔젤, 넌 그와 어울리지 않아. 그렇게 되는 일은 없을 거야.'

마침내 예배가 끝나고 사람들이 쏟아져 나왔다. 미가엘보다 먼저 나온 사람들은 어김없이 마차 위에서 미가엘을 기다리고 있는 엔젤을 쳐다보았다. 몇몇 여자들은 무리 지어 이야기를 나누다가 엔젤을 보고 말을 멈추기도 했다. 내 이야기를 하고 있던 걸까? 엔젤은 교회 문만 바라보며 미가엘이 나오기를 기다렸다. 마침내 미가엘이 나왔다. 옆에는 목사가 서 있었다. 두 사람은 한동안 이야기를 나누고 악수했다. 미가엘이 계단을 내려왔고, 검은 예복을 입은 남자는 엔젤을 응시했다.

심장이 다시 요동쳤다. 피부에 송송 땀이 맺히는 게 느껴졌다. 미가엘이 성큼성큼 엔젤에게 다가와 마차에 올라타 고삐를 잡고 아무 말 없이 마차를 출발시켰다.

"성당처럼 보이지 않던데요. 신부님도 안 보이고."

마차는 언덕을 내려가 강가 도로를 향해 달리고 있었다.

"주님은 종파에 상관하지 않으신다오."

"엄마는 가톨릭 신도였지만 나도 그렇다고 말하진 않았어요."

"그럼 어째서 교회 안에 있는 걸 두려워한 거요?"

"두려워하지 않았어요. 그냥 구역질이 났어요. 온통 위선자들뿐이라서."

"죽을 만큼 두려워했잖소. 손바닥이 아직도 이렇게 축축한데."

미가엘이 엔젤의 손을 잡았다. 엔젤은 손을 잡아 빼려 했지만 미가엘이 더욱 꽉 잡았다.

"하나님이 없다고 확신한다면서 어째서 그분을 두려워하는 거요?"

"하늘에 둥둥 떠다니며 나를 벌레처럼 짓밟을 기회만 노리는 그런 존재는 원하지 않아요!"

"하나님은 비난하거나 책망하시는 분이 아니에요. 용서하시는 분이지."

엔젤은 손을 비틀어 잡아 뺐다.

"그래서 우리 엄마를 그렇게 용서하셨나요?"

미가엘은 엔젤을 미치게 만드는 침착한 태도와 확신 어린 시선으로 엔젤을 응시했다.

"아마도 어머니는 스스로를 용서하지 못했던 걸 거요."

미가엘의 말은 엔젤에게 충격을 안겨 주었다. 엔젤은 똑바로 앉아 앞을 노려보았다. 미가엘이 무슨 생각을 하든 신경쓸 일이 아니다. 이 불쌍한 바보는 이 세상이 어떻게 돌아가는지 아무것도 모른다.

엔젤의 마음을 알 길 없는 미가엘은 이 문제를 끝까지 밀어붙이기로 했다.

"당신도 하나님에 대해 생각하고 있지 않소?"

"우리 엄마가 믿음을 가졌다고 해서 내가 교회에 발을 디딜 거라고 생각하는 건 아니겠죠?"

"라합과 룻, 밧세바, 마리아도 발을 디뎠으니, 당신에게도 발 디딜 자리가 분명 있을 거요."

"그 사람들이 누군지 하나도 모르겠네요."

"라합은 창녀였소. 룻은 공공연한 타작마당에서 결혼하지 않은 남자의 잠자리에 몰래 들어갔던 여자고. 밧세바는 남편 몰래 부정을 저질렀지. 밧세바의 임신 사실을 안 정부는 밧세바의 남편을 살해할 음모를 꾸몄고, 마리아는 정혼자가 아닌 다른 이의 아이를 잉태했소."

엔젤은 미가엘을 뚫어지게 쳐다보았다.

"행실이 좋지 않은 여자들과만 어울리는 고약한 버릇이 있는 줄은 몰랐네요."

미가엘이 크게 웃었다.

"모두 예수님의 가계에 있는 여자들이오. 「마태복음」의 서두에 나오는 이름들이지."

엔젤의 목소리는 차분했지만, 미가엘을 보는 눈빛은 사나웠다.

"그런 사람들을 들이대면 내가 할 말이 없을 거라고 생각했어요? 그렇다면 어디 말해 봐요. 그 시시한 이야기들이 모두 사실이라면 어째서 신부님이라는 사람은 우리 엄마와 이야기조차 나눠 주지 않았나요? 방금 나열한 그런 여자들 정도라면 우리 엄마도 빠지지 않을 것 같은데요."

"그때 일은 나도 어떻게 된 건지 말해 줄 수 없소. 신부도 한낱 사람일 뿐이오. 하나님이 아니지. 다른 사람들처럼 인간적인 편견이나 결점을 갖고 있을 수밖에. 당신 어머니 일은 정말 안타깝게 생각하오. 하지만 지금 나는 당신이 더 걱정이오."

"왜요? 내 영혼을 구해 내지 못해서 내가 지옥에 떨어질까 봐?"

엔젤은 비아냥댔다.

"지옥이라면 이미 겪어 봤잖소."

미가엘은 다시 고삐를 휘둘렀다.

"당신에게 설교를 늘어놓을 마음은 없지만 그렇다고 내가 믿는 바를 포기할 생각도 없소. 당신의 마음을 편하게 해 주려고 내 신앙을 접을 수는 없으니까. 그 어떤 일이 있어도 포기할 수 없는 것이오."

엔젤은 손잡이를 잡은 손에 힘을 주었다.

"당신에게 그렇게 하라고 말한 적 없어요."

"말로 한 적은 없지만, 내가 교회 안에 있는데 아내가 밖에서 마차 위에 올라타 기다리고 있다면 그 사실만으로도 상당한 압력을 느끼게 마련이지."

"아내를 질질 끌고 교회로 들어가는 건 어떻고요?"

미가엘이 흘깃 곁눈질로 엔젤을 보았다.

"당신 말도 맞아. 미안하오."

엔젤은 또다시 등을 꼿꼿이 세우고 앞을 바라보며 입술을 깨물었다. 그리고 곧 떨리는 숨을 천천히 내뱉은 후에 이렇게 말했다.

"난 도저히 그 안에 앉아 있을 수 없었어요, 미가엘. 그냥 그렇게 할 수가 없었어요."

"이번에는 어려웠겠지만 다음에는 좀 쉬워질 거요."

"아니, 앞으로도 계속 그럴 거예요."

"어째서?"

"나를 놀려대던 사람들과 함께 있어야 할 이유가 있나요? 그들은 모두 똑같아요. 뉴욕의 항구든지 캘리포니아의 진흙투성이 산허리든지 아무런 차이가 없어요."

엔젤은 스산한 웃음을 터트렸다.

"판잣집에 찾아오는 남자를 아버지로 둔 남자아이가 있었어요. 그 남자 손님은 엄마의 단골이었죠. 그 남자의 아들은 엄마와 나를 보면 저속한 욕을 퍼부어댔어요. 그래서 나는 수요일 오후면 그 아이의 아버지가 어디에 있는지 그 애에게 알려 줬죠. 물론 그 아이는 내 말을 믿지 않았어요. 엄마는 내가 잔인하고 심한 일을 했다고 말했죠. 그때 나는 진실이 얼마나 삶을 피폐하게 하는지 몰랐어요. 며칠 후, 그 아이는 호기심에 아버지의 뒤를 밟다가 진실을 알게 되었죠. 나는 이제 그 아이가 엄마와 나를 귀찮게 하는 일이 없겠다고 생각했어요. 하지만 아니었어요. 그 애는 그 후로 나를 더욱 증오했어요. 그 아이와 친구들은 골목길에 숨어 있다가 내가 나타나면 온갖 쓰레기를 던져댔어요. 그런데 매주 일요일이면 그 아이들이 말끔하게 차려입고 무리 지어 엄마 아빠와 함께 성당에 앉아 있었어요."

엔젤이 고개를 들어 미가엘을 쳐다보았다.

"신부님은 그 아이들에게는 말을 걸었죠. 미가엘, 난 교회에 가지 않을 거예요. 절대로."

미가엘은 다시 엔젤의 손에 깍지를 꼈다.

"그 일과 하나님은 아무 상관도 없소."

엔젤의 두 눈은 이상하게 뜨거워져 따끔거렸다.

"그렇지만 그 일을 멈춰 주시지도 않았잖아요, 그렇죠? 당신이 언제나 읽어 주던 그 하나님의 자비하신 은혜는 도대체 어디 있는 건가요? 우리 엄마에게는 어째서 그 자비를 조금도 베풀어 주시지 않았던 거죠?"

미가엘은 한동안 아무 말도 하지 않았다.

"당신에게 친절한 말을 해 준 사람이 한 명도 없었소?"

엔젤의 입술이 일그러졌다.

"많은 남자가 나에게 예쁘다고 말해 줬죠. 내가 자라기만 기다린다고 말했어요."

엔젤은 턱을 들어올리며 시선을 멀리 옮겼다.

미가엘이 잡은 엔젤의 손은 차가웠다. 엔젤이 온 힘을 다해 스스로를 방어했지만 그 끔찍한 고동은 고스란히 미가엘에게 전해졌다.

"아만다, 거울을 보면 당신 눈엔 뭐가 비치지?"

엔젤은 한참 동안 대답을 하지 않다가 아주 작은 목소리로 답했다.

"우리 엄마요."

두 사람은 개울가에서 멈춰 섰다. 미가엘이 마차에서 말을 풀어 근처에 있는 나무에 묶는 동안 엔젤은 담요를 펴고 점심 바구니를 열었다. 요셉의 요리사가 빵과 치즈, 사과주와 말린

과일을 싸 주었다. 미가엘은 식사를 마치고 자리에서 일어나 쭉 뻗어 나온 나뭇가지 하나에 손을 올렸다. 서둘러 길을 나설 생각은 없는 듯했다.

엔젤은 미가엘을 바라보았다. 파란 모직 셔츠의 가슴팍이 팽팽하게 당겨져 있었고, 늘씬한 허리는 다부진 근육질이었다. 미가엘의 모습을 보는 것은 즐거웠다. 사람을 위협하는 기운 없이도 강하고 아름다워 보였다. 미가엘이 뒤로 흘깃 돌아보자 엔젤은 재빨리 시선을 다른 곳으로 돌리고 도시락 바구니를 챙기느라 바쁜 척했다. 미가엘은 바지 주머니에 두 손을 찔러 넣고 커다란 나무 기둥에 등을 기댔다.

"나도 어릴 적에 심한 욕을 들은 적이 있소, 아만다. 아버지한테서 들었지."

엔젤이 고개를 들었다.

"당신 아버지요?"

미가엘은 시선을 들어 개울 건너를 보았다.

"우리 가족은 고향땅 일대에서 가장 큰 농장을 했소. 할아버지 때부터 내려온 땅에서 노예도 부렸지. 어릴 적에는 노예에 대해 그렇게 심각하게 생각해 보지 않았소. 원래부터 있던 사람들이었으니까. 어머니는 우리가 데리고 있는 사람들이니 노예를 잘 보살펴야 한다고 말씀하셨지. 하지만 내가 열 살 때 흉작이 들어서 아버지는 노예 몇몇을 시장에 파셨소. 그들이 팔려 나간 후, 여자 노예 한 명이 사라졌고, 그 노예를 쫓아가신 아버지는 말 위에 축 늘어진 두 구의 시체와 함께 돌아오셨소.

도망갔던 여자 노예와 아버지가 시장에 팔았던 남자 노예였지. 아버지는 노예들의 숙소 앞에 그 시체를 던져 놓았다가 나중에는 나무에 높이 매달아 놓았소. 노예들이 일하러 나갈 때마다 보라고 말이오. 정말 끔찍하고 무시무시한 광경이었지. 마지막으로 아버지는 개를 풀어 그 노예들을 물어뜯게 하셨소."

미가엘이 고개를 뒤로 젖혀 커다란 떡갈나무에 기댔다.

"아버지께 왜 그러셨냐고 따져 물었더니, 노예들에게 본때를 보여 줘야 한다고 하시더군."

이렇게 맥없는 모습의 미가엘은 처음이었다. 엔젤의 마음에 전에는 느끼지 못했던 어떤 감정이 일었다. 미가엘을 두 팔로 안아 주고 싶었다.

"당신 어머니도 아버지와 같은 생각이셨나요?"

"어머니는 슬퍼하며 우셨지만, 아버지의 뜻을 거스르는 말은 하지 않으셨소. 나는 아버지가 돌아가시면 당장 노예들을 모두 풀어 주겠다고 말했다가 처음으로 매를 맞았소. 그리고 노예들이 그렇게 좋으면 아예 같이 살라는 말을 들었소."

"그래서 정말 그렇게 했나요?"

"한 달 동안. 한 달이 지나자 아버지가 다시 집으로 들어오라고 부르시더군. 하지만 그때 내 삶은 완전히 달라져 있었소. 에스라 할아버지가 나를 주께 인도했지. 그 전까지 하나님은 일요일마다 어머니가 응접실에서 거행하시는 행사의 등장인물일 뿐이었소. 그런 나에게 에스라는 진정한 하나님의 모습을 보여 주었지. 에스라는 너무 늙어서 시장에 내다 팔지도 못하는 노예였는데, 그래서 아버지는 에스라를 풀어 주었소. 하지만 그건 더욱 잔인한 일이었소. 아무데도 갈 곳 없는 그 노인은 늪지에 거처를 마련하고 지냈지. 나는 기회가 닿을 때마다 이런저런 것들을 가져다주었고."

"그래서 당신 아버지는 어떻게 하셨죠?"

"내 생각을 돌리기 위해 뭔가 특별한 방법이 필요하다고 생각하셨소. 그래서 소유한다는 것이 얼마나 대단한 특권인지를 체험하게 하신 거였소."

미가엘은 엔젤을 똑바로 바라보았다.

"한 아름다운 노예 소녀를 내 소유로 정해 주시면서 하고 싶은 대로 하라고 말씀하셨지. 그래서 나는 그 소녀에게 떠나라고 말했소. 하지만 내 말을 듣지 않더군. 이미 아버지가 내 곁에 있으라고 명령을 해 놓으셨던 거요. 그래서 내가 떠났소."

미가엘은 나직하게 웃으며 고개를 절레절레 흔들었다.

"아니, 솔직히 말하면 도망친 거였지. 그때 나는 열다섯 살이었고, 그 소녀는 내가 감당할 수 없는 유혹이었으니까."

미가엘은 엔젤 앞으로 다가와 무릎을 굽히고 앉았다.

"아만다, 내 아버지는 나쁘기만 한 사람은 아니오. 당신이 그렇게 생각하지 않았으면 하오. 아버지는 땅을 사랑하시고, 최선을 다해 자신에게 속한 사람들을 보살피는 분이었소. 도망치지 않는 노예들은 잘 대해 주고 어머니와 자녀들을 끔찍이도 사랑하시던 분이었지. 그리고 나도 사랑해 주셨소. 다만 모든 것이 당신의 뜻대로 되어야 한다고 생각하셨던 것뿐이오. 그리고 애초부터 나는 뭔가 다른 구석이 있는 녀석이었소. 고향에서 살아가는 게 맞지 않아서 언젠가는 그곳을 떠나게 되리라는 것을 알고 있었지. 다만 어디로 가야 할 지 모른 채, 사랑하는 사람들을 남겨 두고 집을 떠날 용기를 내기까지 많은 시간이 필요했던 것뿐이었소."

엔젤은 눈을 들어 미가엘을 쳐다보았다.

"다시 돌아가고 싶다는 생각은 안 해 봤나요?"

"그런 생각은 하지 않았소."

그의 얼굴에는 일말의 망설임도 없었다.

"아버지를 미워했나 보군요."

미가엘은 침통한 얼굴로 말했다.

"아니, 난 아버지를 사랑하오. 내 아버지가 되어 주신 걸 감사하게 생각하고 있소."

"감사? 당신을 노예 취급하고, 당신의 가족과 상속권을 모두 빼앗아 간 사람이잖아요. 그런데 감사해요?"

"그 모든 일이 없었다면 나는 주님을 알지 못했을 거요. 게다가 나는 아버지에게 몹쓸 짓을 했소. 내가 집을 떠날 때 바울과 테스도 나를 따라나섰는데, 테스는 아버지가 특별히 사랑하는 딸이었소. 무척 사랑하셨지. 그런데 그 애는 지금 죽고 없소."

엔젤은 미가엘의 눈가에 맺힌 눈물을 보았다. 미가엘은 애써 눈물을 숨기려 하지 않았다.

"테스는 당신을 무척 좋아했을 거요. 사람의 마음을 보는 눈을 가진 아이였거든."

미가엘이 손을 뻗어 엔젤의 볼을 어루만졌다. 미가엘의 슬픔이 고스란히 느껴진 엔젤은 무심코 볼에 닿은 미가엘의 손 위에 자신의 손을 얹었다. 미가엘의 슬픈 미소에 엔젤의 가슴이 미어졌다.

"오, 내 사랑, 드디어 벽을 허물고 나를 받아 주는 거요?"

엔젤은 자신의 손을 홱 치웠다.

"여호수아가 가나안 입성을 알리며 나팔을 불고 있군요."

미가엘이 웃었다.

"사랑하오. 당신을 정말 많이 사랑해."

엔젤을 품에 안고 누운 미가엘은 몸을 옆으로 돌려 엔젤의 등을 잔디밭에 닿게 하고 천천히 키스했다. 다정한 키스가 점점 깊어지자 엔젤의 몸속에서 뭔가가 되살아나기 시작했다. 배 속에 부드럽고 따스한 덩어리가 있는 듯했다. 하지만 전에 흔히 느끼던 위협적이거나 두려운 느낌이 아니었다. 미가엘이 살짝 몸을 뒤로 빼자, 엔젤은 그의 눈동자에 어린 진심을 볼 수 있었다.

'아!'

"이렇게 가끔 한참을 더 기다려야 한다는 사실을 잊어 먹는다니까."

미가엘은 쉰 목소리로 말하고 자리에서 일어나 엔젤을 잡아 일으켜 세워 주었다.

"자, 갑시다. 말을 마차에 매겠소."

멍한 표정의 엔젤은 담요를 개키고 바구니를 마차 뒷자리에 실었다. 마차에 두 팔을 얹고, 미가엘이 말을 몰고 오는 모습을 바라보았다. 그의 움직임에는 어떤 힘이 있었다. 말을 매는 미가엘의 어깨와 손에서 느껴지는 힘을 마음껏 감상했다. 일을 마친 미가엘이 엔젤에게 다가와 높은 좌석에 엔젤을 안아 올려 주고 마차를 돌아가 엔젤의 옆에 올라탔다. 고삐를 잡은 미가엘은 엔젤에게 미소를 지어 보였다. 엔젤은 기꺼이 밝은 미소로 화답했다.

두 사람이 다시 길을 나서자마자 빗방울이 떨어졌다. 미가엘이 마차를 세우고 캔버스 덮개를 치는 동안 엔젤은 담요를 두르고 앉아 있었다. 미가엘은 두 사람이 함께 두를 담요를 꺼내 다시 엔젤 옆으로 돌아왔다. 미가엘의 곁에서 엔젤은 편안하고 아늑했다.

길을 따라 팔 킬로미터쯤 가다가 고장이 나 서 있는 마차 한 대를 만났다. 초췌한 얼굴의 남녀 한 쌍이 마차를 들어올리려 하고 있었다. 바퀴를 수리해서 다시 끼우는 중이었다. 근처에 있는 커다란 떡갈나무 아래에는 네 명의 아이들이 짙은 갈색 머리 소녀와 함께 서 있었다.

미가엘은 마차를 세웠다.

"저 아이들을 데리고 와서 마차 뒤에 앉혀요."

미가엘은 마차에서 내리면서 엔젤에게 말했다. 엔젤은 아이들에게 다가갔다. 나이가 가장 많아 보이는 소녀가 엔젤을 쳐다보았다. 엔젤보다 몇 살 정도 어려 보였다. 커다란 갈색 눈동자를 가진 소녀의 창백한 얼굴에는 빗물에 젖은 갈색 머리카락이 달라붙어 있었다. 소녀가 미소를 지었다. 무척 예뻤다.

"우리 마차 뒷자리로 가면 비를 피할 수 있을 거예요. 담요도 여분이 있어요."

"감사합니다, 부인."

소녀는 엔젤의 말에 즉시 감사의 말을 하고 아이들을 데리고 마차에 올랐다. 엔젤도 허둥지둥 아이들과 함께 마차 뒤로 올랐다. 담요를 찾아 소녀에게 건네자 소녀는 담요를 몸에 두르고 네 명의 아이들을 두 팔 가득 안았다. 마치 엄마 닭이 병아리를 품은 것 같았다. 소녀는 엔젤을 보고 미소 지었다.

"저희는 알트만 가족이랍니다. 제 이름은 미리암이에요. 여기 이 아이는 야곱이에요."

미리암은 자신과 똑같은 갈색 눈과 갈색 머리를 가진 키 큰 소년을 보며 말했다.

"야곱은 열 살이에요. 그리고 여기는 안드레……."

"전 여덟 살이에요!"

진지한 얼굴의 소년이 자진해서 말했다. 미리암은 다시 한 번 크게 미소 지었다.

"이 아이는 레아예요."

미리암은 두 여자아이 중 큰 애를 더욱 바짝 끌어안으며 말했다. 그리고 가장 작은 아이에게 입맞춤했다.

"그리고 얘는 룻이에요."

엔젤은 담요 한 장을 두르고 젖은 몸을 부들부들 떨며 서로 부둥켜안고 있는 무리를 쳐다보았다.

"난 호세아, 그러니까…… 호세아 부인이라고 해요."

엔젤은 자신도 모르게 그렇게 말했다.

"부인께서 때맞춰 이 길을 지나가셔서 얼마나 다행인지 모르겠어요. 하나님께 감사드려요. 아빠는 마차 바퀴 때문에 쩔쩔매고 계시고 엄마도 지치셨거든요."

미리암은 담요를 벗어서 아이들에게 덮어 주었다.

"호세아 부인, 아이들을 좀 봐 주시겠어요? 오백 킬로미터를 오는 내내 엄마가 편찮으셨어요. 이렇게 비가 오는데 밖에 계시면 안 되거든요."

엔젤이 미처 안 된다는 말을 하기도 전에 미리암은 마차에서 뛰어내렸다. 엔젤은 다시 아이들을 바라보았다. 아이들 역시 눈을 동그랗게 뜨고 엔젤을 보았다. 잠시 후 미리암이 엄마와 함께 돌아왔다. 수척한 얼굴에 그늘진 눈을 한 검은 머리의 여자였다. 아이들은 금세 걱정스러운 얼굴로 엄마 곁에 모여들었다.

"엄마, 여기는 호세아 부인이세요. 부인, 저희 어머니세요."

미리암이 한쪽 팔로 어머니를 안고 말했다. 부인은 따뜻하게 미소 지으며 가볍게 고개를 숙여 인사했다.

"엘리사벳이라고 해요, 호세아 부인. 정말 하나님의 은총이 부인과 함께하실 거예요."

엘리사벳은 피곤한 두 눈가에 어느새 눈물이 고였지만 눈물을 흘리지는 않았다.

"부인과 남편분이 오시지 않았다면 정말 막막했을 거예요."

엘리사벳은 두 팔로 아이들을 품에 안았다. 그 사이 미리암은 마차 밖으로 고개를 내밀어 남자들에게 필요한 것이 있는지 확인했다.

"다 잘될 거예요. 아빠와 호세아 씨가 같이 마차를 고치고 있어요. 곧 다시 길을 떠날 수 있을 거예요."

"우리 꼭 오리건까지 가야 해?"

레아가 훌쩍이며 말하자 엘리사벳이 곤혹스러운 표정을 지었다.

"일단 지금은 그런 생각은 하지 말자꾸나. 우리 한 번에 하나씩만 걱정하자."

엔젤은 점심 바구니를 만지작거렸다.

"혹시 배고프세요? 여기 빵과 치즈가 좀 있는데."

"치즈? 와, 주세요. 제발요!"

레아가 그 작은 얼굴을 환히 밝히며 외쳤다. 오리건까지 가야 하는 길고 고된 여행에 대한 걱정은 어느새 까맣게 잊고 있었다.

그때 엘리사벳의 참았던 눈물이 터지고 말았다. 미리암은 엄마의 등을 어루만지면서 위로했다. 엔젤은 울고 있는 부인에게는 시선을 주지 않고 아이들을 위해 치즈를 잘랐다. 엘리사벳은 울음을 그치고 작은 목소리로 말했다.

"죄송해요. 도대체 제가 왜 이러는지 모르겠네요."

"지쳐서 그래요. 게다가 열도 나요."

미리암이 말했다. 미리암은 엔젤을 보며 다시 말했다.

"엄마는 병이 난 후로는 전혀 기력이 없으세요."

엔젤은 치즈와 빵을 두 사람에게 내밀었다. 엘리사벳은 먼저 엔젤의 손을 다정하게 잡은 다음 내민 음식을 받았다. 어린 룻이 엄마의 무릎을 밀치고 나와 엔젤 앞에 섰다. 엔젤은 흠칫했다. 아이는 불쑥 손을 내밀어 엔젤의 어깨 위에 흘러내린 금발 한 올을 만지다가 엔젤의 허리를 안았다.

"천사님이야, 엄마?"

엔젤의 얼굴이 붉게 달아올랐다.

엘리사벳은 이를 하얗게 드러내며 웃었다. 부드러운 그 웃음에는 기쁨이 넘쳤다.

"그래, 아가야. 자비로우신 천사님이구나."

엔젤은 그들의 얼굴을 볼 수 없었다. 자신이 어떤 사람인지 알게 되면 엘리사벳 알트만 부인은 뭐라고 말할까? 엔젤은 몸을 일으켜 밖을 내다보았다. 미가엘이 알트만 가족의 마차를 들어올리고, 알트만 씨는 바퀴를 맞추고 있었다. 엔젤은 당장이라도 마차에서 뛰쳐나가고 싶었지만 밖에는 굵은 빗줄기가 사정없이 쏟아지고 있었다. 나가 봐야 미가엘이 다시 마차 안으로 들여보낼 것이 분명했다. 몸을 돌려 아이들에게 둘러싸여 있는 엘리사벳을 쳐다보니 온몸이 팽팽하게 긴장되었다. 미리암이 엔젤의 손을 잡았다. 엔젤은 흠칫 놀랐다.

"마차는 금방 고칠 수 있을 거예요."

엔젤이 손을 황급히 빼내자 미리암의 눈동자에는 당황스럽고 놀란 기색이 어렸다.

알트만 씨가 마차로 들어왔다. 모자챙에서 빗물이 뚝뚝 떨어졌다.

"다 잘되고 있는 거죠, 요한?"

엘리사벳이 물었다.

"그럼, 다 잘될 거요."

엘리사벳이 엔젤을 소개하자 요한은 모자챙을 잡고 엔젤에게 가볍게 인사를 건넸다.

"부인과 남편 분께 정말이지 큰 신세를 졌습니다. 두 분이 오시기 전에 이미 기운이 다 빠져 있었거든요."

요한은 다시 아내를 쳐다보았다.

"호세아 씨가 겨울을 함께 나자고 하셔서 그렇게 하겠다고 했어. 오리건은 봄에 가자고."

"아!"

엘리사벳의 외마디에는 안도감이 선명하게 묻어 있었다.

놀란 엔젤의 입이 살짝 벌어졌다. 미가엘의 집에서 겨울을 난다고? 두 평 남짓한 오두막에서 아홉 사람이? 엘리사벳이 엔젤에게 정중하게 감사 인사를 하고 요한의 품에 안겨 마차 밖으로 가는 내내 엔젤은 굳은 얼굴로 가만히 앉아 있었다. 아이들도 차례로 엄마와 아빠 뒤를 따라 내렸다. 미리암이 마지막으로 엔젤의 어깨에 가볍게 손을 얹고 따스하고 밝은 미소를 지어 보이며 밖으로 나갔다. 엔젤은 그대로 마차 뒤에서 이를 앙다물고 담요를 두른 채 앉아 있었다. 도대체 미가엘이 왜 이러는 건지 의아하기만 했다. 잠시 후 비에 흠뻑 젖은 미가엘이 마차에 올랐다. 엔젤은 남은 담요를 건네주었다.

"알트만 가족에게 우리 오두막을 내줍시다."

"오두막을요? 그럼 우리는 어디서 자요?"

"헛간에서 지냅시다. 우리 둘은 그곳에서도 따뜻하고 편안하게 지낼 수 있을 거요."

"그 사람들이 헛간에서 지내라고 하면 안 돼요? 그 오두막은 당신 거잖아요."

엔젤은 벽난로 옆에 있는 그 편안하고 아늑한 침대를 두고 다른 곳에서 자야 한다는 게 마뜩잖았다.

"지난 아홉 달 동안 제대로 된 집에서 자 본 적이 없다고 하더군. 그래서 그 부인도 병에 걸린 것이고. 생각해 봤는데, 바울의 땅 경계 쪽에 땅 몇 필지가 있소. 알트만 가족에게 거기 정착하라고 권할까 하오. 계곡에 다른 가족이 들어와 사는 건 좋은 일이오."

미가엘이 미소 띤 얼굴로 엔젤을 흘깃 보았다.

"친구를 사귀어 두면 여러모로 도움이 될 거요."

'친구?'

"내가 그런 사람들과 어울릴 만한 구석이 있다고 생각해요?"

"그거야 두고 보면 알겠지."

일행은 비를 피하려고 커다란 화강암 위에 야영지를 마련했다. 미가엘과 요한이 말을 마차에서 풀어 근처에 묶고 천막을 치는 동안 엔젤과 엘리사벳, 미리암은 야영 준비를 했다. 아이들은 밤새 지필 장작을 모아서 미리암에게 가져왔다. 미리암과 아이들, 그리고 엔젤과 엘리사벳까지 모두 천막 안에 모였다. 미리암이 천막 천장에 달린 조그만 덮개를 열었다.

"인디언에게 배웠어요."

미리암은 씨익 웃고 나서 빨래통 안에 불을 피웠다. 천막 안에서 불을 피웠지만, 연기는 천장에 뚫린 구멍으로 고스란히 빨려 나갔다.

엔젤은 몹시 지쳐 보이는 엘리사벳에게 가만히 누워 있으라고 말하고, 미가엘이 짐을 가져오자 음식을 만들었다. 엘리사벳은 자리에 가만히 누워 엔젤을 바라보았다. 엔젤은 걱정스러운 표정으로 엘리사벳을 흘깃 보았다. 무슨 생각을 하고 있는지 궁금했다.

"내가 아무짝에도 쓸모없는 사람이 된 것 같아요."

엘리사벳이 떨리는 목소리로 말했다.

"말도 안 되는 소리 마세요, 엄마. 우리가 할 테니까, 좀 쉬세요. 몸이 다 나으면 그때는 다시 모든 일을 혼자서 하게 해 드릴게요."

미리암이 장난꾸러기 같은 미소를 지어 보였다. 엘리사벳은 미리암의 가벼운 농담에 살짝 미소 지었다.

"나가서 더 두꺼운 장작을 가져와야겠어요."

미리암이 밖으로 나가면서 말했다. 잠시 후 그녀는 큼직한 장작 하나를 가져와 불쏘시개와 함께 불 위에 올려놓았다.

엘리사벳이 몸을 일으켜 앉았다.

"남자애들은 어디 있니?"

"아빠가 데리고 있어요. 레아와 룻은 바로 여기 있고. 걱정하지 마세요, 엄마. 자, 다시 누우세요."

미리암은 불에 손을 쬐며 건너편에 앉은 엔젤에게 미소를 지어 보였다.

"무슨 요리를 하시는지 모르겠지만 냄새가 너무 좋아요."

엔젤은 아무런 대꾸 없이 계속해서 냄비 안을 저었다.

"캘리포니아에서는 얼마나 지내셨어요?"

"일 년."

"아, 그러면 여기 와서 미가엘 아저씨를 만나 결혼하신 거로군요. 아저씨가 48년도에 여기에 왔다고 하시더라고요. 육로로 오셨어요?"

"아니. 배로."

"미가엘 아저씨가 아빠에게 말한 이 계곡에 사는 다른 가족이 엔젤 언니의 가족인가요?"

엔젤은 이런 질문을 받게 될 거라고 예상하고 있었다. 어설픈 거짓말을 했다가는 곤란한 일을 당할 수도 있다. 다 털어놓으면 엔젤을 가만 놔두려나? 어쩌면 이 사람들에게 모든 사실을 말하고 나면 올겨울을 다른 곳에서 나려고 할지도 모를 일이다. 저 부인은 분명 창녀가 잤던 침대에서 자고 싶어 하지 않을 것이다.

"캘리포니아에는 나 혼자 왔어. 페어러다이스에 있는 매음굴에서 미가엘과 만났고."

미리암은 크게 웃음을 터트렸다가 엔젤의 얼굴이 진지한 것을 보고서 입을 다물었다.

"진짜로군요, 그렇죠?"

엘리사벳이 알 수 없는 표정으로 엔젤을 바라보았다. 엔젤은 시선을 아래로 내리고 냄비 안을 휘저었다. 미리암은 한동안 아무 말도 하지 않았다. 엘리사벳도 다시 두 눈을 감았다.

"그렇게 다 말하지 않아도 되는데. 왜 그 말을 한 거죠?"

마침내 미리암이 입을 열었다.

"그래야 나중에 뒷통수 맞았다며 놀라는 일이 없을 테니까."

엔젤은 씁쓸한 얼굴로 말했다. 목이 콱 막히는 것 같았다.

"네……. 제가 또 주제넘게 캐물었네요. 항상 이렇다니까요. 엄마가 늘 제 단점이니 고치라고 말씀하시는데도 다른 사람 일이 궁금해서 참지를 못해요. 미안해요."

엔젤이 미리암의 사과에 곤혹스러워하며 애꿎은 냄비만 휘저었다.

"친구가 되고 싶어요."

미리암의 말에 엔젤은 놀란 얼굴로 미리암을 보았다.

"왜 나 같은 사람하고 친구가 되고 싶어 해요?"

미리암 역시 놀란 얼굴을 했다.

"그거야 언니가 좋으니까요."

엔젤은 미리암을 유심히 보았다. 그리고 엘리사벳 쪽을 흘깃 보았다. 부인은 피곤한 얼굴에 미소를 띤 채 두 사람을 쳐다보고 있었다.

"날 잘 모르잖아요. 내가 말해 준 것밖에는."

엔젤은 얼굴을 붉히며 차라리 아무 말도 하지 말걸 그랬다고 생각했다.

"언니가 정직한 사람이란 건 알아요. 그것도 아주 심하게 정직하죠."

엔젤을 바라보는 미리암의 눈동자는 진지했다.

남자아이들이 천막 안으로 들어왔다. 아이들을 따라 차가운 공기가 훅 들어왔다. 잠에서 깬 룻이 울음을 터트렸다. 엘리사벳은 자리에서 일어나 룻을 안고 남자아이들에게 말소리를 줄이라고 주의시켰다. 곧 요한이 들어와서 한마디로 남자아이들을 조용히 시켰다. 바로 그 뒤를 이어 미가엘이 들어왔다. 미가엘이 엔젤을 보고 미소 짓자 비로소 엔젤은 안도감을 느낄 수 있었다. 하지만 다음 순간 엔젤이 모든 사실을 털어놓은 것을 두고 미가엘이 뭐라고 할지 걱정되었다.

젖은 코트를 벗은 두 남자는 불가에 쪼그리고 앉았다. 엔젤은 미리암에게 건네받은 그릇에 콩 요리를 담아 주었다. 모두에게 그릇이 돌아가자 요한이 먼저 고개를 숙이고 기도 준비를 했다. 식구들 모두 그를 따라 고개를 숙였다.

"주여, 오늘도 저희를 인도해 주심을 감사드립니다. 그리고 미가엘과 아만다 부부를 우리에게 보내 주심도 감사드립니다. 우리보다 먼저 간 데이비드와 어머니도 보살펴 주옵소서. 엘리사벳에게 새로운 힘을 주시고, 우리 모두 남은 여행길 동안 건강하게 잘 지낼 수 있도록 하소서. 아멘."

요한이 미가엘에게 땅이며 작물, 캘리포니아 시장에 관해 묻는 동안 야곱과 안드레는 그릇을 다 비우고 콩과 빵을 더 달라고 했다. 엔젤은 언제쯤이나 돼야 미가엘이 마차로 돌아가자고 말할지 생각하다가 미리암의 시선을 느꼈다. 그 동안 미리암의 생각이 달라졌을지도 몰랐다.

"아빠, 비가 멈췄어요."

안드레가 말했다.

"이제 우리 마차로 돌아가지 않을래요?"

엔젤이 미가엘에게 속삭였다.

"여기 함께 계시지 그래요. 공간은 충분하답니다. 불이 있으니 밖에 있는 마차보다는 여기가 더 따뜻할 겁니다."

요한의 말에 미가엘은 그러겠다고 대답했다. 미가엘이 담요를 가지러 천막 밖으로 나가자 엔젤은 가슴이 철렁했다. 엔젤은 재빨리 미가엘의 뒤를 쫓아 나갔다.

"미가엘!"

알트만 가족과 천막 안에 있는 것보다 두 사람만 따로 마차에서 자는 게 더 좋다고 설득할 만한 그럴듯한 이유를 생각하며 미가엘을 불렀다. 미가엘이 손을 뻗어 엔젤을 끌어안고 진하게 키스했다. 그리고서 엔젤을 천막 쪽으로 돌려세우고 귓가에 속삭였다.

"조만간 세상에는 당신을 이용하지 않는 사람도 있다는 것을 알게 될 거요. 자, 용기를 내서 다시 들어가 사람들을 사귀어 봐요."

엔젤은 어깨에 두른 숄을 바짝 잡아당기고 나서 몸을 굽혀 천막 안으로 들어갔다. 미리암이 엔젤을 보고 미소 지었다. 엔젤은 멍하니 불가에 앉아 다른 사람들과 눈을 마주치지 않고 가만히 앉아 미가엘이 돌아오기만 기다렸다. 두 남자아이가 아버지에게 『로빈슨 크루소의 모험』을 읽어 달라고 졸라대자, 요한은 짐 꾸러미에서 낡은 가죽 표지로 된 책을 하나 꺼냈다. 미리암은 잠자리를 마련하려고 짚을 깔았다. 꼬마 룻은 엄지손가락을 입에 물고 담요를 끌며 엔젤 곁으로 다가왔다.

"나 여기서 잘래요."

미리암이 웃음을 터트렸다.

"그건 미가엘 아저씨에게 허락을 받아야 할 거야, 룻. 아저씨도 거기서 자고 싶어 하실 거거든."

"아저씨는 반대편에서 자면 되잖아."

룻은 자신이 먼저 자리를 맡았다고 우겨댔다. 미리암은 퀼트 이불 두 채를 꺼내서 엔젤에게 건넸다. 그리고 허리를 숙여 엔젤에게 속삭였다.

"봤죠? 얘도 언니를 좋아하잖아요."

가슴이 묘하게 아려 오는 걸 느낀 엔젤은 주위를 흘깃 둘러보았다. 미가엘이 담요를 들고 안으로 들어오며 말했다.

"폭풍우가 오고 있어요. 운이 좋으면 내일 아침에는 물러날 것 같기는 하군요."

모두 잠들었지만 엔젤은 미가엘의 곁에서 깨어 있었다. 바람이 사납게 불어왔다. 빗줄기가 천막을 내리치며 퍼붓고 있었다. 폭풍우 소리와 젖은 천막 냄새는 페어러다이스에 도착한 처음 몇 주를 생각나게 했다.

공작부인은 어디 있을까? 메건과 레베카는? 다들 어떻게 된 걸까? 엔젤은 불에 타 죽었다는 럭키 생각은 하지 않으려 노력했다. 럭키가 마지막으로 했던 말만 기억하기로 했다.

"나를 잊지 마. 오랜 친구 럭키를 꼭 기억해 줘."

엔젤은 그 누구도 잊을 수가 없었다.

빗소리가 잦아들자 곁에서 잠자는 사람들의 숨소리가 들려왔다. 옆으로 살짝 몸을 돌려 주위 사람들을 쳐다보았다. 요한 알트만은 한쪽 팔로 약한 아내를 감싸듯 안고 잠들어 있었다. 남자아이들이 바로 옆에 있었다. 한 아이는 팔다리를 쭉 뻗고 하늘을 보고 누웠고, 나머지 아이는 머리에 담요를 뒤집어쓴 채 옆으로 돌아누워 몸을 공처럼 웅크리고 있었다. 미리암과 레아는 숟가락을 포개 놓은 듯 서로 안고 있었다. 미리암이 한쪽 팔로 동생을 꼭 안고 있었다.

엔젤의 시선이 미리암의 잠자는 얼굴에 멈추었다. 이 소녀는 정말이지 새롭고 신기한 존재였다.

엔젤은 소위 말하는 착한 소녀를 알지 못했다. 선착장에서는 엄마들이 자신의 딸들을 엔젤 근처에도 가지 못하게 했다. 샐리가 그런 착한 소녀들은 모두 따분하고 까다롭다고 말했다. 그래서 그 여자아이들과 결혼한 남자들이 모두 매음굴을 찾는 것이라고 했다. 하지만 미리암은 따분하지도, 까다롭지도 않았다. 저녁 내내 아버지 요한과 즐거운 농담을 주거니 받거니 장난을 치면서도 몸이 약한 어머니를 잘 챙겼다. 동생들도 미리암을 잘 따랐다. 야곱만 미리암이 시키는 걸 하지 않겠다고 버텼다. 하지만 아버지가 눈길 한번만 주면 그 반항도 끝이었다. 아이들이 잠자리에 들 시간이 되자 아버지가 미가엘과 이야기를 나누는 사이 조용히 아이들을 준비시키고 기도해 준 사람도 미리암이었다.

'친구가 되고 싶어요.'

엔젤은 두 눈을 감았다. 머리가 지끈거렸다. 미리암과 같이 무슨 이야기를 나눌 수 있을까? 도무지 있을 수 없는 일 같았다. 하지만 조만간 그런 일이 생길 것이다. 미가엘과 요한은 어느새 허물없는 사이가 되어 있었다. 두 사람 모두 땅을 사랑했다. 요한 알트만은 오리건 이야기를 마치 세상에서 가장 근사한 여자 이야기를 하듯 달뜬 목소리로 말했다. 미가엘 역시 계곡 이야기를 그렇게 했다.

"아빠, 우리가 시에라 산맥에서 굴러 떨어지기 전까지는 캘리포니아가 천국이라고 확신하고 계셨잖아요."

미리암이 짐짓 화난 목소리로 말하자 요한은 고개를 가로저었다.

"여기는 오하이오 주보다 더 붐벼. 한몫 잡아 보겠다고 몰려온 사람들이 득실거리지."

"모두 좋은 집안의 좋은 아들들이에요. 몇몇은 오하이오에서 온 사람들일 거고요."

샐쭉한 미리암의 한쪽 볼에 보조개가 패었다.

"다 금에 미쳤지."

요한 알트만이 퉁명스레 말하자 미리암은 아버지의 어깨를 툭 쳤다.

"아빠도 우리를 돌봐야 하지 않았다면 시냇가에서 사금을 건져 내느라 정신없으셨을 걸요. 전에 한 신사가 미국에서 크게 성공한 일에 대해 이야기할 때 아빠의 눈이 반짝이는 걸 봤거든요."

미리암은 미가엘과 엔젤을 쳐다보며 말을 이어 갔다.

"그 남자는 커다란 잡화점을 하고 있었어요. 그런데 캘리포니아에 처음 도착했을 때는 등에 옷가지와 삽 하나 달랑 갖고 왔었다는 거예요."

"백만 분의 일 확률이지."

요한이 말했다.

"하지만 생각해 봐요, 아빠. 아빠랑 남자아이들은 사금을 채취해서 홈통에서 거르고, 엄마랑 나는 천막촌에서 조그만 카페를 열어 그 불쌍하고 지친 잘생긴 총각들에게 음식을 파는 거예요."

미리암은 과장되게 한 손을 가슴에 얹고 장난스러운 두 눈을 빛내며 말했다. 미가엘은 껄껄 웃었고 요한은 딸의 땋은 머리를 잡아당겼다.

엔젤에게 알트만 가족은 신기하게만 보였다. 그들은 서로를 아끼고 사랑했다. 요한 알트만이 가장으로서의 권위를 쥐고 있는 것이 분명했다. 하지만 그렇다고 해서 아이들이나 아내가 그를 두려워하는 건 아니었다. 요한은 야곱의 작은 반항 정도는 장난스러운 말로 다스렸다.

"말을 듣지 않으면 엄한 징벌이 있을 거다. 엄한 엉덩이는 네가 대고, 징벌은 내가 하는 거지."

요한이 말하면 아이는 당장 항복하고, 알트만은 아이의 머리를 다정스레 헝클어뜨렸다.

이 사람들이 앞으로도 쭉 계곡에 산다면 어떻게 될까? 엔젤은 욱신거리는 관자놀이를 문질렀다. 엔젤에게 이 사람들과 어울릴 만한 구석이 조금이라도 있을까? 특히 그 사슴 눈을 가진 소녀와 말이다. 엔젤이 불쑥 자신이 과거에 무슨 일을 했으며 미가엘과 어떻게 만났는지 이야기했을 때, 미리암이 충격받은 얼굴로 자리를 뜰 줄 알았다. 걱정스러운 얼굴로 친구가 되자고 말할 줄은 생각도 못했다.

옆에서 뭔가가 움직이는 기척이 느껴졌다. 엔젤은 머릿속을 울리는 통증을 이기려 애쓰며 눈을 떴다. 룻이 잠결에 온기를 찾아 엔젤을 끌어안고 있었다. 물고 자던 엄지손가락은 입에서 빠져나와 있었다. 엔젤은 살며시 그 부드러운 분홍빛 뺨을 어루만졌다. 순간 눈앞에 공작의 커다란 얼굴이 떠올랐다. 뺨이라도 한 대 얻어맞은 듯 정신이 번쩍 들었다.

"피임 잘하라고 했잖아!"

그가 엔젤의 머리채를 잡아당겨 침대에서 끌어내서는 자신의 얼굴을 들이밀고 으름장을 놓았다.

"애초에 싹을 잘라야겠다. 다시는 임신을 하지 못하도록 해 주지."

의사가 왔을 때, 엔젤은 발버둥을 치며 저항했지만 소용없었다. 공작과 다른 남자 한 명이 엔젤을 침대에 묶었다. 공작이 의사에게 명령을 내리고 바로 옆에 서서 의사가 일을 제대로 하는지 지켜보았다. 엔젤이 비명을 지르자, 다른 남자가 엔젤의 입에 재갈을 물렸다. 그 고통스러운 시련이 모두 끝날 때까지 공작은 자리를 떠나지 않았다. 극심한 통증과 과도한 출혈로 힘이 빠진 엔젤은 그저 고개를 돌려 공작을 외면하는 일 외에 할 수 있는 일이 없었다.

"며칠 지나면 괜찮아질 거다."

공작이 말했지만, 엔젤은 절대로 그럴 리가 없다는 것을 잘 알았다. 엔젤은 알고 있는 모든 욕설을 퍼부었지만, 공작은 꿈쩍도 하지 않았다.

"그래, 그래야 우리 엔젤이지. 피도 눈물도 없이 그저 증오심만 남은 엔젤. 이래야 엔젤다운 거야. 이런 네 모습을 보면 피가 뜨거워져. 그걸 모르고 있었나 보지?"

공작은 엔젤에게 강하게 키스했다.

"몸이 나아지면 다시 오지."

공작은 엔젤의 볼을 두들기고는 방을 나갔다.

어린 룻을 내려다보고 있자니 어두운 추억이 되살아나 엔젤을 괴롭혔다. 당장이라도 천막을 뛰쳐나가고 싶었지만 다른 사람들이 깰까 봐 그럴 수 없었다. 엔젤은 천막 천장을 뚫어지게 보면서 뭔가 다른 것을 생각해 내려 애썼다. 비가 다시 내리기 시작했다. 빗소리와 함께 엔젤을 오랫동안 따라다니던 유령들이 다시 모습을 드러냈다.

"잠이 안 오는 거요?"

미가엘이 속삭였다. 엔젤은 고개를 끄덕였다.

"옆으로 돌아누워 봐요."

미가엘이 엔젤을 끌어당겨 품에 안았다. 룻도 꼼지락거리며 이불 안으로 파고들어 엔젤의 배에 착 달라붙었다.

"벌써 친구가 생겼군."

미가엘이 속삭였다. 엔젤은 룻을 안고 두 눈을 감았다. 미가엘은 팔을 뻗어 두 사람을 모두 품에 안았다.

"언젠가는 우리에게도 룻 같은 아이가 생기겠지."

엔젤의 귀에 대고 미가엘이 속삭였다.

엔젤은 절망에 싸여 천막 가운데서 타고 있는 모닥불을 바라보았다.

19장

> 네 이웃을 네 자신과 같이 사랑하라.
> _마태복음 19장 19절

　미가엘은 알트만 가족이 오두막에서 편하게 지낼 수 있도록 준비해 주고 가방에 짐을 꾸렸다. 엔젤은 불만스러운 마음을 꾹 참고 그를 따라 헛간으로 갔다. 미가엘이 이미 마음을 굳힌 뒤라 무슨 말도 소용없었다. 도대체 이런 일로 얻는 게 뭐지? 생전 처음 보는 남에게 이런 호의를 베풀 이유가 어디 있단 말이야?
　비는 계속 쏟아졌다. 헛간에서 며칠 밤을 지내자 엔젤은 서까래에 앉은 부엉이와 짚단 속을 돌아다니는 쥐의 조용한 기척이 편안하게 느껴졌다. 미가엘이 엔젤을 따뜻하게 품어 주었다. 때때로 미가엘은 엔젤의 몸을 샅샅이 탐험하듯 어루만져 생전 처음 느끼는 묘한 감각에 온몸이 마비되게 만들었다.

미가엘 자신의 욕망이 너무 커져 참을 수 없는 지경이 되면 몸을 뒤로 빼내고 자신의 지난날을 이야기해 주었다. 대부분 특별히 사랑했던 늙은 노예의 이야기였다. 이렇게 고요하고 편안한 순간이 되면 엔젤은 자신도 모르는 사이 샐리가 가르쳐 준 것들을 미가엘에게 털어놓았다. 한 손으로 머리를 받치고 옆으로 누운 미가엘은 나머지 손으로 엔젤의 머리카락을 만지작거렸다.

"샐리의 말이 모두 맞다고 생각하는 거요, 아만다?"
"당신의 원칙으로 보면 아니겠죠."
"당신은 누구의 원칙에 따르고 싶소?"
"내 자신의 원칙이요."

엔젤은 불쑥 대답했다.

미가엘의 든든한 품과 헛간을 벗어나면 미리암이 다정하게 부르는 소리가 들려왔다. 이 명랑한 소녀는 관심을 주지 않겠다는 엔젤의 결심을 매번 무너뜨렸다. 미리암은 엔젤을 웃게 했다. 풋풋한 생기가 넘치는 미리암은 악의 없는 장난꾸러기였다. 엔젤이 이해할 수 없는 것은 이런 소녀가 어째서 자신 같은 사람과 친구가 되고 싶어 하는가였다. 미리암을 막아야 한다고 생각했다. 하지만 미리암은 엔젤의 투박한 거절에도 아랑곳하지 않고 계속 장난을 쳐서 엔젤을 웃게 만들었다.

어릴 적에 가족과 지낸 경험이 없는 엔젤은 저녁식사를 마치고 오두막에 온 가족이 둘러앉아 무엇을 해야 할지 알 수 없었다. 요한과 엘리사벳, 그리고 아이들 간에 흐르는 깊은 정은 정말 보기 좋았다. 요한은 무뚝뚝한 성격이었지만 아이들을 사랑하고 있다는 것을 분명히 알 수 있었다. 특히 끊임없이 말다툼을 벌이는 장녀에게는 각별한 애정을 가진 듯했다.

검은 눈동자의 안드레는 외모나 성격이 아버지를 가장 많이 닮았다. 야곱은 사교적인 성격이었고 짓궂은 장난에 천부적인 재능이 있었다. 레아는 말수가 적고 수줍은 아이였다. 꼬마 룻은 밝고 솔직한 아이로 온 집안의 귀염둥이였다. 그리고 도대체 왜인지 알 수 없었지만, 아이들은 모두 엔젤을 무척 좋아했다. 아마도 룻의 시선을 끌었던 엔젤의 금발 머리 때문인지도 몰랐다. 이유야 어찌됐든 엔젤과 미가엘이 그 가족과 어울리는 시간이 되면 룻은 항상 엔젤의 발치에 앉아 있었다. 미리암은 그런 룻을 보며 재미있어 했다.

"흔히들 말하기를 개와 아이들은 가장 착한 사람이 누구인지 알아본다고 하잖아요. 지금 보니까 그 말이 맞네요, 그렇죠?"

알트만 가족이 온 지 일주일이 되었지만 엘리사벳은 침대 밖으로 나오지 못했다. 엔젤이 요리를 하고 집안을 보살피는 동안 미리암은 엄마와 아이들을 돌봤다. 미가엘과 요한은 들에 나가 나무 그루터기를 파냈다. 일을 마치고 돌아오면 요한은 아내 곁에 앉아 손을 잡고 작은 목소리로 이야기를 나누었다. 그 사이 아이들은 실뜨기를 하거나 나무 블록 빼기 놀이를 했다.

요한의 모습을 바라보던 엔젤은 마고완에게 두들겨 맞아 죽게 된 자신을 몇 주 동안이나 보살폈던 미가엘을 떠올렸다. 그의 부드러운 보살핌과 자상한 배려가 기억났다. 미가엘은 지독한 모욕을 퍼붓는 엔젤을 침묵으로 일관하며 묵묵히 참아내 주었다. 그는 알트만 가족과 비슷한 부류였다. 오직 엔젤만이 이곳에 어울리지 않는 사람이었다.

이 사람들은 엔젤의 가족과는 비교가 되지 않았다. 엔젤의 친아버지는 딸아이가 배 속에 있을 때부터 미워해서 마치 쓰레기처럼 버리고 싶어 했다. 엄마는 아버지에게 집착해서 자신에게 돌봐야 할 아이가 있다는 사실도 까맣게 잊었다. 창녀들과 어린 시절을 보낸 엔젤은 몸매나 나이 먹는 것에 대해서만 걱정하는 여자들에게 익숙했다. 그녀가 보아 온 여자들은 모두 머리 모양이나 옷가지에 대해 수선을 피우고 날씨 이야기를 하듯 아무렇지도 않게 섹스에 대해 이야기했다.

하지만 엘리사벳과 미리암은 전혀 달랐다. 그래서 엔젤이 흥미를 느낄 수밖에 없었다. 그 둘은 서로를 아끼고 사랑했다. 거친 말을 하는 법도 없고 외모에 대해 유난을 떨지 않으면서도 언제나 단정하고 깨끗한 차림을 하고 있었다. 그리고 섹스를 제외한 모든 것에 대해 많은 이야기를 나누었다. 엘리사벳은 기운이 없어서 움직이지 못했지만, 미리암과 아이들의 일과를 모두 챙기고 있었다. 엘리사벳이 부추기면 안드레는 냇가에 던져 놓을 그물을 만들었고, 레아는 물을 길어 왔다. 야곱은 채소밭의 잡초를 뽑았다. 어린 룻조차 식탁 차리는 일을 돕고, 들꽃을 꺾어 식탁을 장식하고, 식기와 수저를 놓았다.

미리암은 빨래와 다림질, 바느질을 하면서 동생들이 잘하고 있는지 살폈다.

엘리사벳은 병상에서 회복되자 전체 집안일을 지휘하고 마차에 실어 온 독일제 난로와 프라이팬들을 꺼내 요리를 했다. 알트만 가족은 새크라멘토에서 필요한 물건들을 모두 사가지고 왔다. 그래서 소금을 뿌려서 기름에 튀긴 육즙 가득한 돼지고기 요리와 당밀로 달콤한 맛을 낸 구운 콩 요리, 경단을 곁들인 산토끼 스튜 요리를 해낼 수 있었다. 그물에 걸린 송어를 양념해 구워 내기도 했다. 프라이팬에 얇은 옥수수 빵을 굽기도 했고, 오리 두 마리를 꼬챙이에 꽂아 구워 내기도 했다. 그리고 아침에는 이스트로 발효시킨 빵을 구웠다. 특식으로 말려 놓았던 사과를 물에 불려서 파이를 만들기도 했다.

저녁을 먹고 난 알트만 가족은 간단한 예배를 드렸다. 요한은 때때로 미가엘에게 성경을 읽어 달라고 부탁했다. 영민한 아이들은 궁금한 것이 많았다. 하나님이 아담과 이브를 만드셨다면 어째서 죄를 짓도록 내버려두신 거죠? 하나님은 정말 그 사람들이 벌거벗고 에덴동산을 돌아다니기를 원하셨나요? 겨울에도? 아담과 이브 말고 다른 사람은 아무도 없었다는 게 사실이라면, 그 두 사람의 아이들은 누구하고 결혼하나요?

요한은 뒤로 물러나 앉아 담배를 피우고, 엘리사벳은 두 눈을 반짝이는 아이들의 끝없는 질문 공세에 답하기 위해서 애를 썼다. 미가엘도 자신이 아는 한 답을 해 주고 자신의 신앙을 나누어 주었다. 미가엘은 아이들에게 성경을 이야기 형식으로 들려주었다.

"자네는 좋은 목사가 되겠어."

요한이 말했다. 엔젤은 말도 안 되는 소리라고 말하려다가 그 말이 칭찬이라는 것을 깨닫고 그만두었다. 엔젤은 그런 대화에는 끼지 않았다. 미리암이 엔젤은 어떻게 생각하는지 물어보면 엔젤은 어깨를 으쓱여 보이고는 그 질문을 그대로 미리암에게 되돌렸다. 그러던 어느 날, 룻이 문제의 핵심을 찔렀다.

"언니는 하나님을 믿지 않아요?"

엔젤은 어떻게 답을 해야 할지 몰라 얼버무렸다.

"우리 엄마는 천주교 신자셨어."

안드레의 입이 크게 벌어졌다.

"바돌로매 수사 말로는 천주교도들은 우상을 숭배한다던데요."

엘리사벳이 아들의 말에 얼굴을 붉혔다. 요한은 헛기침을 했다. 그러자 안드레가 곧 사과했다.

"그럴 필요 없어. 내가 기억하는 한 우리 엄마는 그 어떤 우상도 숭배하지 않았어. 하지만 기도는 많이 하셨지."

그 기도가 아무 소용없기는 했지만.

"무슨 기도를 드리셨는데요?"

눈치 없는 어린 룻이 물었다.

"구원해 달라고."

종교 이야기에는 끼지 않기로 마음먹은 엔젤은 미가엘이 사

준 옷감을 집어 들었다. 오두막 안을 채운 침묵을 깬 것은 룻이었다.

"구원이 뭐예요?"

"아가, 그건 나중에 이야기하자. 자, 이제 어린이들은 공부를 할 시간이에요."

엘리사벳이 룻의 말을 막고 일어서서 아이들의 공부 책을 꺼냈다. 한참 후에 엔젤이 고개를 들어 보니 미가엘이 다정한 눈길로 바라보고 있었다. 엔젤의 심장이 묘하게 떨렸다. 어서 헛간으로 돌아가 조용하고 차분한 어둠 속에서 쉬고 싶다는 생각이 들었다. 그곳에서라면 누구의 시선도 신경쓸 필요가 없었다. 심지어 이제는 엔젤에게 의미 있는 사람이 된 저 남자조차도 신경쓰지 않아도 된다.

엔젤은 다시 무릎 위에 놓인 옷감에 신경을 집중했다. 그런데 도대체 어디서부터 어떻게 시작해야 하는 거지? 한번도 옷을 만들어 보지 않은 엔젤로서는 도무지 엄두가 나지 않았다. 미가엘이 쓴 돈을 생각하면 함부로 가위질해서 망칠 수 없었다.

"왜 그렇게 시무룩해요? 바느질하는 거 좋아하지 않아요?"

미리암이 싱긋 웃으며 말했다. 엔젤은 두 볼이 서서히 상기되는 것을 느꼈다. 자신의 무지와 무경험이 부끄럽고 창피했다. 당연히 엘리사벳과 미리암은 옷을 만드는 법을 잘 알 것이다. 점잖은 집안의 아가씨라면 블라우스나 치마 정도는 얼마든지 만들 수 있는 법이다.

미리암이 곧 난처한 표정을 지었다. 괜한 이야기를 꺼냈다고 생각하는 것 같았다. 미리암은 조심스러운 미소를 엔젤에게 보냈다.

"나도 바느질 별로예요. 그래서 우리 집 바느질 담당은 엄마예요."

"내가 도와줄게요."

엘리사벳이 나섰다.

"지금도 하시는 일이 많잖아요."

엔젤은 다소 퉁명스레 말했다.

미리암의 얼굴이 밝아졌다.

"그냥 엄마한테 해 달라고 하세요, 아만다. 엄마는 바느질을 무척 좋아하세요. 그런데 지난 일 년간 제대로 된 바느질을 하실 기회가 없었거든요."

그렇게 말한 미리암은 엔젤의 답을 기다리지도 않고 옷감을 가져다 엘리사벳에게 건넸다.

"괜찮죠, 아만다?"

엘리사벳은 밝은 얼굴로 크게 웃었다.

그때 룻이 엔젤의 무릎 위로 냉큼 기어 올라오는 바람에 엔젤은 소스라쳐 놀랐다. 미리암이 싱긋 웃었다.

"놀라지 마세요. 룻은 오빠들만 물어요."

엔젤은 룻의 부드러운 갈색 고수머리를 어루만졌다. 꼬마 룻은 사랑하지 않을 수 없는 아이였다. 분홍빛 뺨과 밝은 갈색 눈동자를 가진 품에 쏙 들어오는 귀여운 아이였다. 엔젤의 마음이 아파 왔다.

'내 아이는 어떻게 생겼을까?'

엔젤은 공작과 의사에게 당한 끔찍한 기억을 묻고 룻의 무조건적인 애정에 흠뻑 취해 보았다. 아이는 참새처럼 조잘거렸다. 엔젤은 고개를 끄덕이며 이야기를 조곤조곤 들어주었다. 엔젤은 고개를 들다가 미가엘과 눈을 마주쳤다. 미가엘은 아이를 원할 것이다. 배 속에서 뭔가가 단단하게 꼬이는 느낌이 들었다. 엔젤이 아이를 갖지 못하는 여자라는 사실을 알게 되면 어떻게 될까? 그럼 엔젤에 대한 사랑이 사라질까? 엔젤은 미가엘과 눈을 마주할 수 없었다.

"아빠, 바이올린 연주해 주시면 안 돼요? 오랫동안 연주하시지 않았잖아요."

미리암이 부탁했다.

"아빠, 그래 주세요. 네?"

야곱과 레아도 졸라댔다.

"트렁크 구석에 처박혀 있을 거다."

요한은 그늘진 눈으로 말했다. 엔젤은 오늘밤 요한이 바이올린을 연주하는 일은 없겠다고 생각했다. 하지만 미리암은 끈질겼다.

"아니에요. 제가 오늘 아침에 꺼내 놨어요."

요한은 딸을 엄한 눈으로 보았다. 하지만 미리암은 미소를 지으며 아빠 옆에 무릎을 꿇고 앉아 그의 무릎 위에 손을 얹었다.

"제발요, 아빠. '범사에 기한이 있고 천하만사가 다 때가 있나니'라는 성경 구절 아시죠? 거기에 있잖아요. '울 때가 있고 웃을 때가 있으며 슬퍼할 때가 있고 춤출 때가 있으며'라고요."

미리암의 목소리는 무척 다정했다. 엘리사벳은 자리에서 꼼짝도 않고 서서 저녁식사 때 사용한 식탁보를 꼭 잡고 있었다. 요한이 엘리사벳을 보았다. 그의 검은 눈동자에 고통이 엿보였다.

"요한, 시간이 많이 지났잖아요. 그리고 아만다와 미가엘도 음악을 들으면 좋아할 거예요."

미리암이 레아에게 고개를 끄덕여 보이자 레아가 바이올린과 활을 가져다 아버지에게 내밀었다. 한참 동안 악기를 내려다보던 요한은 마침내 악기를 받아 무릎 위에 내려놓았다.

"아빠가 밭에 나가 있는 동안 조율해 놨어요."

요한이 손가락으로 현을 튕기자 미리암이 말했다. 요한은 바이올린을 집어 들어 턱 아래 끼고 연주를 시작했다. 바이올린 선율이 흘러나오자 미리암의 두 눈에 눈물이 맺혔다. 미리암은 고운 음성으로 노래를 불렀다. 연주를 끝내고 요한은 조용히 악기를 무릎 위에 내려놓았다.

"정말 아름다운 노래였다."

요한은 맏딸의 머리를 가만히 쓰다듬으며 말했다.

"데이비드를 위한 노래였지?"

"네, 아빠."

엘리사벳이 고개를 들었다. 두 뺨에 눈물이 흘러내리고 있었다.
"우리 아들 이야기랍니다. 열네 살 때……."
엔젤과 미가엘에게 설명하던 엘리사벳은 말을 맺지 못하고 시선을 먼 곳으로 돌렸다. 미리암이 엄마 대신 이야기를 이어나갔다.
"데이비드는 알토를 맡았어요. 목소리가 근사했죠. 명랑한 노래를 좋아하는 편이었지만 찬송가 중에서는 '어메이징 그레이스'를 제일 좋아했어요. 언제나 활기차고 모험을 좋아하는 씩씩한 아이였죠."
"블러프 근처에서 죽었어요."
엘리사벳이 간신히 이야기했다.
"물소를 쫓다가 말에서 떨어져 머리를 부딪쳤죠."
한참 동안 모두 말을 잃었다.
"할머니는 훔볼트 싱크에서 돌아가셨어요."
마침내 침묵을 깬 사람은 야곱이었다.
"남은 가족이라고는 우리밖에 없어서 우리가 서부로 이주하겠다고 할 때 같이 오셨죠. 그렇지만 몸이 계속 좋지 않으셨어요."
엘리사벳이 천천히 의자에 앉으며 말했다.
"어머니는 후회하시지 않으셨소, 엘리사벳."
요한이 말했다.
"알고 있어요, 요한."
엔젤은 엘리사벳이 후회하고 있는 건 아닐까 생각했다. 어쩌면 그녀는 집을 떠나는 것을 원하지 않았는지도 모른다. 모든 것이 요한의 뜻이었을지도 모른다. 엔젤은 두 사람을 번갈아 보면서 요한도 이런 생각을 하는 게 아닐까 생각해 보았다. 하지만 엘리사벳은 다시 평정심을 되찾고 건너편에 앉아 있는 남편을 바라보았다. 어떤 후회나 아쉬움도 찾아볼 수 없는 얼굴이었다. 요한이 다시 바이올린을 집어 들어 다른 곡을 연주했다. 이번에는 미가엘이 노래했다. 그의 굵직하고 깊은 목소리가 오두막 안을 가득 채웠다. 아이들은 감탄하며 미가엘을 보았다.

"어쩜, 정말! 주님께 많은 축복을 받으셨군요, 미가엘 씨."

엘리사벳이 밝은 미소를 보이며 말했다.

아들들이 민요를 부르자 아버지가 반주를 시작했다. 아이들이 즐겨 부르던 노래가 동이 나자 미가엘은 에스라 할아버지와 목화밭에서 노래하던 노예들 이야기를 해 주었다. 그리고 자신이 기억하는 노래를 한 곡 불렀다. 무척 슬픈 여운을 전하는 노래였다.

"부드럽게 흔들리는 꽃마차, 나의 집으로 데려다주려고 오네……."

미가엘의 목소리는 엔젤의 심장을 파고들었다.

마침내 미가엘과 함께 헛간으로 돌아가게 되었을 때, 엔젤의 머릿속에는 만약이라는 말이 끊임없이 맴돌았다. 만약 엄마가 요한 알트만 같은 사람과 결혼했다면? 만약 엔젤이 이런 가족의 일원으로 자랐다면? 그래서 순결하고 온전한 몸과 마음으로 미가엘을 만났다면?

하지만 그런 일은 일어나지 않았고, 이런 쓸데없는 생각으로 바꿀 수 있는 것은 아무것도 없었다.

"실버 달러 살롱에서 일했다면 정말 인기 많았겠어요. 거기 있는 가수도 당신만큼 잘하지는 못하거든요. 그 남자도 당신이 부른 노래하고 비슷한 곡조의 노래를 부르곤 했지만요."

엔젤은 가벼운 분위기를 만들기 위해 과장되게 명랑한 어조로 말했다. 그리고 이내 쓸쓸한 어조로 한마디 덧붙였다.

"물론 가사는 완전히 달랐지만요."

"교회에서 부르는 찬송가가 애초에 다 어디서 왔겠소? 목사님들은 교회에 나온 사람들과 다 같이 부를 수 있는 노래가 필요했다오. 그래, 거기서 노래를 부르면 몇 명쯤은 전도할 수 있을지도 모르겠군."

미가엘이 껄껄 웃으며 장난스레 말했다. 하지만 엔젤은 더는 장단을 맞추고 싶지 않았다. 마음이 아파 왔다. 미가엘의 얼굴을 바라보자 불쑥 화가 치밀어 올랐다.

"내가 부를 줄 아는 노래의 가사를 들으면 당장 불쾌해질 거예요."

엔젤이 옷을 벗고 담요 안으로 들어갈 때까지 미가엘은 생각에 잠겨 한마디도 하지 않았다. 엔젤의 가슴이 미친 듯이 요동쳤다. 심장박동 소리가 너무 커서 미가엘에게도 들릴 것만 같았다.

"당신이 부르는 노래를 나한테 가르칠 생각은 하지 말아요.

난 하나님을 찬양할 일이 하나도 없는 사람이니까."

엔젤의 표독스러운 말에도 불구하고 미가엘은 등을 돌려 눕지 않았다. 그의 강한 팔이 엔젤을 끌어안았고, 이어 그의 입술이 강하게 엔젤의 입술을 덮었다. 강렬한 키스에 엔젤은 숨을 쉴 수도 없을 지경이었다.

"당장은 그럴 생각 없소."

미가엘이 말했다. 그의 손길은 엔젤의 마음속에 타닥타닥 타오르기 시작한 불씨를 키워 어느새 불꽃으로 만들었다. 공작과 달리 미가엘은 그 불길을 끄지 않았다. 엔젤에게 생각할 수 있는 시간과 공간을 주어 모두 활활 태우게 했다.

며칠 후 엘리사벳은 노란색 격자무늬 블라우스와 녹색 스커트를 만들어 가봉해 주었다. 엔젤은 테스의 낡은 속옷이 부끄러워 조심스레 옷을 벗었다.

"엄마, 여기에 주름을 하나 더 잡아야겠어요."

미리암이 블라우스 뒤를 일 인치 정도 잡아당기며 말했다.

"그래, 그리고 여기 뒤는 좀 더 풍성하게 만들어야겠구나."

엘리사벳은 치마 뒷부분을 부풀려 보이며 말했다.

엔젤은 엘리사벳과 미리암에게 이렇게 많은 수고를 끼치는 것이 불편했다. 신세를 질수록 엔젤의 마음은 무거워졌다.

"정원에서 일할 때 입을 옷이에요. 아무렇게나 만들어 주셔도 돼요."

"그렇다고 억척스러운 일꾼처럼 보일 필요는 없잖아요."

미리암이 말했다.

"제 옷 때문에 번거롭게 해 드리기 싫어요."

지금도 옷은 충분히 예뻤다. 완벽하게 몸에 맞지 않아도 문제될 게 없었다.

"번거롭다고요? 말도 안 되는 소리 말아요. 몇 달 동안 이렇게 재미있어 본 적이 없어요! 자, 이제 옷을 벗어요. 핀 조심하고요."

엔젤이 옷을 벗고 재빨리 테스의 낡은 옷을 집어 들었다. 엘리사벳이 흘깃 곁눈으로 낡은 캐미솔과 올이 다 풀린 속바지를 보는 것이 느껴졌다. 팰리스에서 입던 옷을 입고 있었다면 다들 눈이 휘둥그레졌을 것이다. 이 여자들은 분명 프랑스산 레이스가 달린 새틴 속옷이나 중국에서 가져온 실크 가운을 한번도 본 적이 없을 것이다. 공작 역시 최고의 옷만 입혀주었다. 취향이 싸구려인 공작부인조차도 엔젤에게는 조야한 옷을 입히지 않았다. 그러나 지금은 이 사람들에게 밀가루 포대로 만든 속옷을 입는 사람으로 보일 수밖에 없었다.

엔젤은 이 옷이 자신의 것이 아니라고, 미가엘 여동생의 옷이라고 해명하고 싶었다. 하지만 그런 말을 했다가는 말하고 싶지 않은 것들까지 모두 꺼내야 할지도 몰랐다. 게다가 자칫 잘못하면 미가엘을 욕하는 꼴이 될 수 있었다. 이 사람들이 미가엘을 좋지 않게 생각하는 건 원하는 바가 아니었다. 엔젤은 재빨리 옷을 입고 허둥지둥 고맙다는 말을 하고는 정신없이 정원으로 나갔다.

미가엘은 어디 있지? 엔젤은 미가엘이 곁에 있으면 좋겠다고 생각했다. 그와 같이 있으면 안심이 되었다. 그를 보고 있으면 덜 외로웠다. 자신이 있어야 할 곳에 있다는 생각이 들었다. 오늘 아침 미가엘은 요한과 함께 밭에서 나무 그루터기를 파냈다. 하지만 지금은 어디에 있는지 찾을 수가 없었다. 말도 보이지 않았다. 아마도 요한을 데리고 사냥을 하러 간 모양이다.

레아가 떡갈나무 근처에서 쇠비름을 뜯고 있었다. 안드레와 야곱은 낚시를 했다. 엔젤은 허리를 굽히고 김을 매면서 잡념을 없애려고 노력했다.

"여기서 놀아도 돼요? 엄마가 빨래하는데 성가시다고 저리 가래요."

꼬마 룻이 밭 입구에 서서 물었다.

"이리 와, 우리 귀염둥이."

엔젤이 웃으며 말했다.

룻은 엔젤이 일하는 동안 옆에 앉아서 쉴 새 없이 종알거렸다. 엔젤은 잡초를 어떻게 뽑는지 알려 주었다.

"난 당근 싫어해요. 하지만 완두콩은 좋아요."

룻이 말했다.

"여기 있었구나. 엄마한테 네가 여기 있을 거라고 장담했다, 얘."

미리암이 울타리 문을 열고 들어와서 꼬마 동생을 보며 손가락을 좌우로 흔들었다. 그리고 허리를 굽혀 룻의 턱을 살짝 쳤다.

"어디로 간다는 말도 없이 엄마 옆에서 사라지면 안 되지."
"맨디 언니랑 같이 있었는데 뭘."
"맨디?"
미리암의 시선이 엔젤을 향했다.
"그래, 그런데 맨디 언니는 지금 일하는 중이잖아."
엔젤은 바구니에서 룻이 잘못 뽑은 조그만 당근 하나를 꺼내 미리암에게 보여 주었다.
"룻이 도와주고 있었어."
미리암은 룻에게 당장 엄마에게 가서 어디 있었는지 말하라고 시키고는 엔젤 옆에 앉아 일을 돕기 시작했다.
"잘 어울려요."
미리암이 콩 줄기를 솎아 내면서 말했다.
"뭐가?"
엔젤이 망설이며 물었다.
"맨디라는 애칭이요. 아만다는 어쩐지 썩 어울리지 않아요."
"내 이름은 엔젤이야."
"정말요?"
미리암이 두 눈썹을 과장되게 위로 올리며 말했다. 미리암은 두 눈을 빛내며 고개를 절레절레 저었다.
"엔젤도 어울리는 이름은 아니네요."
"'어이 이봐'는 어때?"
미리암이 흙덩이 하나를 엔젤에게 던졌다.
"나는 언니를 프리스 양이라고 부를래요."

미리암이 결론을 내듯 말하고 한마디 덧붙였다.

"그런데 말이죠, 저기 그 뭣이냐, 그 겉옷 아래 입는 옷 말이에요. 그거 부끄러워하지 말아요."

엔젤이 깜짝 놀라자 미리암이 크게 웃었다.

"내 건 더 심하다고요!"

며칠 후, 엘리사벳은 베갯잇에 싼 보퉁이 하나를 엔젤에게 건네면서 다른 사람들 앞에서는 펴 보지 말라고 당부했다. 엔젤이 궁금한 얼굴을 하자 엘리사벳은 낯을 붉히며 오두막으로 서둘러 들어갔다. 궁금해진 엔젤은 헛간으로 들어가서 보퉁이를 풀었다. 얌전히 개켜진 것을 펴 보니 예쁜 캐미솔과 속바지였다. 매우 세련된 자수까지 정성스럽게 수놓아져 있었다.

근사한 옷가지를 무릎 위에 놓고 만져 보는 엔젤의 두 볼이 상기되었다. 어째서 이런 일을? 동정심인가? 대가 없이는 뭔가를 받아 본 적이 없는 엔젤이었다. 엘리사벳이 원하는 게 뭘까? 엔젤이 가진 것은 모두 미가엘의 것이었다. 엔젤은 심지어 자기 일도 마음대로 하지 못하는 처지였다. 옷가지를 다시 싸 들고 엔젤은 밖으로 나왔다. 미리암이 시냇가에서 물을 길어 오는 참이었다. 엔젤이 미리암에게 다가가 말했다.

"이걸 어머니께 가져다 드리렴. 나는 필요 없다는 말도 전해 주고."

"그렇지 않아도 언니가 기분 나빠할까 봐 걱정했어요."

미리암은 양동이를 내려놓으며 말했다.

"아니, 기분 나쁘거나 하지는 않아. 그냥 필요 없어서 그래."
"화났군요."
"그냥 다시 갖다 드려 줘, 미리암. 난 필요 없어."

엔젤이 다시 보퉁이를 내밀었다.

"엄마가 언니를 위해 특별히 만드신 거예요."

"나를 딱하게 여기신 모양이지? 어머니께는 정말 고맙다고 말씀드려 줘. 그리고 이 옷은 그냥 가져가시라고 해 줘."

미리암은 모욕감을 느꼈다.

"어째서 그렇게 나쁘게만 보는 거예요? 엄마는 그저 언니를 기쁘게 해 주고 싶어서 그랬던 거예요. 몇 달간 그 끔찍한 마차에서 지낸 우리에게 머리 위에 지붕을 이고 지낼 수 있게 해 준 것에 대해서 감사의 마음을 전하고 싶어서 그런 것뿐이라고요!"

"나한테 감사할 거 없어. 굳이 감사하고 싶으시다면 미가엘에게 하셔야지. 다 미가엘의 생각이었으니까."

미리암의 두 눈에 눈물이 고였다.

"그래요, 미가엘 아저씨에게 캐미솔과 속바지를 입으라고 주면 되겠네요, 그렇죠?"

미리암은 물 양동이를 낚아채듯 집어 들었다. 눈물이 창백한 뺨을 타고 흘러내렸다.

"우리를 좋아할 생각이 없는 거죠, 그렇죠? 아주 작정하고 마음을 주지 않는군요!"

미리암의 상처 입은 얼굴을 보니 엔젤도 마음이 괴로웠다.

"그럼 네가 입는 건 어때?"

이번에는 좀 더 상냥한 목소리로 말했다. 하지만 미리암은 누그러질 줄 몰랐다.

"우리 엄마의 마음을 상하게 하는 일은 혼자 하세요, 아만다 호세아 부인. 나는 그런 일을 할 생각이 조금도 없어요. 직접 가서 엄마한테 자식처럼 생각해서 사랑하는 마음을 담아 만든 이 속옷 같은 건 필요 없다고 말하라고요. 부인은 그런 말을 하고도 남을 사람이잖아요, 그렇죠? 정말 소중한 게 눈앞에 있는데도 뭐가 뭔지 모르는 바보 멍청이에 어린아이 같은 사람이니까요!"

미리암은 울먹이는 목소리로 쏘아붙이고는 그대로 휑하니 오두막으로 들어갔다.

엔젤은 헛간으로 되돌아왔다.

캐미솔과 속바지를 손에 들고 헛간 벽에 기대어 앉았다. 아무것도 모를 것 같은 순진한 여자아이의 몇 마디 퉁명스러운 말에 왜 이렇게 마음이 아픈지 모르겠다. 들고 있던 옷가지를 내팽개치고 손으로 얼굴을 가렸다.

미리암이 조용히 헛간으로 들어와 옷가지를 주워 들었다. 엔젤은 미리암이 옷을 가지고 나가기를 기다렸다. 하지만 미리암은 엔젤 곁에 자리를 잡고 앉았다.

"아까 심하게 말해서 미안해요. 제가 지나쳤어요."

미리암이 다소곳하게 말했다.

"솔직한 생각을 말한 건데, 뭘."

"아니에요. 제가 지나쳤어요. 제발 엄마의 선물을 받아 줘요. 이걸 받지 않으면 엄마는 정말 많이 상심하실 거예요. 이 옷을 만드는 데 며칠이나 걸렸어요. 오늘 아침에는 내내 언니에게 이걸 어떻게 전해 주나 안절부절못하셨어요. 엄마는 '젊은 새댁은 이런 게 꼭 필요한 법이야.'라고 말씀하셨어요. 그런데 이걸 다시 돌려주면 엄마는 언니 기분을 상하게 했다고 생각하고 무척 힘들어하실 거예요."

엔젤은 무릎을 가슴 쪽으로 당겨 끌어안았다. 미리암의 애원에 마음이 흔들렸다.

"나 혼자였다면 그날 길에서 너희 식구를 모르는 척하고 지나쳤을 거야. 너는 알고 있었지, 그렇지?"

엔젤이 미리암의 얼굴을 똑바로 바라보았다. 하지만 내심 이렇게밖에 하지 못하는 자신이 못마땅했다. 미리암은 살짝 미소 지었다.

"그렇지만 지금 우리가 여기 있는 거 진짜로 싫어하는 건 아니잖아요. 그렇죠? 처음에야 우리가 어떤 사람들인지 모르니 당연히 그랬을 거라고 생각해요. 하지만 지금은 생각이 달라졌잖아요. 룻은 아만다 언니가 어떤 사람인지 단번에 알아보던 걸요. 믿지 않겠지만 룻은 아무한테나 그렇게 쉽게 마음을 주는 아이가 아니에요. 다른 사람은 이렇게 따르지 않아요. 그리고 아만다 언니가 싫어하든 말든 나도 언니를 좋아해요."

엔젤은 입술을 꼭 다물고 아무 말도 하지 않았다. 미리암이 캐미솔과 속바지를 집어 무릎 위에서 얌전히 개켰다.

"어떻게 할래요?"

"정말 예쁜 옷이야. 그냥 네가 입으면 좋을 것 같아."

"나는 벌써 혼수함에 몇 개 갖고 있어요. 결혼해서 새신부가 되기 전까지는 밀가루 포대로 만든 옷으로도 충분해요."

엔젤은 이 소녀에게는 도저히 이길 수 없겠다는 생각을 했다.

"우리랑 어떻게 지내야 할지 잘 모르겠는 거죠? 가끔 나를 이상한 눈으로 볼 때가 있다는 거 알아요. 언니는 나랑은 전혀 다른 삶을 살았나요?"

"네가 상상하는 것 이상으로 전혀 다른 삶이었어."

엔젤은 스산한 목소리로 말했다.

"엄마가 그러는데 뭐든 마음에 담아 두는 것보다는 털어놓는 게 좋대요."

엔젤은 한쪽 눈썹을 올렸다.

"내 지난 삶에 대해 어린아이와 이야기를 나누고 싶은 생각은 없는데."

"난 열여섯 살이에요. 언니랑 몇 살 차이 안 난다고요."

"내가 했던 일은 나이 따위하고는 별로 상관없었어."

"지금은 그 일을 하지 않잖아요, 그렇죠? 미가엘 아저씨와 결혼했잖아요. 그러니깐 그런 삶은 이제 끝이죠."

엔젤은 시선을 멀리 보냈다.

"미리암, 끝이란 없어."

"커다란 짐처럼 그렇게 몽땅 싸매고 혼자 짊어지고 있으면 그렇겠죠."

엔젤은 깜짝 놀라 미리암을 보다가 서글픈 웃음을 웃었다.

"너는 미가엘하고 정말 많이 비슷해."

미리암은 미가엘과 똑같이 말하고 있었다. 두 사람 모두 이해하지 못했다. 그냥 아무 일이 없었다는 듯 과거를 잊을 수는 없는 일이다. 모두 선명하게 과거의 한 귀퉁이를 차지하고 있는 일이었고, 그로 인해 깊고 아픈 상처가 남아 여전히 아물지 않고 있었다. 어찌어찌 그 상처를 치료한다고 해도 흉터는 남는다.

"그냥 모두 흘려보내고 잊어버리란 말이지? 그렇게 간단한 일이 아니야."

엔젤은 비아냥거리는 어조로 말했다.

"물론 쉽지 않겠죠. 많은 노력이 필요할 거예요. 그래도 해 볼 만한 일 아니에요?"

"그래도 완전히 벗어나지는 못해."

"그건 미가엘 아저씨를 완전히 믿지 못해서 그런 거 아닌가요?"

엔젤은 이렇게 예쁘고 활기찬 아가씨와 미가엘 이야기를 하고 싶지 않았다. 더군다나 엔젤보다 훨씬 더 미가엘에게 잘 어울릴 것 같은 이 소녀와는 더 그랬다.

"지난번에 산책하러 나갔다가 오두막 한 채가 있는 걸 봤어요. 거긴 누가 살아요?"

"미가엘의 매제인 바울이 살아. 아내는 서부로 오다가 죽었어."

미리암의 갈색 눈동자가 호기심으로 반짝거렸다.

"그런데 어째서 그동안 미가엘 아저씨를 만나러 한번도 오지 않았어요? 둘이 사이가 안 좋아요?"

"아니. 그냥 그리 사교적인 성격이 아니어서 그래."

"미가엘 아저씨보다 나이가 많아요, 아니면 더 어려요?"

"더 어려."

미리암은 재미있다는 듯 미소를 짓고 있었다.

"얼마나 어린데요?"

엔젤은 어깨를 으쓱여 보였다.

"정확히는 잘 모르겠어."

이런 이야기가 결국에는 어떻게 끝날지 아는 엔젤은 더는 이야기하고 싶지 않았다. 미리암은 전에 미가엘에게 흥미를 보이던 레베카를 생각나게 했다.

"잘생겼어요?"

미리암은 엔젤의 마음은 아랑곳없이 집요하게 물어왔다.

"한창때 처녀에게는 뻐드렁니랑 사마귀만 없으면 다 잘생겨 보일 텐데."

미리암이 크게 웃었다.

"그러게요. 난 벌써 열여섯 살이라고요. 내 또래 다른 여자들은 모두 결혼했어요. 그런데 나는 남자 근처에도 가 보지 못했어요. 정말이지 나는 결혼할 수 있는 처지만 되면 누구든지 관심 있어요. 빨리 신랑감을 찾아야 엄마가 나를 위해서 혼수함에 준비해 놓은 예쁜 옷들을 꺼내 입을 수 있다고요."

엔젤은 이렇게 귀엽고 예쁜 아가씨가 바울과 사귄다고 생각하니 마음이 좋지 않았다.

"겉모습이 근사하다고 해서 그 안도 괜찮다고 생각하면 안 돼, 미리암. 사실은 그렇지 않은 경우가 더 많아. 미가엘 같은 남자가 나타날 때까지 기다려."

말을 마친 엔젤은 자신의 말에 스스로 놀라고 말았다.

"아만다, 이 세상에 미가엘 아저씨 같은 사람은 한 명뿐일 거예요. 그런데 아저씨는 이미 언니 차지잖아요. 바울은 어떤 사람인데요?"

"미가엘과 반대야."

"그렇다면 그건 음……, 못생기고, 허약하고, 무뚝뚝하고, 무례하다는 말?"

"장난스럽게 할 말이 아니야, 미리암."

"아만다 언니가 엄마보다 더하네요. 우리 엄마는 남자에 대해서는 눈곱만큼도 이야기해 주지 않는다고요."

"이야기할 것도 별로 없어. 남자들이 다 똑같지 뭐. 밥 먹고, 화장실 가고, 섹스하고 그러다가 죽지."

엔젤은 아무 생각 없이 말했다.

"정말 냉소적이네요."

미리암의 말에 엔젤은 속으로 주춤했다. 이런 여자아이가 뭘 이해할 수 있겠는가. 공작과 같은 남자가 있다는 것도 모를 텐데. 깊이 생각하지 못하고 불쑥 말해 버리는 게 아니었다. 도대체 뭐라고 말해 줄 수 있단 말인가? 여덟 살에 남자에게 강간당했다고? 그리고 내가 지겨워지자 샐리에게 넘겨 점잖은 집안 여자들은 상상도 못할 일을 하는 법을 배우게 했다고?

이 아이는 순결하게 지내다가 좋은 남자를 만나 결혼하고 아이를 낳으며 살아야 한다. 그래서 자기 가족 같은 그런 가정을 꾸려야 한다. 그러니 쓸데없는 이야기로 머릿속을 더럽힐 필요는 없다.

"미리암, 나한테 남자 이야기를 묻지 마. 내가 해 줄 수 있는 말은 별로 도움이 안 될 거야."

"나도 언젠가는 미가엘 아저씨가 언니를 쳐다보는 것 같은 그런 시선을 남자에게서 받고 싶어요."

엔젤은 자신이 기억하지도 못하던 시절부터 남자들의 그런 시선을 받았다는 말은 하지 않기로 했다. 그런 말을 해 봐야 아무 소용도 없을 것이다.

"아빠는 나를 꽉 잡아 줄 강한 남자가 필요하다고 해요. 하지만 동시에 나를 필요로 하는 남자였으면 좋겠어요. 강하면서도 부드러운 그런 사람이요."

엔젤은 미리암이 이상형을 꿈꾸며 앉아 있는 모습을 찬찬히 바라보았다. 미가엘이 미리암을 먼저 만났다면 상황이 달라졌을지도 모른다는 생각이 들었다. 이렇게 귀여운 여자를 어떻게 사랑하지 않을 수 있을까? 명랑하고 순결하며 헌신적이고 신앙심까지 돈독한 여자다. 미리암에게는 암울한 과거의 유령 따위는 존재하지 않았다. 등 뒤를 따라다니는 악마 같은 것도 없었다.

미리암은 자리에서 일어나 치맛자락에 붙은 지푸라기를 떨어냈다.

"헛된 공상은 그만두고 가서 엄마 빨래나 도와드려야겠어요."

미리암은 캐미솔과 속바지를 엔젤의 무릎 위에 얌전히 내려놓았다.

"어떻게 할지 마음을 정하기 전에 한 번 입어 보기나 하지 그래요?"

"미리암, 난 네 어머니 마음을 상하게 할 생각은 없어."

미리암의 두 눈이 촉촉하게 젖어 들었다.

"나도 언니가 그런 일을 할 사람이라고는 생각하지 않아요."

미리암이 헛간을 나갔다.

엔젤은 머리를 뒤로 젖혀 벽에 기댔다. 공작은 처음부터 주름 장식 드레스와 레이스 달린 원피스로 옷장을 가득 채워 주었다. 서랍장에는 새틴 리본과 장신구들이 잔뜩 들어 있었다. 대부분 파리에서 가져온 것들이었다.

"감사해라."

공작에게 가기 전에 샐리가 목욕을 시키고 옷을 갈아입혀 주면서 한 말이었다.

"공작이 아니었다면 그 선착장에서 굶어 죽었을 거라는 걸 기억해. 진심으로 감사하다고 말씀드려. 그리고 공작을 위해 언제나 기쁜 얼굴을 하고 있어라. 네가 까다롭게 굴면 공작은 당장 다른 말 잘 듣는 아이를 데리고 올 거야. 그러면 너는 어떻게 되겠니?"

그 무시무시한 경고는 지금 생각해도 오싹했다. 어린 엔젤은 말을 듣지 않으면 공작이 퍼거스에게 그 검은 끈으로 엔젤의 목을 조르라고 시킨 다음 뒷골목에 던져 쥐들의 먹이가 되게 할 거라고 생각했다. 그래서 공작에게 감사하려고 노력했다. 하지만 쉽지 않았다. 공작이 두려웠고, 끔찍하기만 했다. 하지만 계속해서 그의 자비로 자신이 살았다고 스스로에게 최면을 걸었고, 그를 사랑한다고 착각한 적도 있다. 하지만 진실을 깨닫는 데는 그리 긴 시간이 필요하지 않았다.

공작은 지금도 유령처럼 엔젤의 곁을 떠나지 않고 괴롭혔다. 엔젤의 영혼을 차지하고 있었다.

'아니야. 나는 지금 캘리포니아에 있어. 그 사람은 수천 킬로미터 떨어진 곳에 살아. 그러니 나를 찾을 수 없어.'

그리고 지금 엔젤의 곁에는 미가엘과 알트만 가족이 있다. 그러니 새로운 삶을 시작할 수도 있을 것이다.

엔젤은 무릎 위에 놓인 깔끔한 속옷을 보았다. 엘리사벳은 아무런 보상이나 대가를 원하지 않았다. 공작과는 달리 아무것도 바라지 않고 선물을 한 것이다.

하지만 공작의 말이 마음속 깊은 곳에서 울려 퍼졌다.

'사람은 모두 뭔가를 원하는 법이야, 엔젤. 바라는 것 없이 주는 사람은 아무도 없어.'

엔젤은 두 눈을 감고 엘리사벳의 신중하고 다정한 얼굴을 떠올렸다.

"공작, 이제 더는 당신 말을 믿지 않을 거야."

'그래?'

공작의 목소리를 과감히 떨쳐 버린 엔젤은 자리에서 일어나 옷을 벗었다. 그리고 새 캐미솔과 속바지를 입었다. 잘 맞았다. 속옷만 입은 채 엔젤은 두 팔로 자신을 감쌌다. 다시 옷을 입고 엘리사벳을 찾아가서 감사 인사를 할 생각이다. 모두 잊고 순결하고 온전한 마음을 가진 사람인 양 살아갈 것이다. 지난 십 년간의 악몽이 지금의 삶을 망쳐 버리게 놔두지 않을 것이다.

이번에는 순순히 당하지 않을 것이다. 어림도 없다!

20장

인간의 원초적 정념 중에
가장 저주스러운 것은 두려움이다.
_셰익스피어

엔젤이 알트만 가족에게 정을 주기 시작하자 미가엘은 조금 걱정이 되었다. 요한은 지금도 오리건이 마치 천국이라도 되는 것처럼 말하고 있다. 곧 봄이다. 날이 좋아지면 요한은 오리건으로 갈 채비를 할 것이다. 알트만 여자들은 요한을 말릴 수 없을 것이다. 미가엘은 좋은 땅만이 요한의 마음을 바꿀 수 있다고 생각했다.

미리암은 엔젤을 언니처럼 따랐고, 룻은 그림자처럼 엔젤을 쫓아다녔다. 엘리사벳도 아이들이 엔젤과 어울리는 것을 좋아했다. 하지만 그 안에 위험이 도사리고 있다는 것을 미가엘은 알고 있었다. 엔젤이 매일 조금씩 마음을 열고 있는데 알트만 가족이 이곳을 떠나 버리면 어떻게 될까?

나무 그루터기를 파던 미가엘은 허리를 펴고 오두막 쪽을 보았다. 엔젤이 시냇가에서 두 양동이로 물을 퍼 나르고 있었다. 엘리사벳은 불을 지피고 그 위에 커다란 목욕통을 걸었다. 미리암은 그 옆에서 빨랫감을 정리하고 꼬마 룻은 엔젤 곁을 깡충깡충 뛰어다니며 즐겁게 조잘대고 있었다.

'주여, 아만다에게 아이가 있으면 좋겠습니다.'

"룻이 아만다를 정말 많이 좋아하는 것 같군."

요한이 곡괭이 손잡이에 기대어 서서 룻과 엔젤을 쳐다보며 말했다.

"그렇네요."

"뭐 걱정거리라도 있나, 미가엘?"

미가엘은 삽을 땅에 꽂고 부츠 발로 밟은 다음 흙을 잔뜩 퍼서 옆으로 치웠다.

"가족들과 함께 북쪽으로 가시면 제 아내가 많이 슬퍼할 것 같습니다."

"엘리사벳도 마찬가질걸세. 아내는 아만다를 자기 딸처럼 생각하거든."

"여기도 좋은 땅이 많습니다."

"오리건만큼 좋지는 않을 걸세."

"생각하시는 그런 이상적인 땅은 오리건이 아니라 그 어디에도 없을 겁니다."

미가엘은 그날 밤 자기 땅 일부를 알트만 가족에게 파는 것에 대해 엔젤에게 이야기했다.

"요한에게 이야기하기 전에 당신과 먼저 상의하고 싶었소."

"그렇다고 마음을 바꿀까요? 요한은 저녁 내내 오리건 이야기만 해요. 당장이라도 떠나고 싶어 하는걸요."

"계곡 서쪽을 아직 보지 못해서 그러는 거요. 일단 그곳 땅을 보고 나면 마음이 달라질 거요."

엔젤은 자리에서 일어나 앉았다. 미리암과 룻이 오리건으로 가 버린다는 생각만으로도 가슴이 미어졌다.

"하지만 무슨 소용이 있을까요? 남자들은 일단 마음먹으면 무슨 일이 있어도 하고 말잖아요."

"요한은 좋은 농지를 찾고 있소."

"요한은 무지개 끝에 달린 보물 항아리를 쫓고 있어요!"

"그럼 우리가 그 보물 항아리를 주면 되지."

미가엘도 일어나 앉아 엔젤을 뒤에서 안았다.

"요한은 가족을 위한 최선을 원할 거요. 서부 끝 땅은 우리가 가진 땅 중에 최고요."

"요한은 오로지 오리건 생각뿐인걸요. 엘리사벳도 가고 싶어 하지 않아요. 미리암은 말할 것도 없고요."

"윌래메트 계곡을 에덴동산이라고 생각하니까."

엔젤은 미가엘의 품에서 벗어나 벌떡 일어섰다.

"그럼 처음부터 여기에 머물지 말고 그곳으로 갔어야죠."

엔젤은 두 팔로 자신을 감싸 안고 벽에 기대어 오두막 쪽으로 시선을 보냈다. 불이 모두 꺼져 어두웠다. 알트만 가족은 모두 잠든 모양이었다.

"처음부터 여기 오지 않았으면 더 좋았을 거예요. 아예 만나지 않았으면 더 좋았을 거라고요."

엔젤은 미가엘을 보았다. 달빛에 엔젤의 창백한 얼굴이 더욱 하얗게 보였다.

"오리건이 그렇게 근사한 곳인가요? 요한이 생각하는 것처럼 에덴동산 같은 곳이에요?"

"모르지, 디르사. 나도 가 본 적이 없으니까."

디르사. 엔젤을 향한 미가엘의 욕망이 담긴 이름이었다. 미가엘이 그 이름을 부르자 엔젤은 몸속에서 천천히 번져 나가는 따스한 기운을 느꼈다. 디르사. 그것이 무슨 의미인지는 생각하지 않기로 했다. 하지만 미가엘이 자리에서 일어나면서 지푸라기가 버석거리는 부드러운 소리가 들리자 엔젤의 심장이 요동치기 시작했다. 고개를 들어 가까이 다가오는 미가엘을 보았다. 숨을 쉴 수가 없었다. 미가엘의 손길이 닿자 엔젤은 온몸이 달아오르는 것을 느꼈다. 두려웠다. 이건 뭐지? 미가엘 때문에 이런 느낌이 들다니!

"희망을 버리지 말아요."

미가엘이 말하면서 엔젤을 끌어안았다. 엔젤이 잔뜩 긴장하고 있는 것이 느껴졌다. 엔젤에게 둘의 아이를 가질 수 있다는 말을 해주고 싶었다. 하지만 지금은 그런 말을 할 때가 아닌 듯했다. 아직은.

"우리 제안을 듣고 땅을 보고 나면 요한이 마음을 바꿀지도 모르니."

요한이 땅을 보기나 할지 걱정되었다. 하지만 요한은 땅을 보러 갔다. 다음날 두 남자는 동이 트자마자 말을 타고 계곡 서쪽을 향했다. 엔젤은 미리암이 어깨에 숄을 대충 두르고 마당을 가로질러 뛰어오는 모습을 보았다. 미리암은 헛간 문을 활짝 열고 뛰어들어와 다락으로 이어진 사다리를 단숨에 반절이나 올라 엔젤을 불렀다.

"언니, 나도 계곡 서쪽 땅에 가 볼래요. 미가엘 아저씨가 몇 킬로미터만 가면 된다고 했어요."

엔젤이 사다리를 내려왔다.

"그런다고 뭐가 달라질 것 같지 않은데."

"정말 엄마하고 똑같아. 우리가 짐을 다 싸고 마차를 출발시킨 것도 아니잖아요."

미리암은 엔젤과 계곡 서쪽을 향해 걸으며 아버지의 출애굽을 저지할 수 있는 온갖 기이한 방법을 떠들어댔다. 하지만 엔젤은 몇 달간 옆에서 지켜본 결과, 요한 알트만이 떠나자고 한 마디만 하면 그걸로 끝이라는 것을 잘 알았다. 미리암도 순종할 것이다.

"저기 아빠랑 미가엘 아저씨가 있어요. 그런데 옆에 있는 저 남자는 누구예요?"

"바울."

엔젤은 마음을 단단히 하며 말했다. 페어러다이스까지 마차를 태워 주었던 그 끔찍한 날 이후로 바울과 얼굴을 마주할 일이 없었다. 지금도 되도록 얼굴을 마주하지 않기를 바랐다. 하지만 이 상황에서는 되돌아갈 핑계거리가 없었다.

미리암은 엔젤의 동요를 전혀 눈치채지 못한 채 호기심 가득한 얼굴로 걸음을 재촉했다. 세 남자는 금방 엔젤과 미리암이 온 것을 알아차렸다. 미가엘이 손을 흔들었다. 엔젤은 이를 악물었다. 이제 다른 도리 없이 저쪽으로 가야만 했다. 이번에는 바울이 어떤 식으로 엔젤을 물어뜯을지 생각했다.

미가엘이 엔젤을 맞으려 다가왔다. 엔젤은 억지로 미소를 지으며 턱을 들어올렸다.

"미리암이 오고 싶다고 해서요."

미가엘이 엔젤의 뺨에 키스했다.

"당신을 데리고 와 준 미리암에게 감사해야겠군."

남자들이 땅을 파 보는 중이었다. 미리암은 손으로 흙을 집어 손바닥에 비벼 보고 냄새도 맡았다. 아버지를 바라보는 미리암의 눈이 반짝거렸다.

"먹어도 될 만큼 비옥하네요."

"더할 나위 없는 땅이다."

"오리건 땅보다 더요, 아빠?"

"오리건보다 더."

미리암은 기쁨의 비명을 지르며 총알같이 아버지의 품으로 달려들었다. 그리고 울음 반 웃음 반이 섞인 목소리로 말했다.

"엄마한테 당장 알려드려야겠어요!"

"네 엄마한테는 당분간 아무 말도 하지 마라. 우리가 살 오두막을 다 지을 때까지는 말이다. 약속해라."

"한번만 더 오리건 이야기를 꺼내시면 다 불어 버릴 거예요."

미리암이 눈물을 훔쳤다. 엔젤은 곁눈질로 바울을 보았다. 격한 중오를 담은 그의 시선이 엔젤을 향하고 있었다. 엔젤은 어깨에 두른 숄을 더욱 꼭 잡아당겨 몸을 감쌌다. 그날 길에서 바울의 피를 다 말려 버릴 만한 말을 했다. 엔젤은 칼을 뽑아 있는 힘껏 바울의 심장에 찔러 넣었다. 바울이 다시 엔젤을 바라보았다. 이번에는 좀 더 오랫동안 지켜보았다. 상처 입은 동물이었다. 격한 분노에 휩싸인 위험한 존재였다.

"바울은 근사하게 생겼던데요. 우수에 잠긴 갈색 눈동자도 멋있고."

미리암이 돌아오는 길에 말했다.

엔젤은 아무 대꾸도 하지 않았다. 바울은 말을 타고 떠나기 전에 모자챙에 가볍게 손을 대고 인사를 건넸다. 그때 엔젤은 다른 사람은 눈치 채지 못한 어떤 기운을 그의 눈동자에서 보았다. 엔젤을 망자의 나라로 보내고야 말겠다는 그런 표정이었다.

다음 날 아침, 남자들은 곧바로 일을 시작했다. 바울도 커다란 도끼와 손도끼를 들고 합세했다. 미가엘은 커다란 돌 네 개로 초석을 놓았다. 그리고 다들 나무를 베러 갔다.

그로부터 사흘이 지난 후, 비밀을 알게 된 야곱이 미리암과 함께 점심식사를 가지고 오두막을 짓는 곳에 왔다. 야곱은 비밀을 지키겠다는 맹세를 한 후에야 일을 거들 수 있었다. 미가엘과 요한이 야곱을 데리고 집으로 돌아왔을 때, 야곱은 한마디도 하지 못할 만큼 지쳐 있었다.

"도대체 애한테 무슨 일을 시킨 거예요? 조느라고 얼굴을 스튜 안에 빠뜨리겠어요."

엘리사벳이 말했다.

"땅을 고르는 게 쉬운 일이 아니오."

요한이 얼버무렸다.

엔젤은 엘리사벳과 함께 집안일을 했다. 바울을 피하고 싶었지만 엘리사벳과 룻과 함께 있고 싶은 마음이 더 컸다. 엘리사벳도 엔젤의 마음을 눈치 채고 일부러 빵을 굽는 동안 아이들을 봐 달라고 부탁했다. 엔젤은 술래잡기와 숨바꼭질, 장님놀이, 등 짚고 뛰어넘기 등을 배웠다. 룻과 안드레를 데리고 시냇가에서 징검다리 뛰어넘기 놀이도 했다. 엔젤은 아이들과 함께하는 이 시간이 얼마 남지 않았다는 생각에 더욱 열중했다.

"아이들이 병아리가 어미 닭을 쫓아다니는 것처럼 아만다를 쫓아다녀요. 아만다가 큰언니 같다니까요."

엘리사벳이 요한에게 말했다.

미리암은 엔젤을 데리고 한적한 곳으로 가서 말했다.

"벽이 다 세워졌어요."

그리고 며칠 지난 후에는 "지붕 만들 준비도 했어요."라고 말했다. 매일매일 진척 상황을 들으면서 엔젤의 마음은 무거워졌다.

"바울이 지붕널을 모두 만들었어요."

다음날은 이렇게 말했다.

이제 며칠만 더 있으면 오두막은 완성되고, 그러면 알트만 가족은 이곳을 떠날 것이다. 겨우 삼 킬로미터 거리였지만 삼천 킬로미터는 되는 것처럼 느껴졌다.

바울이 그 가족의 가장 가까운 이웃이 될 것이다. 바울이 엔젤과 알트만 가족 간의 정을 망쳐 버리기까지 얼마나 걸릴까?

어느덧 날씨는 청명하고 따뜻해졌다.

"이제는 미가엘 씨의 호의에 눌러앉아 있을 이유가 없어졌소. 우리 가족이 살 곳을 찾아야겠소."

요한은 엘리사벳에게 짐을 싸라고 말했다. 창백한 얼굴로 입술을 앙다문 엘리사벳은 곧바로 짐을 꾸리기 시작했다.

"저렇게 화를 내는 엄마는 처음 봐요. 아빠가 여기를 떠나자고 한 다음부터 아빠한테 한마디도 하지 않으세요. 아빠도 괜한 고집을 부리면서 엄마한테 아무 말도 안 하고 있지 뭐예요."

미리암이 말했다.

엔젤은 미리암을 도와 짐을 마차로 옮겼다. 안드레는 마차 옆 물통에 물을 채웠다. 야곱은 요한이 말을 마차에 매는 것을 도왔다. 엘리사벳이 오두막에서 나와 엔젤을 꼭 끌어안았다. 엔젤은 아무 말도 할 수 없었다.

"아만다, 정말 보고 싶을 거예요."

엘리사벳이 울먹이는 목소리로 속삭였다. 마치 자식을 대하듯 엔젤의 두 볼을 토닥였다.

"남편을 잘 보살펴 줘요. 그런 남자 흔치 않아요."

"네, 엘리사벳."

미리암도 엔젤을 꼭 끌어안으며 속삭였다.

"아만다 언니, 정말 연기 잘하네요. 마치 우리랑 정말 영원히 작별하는 것 같잖아요."

꼬마 룻은 잔뜩 풀이 죽어 엔젤에게 매달렸다. 엔젤은 심장이 부서져 버릴 것만 같았다.

미리암이 룻의 귓가에 뭐라고 속삭이자 룻은 칭얼거리는 것을 멈추고 마차에 올랐다. 이제 아이들 모두 비밀을 알게 된 것이다.

"엘리사벳, 손잡아 줄게."

요한이 말했지만 엘리사벳은 요한을 처다보지도 않고 말했다.

"고마워요. 하지만 난 조금 걸을래요."

알트만 가족이 출발하자마자 미가엘은 말에 안장을 얹었다. 엔젤은 마당에 서서 마차가 멀어지는 모습을 바라보았다. 벌써 알트만 가족이 그리워졌다. 그들과의 사이에 도저히 건널 수 없는 협곡 같은 간극이 생겨 버린 듯했다. 엄마가 클레오와 함께 자신을 바닷가로 보냈던 기억이 되살아났다. 엔젤은 집으로 들어가 달콤한 빵과 겨울 사과 등을 챙겨 바구니에 담았다. 아니다. 그때와 같은 일은 없을 것이다.

미가엘과 엔젤이 알트만 가족의 오두막에 도착했을 때 바울이 이미 와 있었다. 그는 꼬챙이에 꽂은 구운 사슴고기를 갖고 왔다. 엔젤은 엘리사벳이 미가엘의 오두막에 달라고 만들어

놓은 커튼을 창문에 달았다. 그동안 두 남자는 이야기를 나누었다. 미가엘이 알트만 가족이 오는지 보러 밖으로 나갔다. 바울의 차가운 시선이 엔젤의 등에 꽂혔다.

"알트만 사람들은 당신 과거에 대해서 모르고 있겠지, 엔젤?"

엔젤은 돌아서서 바울의 얼굴을 똑바로 보았다. 사실대로 말한다 해도 그는 믿지 않을 것이다.

"바울, 난 알트만 사람들을 많이 좋아해요. 그래서 그 사람들이 상처받는 일이 없기를 바라요."

바울이 코웃음을 쳤다.

"당신의 그 불결한 과거를 비밀에 부쳐 달라는 말이로군."

바울에게는 무슨 말을 해도 소용이 없을 듯했다.

"당신이 말해야 한다고 생각한다면 얼마든지 하라는 말이에요."

엔젤은 낮은 목소리로 말했다. 바울이 엔젤의 진짜 정체를 알트만 가족에게 알리는 데 시간이 얼마나 걸릴까? 바울이 엔젤에게 적의를 갖고 있다는 사실을 알트만네 사람들이 눈치채는 것은 시간문제일 것이다. 그러면 의아하게 생각하고 왜 그런지 물어올 것이다. 그때 엔젤은 뭐라고 말해야 할까? 마차에 태워 주는 대가로 내가 줄 수 있는 유일한 것을 주었다고 말해야 하나?

처음부터 그 사람들과 어울리는 게 아니었다. 그렇게 쉽게 그들에게 마음을 열지 말았어야 했다. 시작부터 잘못된 일이었다.

"사랑은 사람을 허약하게 만들 뿐이야."

샐리가 말했다.

"사랑에 빠져 본 적 있어요, 샐리?"

엔젤이 물었다.

"한 번."

"누구한테요?"

"공작. 하지만 그에게 나는 언제나 나이가 너무 많았지."

차가운 바울의 목소리가 엔젤의 상념을 꿰뚫었다.

"걱정되지, 그렇지?"

돌처럼 차가운 바울의 미소가 보였다. 엔젤은 밖으로 나갔다. 오두막 안에서는 숨을 쉴 수가 없었다. 아픔이 온몸으로 번져 가고 있었다. 친아버지한테 태어나지 말았으면 좋았을 거라는 말을 들었던 그날 느낀 것과 같은 아픔이었다. 엄마가 죽었을 때 느꼈던 아픔, 럭키의 죽음을 전해 들었을 때 느꼈던 아픔, 그리고 공작이 처음으로 다른 남자에게 엔젤을 보냈을 때 느꼈던 바로 그 아픔이었다.

엔젤이 가깝게 여기는 사람은 모두 엔젤을 떠났다. 모두 멀어져 가거나 아니면 죽어 버렸다. 그도 아니면 엔젤에게 관심을 주지 않거나 다른 사람을 사랑했다. 언제나 그랬다. 엄마, 샐리, 럭키 모두 그랬다. 그리고 이제 미리암과 룻, 엘리사벳도 그럴 것이다.

'어떻게 그 처참한 기분을 잊고 이런 짓을 벌인 거지?'

'미가엘이 너에게 쓸데없는 희망을 불어넣어서야. 희망이란 목숨을 잃게 할 정도로 치명적이지.'

어둠의 목소리가 대꾸했다. 예전에 샐리는 돌처럼, 바위처럼 살아야 한다고 말했다. 그렇게 하면 사람들에게 조금씩 갈리고 쓸려 나갈 수는 있지만 가장 중요한 내면까지 다치는 일은 절대로 없기 때문이다.

엔젤은 태양 빛을 받으며 서 있는 미가엘을 보았다. 강인하고 아름다웠다. 엔젤의 가슴이 미어졌다. 그 누구보다 엔젤에게서 많은 것을 가져간 사람이다. 하지만 그 역시 조만간 엔젤의 삶에서 멀어지고 자취를 감출 것이다. 그녀의 가슴 한가운데 커다란 구멍만을 남길 것이다.

미가엘이 엔젤에게 다가오다가 엔젤의 표정이 심상치 않음을 보고 어두운 눈빛을 했다.

"바울이 마음 상하는 말을 했소?"

"아니요. 아니에요. 아무 말도 안 했어요."

엔젤이 가라앉은 목소리로 말했다.

"뭔가가 당신 기분을 망쳐 놓은 것 같은데."

'당신을 사랑하게 되었기 때문이에요. 오, 세상에! 정말 이렇게 되고 싶지는 않았어요. 그런데 어쩔 수 없네요. 당신은 내가 숨 쉴 수 있게 해 주는 공기예요. 나는 엘리사벳과 미리암, 룻을 잃을 거예요. 그리고 이어서 당신도 잃게 되겠죠.'

엔젤은 고개를 돌렸다.

"아무렇지도 않아요. 그냥 엘리사벳이 모든 사람이 자기를 속인 것에 대해 뭐라고 할지 걱정돼서 그래요."

엔젤의 걱정은 곧 해결되었다. 마차가 언덕을 넘어서 다가왔다. 엘리사벳은 도저히 믿을 수 없다는 표정으로 오두막과 요한을 번갈아 쳐다보았다. 요한은 마부석에서 펄쩍 뛰어내려 얼굴 가득 미소를 지어 보이며 엘리사벳에게 두 손을 벌렸다. 엘리사벳은 눈물을 흘리며 요한의 품에 몸을 던졌다. 요한을 의뭉스러운 사람이라고 부르다가는 좋아한다고 말했다.

"엄마, 아빠한테 사과하셔야죠. 미가엘 아저씨네 집을 떠난 뒤로 계속 아빠한테 심술궂게 구셨잖아요."

미리암이 크게 웃었다. 요한은 아내의 손을 잡고 땅을 둘러보러 갔다. 미리암은 당장 오두막 안으로 들어와 일을 시작했다. 하지만 곧 일손을 멈추고 엔젤을 쳐다보았다.

"언니하고 바울은 사이가 좋지 않은가 봐요, 그렇죠?"

"아주 안 좋아."

엔젤은 대꾸했다. 룻이 엔젤의 치맛자락을 잡아당기자 엔젤이 룻을 번쩍 들어 안았다.

"어, 안 돼. 맨디 언니는 케이크 만드는 일을 도와줘야 해. 그 일을 하려면 맨디 언니의 두 손이 다 필요하거든. 그렇게 입 내밀지 마, 요 꼬마 아가씨야."

미리암이 앞치마에 손을 닦고서 룻을 다시 바닥에 내려놓았다.

"미가엘 아저씨가 밖에 있을 거야. 나가서 목마 태워 달라고 해 봐."

미리암은 그릇을 꺼내며 엔젤을 흘끔 쳐다보았다.

"자, 이제 다 이야기해 봐요."

"뭘?"

"뭔지 알잖아요. 언니하고 바울 이야기 말이에요. 미가엘하고 결혼하기 전에 바울이 언니를 사랑하기라도 했나요?"

엔젤이 냉소적으로 웃었다.

"그럴 리가!"

"그럼 언니랑 미가엘 아저씨가 결혼하는 걸 받아들이지 않았군요."

"절대 반대였지. 당연한 일이야. 반대할 이유가 수도 없이 많았으니까."

"반대할 만한 이유를 하나만 대 봐요."

"미리암, 그렇게 모든 것을 알려고 하지 마. 지금 알고 있는 것만 해도 네 정신건강에 해로우니까."

"바울에게 물어보면 알려 줄까요?"

미리암이 도전적인 얼굴로 물었다. 순간 엔젤의 얼굴에 얼핏 고통의 흔적이 스쳤다.

"아마도."

미리암은 눈가에 흘러내린 머리카락을 뒤로 넘겼다. 그 바람에 뺨에 밀가루가 묻었다.

"그렇다면 묻지 말아야겠군요."

엔젤은 미리암이 좋았다. 룻처럼 순진하고 장난기 가득한 말괄량이 아이 같은가 하면 어느 순간에는 속 깊은 성숙한 여자의 모습을 하고 있었다.

"바울을 나쁘게 보지는 마. 다 미가엘을 위해서 그런 거니까."

엔젤은 밀가루 체를 마지막으로 한 번 탁 치고 옆으로 내려놓았다.

"자수정 한 덩어리를 선물로 받은 아가씨가 있었어. 번쩍이는 자색 수정이 꽤나 아름다웠지. 그 보석을 준 남자는 그 수정은 돌 안에 들어 있었다고 했어. 자신이 돌을 깨고 끄집어낸 거라 수정 표면에 여전히 보기 싫은 돌조각이 붙어 있다고 했어. 나도 그 자수정 같아, 미리암. 다만 그 자수정과 달리 겉과 속이 바뀌어 있을 뿐이지. 여기 이곳은 온통 사랑스럽고 아름답지."

엔젤은 땋아 늘인 머리카락과 흠집 하나 없이 깨끗한 자신의 얼굴을 손으로 어루만졌다.

"하지만 이 안은 시커멓고 추악해. 바울은 그걸 본 거야."

미리암의 두 눈에 눈물이 가득 고였다.

"그렇다면 그건 바울이 제대로 보지 못한 거예요."

"넌 정말 착하지만 너무 순진한 게 문제야."

"난 착하고 순진하지만 그렇지 않을 때도 있어요. 언니가 나를 잘 안다고 생각하는 모양이지만 그렇지 않아요."

"시간이 지나면 서로에 대해 잘 알게 되겠지."

날이 따뜻하고 좋아서 미리암은 마당에 담요를 내다 깔았다. 엔젤은 미가엘과 바울이 이야기를 나누는 모습을 보았다.

바울이 신이 나서 지난번 길에서 엔젤이 냉정하고 차가운 모습으로 어떤 일을 저질렀는지 이야기하고 있을지도 몰랐다. 그 생각을 하니 속이 꽉 막히는 느낌이 들었다. 이 우스꽝스럽고 기괴한 상황이 엔젤을 메스껍게 했다. 바울은 두 사람 사이에 있었던 일에 대해 어떻게 생각하고 있을까? 완벽하게 사무적인 매춘으로? 감정이 없는 타락한 여자의 행동으로? 바울이 엔젤의 마음에 도사리고 있는 시커먼 사악함만을 보는 것도 당연한 일이다. 그녀의 타락한 영혼이 눈에 보이는 것이다. 그 외에 다른 것은 보여 준 적이 없었다.

엔젤은 넌지시 미가엘 쪽을 훔쳐보며 아무 일 없으니 안심하라는 눈짓이라도 해 주지 않을까 기대했다. 하지만 미가엘은 열심히 바울의 이야기를 듣고 있었다.

엔젤은 마음을 진정시키려 노력했다. 미가엘은 바울이 상상도 할 수 없을 정도로 심한 곳에서 끔찍한 짓을 하던 엔젤을 보았던 사람이다. 심지어 엔젤이 미가엘을 배반하고 도망쳤을 때조차 그런 그녀를 위해 남자들과 몸을 부딪치며 싸웠던 사람이다. 엔젤은 도저히 그런 미가엘을 이해할 수 없었다. 미가엘같이 착한 사람은 나약하고 힘도 없을 거라고 생각했다. 하지만 그렇지 않았다. 그는 침착하고 조용한 사람이었지만 바위처럼 자기 생각을 밀어붙이는 뚝심이 있었다. 어째서 미가엘은 온갖 혐오스러운 일을 한 엔젤을 사랑하는 걸까?

어쩌면 아직 진짜 엔젤을 보지 못해서인지도 몰랐다. 사랑의 콩깍지가 벗겨지고 엔젤의 참모습을 보면, 그 역시 바울과 같은 눈으로 엔젤을 바라볼 것이다. 지금 그의 눈은 한 여자를 구원하겠다는 자기기만과 환상에 흐려져 있는 것이 분명하다.

'모두 거짓이야. 나는 지금 예전처럼 사람들이 바라는 대로 연기할 뿐이야. 언젠가 꿈이 깨지면 모든 게 예전으로 되돌아갈 거야.'

엔젤은 아무렇지도 않은 척했다. 하지만 어두운 그림자는 엔젤 안에서 점차 묵직하게 엔젤의 마음을 내리눌렀다. 엔젤은 갈라진 마음에 버팀목을 세우고, 앞으로 다가올 일에 대비해 정신을 바짝 차리기로 했다. 하지만 미가엘을 볼 때마다 마음이 약해져 갔다.

다시 어두운 과거가 그녀를 덮쳐 왔다. 아무리 멀리 달아나도 소용없었다. 가끔 엔젤은 길 위에 혼자 서 있는 것 같았다. 뒤에서 세차게 달려오는 말굽 소리가 들려오곤 했다. 마차가 달려와 당장이라도 엔젤을 덮칠 것 같은데 도저히 그 길에서 벗어날 수가 없었다. 마차 안에는 공작과 샐리, 공작부인과 마고완이, 마부석에는 알렉스 스태포드와 엄마가 앉아 있었다. 그리고 마침내 그 마차는 엔젤을 덮쳐 쓰러뜨리고 말았다.

엘리사벳과 요한이 돌아왔다. 요한이 다정하게 어루만지자 엘리사벳이 얼굴을 붉혔다. 엔젤이 익히 보아 왔던 남자들의 모습과 비슷했다. 하지만 그 남자들의 눈동자에는 요한이 엘리사벳을 바라보며 짓는 미소가 담겨 있지 않았다. 그저 매우 사무적인 관계였을 뿐이다.

오두막 안은 사람들로 가득 찼다. 엔젤은 갓꽃을 꺾으러 들로 나왔다. 머릿속을 깨끗이 정리하고 싶었다. 마음속 가득한 슬픔을 버리고 싶었다. 룻이 따라왔다. 자기 키보다 훌쩍 큰 풀 사이로 길을 내며 걸어가는 것은 룻에게 커다란 모험이었다. 엔젤은 룻이 꽃을 꺾어서 들고 있다가 던져 버리고 하얀 나비 한 마리를 쫓아 달려가는 모습을 지켜보았다. 가슴이 미어지듯 아파 왔다.

오늘 밤 미가엘과 함께 집으로 돌아가면 모든 것을 끝낼 것이다. 룻도 더는 만나지 않을 것이다. 미리암도 엘리사벳도, 다른 사람들도 모두. 엔젤은 가슴에 무릎을 모으고 두 팔로 꼭 끌어안았다. 룻을 불러 꼭 끌어안고 싶었다. 그 귀여운 얼굴 가득 키스를 퍼부어 주고 싶었다. 하지만 아이는 영문을 몰라 어리둥절해할 것이다. 그렇다고 엔젤이 설명해 줄 수도 없었다. 룻이 아이다운 흥분에 휩싸여 두 눈을 빛내며 엔젤 옆에 털썩 주저앉으며 말했다.

"맨디 언니, 봤어요? 나비 처음 봐요."

"그렇구나."

엔젤은 룻의 부드러운 갈색 머리를 어루만졌다.

룻은 커다란 갈색 눈을 빛내며 고개를 들어 엔젤을 보았다.

"나비가 원래는 벌레였다는 거 알아요? 미리암 언니가 말해 줬어요."

"그러니?"

엔젤은 미소 지었다.

"벌레 중에는 보슬보슬하고 귀여운 것도 있지만, 맛은 정말이지 지독해요. 어렸을 때 먹어 봤거든요. 정말 우웩이었어."

엔젤은 크게 웃으며 룻을 무릎 위로 안아 올렸다. 엔젤은 룻의 배를 간지럽혔다.

"그럼 다시는 벌레 안 먹겠구나, 그렇지? 요 귀여운 생쥐 아가씨야."

룻은 깔깔거리며 웃다가 벌떡 일어나 다시 갓꽃을 꺾으러 갔다. 풀 하나를 뿌리까지 통째로 뽑아 든 룻이 물었다.

"이제 여기에 우리 오두막이 생겼으니까 미가엘이랑 맨디 언니도 같이 사는 거예요?"

"아니란다."

룻은 놀란 눈으로 엔젤을 보았다.

"왜요? 우리랑 같이 살기 싫어요?"

"미가엘이랑 나는 우리 오두막에서 살아야지."

룻이 엔젤에게 달려와 옆에 섰다.

"왜 그래요, 맨디 언니? 기분이 안 좋아요?"

엔젤은 솜털같이 보드라운 룻의 머리카락을 어루만졌다.

"아니, 기분 좋아."

"그럼 노래 불러 줄래요? 맨디 언니가 노래하는 거 들어 본 적이 없어요."

"난 노래 못해. 부를 줄 몰라."

"아빠가 그러는데 노래를 부르지 못하는 사람은 없대요."

"노래는 마음속에서 나와야 하는데, 내 마음속에는 아무것도 없단다."

"정말? 어쩌다가 그렇게 됐어요?"

룻이 신기해하며 말했다.

"그냥 서서히 모두 빠져나가 버렸어."

"그럼 내가 불러 줄게요."

룻의 노래는 가사와 곡이 모두 엉망이었다. 하지만 엔젤은 상관없었다. 룻을 무릎 위에 앉히고 갓꽃 향기가 가득한 이곳에 앉아 있는 지금이 만족스럽기만 했다. 룻의 머리에 가만히 엔젤의 머리를 기댔다. 그리고 룻을 꼭 끌어안았다. 미리암이 가까이 온 것도 미처 깨닫지 못하고 있었다.

"요 말썽꾸러기야, 엄마가 오래."

엔젤은 룻을 무릎에서 내려오게 한 다음 등을 가볍게 쳐서 가게 했다.

"어째서 우리랑 관계를 끊으려고 하는 거죠?"

미리암이 엔젤의 옆에 앉으며 물었다.

"왜 그렇게 생각해?"

"항상 이런다니까. 내 질문에 답하지 않고 되묻기만 하죠."

엔젤은 자리에서 일어나 치마에 붙은 먼지를 털었다. 미리암도 일어섰다.

"내 질문에 대답도 하지 않고 나를 쳐다보지도 않잖아요. 게다가 이제는 도망치기까지 하네요. 도대체 무슨 생각을 하는 거예요? 이제 따로 사니까 우리 우정도 다 끝이라고 생각하는 거예요?"

"우리 모두 각자의 삶을 사느라 바쁠 테니까."

"그렇게 바쁘지는 않을 거예요."

미리암이 엔젤의 손을 잡으려 했지만 엔젤은 모른 체 뒤로 돌아서 걷기 시작했다.

"그거 알아요? 가끔은 언니 자신이 상처 입지 않으려고 스스로를 보호하다가 그것 때문에 오히려 더 큰 상처를 입는다는 거 말이에요!"

미리암이 뒤에서 소리쳤다. 엔젤은 공허하게 웃었다.

"철학자 같은 말이구나."

"정말 언니는 벽창호 같은 사람이에요, 아만다 호세아!"

"엔젤, 내 이름은 엔젤이야."

엔젤이 나직하게 속삭였다.

엘리사벳과 미리암, 엔젤이 음식을 내놓자 모두들 담요를 깔아 놓은 곳으로 모였다. 엔젤은 음식을 뒤적거리며 먹는 척 했지만, 목이 메어 작은 조각도 넘길 수 없었다. 바울은 차갑게 엔젤을 쳐다보았다. 엔젤은 바울에게 신경쓰지 않으려고 노력했다. 그가 이렇게 엔젤을 미워하는 이유는 바로 자신의 나약함 때문이었다.

엔젤은 이전에도 자신을 찾았던 젊은 남자들이 자신의 위선적 행위를 깨닫는 모습을 자주 봤다. 옷을 입고 문을 나서던 그 남자들은 자신이 무슨 짓을 했는지 갑자기 깨달았다. 엔젤에게 했던 짓이 괴로워서가 아니었다. 자기 자신에게 무슨 짓을 했는지 깨닫고 힘들어하는 것이었다.

"뭐 잊어버리신 거라도 있나요?"

그럴 때면 엔젤은 그 괴로움의 칼날을 최대한 깊이 꽂아 주기 위해 상냥한 얼굴로 말했다. 그들은 알아야만 했다. 그러면 그들의 창백한 얼굴에는 붉은 기가 돌다가 곧 눈동자 가득 어두운 혐오감이 일었다.

그때처럼 엔젤은 바울의 심장에 칼날을 꽂고 힘차게 내리쳤다. 하지만 지금은 그 칼날에 자신 역시 찔렸음을 알 수 있었다. 그날 차라리 마차에서 내려 페어러다이스까지 걸어갔으면 좋았을 것이다. 그랬다면 너무 늦기 전에 미가엘이 엔젤을 쫓아와서 데리고 갔을 것이고, 바울은 지금처럼 엔젤을 미워하지 않았을 것이다. 그랬다면 이렇게 후회할 일도 없었을 것이다.

엔젤의 삶 자체가 후회의 연속이었다. 처음부터 지금까지 줄곧.

'그 아이는 애초에 태어나지 말았어야 했소. 메이.'

미가엘이 엔젤의 손을 잡았다. 엔젤은 깜짝 놀라 움찔했다.

"무슨 생각을 하고 있소?"

미가엘이 조용히 물었다.

"아무것도 아니에요."

그의 손길에 온몸에 따스한 기운이 번졌다. 마음이 심란해진 엔젤은 손을 빼냈다.

"뭔가 힘들어하는 것 같은데."

미가엘은 생각에 잠긴 눈으로 엔젤을 찬찬히 살펴보았다.

"앞으로는 바울이 당신 마음을 상하게 하는 말은 하지 않을 거요."

"바울이 뭐라고 하든 상관없어요."

"바울이 당신 마음을 다치게 하면, 내 마음도 다치게 하는 거요."

미가엘의 진지한 어조에 엔젤은 정신이 번쩍 들었다. 엔젤은 바울에게 상처를 주려다가 오히려 미가엘에게 상처를 주고 만 것이다. 지금껏 한 번도 그날 일이 미가엘에게 어떤 의미가 있을지 생각해 본 적이 없다. 오직 엔젤 자신에 대해서만, 자신의 분노와 절망에 대해서만 생각했다. 지금이라도 미가엘에게 보상을 해 줘야만 할 것 같았다.

"바울과는 상관없는 일이에요. 그냥 진실은 드러나기 마련이라서 그래요."

엔젤이 분명하게 말했다.

"나는 진실이 어서 드러나기만을 바라고 있어요."

그날 내내 미가엘은 엔젤을 주의 깊게 살펴보았다. 그녀는 엘리사벳과 미리암과 함께 일하면서도 거의 말이 없었다. 스스로 퇴각 명령을 내리고 다시 벽을 쌓아올리고 있었다. 룻이 손을 잡을 때면 엔젤의 눈동자에 떠오른 아픔을 볼 수 있었다. 무슨 생각을 하고 있는지 짐작이 갔다. 하지만 미가엘도 엔젤이 생각하는 일이 절대 없을 것이라고 장담할 수는 없었다. 때로 사람들은 하루하루 지내는 생활에 얽매여 타인의 고통을 알아차리지 못하기도 한다.

하지만 미리암은 눈치 채고 있었다.

"아만다 언니는 여기 있지만 여기 있지 않은 사람 같아요. 미가엘 아저씨, 언니는 나한테 도무지 곁을 내주지 않아요. 도대체 오늘 왜 이러는 거예요? 마치 우리가 처음 이곳에 왔을 때처럼 그렇게 서먹서먹하게 굴어요."

"상처받을까 봐 두려워서 그런단다."

"하지만 지금 언니 스스로 상처를 내고 있잖아요."

"나도 알아."

미가엘은 더는 아내의 문제나 과거 이야기를 하고 싶지 않았다.

"바울이 언니를 싫어해서 그럴 거예요. 분명 그게 이유 중의 하나일 거예요. 언니는 더는 창녀가 아닌데 다른 사람들이 여전히 언니를 창녀라고 생각하고 그렇게 대한다고 생각하는 게 문제예요."

미리암의 말을 들은 미가엘의 마음속에 분노가 일었다.

"바울이 말했나?"

미리암은 고개를 가로저었다.

"언니가 처음 만난 날 밤에 말해 줬어요. 엄마도 들릴 만큼 큰 목소리로 말해서 우리 모두 알고 있어요."

미리암의 두 눈 가득 눈물이 고였다.

"언니를 위해서 어떻게 해야 해요? 언니가 룻을 안고 있는 모습을 보면 가슴이 무너져 버릴 것 같아요."

미가엘은 요한과 엘리사벳이 새로운 터전을 일구는 데 미리암이 도울 일이 무척 많다는 것을 알고 있었다. 그러니 엔젤을 자주 찾아와서 그동안 쌓은 우정이 거짓이 아니라는 것을 보여 달라고 부탁할 수도 없는 노릇이었다. 게다가 미리암은 바울을 보자마자 올림푸스에서 내려온 그리스 신이라도 되는 양 바라보았다. 바울 역시 미리암에게 끌리고 있었다. 바울이 조심스레 미리암을 피하는 모습에서 확신을 얻을 수 있었다. 어찌 되었든 조만간 미리암이 엔젤에게 가진 애정은 호된 시험을 거쳐야 할 것이었다.

요한이 바이올린을 꺼내 들어 이번에는 조용한 곡이 아니라 버지니아풍의 춤곡을 켰다. 미가엘은 엔젤을 잡고 빙그르르 돌았다. 미가엘의 품에 안겨 춤을 추는 것은 엔젤의 마음을 들뜨게 했다.

엔젤의 심장이 거칠게 뛰었다. 감히 미가엘과 시선을 맞출 수가 없었다. 야곱은 엄마와 춤을 추었고, 미리암은 룻과 함께 깨끗이 정리된 마당 한켠을 빙글빙글 돌았다. 요한이 부츠 신은 발을 들어 안드레를 레아에게 밀었다. 바울은 혼자서 오두막 벽에 등을 기대고 서서 사람들을 지켜보았다. 외로워 보였다. 엔젤은 그가 불쌍하다는 생각을 했다.

"당신과 처음으로 춤을 추는군."

미가엘이 말했다.

"그러네요. 당신, 춤 잘 추네요."

"그래서 놀랐다는 투네. 난 잘하는 것이 꽤 많은 사람이오."

미가엘이 크게 웃고 나서 엔젤을 안은 팔에 더욱 힘을 주었다. 엔젤의 심장박동이 거세졌다.

야곱이 엔젤에게 다가와 허리를 숙여 절했다. 미가엘은 씨익 웃으며 엔젤의 손을 놓았다. 엔젤은 마당을 한 번 둘러보고 춤을 췄다. 한눈에 미리암이 어린 동생 말고 다른 사람과 춤을 추고 싶어 한다는 것을 알 수 있었다. 하지만 미가엘은 엘리사벳과 춤을 추고 나서 레아와 춤을 추었고, 그 다음에는 룻과 춤을 추었다. 미리암은 계속 혼자 있었다. 석연치 않은 생각이 들었다. 어째서 미가엘은 미리암을 피하는 거지? 미리암과 가까워지는 걸 두려워하는 걸까? 미가엘이 야곱과 춤추고 있는 엔젤에게 춤을 청하자 엔젤은 손을 뒤로 감추었다.

"미리암과는 춤추지 않았잖아요. 어째서 미리암과 추지 않는 거죠?"

미가엘은 살짝 얼굴을 찡그리고는 엔젤의 손을 꼭 잡고 끌어안았다.

"바울이 곧 관심을 줄 거요."

"바울은 다른 사람하고도 춤추지 않았어요."

"내가 끼어들면 바울은 절대 추지 않을 거요. 아마도 지금 테스 생각을 하는 것 같아. 두 사람은 무도회장에서 만났지. 곧 미리암에게 파트너가 필요하다는 생각을 하게 될 거요."

정말로 바울은 미리암과 춤을 추었다. 하지만 침울한 얼굴의 바울은 뻣뻣하게 움직이고 말도 거의 하지 않았다. 미리암은 매우 곤혹스러워했다. 춤이 끝나자마자 바울은 사람들에게 인사를 하고 말을 타고 가 버렸다.

"우리도 이제 집에 가는 게 좋겠소."

미가엘이 말했다. 미리암이 엔젤을 포옹하며 귓가에 속삭였다.

"며칠 있다 찾아갈게요. 그때 저 남자가 뭐 때문에 저렇게 꽁해 있는 건지 말해 줘야 해요."

엔젤은 룻을 안아 올려 꼭 안았다. 부드러운 볼에 키스하고 목덜미에 코를 문질렀다.

"안녕, 아가. 어른들 말씀 잘 들어야 해."

미가엘은 엔젤이 말안장 위에 올라앉게 도와준 다음 엔젤의 뒤에 훌쩍 올라탔다. 달빛을 받으며 집으로 향하는 내내 미가엘의 강한 팔이 엔젤을 단단히 붙잡아 주었다. 두 사람은 아무 말도 하지 않았다. 엔젤은 자신의 몸에 닿는 미가엘의 육체가 전하는 감촉에 압도당해 있었다. 낯선 느낌이 온몸을 타고 흘러 당혹스러웠다. 차라리 말에서 내려 걸어가고 싶었다. 나무 사이로 오두막이 보이자 엔젤은 그제서야 안도했다. 미가엘이 먼저 말에서 내리고 엔젤을 내려 주기 위해 손을 뻗었다. 엔젤은 미가엘의 강한 어깨에 손을 얹었다. 미가엘이 엔젤을 안아 말에서 내려 줄 때 엔젤의 몸이 미가엘의 몸에 스치듯 닿았다. 전에는 느껴 보지 못한 흥분이 엔젤의 몸을 타고 세차게 흘러내렸다.

"고마워요."

엔젤이 어색하게 말했다.

"천만에."

미가엘이 씨익 웃었다. 엔젤의 입술이 바짝 말랐다. 미가엘이 엔젤의 허리를 잡은 손을 거두지 않자 엔젤의 심장박동은 더욱 거세어졌다.

"오늘 하루 종일 말이 별로 없던데."

미가엘이 생각에 잠긴 얼굴로 말했다.

"할 말이 별로 없었으니까요."

"무엇 때문에 힘들어하는 거지?"

미가엘은 곱게 땋아 내린 엔젤의 머리칼을 어깨너머로 넘기며 물었다.

"아무것도 아니에요."

"이제 다시 우리 둘뿐이군. 이렇게 좋을 수가!"

미가엘은 엔젤의 턱을 살짝 잡고 키스했다. 엔젤은 그대로 녹아 버릴 것만 같았다. 무릎이 후들거렸다. 미가엘이 고개를 들고 다정하게 엔젤의 얼굴을 어루만졌다.

"곧 뒤따라 들어가겠소."

쿵쾅거리는 가슴을 손으로 누르며 엔젤은 말을 몰고 걸어가는 미가엘을 쳐다보았다. 무슨 일이 일어난 거지? 엔젤은 오두막 안으로 들어가 난로에 불을 피웠다. 불꽃이 타오르자 이번에는 다른 할 일을 찾았다. 미가엘 생각을 지우려면 일이 필요했다. 하지만 모든 것이 단정히 정리되어 있었다. 엘리사벳이 침대 매트리스에 지푸라기도 새로 채워 넣었다. 들보에 있는 향긋한 허브가 오두막 안을 신선하고 달콤한 향기로 가득 채웠다. 갓꽃 한 항아리가 테이블 위에 놓여 있었다. 룻이 가져다 놓은 것이 분명했다.

미가엘이 헛간에 있던 두 사람의 물건을 어깨에 메고 들어왔다.

"알트만 가족이 가고 나니 요 근방이 온통 조용해졌군. 그렇지 않소?"

"그렇네요."

"미리암과 룻이 가장 보고 싶겠군."

미가엘은 트렁크를 한쪽 구석에 놓고 난롯불을 보려고 숙인 엔젤의 허리에 손을 댔다. 엔젤은 허리를 곧게 펴고 일어섰다.

"그들 모두 당신을 사랑하오."

엔젤의 눈빛이 흔들렸다.

"우리 다른 얘기해요. 네?"

엔젤은 한 걸음 뒤로 물러서며 말했다. 미가엘은 엔젤의 어깨를 잡았다.

"아니, 지금 당신 머릿속에 뭐가 있는지 이야기하도록 합시다."

"아무것도 없어요."

하지만 미가엘은 그 정도 대답에 만족하지 않고 다음 이야기를 기다렸다. 엔젤은 자포자기하며 크게 숨을 들이마셨다.

"그 사람들과 너무 가까이 지내지 않는 게 좋다는 것 정도는 미리 생각했어야 해요."

엔젤은 미가엘의 손을 뿌리치고 어깨에 걸친 숄 자락을 가슴으로 모아 잡아당겼다.

"알트만 가족에게 집이 생겼으니 이제는 당신을 멀리할 거라고 생각하는 거요?"

엔젤은 수세에 몰렸다는 생각에 사납게 말했다.

"가끔은 날 좀 그냥 내버려둬요, 미가엘. 아니면 원래 내가 있던 곳으로 다시 돌려보내 주든지요. 그렇게 하면 모두 다 편안하게 잘 지낼 수 있어요."

"그 사람들에게 정이 들어서 그런 말을 하는 거요?"

"전에도 정든 사람들은 있었어요. 다 잊어버려서 그렇죠!"

"당신은 미리암과 그 꼬마를 무척 좋아하잖소."

"그래서요?"

그런 감정 역시 곧 잊게 될 것이다.

"룻이 두 손 가득 갓꽃을 꺾어 들고 다시 찾아오면 어떻게 할 거요? 문을 가리키며 나가라고 쫓아낼 거요? 룻 역시 당신에게 애틋한 정을 느끼고 있소. 미리암도 그렇고."

미가엘은 엔젤의 표정에서 룻과 미리암이 다시는 찾아오지 않을 거라고 생각한다는 것을 알 수 있었다. 미가엘은 엔젤을 끌어안았다. 엔젤이 몸부림쳤지만, 더 꽉 끌어안았다.

"당신이 사랑하는 법을 알도록 해 달라고 끊임없이 기도했소. 그런데 드디어 당신이 사랑을 하는군. 다만 그 대상이 내가 아니라 알트만 가족인 게 아쉽지만 말이오. 사실 나 역시도 그 사람들을 애초에 이곳으로 데려오지 말았어야 한다고 생각한 적이 있소. 질투가 나서 말이지."

미가엘이 나직하게 웃었다. 엔젤의 볼이 상기되었다. 아무리 노력해도 미칠 듯이 뛰는 심장을 진정시킬 수 없었다. 미가엘이 엔젤에게 얼마나 큰 영향을 주고 있는지 그가 알게 되면 어떤 일이 생길까?

"난 당신과 사랑에 빠지고 싶지 않아요."

엔젤이 미가엘을 밀어내며 말했다.

"어째서?"

"그랬다가는 당신한테 이용당하고 말 테니까."

엔젤의 말에 미가엘은 화가 났다.

"어떻게 그런단 말이오?"

"그야 나도 모르죠. 하지만 그건 진리예요. 당신이 미처 생각하지도 못하는 사이에 그렇게 될 거예요."

"그건 누가 말한 진리지? 공작? 진리는 당신을 자유롭게 해주는 거요. 그런데 그 작자와 있을 때 자유로웠던 적이 있었소? 단 한순간이라도? 그 작자는 당신 머릿속을 온갖 거짓으로 가득 채워 놨을 뿐이오."

"그럼 내 아버지는요?"

"당신 아버지는 이기적이고 잔인한 사람이었소. 하지만 그렇다고 해서 이 세상 모든 남자가 그렇다고 생각하지는 말아요."

"내가 아는 모든 남자가 다 그랬는걸요."

"그 안에 나도 포함되는 거요? 요한 알트만은 어떻지? 요셉은? 이 세상 모든 남자가 다 그렇다고 확신하오?"

엔젤의 얼굴이 고통으로 일그러졌다. 엔젤이 괴로워하는 모습에 미가엘은 태도를 바꿨다.

"당신은 평생을 새장에 갇혀 지낸 새요. 그러다가 갑자기 새장 틀이 모두 사라져 버리고 자유롭게 된 거지. 당신은 지금 너무 두려워서 다시 그 새장 안으로 돌아가고 싶어 하는 것뿐이야."

미가엘은 엔젤의 창백한 얼굴에 번뜩 스치고 지나는 생각을 엿보았다.

"어떻게 생각해도 그 새장 안은 전혀 안전하지 않소. 그리고 지금은 옛날로 돌아간다 해도 당신 스스로가 더는 그런 식으로 사는 것을 견디지 못할 거요."

미가엘의 말이 옳았다. 미가엘이 엔젤을 다시 찾으러 오기 전에 이미 더는 견딜 수 없다는 생각에 미칠 것만 같았다. 그렇지만 여기에 있는 것 역시 불안하기만 했다.

이제 날 수 없는 새가 된 것일까?

21장

> 하나님이여 사슴이 시냇물을 찾기에 갈급함 같이
> 내 영혼이 주를 찾기에 갈급하니이다.
> _시편 42편 1절

다시 찾아온 봄기운에 땅이 깨어나고 있었다. 언덕은 자줏빛 루핀과 노란 양귀비, 붉은 인디언 붓꽃, 하얀 야생 무아재비로 알록달록했다. 엔젤의 마음속에도 뭔가 이상한 것이 흩뿌려져 자라나고 있었다. 그 감정을 처음 느낀 것은 채마밭을 갈아엎고 있는 미가엘을 보았을 때다. 셔츠 아래 근육이 움직이는 모습을 보고 있자니 엔젤의 몸속에 따뜻한 기운이 번졌다. 미가엘이 쳐다보는 시선을 느끼기만 해도 입안이 말랐다.

지난밤에 두 사람은 말 없이 나란히 누웠다. 잔뜩 긴장한 채 서로 손끝 하나 닿지 않게 조심했다. 미가엘이 두 사람 사이의 공간을 존중하고 지켜 준다는 것을 느낄 수 있었다.

"이것도 점점 힘들어지는군."

미가엘이 수수께끼처럼 중얼거리는 말을 들었지만 엔젤은 무슨 의미인지 물어보지 않았다.

엔젤의 외로움도 점차 커져 갔다. 미가엘 때문이었다. 그리고 시간이 지날수록 그 외로움과 불편함은 전혀 나아질 기미 없이 오히려 심해져만 갔다. 때때로 미가엘이 저녁에 독서를 마치고 고개를 드는 순간, 그의 눈동자에 어린 표정에 엔젤은 숨을 쉴 수조차 없었다. 심장이 크게 뛸 때면 엔젤은 서둘러 시선을 다른 곳으로 돌렸다. 혹시라도 미가엘이 엔젤의 마음을 눈치챌까 두려웠다. 엔젤의 온몸이 이야기하고 있었다. 그리고 이 이야기는 점점 커져 거대한 합창처럼 메아리쳐 미가엘 생각으로 머릿속을 가득 채우게 되었다. 미가엘의 간단한 질문에도 제대로 답을 할 수 없을 지경이었다.

공작이라면 얼마나 비웃었을까?

'사랑은 덫이야, 엔젤. 쾌락에만 집중해. 쾌락에는 아무 의무도 책임도 필요 없으니까.'

이제 엔젤은 미가엘이 자신의 모든 바람을 이뤄 줄 사람이 아닐까 하는 생각까지 했다. 그런 생각을 하다 보면 두려워졌다. 밤에 미가엘이 잠결에 돌아눕다가 엔젤의 몸을 스치기라도 하면 미가엘과 사랑을 나누던 밤 그의 움직임이 떠올랐다. 그는 자신의 땅을 대하듯 아무런 거리낌 없이 기쁨에 넘쳐 엔젤의 온몸을 탐험했다. 그 당시에는 아무런 느낌도 없었지만 지금은 가벼운 접촉만으로도 엔젤의 온몸이 짜릿해졌다. 미가엘의 꿈이 어느새 엔젤의 꿈이 되어 가고 있었다.

날이 갈수록 미가엘은 더욱 적극적으로 나왔다. 하지만 엔젤은 두려움에 위축되어 갔다.

'어째서 그냥 옛날처럼 지낼 수 없는 거지? 그냥 날 내버려 둬요. 내 안에서 혼자 지낼 수 있게 해 줘요. 과거처럼 그냥 그렇게 지내게 해 줘요.'

하지만 미가엘은 서서히, 그리고 가차 없이 엔젤을 밀어붙였다. 엔젤은 두려움에 질려 뒤로 물러서기만 했다. 그녀는 앞으로 다가올 일에 완전히 무지했기에 그럴 수밖에 없었다.

'난 그를 사랑할 수 없어. 오, 제발. 난 그러면 안 돼!'

엄마보다 더 끔찍하게 될지도 모른다. 엄마는 알렉스 스태포드를 붙잡아 두지 못했다. 엄마의 사랑만으로는 바람처럼 사라져 가는 아빠를 붙잡을 수 없었다. 검은 옷을 입은 그가 망토 자락을 휘날리며 사라지던 모습이 지금도 생생하게 떠올랐다. 말을 타고 길을 따라 멀어지던 그는 그렇게 엄마의 삶 속에서도 멀어져 갔다. 알렉스 스태포드는 나중에 다시 돌아와 엄마에게 짐을 싸서 나가라고 직접 말하는 수고 정도는 했을까? 아니면 그 말도 하인이 대신하도록 했을까? 엄마가 말해 주지 않으니 알 도리가 없다. 엔젤도 직접 물어보지 않았다. 알렉스 스태포드에 관한 이야기는 엄마에게 성스러운 금단 지역과 같았다. 엔젤이 함부로 침범할 수 없는 공간이었다. 엄마가 그 자의 이름을 입에 올릴 때는 술에 잔뜩 취해 풀이 죽어 있을 때뿐이었다.

"알렉스, 왜 나를 떠났나요? 왜죠? 난 이해할 수가 없어요.

왜 그랬죠?"

엄마는 울먹이며 말했다.

엄마의 슬픔은 너무나 컸지만, 그보다 더 엄마를 괴롭힌 건 죄책감이었다. 사랑을 위해 포기한 것들을 진짜로 버리지 못했던 엄마였다. 그리고 그 사랑을 아픔으로 만든 남자 역시 절대로 버리지 못했다.

'하지만 내가 제대로 갚아 줬어요, 엄마. 그 작자에게 복수해 줬다고요. 내 말 들어요? 그가 엄마를 짓밟아 놓았던 것처럼 내가 그를 완전히 짓밟아 버렸어요. 그때 그 남자의 얼굴을 엄마도 봐야 했어요.'

엔젤은 두 손으로 얼굴을 감쌌다.

'아, 엄마. 엄마는 너무나 아름답고 완벽했어요. 신앙심도 깊었죠. 그런데 엄마, 그 묵주가 엄마를 도와준 적이 있나요? 엄마가 버리지 못한 희망은 도움이 되었나요? 사랑으로 인해 엄마가 얻은 것은 고통뿐이었어요. 그리고 지금 그 사랑이 나에게도 같은 고통을 주고 있어요.'

엔젤은 절대로 다른 사람을 사랑하지 않겠다고 맹세했다. 그런데 지금 그녀의 의지와 상관없는 일이 벌어지고 말았다. 사랑이라는 감정은 엔젤의 의지를 누르고 마음대로 자라나 어두운 마음을 뚫고 올라왔다. 묘목이 봄날 태양 빛을 갈구하듯, 이 감정은 위로 솟구쳐 올라 자라나고 있었다. 미리암과 룻, 엘리사벳, 그리고 이제는 미가엘까지 사랑하게 된 것이다. 그를 볼 때마다 가슴이 찢어지는 듯했다. 이 낯선 감정을 완전히 없애 버리고 싶지만 뜻대로 되지 않았다. 오히려 조금씩 자신의 자리를 찾아가고 있었다.

공작의 말이 옳았다. 사랑은 자신도 모르는 사이에 진행되는 병과 같았다. 덫이었다. 담쟁이 덩굴처럼 마음의 벽에 난 조그만 틈새로 파고들어 자라더니, 결국에는 벽을 산산조각 내고 있었다. 그냥 내버려두면 부서지고 말 것이다. 지금 당장 싹을 잘라 버리지 않으면 안 된다.

'방법이 있지.'

어둠의 목소리가 엔젤에게 충고했다.

'네가 했던 그 끔찍한 최악의 일을 털어놔. 네 아버지와의 일을 말하라고! 그러면 만사 해결이야. 네 안에서 커져 가는 고통도 당장 멈추게 될 거야.'

그래서 엔젤은 모든 것을 고백하기로 마음먹었다. 일단 미가엘이 다 알면 끝장날 것이다. 진실은 두 사람 사이에 단단하고 큰 쐐기를 박아 줄 것이다. 그러면 엔젤은 영원히 안전하게 지낼 수 있을 것이다.

미가엘은 장작을 패고 있었다. 엔젤은 셔츠를 벗고 일하는 그의 모습을 잠자코 바라보았다. 넓은 등은 어느새 햇볕에 그을려 있었다. 구릿빛 피부 아래 움직이는 근육은 단단하고 강인해 보였다. 그는 강하고 아름답고 위엄 있는 자세로 도끼를 크게 휘둘러 장작을 두 쪽으로 깔끔하게 잘라냈다. 장작을 하나 더 주우려 허리를 굽히던 미가엘이 엔젤을 발견했다.

"좋은 아침이오."

미가엘이 미소 지으며 말했다. 미가엘은 엔젤이 자신을 보고 있었다는 사실에 놀라면서도 기분 좋아하는 듯했다.

'꼭 이래야만 하는 걸까?'

'당연하지. 지금 너는 거짓된 삶을 살고 있잖아. 미가엘이 모든 것을 알게 되면 당장 너를 내칠 거야.'

'이런 아픔까지 그가 알아야 할 이유는 없어.'

'다른 사람이 미가엘에게 말하면 어떡할래? 그건 더 싫지 않겠어?'

"당신한테 해야만 하는 이야기가 있어요."

엔젤이 작은 목소리로 말했다. 심장박동 소리가 크게 메아리쳐 들려왔다. 어둠 저편에서 울리는 음성은 엔젤을 자포자기 심정으로 몰아가고 있었다. 미가엘이 살짝 얼굴을 찡그렸다. 엔젤은 잔뜩 긴장한 얼굴로 치맛자락의 주름을 만지작거렸다.

"말해요. 듣고 있소."

엔젤은 몸이 뜨거워졌다가 갑자기 확 식어 버리는 것 같았다. 그래도 어떻게든 해내야만 했다.

'그래. 해 버려, 엔젤.'

엔젤의 손바닥은 땀으로 축축해졌다. 미가엘이 바지 뒷주머니에서 손수건을 꺼내 얼굴에 흘러내린 땀을 닦았다. 미가엘과 시선이 마주치자 엔젤의 심장이 철렁 내려앉았다.

'못하겠어.'

'아니, 넌 할 수 있어.'

'하고 싶지 않아.'

'이런 바보! 네 엄마처럼 살다가 죽고 싶어?'

미가엘이 엔젤을 찬찬히 살폈다. 엔젤의 얼굴은 창백하고 이마에는 식은땀이 맺혀 있었다.

"왜 그래요? 어디 아프기라도 한 거요?"

'당장 다 말해 버려. 해치워 버려, 엔젤! 네가 정말 원하는 건 그나마 조금이라도 버틸 수 있을 때 그에게서 벗어나는 거잖아. 더 기다리고 있다가는 상처만 심해질 거야. 미가엘은 네 심장을 꺼내 잘게 썰어서 저녁 식탁에 올려 버리고 말 거라고.'

"내가 저지른 가장 끔찍한 죄악을 털어놓지 않고 있었어요."

미가엘의 어깨가 긴장했다.

"모든 것을 다 털어놓을 필요는 없소. 나에게는 그럴 필요 없어요."

"당신이 알아야만 해요. 어찌 되었든 당신은 내 남편이잖아요."

"당신의 과거는 과거일 뿐이오."

"당신과 함께 살아가는 여자가 어떤 짓을 한 여자인지 알아야 한다고 생각하지 않나요?"

"왜 또 이러는 거요?"

"이유 없이 이러는 게 아니에요. 그냥 정직해지려고 할 뿐이에요."

"당신은 또 기를 쓰고 몰아붙이고 있군. 또다시."

"당신은 알아야 해요······."

"듣고 싶지 않아!"

"난…… 내 친아버지와 성관계를 맺었어요."

미가엘은 주먹으로 한 대 얻어맞은 듯 날카로운 숨을 훅 내뱉었다. 어금니를 꽉 깨물고 한동안 엔젤을 멍하니 바라보고 서 있었다.

"그 작자는 당신이 어릴 때 당신 삶에서 사라져 버렸다고 들은 것 같은데."

"그랬죠. 하지만 나중에 다시 만났어요. 내가 열여섯 살이 되었을 때였죠."

미가엘은 욕지기가 올라오는 것을 느꼈다.

'오, 주여! 이 여자가 저지르지 않은 죄악이 있기는 합니까?'

그렇다. 온갖 죄를 저지른 여자니라.

'그런데도 이 여자를 사랑하라 말씀하십니까?'

내가 너를 사랑하듯 사랑하라.

'엔젤은 어째서 이러는 걸까? 그 짐을 혼자서 지고 있을 수는 없었을까?'

"이렇게 내질러 버리면 당신 기분이 좀 나아지나?"

"아니, 그렇지도 않네요."

엔젤은 멍하니 말하고 뒤로 돌아 집을 향해 걸었다. 속이 메스꺼워졌다.

'그래, 해냈어. 이제 끝이야.'

엔젤은 어서 숨어 버리고 싶었다. 보폭이 점점 커졌다. 당장 짐을 간단히 챙겨서 떠날 준비를 해야 했다.

미가엘은 분노로 온몸을 떨며 서 있었다. 평화로운 시간은 끝났다. 폭풍이 몰아쳤다.

내가 너를 사랑하듯 하라, 미가엘. 일곱 번씩 일흔 번이라도 용서하라.

미가엘은 울부짖듯 괴성을 지르며 도끼를 장작 도마 위에 세게 내리꽂았다. 거친 숨을 몰아쉬며 한참을 그렇게 서 있던 미가엘은 벗어 놓은 셔츠에 팔을 끼면서 큰 걸음으로 오두막을 향했다. 문을 걷어차고 들어서자 엔젤이 서랍장에서 옷가지를 꺼내는 모습이 눈에 들어왔다. 알트만 가족이 떠난 후 엔젤을 위해 미가엘이 만들어 준 서랍장이었다.

"이런 식으로 대충 말하고 넘어가지 말아요, 아만다. 당신이 한 일을 모두 다 이야기해요. 당신의 가슴에 있는 모든 걸 토해 내서 나한테 던져 버려. 그 처참한 내막을 남김없이 다 나에게 말해요."

미가엘, 내 사랑하는 자여.

'아니요, 지금은 당신의 음성을 듣고 싶지 않습니다. 이번에는 엔젤과 결판을 내고야 말겠습니다!'

미가엘은 엔젤의 팔을 잡아 일으켜 돌려세웠다.

"더 있잖소, 그렇지, 엔젤?"

미가엘이 자신을 엔젤이라 부르자 뺨을 얻어맞은 것 같았다.

"그 정도로 충분하지 않나요? 정말 더 자세한 이야기를 원해요?"

엔젤은 작은 목소리로 말했다. 엔젤이 애써 감추려던 아련한 표정이 얼핏 보였지만 미가엘의 마음은 전혀 가라앉지 않았다.

"당장 그 더러운 속사정을 다 끄집어내요."

엔젤은 마음을 산란하게 하는 미가엘의 손길을 피하려고 팔을 잡아 빼고 대꾸했다.

"좋아요. 당신이 정 원한다면 못할 것도 없죠! 잠깐이지만 공작을 사랑한다고 생각한 적이 있어요. 웃기죠? 내 삶이 온통 그에게 달린 것처럼 보였어요. 그래서 그에게 모든 것을 다 털어놓았죠. 내 마음을 아프게 했던 일을 모두 그에게 말했어요. 그러면 그가 내 아픔을 알아 줄 거라고 생각했던 거예요."

"그런데 정작 그 작자는 자신이 아는 것을 이용해 먹었군."

"맞아요. 나는 공작이 저택 밖에서 어떤 삶을 사는지 전혀 몰랐어요. 그가 어떤 사람들을 만나는지 생각도 해 보지 못했죠. 어느 날 그가 한 사람을 나한테 소개해 주기 전까지는요. '잘해 드려라, 엔젤. 나와 오랫동안 알고 지낸 둘도 없이 소중한 친구니까 말이다.' 그 말과 함께 방으로 들어온 사람은 알렉스 스태포드였어요. 공작을 쳐다보았더니 그는 우리 둘을 보며 재미있어하더군요. 정말 웃기는 일이죠? 공작은 내가 스태포드를 얼마나 미워하는지 잘 알고 있었어요. 그래서 내가 어떻게 하는지 보고 싶었던 거예요."

"당신 아버지는 당신을 알아보았소?"

엔젤은 힘없이 쓸쓸하게 웃었다.

"아버지는 유령이라도 본 듯한 얼굴로 한참을 서서 나를 쳐다봤어요. 그리고는 뭐라고 말한 줄 알아요? 나를 보니 예전에 알던 어떤 사람이 생각난다는 거예요."

"그리고?"

"그는 내 방에 머물렀어요. 한밤을 꼬박 지새웠죠."

"한번이라도 생각을 바꾸고······."

"난 내가 무슨 짓을 하고 있는지 분명히 알고 있었어요. 그래도 해냈죠! 아직도 모르겠어요? 나는 기꺼이 신이 나서 그 짓을 했어요. 마지막 순간에 내가 누구인지 그에게 이야기할 순간만을 기다리면서요."

엔젤은 더는 미가엘의 시선을 감당할 수 없었다. 온몸이 떨려 왔다. 멈출 수가 없었다.

"그리고 내가 누구인지 밝히면서 엄마가 어떻게 되었는지도 다 말해 주었죠."

미가엘의 분노는 증기처럼 사라졌다. 엔젤은 한동안 말없이 서 있었다. 미가엘이 엔젤에게 손을 뻗었다.

"그는 뭐라고 말했소?"

엔젤은 애써 침을 삼키며 다시 뒤로 물러섰다. 두 눈에는 괴로움이 가득했다.

"아무 말도 없었어요, 그때는. 그저 나를 한동안 뚫어지게 바라보았죠. 그러더니 침대에 무너지듯 쓰러져서 울었어요. 그가 울었어요. 마치 쇠약한 노인처럼 흐느껴 울었죠. 그리고 나에게 왜 그런 일을 했는지 물었어요."

엔젤은 눈시울이 뜨거워지는 것을 느꼈다. 시야가 흐려졌다.

"그래서 내가 말했죠. 엄마도 당신이 왜 그랬는지 궁금해했다고요. 그는 나보고 용서해 달라고 하더군요. 그래서 지옥에 나 떨어져 썩어 문드러지라고 해 줬죠."

몸의 떨림이 드디어 멈추었다. 엔젤은 마음이 차갑게 식어 마비되어 가는 것을 느꼈다. 고개를 들어 미가엘을 보았다. 미가엘은 침묵을 지키고 가만히 서서 엔젤이 이야기를 마치기를 기다렸다.

"그리고 어떻게 된 줄 알아요?"

엔젤은 멍한 얼굴로 계속 말했다.

"그로부터 사흘 후에 그가 권총으로 자살했다는 소식을 들었어요. 공작은 돈 때문이라고 말했죠. 악마에게까지 돈을 빌려 썼다고 했어요. 하지만 나는 스태포드가 왜 자살했는지 알아요."

엔젤은 수치심에 두 눈을 감았다.

"미안하오."

'이 여자는 얼마나 많은 악몽을 간직하고 있는 걸까.'

엔젤은 고개를 들어 미가엘을 보았다.

"당신하고는 아무런 상관도 없는 일에 사과하는 게 이걸로 두 번째예요. 당신은 어떻게 이런 나를 참을 수 있죠?"

"당신은 또 다른 나니까."

엔젤은 고개를 가로저으며 숄을 잡아당겼다.

"그리고 하나 더 있어요. 이 이야기를 들으면 생각이 달라질 거예요."

미가엘은 전장에 나가는 병사처럼 마음을 굳게 먹었다.

"난 아이를 가질 수 없어요. 두 번 임신했는데 그때마다 공작이 의사를 데려와 아이를 떼어 냈어요. 그리고 마지막 수술 때 의사에게 내가 다시는 임신할 수 없게 하라고 지시했어요. 절대로 할 수 없게요. 미가엘, 알겠어요?"

엔젤은 미가엘을 보았다. 미가엘은 망연자실한 얼굴로 서 있었다. 그의 온몸이 달구어졌다가 다시 차갑게 식었다. 엔젤의 말은 그의 갑옷을 뚫고 안으로 파고들었다. 그런 미가엘의 얼굴을 보기 힘들어진 엔젤은 두 손으로 자신의 얼굴을 가렸다.

"더 있소?"

미가엘이 나직이 물었다.

"아니요. 다 말한 것 같네요."

엔젤의 입술이 경련을 일으켰다. 미가엘은 한동안 꼼짝도 하지 않고 서 있었다. 그러다가 엔젤이 내려놓은 블라우스를 집어 다시 서랍장 안에 넣고 서랍을 세게 닫았다. 그러고 나서 문으로 걸어 나갔다.

미가엘은 한동안 돌아오지 않았다. 엔젤은 자신이 어떻게 하면 좋겠는지 묻기 위해서 미가엘을 찾아 나섰다. 들에도, 헛간에도 미가엘은 없었다. 시냇가에도 없었다. 알트만 네로 갔을 수도 있다. 어쩌면 말을 타고 바울에게 달려가 엔젤에 대한 그의 생각이 맞았노라고 하소연하고 있을지도 몰랐다. 그렇지만 말은 우리 안에 얌전히 매어져 있었다.

엔젤은 아버지를 떠올렸다. 두려워졌다.

곰곰이 생각하다가 엔젤은 미가엘이 갈 만한 곳을 생각해 냈다. 코트를 입고 침대에서 두꺼운 담요 한 장을 벗겨 집어

들었다. 그리고 전에 미가엘이 일출을 보여 주었던 언덕을 향해 걸었다. 미가엘이 거기 있었다. 엔젤이 다가가도 미가엘은 고개를 들지 않았다. 담요를 미가엘의 어깨에 덮어 주었다.

"나, 돌아갈까요? 이제는 길이 어디 있는지 잘 알아요. 혼자서도 돌아갈 수 있어요."

요새는 가끔씩 큰길로 마차도 지나다녔다.

"아니."

탁한 목소리로 미가엘이 말했다. 엔젤은 자리에서 일어서서 일몰을 바라보았다.

"하나님이 당신한테 끔찍한 장난을 치고 있다는 생각은 안 해 봤어요?"

"안 해 봤소."

"그럼 왜 당신처럼 하나님을 진심으로 사랑하는 사람에게 이런 시련을 주시는 걸까요?"

"나도 계속 그 질문을 했지."

"뭐라고 하시던가요?"

"답은 이미 알고 있었소. 나를 강하게 하시려는 거요."

미가엘이 엔젤의 손을 잡아끌어 옆에 앉게 했다.

"미가엘, 당신은 지금도 충분히 강한 사람이에요. 이런 일을 겪지 않아도 되는 사람이죠. 나 같은 건 당신한테 필요 없어요."

"앞으로 다가올 더 큰 시련을 이기려면 어림도 없소. 나는 아직도 강하지 못해."

미가엘의 말이 무슨 뜻인지 더 묻고 싶지 않았다. 엔젤이 몸을 부르르 떨자 미가엘이 한쪽 팔로 엔젤을 끌어안았다.

"하나님은 아직 진짜 두려운 일은 겪게 하지 않으셨소. 때가 되면 내게 길을 보여 주실 거요."

"그걸 어떻게 확신하죠?"

"전에도 항상 그렇게 하셨으니까."

"나도 당신 말을 믿을 수 있으면 좋겠어요."

사방에서 귀뚜라미와 개구리가 불협화음을 이루고 있었다. 한때 이곳에 침묵만이 흐른다고 생각했던 걸 믿을 수가 없다.

"아직도 가끔 엄마가 우는 소리를 들어요. 밤에 나뭇가지가 창가를 스치면 술병이 술잔에 부딪혀 내는 소리를 떠올리죠. 헝클어진 침대에 앉아 허공을 응시하던 엄마의 모습이 눈앞에 선해요. 나는 비가 오는 날을 제일 좋아했어요."

"왜지?"

"날씨가 안 좋으면 남자들이 오지 않았거든요. 따뜻하고 쾌적한 곳으로 가서 술 마시는 데 돈을 다 써 버렸으니까요. 랩도 그랬고요."

엔젤은 골목에 굴러다니던 깡통을 모아 열심히 닦아서 빗물을 받았던 이야기를 했다.

"나만의 교향악단 연주였죠."

부드러운 미풍이 불어왔다. 미가엘은 엔젤의 얼굴로 흘러내린 머리카락 한 올을 가만히 귀 뒤로 넘겨주었다. 엔젤은 조용히 앉아 있었다. 기운이 다 빠져 버렸다. 미가엘은 한동안 자신만의 생각에 빠져 있었다.

"자, 일어납시다."

미가엘이 말하며 일어섰다. 그는 엔젤을 일으켜 세워 집으로 향했다. 오두막 안에 들어서자, 미가엘은 조리 도구를 넣어 두는 서랍을 한참 뒤적거렸다.

"잠시 나갔다 오겠소. 헛간에서 할 일이 좀 있어서."

엔젤은 저녁 준비를 시작했다. 더는 머릿속을 어지럽히기 싫었다. 뭔가 바쁘게 해야 했다. 미가엘이 오두막 처마에 못질하는 소리가 들려왔다. 집을 부숴 버리기라도 하려는 걸까? 엔젤이 앞치마에 젖은 손을 닦으며 문가로 나가 밖을 내다보니, 미가엘이 쇳조각과 부엌살림, 못쓰게 된 말굽을 주렁주렁 처마에 달고 있었다. 미가엘은 사다리에서 내려오면서 한 손으로 달아놓은 것들을 옆으로 쓰윽 쓸어 냈다.

"들어 봐요. 당신만의 교향악단 연주요."

할 말을 잃은 엔젤은 미가엘이 헛간에 사다리를 가져다 놓는 모습을 묵묵히 바라만 보았다. 엔젤은 오두막 안으로 들어와 의자에 앉았다. 다리에 힘이 빠져 도저히 서 있을 수가 없었다. 엔젤은 그의 꿈을 모두 부숴 버렸는데 그는 엔젤에게 아름다운 풍경소리를 선사해 주었다.

미가엘이 들어오자 엔젤은 저녁식사를 차렸다.

'사랑해요, 미가엘 호세아. 당신을 너무나 사랑해요. 그 사랑으로 나는 죽어 가요.'

미풍이 불어와 풍경을 흔들었다. 오두막 안으로 경쾌한 벨 소리가 흘러들어 왔다. 엔젤은 작은 목소리로 고맙다고 말했다. 미가엘은 더는 아무것도 원하지 않는 듯했다. 식사를 마치고 나자 엔젤은 난로 위에 올려놓았던 커다란 솥에서 뜨거운 물을 퍼 담아 설거지할 준비를 했다.

미가엘이 엔젤의 손목을 잡고 돌려세웠다.

"설거지는 그냥 놔 둬요."

미가엘이 엔젤의 올린 머리를 천천히 풀기 시작했다. 엔젤은 숨을 쉴 수가 없었다. 평소의 그 침착하고 냉정한 엔젤은 없었다. 미가엘의 부드러움과 다정함이 산산이 부숴 버린 것이다.

엔젤의 머리카락을 손가락으로 빗어 내리던 미가엘은 그녀의 눈동자에 어린 두려움을 보았다.

"나는 아플 때나 건강할 때나, 가난할 때나 부유할 때나, 불운이 우리 삶을 어둡게 할 때나, 행운이 우리 길을 밝혀 줄 때나 늘 당신을 존중하고 보살피고 소중히 여기며 사랑하겠다고 약속했소. 디르사, 내 사랑. 죽을 때까지 당신에게 진실하겠다고 약속해요. 그리고 하나님이 허락하신다면 죽음 이후에도 계속 그렇게 하겠소."

엔젤은 우뚝 서서 온몸을 떨며 미가엘을 뚫어지게 바라보았다.

"그럼 나는 당신에게 무엇을 약속해야 하죠?"

미가엘의 두 눈에 가벼운 장난기가 어렸다.

"순종 정도면 어떨까?"

미가엘은 고개를 숙여 엔젤의 입술을 찾았다.

그가 키스해 오자 엔젤은 처음 느껴 보는 격렬한 감각에 사로잡혔다. 이전에는 느껴 보지 못했던 따스하고, 근사하고, 흥분되는 그 느낌이 너무나도 자연스럽고 당연하게 느껴졌다. 이전에 배웠던 그 어떤 규칙에도 맞지 않는 그런 느낌이었다. 엔젤은 능숙한 선배들에게 배웠던 모든 것을 지워 버렸다. 봄비를 흠뻑 받아들이는 마른 땅처럼, 태양 빛을 가득 머금으며 활짝 핀 꽃봉오리처럼 미가엘을 온몸으로 받아들였다. 미가엘은 부드럽고 달콤한 속삭임으로 그런 엔젤을 어르고 달랬다. 모든 상처를 아물게 하는 길레아드발삼나무의 달콤한 향처럼 미가엘의 속삭임이 엔젤의 온몸에 흘러내렸다.

그렇게 엔젤은 미가엘과 함께 하늘을 날았다.

다시 땅에 내려온 미가엘이 미소를 지으며 말했다.

"울고 있군."

"내가요?"

엔젤이 자신의 뺨을 만졌다. 눈물 한 방울이 묻어 있었다.

"그런 눈으로 나를 보지 말아요. 이건 좋은 징조니까."

미가엘은 엔젤에게 키스하며 말했다.

하지만 다음 날 아침 미가엘이 눈을 떴을 때, 엔젤은 없었다.

3부

눈이 부시게

22장

> 어려워 보인다고 해서 불가능한 것은 아니다.
> _마르쿠스 아우렐리우스

 샘 틸의 마차 옆에 매달린 냄비며 프라이팬이 딸랑거리는 소리는 미가엘이 만들어 준 풍경을 생각나게 했다. 두 눈을 감자 미가엘의 얼굴이 떠올랐다.
 '아, 나의 사랑.'
 하지만 더는 미가엘을 생각하면 안 된다. 잊어야 한다. 사랑이 엄마를 어떻게 망쳐 놓았는지 생각하고 고개를 똑바로 들어 앞만 바라보아야 한다.
 엔젤 옆에 있는 늙은 행상은 동틀 무렵 엔젤을 마차에 태워 줬을 때부터 잠시도 쉬지 않고 입을 놀렸다. 정신없는 그 수다가 고맙기까지 했다. 그는 이곳에 올 때까지 물건을 단 하나도 팔지 못했다고 했다. 가져온 음식도 다 떨어지고 고질병인 류

머티즘도 심해져서 가끔은 말도 못하게 아프다고 했다. 그런 샘 틸에게 엔젤처럼 예쁜 아가씨가 길가 나무 그루터기에 앉아 있는 모습을 본 것은 근 한 달간 있었던 일 중 가장 기분 좋은 일이었다. 샘은 깔끔하고 단정한 모습이었지만 지치고 힘이 없어 보였다. 머리카락도 거의 없었다. 마찬가지로 그의 고객이 될 사람도 거의 없었다. 하지만 툭 튀어나온 무성한 회색 눈썹 아래 눈동자는 인정 많고 선해 보였다.

"누구한테 도망 나오는 중이우, 아가씨?"

엔젤은 얼굴로 흘러내린 머리카락을 뒤로 넘기며 모호한 미소를 지었다.

"왜 제가 누군가에게서 도망쳤다고 생각하시는 거죠?"

"자꾸 어깨너머를 흘깃거리는 폼이 딱 그래서지. 내가 처음 봤을 때도 누군가 뒤에서 쫓아올까 봐 계속 확인하고 있었잖수. 속으로 남편한테서 도망치는 모양이다 했지."

"제가 결혼한 건 어떻게 아셨어요?"

"결혼반지를 끼고 있잖수."

엔젤은 결혼반지를 낀 왼손을 오른손으로 재빨리 덮었다. 그리고 얼굴을 붉혔다. 반지를 빼놓고 오는 것을 잊어버렸다. 반지를 만지작거리면서 엔젤은 어떻게 이 반지를 미가엘에게 돌려줄 수 있을지 생각했다.

"남편이 못살게 굴었수?"

미가엘은 그런 생각조차 하지 못할 사람이다.

"아니요."

엔젤은 생각에 잠겨 멍하니 대꾸했다. 샘이 의아한 얼굴로 엔젤을 보았다.

"그래도 뭔가 마땅치 않은 일이 있어서 이렇게 도망치는 거 아니우."

엔젤은 고개를 옆으로 돌렸다.

'뭐라고 말해야 할까? 그가 사랑이라는 감옥에 날 가두었기 때문이라고?'

미가엘이 한 일이라고는 세심한 배려와 말할 수 없는 친절함으로 엔젤을 사랑해 준 것뿐이라고 말한다면, 이 노인은 뭐라고 말할까? 당장 엄청난 질문을 퍼부을 것이 뻔했다.

"그 이야기는 하고 싶지 않아요, 틸 씨."

엔젤은 손가락에 낀 결혼반지를 빙글빙글 돌렸다. 눈물을 흘리며 엉엉 울고 싶었다.

"샘이라고 불러요, 아가씨."

"제 이름은 엔젤이에요."

"그 반지는 확 빼서 던져 버려요. 그러면 기분이 좀 나아질 거유."

엔젤은 그럴 수 없었다. 반지는 미가엘 어머니의 것이었다.

"반지가 빠지지 않네요."

엔젤은 거짓말을 했다. 어떻게든 반지를 미가엘에게 무사히 보내 줄 방법을 찾아야겠다고 생각했다.

"새크라멘토로 가는 길이우?"

"네."

새크라멘토라면 새롭게 시작하기에 딱 좋을 것 같았다.

"다행이우. 나도 거기로 가는 중이거든. 가면서 금광촌에 잠시 들러 물건을 좀 팔아 볼까 한다우."

샘은 피곤에 지쳐 있는 말을 채근해 달리게 했다.

"많이 지쳐 보여, 아가씨. 마차 뒤로 넘어가서 잠 좀 청해요. 옆에 접힌 침대는 빗장을 잡아당기면 된다우."

엔젤은 너무나 피곤해서 샘의 이야기에 고맙다는 인사를 건네고 마차 뒤로 넘어갔다. 침대를 펴고 그 위에 몸을 둥글게 웅크리고 누웠다. 하지만 잠은 오지 않았다. 마차는 덜컹거리며 굴러갔다. 엔젤의 마음도 빠른 속도로 빙글빙글 돌아가고 있었다. 계속 미가엘에 대해 생각했다. 엔젤이 왜 그의 곁을 떠났는지 이해하지 못하고 화가 많이 났을 것이다. 엔젤은 모든 것이 너무나 혼란스러웠다. 마음 한구석에서는 미가엘에게 다시 돌아가라고 외치고 있었다. 그에게 자신의 감정을 모두 털어놓으라고 말하고 있었다. 하지만 그건 미친 짓이었다.

엄마도 알렉스 스태포드에게 자신의 감정을 모두 드러내고 애원하지 않았던가! 엄마의 간절한 사랑을 고백하고 또 고백하지 않았던가! 하지만 그 사랑이 한 일이라고는 엄마의 자존심을 부숴 버리고 굴욕감을 안겨 준 것뿐이었다.

하지만 지난밤 생각이 머릿속에서 사라지지 않았다. 엔젤은 미가엘과 함께 있는 동안 충만한 만족감을 느꼈다. 공허하지 않았다. 미가엘의 품속에 있을 때야말로 제자리를 찾은 것 같았다. 엔젤이 있어야 할 자리가 그곳 같았다.

'네 엄마도 알렉스 스태포드에게서 그런 느낌을 받았어. 하지만 어떻게 되었는지 생각해 봐.'

엔젤은 작게 신음하고 몸을 더 웅크렸다.

만약 샘 틸이 때맞춰 지나가지 않았다면, 엔젤은 금세 마음이 약해져 미가엘에게 돌아갔을지도 모른다. 그리고 엄마가 아버지에게 집착했듯이 미가엘에게 집착하며 지냈을지도 모른다. 그랬다면 곧 미가엘도 알렉스 스태포드가 엄마에게 싫증을 느꼈던 것처럼 엔젤을 지겨워했을 것이다.

엔젤은 미가엘에게서 멀어지면 아픔도 덜해지리라 생각했다. 하지만 엔젤의 온 마음과 몸이 미가엘을 그리워하고 있었다.

'어쩌다 그를 만나게 되었을까? 왜 미가엘은 페어러다이스에 왔을까? 하필이면 왜 내가 산책을 하던 그날 그곳에 있었을까? 그리고 내가 그토록 밀어냈는데도 왜 다시 매음굴로 날 찾아왔을까?'

엔젤은 미가엘의 눈동자를 떠올렸다. 열정과 다정함이 가득한 눈이었다.

"사랑해. 도대체 언제쯤 내 진심을 알아줄 거지?"

그가 말했다. 하지만 엄마가 흐느끼며 한 말이 떠올랐다.

"네 아버지는 나한테 사랑한다고 말했어. 영원히 나를 사랑하겠노라고 말했다고."

엔젤은 눈물이 솟구치려는 것을 애써 참았다. 그렇다. 결국 엔젤도 미가엘을 사랑하게 되었다. 그래서 눈물을 흘리고 말았다. 하지만 다행히도 엔젤은 최악의 상황이 되기 전에 도망쳐 나올 정도의 기민함은 유지하고 있었다. 이제 그 모든 것을 잊을 것이다. 이제 가고 싶은 곳은 어디라도 갈 수 있다.

"해내고 말겠어."

엔젤은 입 밖으로 소리 내어 중얼거렸다.

"혼자 힘으로 해내고야 말겠어."

'뭘 하겠다는 거지?'

조롱하는 목소리가 들려왔다.

"뭔가 가치 있는 일을 할거야. 어떤 일이든 해내고야 말겠어."

'그래, 엔젤. 네가 가장 잘하는 일을 하렴.'

"다른 일을 찾을 거야. 그 일은 다시는 하지 않겠어."

'아니, 넌 그 일을 하게 될 거야. 그 일 외에 네가 할 줄 아는 게 뭐가 있지? 그리고 그 일이 정말 그렇게 나빴나? 맛있는 음식에 편안한 쉴 곳, 아름다운 옷에 너를 흠모하는 사람들이 있었잖아.'

어둠의 목소리는 먼지 자욱한 길을 따라 걸어가는 피곤한 말들의 말발굽 소리와 함께 계속 들려왔다. 마침내 잠이 든 엔젤은 또다시 공작이 나오는 꿈을 꾸었다. 예전에 그가 했던 모든 짓을 또다시 당했다. 그런 공작을 말려 줄 미가엘은 어디에도 보이지 않았다.

샘 틸이 엔젤을 깨웠다. 그는 자신의 음식을 엔젤에게 나눠 주며 금광촌에 거의 다 왔다고 말했다.

"여기 이 그릇이며 부엌 용품들을 팔아 볼 생각이라우. 이대로 새크라멘토에 도착하면 난 파산이거든. 여기 있는 물건들은 모두 위탁 판매하기로 한 것들이라 물건을 팔지 못하면 내 수중에는 남는 게 아무것도 없수. 그래도 이번에는 하나님이 나와 함께하실지도 모르니 희망을 품어 볼 생각이라우."

음식을 다 먹고 나자 샘은 빈 주석 접시를 들고 시냇가로 내려가 설거지를 했다. 그 모습을 바라보며 엔젤은 생각했다. 그 잘난 하나님은 저 불쌍한 노인을 위해 아무것도 해 주지 않는군. 엔젤에게 아무것도 해 주지 않았던 것과 마찬가지다. 샘 틸은 식기를 정리해서 다시 마차에 실었다. 그리고 마차 옆에서 엔젤이 오기를 기다렸다가 마치 숙녀를 대하듯 정중하게 마차에 오르도록 도와주었다.

"이따 금광촌에 가서는 마차 안에 있도록 해요. 거기 있는 혈기 왕성한 젊은이들이 아가씨를 보고는 거칠게 나올 수도 있으니. 나는 너무 늙어서 아가씨를 위해 싸울 수가 없다우."

샘은 미안한 표정으로 미소를 지었다. 엔젤은 샘의 손에 살짝 의지해서 마차 뒤로 넘어가 앉았다.

금광촌 야영지에 도착했을 때, 엔젤은 샘이 물건을 팔려고 큰 소리로 호객하는 소리를 들었다. 남자들은 샘에게 야유를 퍼붓고 그의 말과 마차를 비웃었다. 샘이 보여 주는 물건에 대해서도 함부로 말했다. 샘에 대해서는 더 심한 말을 했다. 하지만 샘은 끈질겼다. 아무리 심한 욕설이 들려와도 계속해서 자신이 팔려는 제품의 우수한 품질에 대해 이야기했다. 남자들은 이 불쌍한 노인을 놀려먹는 일에 재미가 들린 모양이었다.

샘 틸의 목소리에서 그의 마지막 희망이 점차 사라져 가는 것을 느낄 수 있었다. 엔젤은 그런 기분이 어떤 것인지 누구보다 잘 알았다. 지금 이 영혼이 얼마나 큰 상처를 입고 있는지도.

"그 냄비 하나면 여기 있는 사람들 모두 쓰고도 남겠네."

누군가 큰소리로 외쳤다. 샘에게 멍청이라고 대놓고 말하는 소리도 들렸다. 엔젤은 얼굴을 찡그렸다. 샘이 좀 둔하게 보이는 것은 사실이었다. 하지만 그렇다고 해서 이런 취급을 받아야 하는 것은 아니다. 그는 그저 정직한 돈을 벌기 위해 애쓰는 중이었다.

엔젤은 마차 뒤에 드리워진 커튼을 젖히고 밖으로 나왔다. 그녀의 등장으로 모여 있던 남자들이 일시에 조용해졌다.

"지금 무슨 짓이우?"

샘이 속삭였다. 그는 잔뜩 겁을 집어먹었다.

"당장 안으로 들어가요, 아가씨. 이 남자들은 야비하다우."

"나도 알아요. 그 냄비나 주세요, 샘."

"이걸로 저 남자들을 다 때려눕힐 수는 없수."

"주기나 해 봐요."

"뭘 하려고?"

"팔려고요."

엔젤은 샘의 손에서 냄비를 획 낚아채 집어 들었다.

"좀 앉아 계세요."

주저하던 샘은 엔젤이 시키는 대로 순순히 옆에 앉았다. 엔젤은 샘이 앉아 있는 곳 주변을 천천히 걸어 다니며 냄비를 든 손을 높이 올리고 다른 손으로 마치 그것이 매우 중요한 물건인 양 천천히 어루만졌다.

"신사 여러분, 샘은 자신이 파는 물건에 대해서는 잘 알고 있습니다만, 요리에 대해서는 거의 아는 게 없답니다."

엔젤이 살짝 미소 짓자 남자들은 입을 헤 벌리고 따라 웃었다. 몇몇은 엔젤이 상스럽고 야한 농담이라도 한 양 크게 웃어 댔다. 엔젤은 닭고기 요리며 경단, 소금구이 돼지고기, 육즙이 살아 있는 고기, 스크램블 에그와 베이컨에 대해 먹음직스럽게 이야기를 늘어놓았다. 모두 군침을 흘렸다. 이번에 엔젤은 목소리를 낮춰 질 좋은 냄비가 맛있는 음식을 조리하는 데 있어서 얼마나 중요한지 설명했다. 최고의 주철로 만든 냄비의 열전도 기능과 편리하게 만들어진 손잡이에 대해서도 말했다. 모두 샘이 조금 전에 한 말이었다. 하지만 이번에 남자들은 넋을 잃고 경청했다.

"이 냄비로 그 멋지고 근사한 요리들을 모두 해낼 수 있을 뿐만 아니라 다른 용도로도 사용이 가능하답니다. 총알이 모두 떨어지거나 자기 물건을 보호해야 할 때는 이렇게 무기로 사용할 수도 있죠."

엔젤은 너무 가까이 다가온 한 남자에게 냄비를 휘두르는 시늉을 했다. 남자들은 한바탕 웃음을 터트렸다. 엔젤도 웃었다. 그들과 같이 즐거워하는 듯 보여야 했다.

"자, 그러니 신사 여러분, 어떻게 하시겠습니까? 저희 물건을 사실 분이 있나요?"

"내가 사겠소!"

남자들이 엔젤 앞으로 몰리기 시작했다. 완전히 찌그러진 냄비라도 살 기색이었다. 사람들 틈에서 작은 싸움이 일어났다. 싸움으로 시끄러워진 틈을 타서 엔젤은 샘에게 머리를 숙여 작은 목소리로 가격이 얼마인지 물었다. 샘이 적절한 가격을 말했다.

"오, 그보다는 훨씬 더 받을 수 있을 것 같은데요."

엔젤은 서로 얽혀서 고함을 치는 사람들이 지쳐 떨어질 때까지 기다렸다가 냄비의 가격을 크게 말했다. 누군가 큰 소리로 너무 비싸다고 투덜대자 나머지 남자들도 가만히 있었다.

엔젤은 어깨를 으쓱이며 마치 물건을 못 팔아도 그만이라는 양 행동했다. 엔젤은 들고 있던 냄비를 다시 마차 옆에 걸고서 마부석으로 올라가 앉았다.

"가요, 샘. 당신이 생각했던 것하고는 다른 사람들이네요. 자기들 눈으로 뻔히 보면서도 물건을 알아보지 못하잖아요."

샘은 입을 딱 벌리고 아연실색해 있었다. 몇몇 남자들이 가지 말라고 말했다. 엔젤이 뒤돌아 그들을 보았다.

"가격이 너무 높다면서요. 솔직히 여러분이 봐도 너무 필요한 물건이라는 걸 잘 아실 텐데, 제가 자꾸 사라고 채근할 필요가 있을까요?"

엔젤은 샘에게 말고삐를 건넸다. 한 광부가 마구를 잡고 엔젤에게 잠시 기다리라고 말했다. 엔젤이 마차에서 내리기도 전에 그는 자신이 살 냄비를 집어 들고 있었다. 엔젤은 정중하게 광부들의 청을 들어주었고, 마차에 있던 냄비며 프라이팬을 모두 팔았다.

샘이 말을 몰아 금광촌을 완전히 벗어날 때까지 모여 있던 사람들은 흩어지지 않았다. 샘은 입을 크게 벌리고 낄낄 웃었다.

"아가씨는 이런 일에 타고난 재능이 있는 모양이우."

"네, 제가 이런 일은 좀 해요."

엔젤이 담담하게 말했다. 사람들은 무슨 말을 하는지보다 어떻게 말하는지, 그리고 어떤 표정을 짓는지를 더 중요하게 생각한다. 냄비를 파는 것은 몸을 파는 것과 크게 다르지 않았다. 파는 일이라면 엔젤은 모르는 것이 없었다.

그날 저녁, 엔젤이 식사 준비를 하는 동안 샘 틸은 그날 번 금의 무게를 재 보았다. 엔젤은 샘에게 음식을 건네주고 자리에 앉아 음식을 먹었다. 식사를 마치고 접시를 옆에 내려놓자 샘이 엔젤에게 뭔가를 던져 주었다. 엔젤은 얼떨결에 받고 나서 깜짝 놀랐다.

"이게 뭐예요?"

엔젤은 가죽 주머니를 들고 물었다.

"오늘 번 금 중 아가씨 몫이우."

엔젤은 놀라서 얼굴을 들었다.

"하지만 그 냄비랑 가재도구들은 모두 당신 거잖아요."

"아가씨가 나서서 팔아 주지 않았다면 그 냄비는 아직도 마차에 걸려 있었을 거유. 그리고 아가씨도 밑천이 필요할 거 아니우. 자, 이제 그 밑천이 생겼수."

샘은 담요를 집어 들고 마차 안으로 들어갔다.

다음날 동이 트자마자 마차는 새크라멘토를 향했다. 정오에 두 사람은 새크라멘토에 도착했다. 경마대회가 열리는 모양인지 세 명의 기수들이 말을 몰고 질풍처럼 달려왔다. 샘은 허둥지둥 마차를 길옆으로 세웠다. 그 뒤를 따라 수많은 마차와 사람들이 쏟아져 나왔다. 여기저기 건물이 서고 있었다. 마차가 덜컹거리며 지나가는 소리와 망치소리가 대기를 가득 메우고 있었다.

"큰 화재가 있었다우. 그리고 나서는 홍수를 겪었지. 강가에 있던 건물들은 대부분 무너졌다우."

샘이 마차를 길 위로 몰면서 말했다.

"여기 가족이 있수?"

"친구가 있어요."

엔젤은 대충 얼버무리며 거리의 떠들썩한 사람들을 쳐다보는 척했다.

"어디에 내려 주면 되겠수?"

샘이 염려스러운 기색이 가득한 얼굴로 물었다.

"아무데나 내려 주셔도 돼요. 혼자서도 잘 찾아갈 수 있어요, 샘. 내 걱정은 마세요. 이 한 몸쯤이야 잘 돌볼 수 있답니다."

샘은 커다란 철물점 앞에서 마차를 멈춰 세웠다.

"여기가 내 최종 목적지라우."

샘은 엔젤이 마차에서 내리는 것을 도와주고 악수를 청했다.

"같이 와서 정말 즐거웠수, 아가씨. 금광촌에서 물건 파는 걸 도와줘서 정말 고마웠고. 이제 행상은 그만두어야 할 것 같수. 계산대나 지키고 서 있어야지. 혹시라도 내 가게를 차리게 되면 그때는 예쁜 판매원 아가씨를 찾아볼 생각이우."

엔젤은 샘에게 행운을 빌어 주고 걸음을 재촉했다. 길에서 만나는 남자들이 모두 모자를 들어올려 인사를 건네 왔다. 하지만 엔젤은 그 누구에게도 시선을 주지 않았다. 이제부터 어떻게 해야 할지 생각하기 바빴다. 일단 새크라멘토에는 도착했지만 앞으로 어떻게 해야 할지 감을 잡을 수 없었다. 살롱 안에서 흘러나오는 요란한 노랫가락에 실버 달러와 팰리스가 생각났다. 아주 오래전 일처럼 까마득하게 느껴졌다. 하지만 생생하게 들려오는 노랫소리를 듣고 있자니 다시금 그때의 일이 현실로 다가올 것만 같았다.

엔젤은 강가에서 걸음을 멈추었다. 묘한 운명의 장난을 느끼며 쓸쓸한 미소를 지었다. 엄마도 선착장에서 마지막을 보냈다. 그래서 엔젤도 이곳, 배들이 오가는 부두에 이끌려 오게 된 것일까. 엔젤은 저쪽에서 나무 상자를 내리는 사람들을 지켜보았다.

다시 발걸음을 옮기며 거리마다 새롭게 지어지는 건물들을 보았다. 홍수에 쓸려간 건물들을 대신할 건물들이 새롭게 들어서고 있었다. 두어 곳에서는 여전히 장사를 하고 있었다. 하나는 커다란 살롱이었다. 엔젤은 저 여닫이문을 열고 들어가면 지금이라도 당장 이층으로 올라가 일을 할 수 있으리란 것을 알았다.

엔젤은 정처 없이 거리를 헤맸다. 무엇을 해야 할까? 샘이 준 금으로 한두 주 정도는 지낼 수 있을 것이다. 하지만 그다음에는? 당장 생계를 꾸릴 방법을 찾아야 했다. 다시 창녀생활로 돌아가는 것만은 절대로 하고 싶지 않았다.

'더는 그런 일을 할 수 없어. 미가엘과 사랑을 나눈 이후로는 할 수 없게 되었어.'

'미가엘도 다른 남자들과 똑같아. 다른 작자들과 하나도 다를 바가 없다고.'

검은 머리에 키 큰 남자 한 명이 옆에 있는 가게에서 나왔다. 엔젤의 가슴이 철렁 내려앉았다. 미가엘이 아니었다. 비슷한 덩치를 가진 다른 남자였다. 그 남자는 일행과 크게 웃으며 길을 건너갔다.

미가엘 생각은 그만 멈추고 일단 머물 곳을 찾아야 했다. 하지만 아주 형편없는 곳이거나 아니면 너무 값비싼 곳뿐이었다. 엔젤의 마음은 자꾸만 미가엘 생각으로 가득 찼다. 지금쯤 무얼 하고 있을까? 엔젤을 찾아 나섰을까? 아니면 다 포기하고 들에 일하러 나갔을까? 엔젤은 매음굴 옆을 지나치고 있었다.

'당장 안으로 들어가, 엔젤. 저 사람들이 널 보살펴 줄 거야. 들어가면 네 방과 음식이 마련되어 있어.'

손바닥이 축축해졌다. 어느새 날이 저물고 있었다. 날도 쌀쌀해졌다. 얼마나 오랫동안 헤맨 것일까? 한 남자가 매음굴에서 나왔다. 엔젤은 뒷걸음쳐 비켜섰다. 그가 놀란 눈으로 엔젤을 보았다.

"죄송합니다, 부인."

남자는 엔젤에게 살짝 고개를 숙였다.

"이런 곳에 이렇게 서 계시면 안 됩니다."

"남편이 안에 있어서요."

엔젤은 남자가 귀찮게 굴지 못하게 하려고 생각나는 대로 말해 버렸다.

"남편이요?"

남자는 엔젤을 천천히 훑어보고는 고개를 가로저었다.

"이런 부인이 기다리시는데 남편 분은 이런 곳에서 무슨 일을 하고 계신 겁니까? 남편 성함이 어떻게 되시죠?"

"아, 찰스예요."

남자가 문을 밀고 안으로 들어가 이층을 향해 있지도 않은 찰스를 외쳐 불렀다. 그 사이 엔젤은 서둘러 길을 건너 다른 곳으로 갔다. 뛰다시피 걸어가는 엔젤을 사람들이 쳐다보았다. 저만치 앞에 말끔하게 칠해진 간판 하나가 눈에 들어왔다.

"요셉종합상사".

엔젤은 어둠 속에서 횃불을 만난 심정으로 그곳을 향해 달려갔다.

체격 좋은 한 노부인이 빗자루로 계단과 판자로 만든 길을 쓸고 있었다. 쌀쌀맞은 표정의 부인이 빗자루질을 해서 먼지를 거리로 밀어내고 판자에 빗자루를 탁탁 털었다. 엔젤이 판잣길 위에 올라서자 부인은 고개를 들어 엔젤을 바라보았다.

"가게로 진흙덩이를 끌고 들어오기 전에 흙털개를 한 번만이라도 사용하면 되는데 그걸 못하네요."

부인이 엷은 미소를 지으며 말했다. 부인의 시선이 엔젤의 손에 들린 조그만 꾸러미에 머물렀다. 엔젤은 수줍게 고개를 끄덕여 인사를 건네고 가게 안으로 들어갔다. 요셉을 찾아보았지만 어디에도 보이지 않았다.

"뭘 찾아요?"

부인이 들어와 빗자루를 라이플총처럼 옆에 끼고 서서 물었다.

"여행 가방이요. 작은 걸로요."

"그거라면 여기 있어요."

부인은 벽에 기대어 있는 선반 쪽으로 엔젤을 안내했다.

"이게 아주 괜찮아요."

부인은 가방 하나를 집어 들어 엔젤에게 건넸다. 검은 머리에 억세 보이는 다른 여자 한 명이 가게 뒤편에 드리워진 커튼을 젖히고 안으로 들어왔다. 여자는 이마에 맺힌 땀을 닦고 가게 뒤편에 대고 큰소리로 외쳤다.

"요셉! 저 나무 상자 좀 여기로 가져다줄래요? 나는 못 들겠어요."

엔젤은 이곳으로 들어오는 게 아니었다고 후회했다. 정신없이 뛰어들기 전에 조금이라도 생각을 해 봤어야 했다. 요셉이 엔젤을 도와줄 리 없었다. 그리고 이 여자들은 누구일까? 그의 어머니가 신붓감을 데리고 오고 있다는 말이 생각났다.

"마음에 들어요?"

부인이 물었다.

"네?"

엔젤이 당황하며 말했다. 당장 여기서 나가야 했다.

"그 여행 가방 말이에요."

부인은 의아한 얼굴로 물었다.

"마음이 바뀌었어요."

엔젤은 가방을 부인에게 돌려주었다. 요셉이 나무 상자를 들고 커튼 뒤에서 나오다가 엔젤을 발견했다. 요셉은 얼굴 가득 커다란 미소를 지어 보였다. 그리고 곧 고개를 돌려 가게를 훑어보았다. 미가엘을 찾는 것이었다. 엔젤은 재빨리 뒤로 돌아 문을 향해 나가려다 그만 노부인과 부딪치고 말았다.

"죄송합니다."

엔젤은 마음을 진정시키려 노력하며 부인의 곁을 스치듯 지나갔다.

"엔젤! 어디 가요? 기다려요!"

엔젤은 걸음을 멈추지 않았다. 요셉이 나무 상자를 쿵 소리 나게 내려놓고는 계산대를 돌아 나와 엔젤을 잡았다.

"잠깐만요. 무슨 일이에요?"

요셉은 엔젤의 어깨를 잡아당겼다.

"아무것도 아니에요. 그냥 여행 가방이나 보려고 들렸어요."

엔젤은 빨개진 얼굴로 말했다.

"그렇다면 마음껏 둘러봐요. 그런데 미가엘은 어디 있죠?"

"집에요."

엔젤은 목이 메었다.

"무슨 일 있었어요?"

"아무 일도 없었어요."

요셉의 어머니가 두 사람 옆에 와서 섰다. 손에는 여전히 빗자루가 들려 있었다.

"이 젊은 아가씨는 누구시냐, 요셉?"

부인은 새삼스럽게 엔젤을 다시 살펴보았다. 못마땅한 표정이 역력했다.

"친구의 아내예요."

요셉은 엔젤에게서 시선을 떼지 않은 채 말했다. 엔젤은 요셉이 그 날카로운 눈으로 정찰하듯 쳐다보는 것을 그만하길 바랐다. 요셉이 엔젤의 팔꿈치를 꽉 붙잡았다.

"이리로 와서 좀 앉아요. 그리고 어떻게 된 일인지 모두 말해 봐요."

요셉은 그렇게 말하고 엔젤에게 가족을 간단히 소개했다.

"내 아내 브리바와 어머니 리브가예요."

"커피 좀 드시겠어요?"

요셉의 아내 브리바가 물었다. 요셉은 엔젤 대신 좋다고 말하고 손을 흔들어 어머니에게 자리를 비켜 달라는 신호를 보냈다. 요셉의 어머니는 다시 빗자루질을 하면서 슬쩍슬쩍 두 사람을 훔쳐보았다.

"여기 오는 게 아닌데 그랬어요."

엔젤이 힘없이 말했다.

"미가엘은 당신이 어디 있는지 알고 있나요?"

"물론 알고 있죠."

엔젤은 거짓말을 했다.

"그렇군요."

그 간단한 한마디에는 많은 의미가 있었다. 요셉은 엔젤의 팔을 꼭 잡은 채로 원통 위에 걸터앉았다.

"미가엘을 버려두고 도망쳐 온 거로군요, 맞죠?"

엔젤이 팔을 잡아 뺐다. 그리고 방어적인 태도로 고쳐 앉았다.

"일이 잘 안 풀렸어요."

요셉은 한동안 아무 말도 하지 않았다.

"뭐 예상하지 못한 일은 아니에요. 하지만 정말 유감스럽군요."

엔젤도 한풀 꺾였다.

"개심한 창녀가 일할 만한 곳이 이 도시 어디에 있을까요?"

일부러 경박한 말투로 과거에 배웠던 거짓 미소를 지어 보였다. 요셉이 얼굴을 찡그리며 생각에 잠기는 모습을 본 엔젤은 그가 곤란해한다고 생각했다.

"됐어요. 그냥 농담한 거예요. 이만 가 볼게요."

요셉이 다시 엔젤의 팔을 잡았다.

"앉아요. 브리바가 차를 내오고 있어요."

요셉의 아내가 커피 잔을 건넸다. 엔젤은 떨리는 손으로 잔을 받았다. 요셉의 날카로운 시선을 의식하면서 엔젤은 마음을 가라앉히려고 노력했다. 브리바는 케이크도 권했지만 엔젤은 먹지 않았다. 요셉의 어머니도 빗자루질을 마치고 와서 같이 커피를 마셨다. 엔젤은 애초에 이곳에 발을 들여놓는 게 아니었다고 생각했다. 세 쌍의 눈길이 전하는 비난과 책망에 엔젤은 조금씩 주눅이 들었다. 세 사람은 홍수며 재건축, 가게에 물건을 비축해 두는 문제에 대해 이야기했다. 아무도 엔젤에게 개인적인 질문을 하지 않았지만 모두들 무척 궁금해하고 있다는 것을 느낄 수 있었다.

손님이 들어오자 므리바가 손님을 맞으러 일어섰다. 또 다른 손님이 들어왔다. 이번에는 리브가가 자리를 떴다. 요셉은 손님을 맞을 생각이 없어 보였다.

"지낼 곳은 있어요?"

요셉이 물었다.

"아직 못 정했어요. 하지만 곧 찾을 거예요."

"그럼 여기 머물도록 해요."

"아내와 어머니도 그렇게 생각하실까요?"

엔젤은 냉소적인 어조로 말했다. 하지만 그렇게 말하는 얼굴에 길 잃은 어린아이 같은 표정이 어려 있다는 것을 본인은 깨닫지 못하고 있었다.

"갈 곳도 없는 친구 아내를 이대로 보내면 더 이상하게 생각할 거예요. 대단한 편의시설은 없지만 깨끗한 간이침대와 담요, 정결한 음식 정도는 줄 수 있어요. 어때요?"

엔젤은 입술을 깨물며 두 여자를 쳐다보았다. 요셉이 허벅지를 소리 나게 치며 자리에서 일어섰다.

"아내와 어머니도 개의치 않을 겁니다."

요셉은 설혹 두 사람이 엔젤 때문에 신경을 쓴다고 해도 내색은 하지 않을 거라고 생각하면서 평소보다 조금 일찍 문을 닫기로 했다.

잠시 후 엔젤은 요셉의 가족과 함께 이층 식당에 앉아 있었다. 엔젤은 먹는 시늉을 했지만 입맛이 없었다. 므리바와 리브가는 엔젤에게 시시콜콜한 질문을 하지 않았다. 하지만 두 사람 모두 엔젤의 사연을 무척 궁금해하고 있음이 분명했다. 므리바가 식탁을 정리하자 엔젤은 자리에서 일어나 설거지를 도왔다. 엔젤이 식당 문을 나서자마자 요셉과 그의 어머니는 낮은 목소리로 뭔가 열심히 이야기를 나누었다. 엔젤이 식탁 위에 남겨진 그릇을 가지러 다시 식당에 들어오자 두 사람은 이야기를 멈추었다. 엔젤은 접시와 그릇을 포개어 들고서 말했다.

"오늘밤만 신세질게요. 저 때문에 두 분이 다투신 거라면, 걱정 마세요. 내일 아침 눈을 뜨자마자 나갈 테니까요."

"요셉이 있으라고 하는 한은 얼마든지 여기 있어도 돼요. 아가씨가 쓸 간이침대는 일층에 있는 화덕 옆에 놓을 거유. 거기라면 따뜻하게 밤을 지낼 수 있을 거예요."

리브가는 아무 불만도 없다는 투로 말했다. 요셉은 엔젤이 쓸 간이침대를 준비해 주었다. 그리고 이층으로 올라와 므리바에게 밖에 나갔다 오겠다고 말했다. 놀랍게도 므리바는 밤중에 나갔다 오겠다는 남편에게 아무것도 묻지 않았다.

"밤에 나가는 일은 없었는데."

므리바는 남편이 나가고 문이 닫히자 그제야 한마디했다. 그리고 바느질거리를 가지고 왔다.

"일 때문에 그러는 거다."

시어머니 리브가가 빠른 손놀림으로 뜨개질을 하면서 말했다. 엔젤은 두 여자와 함께 응접실에 앉아 있었다. 방 안에서 들리는 소리라고는 시계 초침 소리와 리브가의 뜨개바늘이 서로 부딪치는 소리뿐이었다.

"괜찮으시면 저는 이만 내려갈게요."

마침내 엔젤이 말했다. 리브가는 고개를 끄덕여 보였다. 엔젤은 등 뒤로 문을 닫고 잠시 그 자리에 서 있었다. 두 여자가 본격적으로 이야기를 나누기 시작했다. 아마도 엔젤에 대해 이야기하고 있을 것이다. 엔젤은 아래층으로 내려가 어둠 속에 놓인 간이침대에 들어갔다. 밤새 자다 깨다 하면서 공작 꿈을 꾸었다.

새벽에 리브가가 내려왔다. 엔젤은 잠에서 깨어 재빨리 옷을 입었다.

"잠을 설친 모양이네, 그렇죠?"

리브가는 엔젤이 물건을 주섬주섬 정리하는 것을 쳐다보며 말했다.

"괜찮습니다. 재워 주셔서 감사해요."

엔젤은 담요를 접어서 한쪽으로 치우고 간이침대도 접어서 선반 사이의 좁은 틈에 보이지 않게 넣어 두었다. 리브가는 엔젤의 행동 하나하나를 찬찬히 살펴보았다.

"요셉이 말하기를 아가씨가 일자리를 찾고 있다던데. 여기에도 아가씨가 할 만한 일은 많이 있어요."

엔젤이 놀라서 허리를 펴고 리브가의 얼굴을 마주보았다.

"지금 저보고 여기서 일하라고 말씀하시는 건가요?"

리브가가 엔젤에게 다가왔다.

"뭐, 더 좋은 일거리가 있는 게 아니라면 그랬으면 좋겠네요."

"오, 다른 일은 없어요. 어떤 일을 할까요?"

엔젤이 재빨리 말했다. 리브가는 거침없이 엔젤이 해야 할 일들을 읊었다.

엔젤은 유리창을 닦고 바닥을 쓸었다. 통조림을 쌓고, 플란넬 셔츠를 깔끔하게 개었다. 벽에는 납작한 못을 박았다. 남자들이 엔젤에게 다가오면 브리바와 리브가가 그 사이에 끼어들어 대신 질문을 받고 물건을 보여 주었다. 리브가는 엔젤에게 저장고에 있는 상자를 가져와서 계산대 뒤에 있는 선반에 정리해 놓으라고 시켰다. 엔젤은 열심히 일했다. 식사시간에만 잠시 일손을 멈출 뿐, 해가 지고 요셉이 가게 문을 닫는 순간까지 쉬지 않고 일했다. 저녁 식탁에서 리브가가 엔젤에게 봉투 하나를 건넸다.

"오늘 일당이에요."

리브가의 한마디에 엔젤이 두 눈을 깜빡였다. 목이 메어 왔다. 요셉과 브리바를 번갈아 보다가 다시 리브가를 보았다. 리브가는 아들에게 고개를 끄덕여 보였다.

"이 아가씨가 일을 아주 잘하더구나."

엔젤은 도저히 말을 할 수가 없어서 고개를 떨구었다. 리브가는 엔젤 옆으로 감자 접시를 밀어 놓았다.

"먹어요. 살 좀 붙어야겠어요."

그날 밤 엔젤은 간이침대에 앉아 랜턴 빛에 의지해서 돈을 세어 보았다. 팰리스에서라면 삼십 분 만에 벌 수 있는 돈이었다. 하지만 엔젤은 이 돈이 너무나 떳떳하고 자랑스러웠다.

다음날 리브가는 엔젤에게 콩을 오 파운드씩 계량해서 포장해 놓으라고 시켰다. 그 일을 다 마친 엔젤은 천 두루마리를 펴서 가로로 쌓아 놓지 않고 세로로 세워서 정리해 놓았다. 브리바가 와서 보고 그렇게 세워 놓으니 보기에도 좋고 천을 꺼내기도 쉽게 되었다며 칭찬했다.

"요셉이 막 목욕통을 들여놨어요. 나랑 같이 그것들 좀 날라 줄래요? 저쪽 뒤에다 정리해 놓아야 해요."

리브가는 매일 엔젤이 그날 할 일을 알려 주었다. 그리고 저녁이 되어 가게 문을 닫고 나면 엔젤에게 일당을 주었다.

"여기 뭐가 왔는지 좀 봐요."

요셉이 나무 상자 하나를 툭툭 치며 말했다. 엔젤은 들고 있던 빗자루를 옆에 놓고 머리에 동여맨 스카프에 흘러내린 머리카락 몇 올을 집어넣었다.

"뭐예요?"

"미가엘이 주문한 난로예요."

미가엘의 이름이 나오자마자 엔젤의 심장은 미친 듯이 뛰기 시작했다.

"어서 청소를 해야겠어요."

엔젤은 말했다. 요셉은 한동안 엔젤을 쳐다보다가 다시 자기 일로 돌아갔다. 엔젤은 저녁 식탁에 앉아서도 마음이 어지러웠다. 그릇을 치우고 설거지를 마치자마자 엔젤은 자리를 떴다. 잠시 후 브리바가 내려와서 잠시 주저하다가 말했다.

"저녁을 거의 먹지 않던데, 몸이 안 좋아요?"

"아니에요. 괜찮아요."

엔젤은 미가엘 생각을 멈출 수가 없었다. 계속 몸을 움직여 일하는 동안은 그럭저럭 그를 향한 그리움을 잡아 놓을 수 있었다. 하지만 지금은……. 엔젤은 벽에 기대어 커다란 나무 상자를 쳐다보았다. 곧 미가엘에게 난로를 가지러 오라는 소식이 전해질 것이고, 그러면 그가 올 것이다.

'그가 오기 전에 여기를 떠나야 해.'

브리바는 상자에 걸터앉아 프랭클린 난로에 두 손을 뻗어 불을 쬈다.

"떠날 생각을 하는 거죠, 지금?"

엔젤은 고개를 들었다.

"네."

"여기 일이 마음에 들지 않아요?"

"아니요. 일 때문이 아니에요. 그……."

뭐라고 말해야 할까? 엔젤은 한숨을 내쉬며 커다란 나무 상자 쪽을 고갯짓으로 가리켰다.

"미가엘의 난로 때문이에요. 곧 그가 올 거잖아요."

"미가엘을 만나고 싶지 않아서요?"

"만날 수 없어요."

"그렇게 안 좋았나요?"

'너무 좋았죠. 너무나 좋아서 영원히 계속될 수 없을 만큼.'

"그냥 서로 만나지 않는 게 더 좋을 것 같아요."

"어디로 갈 건데요?"

엔젤은 어깨를 으쓱였다.

"샌프란시스코로 갈까 해요. 하지만 아닐 수도 있어요. 아직은 잘 모르겠어요. 어디로 가든 마찬가지일 테니까요."

프리바는 두 손을 무릎 위에 얌전히 포개 놓았다.

"요셉은 당신 남편 생각을 많이 해요."

엔젤은 고개를 끄덕이고 먼 곳을 보았다.

"나도 알아요."

미가엘 이야기를 하자 여러 감정이 교차했다. 미가엘을 그리워하는 마음은 사라져 버렸다고 생각했다. 멀리 떨어져 있으니 그런 마음은 모두 없어지리라 생각했다. 삼 주가 지났다. 그렇지만 미가엘을 떠나던 그날 밤보다 그를 향한 그리움은 더 간절했다.

"나는 요셉을 만나기 전에 다른 남자와 결혼한 적이 있어요. 매우 까다로운 남자였죠. 어릴 적에 엄마가 돌아가셨기 때문에 아빠는 내가 빨리 정착하기를 원하셨어요. 그래서 겉보기에 친절하고 부유해 보이는 남자를 골라 주셨죠. 하지만 그 사람은 친절하지도, 부유하지도 않았어요. 나는 하나님께 남편에게서 저를 구해 달라고 기도했죠. 그래서 하나님이 제 기도를 들어주셨어요."

므리바는 잠시 말을 멈추었다가 다시 이었다.

"그러고 나서 혼자 사는 여자의 삶이 얼마나 잔인할 수 있는지 알게 되었죠."

"난 평생을 혼자서 지냈어요."

엔젤이 담담하게 말했다.

"만약 당신 남편이 요셉이 말한 것의 절반 정도만 되는 사람이라고 해도 당장 남편에게 돌아가 잘해 보라고 말하고 싶어요."

"나한테 이래라저래라 하지 말아요."

엔젤이 방어적으로 말했다.

"내가 어떻게 살아왔는지, 내 삶이 어땠는지 아무것도 모르잖아요."

므리바는 아무 말 없이 침묵을 지키고 앉아 있었다. 엔젤은 거칠게 말한 것이 후회되었다.

"그래요, 당신 말이 맞아요. 내가 모든 상황을 다 알 수는 없죠. 하지만 요셉이 말해 준 한도 내에서는 알아요."

"요셉이 뭐라고 말했는데요?"

엔젤의 목소리는 어느새 성마르게 높아져 있었다. 마음이 상한 듯 므리바는 엔젤을 슬픈 눈으로 보았다.

"미가엘이 매음굴에서 당신을 데리고 나왔다고 했어요. 당신을 처음 본 순간 미가엘은 사랑에 빠졌고, 아마 지금도 여전히 당신을 사랑하고 있을 거라고도 말해 줬죠."

므리바의 말이 엔젤의 마음을 아프게 했다.

"사랑은 영원하지 않아요."

하지만 엔젤의 창백한 얼굴은 다른 것을 말하고 있었다. 므리바의 얼굴이 부드러워졌다.

"진정한 반쪽을 찾는다면 영원하기도 해요."

므리바가 자리를 떠난 후 엔젤은 어둠 속에 앉아 므리바가 한 말을 곱씹었다. 엄마는 알렉스 스태포드와의 사랑을 지키고 그를 기쁘게 하려고 모든 노력을 다했다. 엔젤은 바로 그런 엄마의 노력 때문에 스태포드가 엄마를 떠났다고 생각했다. 엄마는 언제나 그의 사랑에 목말라했다. 엄마의 삶은 알렉스 스태포드가 엄마를 찾아오는 날을 중심으로 돌아갔다. 엄마의 행복은 온전히 알렉스 스태포드에게 달려 있었다. 그건 집착이었다. 강박이었다.

엔젤이 미가엘에게 느끼는 감정은 엄마의 경우와 얼마나 다를까? 엔젤은 미가엘 생각을 멈출 수가 없었다. 온 마음이 그를 향하고, 그의 곁에 있기를 바라고 있었다. 그의 목소리를 갈망했다. 엔젤을 바라보면서 환해지는 그의 눈동자를 보고 싶었다. 그의 온기와 그의 손길이 그리웠다. 엔젤의 마음은 온통 엉망이 되어 버렸다.

다음 날 아침, 엔젤은 요셉에게 떠나겠다고 말했다.

"가면 안 돼요. 어젯밤에 므리바가 허리를 다쳤어요. 그렇지, 므리바?"

므리바는 당황스러운 표정을 짓다가 이내 그 말을 인정한다는 듯한 손짓을 했다.

"봤죠? 게다가 오늘 물건 들여놓을 것도 있어요. 그 많은 물건을 나 혼자 다 들여놓을 수는 없어요."

"좋아요, 요셉. 하지만 일을 마치는 대로 떠나겠어요."

엔젤은 일단 요셉을 돕기로 하고 당장 일을 시작했다. 오늘 맡은 일을 빨리 해치우고 길을 나설 생각이었다. 요셉은 허리 다친 여자는 한 명으로 족하니 천천히 하라고 농담처럼 말했다. 점심 식탁에서 요셉은 음식을 깔짝거리며 천천히 먹었다. 엔젤은 안달이 났다. 그래서 빨리 밥을 먹고 일어서는데 요셉이 커피를 권했다. 물건을 빨리 안으로 들여놓고 싶어 난리였던 사람이 왜 이렇게 시간을 낭비하고 있는 거지? 게다가 므리바는 허리에 아무런 문제도 없는지 테이블 위에 놓였던 커다랗고 무거운 접시를 번쩍 들어서 나르고 있었다.

다시 일을 하기 시작했지만 이번에는 요셉이 변덕을 부렸다. 랜턴을 원래 자리에서 가게 옆으로 옮기고 진열장 위에 놓았던 물건을 다른 곳으로 옮기라고 했다. 엔젤은 시간이 갈수록 신경이 곤두섰다. 하지만 묵묵히 요셉이 시키는 대로 했다.

'당장 여기서 나가, 엔젤. 어서.'

하지만 엔젤은 요셉과 함께 묵묵히 일했다. 삼십 분에 한 번씩 변덕을 부리는 요셉의 요구를 다 받아 주는 한이 있더라도 시작한 일은 마무리하고 싶었다.

'도대체 오늘 요셉이 왜 이러는 거지?'

"오늘은 이만하죠. 가게 문 좀 닫아 줄래요?"

요셉이 엔젤의 어깨에 손을 얹고 말했다.

"이렇게 일찍이요?"

"이 정도면 닫아도 될 시간이에요."

요셉이 브리바와 어머니 리브가에게 손짓을 하자 두 사람은 커튼 뒤로 사라졌다. 엔젤은 얼굴을 찡그리며 뒤로 돌아섰다.

활짝 열린 가게 문 앞에 미가엘이 서 있었다.

23장

> 나의 사랑 너는 어여쁘고 아무 흠이 없구나.
> _아가서 4장 7절

 미가엘이 다가오자 엔젤은 꼼짝도 할 수 없었다. 길가의 먼지를 잔뜩 뒤집어쓴 미가엘은 잔뜩 인상을 쓰고 있었다.
 "요셉이 당신이 여기 있다고 전해 주었소."
 엔젤의 심장이 마구 뛰었다.
 "왜 왔어요?"
 "당신을 집으로 데려가려고."
 엔젤은 뒷걸음질치며 미가엘에게서 물러섰다.
 "난 돌아가고 싶지 않아요."
 엔젤은 단호하고 냉정하게 말하고 싶었지만 의지와 상관없이 목소리는 마구 떨렸다.
 미가엘은 계속 다가왔다. 엔젤은 뒷걸음으로 물러서다가 부츠를 올려놓은 진열장에 부딪쳤다. 부츠 몇 켤레가 요란한 소리를 내며 바닥으로 떨어졌다.

"페어러다이스에는 가지 않을 줄 알았소."

미가엘이 말했다. 엔젤은 뒤에 있는 테이블을 꼭 잡고 버티었다.

"그렇게 확신할 만한 이유라도 있나요?"

엔젤이 비아냥댔지만 미가엘은 아무런 대꾸도 하지 않았다. 그의 눈동자는 무슨 생각을 하는지 말해 주지 않았다. 미가엘이 손을 뻗어 오자 엔젤은 숨을 멈췄다. 미가엘은 천천히 엔젤의 볼을 어루만졌다. 엔젤은 입술을 꼭 깨물었다. 떨리는 모습을 보이고 싶지 않았다.

"그냥 알았소, 아만다."

엔젤은 미친 듯이 미가엘을 밀어젖히고 앞으로 나아갔다.

"내가 왜 떠났는지도 모르잖아요."

미가엘은 엔젤을 붙잡아 뒤로 돌려세웠다.

"아니, 잘 알고 있어!"

미가엘은 엔젤을 끌어안았다.

"이것 때문에 떠났지."

미가엘의 입술이 엔젤의 입술을 덮쳤다. 엔젤이 미가엘을 밀어내려 몸부림치자 미가엘은 엔젤의 머리를 잡았다. 엔젤의 몸부림이 더해질수록 미가엘의 온기가 엔젤의 온몸에 퍼져 갔다.

마침내 엔젤의 몸부림이 잠잠해지자 미가엘은 엔젤의 머리를 감싸고 있던 스카프와 머리를 묶은 리본을 풀었다. 미가엘은 엔젤의 머리카락에 손을 넣어 빗어 넘기며 엔젤의 고개를 뒤로 젖혔다. 미가엘의 가슴에 올려놓은 엔젤의 손에 그의 심장박동이 전해졌다.

"이것 때문이었지, 그렇지?"

미가엘이 탁한 목소리로 말했다. 마음을 들킨 듯해 부끄러워진 엔젤은 고개를 옆으로 돌리려 했다. 하지만 미가엘이 허락하지 않았다.

"그렇지?"

"난 이런 감정을 느끼고 싶지 않아요."

엔젤이 잠긴 음성으로 낮게 속삭였다. 누군가 헛기침을 하는 소리가 들렸다.

"계세요?"

미가엘이 뒤를 돌아보았다. 엔젤을 잡은 미가엘의 손이 천천히 아래로 내려가서 엔젤의 손을 꼭 잡았다가 다시 놓아주었다.

"죄송합니다. 문 닫았습니다."

미가엘은 가게를 가로질러 가서 물건을 살 것이 분명한 손님을 정중히 문까지 배웅했다. 그리고 문을 닫고 자물쇠를 채운 후, 가게 문을 닫았다는 표지판을 창문에 걸었다.

다시 뒤를 돌아보니 엔젤이 난로 근처에서 몸을 구부리고 뭔가를 하는 모습이 눈에 들어왔다. 가까이 가서 보니 여행 가방에 짐을 챙기고 있었다. 미가엘의 입술이 일그러졌다.

"집에는 내일 아침에 가지."

엔젤은 미가엘을 쳐다보지 않았다.

"당신은 집으로 가요. 나는 샌프란시스코로 갈 거예요."

미가엘은 이를 악물고 인내심을 발휘하려 애썼다. 하얗게 질린 엔젤의 얼굴이 절박하고 불안해 보였다. 미가엘이 다시 엔젤에게 다가가 손을 뻗자 엔젤은 재빨리 뒤로 물러서서 커다란 통 뒤로 섰다. 그리고 미친 듯이 다시 옷가지며 몇 가지 물건을 가방에 구겨넣었다.

"당신은 날 사랑하게 되었잖아. 그 사실로부터 도망칠 수 있다고 생각하는 건가?"

미가엘의 말에 얼어붙은 엔젤은 고개를 푹 숙이고 여행 가방을 꽉 움켜쥐었다. 온몸이 떨려왔다. 엔젤은 다시 정신을 차리고 옷가지를 가방에 넣었다. 미가엘에게서 어서 벗어나야 했다. 물건을 챙기면서 감정도 그렇게 챙겨 넣어 버리고 싶었다.

"전에 분명히 말했을 텐데요. 난 누군가를 사랑하는 일 따위는 하지 않는다고요. 그 말은 진짜예요!"

"그랬지. 그런데 정말 기적처럼 그런 당신이 사랑을 하게 되었어. 그렇지?"

미가엘이 단호하게 밀어붙였다.

"저리 가요, 미가엘."

"어림없는 소리."

"제발 날 그냥 내버려둬요!"

엔젤은 마지막으로 치마를 펴서 몇 가지 물건과 함께 똘똘 말아 가방에 쑤셔 넣었다. 소리가 나게 가방을 닫은 엔젤은 고개를 들어 미가엘을 노려보았다.

"내게 사랑이 어떤 건지 알고 싶어요? 사랑은 내 가슴을 떼어 내는 일이에요."

미가엘의 눈에서 섬광이 일었다.

"나를 떠나서 그렇게 된 거요. 나와 함께 있으면 그렇지 않아."

엔젤이 미가엘의 곁을 지나가려고 했지만 앞이 가로막혔다.

"당신이 나를 보는 눈길에서 느낄 수 있었소, 아만다. 우리가 마지막으로 함께했던 그날 밤 내 온몸으로 당신의 마음을 느꼈소."

"그래서 우쭐했나요? 당신에게 힘이 생겼다고 느꼈겠죠, 그렇죠?"

"그렇소!"

미가엘은 거친 음성으로 인정하면서 엔젤의 팔을 잡았다. 뒷문으로 도망치지 못하게 하기 위해서였다.

"하지만 그 힘을 이용해 당신을 해치거나 할 생각은 없소."

"당연하죠."

엔젤은 미가엘에게서 벗어나려 팔을 잡아 빼며 말했다.

"내가 그렇게 하도록 내버려둘 줄 알아요?"

미가엘은 엔젤의 손에서 가방을 뺏어서 가게 뒤쪽으로 던져 버렸다.

"난 당신 아버지가 아니오! 당신의 침대에서 보내는 삼십 분을 위해 돈을 내는 남자도 아니고! 난 당신의 남편이오! 당신의 감정을 마음대로 이용하지 않아요. 당신을 사랑하오. 당신은 내 아내라고!"

엔젤의 팔을 잡은 미가엘의 손에 힘이 들어갔다. 엔젤은 입술을 꼭 깨물며 눈물이 솟구치려는 것을 애써 참아 냈다.

미가엘은 태도를 누그러트렸다. 엔젤의 얼굴을 두 손으로 감싸 안아서 그에게서 얼굴을 돌리지 못하게 했다. 감정을 부인하려고 가슴이 찢어지도록 애쓰는 엔젤이 보였다. 엔젤에게 있어서 감정은 언제나 멀리해야 하는 적이었다. 살아남기 위해서는 아무런 감정도 느끼지 않아야 했다. 미가엘은 그런 엔젤을 이해할 수 있었다. 하지만 이제는 감정을 느끼는 것이 해가 되지 않는다는 사실을 엔젤도 알아야 했다.

"아만다, 당신을 처음 본 순간 내가 기다리던 사람이 당신이란 걸 알았소."

"내게 그런 말을 한 남자들이 얼마나 많은 줄 알아요?"

엔젤은 모질게 말했다. 미가엘을 쫓아내고 싶었다.

하지만 미가엘은 그 말이 아무렇지도 않은 듯 계속 말했다.

"난 당신이 성장하고 변화하는 모습을 바라보는 게 좋았소. 당신은 언제나 모든 것에 열심이었고 신기해했지. 당신이 새로운 일을 배우는 그 모습이 좋소. 적극적으로 배우려는 의지를 가진 당신을 사랑하오. 당신이 일하는 모습도, 전에는 해 보지 않았던 일을 해내고는 어린애처럼 의기양양한 표정을 짓는 모습도 사랑하오. 룻과 함께 초원을 깡충거리는 당신을 사랑하오. 미리암과 함께 크게 웃고 엘리사벳의 지혜를 경청하는 당신을 사랑해. 당신과 함께 매일 아침 함께 눈 뜨고 그렇게 같이 평생을 살아가고 싶소. 당신의 모든 것을 사랑하오."

"그러지 말아요."

엔젤이 목이 메어 작게 속삭이듯 말했다.

"아니, 아직 제대로 시작도 못했소."

미가엘이 부드럽게 고개를 가로저었다.

"아만다, 난 당신에게 사랑의 기쁨을 느끼게 해 주는 것이 좋소. 당신이 내 안에서 녹아내리는 그 느낌을 사랑하오. 내 이름을 부르는 당신 목소리를 사랑하오."

엔젤은 얼굴을 붉혔다. 미가엘이 엔젤에게 키스했다.

"내 사랑 아만다, 사랑은 상처를 낫게 해 주지 아프게 하지 않소. 사랑은 비난하거나 책망하는 것이 아니오."

미가엘이 다시 엔젤에게 키스했다. 자신의 마음이 온전히 말로 전해졌기만을 바랐다. 하지만 그 어떤 말로도 엔젤에 대한 미가엘의 마음을 다 전할 수는 없었다.

"내 사랑은 무기가 아니라 생명선이오. 그러니 손을 뻗어 내 사랑을 잡고 절대로 놓지 말아요."

다시 미가엘이 엔젤을 끌어안았다. 이번에는 엔젤도 아무런 저항을 하지 않았다. 엔젤이 두 팔로 미가엘을 안자 미가엘은 안도의 한숨을 내쉬었다. 지난 몇 주간의 극심한 스트레스가 한순간에 다 사라져 버렸다.

"정말 기분 좋지 않소? 정말 흡족하지 않소?"

"당신 생각을 한시도 지울 수가 없었어요."

엔젤은 작게 속삭이며 미가엘에게 더 바짝 다가가 그의 달콤한 체취를 흠뻑 들이마셨다. 그와 함께 있을 때만 느낄 수 있는 이 안전함이 그리웠다. 미가엘이 엔젤을 원하는 마음은 너무나 분명해 보였다. 그렇다면 그냥 그렇게 하도록 놔두면 되지 않을까? 그의 여자가 되는 일, 그와 영원히 함께하는 것, 미가엘을 떠난 후에도 지울 수 없었던 엔젤의 간절한 바람은 바로 이것이 아니었던가?

"미가엘, 당신 때문에 나는 자꾸 희망을 품게 돼요. 그게 좋은 건지 나쁜 건지 잘 모르겠어요."

"아주 좋은 거요."

미가엘은 엔젤을 꼭 끌어안으며 말했다. 엔젤의 고백이 기쁘기만 했다. 이제 시작인 것이다.

두 사람은 동이 트자마자 말을 타고 길을 떠났다. 엔젤은 미가엘의 뒤에 앉아 두 손으로 미가엘의 허리를 꼭 안고 있었다. 미가엘은 새크라멘토까지 어떻게 왔는지만 물었다. 엔젤은 운이 없는 샘 틸에 대해 자세히 이야기해 주었다. 금광촌에서 냄비를 팔았던 이야기를 하자 미가엘은 크게 웃었다. 엔젤도 같이 웃었다.

"내가 잘하는 일도 있는 줄은 정말 몰랐어요."

"다음에 물건을 팔 때는 당신이 요셉을 상대하는 게 좋겠소."

"요셉은 완전히 다를 거예요. 그렇게 간단하게 넘어가지 않을걸요."

"그는 당신을 좋아하오. 알고 있소?"

"그래요? 당신을 생각해서 나를 있게 해 준 거라고 생각했어요."

엔젤은 묘하게 기분이 좋아졌다.

"그런 면도 있었겠지. 그렇지만 당신이 가게 문을 열고 들어온 날, 하나님이 그에게 당신을 맡기셨다는 생각이 들었다고 하더군."

엔젤은 아무런 대꾸도 하지 않았다. 엔젤과 관련해서 하나님이 뭔가 신경쓰시는 일은 없을 것 같았다. 이미 오래전에 엔젤에 관해서는 손을 놓으셨을 것이다. 엔젤은 미가엘의 허리를 두 팔로 꼭 안고 그의 강하고 넓은 등에 머리를 기대었다. 갑자기 울음이 터질 것만 같았다. 엔젤은 몸을 떨면서 마음을 천천히 갉아먹는 두려움과 싸웠다. 미가엘은 엔젤이 동요하고 있는 것을 눈치챘지만 그대로 기다렸다가 잠시 쉬려고 말을 멈추었을 때 이야기를 꺼냈다.

말에서 먼저 내린 미가엘은 엔젤을 안아 말에서 내려 주었다. 미가엘은 엔젤의 턱을 손끝으로 가볍게 잡아 올리고 눈동자를 마주보았다.

"왜 그러는 거요, 아만다?"

"내가 요셉을 찾아갔던 건 그냥 운이 좋아서였을 뿐이에요, 미가엘."

미가엘은 그 이상이라는 것을 알고 있었지만 아무리 말해도 엔젤을 믿게 만들 수는 없는 일이었다. 말 이상의 것이 필요했다.

엔젤은 만약 요셉을 만나지 못했다면 어떤 일이 일어났을지 생각하기도 싫었다. 엔젤은 약한 존재였다. 그 사실을 솔직하게 인정하지 않을 수 없었다. 하루만 더 혼자 있었다면 엔젤은 자기 발로 매음굴을 찾아 들어갔을 것이다. 아니 어쩌면 하루도 채 안 돼서 그랬을지도 몰랐다.

"당신이 또 나를 구했어요."

엔젤은 일부러 장난스럽게 말했다. 어느새 약해진 마음을 느낀 엔젤은 당황스러워 고개를 옆으로 돌렸다. 미가엘은 엔젤의 턱을 다시 잡아 얼굴을 똑바로 보았다. 미가엘의 눈동자에는 희망이 가득했다. 사랑이 넘쳤다.

"난 그저 도구일 뿐이오, 내 사랑. 당신의 구세주는 내가 아니라오."

미가엘이 엔젤을 안았다. 엔젤은 기꺼이 그의 품에 몸을 맡겼다. 두 사람은 땅거미가 질 무렵까지 그곳에 머물다가 달빛을 받으며 집으로 돌아왔다.

미가엘은 들에 나가 일을 시작했다. 씨를 뿌릴 마지막 준비를 할 참이었다. 엔젤은 돌을 고르고 작물을 심을 밭의 흙덩이를 잘게 부쉈다. 마침내 씨 뿌릴 날이 오자 미가엘은 씨앗을 마차 뒤에 싣고 엔젤을 태웠다. 엔젤에게 밀알을 뿌리는 법을 일러 준 미가엘은 마차를 몰고 밭을 왔다 갔다 했다. 엔젤은 마차 뒤에서 씨를 뿌리면서 이렇게 해서 뭐가 자라기나 할까 의아했다.

옥수수를 심는 건 훨씬 품이 많이 드는 일이었다. 미가엘이 물고기를 잡아 잘게 저며서 커다란 덩어리로 만든 다음, 그 안에 옥수수 낱알을 넣어 땅에 심었다. 밭에 씨앗을 뿌리는 일은 동틀 무렵부터 땅거미가 내릴 때까지 계속 이어졌다. 하지만 고개를 들어 비옥한 땅을 바라보면 뿌듯한 마음이 들었다. 엔젤은 만족스러웠다.

다음 날 아침, 밀밭에 모여든 새떼를 발견한 엔젤은 물을 길어 나르던 양동이를 던져 버리고 밭으로 달려가 새떼를 쫓아냈다.

미가엘은 우리를 고치다가 그 모습을 보고 크게 웃었다.

"뭘 하는 거요?"

"미가엘, 저 몹쓸 새떼를 봐요! 어떻게 하죠? 우리가 심은 밀을 모두 먹어 버리겠어요."

엔젤은 또다시 날아온 한 마리 새에 흙덩이를 집어 던졌다. 놀란 새가 쪼르르 날아가 근처 나뭇가지 위에 앉았다.

"그냥 내버려둬요. 자기들 몫만 먹을 거요."

엔젤은 씩씩거리며 미가엘에게 다가왔다.

"자기들 몫이라고요? 도대체 저 새들 몫이라는 게 어떻게 있을 수 있죠?"

"정당한 대가로 받는 거요. 저 새들은 이 땅을 지켜 주니까."

미가엘이 손으로 새를 가리켰다.

"제비나 칼새, 독수리는 하늘을 지켜 주지. 그것들이 벌레를 잡아먹지 않으면 하늘에 날벌레가 가득할 거요. 딱따구리나 나무발바리, 박새는 나무를 다 못쓰게 만드는 구더기나 딱정벌레를 잡아먹지. 딱새랑 황금새는 나뭇잎을 공격하는 벌레들을 잡아먹고. 뇌조류 새들은 우리 곡식을 다 먹어치우는 귀뚜라미를 잡아먹지."

"그러면 저기서 밀을 쪼아 먹는 저 녀석들은 뭐예요?"

미가엘이 크게 웃으며 말했다.

"지빠귀요."

"그럼 쟤네들은 아무짝에도 쓸모없는 거죠?"

"땅을 지켜 주는 녀석들이오. 까마귀와 종달새, 지빠귀도 같은 일을 하오. 도요새와 멧도요새는 땅 표면 바로 아래 굴을 파고 있는 벌레들을 잡아먹지."

미가엘은 엔젤의 곱게 땋아 내린 머리카락을 장난스레 잡아당겼다.

"새들도 좀 먹게 놔둬요, 아만다. 안 그러면 우리 곡식을 모두 잃게 되니까. 더군다나 당신이 할 일은 그것 말고도 많단 말이지."

미가엘은 우리를 휙 건너뛰어 엔젤을 번쩍 안아 올렸다.

"그런데 미가엘, 비라도 오면 어떻게 하죠?"

"비는 올 거요."

"그걸 어떻게 알아요?"

미가엘이 엔젤을 다시 땅에 내려놓았다.

"당신은 우리가 할 수 없는 일까지 걱정하는군. 한 번에 하나씩만 생각하지."

그로부터 몇 주가 지나고 비가 온 대지를 촉촉이 적셨다.

"미가엘, 이리 좀 와 봐요!"

초록 새싹이 삐쭉 솟아올라 있었다. 엔젤은 흥분을 감추지 못하고 옥수수 밭고랑을 이리저리 돌아다녔다. 새싹은 너무나 조그맣고 여려 보였다. 뜨거운 햇볕 한 번이면 당장 말라 버릴 것만 같았다. 하지만 미가엘은 조금도 걱정하지 않았다. 미가엘은 가축우리를 고치고 냇가에 저장고를 만든 다음 사냥을 하러 갔다. 수사슴을 잡아온 미가엘은 고기를 다루는 법을 알려 주었다. 두 사람은 사슴고기를 훈제실에 걸어 놓았다.

때때로 엔젤이 생각지도 못하고 있을 때 미가엘이 다가와 집안일을 하는 엔젤에게 속삭였다.

"볕 좋은 곳을 찾아봅시다. 당장 나랑 같이 가서 내 사랑이 되어 줘."

어느 날 두 사람이 헛간 다락에 나란히 누워 있을 때, 미리암이 엔젤을 부르는 소리가 들려왔다.

"어머!"

엔젤은 낮은 소리로 놀란 신음을 내뱉었다. 미가엘은 껄껄 웃으며 엔젤의 허리를 잡아당겨 다시 지푸라기 위에 눕혔다.

"어딜 가려고?"

"미리암이 어떻게 생각하겠어요? 대낮에 당신하고 둘이 여기 누워 있는 걸 보면."

"건초를 쌓고 있나 보다 하겠지, 뭐."

"미리암은 영리한 아가씨예요."

미가엘이 웃었다.

"그렇다면 알아서 돌아가겠군."

"말도 안 돼요."

엔젤은 건초더미에서 내려가 머리에 붙은 지푸라기를 떼어냈다.

"나는 사냥 나갔고, 당신은 낮잠을 자고 있었다고 말해요."

미가엘도 일어섰다. 그리고 엔젤의 목덜미에 키스했다. 엔젤은 얼굴을 붉히며 미가엘을 밀어냈다.

미리암이 헛간에 들어왔을 때 엔젤은 사다리를 내려오고 있었다.

"아, 여기 있었군요."

"낮잠을 좀 자고 있었어."

엔젤은 당황한 듯 정신없이 머리를 뒤로 쓸어넘기고 있었다.

미리암의 두 눈이 반짝거렸다.

"밭에 씨를 뿌렸던데요? 오면서 봤어요."

엔젤은 헛기침을 하며 목소리를 골랐다.

"응."

"잘 자라고 있던걸요."

"오두막으로 갈까? 커피 만들어 줄게."

"그거 좋죠."

미리암이 갑자기 웃음을 터뜨리며 말했다.

"미가엘 아저씨, 아빠가 맨디 언니랑 저녁 먹으러 오시래요. 첫 번째 파종을 축하하자고요."

건초더미 위에서 미가엘이 호탕하게 웃으며 대답했다.

"기꺼이 가겠다고 전해 드려."

미리암은 엔젤의 손을 잡고 헛간을 나왔다.

"엄마가 아빠랑 산책을 오래 하고 오시면 지금 언니처럼 얼굴이 발그레져 계시거든요."

엔젤은 더욱 얼굴을 붉혔다.

"그런 말 하면 못써."

미리암은 엔젤을 잡아당겨 걸음을 멈추게 하고는 꼭 끌어안았다.

"정말 보고 싶었어요!"

엔젤도 미리암을 꼭 껴안았다. 목이 메어 왔다.

"나도 보고 싶었어."

미리암의 두 눈 가득 눈물이 고였다.

"거봐요. 솔직하게 말하는 거 별로 어렵지 않죠?"

알트만 가족도 파종을 모두 마쳐서 미리암은 시간이 많아졌다고 했다. 아이들도 모두 잘 지낸다고 했다. 바울과는 몇 번 만났고 그가 우물 파는 일을 도와주었다고 했다.

"커피는 사과나무 아래서 마셔요."

미리암이 말했다. 미가엘은 장작을 패고 있었다. 엔젤이 미가엘에게 큰 소리로 커피를 마시겠냐고 물었지만 미가엘은 괜찮다고 했다.

"엄마는 임신하셨어요. 엄마는 아기를 가지면 생기가 넘쳐 흘러요."

나무 그늘에 편안하게 자리를 잡고 앉자 미리암이 말했다.

"아버지는 어떻게 생각하셔?"

엔젤은 혼자 생각에 잠겨 멍하니 물었다.

"아빠야 의기양양하시죠. 언니랑 미가엘 아저씨도 열심히 노력 중이죠?"

미리암은 장난꾸러기 같은 미소를 지으며 말했다. 미리암이 무심코 던진 그 질문은 엔젤의 아픈 상처를 건드렸다. 엔젤은 어깨를 으쓱이고는 고개를 옆으로 돌렸다. 미리암이 엔젤의 손을 잡았다.

"그런데 지난번에는 왜 떠난 거예요? 우리 모두 걱정 많이 했어요."

"설명하기 어려워."

"설명하기 어려운 거예요, 아니면 안 해 주는 거예요? 언니 자신도 그 이유를 모르는 건 아니고요?"

"그럴지도 모르지."

더는 설명할 수 없었다. 이 순진한 아가씨를 어떻게 이해시킬 수 있을까? 미리암은 언제나 자유롭고 솔직했다. 엔젤은 진심으로 미리암을 닮고 싶었다.

"룻한테는 말 안 했어요. 그냥 언니랑 미가엘이 너무나 바빠서 한동안 만날 수 없다고만 했죠."

"고마워."

엔젤은 미가엘이 장작을 패는 모습을 바라보았다. 가슴이 아파 왔다.

"정말 미가엘을 끔찍하게도 사랑하는군요. 그렇죠?"

미리암이 미소 지으며 말했다.

"정말 많이. 완전히 정신을 못 차릴 정도야. 어떨 때는 그저 그 사람이 바라보는 것만으로도……."

엔젤은 순간 말을 멈추었다. 속으로만 생각하던 것을 무심코 꺼낸 것을 깨달았다. 미리암이 엔젤을 쳐다보았다.

"그러는 게 당연한 거 아니에요?"

"난 모르겠어. 그런 걸까?"

"그럼요."

미리암은 꿈을 꾸는 듯한 얼굴로 말했다.

"아, 정말 나도 그렇게 되면 좋겠어요."

다음에 미리암이 찾아왔을 때는 룻도 함께였다. 엔젤은 정원을 손질하다가 꽃이 만발한 언덕을 따라 작은 꼬마가 달려오는 모습을 보았다. 손에 묻은 흙을 털어낸 엔젤은 울타리 문을 열고 뛰어나가 달려오는 꼬마 손님을 반갑게 맞았다.

"맨디 언니! 맨디 언니!"

엔젤이 두 팔로 룻을 번쩍 안아 올려 품에 꼭 안았다.

"안녕, 아가야."

목이 메어 간신히 인사를 건넨 엔젤은 룻의 양 볼과 코끝에 키스를 퍼부었다.

"그동안 말 잘 듣는 착한 아이로 지냈니?"

"응!"

룻은 다시는 놓치지 않을 기세로 엔젤의 목을 꽉 끌어안으며 대답했다.

"왜 도망쳤어요? 너무나 오랫동안 가 있었잖아요. 바울 아저씨가 그러는데 언니는 맨날 도망간대. 그래서 미가엘 아저씨가 쫓아가서 언니를 데리고 와야 한대. 바울 아저씨는 미가엘 아저씨가 바보래. 언니가 여기서 농사를 지으며 농부의 아내로 사는 것보다 옛날에 살았던 곳을 더 좋아하는데 그것도 모른다고. 맨디 언니, 옛날에 살던 곳이 어디야? 다시는 그곳으로 가지 마. 난 언니가 여기서 오래오래 살았으면 좋겠어."

엔젤은 천천히 룻을 내려놓았다. 룻이 어른들의 이야기를 엿들어 아는 것을 조잘대기 시작하자 엔젤의 가슴이 철렁 내려앉았다. "룻에게는 아무 말도 하지 않았어요."라고 미리암이 말하지 않았던가. 미리암이 두 사람에게 다가오는데 엔젤은 도저히 눈을 마주칠 수가 없었다.

"왜 그래요?"

미리암이 물었다. 엔젤이 아무 말도 하지 않자, 미리암은 어린 동생을 내려다보았다.

"너 뭐라고 했어?"

엔젤은 룻의 검은 머리를 다정스레 어루만졌다.

"룻, 언니는 농부의 아내로 사는 걸 더 좋아해. 그리고 옛날에 살던 곳으로는 돌아가고 싶어 하지 않는단다."

엔젤의 목소리는 매우 침착했다.

미리암의 얼굴이 검붉게 달아올랐다. 입은 저절로 크게 벌어져 다물어질 줄 몰랐다.
　룻은 고개를 끄덕이고 엔젤의 다리를 꼭 껴안았다. 엔젤은 차가운 눈으로 미리암을 보았다.
　"룻이 뭐라고 말했어요?"
　"자기가 들은 대로."
　"룻, 너 무슨 말을 들었는데?"
　"언니하고 바울 아저씨가 하는 말."
　룻은 엔젤의 치맛자락을 몸에 돌돌 말며 말했다.
　"됐어, 괜찮아. 애한테 뭐라고 하지 마, 미리암."
　엔젤이 퉁명스럽게 말했다.
　"아니에요! 너 우리 말 엿들었어?"
　미리암은 양손을 허리에 대고 어린 동생을 노려보았다. 룻은 그런 미리암을 놀란 눈으로 보았다.
　"엄마가 가 보라고 했어."
　룻의 아랫입술이 삐죽 튀어 나왔다.
　"언니 데리고 오라고 엄마가 시켰단 말이야."
　"그게 언젠데?"
　"바울 아저씨가 왔을 때. 언니가 너무 오래 나가 있다고 나보고 데리고 오라고 했어."
　미리암은 화를 내며 얼굴을 붉혔다.
　"그래서?"
　"바울 아저씨가 막 이야기를 하고 언니는 화를 냈잖아. 지금처럼 얼굴이 온통 빨개져서 언니가 화난 건 줄 알았지. 언니가 아저씨한테 그딴 소리는 집에 가서 혼자 있을 때나 하라고 말했고, 그러니까 바울 아저씨가……."

엔젤은 떨리는 손으로 이마를 짚었다. 얼굴이 백지장처럼 하얗게 질려 있었다. 미리암은 재빨리 동생의 입을 막았다. 그리고 얼굴을 들어 엔젤을 보았다. 두 눈 가득 눈물이 고여 있었다.

"별말 아니었어요. 아만다……."

엔젤은 어깨를 으쓱여 보였다. 하지만 온몸이 떨렸다.

미리암은 룻을 잡아당겨 엉덩이를 가볍게 톡 두드리며 말했다.

"가서 미가엘 아저씨에게 인사하고 와."

룻은 아랫입술을 깨물고 눈물이 가득 고인 눈으로 말했다.

"언니, 나한테 화났어?"

"용서해 줄게. 이 이야기는 나중에 하자, 꼬마야. 가서 미가엘 아저씨에게 인사하고 와."

룻이 미가엘에게 뛰어갔다. 미가엘은 우리를 훌쩍 뛰어넘어 룻을 안았다.

"미안해요."

미리암은 괴로운 기색이 역력한 얼굴로 말했다.

"아무 말이나 해요, 아만다 언니. 그렇게 보지만 말고."

'무슨 말을 할 수 있을까?'

"커피 마실래?"

"아니요, 안 마실래요."

엔젤이 오두막을 향해 걷자 미리암도 따라갔다.

"난 뒤에서 언니 이야기를 하고 다니지 않았어요. 맹세해요."

"바울도 그랬을 거야. 그저 자신이 아는 대로, 생각하는 대로 말했을 뿐일 거야."

"어떻게 그런 남자를 변호해 주는 거죠?"

"내가 미가엘 마음을 여러 번 아프게 한 건 사실이야. 바울은 그걸 잘 알고 있어."

"그렇다고 해서 언니가 또다시 미가엘 아저씨의 마음을 아프게 할 거라는 의미는 아니잖아요."

"그렇지 않다는 뜻도 아니지."

미리암과 룻은 오후 내내 머물렀다. 하지만 엔젤은 좀 전의 일을 지울 수 없었다. 엔젤이 변할 수 있을까? 미가엘의 사랑으로 다른 사람이 될 수 있을까? 아니면 이건 진짜 폭풍우가 오기 전 잠시 고요한 순간일 뿐일까?

미가엘은 뭔가 잘못되었다는 것을 알았다. 넘치도록 행복한 한 달이 지난 후, 엔젤은 조금씩 다시 뒤로 물러서고 있었다. 미가엘은 두려웠다.

'주여, 아만다가 또다시 저에게서 멀어지지 않게 하소서. 그녀를 붙잡을 수 있도록 도우소서.'

"이리 와요."

벽난로 앞에 담요를 깔고 미가엘이 말했다. 엔젤은 성큼 미가엘에게 다가왔다. 하지만 어딘지 우울하고 비밀스러운 기운이 있었다. 도대체 뭐가 그녀를 괴롭히고 있는 걸까?

엔젤은 미가엘의 넓고 단단한 가슴에 몸을 기대어 안도감을 느꼈다. 그의 손길이 닿는 느낌이 사랑스러웠다.

"무슨 문제라도 있소?"

미가엘이 엔젤의 목덜미에 코를 묻고 물었다.

"오늘 저녁 내내 뭔가 당신 마음을 괴롭히는 일이 있잖소. 미리암이나 룻이 불쾌한 말이라도 했소?"

"일부러 그랬던 건 아니에요."

엔젤은 미가엘과 바울에 대한 이야기를 나누고 싶지 않았다. 낮에 들었던 말이 얼마나 가슴 아팠는지 이야기하고 싶지 않았다. 평생을 살면서 말의 힘을 인정하고 싶지 않았지만 지금은 말 한마디 한마디가 그녀에게 깊은 상처를 주었다.

"그냥 너무나 행복해서 그래요. 이런 과분한 대접을 받아도 되는지 걱정돼요."

엔젤이 떨리는 목소리로 말했다.

"그럼 나는 이런 과분한 행복이 걱정스럽지 않을 거라고 생각하오?"

"미가엘, 당신은 살면서 한번도 부끄러운 일을 하지 않았잖아요. 그렇죠? 불경스러운 일은 한번도 안 해 봤을 거예요."

"난 살인을 저질렀소."

미가엘의 고백에 엔젤은 충격을 받았다. 미가엘에게서 몸을 빼내고 고개를 옆으로 돌리면서 눈을 커다랗게 떴다.

"당신이요?"

"백 번도 넘지. 처음 당신을 데리러 팰리스에 갔던 날 마고완이 당신에게 한 짓을 보았을 때도 그랬고, 공작의 이야기를 들었을 때도 그랬소. 나는 그놈들을 수백 번도 넘게 매번 가장 잔인한 방법으로 죽였지."

엔젤은 그제야 마음을 놓았다.

"잘못된 일을 하고 싶다고 생각하는 것과 실제로 잘못된 일을 하는 건 다르죠."

"그럴까? 그 차이가 뭐지? 일을 저지르고자 하는 욕망은 모두 같소. 모르겠소? 우리 모두 이런 행복을 받을 자격이 없단 말이오. 우리가 어떤 행동을 하든 상관이 없소. 우리가 받는 모든 축복은 하늘에 계신 아버지께서 거저 주신 것이지 우리가 한 일에 대한 대가로 받는 게 아니오. 그저 선물로 받을 뿐이오."

하나님 이야기를 하자 엔젤의 두 눈이 흔들렸다. 엔젤의 마음에 거부감이 생기고 있었다. 엔젤에게 하나님은 구역질나는 이름에 불과했다. 엔젤에게 하나님은 죄악을 징벌하는 존재 이상도 이하도 아니다. 그는 엔젤이 저지르지도 않은 죄까지 징벌하는 자다. 그는 분노하는 신이다. 한 늙고 초라한 주정뱅이가 엔젤에게 강제로 안겨 준 삶에 대해서도 끊임없이 징벌을 가했다. 사람들에게 무자비하게 고통을 주는 것을 즐기는 존재일 뿐이다.

미가엘은 답답했다. 자신을 엄마의 자궁에서 강제로 떼어

내 없애 버리려고 한 아버지의 모습밖에 보지 못한 엔젤에게 하나님 아버지를 설명할 도리가 없었다. 엔젤이 사는 지옥 같은 삶을 벗어나게 해 줄 유일한 탈출구가 하나님이란 사실을 납득시킬 수가 없었다.

"당신의 그 하늘에 계신 아버지를 보여 줘 봐요, 미가엘."

엔젤은 감정을 숨기지 못해 날이 선 목소리로 말했다.

"지금 보여 주고 있잖소."

미가엘이 조용히 말했다.

"어디요? 난 보지 못했는 걸요. 내 앞에 세워 줘 봐요. 그러면 믿어 줄게요."

정말 그렇게만 된다면 지금까지 엄마와 자신에게 일어났던 모든 일에 대한 복수로 그 얼굴에 침을 뱉어 주고 말 것이다.

"그분은 내 안에 계시오. 나는 매일 매시간 내가 아는 모든 방법을 동원해서 당신에게 그분을 보여 주려 하고 있소."

그러나 그런 노력이 충분하지 못했음이 분명하다.

엔젤은 미가엘의 마음을 아프게 했다는 것을 깨닫고 바로 누그러졌다. 그는 정말로 진실한 사람이었다. 그리고 엔젤을 진정으로 사랑했다. 엔젤 역시 그를 사랑했다. 비록 그 사실을 받아들이지 못해 많은 어려움을 겪었지만. 미가엘은 있는 그대로의 모습을 엔젤에게 보여 주어 엔젤이 그를 사랑하게 했다. 하지만 그것은 하나님과는 아무 상관도 없는 일이었다.

"사랑만으로는 충분하지 않아요. 그랬다면 엄마한테는 나만 있어도 됐을 거예요. 그렇지만 나로는 부족했죠. 당신도 나만으로는 부족하게 될 거예요."

엔젤은 미가엘의 사랑스러운 얼굴을 어루만지며 말했다.

"그건 사실이오. 당신도 나만으로는 부족할 거요, 아만다. 난 당신 삶의 한가운데를 차지하고픈 생각이 없소. 그저 당신 삶의 일부가 되기를 원할 뿐이지. 난 당신의 남편이지 당신의 하나님이 아니오. 사람인 내가 아무리 원한다 해도 언제나 같은 자리에서 당신을 지켜 줄 수는 없소."

"그럼 하나님은 할 수 있다는 건가요?"

엔젤이 비아냥거리는 투로 말했다.

"하나님이야말로 내가 필요할 때 곁에 있어 준 적이 없는 존재예요."

엔젤은 미가엘의 품에서 빠져나와 침대로 걸어갔다. 미가엘은 엔젤이 머리를 푸는 모습을 지켜보았다. 엔젤도 미가엘을 가만히 쳐다보았다.

"당신이 내 금발 머리를 좋아해서 기뻐요."

엔젤이 부드러운 음성으로 말했다. 하지만 미가엘은 그런 말로 간단히 넘어가지 않았다.

"당신을 처음 보았을 때 어느 정도 외모에 끌렸던 것은 사실이오."

미가엘은 담요를 걷어 의자에 걸쳐 놓으며 솔직하게 말했다.

"그래요?"

엔젤은 잘난 척하는 기색 없이 담담하게 물었다. 미가엘을 만나기 전까지 엔젤의 외모는 남자들의 욕망을 위해 존재하는 것이었다.

"그래요. 어느 정도는. 사실 내가 가장 끌렸던 건 당신의 그 한결같은 성질머리와 나와 맞춰 살아 보려고 노력하는 점, 그리고 언제나 나를 기쁘게 해 주려고 노력하는 모습이었소."

미가엘이 이야기하면서 방을 가로질러 걸어가 침대에 앉은 엔젤의 곁에 앉았다. 엔젤은 크게 웃음을 터트렸다. 미가엘의 순진한 미소에 엔젤의 곤두선 신경도 가라앉았다.

"당신도 여느 남자들처럼 도전을 받으면 절대로 물러서지 않는 수컷 기질을 갖고 있잖아요."

그 말을 입 밖으로 내뱉는 순간 엔젤의 얼굴이 굳어졌다. 왜 입만 열면 과거를 생각나게 하는 말을 하는 걸까? 엔젤은 다시 고개를 옆으로 돌리고 땋은 머리를 풀어 내렸다. 미가엘이 자연스럽게 엔젤의 허벅지 위에 손을 올렸다. 그 가벼운 손길에도 엔젤의 몸은 스르르 녹아내렸다.

"당신 손에 부드러운 진흙처럼 말랑해지는 나를 보면서 무슨 생각을 하나요, 미가엘?"

"기쁨. 순전한 기쁨을 느낀다오."

미가엘은 엔젤의 목덜미에서 빠르게 뛰는 맥박을 보고 그곳에 키스했다. 엔젤이 가만히 숨을 훅 들이마셨다. 그에 반응하듯 미가엘의 온몸에도 온기가 퍼졌다. 미가엘은 엔젤을 원했다. 언제나 그녀를 원할 것이다. 그리고 감사하게도 그녀 역시 미가엘을 원하고 있다. 그가 엔젤을 만질 때마다 그 마음을 생생히 느낄 수 있었다.

'오, 하나님, 감사합니다.'

"내 사랑."

미가엘이 부드럽게 속삭였다. 엔젤의 푸른 눈동자에 어린 불안한 기색을 읽은 미가엘의 마음에 안쓰러움과 애정이 넘쳐 흘렀다.

"사람들이 어떻게 사랑에 빠지는지 알아낼 수만 있다면 그 비법을 병에 담아 마차에 싣고 다니면서 팔 텐데. 하지만 그걸 아는 사람은 없지. 사랑에 빠지게 되는 건 외모 때문만이 아니오. 지금 이렇게 근사하게 느껴지는 당신의 체취나 당신이 풍기는 분위기 때문도 아니고. 그것 때문이 아니라는 걸 당신도 잘 알잖소."

미가엘은 다시 엔젤에게 키스했다.

"그렇지만 부분적으로는 그것도 이유가 되죠."

엔젤은 한숨을 내쉬며 말했다.

"그럴지도 모르지. 하지만 그 이상의 뭔가가 있소. 보이지 않는 뭔가. 당신이 내 곁을 처음 지나치던 날 난 당신의 외침을 들었고, 그 외침에 답하지 않을 도리가 없었소."

"전에도 그런 이야기를 했죠."

"그리고 당신은 여전히 내 말을 믿지 않았고."

"오, 미가엘. 나는 너무나 많은 일을 겪어 왔어요. 내 안에는 너무나 많은……"

엔젤은 말을 멈추고 힘들게 침을 삼켰다. 그리고 입을 꼭 다물고 곁눈질로 미가엘을 보았다. 도저히 그의 눈을 똑바로바라볼 수 없었다.

"너무나 많은 뭐요?"

미가엘은 엔젤의 관자놀이에서부터 흘러내린 고수머리를 다정하게 어루만졌다.

"치욕이요."

엔젤은 목이 메어 와 간신히 한마디만 내뱉었다. 눈시울이 뜨거워졌다. 엔젤은 애써 감정을 가라앉히려고 노력했다. 눈물 따위는 흘릴 수 없었다. 절대로. 하지만 미가엘에게 자신의 마음을 전하고 싶었다.

"난 내가 무슨 잘못을 했는지 정말 모르겠어요. 한번도 내 잘못이 무엇인지 알지 못했어요. 하지만 아주 어릴 적부터 분명히 알았던 건 내가 아무리 착하게 굴어도 남부끄럽지 않은 품위 있는 삶을 살 자격이 나에게는 없다는 사실이었어요."

그리고 엔젤은 자신의 존재 자체가 다른 사람의 품위나 체면을 손상시킨다는 것도 알고 있었다. 미가엘의 체면도 언젠가는 엔젤 때문에 상하게 될 것이다. 그런 일이 일어날지도 모른다는 생각만으로도 엔젤은 참을 수 없이 괴로웠다.

"그럼 지금의 우리는 어떻게 설명하겠소?"

엔젤은 손을 뻗어 미가엘의 얼굴을 어루만졌다.

"몰라요. 설명할 수 없어요. 하지만 그래도 영원히 지금처럼 지내지는 못할 거란 건 알아요."

미가엘의 두 눈에 눈물이 가득 고였다. 엔젤이 또다시 그의 마음을 아프게 한 것이다. 언제나 이 모양이다.

"나는 절대로 당신을 저버리지 않아요. 그런 일은 절대로 없소. 지금껏 나를 떠난 건 오히려 당신이었지."

"나도 알아요. 하지만 내 모든 걸 당신에게 다 주어도 충분하지 않아요. 당신 같은 남자에게 난 너무나 부족한 사람이에요."

미가엘은 엔젤의 손을 잡아 자신의 심장에 가져다댔다.

"그럼 당신에게 부족한 걸 내게서 가져가요. 내가 가진 것으로 달라지면 될 거요."

엔젤의 가슴이 벅차올랐다. 너무나 벅차올라 아파 왔다.

"당신은 너무나 아름다운 사람이에요."

엔젤은 떨리는 목소리로 속삭였다. 어떻게 하다 그 많은 여자 중에 나 같은 여자가 이런 남자의 사랑을 받게 된 걸까?

'오, 하나님 만약 제 말을 듣고 계시다면, 대답해 주세요. 미가엘 같은 남자에게 왜 이런 일을 하시는 건가요?'

너를 위해서란다. 내 사랑하는 자여.

순간 엔젤은 오싹한 기분을 느꼈다. 머리가 온통 곤두선 것 같았다.

'나를 위해서라니. 그럴 리가 없어.'

엔젤은 그 조용하고 차분한 목소리를 거부하며 마음의 문을 닫아 버렸다.

"왜 그러는 거요?"

별안간 핼쑥해진 엔젤의 얼굴을 보고 미가엘이 물었다.

미가엘은 정말 잘생겼다. 하지만 엔젤이 그에게 끌린 것은 그 이상의 것 때문이다. 미가엘의 말이 맞을지도 몰랐다. 눈에 보이지 않는 뭔가가 있었다. 미가엘에게는 엔젤을 잡아당기는 뭔가가 있었다. 나방을 부르는 불꽃처럼. 하지만 미가엘의 불꽃은 무엇을 태우거나 부숴 버리는 것이 아니었다. 엔젤의 마음속 깊은 곳을 환하게 밝혀 주어 그의 일부가 되게 만들어 주는 그런 불꽃이었다. 엔젤은 그 환한 불꽃을 분명히 느낄 수 있었다.

'그렇다면 바울은 어떻게 할 거지, 엔젤?'

엔젤은 미간을 찡그렸다. 미가엘은 엔젤 곁에 누워 엔젤이 자신을 바라보도록 했다.

"무슨 생각을 하는지 말해 봐요."

엔젤은 자기 생각을 모조리 아는 예민한 미가엘이 놀라웠다. 하지만 지금 드는 생각을 말했다가는 둘도 없는 친구 사이를 갈라놓고 말 것이다. 따지고 보면 바울이 잘못한 것도 없었다. 세상 사람들이 다 그런 것처럼 그도 엔젤을 몸을 파는 여자로 본 것뿐이다.

엔젤은 고개를 가로저었다. 미가엘은 엔젤에게 희망을 주려는 듯 다정하게 키스했다. 미가엘이 고개를 들고 엔젤의 눈동자를 바라보았다.

"모든 걸 바꿀 수 있으면 좋겠어요. 그래서 온전하고 깨끗한 몸으로 당신에게 올 수 있었으면 좋겠어요."

엔젤이 서글픈 목소리로 말했다.

"그러면 내가 지금보다 당신을 더 사랑할 거라고 생각하는 거요?"

미가엘이 다정하게 미소 지으며 말했다.

'그러면 당신에게 더 어울리는 사람이 될 수 있을 거예요.'

엔젤은 미가엘을 끌어안고 키스했다.

"당신에게 기쁨을 줄 수 있을 거예요."

"지금 이대로의 당신도 나에게는 큰 기쁨이오."

엔젤은 모든 면에서 미가엘을 기쁘게 해 주고 싶었다.

'내가 가르친 것을 다 기억해, 엔젤. 그 기술을 사용해서 미가엘을 이용해.'

공작의 목소리가 저절로 울려 퍼졌다. 하지만 미가엘이 엔젤을 보고 미소 짓자 그 어두운 목소리는 힘을 잃어 갔다.

"우리 둘 사이에는 그 어떤 장벽도 두지 않도록 해요."

그렇게 엔젤은 허물어져 갔다. 이제 미가엘 이외에는 다른 어떤 것도 생각하지 않게 되었다. 과거 엔젤은 남자들의 몸을 흉측하다고 생각했다. 하지만 미가엘은 아름다웠다. 엔젤은 그를 숭배했다. 미가엘도 엔젤의 몸 안에서 즐거워했다.

"당신은 땅과 같아……. 시에라 산맥 같아. 비옥한 계곡과 바다가 있는 곳."

미가엘이 엔젤을 일으켜 앉혔다. 두 사람은 얼굴을 마주하고 책상다리를 하고 앉았다. 처음에는 미가엘이 무엇을 하려는지 깨닫지 못했던 엔젤은 그가 자신의 손을 잡고 고개를 숙일 때가 되어서야 눈치챘다. 미가엘은 크게 소리 내서 두 사람이 서로에게서 느끼는 기쁨에 대한 감사 기도를 드렸다.

엔젤의 심장이 마구 뛰었다. 미가엘의 하나님은 지금 이런 모습을 보고 어떻게 생각할까? 미가엘이 기도를 마치고 엔젤에게 환한 미소를 보냈다. 빛나는 그의 눈동자에 엔젤의 두려움이 사그라들었다.

"놀라지 않았으면 좋겠소."

미가엘이 엔젤의 마음을 이해하고 말했다.

"모든 좋은 것은 다 하늘에 계신 아버지에게서 나온 거요. 우리의 쾌락도 마찬가지지."

미가엘은 다시 자리에 누워 엔젤을 꼭 끌어안았다. 그리고 잠이 들 때까지 엔젤을 잡은 손을 놓지 않았다.

24장

> 내가 너희에게 이르노니 너희 의가 서기관과 바리새인보다
> 더 낫지 못하면 결코 천국에 들어가지 못하리라.
> _마태복음 5장 20절

바울은 난로 앞에 앉아 골똘히 생각에 잠겨 있었다. 무릎 위에는 술잔이, 손에는 결혼사진이 들려 있었다. 테스가 세상을 떠난 지 이 년이 지났다. 바울은 테스의 기억을 하나도 놓치고 싶지 않았다. 그녀의 모습을 잊고 싶지 않았다. 하지만 요즘 들어 이렇게 사진을 보지 않으면 생각나는 것이라고는 검은 머리와 미가엘을 닮은 환한 미소뿐이었다. 테스의 살결이 주는 느낌과 목소리를 기억해 내려 애썼지만 어느새 희미해져 있었다. 정말로 짧은 시간 동안 두 사람이 나누었던 달콤함이 어렴풋이 떠오를 뿐이었다. 테스가 떠난 뒤 남겨진 공허하고 아련한 외로움만이 더욱 선명하게 와 닿았다. 사진을 옆에 내려놓은 바울은 잔에 든 위스키를 한 모금 마셨다. 고개를 뒤로

젖히고 두 눈을 힘없이 감았다. 엔젤을 찾는 일을 도와달라고 찾아왔던 이후로 미가엘을 만나지 못했다. 그날의 일을, 그날의 아픈 마음을 잊을 수가 없었다.

"또 도망갔어?"

"그래. 어서 찾아야 해."

"그냥 가게 내버려둬. 그런 여자 따위는 없는 게 너한테 더 좋아."

미가엘의 두 눈이 이글거렸다.

"그 여자가 정말로 너를 사랑한다면 네 옆에 있어야 하는 거 아니야? 아무리 쫓아내려 해도 쫓아낼 수 없어야 하는 거 아니냐고. 미가엘, 언제쯤에야 그 여자의 정체를 제대로 볼 거야?"

미가엘이 말을 돌리자, 바울의 분노는 그대로 폭발하고 말았다.

"갈보집에나 가서 찾아보지 그래? 애초에 네가 그 여자를 찾아낸 곳이 거기였잖아?"

바울은 욕지거리를 내뱉으며 땅을 파던 삽을 다시 들었다. 하지만 그 후 마음속에 잠자고 있던 감정을 떨쳐 버릴 수가 없었다. 미가엘이 다시 돌아왔을 때조차 그랬다.

엔젤을 찾지 못한 것이 분명했다. 바울은 미가엘을 딱하게 생각했다. 하지만 미가엘이 엔젤을 찾지 못한 것이 안타까워서 그런 것이 아니다. 그저 괴로워하는 미가엘이 안 됐을 뿐이었다. 그 여자는 슬퍼하거나 불쌍하게 여길 가치가 없는 사람이었다.

"아만다는 나를 사랑해, 바울. 정말로. 너는 그 여자 마음을 이해하지 못할 거야."

바울은 그냥 내버려두기로 했다. 엔젤에 대해서라면 이미 알 만큼 알고 있었다. 그 여자와 함께한 하루만으로도 바울의 영혼이 상해 버렸다.

미가엘은 한동안 작물이나 농지에 관해 이야기했다. 하지만 엔젤이 두 사람 사이에 끼어들기 이전과 같지 않았다. 그 여자가 실제로 이곳에 있든 없든 상관없었다. 그 여자는 지금도 두 사람 사이를 가로막고 있었다.

"밭이 많이 좋아졌더구나. 잘됐어."

미가엘이 떠나기 직전에 말했다.

"말이 한 마리 더 있으면 일을 더 빨리할 수 있을 것 같아. 여행 중에 말을 잃지 않았다면 좋았을 텐데 말이야."

"내 말을 가져가라."

바울이 어안이 벙벙해 있는 사이 미가엘이 말안장을 치웠다.

"작물이 다 자라 수확하기만 하면 곧 말을 살 수 있을 거야."

미안한 마음에 바울은 아무 말도 못하고 서 있었다. 목구멍에 커다란 덩어리가 막힌 것 같아 말을 할 수 없었다. 미가엘은 말안장을 어깨에 메었다.

"네가 나였어도 이렇게 했을 거야. 그렇지, 바울?"

미가엘은 그대로 집을 향해 걸어갔다.

며칠 후 바울은 사슴 옆구리 고기를 알트만 가족에게 주러 갔다가 미가엘이 엔젤을 찾으러 새크라멘토로 갔다는 소식을 들었다. 요셉이 자신의 가게에서 엔젤이 일하고 있다는 전갈을 보내왔다는 것이다. 말도 안 돼. 분명 겨울 동안 일없이 놀고 있는 광부들에게 몸을 팔고 있을 것이다. 십오 분에 육 온스의 사금을 받고. 아니 어쩌면 미가엘 때문에 일하지 못한 시간을 벌충하려고 더 비싸게 받고 있는지도 모른다.

"좋아하지 않는 것 같네요."

미리암이 바울에게 가까이 다가와 조심스러운 눈길로 말했다.

"뭐, 미가엘은 다행이라고 생각하겠지."

바울은 말을 타러 걸어가며 낮은 목소리로 한마디 덧붙였다.

"바보니까."

미리암이 바울을 바짝 따라갔다.

"미가엘은 언니를 무척 사랑해요."

"그런 걸 사랑이라고 하나?"

"그럼 당신은 뭐라고 할 건데요?"

바울은 어깨너머로 미리암을 흘깃 쳐다본 다음 말고삐를 건너편으로 휙 던졌다. 하지만 미리암의 질문에는 묵묵부답이었다.

"왜 아만다 언니를 못마땅해하죠?"

하마터면 그 여자의 이름은 아만다가 아니라고 말해 버릴 뻔했다. 그 여자는 엔젤이었다. 그 이름이 딱 어울리는 그런 여자였다. 하지만 바울은 입을 꼭 다물었다.

"그럴 만한 이유가 있소."

바울은 간단히 대꾸했다. 말 위에 올라타자 안장이 삐거덕

소리를 냈다.

"아만다 언니를 사랑했죠, 그렇죠?"

미리암이 힘없이 말했다. 바울은 어이가 없어 웃었다. 고삐를 잡은 손에 힘이 들어갔다.

"그 여자가 당신에게 그렇게 말했나?"

"아니요. 그냥 내 짐작이에요."

"그렇다면 잘못 짚었소, 꼬마 미리암."

바울은 다른 말이 나오기 전에 말머리를 뒤로 돌렸다.

말이 막 출발하려고 할 때, 뒤에서 미리암이 바울을 불렀다.

"나한테 꼬마 미리암이라고 하지 말아요! 난 열여섯 살이에요."

굳이 듣지 않아도 그 사실은 잘 알고 있었다. 하지만 바울은 미리암을 놀려 주려고 모자챙을 살짝 붙잡고 느릿느릿 말했다.

"네, 그럼 좋은 하루 보내시죠, 부인."

다음날, 미리암은 저녁식사에 초대하려고 바울을 찾아왔다.

"메뉴는 사슴고기 스테이크예요. 엄마가 애플파이도 굽고 있어요."

미리암은 예쁘장한 노란색 드레스를 입고 싱그러운 젊음이 빛나는 늘씬한 몸매를 마음껏 드러냈다. 바울 역시 눈길을 주지 않을 수 없었다. 미리암은 바울의 시선을 의식하고는 얼굴을 붉혔다. 미리암의 갈색 눈동자에 자줏빛이 더해졌.

"그래서요?"

미리암이 말했다.

"뭐가 그래서지?"

바울이 거북해하며 되물었다. 미리암의 입술 끝이 살짝 위로 올라갔다.

"오늘 저녁에 우리 집에 올 거냐고요."

바울은 미리암이 매혹적인 미소를 가진 아가씨라고 생각했다가 화들짝 놀라 퉁명스럽게 대답했다.

"아니."

바울은 고갯짓으로 아직 다 갈지 못한 밭쪽을 가리켰다.

"해가 떨어질 때까지 일해야 해."

그리고 말의 엉덩이를 쳐서 쟁기질을 시작했다. 미리암이 말을 알아듣고 어서 가기만을 바랐다. 미리암이 올 줄 알았다면 셔츠를 입을걸 그랬다. 머리에서 흘러내리는 땀이 눈에 들어가는 것을 막기 위해 더러운 수건을 질끈 동여매었을 뿐, 상체에 아무것도 걸치지 않은 것이 걸렸다. 이런 순진한 아가씨가 보기에는 그리 아름다운 모습이 아닐 것이다.

미리암 알트만이 몇 달만 더 일찍 이곳에 왔다면 어땠을까 하는 생각이 들었다. 그랬다면 지금처럼 엉망이 되지 않았을 것이다. 미리암은 미가엘에게 딱 어울리는 좋은 여자였다. 그 창녀가 사라진다면 미가엘도 정신을 차리고 미리암을 다시 보게 될 것이다. 이 여자라면 처녀의 순결한 몸으로 첫날밤을 맞이하고 죽을 때까지 미가엘에게 정절을 지킬 것이다. 남자를 슬프게 하는 일은 절대로 할 여자가 아니었다. 미가엘이 원하는 아이도 낳고 행복한 가정을 만들어 줄 여자였다.

"그래도 밥은 먹어야 할 거 아니에요."

미리암은 바울 곁에서 나란히 걸으며 말했다. 바울은 미리암에게 눈길을 주지 않았다. 미리암을 쳐다보지 않을수록 마음이 놓였다.

"아빠랑 엄마는 당신에게 감사하다는 말을 하고 싶어 하세요."

"어제 다 들었어. 가서 전해 드려. 나는 정말 괜찮고 그 마음은 충분히 잘 받았다고."

"애들 싫어해요?"

"애들?"

"우리랑 저녁 먹지 않겠다는 이유가 혹시 아이들이 너무 많아서인가요?"

미리암은 두 손을 뒤로 깍지 끼고 천천히 걸었다. 바울의 시선이 미리암의 몸에 머물렀다. 입이 바짝 말라 왔다.

"죽은 아내는 어떤 사람이었어요, 바울?"

순간 바울은 경계를 풀었다.

"상냥하고 착한 여자였지. 정말 착했어."

"키가 컸나요?"

"미리암 정도였어."

테스는 미리암보다 조금 더 작은 체구에 미리암의 풍성한 검은 머리보다는 약간 더 연한 갈색 머리카락을 갖고 있었다. 그리고 눈동자는……. 미리암의 깊고 부드러운 갈색 눈동자를 바라보고 있자니 테스의 눈동자가 어떤 색이었는지 기억나지 않았다.

"예뻤나요?"

바울은 미리암을 똑바로 바라보았다. 심장이 방망이질 쳤다.

"부인 말이에요. 예뻤어요?"

미리암이 다시 물었다. 테스의 얼굴을 떠올리려 했지만 생각이 나지 않았다. 미리암이 빤히 쳐다보고 있어서 더 생각이 나지 않는 것 같았다. 바울의 몸을 은근히 바라보는 미리암의 시선이 차츰 불편해졌다.

"물론. 아주 예뻤지."

바울이 갑자기 말을 세웠다.

"이만 집으로 가는 게 좋겠어. 어머니가 왜 이렇게 오랫동안 여기 있는지 걱정하시겠어."

미리암의 얼굴이 빨갛게 달아올랐다.

"미안해요. 귀찮게 하려고 그랬던 건 아니에요. 저녁식사는 다음에 같이 먹으면 되죠, 뭐."

미리암이 홱 돌아서는 순간 눈가에 눈물이 맺혔다. 미리암은 서둘러 걸었다. 바울은 하마터면 미리암을 잡아 세울 뻔했지만 다행히 후회할 짓을 잘 참아 냈다. 주먹을 꼭 쥔 채 멀어져 가는 미리암을 쳐다보자니 가슴 속에 뻐근한 아픔이 느껴졌다. 미리암에게 못되게 굴 생각은 없었지만 사과라도 했다면 미리암은 계속 여기 있었을 것이고, 그랬다면 그건 바울에게 참아 내기 어려운 유혹이 되었을 것이다.

바울은 미리암이 다시 올 것이라고 기대하지 않았다. 그런데 우물가에서 몸을 씻고 있는데 잔디밭을 가로질러 이쪽으로 오는 미리암이 보였다. 바울의 심장이 철렁 내려앉았다. 이번에는 어린 여동생 레아와 함께였다. 바울은 서둘러 셔츠를 입고 단추를 채우며 두 사람이 가까이 오기를 기다렸다. 무슨 일로 왔는지 들어 봐야 했다.

"엄마가 보내셔서요."

미리암이 정중하게 말했다. 미리암은 바울과 시선을 마주치지 않으려고 애쓰며 가지고 온 바구니를 내밀었다.

"고마워. 이렇게 신경쓰시지 않아도 되는데."

바울은 퉁명스럽게 말하며 바구니를 받아들었다. 바울의 손이 살짝 미리암의 손을 스쳤다. 미리암이 놀란 눈을 들었다.

"어, 이건 미리암 언니의 생각이었어요."

어린 레아는 언니를 난처하게 만들고 있었다.

"조용해, 레아."

미리암은 얼굴을 붉히며 말했다. 그리고 동생의 손을 잡았다.

"그럼 이만 가 볼게요. 저녁식사 맛있게 드세요, 바울."

바울은 뒤돌아가는 미리암의 뒷모습을 쳐다보았다.

'이렇게 착한 아가씨에게 마음을 품을 자격이 없어. 나에게는.'

"바구니는 나중에 돌려드리겠다고 전해 드려."

"급할 거 없어요. 내일 가지러 올게요."

그런 일이야말로 바울이 가장 원하지 않는 바였다. 내일 동트자마자 말을 타고 가서 바구니를 문 앞에 두고 와야겠다. 바울은 바구니를 내려놓고 차가운 물 한 양동이를 퍼올려 얼굴에 끼얹으며 마음을 가라앉혔다. 겨우 열여섯 살짜리 소녀에게 이런 마음이 들다니, 아무래도 정상이 아니다. 당장이라도 가장 가까운 금광촌으로 달려가 매음굴에 들려야 할까 보다. 하지만 그곳을 생각하는 것만으로도 구역질이 올라왔다.

바울은 미리암이 건네준 바구니를 가지고 오두막 안으로 들어갔다. 벽난로는 차갑게 식어 있었다. 불을 피우고 음식을 먹자 테스가 죽었을 때 느꼈던 것과 같은 공허함이 찾아왔다. 테스를 잃고 처음 몇 달은 그야말로 지독한 하루하루였다. 하지만 시에라 산맥을 벗어나야 한다는 일념으로 마음을 모으고 지냈다. 마침내 미가엘과 함께 이곳에 도착했을 때, 바울은 오두막을 짓는 일에 몰두했다. 일이 다 끝나고 나자 비로소 슬픔이 몰려왔다. 상실감이 전하는 고통은 말로 다 할 수 없었다. 들판에 핀 들꽃도 테스가 그 꽃을 얼마나 좋아했는지를 생각나게 해서 볼 수가 없었다. 캘리포니아에 땅을 마련하려던 것은 두 사람의 꿈이었다. 하지만 테스가 없는 지금은 의미 없는 공허한 일일 뿐이다.

황금을 좇아 떠나는 사람들의 행렬이 줄을 잇자, 바울은 당장 떠날 준비를 했다. 처음에는 시냇가에서 사금을 채취해서 상상도 못할 부자가 될 수 있다는 생각에 제정신이 아니었다. 하지만 그런 생각도 잠시뿐이었다. 새벽부터 저녁까지 힘든 노동으로 간신히 연명할 수 있을 뿐이었다. 그가 채취해 낸 금은 식량을 사고 가끔 읍내에 나가 술을 마시고 매음굴을 찾을 수 있을 정도가 고작이었다. 육체의 쾌락을 즐기는 동안에도 자신의 삶이 의미 없이 마구 흘러간다는 느낌을 지울 수 없었다. 그래서 더욱 수치스럽고 괴로웠다. 바울은 돈으로 사는 쾌락이 가짜라는 것을 잘 알았다. 테스와 진정한 기쁨을 나눈 그였기에 누구보다 잘 알고 있었다.

엔젤이 그에게 던진 말이 다시 들려오는 듯했다. 차갑고 엄한 목소리였다.

'나는 내 주제는 알아요, 미스터. 그런 당신은 뭐죠? 그의 매제?'

일확천금을 포기하고 다시 이곳으로 돌아왔지만, 이전과 다를 바 없이 완전히 실패한 인생이 되고 말았다. 하지만 아닐지도 몰랐다. 어떻게든 미가엘에게 도움이 될 수 있을 것 같다. 미리암 알트만이라는 처녀가 있으니 때가 되어 엔젤이 다시 미가엘 곁을 떠나기만 하면, 이 훌륭한 아가씨를 미가엘과 엮어 줄 수 있을 것이다.

바울은 쉽게 잠들지 못했다. 미리암을 지울 수 없었다. 두 눈을 감자 미리암의 웃음기 가득한 갈색 눈동자가 떠올랐다. 머릿속을 비우려고 난로에 장작 하나를 던져 넣었다. 그리고 선반 위에 올려놓았던 결혼사진을 집어 들어 테스의 얼굴을 뚫어지게 바라보았다. 여전히 소중하고 사랑스러운 모습이었지만 예전처럼 깊은 감흥은 일어나지 않았다.

일 년 전만 해도 사랑하는 사람을 잃은 고통이 이렇게 사라져 버릴 줄은 몰랐다. 하지만 다시는 사랑 같은 것은 하지 않겠다는 결심은 변함없었다.

"아만다 언니! 빨리 나와 봐요! 룻이······."

미리암이 언덕을 달려 내려오면서 큰소리로 외쳤다. 엔젤이 밖으로 달려 나왔다.

"무슨 일이야?"

"룻이 나무 위에 올라갔는데 혼자서 못 내려와요. 도와줘요!"

엔젤은 치맛자락을 걷어 올리고 미리암을 쫓아 언덕을 올라갔다. 옹이투성이 늙은 오크나무 앞에 도착한 엔젤은 턱까지 차오른 숨을 헐떡이며 위를 올려다보았다. 육 미터 정도는 되는 굵은 나뭇가지 위에 올라가 있는 아이가 보였다.

"꼬마 아가씨, 대체 거기는 어떻게 올라간 거니?"

룻이 엔젤을 내려다보며 손을 흔들었다.

"룻! 꼭 잡고 있어! 조금이라도 움직이면 안 돼. 우리가 올라갈게."

엔젤이 놀라서 소리쳤다.

"나도 올라가려고 해 봤는데 안 되더라고요."

미리암이 말했다.

"언니가 올라가 봐요."

"내가? 난 지금껏 한번도 나무에 올라가 본 적이 없는데."

"맨디 언니, 언니가 나 내려 줄 거예요?"

룻이 아래를 내려다보며 말했다.

"얼른 서둘러요. 이러고 있을 시간이 없어요."

미리암이 엔젤을 밀면서 말했다. 미리암은 허리를 굽히고 두 손을 마주 잡아 엔젤이 딛고 올라설 수 있게 도왔다.

엔젤의 치마가 방해가 되었다.

"잠깐만. 이렇게 입고는 올라갈 수 없어."

엔젤은 허리를 굽혀 치마 뒷자락을 잡아 다리 사이로 잡아당겨 허리띠에 집어넣었다. 그리고 미리암의 도움을 받아 가장 낮은 나뭇가지에 올라갔다.

"겁먹지 마, 룻! 꼼짝 말고 있어."

"꼼짝 않고 있을게요."

룻은 다리를 앞뒤로 까닥거리며 말했다. 아무리 봐도 즐거운 시간을 보내고 있는 듯했다.

"도대체 이게 무슨 짓이람?"

엔젤은 작은 목소리로 투덜거리면서 조금씩 위로 올라갔다. 아래에서 웃음소리가 들리는 듯했다.

"아래 내려다 보면 안 돼요. 잘하고 있어요."

미리암이 크게 소리쳤다.

엔젤은 룻이 하는 말인지 미리암이 하는 말인지 헷갈렸다. 엔젤이 나뭇가지를 헤치고 위로 기어 올라가 마침내 룻의 곁에 다다랐을 때, 룻의 허리에 감긴 노끈이 보였다. 떨어져도 사고가 나지 않도록 나무 기둥에 매어 놓은 끈이었다. 룻은 아래로 떨어지려야 떨어질 수 없게 되어 있었다. 게다가 엔젤을 발견한 룻의 입은 귀에 걸려 있었다.

"정말 재미있지 않아요, 맨디 언니?"

"그렇게 높은 곳에서 오두막 내려다본 적 없죠?"

바로 아래서 미리암이 외쳤다.

"정말 무서워서 죽는 줄 알았단 말이야! 도대체 이게 무슨 짓이야?"

엔젤이 불같이 화를 냈다. 미리암은 엔젤의 뒤를 이어 나무에 기어올라서는 가장 큰 나뭇가지에 걸터앉아 장난스레 웃었다.

"나무에 올라가 본 적이 없다면서요. 그래서 이렇게 한번 올라와 보라고 한 거예요."

"그럼 네가 룻을 여기에 올려놓은 거야? 이러다 정말 다치기라도 하면 어쩌려고?"

"우리가 도와줬어요."

야곱이 더 높은 나뭇가지에서 아래로 내려오면서 말했다. 안드레가 바로 그 위에 있었고, 레아는 뒤쪽에 있는 나뭇가지에 앉아 고개만 빼꼼 내밀었다. 모두들 잔뜩 신이 난 얼굴이었다. 엔젤은 화를 내던 것도 잊고 크게 웃고 말았다. 나무 가득 아이들이 달려 있었다. 엔젤은 두꺼운 나뭇가지 위로 몸을 쑥 올려 걸터앉았다.

"처음치고는 정말 잘했어요."

안드레가 굵은 가지 위를 천천히 걸으며 말했다. 엔젤은 짐짓 인상을 써 보였다.

"너는 아빠랑 일하고 있어야 하는 거 아니야?"

"아빠가 하루 쉬라고 하셨어요. 엄마랑 산책하러 가신다고요."

미리암은 웃음을 터트렸다.

"그래서 산책은 우리가 가겠다고 말했어요."

그러고 나서 미리암은 엔젤에게만 들릴 정도로 목소리를 낮춰 말했다.

"방 하나짜리 오두막에 살면서 겪는 불편 중의 하나가 사생활을 좀체 가질 수 없다는 거잖아요. 난 결혼하면 아이들이 지낼 다락방을 꼭 만들 거예요. 그리고 부엌 옆에 아늑한 둘만의 침실도 만들고요."

미리암은 고개를 뒤로 젖혀 나무 기둥에 기대었다.

"저기, 미가엘 아저씨다!"

룻이 손을 들어 먼 곳을 가리켰다. 아이들은 환호성을 지르며 휘파람을 불어댔다. 미가엘이 언덕을 바라보고는 성큼성큼 걸어왔다. 나무에 도착한 미가엘은 두 손을 엉덩이에 대고 위를 올려다보았다.

"이게 뭐지? 당신까지?"

높이 앉아 있는 엔젤을 발견한 미가엘이 크게 웃었다.

"아이들이 날 속였지 뭐예요."

엔젤은 애써 점잖을 빼면서 말했다. 미리암은 엔젤을 향해 윙크를 해 보이고 미가엘에게 고개를 숙여 큰 소리로 말했다.

"미가엘이 올라와서 언니를 내려 줘야 해요. 언니는 꼼짝도 못하겠대요!"

미가엘이 서둘러 부츠를 벗고 나무를 탈 준비를 하는 모습을 본 엔젤은 크게 웃었다. 엔젤의 바로 아래까지 올라온 미가엘이 엔젤의 종아리를 잡았다.

"룻이 가진 노끈으로 묶어서 아래로 던져 줄까?"

엔젤 혼자서도 문제없이 내려갈 수 있다는 것을 다 알면서도 미가엘은 장난스레 물었다.

"여기에 그네를 매면 딱이겠어요."

레아가 미가엘 옆으로 내려가서 말했다.

"음, 좋은 생각인데."

미가엘이 말했다. 미가엘은 룻을 아래로 내려 주고 안드레에게 헛간에 있는 마구실에 가서 노끈을 찾아오라고 시켰다. 노끈을 받아 나무로 다시 올라온 미가엘은 튼실한 나뭇가지 하나에 끈 양쪽을 하나씩 묶고 줄을 아래로 내려뜨렸다.

"앉는 자리는 나중에 만들지."

미가엘이 아래로 내려오면서 말했다.

아이들은 서로 누가 먼저 그네를 탈 것인지 순서를 정하느라 법석을 떨었다. 하지만 그새 미가엘은 엔젤을 잡아 끈 위에 앉혔다.

"꼭 잡아요."

미가엘은 엔젤이 미처 말릴 틈도 주지 않고 줄을 뒤로 세게 잡아당겨 엔젤을 하늘 위로 날려 버렸다. 엔젤은 유쾌한 스릴을 느끼며 크게 웃었다. 미가엘은 마지막으로 한 번 더 세게 밀어 주고는 다시 밭으로 돌아가 일했다.

미리암을 포함해서 모두 다 한 번씩 그네를 탄 다음, 엔젤은 아이들을 오두막으로 데려가서 간식을 챙겨 주었다. 간식을 먹고 난 남자아이들은 미가엘을 찾아 밖으로 나갔고, 레아와 룻은 꽃을 꺾으러 언덕을 향했다.

미리암은 문설주에 기대어 서서 가축우리 울타리 기둥에 올라앉아 미가엘이 말을 타고 일하는 것을 바라보는 동생들을 보고 있었다.

"미가엘은 어떻게 살아야 하는지 잘 알고 있는 것 같아요. 뚱하게 앉아서 시간을 보내는 바보짓은 절대로 하지 않을 사람이에요."

엔젤도 미리암 곁에 와서 섰다. 미리암이 미가엘을 바라보는 시선이 마음에 걸렸다.

"누군가를 사랑하고 그 누군가에게 사랑받는다는 일이 얼마나 근사할지 생각해 봤어요. 미가엘 아저씨가 언니를 원할 때는 정말 근사한 연인의 모습일 거라는 생각이 들어요."

미리암은 얼굴을 붉히며 문설주에 기댔던 허리를 폈다.

"내가 이런 이야기를 하는 걸 엄마가 들으시면 아마 기절초풍하실 거예요."

엔젤은 미가엘을 쳐다보았다. 순간적으로 일었던 질투심이 가라앉고 걱정스러운 마음이 들었다. 엔젤은 생각에 잠긴 눈으로 미리암을 바라보았다. 엔젤은 이 아가씨를 동생처럼 아끼고 사랑했다.

"결혼하고 싶은가 봐, 그렇지?"

"네, 하지만 그냥 아무하고나 하고 싶지는 않아요. 정말 근사한 사람을 원해요. 미가엘 아저씨가 언니를 사랑하는 것처럼 그렇게 나를 사랑해 줄 사람을 원해요. 나를 위해 기꺼이 싸울 수 있는 사람이요. 내가 도망치도록 놔두지 않는 그런 사람이요."

미리암의 눈가에 눈물이 맺히는 모습을 본 엔젤은 미리암의 손을 덥석 잡았다.

"미가엘을 사랑하니?"

"당연히 그렇죠. 어떻게 그렇지 않을 수 있겠어요? 정말 근사한 남자잖아요. 그렇죠?"

미리암은 다시 문설주에 머리를 기대고 두 눈을 감았다.

"겉보기에 미가엘 같은 남자는 많을 거예요. 하지만 정말 미가엘 같은 사람은 없을 거예요. 엄마와 내가 '어메이징 그레이스'를 부르고 데이비드에 관한 이야기를 했던 날 밤은 잊을 수가 없어요. 미가엘 아저씨는 눈물을 흘렸죠. 그리고 그걸 전혀 부끄럽게 생각하지 않았어요. 아저씨는 사람들을 아끼는 마음을 드러내는 일에 전혀 주저함이 없었죠."

미리암은 어느새 뺨에 흘러내린 눈물을 닦았다.

"미가엘 아저씨는 내가 지금껏 만난 남자 중에서 유일하게 자신의 감정을 숨기지 않는 솔직한 사람이에요. 자신을 살아 있는 채로 매장하는 짓 따위는 안 할 사람이죠."

엔젤은 미가엘을 보았다.

"내가 먼저 미가엘과 만난 건 참 안 된 일이야."

미리암이 크게 웃었다.

"언니, 혹시 사람 찍어 내는 틀 같은 거 있으면 미가엘을 본 떠서 하나만 줄래요? 난 언니랑 미가엘 둘 다 너무나 사랑해요."

미리암은 엔젤을 꼭 껴안았다가 뒤로 몸을 뺐다.

"이런, 내 말 때문에 언니가 당황한 모양이네요."

미리암은 아랫입술을 깨물며 불안한 얼굴을 했다.

"엄마가 늘 말씀하시길, 난 생각나는 대로 아무 말이나 하지 말고 좀 진득하게 있는 법을 배워야 한대요. 하지만 도무지 그렇게 할 수가 없어요. 애초에 이렇게 생겨먹은 걸 어떻게 하겠어요."

미리암은 엔젤의 볼에 키스했다.

"나도 갓꽃이나 꺾어서 집에 가야겠어요."

미리암은 태양 빛이 찬란한 밖으로 걸어 나가며 동생들의 이름을 크게 불렀다.

엔젤은 두 손으로 몸을 감싸고 미리암이 했던 대로 문설주에 기대어 아이들이 걸어가는 모습을 지켜보았다. 오후 내내 미리암의 이야기에 고민하던 엔젤은 그날 밤 미가엘에게 이야기를 꺼내 보았다.

"미리암에게 어울릴 만한 남자를 찾아봐야 한다는 생각 안 들어요?"

"미리암? 아직 어리잖소."

"사랑할 만큼은 자랐어요. 새크라멘토에 나가서 사람을 좀 찾아보면 어때요?"

"바울은 어떻소?"

"바울이요?"

깜짝 놀란 엔젤이 뒤로 흠칫 물러섰다.

"미리암에게는 어울리지 않아요. 당신 같은 사람이 어울리지."

"난 이미 임자가 있는 몸이잖소. 설마 잊은 건 아니겠지?"

미가엘이 엔젤을 끌어안았다.

"그런 일은 주께 맡겨요."

"뭐라고요? 당신은 모든 일을 다 주께 맡기기만 하죠."

엔젤이 투덜거렸다. 미가엘은 엔젤이 쉽게 이야기를 멈추지 않을 기세라는 것을 눈치챘다.

"주님이 이미 미리암에게 맞는 사람을 정해 두셨을 거요. 자, 그러니 이제 그 일은 그만 잊지."

엔젤은 하마터면 미리암이 미가엘을 사랑하고 있다고 털어놓을 뻔했다. 하지만 다시 생각하기로 했다. 젊은 아가씨가 자신을 사랑한다는 말만큼 남자들의 애간장을 태우는 일은 없을 것이다.

"난 그냥 미리암이 가정을 꾸리고 행복하게 사는 모습을 보고 싶어서 그래요."

"그렇게 될 거요, 디르사. 미리암 같은 아가씨는 오랫동안 남편 없이 지내지는 못 할 거요."

미가엘은 엔젤을 달랬다. 미리암 같은 아가씨는 어떤 아가씨일까.

"만약 당신이 날 만나지 않았다면, 그랬다면……."

"그렇지만 난 이미 당신을 만났잖소. 그렇지?"

"그렇죠. 당신, 한번도 후회한 적 없나요?"

엔젤은 손을 뻗어 미가엘의 얼굴을 만졌다.

"몇 번 있지."

미가엘은 엔젤이 진실을 원한다는 것을 잘 알기에 진지하게 말했다. 엔젤의 손을 잡아 손가락에 낀 결혼반지를 빙글 돌려 보고 엔젤의 얼굴을 그윽하게 내려다보았다.

"당신 때문에 어두운 시간을 보냈으니까."

미가엘은 부드러운 미소를 머금고 엔젤의 손에 키스하고 그 손을 자신의 볼에 댔다.

"하지만 지금은 다 지난 일이오, 디르사. 난 내가 무엇을 바라는지, 내 삶의 주인이 누구인지 잘 알고 있소. 당신과 나는 우연히 만난 게 아니오."

엔젤은 미가엘의 얼굴을 끌어당겨 키스했다. 그녀는 키스에 반응하는 미가엘의 모습을 사랑했다. 그에게 몸을 맡겼을 때 드는 느낌도.

"당신을 아무리 사랑해도 부족할 거예요, 미가엘 호세아. 이 세상을 사는 동안은 항상 그럴 거예요."

"나 역시 마찬가지요."

알트만 가족은 첫 번째 파종을 기념하기 위한 모임을 준비했다. 엔젤과 미가엘이 오자 아이들이 모두 뛰어나와 반갑게 맞이했다. 엘리사벳은 문가에 서서 두 사람에게 손을 흔들었다.

"이리 와서 우리 집 우물 좀 보세요."

레아가 미가엘의 손을 잡아당기며 말했다.

미리암이 물 한 양동이를 떠올리는 중이었다.

"정말 근사하죠?"

미리암은 물 양동이를 바닥에 내려놓고 자랑스레 말했다.

"몇 주 전에 바울이 우물 파는 걸 도와줬어요. 우물에서 소리가 울려 퍼지는 걸 듣고 무척 해 보고 싶었거든요. 자, 들어 보세요. '만세 반석 열리니'예요."

미리암은 허리를 숙여 우물 아래에 대고 노래를 불렀다. 아름다운 선율이 울려 퍼졌다. 엔젤은 우물에 이마를 대고 노랫소리를 들었다. 미가엘은 미소 지으며 미리암 옆에 꿇어앉아서 굵은 목소리로 함께 노래를 불렀다. 미리암과 미가엘의 목소리는 너무나 잘 어울렸다. 엔젤은 이렇게 아름다운 노래를 들어본 적이 없었다.

"정말 근사하게 들리죠!"

미리암이 크게 웃으며 말했다.

"다시 해 봐요. 머리를 좀 더 집어넣고 부르면 소리가 사방에서 들려올 거예요. 아만다, 이번에는 언니도 우리랑 같이 불러 봐요. 그럼 훨씬 더 근사해질 거예요."

미리암은 거절을 모르는 사람이었다.

"노래 못한다는 소리는 말아요. 할 수 있어요. 가사를 잘 모르면 그냥 입을 벌리고 '아'라고만 해도 돼요. 자, 그럼 다시 부르는 거예요. 언니도 대충 가사를 알 거예요. 여러 번 들었잖아요."

 엔젤은 주저하다가 합류했다. 세 사람이 노래를 부르는 중간에 다른 아이들도 우물에 매달려 같이 노래를 불렀다. 룻은 미가엘이 치맛자락을 붙잡지 않았다면 그대로 우물 안으로 곤두박질치며 떨어질 뻔했다.

 "이번에는 '오 수잔나'를 불러요."

 안드레가 말했다. 그때부터는 민요를 우스꽝스럽게 바꿔 부르기 시작했다. 마지막에는 모두 허리를 펴고 크게 웃었다.

 미리암의 얼굴이 갑자기 달라졌다. 엔젤의 손을 꼭 잡은 채 미리암이 말했다.

 "바울이 오고 있어요. 내가 초대했을 때는 그렇게 뻣뻣하게 나오더니 왔네요. 안 올 줄 알았는데."

 가슴이 철렁 내려앉은 엔젤은 고개를 들고 들판을 가로질러 걸어오는 바울을 보았다. 엔젤은 그렇게 굳은 얼굴을 한 바울은 처음 보았다.

 "당장 가서 환영 인사를 해야겠어요. 그렇지 않으면 오다가 다시 돌아갈 것 같아요."

 미리암이 말했다.

 바울은 미리암이 자신을 향해 걸어오는 것을 보고 마음을 굳게 먹었다. 미리암은 지난번과 같은 노란색 드레스를 입고 있었다. 미리암이 미소 짓자 바울은 어금니를 악물었다.

 "와 줘서 너무 기뻐요, 바울. 좀 덥네요, 그렇죠? 와서 사과주 좀 마셔요."

미리암은 환한 미소를 지으며 한 손으로 얼굴에 손부채질을 했다. 미리암을 보자 마음이 산란해진 바울은 허둥지둥 주변으로 시선을 돌렸다. 엔젤이 그를 바라보고 서 있었다. 냉소적인 미소로 인사를 건네며 엔젤도 똑같이 맞받아칠 것이라고 생각했다. 하지만 엔젤은 아무런 표정도 짓지 않았다. 그러나 바울은 그 무표정한 얼굴 안에 냉소가 숨어 있다고 느꼈다.

"파종은 언제 끝냈어요?"

미리암이 바울의 주목을 끌기 위해 물었다.

"어제 오후에."

두 사람은 곧 다른 사람들과 합류했다. 미가엘은 악수로 환영 인사를 건넸다. 단단히 마주 잡은 손에서 변함없는 애정을 느낄 수 있었다. 미가엘은 이어서 엔젤을 한 팔로 끌어안고 옆에 세워 두 사람이 인사를 나누기를 기다렸다. 바울을 바라보는 엔젤의 푸른 눈동자가 흔들렸다.

"안녕하세요."

엔젤이 먼저 말했다. 바울은 엔젤을 무시하고 싶었지만, 그렇게 하면 미가엘의 기분을 크게 상하게 할 것이다.

"네, 아만다."

바울은 가볍게 고개를 숙여서 인사했다. 엔젤은 완전히 무표정한 얼굴을 하고 있었다. 바울에게는 그리 놀랄 일도 아니었다. 저 여자에게 감정이란 게 있기나 할까.

미리암이 양철 컵을 들고 다가와서 두 사람이 인사 나누는 모습을 유심히 지켜보았다. 바울에게 사과주를 권하고 난 미리암은 엔젤의 손을 잡았다.

"맨디 언니, 보물찾기 게임에서 필요한 단서 숨기는 일 좀 도와줄래요?"

바울은 두 사람이 손을 맞잡고 나가는 것을 쳐다보았다.

"미리암은 참 예쁘게 생겼어, 그렇지? 검은 눈동자가 정말 예뻐."

미가엘이 슬쩍 미소 지으며 말했다. 바울은 아무런 대꾸도 하지 않고 사과주를 마셨다. 이렇게 일찍 미가엘이 미리암에게 눈길을 주리라고는 생각하지 못했다.

아이들은 미리암이 숨겨 놓은 보물찾기 단서를 찾으러 밖으로 우르르 몰려나갔다. 보물은 딸기 파이였다. 미리암과 엔젤이 엘리사벳을 도와 마당에 널빤지로 만든 테이블을 놓았다. 엔젤은 사슴고기가 가득 담긴 네덜란드식 솥과 통조림 콩, 설탕에 절인 당근을 가지고 왔다. 엘리사벳은 양념한 빵을 채워 넣은 꿩 요리를 준비했다. 미리암은 겨울 사과로 만든 파이 두 개를 가지고 나왔다.

엔젤은 사람들과 편하게 어울릴 수 없었다. 겉으로는 드러나지 않지만 분명히 느낄 수 있는 바울의 적대감 때문이었다. 오후에는 그럭저럭 바울의 눈을 피해 지낼 수 있었지만, 지금은 바로 바울의 맞은편에 앉아 있다. 요한이 식전 감사 기도를 드렸다. 기도가 끝나고 고개를 들던 엔젤은 바울과 시선을 마주치고 말았다. 그의 눈빛에 어린 메시지는 너무나도 분명했다.

'너 따위가 기도를? 정말 개가 웃을 일이다!'

사실 엔젤은 위선을 떨고 있었다. 다른 사람들이 하니 그저 고개를 숙이고 흉내를 내었을 뿐, 기도의 내용은 하나도 믿지 않았다. 기도 같은 건 하고 싶지 않았다. 엔젤이 고개를 숙이고 기도하는 시늉을 한 건 바로 옆에 있는 미가엘의 마음을 다치게 하고 싶지 않았기 때문이다. 식사 기도를 하는 동안 고개를 빳빳이 들고 있으면 미가엘이 불편해할 것이다. 게다가 알트만 가족도 당황할 것이다. 당장 룻이 달려와 질문 공세를 퍼부을 것이 뻔했다. 엔젤은 담담하게 바울의 차가운 시선을 받아넘겼다.

'당신이 어떻게 알겠어?'

만에 하나 그가 사정을 안다 해도, 아마 엔젤을 더욱 경멸할 것이다. 바울은 절대로 자신을 이해할 수 없다는, 아니 이해하려고 시도해 볼 생각도 안 한다는 사실을 잘 아는 엔젤은 고개를 옆으로 돌려 꿩고기를 얇게 잘라 접시에 옮겨 놓았다.

"내가 바울과 이야기를 좀 해 볼까?"

식사를 마치고 요한이 켜는 바이올린 선율에 맞춰 춤을 추던 미가엘이 말했다.

"아니에요."

엔젤은 두 남자 사이가 자신 때문에 더 멀어질까 봐 걱정했다. 지금도 자신 때문에 두 남자가 서먹해졌는데, 안 될 일이었다.

"바울은 좋은 녀석이오, 아만다. 나와 함께 어려운 시절을 겪어 낸 둘도 없는 친구지. 지금은 좀 혼란스러워서 저러는 거요."

엔젤은 바울이 전혀 혼란스러워하지 않는다는 걸 잘 알았다. 그가 느끼는 분노나 적개심은 충분히 이해했다. 모두 다 엔젤의 탓이었다. 그는 마음에 큰 상처를 입었다. 엔젤 때문이었다. 그날 엔젤의 분노를 그에게 쏟아붓는 게 아니었다. 그의 모욕 정도는 가볍게 무시하고 넘겨야 했다. 그가 질투하고 있다는 것을 이해했다. 엔젤이 미가엘의 아내로는 한참 부족하다고 생각하는 것도 충분히 이해했다. 바울을 처음 보는 순간 그에 대해 많은 것을 파악할 수 있었다.

"조금만 더 참고 봐줘요."

미가엘이 말했다. 미가엘이 엔젤을 참고 봐주는 것처럼 말인가. 필요하다면 엔젤도 자존심을 버리기로 했다. 미가엘을 위한 일이니 바울에게 자존심을 굽히는 일쯤 얼마든지 할 수 있었다.

미가엘이 미리암과 춤을 추었다. 엔젤이 사과주를 따르러 가자 옆으로 다가온 바울의 검은 눈동자가 번뜩였다. 바울은 미리암을 빙글빙글 돌리는 미가엘을 고갯짓으로 가리켰다. 두 사람은 큰 소리로 유쾌하게 웃고 있었다.

"저 두 사람, 잘 어울리지 않나?"

엔젤은 미리암을 쳐다보았다. 가슴 한구석에 찡한 통증이 느껴졌다. 정말로 잘 어울리는 한 쌍이었다.

"두 사람은 정말 많이 닮았어요."

엔젤은 사과주를 한 잔 더 따르며 말했다. 그리고 그 잔을 바울에게 건넸다. 조롱하는 듯한 미소를 머금은 바울은 엔젤을 내려다보며 잔을 받았다. 그리고 미가엘과 미리암에게 다시 시선을 돌렸다.

"미리암이 몇 달만 먼저 이곳에 왔다면 좋았을걸. 그렇다면 일이 많이 달라졌을 텐데."

"미가엘은 그렇지 않았을 거라고 했어요."

"물론 그 친구야 그렇게 말하겠지."

그 말은 비수가 되어 엔젤의 심장에 깊이 박혔다. 엔젤은 더는 아무 대꾸도 하지 않았다. 바울의 입가는 냉소적으로 일그러졌다.

"지난번에 도망갔을 때 종합상회에서 일했다고 하더군. 그때 뭘 팔았지?"

"온갖 것이요."

"뭐, 제 버릇 개 줬겠어, 그렇지?"

"다시는 미가엘의 마음을 아프게 하지 않을 거예요, 바울. 당신에게 맹세할 수 있어요."

엔젤은 마음이 아픈 것을 숨기고 조용히 말했다.

"하지만 또 그럴걸. 안 그래? 당신 천성이 그런걸. 미가엘의 속을 다 빨아먹고는 빈껍데기만 남겨서 던져 버리겠지. 물론 한동안은 얌전히 있으면서 최소한의 체면치레는 하겠지. 하지만 상황이 조금만 어려워지면 당장 가방을 챙겨서 다시 그 좋아하는 일을 하러 가시겠지."

엔젤은 시선을 돌렸다. 가슴이 옥죄어 오는 느낌에 숨을 제대로 쉬기도 어려웠다.

"그런 일은 없을 거예요."

"그래? 그렇다면 그때는 왜 그렇게 페어러다이스로 돌아가지 못해서 안달을 냈지? 그리고 새크라멘토까지는 왜 갔던 거야?"

"이번에는 달라요."

"한두 해는 그러시겠지. 농부의 아내로 사는 게 지겨워지면 끝이겠지만."

바울은 사과주를 단숨에 들이켜고 컵을 엎어서 내려놓았다. 얼굴을 찡그리고 미가엘과 미리암을 쳐다보던 바울은 다시 말했다.

"그거 아나, 엔젤? 미가엘이 저렇게 웃는 모습은 정말 오랜만이야."

엔젤은 두 손으로 사과주가 담긴 컵을 꼭 쥐고 서 있었다. 고개를 들어 이 세상에서 가장 사랑하는 두 사람이 함께 춤추는 모습을 바라보았다. 바울의 말이 다 맞는 것은 아니라고 애써 생각했다.

25장

또 지진 후에 불이 있으나
불 가운데에도 여호와께서 계시지 아니하더니
불 후에 세미한 소리가 있는지라.
_ 열왕기상 19장 12절

바울은 엔젤과 부딪칠 때마다 엔젤의 자신감을 갉아먹었다. 하지만 엔젤은 그가 무슨 짓을 하든 묵묵히 참고 견디기로 마음먹었다. 바울이 신랄한 말을 쏘아붙이고, 십 년 후면 엔젤은 다른 곳에 있을 거라는 등의 모욕적인 말을 늘어놓아도 앙갚음을 하지 않겠다고 다짐했다. 바울과 싸우면 결국 미가엘에게 상처가 된다. 그리고 바울과 말씨름을 벌여 봐야 엔젤에 대한 그의 생각을 바꿀 수 없다. 내일 어떻게 되든지, 지금 엔젤에게는 미가엘과 함께 있다는 게 가장 중요했다.

엔젤은 바울의 공격에 아무런 반응도 보이지 않았다. 예의 바르고 정중하게 행동했다. 그리고 침묵을 지켰다. 당장 어두운 구석으로 도망가 잔뜩 몸을 웅크리고 싶을 때조차도 가만히 자리를 지키고 서 있었다.

'난 더는 창녀가 아니야. 아니라고!'

하지만 바울의 시선을 받고 있으면 창녀로 살았던 시절이 생각났고, 아무리 애를 써도 여전히 창녀인 듯한 느낌이 들었다. 고작 일 년으로 지난 십 년 세월을 모두 지울 수는 없었다. 그리고 바울은 공작과 지낸 어두운 시절이 끊임없이 되살아나게 자극했다. 두려움과 외로움에 떨며 생존만을 위해 살아야 했던 그 시절을 생각나게 했다. 바로 그런 이유로 바울의 모욕을 들을 때면 더 간절히 미가엘의 품을 찾게 되었다. 바울이 엔젤을 쫓아내려고 안간힘을 쓰면 쓸수록, 엔젤은 지금 그녀가 가지고 있는 것을 더욱 꽉 붙잡았다. 미가엘은 내일 일을 걱정하지 말라고 했고, 엔젤도 그와 함께하는 순간순간 느껴지는 생명력에 온 정신을 집중했다. 미가엘은 엔젤에게 두려워하지 말라고 했고, 엔젤은 미가엘과 함께 있는 한 두렵지 않았다.

지금은 미가엘이 엔젤을 사랑해 주고 있다. 그것으로 충분했다. 미가엘로 인해 엔젤의 삶은 의미를 되찾았고, 모든 것이 새롭고 아름다워졌다. 아침부터 저녁까지 힘든 노동이 계속되었지만 어찌 된 일인지 그 모든 일이 미가엘로 인해 신나고 재미있었다. 미가엘의 도움으로 엔젤은 이전에는 깨닫지 못했던 것들을 보게 되었다. 머릿속에서 울리는 조용한 목소리는 계속해서 엔젤을 격려했다.

앞으로 나오라, 나의 사랑하는 자여.

하지만 엔젤은 어떻게 나오라는 건지 알 수가 없었다.

엔젤은 미가엘을 아무리 사랑해도 늘 부족한 느낌이 들었다. 그는 엔젤의 마음을 가득 채우고 그녀의 심장을 차지해 버렸다. 그가 엔젤의 삶이었다. 동트기 전에 미가엘의 키스로 잠에서 깨어나고, 풍경이 울리는 소리와 개구리와 귀뚜라미가 벌이는 교향악 연주를 들으며 고요한 어둠에 잠겨 나란히 잠이 들었다. 미가엘의 손길이 닿으면 엔젤의 몸은 전율했고, 그의 것이 되어 노래 불렀다. 그와 함께하는 하루하루가 너무나 소중했다.

봄은 다채로운 색의 향연을 벌였다. 푸른 언덕과 아직 쟁기질을 하지 못한 목초지 위에는 양귀비의 노란 빛과 루핀의 자줏빛이 덧칠해졌다. 미가엘은 솔로몬 왕 이야기를 해 주었다. 그 왕은 부유하고 가진 것이 많아도 하나님이 언덕 위의 야생화에 아름다운 색을 입혀 주시는 것처럼 자신에게 어울리는 옷을 입지 못했다고 말했다.

"저쪽은 쟁기질을 하지 말아야겠소. 그냥 지금 모습대로 놔두는 것이 좋을 것 같군."

미가엘이 엔젤에게 말했다. 미가엘은 모든 것에서 하나님을 보았다. 바람결에도 하나님을 느꼈고, 빗줄기 속에서도, 땅 위에서도 하나님을 보았다. 무럭무럭 자라는 곡식들을 보면서도 하나님을 이야기했다. 미가엘의 땅에 사는 야생동물의 습성을 이야기하면서도 하나님을 빼놓지 않았다. 저녁에 피우는 불꽃 속에서도 하나님을 보았다.

하지만 엔젤의 눈에는 미가엘만 보였다. 엔젤은 미가엘을 숭배했다.

저녁에 난로 앞에 앉아 미가엘이 성경을 큰 소리로 읽어 주면 엔젤은 그의 목소리가 전하는 깊은 울림에 흠뻑 빠져들었다. 그가 들려주는 이야기는 따스하고 묵직한 파도처럼 엔젤을 스치고 지나 먼 바다로 사라져 버렸다. 요나단이 이스라엘 사람들을 이동시키기 위해 절벽을 기어오른 이야기, 양치기 소년 다윗이 구 척이나 되는 골리앗이라는 거인을 죽인 이야기, 죽음에서 살아나셨다는 예수님 이야기, 죽은 나사로에게 무덤에서 나오라고 말했다는 이야기……. 미가엘은 말도 안 되는 그 모든 이야기를 시처럼 들리게 해 주었다. 엔젤은 미가엘의 손에 들린 성경을 집어 들어서 벽난로 위 선반에 내려놓았다.

"날 사랑해 줘요."

엔젤이 미가엘의 손을 잡고 이렇게 말하면 미가엘은 다른 일을 할 수 없었다.

엘리사벳이 아이들을 데리고 찾아왔다.

"바울이 여기서 읍내까지 십오 킬로미터 정도밖에 안 된다고 하더라고요. 뭐, 아주 큰 곳이 아니라 물건이 많지는 않겠지만, 그래도 필요한 물건을 어느 정도는 구할 수 있다고 하던데요."

엔젤은 엘리사벳의 배가 살짝 부풀어오른 것을 눈치챘다. 엔젤은 커피와 빵을 대접하고 마주 앉아서 엔젤의 무릎 위에 앉으려고 하는 룻을 안아 올려 주었다.

"언니, 아기는 언제 생겨요?"

룻의 질문에 엔젤은 홍조를 띠었다. 엘리사벳은 창피한 얼굴로 숨을 훅 몰아쉬었다.

"룻 알트만, 그런 질문은 하는 게 아니란다."

엘리사벳은 엄하게 말하고 엔젤의 무릎에 앉아 있는 딸아이를 잡아내렸다.

"왜 안 되는데요?"

룻은 전혀 거리낌 없는 얼굴로 물었다. 오히려 어른들이 왜 이렇게 나오는지 영문을 모르겠다는 투였다.

"그건 매우 사적인 일이기 때문이에요, 꼬마 아가씨."

엔젤이 말하자 룻은 놀란 눈을 동그랗게 뜨고 엔젤의 얼굴을 올려다보았다.

"그럼 언니는 아기를 갖고 싶어 하지 않는다는 말이에요?"

미리암은 웃음을 참으며 어린 동생의 손을 잡았다.

"이젠 그만 나가서 그네나 타는 게 좋겠다."

미리암은 자리에서 일어나며 사과의 말을 건넸다.

엔젤은 솔직하게 아이를 갖지 못한다고 말할까 하다가 그만두기로 했다.

"도움을 청할 일이 있어서 왔어요. 12월이면 아기를 낳을 거예요. 그때 산파 역할을 좀 해 줬으면 좋겠어요."

엘리사벳이 말했다. 너무 놀란 엔젤은 아연실색한 표정을 지었다.

"제가요? 하지만 엘리사벳, 난 아기 낳는 일에 대해서는 아무것도 몰라요."

"필요한 건 내가 다 알고 있어요. 미리암도 도울 거고요. 하지만 미리암처럼 어리고 감수성 예민한 나이의 아이가 아이 낳는 모습을 직접 보는 게 좋을 것 같지 않아요. 괜히 아이를 놀라게 할 것 같거든요."

엔젤은 한동안 아무 말도 하지 못했다.

"제가 무슨 도움이 될 수 있을지 모르겠네요."

"아이 낳는 건 많이 해 봤어요. 그러니 내가 시키는 대로만 해 주면 돼요. 전에는 산파가 있었지만 여기서 도와줄 사람이라고는 요한뿐이에요. 요한 혼자서는 아무래도 무리죠."

엘리사벳이 부드럽게 미소 지었다.

"송아지나 망아지는 많이 받아 봤지만, 자기 자식이 세상에 나오는 일 앞에서는 완전히 젬병이 된다니까요. 내가 조금이라도 아픈 기색을 보이면 정신이 나가 버려요. 그런 사람이 아무렇지도 않은 척 아기를 받을 수는 없는 노릇이잖아요. 미리암이 태어났을 때는 기절까지 했어요."

"요한이요?"

그토록 냉철해 보이는 요한이 정신을 잃었다니 상상하기도 어려웠다.

"침대 옆에 완전히 쭉 뻗어 있었다니까요. 나는 뒤집어 놓은 거북이 마냥 반듯이 누워서 혼자 뒤처리를 해야 했어요. 요한은 정리가 다 끝난 후에야 정신을 차렸고요."

"그렇게 힘든가요?"

엔젤은 벌써부터 걱정스러운 듯 물었다. 임신 사실을 끝까지 숨기고 중절 수술을 받을 수 없을 때까지 버티던 한 아가씨가 생각났다.

"읍내에는 의사가 없나요?"

"아마 있겠죠. 하지만 의사가 집에 도착할 때쯤이면 다 끝나 있을 텐데요, 뭘. 룻은 네 시간 만에 태어났어요. 이번에는 더 빨리 나올 거예요."

엔젤은 조심스레 도와주겠다고 약속했다.

"정말 제 도움이 필요한 거라면 말이죠."

"그럼요."

엘리사벳은 엔젤을 끌어안으며 말했다. 정말로 안심하는 표정이었다.

알트만 가족이 집을 떠나자 엔젤은 미가엘을 찾으러 밖으로 나왔다. 그리고 울타리에 기대어 서서 말발굽을 붙이는 미가엘을 지켜보았다.

"엘리사벳이 아이 낳을 때 나보고 도와달래요."

미가엘이 미소 지었다. 햇볕에 그을린 그의 두 볼에 깊은 주름이 파였다.

"미리암이 나에게도 당신한테 부탁하겠다고 말했소. 자기 동생이 세상에 나오는 일을 돕지 못하게 해서 기분이 상한 것 같더군."

"엘리사벳은 미리암이 충격이라도 받을까 봐 걱정해서 그래요. 미리암과 달리 나는 웬만한 일에는 전혀 놀라거나 충격을 받지 않거든요."

미가엘은 엔젤의 목소리에 언뜻 날이 서 있는 것을 느꼈다. 지난 몇 주간 들어 보지 못한 어조였다. 미가엘은 엔젤의 기색을 살폈다. 미리암 이야기를 해서 그런 걸까? 아니면 생각하지도 못했던 일을 하게 되어서 불안해하는 걸까?

"혹시 문제가 생기면, 내가 도와주겠소. 이래봬도 망아지 몇 마리는 받아 냈으니까."

"엘리사벳이 그러는데 요한은 기절한 적도 있대요."

미가엘이 크게 웃으며 마지막 못을 박고 끝을 잘랐다.

"웃을 일이 아니에요, 미가엘. 혹시라도 잘못되면 어떻게 하죠? 뉴욕에서 아가씨 한 명이 임신 사실을 숨긴 적이 있었어요. 그 사실이 알려졌을 때는 이미 아기가 너무 커서 중절 수술도 할 수 없었죠. 샐리가 공작에게 그냥 내버려두라고 말해서 아이를 낳았어요. 하지만 막상 아이를 낳는 순간이 되자 그 아가씨는 비명을 질러댔어요. 그 비명은 벽을 뚫고 분명히 들려왔어요. 일요일 오후였죠. 사람들은 정신없이 바빴고……."

미가엘이 허리를 펴자 엔젤은 미가엘의 얼굴을 쳐다보고 잠시 말을 멈추었다. 아, 어째서 또다시 이런 쓸데없는 지난 이야기를 꺼냈을까?

"그래서?"

"됐어요. 그만할래요."

엔젤이 뒤로 돌아서자 미가엘이 울타리로 다가왔다.

"당신의 과거는 내 과거이기도 하오. 당신을 사랑하니까. 기억하고 있지? 자, 이제 말해 봐요. 그 아가씨와 아기는 어떻게 됐소?"

엔젤은 목이 메어 왔다. 말을 하기가 어려웠다.

"샐리는 그 아가씨 입에 재갈을 물렸어요. 그래서 비명은 더 들리지 않았죠. 시간이 정말 오래 걸렸어요. 그날 밤새도록, 그리고 다음 날까지 이어졌죠. 그리고 아이를 낳은 후⋯⋯."

샐리는 다른 아가씨들은 근처에 얼씬도 하지 못하게 했지만, 엔젤만은 샐리와 함께 안으로 들어가 산모와 아기를 보았다. 그 어린 창녀는 시체처럼 창백한 얼굴로 가만히 누워 있었고, 그 옆에서 아기는 분홍색 천에 쌓여 끊임없이 앵앵거리며 울어댔다. 엔젤은 아기를 안아 보고 싶었다. 하지만 샐리는 손을 흔들어 가까이 가지 못하게 했다.

"손대지 마!"

엔젤은 샐리가 아이를 쌓은 천을 조심스럽게 펼칠 때까지 그 이유를 알지 못했다.

"아이는 어떻게 되었지?"

미가엘이 엔젤의 창백한 얼굴에 흘러내리 머리카락 한 올을 뒤로 넘겨주며 말했다.

"아주 작은 여자아이였어요. 그 아기는 겨우 일주일을 살았죠."

엔젤은 멍하니 말했다. 그 아기의 온몸에 상처가 나 있었다는 말은 할 수 없었다. 그 아기는 이름도 없이 그렇게 죽어 갔다. 아기가 죽은 직후 산모는 쥐도 새도 모르게 사라졌다. 샐리에게 어떻게 된 일인지 묻자, 공작이 하는 일에 대해서는 묻는 게 아니라는 답이 돌아왔다. 엔젤은 그 아가씨가 죽었다는 사실을 알았다. 어둡고 더러운 골목에 던져져 쥐들의 먹이가 되었을 것이다. 랩처럼. 그리고 엔젤 역시 말을 듣지 않으면 그렇게 되었을 것이다. 엔젤은 몸을 부르르 떨었다.

"엘리사벳은 아이를 여섯 명이나 낳았소, 아만다."

"그래요. 게다가 모두 건강한 아이들이죠."

미가엘은 엔젤의 혈색이 점차 돌아오는 것을 세심히 지켜보면서 엔젤이 무슨 생각을 하고 있는지 궁금했다. 하지만 물어보지 않았다. 엔젤이 말하고 싶어 하지 않는다면, 그대로 엔젤의 침묵을 존중할 생각이었다. 하지만 엔젤을 격려하고 안심시킬 필요는 있을 것 같았다.

"아이가 세상에 태어날 때가 되면 무슨 짓을 해도 막을 수 없소."

엔젤은 미가엘의 얼굴을 올려다보며 웃었다.

"당신은 이런 일도 모두 잘 알고 있나 봐요, 그렇죠?"

"직접 경험해 본 건 아니지만 마차를 타고 여행하던 중에 테스가 아기를 받은 적이 있소. 그때 말하기를 아이가 나올 때 한 일이라고는 아이가 마차 바닥에 떨어지지 않게 받아 준 것뿐이라고 하더군. 아가들은 태어날 때 미끈미끈하니까. 엘리사벳이 아기를 낳을 때는 나도 가서 요한의 손이라도 꼭 잡아 주겠소."

엔젤은 크게 웃음을 터트리며 긴장을 풀었다. 미가엘과 함께라면 모든 일이 다 잘될 것이다.

"아, 그건 그렇고 말이지, 미리암이 당신에게 이걸 전해 주라고 하더군."

미가엘이 주머니에서 작은 봉투 하나를 꺼냈다. 엔젤은 조금 전에 미리암이 울타리에 기대어 미가엘과 한참 이야기 나누는 것을 보았다.

"뭔데요?"

엔젤은 읽을 수는 없지만 깔끔하게 잘 쓴 것이 분명한 글씨를 흘깃 내려다보며 물었다. 공작은 엔젤에게 글을 가르쳐 주지 않았다.

"정원에 심을 여름 꽃씨요."

봄날의 따스한 기운은 어느새 한여름의 열기로 변해 있었다. 엔젤은 엄마에게서 식물 키우는 재능을 물려받았다는 사실을 깨닫고 있었다. 집 주변에 마련한 화단에는 다양한 색의 향연이 펼쳐지고 있었다. 매일 분홍빛 풀협죽도와 노란 서양톱풀, 붉은색 석잠풀, 자줏빛 참제비고깔, 하얀색 접시꽃으로 꽃병을 가득 채웠다. 푸른색 아마와 순박한 데이지는 난로 위 선반을 장식했다. 하지만 꽃을 가꾸는 데서 얻는 기쁨보다 더한 자신감과 뿌듯함을 느끼는 순간은 잘 자란 옥수수를 내려다볼 때였다.

미가엘이 심으라고 준 그 말라비틀어진 작은 낟알이 이렇게 커서 미가엘의 키를 훌쩍 넘기게 될 줄은 생각도 못했다. 밭고랑을 따라 걸으면서 껑충 자란 풀들을 어루만지고 조금씩 자라나는 옥수수 이삭을 보는 것은 정말 큰 기쁨이었다.

"아만다, 어디 있소?"

미가엘이 불렀다. 엔젤은 크게 웃으며 까치발을 들어 보았다.

"여기요."

엔젤은 큰 소리로 대답하고 고랑을 따라 달려가 아래로 몸을 숨겼다.

"좋아, 한 번 놀아 볼까? 어디 있지?"

미가엘이 웃으며 말했다. 엔젤은 숨은 곳에서 다시 휘파람을 불어 미가엘의 주의를 끌었다. 그저께는 룻과 함께 밭고랑에서 숨바꼭질을 했다. 엔젤은 잔뜩 신이 나서 미가엘에게 장난을 쳤다.

"내가 찾아내면 대가로 뭘 줄 거지?"

"뭘 받았으면 좋겠는데요?"

"아, 이것저것 좀 있지."

미가엘은 밭고랑을 따라 달려와 엔젤의 치맛자락을 잡으려 했다. 엔젤은 까르르 웃으며 달아났다. 미가엘이 밭고랑 끝에서 엔젤을 따라잡았지만 엔젤은 다시 미가엘을 피해 푸른 옥수수 사이로 숨어 버렸다. 옥수수 밭고랑 사이에 몸을 움츠리고 있던 엔젤은 발을 쑥 내밀어 미가엘의 발을 걸어 넘어지게 했다. 그리고는 크게 웃으며 반대쪽으로 달려갔다.

"울타리 고치는 일은 다했군."

미가엘은 크게 외치며 엔젤의 뒤를 쫓아갔다. 미가엘이 막 엔젤을 잡았을 때, 누군가 두 사람을 불렀다. 미가엘이 껄껄 웃으며 말했다.

"미리암이 또 맨디한테 놀자고 찾아왔군."

두 사람에게 다가온 미리암은 심란한 얼굴을 하고 있었다. 눈은 울어서 빨개져 있었다.

"무슨 일이야? 어머니한테 일이 생긴 거야?"

엔젤이 놀라서 물었다.

"엄마는 괜찮으세요. 식구들 다 아무 일 없어요."

미리암은 희미한 미소를 지으며 말했다.

"미가엘, 잠깐 이야기 좀 했으면 하는데요. 제발요. 아주 중요한 일이에요."

"그래."

미리암은 엔젤의 팔을 꼭 붙잡았다.

"고마워요, 언니. 오래 붙잡고 있지는 않을게요."

자리를 비켜 달라는 뜻이었다.

"이야기 끝나면 집으로 와. 커피 줄게."

엔젤은 창문으로 마당에서 이야기를 나누는 두 사람의 모습을 바라보았다. 미리암은 울고 있었다. 미가엘이 미리암의 어깨를 잡자, 미리암은 그대로 미가엘의 품에 안겼다. 미가엘이 미리암을 안고 있는 모습에 엔젤의 심장이 철렁 내려앉았다. 미가엘이 미리암의 등을 어루만지며 뭔가를 말하는 모습에 엔젤의 가슴이 뻐근하게 아파 왔다. 미리암이 살짝 몸을 뒤로 빼고 고개를 가로저었다. 미가엘은 미리암의 턱 끝을 잡고 뭔가 더 이야기했다. 미리암이 한동안 이야기를 했고, 미가엘은 묵묵히 듣고 서 있었다. 미리암이 이야기를 마치자 미가엘이 짧게 뭐라고 말했다. 잠시 후 미리암이 미가엘의 목에 팔을 두르고 볼에 키스하고는 그대로 집을 향해 갔다. 미가엘은 우두커니 서서 한동안 미리암의 뒷모습을 바라보다가 목덜미를 문지르며 고개를 저었다. 그러고 나서 수리하던 울타리가 있는 곳으로 걸어갔다.

엔젤은 점심을 먹으러 온 미가엘이 미리암과 나눈 이야기에 대해 말해 주기를 기다렸다. 하지만 미가엘은 아무 말도 하지 않았다. 대신 우리를 만드는 일과 앞으로는 오후에 어떤 일을 할 것인지를 이야기했다. 미리암이 뭔가 비밀을 지켜 달라고 이야기했다면, 미가엘은 그 약속을 지킬 사람이었다.

그날 저녁에 일을 마치고 들어온 미가엘은 생각이 많은 모습이었다. 미가엘은 엔젤이 설거지하는 모습을 물끄러미 바라보다가 엔젤의 뒤로 다가가 허리를 안으며 말했다.

"오늘은 말이 없군."

엔젤은 저녁 설거지 그릇에 뜨거운 물을 붓고 있었다. 미가엘이 엔젤의 땋아 내린 머리를 옆으로 넘기고 목덜미에 키스했다.

"무슨 걱정이라도 있소? 엘리사벳 일 때문인가?"

"미리암이요."

엔젤은 허리에 감긴 미가엘의 손에 힘이 빠지는 것을 느끼고 뒤로 돌아서서 미가엘의 얼굴을 올려다보았다.

"그리고 당신도요."

미가엘이 두 눈을 껌뻑이며 아무 말도 하지 않자 엔젤은 미가엘의 옆을 스쳐 지나갔다. 미가엘이 엔젤을 돌려세워 얼굴을 마주하게 했다.

"질투할 필요 없소. 물론 만약 바울이 와서 당신과 둘이서만 이야기를 나눈다면 나도 부득부득 이를 갈겠지만."

"그럴 일은 없잖아요. 안 그래요?"

"물론 그렇겠지. 내 말은 그러니까 당신을 그만큼 사랑한다는 거요."

미가엘은 바울의 이름을 입 밖에 내는 것이 아니었다고 후회했다.

"당신이 딛고 선 땅까지 숭배하는 아가씨의 유혹에도 전혀 흔들림이 없다는 건가요?"

"그렇소."

미가엘은 미리암의 애정을 부인하지 않았다.

"하지만 미리암에게 나는 오빠와 같은 사람이야."

엔젤은 속 좁은 사람이 된 것 같아 마음이 좋지 않았다. 진심으로 미리암을 사랑했지만, 미가엘과 둘이 있는 모습을 보는 것은 불편했다. 다시 고개를 들어 미가엘의 눈동자를 들여다보았다. 그가 말하는 사랑에 추호도 미심쩍은 것은 없었다. 그 사랑으로 엔젤의 마음이 누그러졌다. 마음이 풀린 엔젤은 후회의 미소를 지었다.

"미리암은 괜찮은 건가요? 문제가 뭐예요?"

"미리암은 자신이 원하는 것이 무엇인지 잘 알고 있는데 그것을 얻을 방법을 알지 못해서 슬퍼하고 있소. 남편과 아이들을 갖고 싶어 하더군. 그래서 남자인 내 의견을 구하러 온 거였소."

"그런 문제였다면 바울에게 가지 않아서 천만다행이네요."

엔젤은 머릿속에 떠오른 대로 말하고 다시 설거지를 하려고 돌아섰다. 바울이라면 미리암처럼 순진하고 착한 아가씨를 평소의 그 조롱하는 말투로 비난했을 것이다.

미가엘은 아무 말도 하지 않았다. 엔젤은 뒤를 흘깃 바라보고 미가엘의 친구에 대해 그런 식으로 말하는 것이 아니었다고 생각했다.

"미안해요. 난 그저……."

"미리암에게는 남편감이 필요하오."

"그래요. 하지만 아주 특별한 상대를 만나야죠."

미가엘의 입술 끝이 위로 올라갔다.

"당신은 미리암을 사랑하지, 그렇지 않소?"

"나한테는 동생이나 마찬가지로 가장 소중한 아이죠. 그래서 당신과 그렇게 안고 서 있는 모습을 보고 마음이 아팠나 봐요."

"당신을 안는 것과 미리암을 안는 것은 전혀 다른 일이오. 그 차이를 분명히 알려 줄까?"

엔젤은 소리 내어 웃으며 미가엘을 밀어냈다.

"또 치근덕거리네요. 얼른 가서 책이나 읽어요. 그래야 설거지를 끝낼 수 있겠어요."

미가엘은 난로 앞에 앉아 성경책을 무릎 위에 내려놓았다. 미가엘이 고개를 숙였다. 엔젤은 그가 기도중이라는 것을 알았다. 기도는 그의 습관이었다. 엔젤은 그것에 대해 더는 입정 사납게 말하지 않았다. 그 위대한 검은색 책은 해져서 너덜너덜했지만, 미가엘은 마치 값을 따질 수 없는 귀중한 보석이라도 되는 양 대했다. 그리고 항상 기도를 드리고 나서 책을 보았다. 미가엘은 전에 마음으로 받아들일 준비를 해야만 책을 읽을 수 있다고 설명해 주었다. 엔젤은 솔직히 미가엘이 무슨 이야기를 하는지 이해가 되지 않았다. 때때로 미가엘이 읽어 주는 내용 중에는 매우 단순한 말인데도 이해가 안 되는 것도 있었다. 하지만 가끔은 미가엘이 들려주는 이야기를 듣고 있노라면 마음속이 따뜻해지고 환하게 밝아지는 느낌이 들 때도 있었다. 엔젤은 칠흑같이 어두운 밤이었고, 미가엘은 그 어둠을 가르는 별빛이었다. 엔젤의 삶에 한번도 존재하지 않았던 본보기를 만들어 주는 사람이었다.

엔젤은 부엌 정리를 마치고 미가엘 옆에 앉았다. 미가엘은 가만히 앉아서 엔젤을 기다리고 있었다. 엔젤은 고개를 뒤로 젖히고 난롯불이 타닥타닥 타들어 가는 소리를 들으며 미가엘이 책을 읽어 주기를 기다렸다. 마침내 미가엘이 책을 읽기 시작하자 엔젤은 나른한 만족감을 느끼며 눈을 감았다. 미가엘의 따뜻하고 굵직한 목소리는 맛이 진한 태피 과자 같았다. 하지만 그가 들려준 이야기의 내용은 더 놀라웠다. 신랑과 신부,

그리고 그 둘의 열정에 관한 이야기였다. 미가엘은 그 이야기를 한참 읽어 주었다.

미가엘이 벽난로 선반 위에 성경책을 올려놓고 난로에 장작 하나를 더 집어넣었다. 이제 난롯불은 밤새도록 타올라 오두막 안을 따뜻하게 해 줄 것이다.

"어째서 숫처녀인 신부가 남편을 위해 창녀 역할을 했나요?"

엔젤은 이해하기 어렵다는 얼굴로 물었다. 미가엘이 뒤를 흘깃 바라보았다. 엔젤이 자는 줄 알았는데 아닌 모양이었다.

"신부는 창녀가 아니었소."

"아니요, 창녀 같았어요. 남편을 위해 춤을 췄고, 남편은 신부의 몸을 바라보았잖아요. 발끝부터 머리까지 모두 훑어보았죠. 물론 시작은 눈동자를 마주하는 것부터였지만."

미가엘은 엔젤이 그렇게 주의를 기울여 듣고 있었다는 사실에 살짝 놀랐다.

"신랑은 신부의 몸에서 기쁨을 느꼈지. 그리고 그건 신부가 원한 일이었소. 신부가 춤을 춘 것은 신랑을 자극하고 쾌락을 느끼게 하기 위해서였고."

"그럼 당신의 하나님은 남자를 유혹하는 일도 괜찮다고 말씀하시나요?"

"남편을 유혹하는 것이라면 얼마든지."

엔젤의 얼굴이 어두워졌다. 엔젤은 당연히 다른 남자들을 말한 것이 아니었다. 하지만 미가엘은 엔젤이 남자를 유혹하는 일을 배웠다는 것을 의식하고 말했다.

"그냥 겉모습만으로도 유혹한다는 오해를 받는 경우는 어떻게 되는 거예요?"

"아만다, 남자들은 항상 당신을 쳐다보지. 당신이 아름답기 때문이오. 그건 당신이 어떻게 할 수 있는 일이 아니지."

요한 알트만조차도 처음에 엔젤을 뚫어져라 바라보았다. 그리고 바울도 그랬다. 때로 미가엘은 엔젤을 바라보는 바울이 무슨 생각을 하는지 궁금했다. 두 사람이 페어러다이스로 가던 중에 있던 일을 회상하는 걸까? 미가엘은 어지러워지는 머릿속을 애써 정리했다. 두 사람에 대해 자꾸 생각하다 보면 묘한 의구심이 일어 마음이 괴로워졌다.

"신경쓰여요?"

"뭐가 말이요?"

"남자들이 날 쳐다보는 거."

"때로는."

미가엘은 솔직하게 인정했다.

"남자들이 당신을 감정이 있는 사람이 아니라 무슨 물건 보듯 볼 때 그렇소."

미가엘의 입술이 한쪽으로 일그러졌다.

"남편을 사랑하는 아내로 봐주면 괜찮고."

엔젤은 손가락에 낀 결혼반지를 빙글 돌렸다.

"남자들이 내 손을 안 봐요, 미가엘."

"아무래도 그 반지를 당신 코에 걸어 놔야겠소."

엔젤이 고개를 들어 미가엘을 바라보았다. 미가엘의 얼굴에 장난스러운 미소가 번져 있었다. 엔젤은 크게 웃었다.

"그래요. 아니면 내 목에 아주 커다란 반지를 만들어 걸어 주지 그래요? 그러면 남자들이 얼씬도 못할 거예요."

한참 후 잠이 든 미가엘 곁에 누운 엔젤은 창문 밖에서 미풍이 풍경을 흔드는 소리를 가만히 듣고 있었다. 다양한 멜로디가 마음을 진정시켜 주었다.

매트리스에 새로 집어 넣은 지푸라기에서 향긋한 냄새가 났다. 엔젤의 노동의 결과로 포근한 잠자리가 만들어진 것이라 더욱 향긋한지도 몰랐다. 미가엘과 함께 밀을 추수하는 일은 완전히 녹초가 될 정도로 힘든 일이었다. 하지만 미가엘이 큰 낫을 유연하게 휘둘러 황금빛 밀대를 쓰러뜨리는 모습은 너무나 근사했다. 엔젤은 밀짚을 모아 한곳에 쌓아두었다. 그리고 두 사람은 짚을 마차에 싣고 헛간으로 옮겨 저장해 두었다. 가축들이 겨우내 먹을 꼴을 마련한 것이다.

미가엘이 하는 모든 일에는 다 심오한 뜻이 있었다. 엔젤은 그동안의 자기 삶을 돌아보며 미가엘을 만나기 전의 삶이 얼마나 무의미하고 비참했는지 생각했다. 이제 엔젤의 삶의 이유는 미가엘이었다. 그리고 미가엘은 땅과 비, 태양의 온기, 그리고 그의 하나님을 의지했다.

미가엘의 삶의 이유는 그의 하나님이었다.

'그때 미가엘이 나를 구하러 오지 않았다면 나는 이미 죽은 목숨이었을 거야. 비석도 없는 어느 무덤가에서 썩어 가고 있

었겠지.'

미가엘 같은 남자가 자신을 사랑해 준다는 사실이 감사했다. 그리고 스스로가 너무나 보잘것없다는 생각에 한없이 겸손해졌다. 어쩌다 이 세상의 그 많은 여자 중에 나 같은 여자를 선택한 걸까? 엔젤은 자신이 미가엘의 사랑을 받기에 너무나 부족하다고 생각했다. 정말 믿을 수 없는 일이었다.

'하지만 그래도 난 기뻐. 미가엘이 날 사랑해 줘서 너무나 기뻐. 이제 다시는 미가엘을 힘들게 하는 일은 하지 않을 거야. 오, 하나님 맹세컨대…….'

그 순간 갑자기 달콤한 향기가 어두운 오두막 안을 가득 채웠다. 뭐라고 형용하기 어려울 정도로 달콤한 향기였다. 엔젤은 크게 숨을 들이마셔서 그 향으로 폐를 가득 채웠다. 너무나 자극적이고 근사했다. 뭐지? 어디서 나는 거지? 그때 한번도 들어 보지 못한 말이 엔젤의 마음속 깊은 곳에서 저절로 피어올랐다. 그리고 지난 몇 주간 미가엘이 읽어 준 구절들이 엔젤의 머릿속에서 소용돌이쳤다. 그러더니 조용하고 차분한 목소리가 방안을 가득 메웠다.

나니라.

엔젤은 두 눈을 크게 뜨고 벌떡 일어나 앉았다. 오두막 안을 열심히 둘러보았지만 옆에서 곤히 자는 미가엘 외에 아무도 없었다. 누가 말한 거지? 두려움이 온몸을 관통했다. 온몸이 떨려 왔다. 잠시 후 두려움은 사라지고, 마음이 차분하게 가라앉았다. 다시 침착함을 되찾은 엔젤은 몸이 저려 오는 듯한 느낌을 받았다.

"아무것도 없어. 아무것도."

엔젤은 작게 속삭이고 가만히 앉아 뭔가 답이 들려오길 기다렸다.

하지만 아무 소리도 들려오지 않았다. 정적을 가르는 목소리는 이제 들려오지 않았다. 엔젤은 다시 자리에 누워 몸을 잔뜩 웅크리고 미가엘에게 바짝 기대었다.

26장

슬픔의 말을 뱉어라.
말하지 못하는 비통은 지친 심장 위에 쌓이나니.
_셰익스피어

9월이 되자 옥수수는 추수하기에 알맞게 익었다. 미가엘은 밭고랑 사이에 마차를 세워 놓고 엔젤과 함께 줄기에서 옥수수자루를 잘라 마차에 던져 넣었다. 옥수수 창고는 금방 가득 찼다.

알트만 가족이 와서 옥수수 껍질 벗기는 일을 도왔다. 다 같이 모여 즐겁게 지낼 좋은 핑계거리였다. 일하는 동안 모두 입을 맞춰 노래부르고, 이야기를 나누고, 신나게 웃고 떠들었다. 엔젤의 손에는 물집이 잡히고 옥수수 껍질에 베인 생채기가 생겼다. 하지만 살면서 이렇게 행복한 적이 없었다. 황금빛 옥수수 자루로 작은 산을 쌓는 일에 자신도 한몫했다고 생각하니 너무나 뿌듯했다. 내년에 뿌릴 종자를 충분히 확보했을 뿐만 아니라 엔젤과 미가엘이 먹을 옥수수 가루도 잔뜩 있었다. 거기에 시장에 내다 팔 것도 충분했다.

옥수수 껍질 벗기기가 끝나자 엘리사벳은 그늘에 앉아 엔젤이 가져다준 약초 차를 조금씩 마셨다. 엘리사벳은 윤기가 흐르는 볼에 보기 좋게 살집이 붙어 가고 있었다. 엔젤은 이렇게 건강하고 활기찬 모습의 엘리사벳은 처음이었다.

"아기가 발로 차는 거 볼래요?"

엘리사벳이 엔젤의 손을 잡으며 물었다. 그리고 부풀어오른 배에 엔젤의 손을 가져다댔다.

"여기요. 느껴져요, 아만다?"

엔젤은 신기해하며 웃었다.

"요한은 남자아이가 태어났으면 해요."

엘리사벳이 말했다. 엔젤은 엘리사벳과 이야기를 나누면서 조금씩 수심에 잠겼다. 엘리사벳은 엔젤의 손을 다독였다.

"때가 되면 생길 거예요. 엔젤은 젊잖아요."

엔젤은 아무런 대꾸도 하지 않았다.

미가엘과 미리암이 함께 그네를 타고 있는 룻을 찾으러 언덕을 올라가고 있었다. 엘리사벳은 살짝 미간을 찡그린 채 두 사람을 보았다.

"미리암은 미가엘이 한 말을 무슨 성경 말씀이라도 되는 양 여겨요. 바울과 잘 되었으면 좋겠다고 생각했는데."

"바울이요?"

엔젤은 놀라 엘리사벳을 보았다.

"젊고 건강하고 잘 생겼잖아요. 게다가 일은 또 얼마나 열심인데요. 분명히 성공할 사람이에요. 그래서 미리암한테 바울에 대해서 어떻게 생각하는지 살짝 떠봤는데, 바울이 죽은 아내는 무척 아름다운 사람이었고 여전히 그 아내를 생각하고 있다고 말했대요. 바울은 요한을 도와주러 와서도 미리암한테는 시선도 주지 않아요."

엘리사벳은 한숨을 내쉬었다.

"아무래도 아직도 죽은 아내를 못 잊고 있나 봐요. 그래서 자기한테 딱 어울리는 예쁜 아가씨도 못 알아보는 모양이에요. 그리고 미리암은……."

엘리사벳은 문득 자신이 하지 말아야 할 말을 할 뻔했다는 것을 깨닫고 말을 멈추었다.

"미가엘을 사랑하고요."

엔젤의 말에 엘리사벳이 얼굴을 붉혔다.

"미리암이 직접 그렇게 말한 적은 없어요."

엘리사벳은 자기 생각만 하고 경솔하게 내뱉은 말 때문에 엔젤의 마음을 상하게 한 것이 아닌가 걱정했다. 때로 어린아이처럼 요령 없이 불쑥 말하는 자신이 싫었다. 속으로만 생각했어야 하는 말을 왜 입 밖으로 내뱉었을까? 엔젤이 너무나 태연하게 나와 더 말할 수도 없었다. 엘리사벳은 다른 화제로 돌리는 것이 어려울 것 같아 그냥 솔직하게 말하기로 했다.

"혹시나 그런 게 아닐까 생각해 본 거예요."

사실 엘리사벳은 오늘 미가엘과 미리암이 나란히 걸어가는 모습을 보면서 심각하게 생각했었다. 미리암은 미가엘의 말 한마디 한마디를 경청하고 있었다. 미가엘은 미리암의 마음을 눈치채고 있을까? 당연히 그랬을 것이다. 미리암은 마음을 숨길 줄 모르는 아이였다.

엘리사벳은 엔젤의 손을 잡았다.

"혹여 미리암이 그런 마음을 품었다고 해도 무슨 일을 저지르거나 하지는 않을 거예요. 미리암은 엔젤을 많이 좋아해요. 그리고 착한 아이랍니다. 미리암은 바보가 아니에요, 아만다."

"그럼요."

엔젤은 미가엘이 자신의 둘도 없는 친구와 함께 언덕을 내려오는 모습을 바라보았다. 두 사람은 너무나 잘 어울렸다. 검은 머리의 선남선녀였다. 둘 다 같은 신을 믿고, 땅을 사랑했다. 둘 다 열정과 기쁨으로 삶을 대했다. 두 사람 모두 아무런 조건 없이 사랑을 주었다.

미리암이 미가엘의 팔에 팔짱을 끼고 편안하고 친근하게 웃는 모습이 보였다. 엔젤의 가슴에 질투심이 일었다. 하지만 곧 깊은 슬픔이 그 질투를 무색하게 만들었다. 엔젤은 가까이 다가오는 미리암의 얼굴을 유심히 보았다.

엘리사벳은 엔젤이 딸의 얼굴을 살펴보는 눈길을 보고 깜짝 놀랐다.

"내가 바보 같은 소리를 했네요. 그런 말을 하는 게 아니었어요."

엘리사벳이 슬픈 목소리로 말했다. 딸의 우정을 망쳐 버린 것이 분명했다.

"말씀해 주셔서 기쁜걸요."

엘리사벳은 엔젤의 손을 꼭 잡았다.

"아만다, 미가엘은 당신을 무척 많이 사랑해요."

"저도 알아요."

엔젤은 침울한 미소를 지으며 말했다. 하지만 그것이 미가엘에게 무슨 도움이 될까?

"그리고 미리암도 당신을 많이 사랑해요."

엔젤은 몹시 곤란해하는 엘리사벳의 손을 마주 잡았다.

"그것도 잘 알아요, 엘리사벳. 걱정하실 필요 없어요."

미가엘과 룻과 더불어 이 세상 누구보다 사랑하는 사람이 미리암이었다. 그리고 엘리사벳 역시 많이 사랑했다. 하지만 지금 엔젤은 감정에 휩싸여서 그렇게 이야기할 수 없었다.

"나 때문에 이제 미리암을 믿지 못하겠어요."

"아니에요. 그렇지 않아요."

엔젤은 엘리사벳이 걱정하지 말라고 한 말은 그대로 믿을 수 있었다. 미가엘의 사랑에 대한 믿음도 흔들림이 없었다. 하지만 미리암은? 그리고 무엇보다 미가엘의 꿈 때문에 마음이 심란했다. 엔젤은 혼란스러워지는 머리를 비우려고 노력했다.

'미가엘은 그가 무엇을 갖게 될지 잘 알고 있어. 그가 직접 말했어. 그러니 그가 원하던 모든 것을 갖지 못하게 된 게 내 탓은 아니야. 그는 어린아이가 아니잖아.'

엔젤은 엘리사벳의 배를 쳐다보다가 고개를 돌려 버렸다. 마음속에서 커져 가는 슬픔을 느끼지 않기로 했다.

다음날 미가엘은 바울을 만나러 가서 거의 온종일 그곳에 있었다. 엔젤은 미가엘이 무슨 이야기를 하러 갔는지, 바울은 또 무슨 이야기를 했을지 궁금했다. 정원에서 일을 하고 있는데 미가엘이 돌아오는 소리가 들렸다. 엔젤은 미가엘을 맞으러 나가지 않았다. 말에서 펄쩍 뛰어내린 미가엘은 울타리를 뛰어넘어 엔젤에게 다가와 진한 키스를 퍼부었다. 엔젤이 숨을 헐떡이자 미가엘은 엔젤을 잡은 손을 풀고 씨익 웃었다.

"이젠 마음이 좀 풀렸소?"

엔젤은 크게 웃음을 터트리며 미가엘을 안았다. 안도감과 기쁨이 솟아났다. 미가엘 없이 하루를 지내며 느꼈던 불안감이 일시에 사라져 버렸다. 생각만으로도 지옥과 천국을 오갈 수 있다는 사실을 깨달았다.

미가엘이 말을 돌보는 동안 엔젤은 저녁식사를 준비했다. 미가엘이 들어오자 엔젤이 미소 지었다.

"바울은 잘 지내고 있어요?"

"아니."

미가엘은 두 손을 바지 주머니에 꽂고 벽난로 선반에 기대어 침울한 어조로 말했다.

"뭔가 괴로운 일이 있는 것 같은데 도무지 말을 안 하는군. 내일 같이 읍내에 나가서 수확한 농작물을 팔 생각이오."

엔젤은 또다시 하루 동안 미가엘과 떨어져 있어야 한다는 생각에 마음이 무거웠다. 하지만 아무 말도 하지 않았다.

"내일은 아침부터 일찍 저장해 놓은 작물을 살펴야 하니 당신은 알트만 씨네 집으로 가서 지내도록 해요. 엘리사벳이 애플소스를 만든다는군."

엔젤은 뒤로 돌아 미가엘을 쳐다보았다.

"오늘 미리암 만났어요?"

"응. 완전히 엉망진창이야."

미가엘은 속을 알 수 없는 묘한 얼굴로 혼잣말처럼 중얼거렸다. 엔젤은 더 묻지 않았다.

다음 날 아침, 바울이 일찍 찾아왔다. 미가엘이 막 커피를 마시고 일어나려던 참이었다. 미가엘은 자리에서 일어서서 바울의 어깨에 손을 얹고 억지로 의자에 앉혔다.

"앉아서 커피나 한 잔 마시고 있어. 나는 저장해 놓은 작물을 살피고 올게. 짐은 이미 다 실어 놨다. 말을 마차에 맬 준비가 다 되면 부를 테니 그때 나오도록 해. 가다가 네 집에 들러서 물건을 더 싣고 가자."

바울의 얼굴이 굳어졌다. 미가엘이 밖으로 나가자 차가운 눈으로 엔젤을 흘깃 보았다.

"이렇게 우리 둘이 있게 된 건 그쪽 아이디어인가?"

"아니에요. 아마 미가엘이 우리 둘이서 잘 지내기를 바라고 배려한 것 같네요."

바울은 어깨를 긴장시키며 아무 말 없이 커피 잔을 들었다.

엔젤은 바울을 보았다.
"아침은 좀 먹었어요? 아니면 여기 수프······."
"됐소."
바울은 퉁명스럽게 잘라 말했다. 그리고 비웃음을 흘리며 엔젤을 보았다.
"지금쯤이면 한참 멀리 가 있을 줄 알았는데."
그렇게 되기를 바랐겠지.
"커피 더 드시겠어요?"
"예의도 바르셔라. 아주 딱이군. 누가 보면 애초에 농부의 아내가 될 재목으로 키워진 줄 알겠네."
"난 농부의 아내예요, 바울."
엔젤이 나직이 말했다.
"아니, 당신은 대단한 여배우지. 지금껏 용케 잘도 흉내내 왔어. 하지만 당신 안에는 진정한 농부의 아내다움이라고는 전혀 없어."
머그잔을 잡은 바울의 손 관절이 하얗게 변했다.
"미가엘이 미리암 알트만과 이야기를 나누다 보면 곧 그 차이를 알게 될 거라고 생각하지 않나?"
엔젤은 바울의 말에 전혀 개의치 않는 듯 보였다.
"그는 나를 사랑해요."
"물론 당신을 사랑하겠지. 어떻게 하면 그렇게 만드는지 잘 알고 있을 테니까."
바울은 노골적인 시선으로 엔젤의 위아래를 훑어보았다.

미가엘은 어떻게 이런 남자를 형제처럼 아낄 수 있을까? 엔젤은 바울에게서 새로운 면을 찾으려고 노력했다. 조금이라도 인간답고 친절한 면이 있으리라 생각했다. 하지만 아무리 노력해도 보이는 것은 냉담한 증오뿐이었다.

"바울, 언제까지 자신이 저지른 일 때문에 나를 미워하며 지낼 건가요? 이제는 좀 잊을 수 없나요?"

바울은 커피 잔을 옆으로 치우고 의자를 거칠게 뒤로 밀며 일어섰다. 얼굴은 벌겋게 달아오르고 두 눈은 번뜩거렸다.

"지금 그때 일이 나 때문이라고 말하는 거야? 내가 당신을 마차에서 강제로 끌어내리기라도 했나? 내가 강간이라도 했단 말이야? 그래, 그게 다 내 탓이라고 생각하고 싶으시겠지. 응?"

바울은 거칠게 밖으로 나가 버렸다.

엔젤은 꼼짝도 할 수 없었다. 그런 말을 하는 게 아니었다. 자신에게도 변명의 여지가 없다는 걸 잘 알고 있었다.

미가엘이 잠시 집으로 들어와 작별 키스를 해 주었다.

"집에 오는 길에 알트만 씨네 집으로 갈 테니 거기 가 있도록 해요."

초원을 가로질러 걸어가는데 저만치서 룻이 달려오고 있었다.

"바울 아저씨가 우리 보고 아저씨네 사과 다 따도 된대요!"

엔젤은 조잘대는 룻을 번쩍 들어올려 허리춤으로 받쳐 안았다.

"엄마는 애플소스 만들 거래요. 난 애플소스가 젤루 좋아. 언니는?"

파란색 깅엄 드레스와 하얀색 앞치마를 입은 미리암이 문가에 서서 미소 지으며 말했다.

"언니랑 나랑 꼼짝없이 일해야겠어요."

미리암은 엔젤을 꼭 안았다.

모두들 손수레를 끌고 이 킬로미터 정도 떨어진 곳에 있는 사과나무를 찾아갔다. 땅에 떨어진 사과를 줍던 미리암은 바울이 경작해 놓은 땅을 가리키며 말했다.

"호박 농사도 아주 잘됐고, 옥수수도 작황이 좋았어요. 며칠 전에 우리도 옥수수 껍질 벗기는 일을 도왔거든요."

사과를 수레에 가득 채워 집으로 돌아와, 아침 내내 사과를 깎고 속을 뽑아 낸 다음 잘게 잘라 요리할 준비를 했다. 엘리사벳은 사과를 냄비에 담아 끓이다가 향신료를 넣었다. 달콤한 향이 오두막 안을 가득 채웠다. 냄비가 부글부글 끓는 동안 엘리사벳은 점심식사를 바구니에 챙겨 주며 밖으로 나가라고 채근했다.

"남자아이들은 아버지랑 벌써 나갔단다. 나는 집에서 낮잠이나 좀 자야겠어."

룻과 레아는 미리암, 엔젤과 함께 나갔다. 두 아이는 차가운 시냇물로 뛰어들어갔다. 엔젤은 시냇가에 앉아 모래톱에 발을 묻었다. 미리암은 두 팔을 쫙 벌리고 뒤로 누워 태양의 온기를 한껏 누렸다.

"가끔은 떠나온 집이 그리워요."

미리암은 농장이며 근처 이웃들이며 그들과 가졌던 모임에 대해 이야기했다. 서부로 오는 길고 긴 여행 이야기도 들려주었다. 미리암은 재미있는 일화를 계속 들려주었고 엔젤은 크게 웃었다. 미리암 말을 듣고 있으면 사람을 녹초로 만드는 길고 지루한 여행길은 어느새 신나는 모험이 되어 있었다.

"언니, 배를 탔던 얘기 좀 해 줘요."

미리암은 빙그르르 옆으로 돌아 배를 깔고 누워 두 손으로 턱을 바치며 물었다.

"다른 여자들도 많이 탔었나요?"

"나 말고 두 명이 더 있었어. 내 선실은 아주 작고 추웠지. 옷이란 옷은 모두 껴입었지만 별 소용이 없었어. 케이프 혼 근처를 항해하는 건 정말이지 지옥문 앞까지 간 것과 마찬가지야. 뱃멀미 때문에 죽는 줄 알았으니까."

"샌프란시스코에 도착해서는 뭘 했어요?"

"얼어 죽기 직전이었는데 먹을 것도 없었어."

엔젤은 무릎을 두 손으로 꼭 잡았다. 그리고 시냇물 속에서 뛰노는 아이들을 바라보았다.

"그래서 난 다시 일을 시작했어."

엔젤은 한숨을 내쉬었다.

"미리암, 내 얘기는 하나도 재미없어. 게다가 네가 듣기에 적당하지도 않고."

미리암은 일어나 책상다리를 하고 앉았다.

"언니, 난 어린애가 아니에요. 그 일이 어땠는지 정도는 말해 줘도 된다고요."

"음란하고 저속했어."

"그렇다면 왜 도망치지 않았어요?"

지금 날 비난하는 걸까? 미리암에게 여덟 살의 나이에 방에 갇혀 단 두 사람만 보면서 지내는 게 어떤 것인지 말해 줘야 할까? 음식을 가져다주고 침실용 변기를 비워 주는 샐리와 공작만이 엔젤의 방 열쇠를 갖고 있었다. 조니와 함께 도망쳤다가 결국에는 붙잡혀서 끔찍한 파멸을 맞이한 이야기를 해야 할까?

"나도 그러려고 노력은 했어."

엔젤은 그냥 간단히 말하고 그대로 입을 닫았다.

"하지만 남자들은 모두 언니를 좋아하잖아요. 언니를 보면 모두 사랑에 빠지고 말 거예요. 나도 딱 한 번만이라도 거리를 거닐며 남자들의 시선을 받아 봤으면 좋겠어요."

미리암의 눈가에 눈물이 고였다.

"단 한번만이라도 좋으니 나를 원하는 남자가 있었으면 좋겠는걸요."

"정말 그렇게 생각해? 그런데 너를 원하는 그 남자가 처음 만나는 낯선 사람이라면? 게다가 너를 만나는 대가를 치렀다는 이유로 그가 원하는 건 아무리 굴욕적인 일이라도 다 해 줘야 한다면 어떻겠어? 그런 데다 못생기기까지 했다면? 아니면 적어도 한 달은 목욕을 안 한 사람이라면? 성격이 고약하고 거친 사람이라면? 그래도 로맨틱할 거 같니?"

엔젤은 말을 마치고 몸을 떨었다. 이렇게까지 신랄하게 말할 생각은 아니었다. 미리암의 얼굴이 잿빛으로 변했다.

"정말 그랬나요?"

"더 나빴어. 나는 내가 미가엘을 만나기 전에 그 어떤 남자도 알지 못했다면 좋았을 거라고 생각해."

미리암은 엔젤의 손을 꼭 잡았다. 그리고 더는 아무 질문도 하지 않았다.

어스름이 내릴 무렵 미가엘이 돌아왔다. 문가로 뛰어나가 가장 먼저 미가엘을 맞이한 사람은 미리암이었다.

"바울도 같이 올 줄 알았는데."

미가엘은 말에서 훌쩍 뛰어내렸다.

"하루이틀 정도 더 읍내에 있다 오겠다고 하더구나."

"남자들이란."

미리암은 애써 밝게 말했지만 명랑한 기운은 모두 사라져 있었다.

엘리사벳은 엔젤과 미가엘에게 저녁을 먹고 가라고 했다. 미리암은 미가엘의 맞은편에 앉아 거의 말을 하지 않았다. 음식도 거의 먹지 않았다. 엔젤은 미가엘이 살짝 미리암의 손을 잡아 주며 뭔가를 속삭이는 모습을 보았다. 미리암의 두 눈에 눈물이 고였다. 곧 미리암은 양해를 구하고 식탁에서 물러났다.

"요즘 왜 저러는 거지?"

요한이 당혹스러운 목소리로 물었다.

"그냥 내버려둬요, 요한."

엘리사벳은 엔젤과 미가엘 사이를 흘깃 쳐다보고 호박 요리 그릇을 건넸다.

집으로 돌아오는 내내 미가엘은 깊은 생각에 잠겨 있었다. 마차를 몰던 미가엘은 한 손으로 엔젤의 손을 꼭 잡고 말했다.

"지금 같은 때 나에게 지혜가 조금이라도 있으면 좋겠는데. 아침에 바울은 뭐라고 했소?"

"내가 아직도 여기 있다는 사실에 놀라더군요."

엔젤은 미소를 지으며 말했다. 그 말에 개의치 않는다는 듯 애썼지만 미가엘은 속지 않았다.

"읍내에서 당신 주려고 뭘 좀 가져왔소."

집에 도착하자 미가엘은 마차 뒤에서 뭔가를 꺼내 엔젤에게 건넸다. 처음에는 무엇인지 알아볼 수 없었다. 올이 굵은 삼베로 칭칭 둘러 감은 그것은 가시가 달린 나뭇가지 같았다.

"장미 덤불이오. 이걸 준 남자가 분명 붉은 장미라고 했지만 봄이 돼서 꽃이 피는 걸 봐야 확실히 알 것 같소. 내일 아침에 일어나자마자 심어 주겠소. 어디에 심으면 좋겠는지 말만 해요."

엔젤은 태양 빛이 가득한 응접실에 그윽하게 흘렀던 장미향을 떠올렸다.

"하나는 창문 바로 아래 심고, 나머지는 문 앞에요."

잠옷 바람의 엄마가 달빛 흐르는 밤, 정원에 무릎을 꿇고 앉아 있던 모습이 떠올랐다. 엔젤은 서둘러 머릿속을 지웠다.

시간은 빨리도 흘러 추수감사절이 다가왔다. 그리고 엘리사벳의 배도 점점 불러왔다. 엔젤이 보기에는 금방이라도 터져 버릴 것 같았다. 엔젤과 미리암이 추수감사절 만찬을 준비하고, 엘리사벳은 두 사람이 일하는 모습을 지켜보면서 조언을 해 주었다. 마침내 기다리던 추수감사절이다. 식탁에는 음식이 가득 놓였다. 속을 꽉 채워 구워 낸 꿩고기와 크림을 넣어 요리한 당근이 있는가 하면, 콩과 토마토, 설탕에 조린 견과류도 있었다. 요한이 암소를 사서 식탁 양쪽에는 신선한 우유병도 놓였다. 엔젤은 몇 달 동안 우유를 한 잔도 마시지 못했다. 이 귀한 진미야말로 직접 만들기를 도왔던 다른 어떤 음식보다 엔젤의 구미를 당겼다.

"바울은 명절을 읍내에서 보내겠대요. 그리고 봄이 오면 다시 사금 채굴하는 냇가로 돌아갈 생각이래요."

미리암이 평소와는 약간 다른 어조로 말했다.

"냇물이라면 바울 아저씨 집 근처에도 있는데."

레아가 말했다. 야곱은 누이동생을 얕보며 말했다.

"그 안에는 사금이 없잖아, 이 멍청아."

"그만해라, 야곱."

엘리사벳은 엄하게 꾸짖고 대황 잎줄기로 만든 파이를 식탁 위에 올려놓았다. 미리암은 반대쪽에 호박을 놓았다. 식사를 마치자 아이들은 부엌일을 하라고 할까 봐 재빨리 흩어졌. 요한이 담배를 피우러 나가면서 미가엘을 데리고 갔다. 담배 냄새를 맡으면 엘리사벳이 구역질을 해서 자리를 피해야 했다. 미리암은 물을 길으러 우물가로 나갔다.
 엘리사벳은 힘없이 의자에 주저앉아 불룩 튀어나온 배에 살짝 손을 가져다댔다.
 "얼마나 남았죠?"
 엔젤이 접시에 남은 음식을 긁어모아 설거지 냄비에 버리면서 물었다.
 "아직 한참 남았어요. 그런데도 배는 어찌나 부른지 요한과 미리암이 아침마다 나를 침대에서 일으켜 줘야 해요."
 엘리사벳이 미소를 지으며 말했다.
 엔젤은 음식 찌꺼기가 남아 있는 그릇 위에 뜨거운 물 한 주전자를 붓다가 엘리사벳 쪽을 흘긋 보았다. 완전히 지쳐 반쯤 졸고 있는 모습이 측은했다. 물기 묻은 손을 앞치마에 닦으며 엔젤은 엘리사벳에게 다가가 살며시 손을 잡았다.
 "엘리사벳, 가서 좀 누워요. 쉬셔야겠어요."
 엔젤은 엘리사벳을 부축해서 옆방 침대에 눕히고 퀼트 이불을 잘 덮어 주었다. 엘리사벳은 눕자마자 잠이 들었다.
 엔젤은 한동안 침대 옆에 서 있었다. 엘리사벳은 몸을 웅크리고 옆으로 돌아누워 두 손으로 배를 감쌌다. 엔젤은 자신의 납작한 배를 슬며시 손으로 쓸어 보았다. 눈시울이 뜨거워지려 하자 입술을 꼭 깨물었다.
 힘없이 돌아서는데 문가에 미리암이 서 있었다. 미리암은 아쉬운 미소를 흘렸다.
 "나도 임신하면 어떤 기분이 들까 생각해요. 정말 여자로 존재하는 이유가 될 만한 일이잖아요? 우리만의 성스러운 특권이죠. 새로운 생명을 이 세상에 태어나게 하고 그 생명을 키우는 일이요. 때로는 나도 어서 하고 싶어 안달이 난다니까요."

미리암은 엔젤을 쳐다보며 미소 지었다.

엔젤은 미리암이 눈물을 감추고 있다는 것을 알았다. 처녀에게 그 성스러운 특권이 무슨 소용이겠는가. 그건 아이를 낳지 못하는 여자에게도 마찬가지였다.

27장

> 사람의 마음에는 많은 계획이 있어도
> 오직 여호와의 뜻만이 완전히 서리라.
> _잠언 19장 21절

미가엘은 사냥을 나가기 전에 오두막에 묵직한 마른 옥수수 부대 몇 자루를 가져다놓았다. 엔젤은 옥수수 알을 털었다. 타닥타닥 타들어 가는 난로 앞에 앉아 옥수수자루 두 개를 들고 서로 비벼서 옥수수 몇 줄을 떨어뜨리고 나면 나머지 낟알을 쉽게 분리할 수 있었다. 낟알이 몇 개 무릎에 떨어졌다. 다 떨어낸 옥수수자루는 옆으로 치워 놓고, 떨어진 옥수수 알을 주웠다. 엔젤은 미소 지으며 그 딱딱한 낟알을 손가락으로 비벼 보았다.

다시 태어나려면 죽어야 하느니라.

고개를 번쩍 들고 주위를 둘러보았다. 심장이 마구 뛰었다. 하지만 들리는 소리라고는 바람결에 흔들리는 풍경 소리뿐이었다. 바짝 말라 쪼그라든 옥수수 낟알을 다시 내려다보았다. 지난봄에 심었던 옥수수 알과 같았다. 이제는 엔젤도 이 안에 푸르른 녹음을 만드는 힘이 있음을 잘 알았다. 엔젤은 주운 낟알을 바구니에 던져 넣고 치맛자락에 떨어진 것들도 바구니에 털어냈다.

아무래도 정신이 좀 나간 모양이다. 이전에 이따금씩 들리던 목소리는 이제 더는 들리지 않았다. 하지만 지금처럼 전혀 낯선 목소리가 들려오곤 했다. 조용하고 고요한 그 목소리는 뜬금없이 불쑥 찾아 왔다. 죽음에서 생명이 나온다고? 말도 안 되는 일이다. 엔젤은 살짝 얼굴을 찡그렸다. 몸을 숙여 옥수수 낟알을 헤치고 두 손 가득 움켜쥐었다. 무슨 의미일까?

"아만다! 엄마가 아기를 낳으려고 해요."

미리암이 숨을 헐떡이며 오두막 안으로 뛰어들어 왔다.

엔젤은 급히 솥을 걸치고 문가를 향했다. 미리암이 웃으며 엔젤을 잡았다.

"집을 다 태워 먹으려는 건 아니죠?"

엔젤은 얼른 옥수수가 담긴 자루를 잡아끌어 난롯가에서 한쪽으로 치웠다. 두 사람은 거의 뛰다시피 했다.

"이런, 미가엘 아저씨한테도 말해 줄걸. 깜빡했어요."

"곧 알게 될 거야."

엔젤은 숨이 차서 잠시 걸음을 늦추었다가 치맛자락을 들어 올리고 다시 달리기 시작했다.

거친 숨을 몰아쉬며 엔젤은 집 안으로 뛰어들어갔다. 미리암이 그 뒤를 바짝 따르고 있었다. 엘리사벳은 난로 앞에 앉아 침착하게 셔츠를 꿰매고 있었다. 아이들은 식탁에 앉아 얌전하게 공부를 하다가 고개를 들어 엔젤을 보았다.

유일하게 마음을 놓지 못하고 안절부절못하던 요한은 엔젤을 보자 총알처럼 튀어나왔다.

"아이고, 하나님, 감사합니다."

요한이 엔젤의 숄을 받아 옷걸이 쪽으로 휙 던져 버렸다. 그리고 목소리를 낮추어 말했다.

"진통 간격이 짧아지고 있어요. 그런데 도무지 방에 들어가 누울 생각을 안 하네요. 바느질거리가 있다나요!"

"요한, 거의 다 끝나 가요."

엘리사벳이 들고 있던 셔츠를 내려놓고 다른 것을 집어 드는 참이었다. 엘리사벳은 매우 침착했다. 온 정신을 집중하고 있는 듯 얼굴에 긴장감이 흘렀다. 엔젤은 엘리사벳을 유심히 보았다. 고통스러워하는 기색이나 온몸을 얼어붙게 만드는 비명을 지를 낌새가 있는지 살폈다. 엘리사벳은 한동안 두 눈을 감고 있다가 조그맣게 한숨을 내쉬었다. 그리고는 다시 바느질을 시작했다.

"엘리사벳, 당장 침대로 가요!"

"이것만 끝내고요, 요한."

"당장!"

크고 험악한 목소리에 엔젤까지 놀라고 말았다. 요한 알트만이 가족에게 이런 식으로 말하는 모습은 처음 보았다. 엘리사벳은 천천히 고개를 들었다.

"그냥 나 좀 내버려둬요, 요한. 밖에 나가서 말한테 꼴을 먹이거나 장작이라도 패요. 아니면 마구간 청소를 하든지. 저녁에 먹게 뭘 좀 사냥해서 잡아오는 것도 좋겠네. 뭐라도 좋으니 해요. 나 좀 괴롭히지 말고."

엘리사벳의 목소리는 여전히 침착했다. 엔젤은 하마터면 웃음을 터트릴 뻔했다. 요한은 체념한 듯 두 손을 아래로 떨어뜨리고 쿵쿵거리며 오두막을 나갔다. 여자들이 어쩌고저쩌고 하는 투덜거림도 살짝 들렸다.

"문에 빗장 걸어라, 안드레."

"네?"

"그렇게 안 하면 네 아버지가 또 들어오실 거야."

엘리사벳이 장난스러운 미소로 말했다. 아이들은 크게 웃고 다시 하던 일에 열중했다. 미리암은 잔뜩 긴장한 얼굴을 풀지 못하고 있었다.

몇 번의 진통이 더 지나갔다. 엘리사벳은 열심히 바느질을 했다. 실매듭을 짓고 가위로 싹둑 잘랐다. 다시 진통이 오자 엘리사벳은 셔츠를 꼭 쥐었다. 하지만 엔젤은 엘리사벳에게 맡기고 가만히 기다리기로 했다. 지금 이대로 의자에 앉아 아기를 낳고 싶다면, 엘리사벳이 선택한 일이니 어쩔 수 없는 노릇이었다.

진통 시간이 길어지자 엔젤은 엘리사벳의 무릎에 손을 얹고 옆에 꿇어앉았다.

"어떻게 도와줄까요?"

엔젤의 목소리는 스스로 생각했던 것보다 침착하게 들렸다. 엘리사벳은 아무 말도 하지 않고 의자 손잡이를 꼭 잡았다. 그리고 마침내 숨을 훅하고 내쉬더니 엔젤의 손을 잡고 말했다.

"침실까지 데려다줘요."

그리고 이어서 미리암에게 속삭이듯 말했다.

"미리암, 아이들과 아빠를 잘 보살펴 주렴."

"네, 엄마."

"그리고 뜨거운 물이 많이 필요하단다. 물은 아빠가 길어다 주실 거야. 그리고 천도 많이 있어야 하고. 레아, 트렁크에 보면 천이 있을 거야. 그리고 서랍에 있는 실타래도 하나 필요하겠다. 룻, 실은 네가 가져다줄 수 있겠지?"

"네, 엄마."

아이들은 엘리사벳의 지시에 따라 신속하게 움직였다. 엔젤은 침실 문을 등 뒤로 꼭 닫았다. 엘리사벳은 조심스레 침대 가장자리에 앉아 드레스 단추를 풀었다. 엘리사벳은 엔젤의 도움을 받아 옷을 다 벗고 얇은 슈미즈 하나만 걸쳤다.

"이제 시작이네요. 오늘 아침에 볼일을 보는데 양수가 터졌지 뭐예요. 그 순간 아기가 변기통에 빠져 버리는 게 아닌가 하고 깜짝 놀랐어요."

엘리사벳은 살짝 웃으며 엔젤의 손을 잡고 말했다.

"그렇게 걱정하지 않아도 돼요. 다 잘될 거예요."

엘리사벳은 숨을 훅 들이마시고 손에 힘을 주었다. 이마에 땀이 송골송골 맺혔다.

"이번에는 진짜 제대로네."

엘리사벳은 간신히 말하고 있었다. 미리암이 물 주전자와 천이 담긴 냄비를 들고 방으로 들어왔다.

"아빠가 물을 긷고 계세요. 야곱이 떠왔는데 두 양동이나 더 떠오셨지 뭐예요. 난로 위에 물을 끓일 솥을 올려놨어요."

엘리사벳의 두 눈이 반짝거렸다.

"네 아빠는 따뜻한 목욕 한 번이면 세상만사가 다 풀린다고 생각하나 보다."

엘리사벳이 미리암의 볼에 키스했다.

"고맙다, 우리 딸. 너만 믿을게. 레아는 산수를 잘 못하더라. 야곱은 글자 쓰기 연습을 더 해야 할 것 같고."

이제 진통은 더 길게, 더 자주 찾아왔다. 엘리사벳은 소리를 내지 않았지만, 엔젤은 엘리사벳이 대단한 고통을 견디고 있다는 걸 알 수 있었다. 엘리사벳의 창백한 얼굴은 땀범벅이 되어 갔다. 미리암이 문을 열고 빼꼼히 들여다보았다.

"미가엘 아저씨도 왔어요."

엔젤은 안도의 한숨을 내쉬었다. 엘리사벳은 그 모습을 보며 미소 지었다.

"잘하고 있어요, 아만다."

엔젤은 얼굴을 붉히며 웃어 보였다.

그리고 이어지는 한 시간 동안 엘리사벳은 거의 말을 하지 않았다. 엔젤은 그 침묵을 존중했다. 진통이 찾아오면 다정하게 엘리사벳을 어루만지고 손을 잡아 주었다. 진통 사이에 잠시 한시름 놓을 때면 물에 담가 두었던 천을 비틀어 짜서 엘리사벳의 이마를 가볍게 닦아 주었다.

"이제 금방 나오겠네요."

엘리사벳은 한 차례 진통을 끝내자마자 다음 진통을 맞이하며 힘겹게 말했다. 이번에는 신음 소리까지 냈다. 침대 머리판을 잡은 엘리사벳의 손마디가 하얗게 변했다.

"오, 이렇게 오래 걸릴 거라고는 생각하지 못했는데."

"제가 어떻게 해야 할지 말해 줘요!"

엔젤이 말했다. 하지만 엘리사벳은 미처 말할 틈을 찾을 수 없었다. 신음은 더 커지고, 일그러진 얼굴은 상기되었다.

엔젤은 고상 떨면서 가만히 앉아 있을 수 없었다. 당장 이불을 제쳤다.

"오, 엘리사벳! 아기가 나오고 있어요! 머리가 보여요."

엘리사벳이 마지막으로 힘을 주자 엔젤은 아기를 받아 냈다. 엔젤이 무릎을 꿇고 앉아 갓난아기를 품에 안고 크게 소리 질렀다.

"남자아이예요, 엘리사벳. 아들이요! 완벽해요. 손가락 열 개, 발가락도 열 개……."

엔젤이 흥분과 경이로움에 휩싸여 천천히 일어섰다.

엔젤이 아들을 가슴에 안겨 주자 엘리사벳은 기쁨의 눈물을 흘렸다. 잠시 후 마지막 진통을 치러 낸 엘리사벳은 완전히 기진맥진했지만, 마침내 제대로 쉴 수 있었다.

"탯줄을 자르기 전에 실로 묶어야 해요. 이 녀석, 튼튼한 허파를 가진 모양이에요."

엘리사벳은 힘없이 말하고 미소 지었다.

"그런 모양이에요."

엔젤은 조심스레 아기를 닦아 부드러운 담요로 싸서 엘리사벳에게 다시 안겨 주었다. 아기는 즉시 엄마 젖을 찾아 빨았다. 엘리사벳은 만족스러운 미소를 지었다. 엔젤은 따뜻한 물을 대야에 붓고 이번에는 조심스레 엘리사벳을 닦아 주었다. 최대한 아프지 않게 하려고 노력했다. 하지만 아프지 않을 리가 없었다. 그렇지만 엘리사벳은 불평 한마디 없었다. 일을 마무리한 엔젤은 엘리사벳의 볼에 키스했다.

"수고했어요."

엔젤은 반쯤 잠든 부인에게 속삭이고 조용히 방을 나왔다. 모두들 서서 기다리고 있었다.

"요한, 정말 멋진 아드님을 보셨어요. 축하해요."

"오, 주님, 감사드립니다."

그제야 요한은 의자에 풀썩 주저앉았다.

"이름은 뭐라고 하는 게 좋을까요?"

엔젤이 부드럽게 웃었다. 억눌린 긴장감이 일시에 사라져 버렸다.

"글쎄요, 저도 모르겠네요, 요한. 그런 건 아기 아빠가 결정하셔야 하는 거 아닌가요?"

모두 크게 웃음을 터트렸다. 요한도 살짝 붉어진 얼굴로 고개를 흔들며 침실로 들어갔다. 미리암과 아이들도 그 뒤를 조용히 따르고 있었다.

미가엘이 미소 지었다. 그 모습에 엔젤의 심장이 요동쳤다.

"당신 눈에서 빛이 나는군."

엔젤은 벅차오르는 감동에 말을 할 수가 없었다. 미가엘이 사랑스럽게 보였다. 너무나 믿음직했다. 그를 너무나 사랑해서 그 사랑의 감정에 온몸이 다 타 버릴 것만 같았다. 미가엘이 가까이 다가오자 엔젤은 고개를 들었다. 미가엘이 가볍게 키스했다.

"오, 미가엘."

엔젤은 두 팔로 미가엘을 안으며 말했다.

"언젠가는……."

미가엘은 곧 말을 멈추고 자신이 저지른 말도 안 되는 실언에 흠칫 놀랐다. 미가엘은 엔젤을 더욱 꼭 끌어안았다.

엔젤은 그가 무슨 생각을 하는지 잘 알았다. 두 사람은 아이를 가질 수 없었다. 미가엘이 살짝 뒤로 몸을 뺐다. 하지만 엔젤은 고개를 들어 미가엘을 볼 수 없었다. 그가 두 손으로 엔젤의 얼굴을 감쌌지만 엔젤은 계속 그의 시선을 피했다.

"아만다, 미안하오. 난 그런 뜻으로 한 말이 아니었소……."

부드러운 미가엘의 음성이 들렸다.

"사과하지 말아요, 미가엘."

미가엘은 속으로 생각없이 그런 말을 입 밖에 낸 자신을 책망했다.

"알트만 씨에게 이만 집에 가겠다고 말하고 오겠소."

미가엘은 알트만 가족에게 축하 인사를 일일이 전하고 작별 인사까지 건네느라 한동안 침실에 있어야 했다. 아기는 정말 귀여웠다.

엘리사벳은 미가엘의 손을 잡았다.

"아만다가 정말 잘해 줬어요. 아만다가 아기를 낳을 때는 내가 도와주겠다고 꼭 말해 줘요."

"네, 그렇게 전하겠습니다."

미가엘은 천천히 말했다. 하지만 그 말은 전할 수 없다는 걸 잘 알았다.

엔젤과 미가엘은 집까지 말없이 걸었다. 미가엘은 엔젤이 불씨를 감추려는 것을 감지했다.

"엘리사벳이 당신이 잘해 줘서 정말 고맙다고 하더군."

"엘리사벳이야말로 정말 잘 해냈죠. 제가 없었어도 얼마든지 혼자서 해냈을 거예요."

엔젤은 서글픈 미소가 담긴 눈을 들어 미가엘을 보았다.

"여자로 태어난 값어치를 하는 일이에요, 그렇죠? 미리암이 말하더군요. 아이를 갖는 건 성스러운 특권이라고요. 요한의 씨앗은 비옥한 옥토에 심어졌죠."

엔젤은 고개를 옆으로 돌렸다.

"아만다."

미가엘은 엔젤을 붙잡고 그런 말은 그만두라고 말하려 했다.

"미가엘, 더는 말하지 말아요, 우리. 제발요."

미가엘이 엔젤을 끌어안았다. 엔젤은 다소곳이 그 품에 안겼다. 미가엘이 엔젤을 안은 팔에 힘을 꼭 주었다. 엔젤의 아픔을 없애 주고 싶었지만 방법을 찾을 수 없었다.
"크리스마스가 얼마 남지 않았소."
"알트만 씨네 가기 전까지는 생각도 못하고 있었어요."
엘리사벳과 미리암은 이미 오두막 안을 솔방울과 붉은 리본으로 장식해 놓고 있었다. 레아와 룻은 옥수수 껍질로 만든 인형으로 그리스도 탄생 장면을 연출해 놓았다. 엔젤은 크리스마스를 위해 무언가 해야 한다는 생각을 해 본 적이 없다. 공작은 크리스마스라고 해서 별다를 것이 없다고 했다. 그날도 다른 날처럼 하루 여덟 시간 자는 것은 마찬가지라고 했다.
어린 시절 엄마는 크리스마스 장식을 했다. 심지어 먹을 것도 제대로 없이 선착장에 살 때도 크리스마스가 되면 명절이라며 작은 만찬을 준비했다. 그리고 크리스마스에는 남자를 받지 않았다. 엄마는 어렸을 때 맞이하던 크리스마스 이야기를 들려주곤 했다. 엔젤은 그 이야기를 그리 좋아하지 않았다. 그 이야기 끝에 엄마가 울어 버렸기 때문이다.
"크리스마스."
엔젤은 가만히 읊조리며 살짝 뒤로 물러났다. 엔젤의 마음이 불편해 보였다. 아무래도 미가엘이 그렇게 만든 모양이었다.
"아만다……"
엔젤은 고개를 들어 미가엘의 얼굴을 쳐다보았다. 어둠에 묻혀 그 얼굴이 잘 보이지 않았다.

"크리스마스 선물로 내가 당신에게 줄 수 있는 게 뭘까요, 미가엘? 당신이 정말로 원하는 게 아이라면 난 당신께 줄 수 있는 게 아무것도 없어요."

엔젤은 북받쳐 오르는 감정을 억제하느라 가슴을 들썩였다.

"그런 일이 없었다면……. 그랬다면 얼마나 좋았을까요!"

"그만."

미가엘은 말을 잇지 못했다. 엔젤은 주먹을 꼭 쥐었다.

"공작이 날 망쳐 놓지 않았다면 좋았을 거예요. 그 누구의 손길도 내게 닿지 않았다면 좋았을 거예요! 난 미리암이 되고 싶어요!"

"나는 당신을 사랑하오."

엔젤이 뒤로 돌아서자 미가엘이 엔젤을 잡아당겨 품에 안았다.

"사랑해."

미가엘이 키스했다. 엔젤은 그대로 녹아 버릴 것만 같았다. 그녀는 필사적으로 미가엘을 잡았다.

"미가엘, 나도 온전한 사람이었으면 좋겠어요. 당신에게 온전한 몸과 마음으로 다가갈 수 있으면 좋겠어요."

'하나님, 어째서 이러시는 겁니까? 요한과 엘리사벳에게는 여섯 아이가 있습니다. 그런데 저와 제 아내 사이에서는 단 한 명의 자녀도 허락하시지 않을 겁니까? 어째서 이런 일을 하시는 겁니까?'

"상관없소. 그런 건 중요하지 않소."

미가엘은 계속해서 되뇌듯 말했다.
하지만 두 사람 모두 그것이 중요한 일이란 걸 잘 알았다.

28장

아무 일에든지 다툼이나 허영으로 하지 말고
오직 겸손한 마음으로 각각 자기보다 남을 낫게 여기고.
_ 빌립보서 2장 3절

바울이 알트만 가족의 크리스마스 모임에 참석했다. 그의 모습을 본 엔젤은 가슴이 철렁 내려앉았다. 이번에는 또 어떤 가시 돋친 말로 힘들게 할까. 엔젤은 즐거운 크리스마스 분위기를 망치지 않기 위해 가능하면 바울과 멀찌감치 떨어져 있으려 했다. 크리스마스 명절을 한번도 제대로 보낸 적이 없는데 알트만 가족과 함께 보내게 된 것이다. 그래서 바울이 면전에 대고 창녀라고 부를지라도 아무 말 하지 않고 감내할 작정이었다. 물론 바울이 다른 사람이 듣도록 그런 말을 하지는 않을 것이다.

놀랍게도 바울은 엔젤을 건드리지 않았다. 이제 엔젤의 근처에도 얼씬거리지 않겠다고 마음먹은 모양이다. 바울은 아이들을 위해 선물을 준비해 왔다. 새로 생긴 잡화상에서 갈색 봉투에 담긴 사탕을 사왔다. 아이들은 모두 기뻐했다. 하지만 미리암은 자신에게도 사탕 봉지를 건네는 바울을 보며 인상을 찌푸렸다.

"고마워요, 바울 아저씨."

미리암은 가시 돋친 목소리로 말하고 바울의 볼에 뽀뽀했다. 미리암이 휙 돌아서자 바울은 이를 악물었다.

엔젤은 미리암과 함께 준비한 성대한 만찬이 끝날 때까지 기다렸다가 준비해 온 선물을 아이들에게 나누어 주었다. 레아와 룻을 위한 헝겊인형을 만드는 데 꼬박 이틀이 걸렸다. 아이들이 선물 포장을 뜯는 동안 엔젤은 숨을 죽였다. 아이들은 환호성을 질렀다. 엔젤도 같이 크게 웃었다. 남자아이들 역시 미가엘이 만든 고무줄 새총을 보고 못지않게 신이 났다. 앞마당에는 당장 과녁이 세워졌다.

미리암은 선물 꾸러미를 조심스레 풀고 엔젤이 말린 꽃으로 만든 화관을 집어 들었다. 그리고 화관 뒤로 흘러내리듯 묶인 새틴 리본을 조심스레 어루만졌다.

"아만다 언니, 정말 아름다워요."

두 눈에 눈물이 가득 고인 채 미리암이 말했다. 엔젤은 미소 지었다.

"만들면서 이 들꽃 화관을 쓰고 언덕을 달려 내려오는 네 모습을 생각했어. 너한테 딱 어울리는 모습이야."

미리암은 머리를 풀고 고개를 살짝 흔들었다. 부드러운 머리카락이 흘러내려 얼굴을 감싸고 어깨와 등까지 드리워졌다. 미리암이 화관을 머리 위에 얹고 물었다.

"어때요?"

"아주 아름다운데."

미가엘이 말하자 바울이 벌떡 일어서서 밖으로 나갔다. 미리암의 미소가 살짝 흐려졌다.

"얼간이 바보 같으니라고."

미리암이 혼잣말로 중얼거렸다.

"미리암! 그런 말을 하다니."

갓난아기를 안고 있던 엘리사벳이 깜짝 놀라 말했다.

미리암은 하나도 뉘우치는 기색 없이 바울이 나간 문을 노려보다가 화관을 벗어 허벅지 위에 내려놓았다.

"정말 마음에 들어요. 결혼식 날 면사포 대신 이걸 쓰겠어요."

어스름이 내려오자 식구들은 난롯가에 모여 캐럴을 불렀다. 요한이 미가엘에게 아무 말 없이 성경책을 내밀자, 미가엘은 크리스마스 이야기를 찾아서 읽어 주었다. 엔젤은 무릎을 모아 두 팔로 껴안고 앉아 이야기에 귀를 기울였다. 룻이 졸음 가득한 눈을 하고는 엔젤의 옆구리를 쿡 찔렀다. 엔젤은 미소 지으며 룻을 무릎 위에 앉혔다. 룻이 몸을 꼼지락거리며 편안하게 자리를 잡고 앉아 엔젤의 가슴에 머리를 기댔다. 엔젤은 룻의 머리카락을 가만히 어루만졌다.

'내가 낳지 않은 아이도 이렇게 사랑스러운데, 하물며 내 아이는 얼마나 더 사랑스러울까?'

미가엘의 굵은 목소리는 깊은 울림을 전했다. 모두 가만히 앉아 그를 보았다. 엔젤은 엄마가 해 주신 아기 예수가 구유에서 태어났다는 것과 양치기며 세 명의 동방박사가 그 아기를 경배하러 찾아왔었다는 이야기를 기억하고 있었다. 하지만 미가엘의 입술을 통해 듣는 이야기는 더 아름답고 신비로웠다. 그렇지만 엔젤의 마음은 기쁘지 않았다. 다른 사람들처럼 마음껏 즐거워할 수 없었다. 무슨 아버지라는 사람이 하나뿐인 아들을 십자가에 못 박혀 죽으라고 이 세상에 태어나게 한단 말인가?

예상치 못했던 어둠의 목소리가 들려왔다.

'그런 아버지라면 너도 잘 알고 있잖아, 엔젤. 네 아버지도 그런 사람이었지.'

엔젤은 몸을 부르르 떨었다. 미가엘에게서 시선을 돌려 엘리사벳 옆에 서 있는 요한을 쳐다보았다. 그의 손은 엘리사벳의 어깨를 다정스레 잡고 있었다. 세상의 모든 아버지가 알렉스 스태포드 같은 건 아니다. 요한 알트만 같은 사람도 있다. 이번에는 다시 미가엘을 보았다. 미가엘 역시 멋진 아버지가 될 것이다. 강하고 자애로우며 관대한, 그런 아버지가 될 것이다. 페어러다이스에서 엔젤을 데리고 왔을 때 미가엘은 방탕한 자식에 관한 이야기를 성경에서 읽어 주었다. 만약 미가엘의 아들이 방탕하여 나쁜 길로 빠진다 해도, 미가엘이라면 흔쾌히 그를 용서하고 다시 받아 줄 것이다. 엄마를 내쳤던 외할아버지와는 전혀 다를 것이다.

미가엘은 성경을 다 읽고 책을 덮었다. 그리고 고개를 들어 엔젤과 시선을 마주쳤다. 엔젤은 미소를 보냈다. 미가엘 역시 미소를 보냈다. 하지만 그의 두 눈에는 수수께끼 같은 무언가가 있었다.

"미리암."

요한이 다정하게 말했다. 미리암은 아버지에게 걸어갔다. 요한은 큰딸에게 뭔가를 말했다. 엘리사벳이 미리암에게 갓난아기를 안겨 주었다. 미리암은 아기를 안고 미가엘에게 다가가 그의 품에 안겨 주었다. 아기가 손을 내밀었다. 미가엘은 손끝을 아기의 여린 손바닥에 살짝 댔다. 아기는 활짝 웃으며 미가엘의 손가락을 꼭 잡았다.

"요한, 아이 이름은 아직 생각하지 못했나요?"

"생각해 놨지. 베냐민 미가엘. 당신 이름을 붙였소."

미가엘은 잠시 어안이 벙벙한 표정을 짓다가 곧 깊이 감동받은 기색을 드러냈다. 두 눈에 고인 눈물이 불빛에 반짝거렸다. 미리암이 미가엘의 뒤에 서서 어깨에 손을 얹고 고개를 숙여 그의 뺨에 키스하며 말했다.

"아이가 이름대로 자라 주기를 바란답니다."

미가엘이 아기를 안고 미리암과 함께 서 있는 모습을 바라보는 엔젤은 가슴이 미어졌다. 두 사람은 마치 한 쌍의 부부처럼 잘 어울렸다.

오두막 밖 어둠 속에 서 있는 바울도 똑같은 생각을 하고 있었다.

미가엘이 엔젤에게 가져다준 장미 덤불은 일찍 꽃을 피웠다. 진홍빛 꽃봉오리를 조심스레 어루만지며 엔젤은 엄마를 생각했다. 이 장미 봉오리는 엄마와 많이 닮았다. 예쁜 꽃이 되어 아름다움을 뽐내고, 사람들을 기쁘게 해 줄 것이다. 하지만 그 외에 다른 소용이 없었다.

'미가엘에게는 아이가 있어야 해. 그는 아이를 원해.'

크리스마스 날 밤, 엔젤은 자신이 무엇을 해야 하는지 깨달았다. 하지만 미가엘을 떠나 그가 없는 삶을 살아야 하는 건 생각만으로도 견딜 수 없는 고통이었다. 미가엘이 베냐민을 안고 있던 때의 표정을 잊고 영원히 이곳에서 지내고 싶었다. 미가엘에게 매달려 그가 주는 행복을 누리고 싶었다.

하지만 바로 그런 이기심이 미가엘이 엔젤에게 과분한 사람이라는 증거였다.

미가엘은 엔젤에게 모든 것을 주었다. 아무것도 갖고 있지 않은 공허한 엔젤을 넘치는 사랑으로 채워 주었다. 엔젤은 그런 미가엘을 배신했다. 그런데도 미가엘은 엔젤을 용서하고 다시 그녀를 데려왔다. 엔젤을 사랑하기에 자존심도 버린 미가엘이었다. 그런 그가 원하는 것이 있다는 사실을 알았는데 어떻게 모른 척할 수 있단 말인가? 그의 마음 깊은 곳에 자리 잡은 소망을 알면서도 그의 곁에서 그 소망을 뭉개 버릴 수는 없다.

어둠의 목소리는 종종 이렇게 속살거렸다.

'그냥 있어! 그 수많은 세월을 비참하게 지냈으니 이 정도 행복은 누릴 자격이 있는 거 아니겠어? 미가엘이 너를 사랑한다고 했잖아? 그러니 그 사랑을 증명해 보이게 내버려둬!'

하지만 엔젤은 그 말을 더 듣고 있을 수 없었다. 엔젤은 귀를 닫고 미가엘을 생각했다. 그리고 가슴으로 자매가 된 사랑하는 미리암을 생각했다. 미리암과 미가엘 사이에서 아이가 태어난다면 어떨까? 검은 머리에 잘생기고 사랑스러운 아이일 것이다. 그 아이는 건강한 혈통을 물려받을 것이다. 새삼 엔젤은 자신에게는 아이들에게 물려줄 것이 아무것도 없다는 사실을 떠올렸다. 이대로 미가엘의 곁에 머문다면, 미가엘은 죽을 때까지 엔젤에게 마음을 다하며 지낼 것이다. 하지만 그것으로 미가엘의 대는 끊어진다.

그렇게 할 수는 없었다.

미가엘이 바울과 함께 읍내에 간다고 말했을 때, 엔젤은 결정을 내렸다. 어제 요한이 말하길 읍내가 점점 번성해서 하루에 두 번씩이나 역마차가 지나간다고 했다. 그 마차는 미가엘의 오두막에서 삼 킬로미터도 채 떨어지지 않은 큰길을 지나 언덕을 넘어갔다. 지난번에 샘 틸에게 받은 금과 요셉에게 받은 돈을 아직 갖고 있었다. 이 정도면 샌프란시스코까지 가서 한동안 지낼 수 있다. 그다음은 생각하지 않기로 했다.

'미가엘에게 무엇이 최선인지만 생각하자.'

미가엘이 들에서 돌아왔을 때, 엔젤은 사슴고기로 근사한 저녁상을 내놓았다. 오두막 안은 온통 꽃으로 장식되어 있었다. 난로 선반이며 식탁과 침대까지 모두 꽃밭이었다. 미가엘은 놀란 얼굴로 주위를 둘러봤다.

"오늘 뭐 축하할 일이라도 있는 거요?"

"우리의 삶 그 자체가 축하할 일이죠."

엔젤은 미가엘에게 키스하며 말했다. 엔젤은 미가엘의 모습을 하나도 잊지 않기 위해 그를 빤히 쳐다보았다. 그의 얼굴 윤곽과 몸을 모조리 머릿속에 담았다. 엔젤은 미가엘을 간절히 원했다. 그를 너무나도 사랑했다. 엔젤이 얼마나 사랑하는지 미가엘은 알고 있을까? 하지만 입 밖으로 그 사랑을 고백할 수 없었다. 그러면 미가엘은 또다시 엔젤을 찾아 나설 것이다. 그리고 다시 엔젤을 집으로 데리고 올 것이다. 엔젤이 성적 쾌락을 추구하는 천한 여자라고 생각하게 하는 편이 나았다. 하지만 미가엘과 함께하는 마지막 순간인 오늘 밤을 오랫동안 기억하게 만들고 싶었다. 그러면 미가엘이 모르는 곳으로 가서 숨어 지내더라도 미가엘은 그녀의 일부가 될 것이다. 이 달콤한 추억은 무덤까지 안고 갈 것이다.

"미가엘, 언덕에 좀 데려가 줄래요? 지난번에 일출을 보여줬던 곳 말이에요."

미가엘은 엔젤의 눈동자에 어린 갈망을 읽었다.

"오늘 밤은 쌀쌀한데."

"견딜 만한 걸요."

미가엘은 엔젤의 부탁이라면 무엇이든 들어줄 수 있었다. 하지만 설명할 수 없는 불길한 기운이 느껴졌다. 미가엘은 침대에서 퀼트 이불을 집어 들고 길을 안내했다. 어쩌면 드디어 엔젤이 마음을 활짝 열어 보여 주기로 한건지도 모른다고 생각하기로 했다.

엔젤은 어느새 심각한 표정을 벗고 거리낌 없이 자유로운 모습을 보여 주었다. 엔젤은 언덕 꼭대기까지 미가엘보다 앞서 달려갔다. 두 팔을 활짝 펼치고 빙그르르 돌기도 했다. 주변에서는 온통 귀뚜라미의 노랫소리가 들렸고, 잔디를 흩트리는 부드러운 미풍이 불어왔다.

"정말 아름다워요, 그렇죠? 이 광대함을 보면 나 같은 건 정말 하찮고 보잘것없다는 생각이 들어요."

"나에게 당신은 전혀 하찮지 않소."

"아니, 당신에게도 그래요."

엔젤은 뒤로 돌아 미가엘을 바라보았다.

미가엘은 얼굴을 찡그렸다. 엔젤은 다시 뒤로 돌아 앞을 보았다.

"나 외에는 다른 신들을 네게 두지 말지니라. 주여, 당신 이외에는 아무도 없나이다."

엔젤은 하늘을 우러러 큰소리로 외치고 뒤로 돌아서서 미가엘을 보았다.

"미가엘 호세아, 당신 외에는 아무도 없어요."

미가엘은 인상을 썼다.

"지금 나를 놀리는 거요?"

"천만에요."

엔젤은 진심으로 말하고 머리를 풀어헤쳤다. 어깨에서 등으로 흘러내린 머리카락은 달빛을 받아 은빛으로 빛났다.

"전에 남편을 위해 춤을 춘 술람미 신부 이야기를 읽어 주던 거 기억나요?"

달빛에 서 있는 엔젤의 아름다움에 미가엘은 숨을 쉴 수 없었다. 엔젤의 움직임 하나하나에서 눈을 뗄 수 없었다. 미가엘은 자신의 육체가 반응하는 것을 생생히 느꼈다. 엔젤을 잡으려 했지만 엔젤은 재빨리 몸을 피하고 두 손을 펼쳐 은밀한 초대의 몸짓을 보였다. 머리카락이 물결처럼 흘러내렸고, 바람결에 실려 오는 허스키한 목소리는 매혹적이었다.

"미가엘, 당신을 위해서 난 무엇이든 할 거예요, 무엇이든."

순간 미가엘은 엔젤이 지금 무슨 말을 하는지 깨달았다. 작별을 고하고 있는 것이다. 지난번과 같았다. 육체적 쾌락으로 미가엘의 눈과 귀를 멀게 하려는 것이다.

엔젤이 다시 다가왔을 때, 미가엘은 때를 놓치지 않고 엔젤을 잡았다.

"왜 이러는 거요?"

"당신을 위해서요."

엔젤은 미가엘의 얼굴을 잡고 키스했다. 미가엘은 엔젤의 머리카락에 손을 파묻고 고개를 기울여 그녀의 입술을 자신의 입술에 포개었다. 엔젤을 모두 삼켜 버리고 싶었다. 엔젤의 손은 미가엘의 몸속에 불길을 일으키고 있었다.

'하나님, 또다시 엔젤을 보내지 않을 겁니다. 절대로 그럴 수 없습니다!'

엔젤이 미가엘에게 몸을 기댔다. 미가엘은 이제 엔젤 이외의 다른 것은 생각할 수 없게 되었다. 그녀는 아무리 탐해도 충분치가 않았다.

　'하나님, 어째서 제게 또다시 이런 시련을 주십니까? 이렇게 빼앗아 가시려고 주신 것입니까?'

　"미가엘, 미가엘······."

　엔젤은 숨을 깊이 들이마시며 속삭였다. 미가엘은 엔젤의 볼을 타고 흐르는 눈물을 느낄 수 있었다.

　"당신에게는 내가 필요하오."

　미가엘은 달빛에 비친 엔젤의 얼굴을 내려다보았다.

　"당신에게는 내가 필요하다고, 디르사. 내가 필요하다고 말해 봐요."

　그녀를 보내라, 내 사랑하는 자여.

　'하나님, 싫습니다. 그런 말씀은 하지 마십시오.'

　나에게 보내라.

　'싫습니다!'

　두 사람은 달콤한 망각에 젖은 채 한몸으로 얽혀 서로에게서 위안을 구했다. 하지만 세상에 달콤한 망각이란 존재하지 않았다.

　미가엘은 격렬한 순간이 지나간 후에도 여전히 엔젤을 꼭 껴안고 있었다. 그대로 영원히 품에 안고 싶었다. 하지만 두 사람은 또다시 각자 다른 몸이 되어 있었다. 두 사람을 영원히 이어지도록 할 힘이 그에게는 없었다.

엔젤은 온몸을 격렬히 떨었다. 추위 때문인지 아니면 열정을 소진한 뒤의 반응인지 알 수 없었다. 미가엘은 말 없이 퀼트 이불로 두 사람을 꼭 감쌌다. 엔젤이 굳게 마음을 다잡고 있다는 것이 미가엘의 마음에 아픈 생채기를 내고 있었다.

날이 점차 차가워져 그만 돌아가야 했다. 두 사람은 아무 말 없이 옷가지를 챙겨 입었다. 두 사람 모두 괴로워 죽을 지경이었지만 아무도 내색하지 않았다. 엔젤이 다시 미가엘에게 다가와 두 팔로 허리를 감싸 안고 기댔다. 마치 어린아이가 의지할 곳을 찾는 것 같았다.

미가엘은 마음속에서 서서히 피어오르는 두려움에 대항하려 두 눈을 질끈 감았다.

'주여, 이 여자를 사랑합니다. 보낼 수 없습니다.'

미가엘, 내 사랑하는 자여, 엔젤을 자기 십자가 위에 영원히 매달아 놓을 셈이냐?

미가엘은 몸서리를 치며 한숨을 내쉬었다. 엔젤이 고개를 들었다. 엔젤의 얼굴을 보고 있자니 눈물이 나올 것 같았다. 엔젤은 미가엘을 사랑하고 있었다. 정말로 사랑하고 있는 게 분명했다. 하지만 달빛에 비친 엔젤의 얼굴에는 뭔가 다른 것이 있었다. 미가엘의 힘으로는 도저히 없애 줄 수 없는 서글픔이 있었다. 미가엘의 힘으로는 도저히 채워 줄 수 없는 공허함이 있었다. 미가엘은 베냐민이 태어나던 날 엔젤이 화난 목소리로 했던 말을 떠올렸다.

"미가엘, 나도 온전한 사람이었으면 좋겠어요."

하지만 미가엘로서는 그녀의 그 소망을 이뤄 줄 도리가 없었다.

미가엘이 엔젤을 두 팔로 번쩍 안아 올리자 엔젤이 미가엘의 목덜미에 두 팔을 두르고 키스했다. 미가엘은 두 눈을 감았다.

'주여 제가 이 여자를 당신께 보내면, 언젠가 다시 제게 돌려보내 주실 겁니까?'

아무런 대답도 들리지 않았다.

'주여, 부디!'

부드러운 바람이 일었지만 침묵만이 이어졌다.

다음 날 아침, 엔젤은 헛간으로 나와 미가엘이 말안장을 얹는 모습을 지켜보았다.

"언제쯤 돌아올 거예요?"

미가엘은 수수께끼 같은 표정으로 엔젤을 바라보았다.

"가능한 한 빨리 오겠소."

말을 끌고 나온 미가엘은 엔젤의 어깨를 팔로 감싸 안았다. 엔젤은 고개를 들고 미가엘과 시선을 맞추며 미소 지었다. 순간 미가엘은 엔젤을 품에 끌어안고 키스했다. 엔젤도 열정적으로 마지막 키스를 했다. 어깨를 잡은 미가엘의 손에 힘이 들어가자 엔젤은 흠칫 놀랐다.

"사랑하오. 언제나 당신을 사랑할 거요."

엔젤은 미가엘의 격정적인 고백에 의아해하며 다정하게 그의 얼굴을 어루만졌다.

"몸조심해요."

"당신도."

미가엘은 웃지도 않고 말 등에 뛰어올라 멀어져 갔다. 엔젤은 그의 모습이 언덕 너머로 완전히 사라질 때까지 지켜보았다.

이번에는 모든 것을 완벽하게 정리하고서 길을 떠날 작정이었다. 엔젤은 침대를 정리하고 설거지를 깔끔하게 해 놓은 다음 난롯가에 놓인 카펫의 먼지를 털었다. 집안을 장식한 꽃들은 여전히 싱싱해서 바꿀 필요가 없었다. 벽난로 불씨 위에 재를 살짝 덮어서 미가엘이 집에 돌아올 때까지 불이 꺼지지 않게 했다.

그때 누군가 문을 두드리는 소리가 들렸다. 엔젤은 화들짝 놀랐다. 미리암이었다.

"깜짝이야. 웬일이야?"

엔젤이 황망한 얼굴로 물었다. 미리암은 한 걸음 뒤로 물러섰다.

"내가 올 줄 몰랐어요?"

"응."

"이상하네요. 미가엘 아저씨가 우리 집에 들러서 지금 언니한테 놀러가면 좋을 거라고 말했거든요."

엔젤은 뒤로 돌아 침대 위에 꺼내 놓은 여행 가방으로 다가가 미가엘의 셔츠 하나를 재빨리 집어넣고 그 위에 드레스를 잘 개어 넣었다. 미리암은 엔젤을 지켜보고 서 있었다.

"미가엘 아저씨는 언니가 어디 갈 거라는 말 안 했는데."
"미가엘은 몰라. 난 그를 떠나, 미리암."
엔젤은 가방을 꽉 닫고 집어 들었다.
"뭐요?"
미리암은 엔젤의 머리에 뿔이라도 난 양 어이없는 표정으로 쳐다보았다.
"또요?"
"이번에는 정말로 영원히 그의 곁을 떠날 거야."
"하지만 왜요?"
"그래야만 하니까."
엔젤은 마지막으로 오두막 안을 둘러보았다. 여기서 정말 행복했다. 하지만 그렇다고 해서 계속 머물 수는 없었다. 엔젤은 조용히 문을 향해 걸어갔다.
"기다려요!"
미리암이 뒤쫓아왔다. 엔젤이 언덕을 넘는 내내 미리암은 보조를 맞추며 따라왔다.
"아만다 언니, 난 이해할 수가 없어요."
"이러지 마. 집에 가도록 해, 미리암. 식구들에게 작별 인사나 전해 줘."
"하지만 어디로 갈 거죠?"
"서쪽, 아니면 동쪽. 어디든 상관없어. 아직 마음 못 정했어."
"그럼 뭐 때문에 이렇게 서두르는 거예요. 여기 좀 더 있으면서 미가엘 아저씨랑 이야기를 더 해 봐요. 미가엘이 어떻게 했길래 언니가 떠나야겠다고 생각했는지는 모르겠지만······."
 엔젤은 미리암에게 미가엘이 잘못했다고 생각하도록 놔둘 수는 없었다.
 "미리암, 미가엘은 평생 잘못이라고는 해 본 적이 없는 사람이야."
 "그럼 왜 이러는 거죠?"
 "더는 이야기하고 싶지 않아."
 엔젤은 미리암이 이쯤에서 포기해 주기를 바라며 걸음을 재촉했다.
 "언니는 미가엘 아저씨를 사랑하잖아요. 그렇다는 거 나도 알아요. 그런데 아무런 이유 없이 떠난다니 미가엘 아저씨가 어떻게 생각하겠어요?"
 엔젤은 미가엘이 어떻게 생각할지 잘 알았다. 예전 생활로 돌아가려고 떠났다고 짐작할 것이다. 그렇게 생각하게 하는 편이 나았다. 그럼 엔젤을 찾아 나서지 않을 것이다. 하지만 지금 엔젤에게 분명한 것은 오직 하나, 다시는 창녀가 되지 않겠다는 것뿐이다. 비록 굶어 죽는 한이 있더라도.
 미리암은 계속 꼬치꼬치 캐묻고 애원하며 큰길까지 따라왔다. 엔젤은 역마차가 오기를 기다리며 길가에서 서성거렸다. 막 정오를 지나고 있었다. 곧 역마차가 올 시간이다. 엔젤은 기다리는 시간이 길게만 느껴졌다. 어째서 미가엘은 하필 오늘 미리암에게 놀러 가보라고 말했을까?
 "난 미가엘 아저씨야말로 완벽한 사람이라고 생각해요. 하지만 이렇게 언니가 떠나 버리면 더는 그렇지 않을 거예요."

미리암이 서글픈 어조로 말했다.

"미리암, 미가엘은 보이는 대로, 아니 보이는 것보다 훨씬 더 훌륭한 사람이야. 분명히 말하는데 그는 나에게 상처 주거나 한 적이 없어. 내가 꼴도 보기 싫다고 했을 때도 나를 사랑해 주었던 사람이야."

"그런데 어떻게 떠날 수 있죠?"

미리암의 눈동자는 젖어 있었다.

"그건 내가 그에게 어울리는 사람이 아니기 때문이야. 난 절대로 그에게 맞는 상대가 아니야."

미리암이 뭔가 더 이야기하려는 모습에 엔젤은 그녀의 팔을 붙잡고 말을 막았다.

"제발, 미리암. 나는 아이를 가질 수 없어. 미가엘 같은 남자에게 그게 무슨 의미인지 알겠니? 그이는 아이를 원해. 그이 같은 사람이라면 마땅히 자신의 아이를 낳아야지. 하지만 나는 이미 오래전에 불임이 된 여자야."

엔젤은 밀려오는 고통을 간신히 막아 내고 있었다. 목이 메어 말을 제대로 할 수 없었다.

"미리암, 제발 부탁할게. 그만해 줘. 지금 난 너무 힘들어. 하지만 갈 거야. 그게 미가엘을 위한 최선이니까. 이해해 줘. 난 미가엘에게 무엇이 최선인지만 생각해야 해."

마침내 역마차가 왔다. 엔젤은 재빨리 길가에서 한 걸음 앞으로 나와 마부에게 손을 흔들었다. 마부는 말 여섯 필의 고삐를 잡아당겨 마차를 세웠다. 엔젤은 손가락에 끼고 있던 반지를 빼서 미리암에게 내밀었다.

"나 대신 미가엘에게 전해 줘. 이건 그의 어머니 거야."

미리암의 뺨을 타고 눈물이 쏟아져 내렸다. 미리암은 고개를 가로저으며 절대로 받지 않겠다고 했다. 엔젤은 미리암의 손에 반지를 밀어 넣고 손을 말아 쥐게 했다. 그리고는 재빨리 뒤로 돌아 여행 가방을 마부에게 건넸다. 마부는 다른 짐 꾸러미 위에 엔젤의 가방을 얹어 놓고 끈으로 맸다. 엔젤은 사랑하는 동생의 창백하고 곤혹스러운 얼굴을 보았다.

"미리암, 미가엘을 사랑하지, 그렇지?"

"네, 사랑해요. 언니도 알잖아요. 언니, 이건 잘못하는 거예요. 이건 아니에요, 언니."

미리암이 한 걸음 다가왔다. 엔젤은 미리암을 꼭 안았다.

"내가 강해질 수 있게 도와줘."

엔젤은 잠깐 그렇게 미리암을 안고 서 있었다.

"넌 나에게 무척 소중한 사람이야."

말을 마친 엔젤은 손을 풀고 재빨리 마차에 올라탔다.

"가지 말아요!"

미리암은 열린 마차 창문에 손을 올리고 울며 말했다. 하지만 어느새 역마차가 움직이기 시작했다.

엔젤은 미리암을 내려다보면서 아픈 마음을 억눌렀다.

"미리암, 미가엘을 사랑한다고 말했지. 그러니 이젠 정말로 그를 사랑해 줘. 그리고 내가 줄 수 없는 아이를 그에게 줘."

미리암은 놀란 얼굴로 마차에서 떨어졌다. 상기되었던 얼굴이 어느새 하얗게 질려 있었다.

"이런! 아니에요. 그런 게 아니에요!"

미리암은 마차를 쫓아 달리기 시작했다. 하지만 역마차는 점차 속도를 더해 멀어져 갔다.

"기다려요! 아만다 언니, 언니!"

하지만 이미 너무 늦어 버렸다. 마차 뒤로 날리는 뿌연 먼지 소용돌이에 미리암은 기침을 했다. 다시 달리기 시작했을 무렵에는 이미 역마차가 저만치 앞서가고 있어서 따라잡을 수 없었다. 길 한복판에 선 미리암은 자신의 손에 놓인 결혼반지를 내려다보고 울음을 터트렸다.

그날 오후 늦게 바울은 미가엘과 함께 집에 도착했다. 그때 미리암이 오두막 문을 열고 뛰어나왔다. 미리암을 본 바울의 심장은 미친 듯이 뛰었다. 자신에게 달려오고 있는 미리암을 보자 바울의 심장은 토끼처럼 깡충거렸다. 미리암이 여기 있는 걸 보면 미가엘이 어떻게 생각할까?

하지만 미리암은 바울이 아닌 미가엘에게 달려갔다. 바울의 마음은 이내 돌덩이처럼 무거워졌다.

"아만다 언니가 가 버렸어요!"

미리암의 창백한 얼굴에는 눈물 자국이 역력했다. 먼지를 잔뜩 뒤집어쓴 꾀죄죄한 모습이었다.

"미가엘, 여기서 온종일 기다렸어요. 먼저 바울의 집부터 들를 줄 알았으니까요. 당장 언니를 쫓아가요. 아침에 역마차를 타고 갔어요. 당장 가서 언니를 데리고 와야 해요!"

바울은 말안장 위에 그대로 앉아 있었다. 또다시 가 버렸군. 그렇게 아니라고 하더니 결국에는 떠난 것이다. 바울이 예상했던 대로다. 예상이 맞아떨어졌으니 기분이 좋아야 마땅했다. 하지만 미가엘이 미리암의 어깨에 손을 얹는 모습을 보자 생각지도 못한 질투가 온몸을 관통했다.

미가엘의 창백한 얼굴에 지친 표정이 떠올랐다.

"미리암, 이제는 아만다를 쫓아가지 않을 거다."

"언니랑 아저씨 모두 미친 거 아니에요?"

미리암은 두 눈에 눈물이 가득 고인 채 크게 소리쳤다.

"아저씨는 몰라요……."

미가엘에게 어떻게 말할 수 있을까?

'아, 하나님. 제가 어떻게 해야 하나요?'

바울이 지켜보는 앞에서 엔젤이 말한 모든 것을 이야기할 수는 없었다.

"여하튼 당장 쫓아가서 언니를 데리고 와야 해요. 당장이요! 그렇지 않으면 다시는 언니를 만나지 못할 거란 말이에요."

"난 아만다를 찾으러 가지 않을 거다. 이번에는."

"이번에는요?"

"전에도 이렇게 찾으러 가서 데려오곤 했는데 이제는 소용없는 일이라는 생각이 들어. 처음 만났던 때하고 달라진 게 전혀 없잖아."

바울이 말했다. 미리암은 화가 나서 흙빛이 된 얼굴로 바울에게 돌아섰다.

"당신은 여기서 빠져요! 당신 오두막으로나 기어 들어가 숨어 있으라고요! 언제나 그랬던 것처럼 모래에 얼굴을 처박고 비겁하게 숨어 있기나 해요!"

바울은 미리암의 과격한 모습에 흠칫 놀랐다. 미리암은 다시 미가엘에게 고개를 돌려 셔츠 앞섶을 잡았다.

"미가엘 아저씨, 제발이요. 너무 늦기 전에 빨리 가서 언니를 찾아와요."

미가엘은 미리암의 손을 잡았다.

"그럴 수 없구나, 미리암. 아만다는 돌아오고 싶어지면 그때 돌아올 거다. 영영 돌아올 마음이 생기지 않는다면······. 그럼 돌아오지 않겠지."

미리암이 두 손으로 얼굴을 감싼 채 흐느꼈다.

미가엘은 말 위에 앉은 바울을 올려다보았다. 미리암을 달래거나 위로해 줄 생각이 전혀 없어 보였다. 미가엘은 크게 한숨을 내쉬고 미리암을 품에 안았다. 미리암의 흐느낌에 온몸이 떨렸다.

바울은 두 사람을 내려다보면서 가슴을 찌르는 듯한 날카로운 통증을 느꼈다. 이거야말로 바울이 원하던 것이다. 바울의 계획대로 잘 돌아가고 있었다. 그 마녀 같은 여자가 미가엘 곁을 떠났으니 이제 미가엘이 미리암에게 눈길을 주어 마침내 훌륭한 아내를 맞이하면 되는 것이다. 그런데 왜 이렇게 괴롭고 쓸쓸한 거지?

 아무리 마음을 고쳐먹으려 애써도 눈앞에서 두 사람이 부둥켜안고 있는 것을 지켜볼 수 없었다. 가슴이 너무 아팠다. 바울은 말머리를 돌려 두 사람에게 자리를 비켜 주었다.

29장

내가 보매 청황색 말이 나오는데
그 탄 자의 이름은 사망이니 음부가 그 뒤를 따르더라.
_요한계시록 6장 8절

샌프란시스코는 이제 만에 위치한 작고 초라한 읍내가 아니었다. 바람을 막아 주는 구릉지까지 세를 뻗쳐 나가는 신흥 도시였다. 해피밸리 역시 천막촌이 아닌 번듯한 주택가였다. 버려진 배들은 대부분 물가로 인양되어 가게나 살롱으로 사용되었다. 화재로 사라진 여인숙 자리에는 번듯한 벽돌 건물이 들어서고, 진흙탕 거리도 널빤지로 포장되어 있었다.

"도시가 화염으로 타 버릴 때마다 사람들은 이전보다 더 훌륭한 도시로 되살려 놓지요."

만을 가로지르는 연락선 위에서 선원이 한 말이었다. 선원은 얕은 우물물에 소금기가 있으니 선착장에서 떨어진 언덕 위에서 거처를 찾는 게 좋을 거라고 일러 주었다. 엔젤은 너무나 피곤해서 그렇게 멀리까지 찾아갈 기력이 없었다. 그래서 결국 해안가에 있는 작은 호텔에 머물기로 했다.

바다 냄새와 쓰레기 냄새가 어린 시절을 보냈던 선착장 부두를 생각나게 했다. 백 년도 넘게 지난 일 같았다. 조그만 식당에서 저녁식사를 하면서 주변에서 공공연하게 쳐다보는 젊은 남자들의 시선을 감당해 내야 했다. 텅 빈 배는 스튜 한 그릇으로 채울 수 있었다. 하지만 텅 빈 마음은 어찌할 도리가 없었다.

'미가엘을 떠난 건 옳은 일이었어. 난 확신해.'

엔젤은 작은 객실로 돌아와 좁은 침대 위에 누워 잠을 청했다. 방은 추웠고 온기를 찾을 데가 없었다. 엔젤은 담요를 덮고 조그만 공처럼 몸을 잔뜩 웅크렸다. 미가엘의 든든한 온기가 그리웠다. 미가엘 생각을 멈출 수가 없었다. 달빛 아래서 그를 위한 춤을 춘 이후로 겨우 사흘밖에 지나지 않았단 말인가? 지금쯤 미가엘은 어떤 생각을 하고 있을까? 엔젤을 미워할까? 저주하고 있을까?

눈물을 흘리며 펑펑 울기라도 하면 기분이 훨씬 나아질 것 같았다. 하지만 엔젤에게는 눈물도 남아 있지 않았다. 엔젤은 아픔을 느끼며 팔로 몸을 꼭 감싸 안았다. 두 눈을 감고 미가엘의 얼굴을 떠올렸다. 하지만 생각만으로는 부족했다. 그를 만질 수도 없었다. 엔젤을 꼭 안아 주는 그의 품은 이제 없다.

벌떡 일어난 엔젤은 여행 가방을 뒤적여 미가엘의 셔츠를 찾았다. 다시 침대에 누운 엔젤은 미가엘이 입었던 모직 셔츠를 얼굴에 대고 그의 체취를 깊이 들이마셨다.

"아, 엄마. 이런 고통이 엄마를 죽고 싶어지도록 만들었군요."

엔젤은 어둠에 대고 속삭였다.

하지만 엔젤의 마음속에서 울리는 고요한 목소리는 끊임없이 이렇게 말했다.

살아내라. 앞으로 나아가라. 포기하지 마라.

하지만 무엇을 어떻게 해야 할까? 약간의 사금이 남아 있었지만 그리 오래 버티지는 못할 것이다. 역마차 삯, 숙박비, 뱃삯까지 치르느라 생각보다 많은 금을 사용했다. 이 작고 초라한 호텔도 꽤 비싼 값을 치러야 했다. 이제 남은 사금으로는 기껏해야 이틀이나 사흘 정도 연명할 수 있을 것이다. 어서 빨리 생계를 이어 갈 방법을 찾아야 했다.

엔젤은 겨우 잠이 들었다. 그 밤은 이상하고 혼란스러운 꿈으로 가득 찼다. 엔젤은 몇 번이나 온몸을 부들부들 떨면서 잠에서 깨어났다. 사악한 기운이 바로 곁에서 엔젤을 기다리고 있는 것 같았다.

엔젤은 간단한 짐을 챙겨 다음 날 아침 호텔을 나와 몇 시간 동안 샌프란시스코의 거리를 헤맸다. 포츠머스 구역은 완전히 다른 곳으로 변해 있었다. 전에 살던 판잣집은 흔적도 없었다. 다른 판잣집도 마찬가지였다. 광장을 가득 메우던 천막도 보이지 않았다. 지금은 노점들이 자리를 잡고 있어서 포츠머스는 마치 거대한 시장 같았다. 엔젤은 전 세계에서 도착한 온갖 물건들을 구경했다.

한쪽에는 매음굴도 몇 개 있었다. 하나는 우아한 분위기를 풍기고 있었다. 외곽에는 간이 숙소와 살롱, 카지노가 성업중이었다. 엔젤이 기억하고 있던 먼지더미에는 파커 하우스, 데니슨 익스체인지, 크레센트 시티, 엠파이어 등의 호텔과 행락 시설이 들어서고 있었다. 클레이스트리트 남서쪽에는 브라운 시티 호텔이 자리 잡고 있었다.

병원과 치과, 변호사 사무실, 일반 사무실, 토목 사무실 등이 나란히 서 있는 곳을 지나쳤다. 은행 몇 개가 새롭게 들어섰고, 대형 중개사도 보였다. 심지어 공립학교도 있었다. 학교 마당에서 아이들이 뛰놀며 술래잡기를 하고 있었다. 엔젤은 한참 동안 서서 그 아이들을 지켜보았다. 룻과 레아, 그리고 장난꾸러기 남자아이들이 생각났다. 너무나 그리웠다.

클레이스트리트에 들어서니 우체국 앞에 남자들이 줄지어 서서 편지를 기다리고 있었다. 한쪽 구석에는 중국인이 운영하는 세탁소가 있었다. 일꾼들은 커다란 빨래통에 담긴 옷을 비벼댔고, 다른 한편에서는 방금 빤 속옷이며 셔츠를 넣은 바구니를 기다란 대나무에 걸고 배달을 갔다.

정오가 되자 엔젤은 배도 고프고 지쳤다. 앞으로 무엇을 해서 먹고 살아야 할지 막막했다. 머릿속에 떠오르는 유일한 방법은 이전에 했던 일로 되돌아가는 것이었다. 매음굴을 지나칠 때마다 엔젤은 그 문을 열고 안으로 들어가면 먹을 것과 쉴 곳이 해결된다는 생각을 했다. 육체적으로는 매우 편하게 지낼 수 있을 것이다. 다시 몸을 팔면 된다. 미가엘을 배신하면 되는 것이다.

'그는 절대 모를 거야, 엔젤.'

"내가 알잖아."

불쑥 큰 소리로 말하자 옆을 지나가던 남자가 호기심 어린 눈으로 쳐다보았다. 혼잣말을 하는 걸 보니 완전히 미쳐 버린 모양이다.

한 광부가 다가와 엔젤을 붙잡고 청혼했다. 엔젤은 손을 빼내고 건드리지 말라고 단호히 말했다. 남자는 시에라 산맥에 자신의 오두막이 있는데 아내가 필요하다고 말했다. 엔젤은 그에게 아내라면 다른 곳에 가서 알아보라고 말하고 잰걸음을 옮겼다.

사람들이 북적대자 엔젤은 점점 초조해졌다. 이 사람들은 다 어디로 가는 중일까? 뭘 해서 먹고 살까? 머리가 욱신거렸다. 배가 고파서인지 막막한 미래 때문인지 알 수 없었다. 아니, 어쩌면 마음이 약해져 다시 창녀로 살아가며 목숨을 연명하게 될지도 모른다는 생각 때문인지도 모른다.

'앞으로 어떻게 해야 할까요, 하나님? 무엇을 해야 할지 하나도 모르겠어요!'

들어가 쉴 곳을 찾으라.

엔젤은 길 건너편에 있는 조그만 카페를 보았다. 한숨을 내쉬며 엔젤은 그 안으로 들어갔다. 뒤쪽 구석 자리에 앉은 엔젤은 여행 가방을 발치에 놓았다. 욱신거리는 관자놀이를 손으로 문지르면서 당장 오늘밤 어디서 묵어야 할지 생각했다.

조금 떨어진 테이블에 앉은 손님이 식탁을 탁 내리치는 바람에 엔젤은 화들짝 놀랐다. 뻣뻣한 턱수염을 한 사내가 큰소리로 외쳤다.

"뭐가 이렇게 오래 걸려? 한 시간이나 기다렸다고. 내가 주문한 스테이크는 도대체 언제 나오는 거야?"

자그만 체구의 빨강머리 사내가 카페 뒤에서 황급히 나와 화가 잔뜩 난 손님에게 음식이 늦는 이유를 주절주절 설명했다. 하지만 손님은 더 분개했다. 시뻘게진 얼굴로 식당 주인의 멱살을 잡아 번쩍 들어올렸다.

"몸 상태가 좋지 않다고? 하! 술에 취했다는 말이겠지!"

손님은 식당 주인을 뒤로 밀쳤다. 작은 사내는 다른 테이블 위로 내동댕이쳐졌다. 손님은 문을 향해 걸어갔다. 문을 어찌나 세게 닫는지 창문까지 흔들릴 정도였다.

주인은 다시 카페 뒤쪽으로 들어갔다. 주문한 음식을 기다리고 있는 열 명 남짓한 손님들의 따가운 시선을 피하기 위해서인 것 같았다. 손님 몇 명이 자리에서 일어나 카페를 나갔다. 엔젤은 그 사람들을 따라서 이곳을 나가야 할지, 아니면 그냥 앉아 있어야 할지 결정하기 어려웠다. 피곤한 데다 딱히 갈 곳도 없으니 그냥 앉아 있는 편이 엄한 데 앉아 있는 것보다 나을 성싶었다. 잠시 동안만이라도 사람들로 북적이는 곳을 피하고 싶었다. 한 끼 정도 굶는다고 죽지 않는다.

잠시 후 손님 세 명이 음식 나오기를 기다리는 것을 포기하고 일어섰다. 엔젤과 네 명의 손님만 남게 되었다. 작은 체구의 주인은 다시 카페 안으로 들어왔다. 긴장한 얼굴에 억지 미소를 짓고 있었다.

"빵하고 콩 요리만 됩니다."

끝까지 남아 있던 네 명의 손님 역시 불만 가득한 얼굴로 험악한 소리를 하며 가게를 나갔다. 주인은 평생 들어야 할 욕을 다 들은 듯했다.

풀죽은 주인의 작은 어깨는 축 늘어졌다. 구석에 앉아 있던 엔젤을 보지 못한 듯 그는 허공에 대고 중얼거렸다.

"아이고, 다 끝났어요, 하나님. 완전히 망했습니다요."

주인은 카페 문으로 걸어가 가게 문을 닫았다는 표지판을 내걸고는 머리를 벽에 대고 서 있었다. 엔젤은 그가 안 됐다는 생각이 들었다. 운이 나빠 일이 꼬일 때 어떤 기분인지 잘 알았다.

"저도 나가야 하나요?"

엔젤이 조용히 물었다. 주인은 홍당무 같은 얼굴로 뒤를 돌아보았다.

"거기 계신지 몰랐습니다. 빵하고 콩 요리만이어도 괜찮으시겠어요?"

"네, 주세요."

주인은 곧 엔젤 앞에 음식이 담긴 접시를 내려놓고 뒤로 한 걸음 물러섰다. 빵은 돌덩어리 같았고, 콩 요리에서는 탄내가 났다. 엔젤은 인상을 찡그리며 주인을 올려다보았다

"커피 드릴까요?"

주인이 커피를 따라 주었다. 커피는 너무 진했다. 엔젤은 오만상을 쓰지 않을 수 없었다.

"저기, 아무래도 새로운 요리사가 필요하신 것 같네요."

엔젤은 살짝 미소 지으며 커피 잔을 내려놓고 접시도 옆으로 밀어냈다.

"지금 혹시 일자리를 구하시는 중인가요?"

엔젤의 두 눈이 휘둥그레졌다.

"저요?"

주인은 엔젤의 놀라는 기색을 보고는 다시 말했다.

"하긴 이런 일을 하실 분은 아닌 것 같네요."

엔젤은 심장이 마구 뛰어 목구멍까지 올라올 것만 같았다. 내 과거가 그렇게 분명히 보인단 말인가? 이마에 크게 창녀라고 새겨져 있기라도 하단 말인가? 미가엘과 지낸 일 년의 시간으로도 변한 것이 하나도 없단 말인가?

엔젤은 등을 꼿꼿이 세우고 앉았다.

"사실 저는 일자리를 찾고 있어요. 물론 세상에서 가장 위대한 요리사는 못 돼요. 하지만 이것보다는 잘 만들 수 있을 것 같네요."

엔젤은 접시에 이리저리 엉겨붙어 번들거리는 콩 요리를 눈짓으로 가리키며 말했다.

"그렇다면 제가 당장 고용하죠!"

주인은 커피 주전자를 테이블 위에 탁 내려놓고 엔젤이 대꾸도 하기 전에 손을 쑥 내밀었다.

"내 이름은 버질 하퍼라고 합니다, 부인."

엔젤은 이 믿을 수 없는 사실을 받아들이려고 노력했다. 일자리가 생긴 것이다. 하늘에서 잘 익은 감이 뚝 떨어진 것이나 마찬가지였다. 어떻게 이런 일이 생긴 걸까? 조금 전까지만 해도 당장 먹고 살 일이 막막했는데 지금은 이 자그마한 남자에게 고용되어 일자리를 갖게 되었다.

"잠깐만요."

엔젤은 한쪽 손을 들어올리며 말했다.

"저는 일단 지낼 곳을 마련해야 해요. 지낼 곳이 마땅하지 않으면 이곳에 머물지 않을 수도 있어요."

"그런 거라면 걱정하지 마세요, 부인. 요리사 방이 따로 있답니다. 저 망할 놈의 요리사가 짐을 빼는 즉시 그쪽으로 옮기시면 됩니다. 지금 한참 짐을 꾸리고 있을 겁니다. 부인 방은 부엌 바로 위, 제 방 옆이죠. 정말 아늑합니다. 침대도 좋고, 서랍장까지 갖춰져 있어요."

엔젤은 눈을 가늘게 떴다. 뭔가 음흉한 함정이 있을 것이라는 생각을 진즉에 해야 했다.

"문에는 튼튼한 자물쇠도 달려 있습니다."

주인은 서둘러 말을 이었다.

"원하시면 가장 먼저 그것부터 확인해 보세요. 그런데 파이 만들 줄 알아요?"

주인이 어찌나 빨리 말하는지 엔젤은 끼어들 틈을 잡기가 어려웠다.

"방세는 얼만가요?"

"방세는 없어요. 일을 해 주는 조건으로 마련해 주는 거죠. 그런데 파이는 어때요? 파이 구울 수 있나요, 없나요?"

"빵하고 파이 모두 만들 수 있어요."

엔젤이 말했다. 엘리사벳과 미리암이 모든 것을 가르쳐 주었다.

"밀가루와 사과, 열매들을 가져다주시면……."

하퍼는 고개를 뒤로 젖히고 두 손을 번쩍 치켜올려 하늘을 우러러 소리쳤다.

"오, 주여! 정말 사랑합니다!"

하퍼는 빙글빙글 돌면서 발을 굴렀다.

"사랑합니다, 주님. 사랑합니다!"

엔젤은 메뚜기처럼 폴짝폴짝 뛰는 하퍼를 뚫어지게 쳐다보며 아무래도 정신이 나간 게 틀림없다고 생각했다. 엔젤의 시선을 의식한 하퍼는 겸연쩍어 하면서 크게 웃었다.

"이번 주 내내 무릎을 꿇고 앉아 앞으로 어떻게 해야 할지 걱정했답니다. 저 술주정뱅이 요리사가 무슨 짓을 했는지 아세요? 월요일에는 수프에 제 오줌을 넣고 끓여서 온종일 그걸 내놓았더군요. 그날 밤에 나한테 뻔뻔하게 말하는 거예요. 그 말에 난 당장 기둥에 목을 매고 죽고 싶었습니다. 그런데 그치가 막 웃으며 지금은 묽은 수프 간을 맞추는 중이라고 말하는 겁니다. 오늘 아침에는 무슨 짓을 했는지 말하고 싶지도 않네요."

엔젤은 앞에 놓인 접시를 내려다보았다.

"이 콩 요리에도 뭔가 수상한 짓을 했나요?"

"내가 아는 한은 안 했어요."

"어째 그 말에 믿음이 안 가네요."

"자, 부엌으로 들어와요. 일단 식재료로 뭐가 있는지부터 보여 줄게요. 그것들로 뭘 만들 수 있을지 보세요. 그런데 제가 뭐라고 불러 드릴까요, 부인? 처음에 그것부터 물어봤어야 했는데 그랬네요."

"호세아."

엔젤이 말했다.

"호세아 부인이라고 불러 주세요."

미가엘은 도끼를 크게 휘둘러 장작을 찍었다. 도끼는 그대로 장작 도마에 박혀 버렸다. 미가엘은 도끼자루를 세게 잡아당겨 도끼날을 빼내고는 장작 하나를 더 올려 도끼를 휘둘렀다. 그렇게 계속 미가엘의 도끼는 허공을 갈랐다. 잠시 후 장작 도마 주변에는 반으로 쪼개진 장작이 수북이 쌓여 있었다.

미가엘이 온몸을 떨면서 도끼를 내려놓고 무릎을 꿇고 주저앉았다. 쏟아지는 땀이 눈에 들어갔다. 손등으로 땀을 닦아 냈다. 그때 인기척에 뒤를 돌아보니 요한이 말에 올라탄 채 미가엘을 보고 있었다.

"얼마나 그렇게 서 계셨습니까?"

미가엘이 숨을 고르며 말했다.

"몇 분 정도."

미가엘은 일어서려 했지만 그럴 수가 없었다. 미친 듯이 열중해서 일한 뒤라 힘이 다 빠져 버렸다. 미가엘은 그대로 장작 도마에 등을 기대고 앉아 요한을 올려다보며 어색한 미소를 지었다.

"오신 줄 몰랐어요. 무슨 일이세요?"

요한은 몸을 앞으로 숙여 말안장에 팔을 기댔다.

"이 정도 장작이면 두 해 겨울은 거뜬히 나겠군."

"마차로 좀 실어 가시죠."

안장에서 삐걱 소리를 내며 요한이 말에서 내려 미가엘 앞에 쪼그리고 앉았다.

"어째서 아만다를 쫓아가지 않았나?"

미가엘은 떨리는 손으로 머리카락을 쓸어넘겼다.

"그냥 넘어가 주시죠, 요한."

이야기할 기분이 아니었다.

"자존심 따위 던져 버리고 당장 말을 타고 아만다를 찾아가게나. 자네 땅은 내가 돌봐 줌세."

"자존심 문제가 아닙니다."

"그럼 무엇 때문인가?"

미가엘은 뒤로 고개를 젖히고 숨을 크게 들이마셨다.

"분별력의 문제죠."

요한은 얼굴을 찡그렸다.

"그건 바울이 하는 말인데."

미가엘은 요한을 쳐다보았다.

"바울이 뭐라고 했나요?"

"별말은 없었네. 미가엘, 여자들은 대부분 감정적이라네. 그래서 때로 어리석은 짓을 저지르고는 하지."

요한은 대답을 피했다.

"아만다는 한참 동안 고심한 끝에 이 일을 벌인 겁니다. 충동적으로 한 일이 아닙니다."

"자네가 어떻게 알지?"

미가엘은 두 손으로 머리를 긁었다. 마지막 날 밤 엔젤이 했던 행동과 말을 모두 되짚어 보기를 몇 번이나 했던가. 달빛 아래 서 있던 엔젤의 늘씬한 몸과 허리까지 흘러내리던 아름다운 금발머리는 지금도 생생하다. 미가엘은 두 눈을 감았다.

"그냥 알 수 있습니다."

"미리암은 이 모든 일이 자기 탓이라고 자책하고 있네. 왜 그렇게 생각하는지는 말해 주지 않고 말이야. 하지만 분명히 자기 탓이라고 확신하고 있어."

"미리암과는 상관없는 일입니다. 저 대신 그렇게 좀 전해 주세요."

"나도 몇 번이나 그렇게 말해 줬네. 미리암은 바울에게 자네 대신 아만다를 찾아와 달라고 부탁까지 하더군."

미가엘은 그 대화의 끝이 어떻게 되었을지 쉽게 짐작했다. 그래도 바울은 지난 몇 주간 미가엘에게 찾아와 고소하는 얼굴을 보여 주지는 않는 정도의 예의는 차리고 있었다.

"바울은 엔젤을 싫어합니다."
"엔젤?"
요한이 어안이 벙벙한 얼굴로 되물었다.
"마라, 아만다, 디르사……."
미가엘의 목소리가 갈라졌다. 손으로 머리를 감쌌다.
"주여, 오, 주여."
엔젤이라니. 엔젤은 자신의 진짜 이름을 말해 주지도 않았다. 그 정도도 미가엘을 믿지 않은 것이다. 미가엘 역시 마음속으로는 아만다를 엔젤이라고 생각하고 있던 것은 아닐까? 그래서 그녀가 다시 떠난 걸까?
'오, 하나님. 그 이유로 저에게서 그녀를 떠나게 하신 건가요?'
요한 알트만은 이 젊은이의 슬픔 앞에서 속수무책이었다. 엘리사벳 없는 삶은 생각도 할 수 없는 요한이었다. 미가엘이 아만다를 얼마나 사랑하는지 옆에서 지켜보았다. 그리고 미리암에 의하면 아만다 역시 미가엘을 무척 사랑한다고 했다. 요한은 미가엘의 어깨 위에 손을 얹었다.
"어쩌면 아만다가 곧 자기 발로 돌아올지도 모르지."
요한의 위로는 공허하게 들렸다. 미가엘은 고개를 들지도 않았다.
"내가 뭘 도와주면 좋겠나?"
"도와주실 일 없습니다."
엔젤도 이렇게 답하곤 했다. '도와줄 일 아무것도 없어요.' 엔젤도 이런 심정이었을까? 가슴을 도려내는 이런 아픔을 느겼을까? 고통이 너무 커서 말하는 것만으로도 괴로운 아픔을 느꼈을까? 지금의 요한처럼 미가엘도 그 상처를 수도 없이 쑤시고 들추어낸 것일까? 도움을 주겠다고 나서는 사람이 있으면 오히려 출혈만 심해진다.

"내일 다시 오겠네."

요한이 말했다.

하지만 정작 찾아온 사람은 미리암이었다.

미리암은 미가엘과 나란히 버드나무 아래 앉아서 아무 말도 하지 않았다. 미리암이 무슨 생각을 하고 있는지 미가엘은 짐작할 수 있었다. 미리암이 생각하는 질문들이 허공에서 맴돌고 있었다.

'어째서 아무런 대책도 없이 그렇게 앉아만 있는 거죠?'

하지만 미리암은 끝내 아무 말도 하지 않았다. 말없이 주머니에서 뭔가를 꺼내 미가엘에게 내밀었다. 미리암의 손바닥 위에 놓인 어머니의 결혼반지를 본 순간, 미가엘의 심장은 철렁 내려앉았다.

"가져가세요."

미리암이 말했다. 미가엘은 반지를 집어 들었다.

"이걸 어디서 찾았지?"

미가엘이 쉰 목소리로 말했다. 미리암의 눈동자에 눈물이 고였다.

"아만다 언니가 역마차를 타기 전에 나한테 줬어요. 바로 그날 반지를 돌려줘야 했는데 깜빡했어요. 그리고 다음 날이 되자……, 난처하고 거북했어요."

미가엘은 반지를 꼭 쥐었다.

"고마워."

미가엘은 더는 아무것도 묻지 않았다.

"이제 마음 바꿨어요? 언니를 찾으러 갈 건가요?"

미가엘은 미리암을 빤히 쳐다보았다.

"아니, 미리암. 다시는 나에게 그런 거 묻지 마라."

엔젤이 미가엘을 떠나던 날, 미리암은 할 수 있는 모든 말로 그녀를 쫓아가라고 미가엘을 설득했지만 아무 소용이 없었다.

미가엘은 엔젤이 떠난 이유를 알았다. 하지만 그런 이유 너머에 인간의 상식으로는 이해할 수 없는 하나님의 뜻이 있다는 것도 알았다. 미가엘은 괴로움에 울부짖었다.

"꼭 이런 식으로 하셔야 합니까? 이렇게 빼앗으실 거였으면 애초에 그녀를 사랑하라고 말씀하신 이유는 뭐란 말입니까?"

미가엘은 하나님에게 분노했다. 더는 성경을 읽지 않았다. 기도도 멈췄다. 미가엘은 자신의 뜻으로 답을 찾으려고 했다. 하지만 아무것도 찾아낼 수 없었다. 미가엘은 그를 포위하고 점점 좁혀 오는 강력한 힘에 사로잡혀 혼란스럽고 위험한 꿈을 꾸었다.

고요하고 장중한 목소리는 이제 미가엘의 귓가에 울리지 않았다. 몇 주가 지나고 몇 달이 지나도 마찬가지였다. 하나님은 침묵하셨다. 어디론가 사라져 버리셨다. 그가 행하시려는 목적은 수수께끼가 되었다. 삶은 황무지였다. 더는 이 무미건조한 삶을 견딜 수 없던 미가엘은 울부짖었다.

"어찌하여 저를 버리시나이까?"

사랑하는 자여, 나는 언제나 네 곁에 있느니라. 세상 마지막 날까지 언제나 너와 함께하니라.

미가엘은 무분별하게 몰아붙이던 노동을 천천히 줄여 나갔다. 그리고 하나님의 말씀 안에서 위안을 찾았다.

'주여, 여전히 아무것도 이해할 수 없습니다. 그녀를 잃은 것은 제 반쪽을 잃은 것과 같습니다. 그녀는 분명 저를 사랑하고 있습니다. 그런데 어째서 주께서는 그녀를 떠나게 하셨나이까?'

이 물음에 대한 답은 시간이 지나 계절이 바뀌고서야 들을 수 있었다.

너는 나 외에는 다른 신들을 네게 두지 말라.

그런 일은 있을 수 없었다. 미가엘은 벌컥 화를 냈다.

"제가 언제 당신 이외의 신을 섬겼나이까?"

미가엘은 분통을 터트렸다.

"제 평생 당신께 순종하고 당신을 따라 살았습니다. 주님 이외에 다른 이를 섬긴 적은 단 한번도 없습니다. 그녀를 사랑합니다. 하지만 한번도 그녀를 저의 신으로 섬긴 적은 없습니다."

미가엘은 주먹을 불끈 쥐고 흐느껴 울었다. 분노의 말들을 쏟아 낸 후 아무 소리도 들리지 않는 고요가 계속됐다. 그리고 잠시 후 미가엘의 귓가를 울리는 소리가 있었다.

네가 그녀의 신이 되었노라.

엔젤은 밤의 장막이 내린 거리 한가운데 서서 버질의 카페가 화염에 휩싸여 타오르는 모습을 지켜보았다. 지난 여섯 달 동안 일구어 온 모든 게 불꽃이 되어 타고 있었다. 남은 것이라고는 입고 있던 낡은 깅엄 드레스와 그 위에 걸친 더러운 앞치마가 다였다.

아무런 예고도 없이 벌어진 일이었다. 버질이 부엌으로 뛰어 들어오면서 불이 났다고 소리쳤다. 엔젤은 무슨 일이냐고 묻기도 전에 버질에 의해 밖으로 끌려나왔다. 조금 떨어진 건물 두 채가 불길에 싸여 있었다. 그때 가벼운 산들바람이 불어와 순식간에 옆에 늘어선 다른 건물로 불길이 옮겨 붙었다.

사람들은 허둥지둥 뛰어다녔다. 겁에 질려 정신없는 사람이 있는가 하면, 손으로 불길의 방향을 가르쳐 주는 사람도 있었고, 어떻게든 불길을 잡아 보려고 양동이에 물을 길어 오는 사람도 있었다. 하지만 모두 소용없는 짓이었다. 잿더미와 뿌연 연기가 공기를 가득 메우고 불꽃은 더욱 거세져 밝은 오렌지 빛으로 어두운 밤하늘을 밝혔다.

엔젤은 화염에 휩싸인 카페 건물이 폭발해 불똥을 튀며 무너져 내리는 것을 속수무책으로 지켜보았다. 버질은 옆에서 흐느꼈다. 장사는 잘되고 있었다. 메뉴는 다양하지 않았지만 모두 맛이 있어서 입소문을 타고 손님들이 몰려왔었다.

엔젤은 누군가 건물에서 건져 온 나무통 위에 털썩 앉았다. 사람들은 건물에서 가져올 수 있는 것은 모두 가지고 나온 모양이었다. 거리는 가구와 판자, 물건들로 가득 찼다. 어째서 엔젤은 저런 생각을 하지 못했을까? 이층으로 달려가 자기 물건을 챙겨 올 생각조차 하지 못했다. 조금 서둘렀다면 물건을 모두 챙겨 여행 가방에 담을 정도의 시간은 분명 있었다.

불길은 거리의 끝까지 번지고 나서야 기세를 늦췄다. 바람도 사그라졌다. 야단법석도 마찬가지로 수그러들었다. 사람들은 망연자실한 얼굴로 거리 곳곳에 서서 그나마 남아 있던 마지막 꿈의 잔해들이 모두 타들어 가는 모습을 지켜보았다. 버질은 손으로 머리를 감싸고 땅에 털썩 주저앉았다. 엔젤에게도 차갑고 축축한 절망이 덮쳐 왔다. 이제는 어떻게 해야 한단 말인가? 엔젤은 주변을 돌아보았다. 그녀와 같은 상황에 처한 사람들이 눈에 들어왔다. 만약 미가엘이라면 지금 이 상황에서 어떻게 했을까? 미가엘이라면 절대로 절망하지 않고 이 사람들을 위해 뭔가 했을 것이다. 하지만 나는 무얼 할 수 있지? 자기 한몸 건사하기도 벅찬 보잘것없는 여자가 할 수 있는 일은 없을 것이다. 하지만 그래도 버질이 거리 한복판에 앉아 울고 있는 모습을 보고만 있을 수는 없었다.

엔젤은 흙더미에 주저앉아 있는 버질 옆에 쭈그리고 앉았다.

"불길이 완전히 사그라지면, 잿더미를 파서 남아 있는 게 뭔지 찾아봐요. 쓸 만한 게 남아 있을지도 몰라요."

"뭐 하러요. 난 건물을 다시 지을 돈이 없어요."

버질이 다시 흐느꼈다. 엔젤은 버질의 어깨를 감싸 안아 주었다.

"땅은 그대로 있잖아요. 땅을 담보로 대출을 받아서 다시 시작할 수 있을 거예요."

두 사람은 담요를 빌려 덮고 짐꾸러미에 기대어 밤을 보냈다. 동이 트자마자 두 사람은 잿더미와 돌무더기를 파헤쳤다. 독한 연기에 기침을 콜록콜록 토해 내며 엔젤은 주철 냄비와 프라이팬을 찾아냈다. 난로는 멀쩡했다. 그릇은 모두 녹아 버렸지만 접시는 대부분 멀쩡했다. 잘 닦아 내면 사용할 수 있을 것 같았다.

재를 뒤집어 쓴 엔젤은 숨을 들이마실 때마다 목구멍이 찢어질 듯 아파 오는 걸 느꼈다. 엔젤은 잠시 쉬기로 했다. 배도 고프고 피곤했다. 온몸의 근육이 뻐근하게 아파 왔다. 하지만 버질이 약간의 희망을 품기 시작해서 다행이었다. 비록 당장 두 사람이 머물 곳을 찾지 못해 걱정이기는 했지만. 근처에 있는 호텔은 이미 선불을 내고 들어앉은 손님들로 만원이었다. 돈이 없는 사람들에게 호텔 로비를 사용하게 해 줄 리 만무했다. 차가운 해안 이슬을 맞으며 거리에서 지내는 건 정말 생각하기도 싫은 일이었다. 하지만 엔젤은 이보다 더 나빠지지 않아 다행이라고 생각했다. 옆에 있던 사람이 담요도 나눠 주었다.

두 사람은 까맣게 탄 나무 기둥을 치웠다. 엔젤은 깨진 유리 조각을 모아서 쓰레기 폐기장에 내다버렸다. 기진맥진한 버질의 안색이 좋지 않았다.

"아무래도 이쯤에서 천막을 치는 게 좋을 것 같아요. 다시 건물을 세울 돈을 마련할 때까지는 그렇게 해야겠어요. 아, 그리고 교회에 가면 쉴 곳이 있대요. 목사님이 원하는 사람은 누구나 다 교회에 와서 지내라고 하셨다는군요. 다른 사람들도 거기로 가는 중이에요."

"난 됐어요."

엔젤은 교회에서 도움을 받느니 진흙탕 위에서 자는 게 낫겠다고 생각했다.

버질이 건너편 건물 앞에 줄지어 서 있는 사람들을 가리키며 말했다.

"패트릭 신부님이 저기서 무료급식소를 열었어요. 가서 먹을 걸 좀 받아먹어요."

"난 배고프지 않아요."

엔젤은 신부에게 음식을 구걸하고 싶지 않았다.

하지만 마실 물은 필요했다. 그것도 절실하게. 식수를 담은 물통이 배급되었다. 엔젤은 얼굴도 좀 씻고 싶었다. 하지만 식수 외에 사용 가능한 물이라고는 구유에 담긴 빗물이 다였다. 엔젤은 크게 한숨을 내쉬며 그 물이 얼굴보다는 깨끗하겠다고 생각하며 고개를 숙여 두 손으로 조심스레 물을 떠서 얼굴을 닦았다. 개운했다.

"안녕, 엔젤. 정말 오랜만이군."

엔젤의 심장이 그대로 멎었다. 그럴 리가 없다. 이 굵고 낮은 목소리는 엔젤의 망상이 만든 것이 분명하다. 엔젤은 천천히 고개를 들었다. 심장은 미친 듯이 뛰고 얼굴에서는 물이 뚝뚝 떨어졌다.

 눈앞에 공작이 서 있었다.

 그의 입술에는 죽음의 미소가 어려 있었다.

30장

내가 사망의 음침한 골짜기로 다닐지라도
해를 두려워하지 않을 것은
주께서 나와 함께 하심이라.
_시편 23편 4절

공작의 조롱하는 듯한 시선이 엔젤의 더러운 깅엄 드레스 차림을 훑어 내렸다.
"전에는 이보다 나은 모습이었던 것 같은데, 아가."
엔젤은 공작을 보자 그대로 얼어 버렸다. 그가 가까이 다가와 엔젤을 만지자 기절할 것 같았다.
"네가 아무리 멀리 달아나도 아무 소용없다는 걸 알겠지? 너는 나한테서 못 벗어나. 알았니?"
공작은 고개를 숙여 엔젤을 보았다.
"검댕으로 뒤덮여 있어도 아주 아름다운 여자로 자라났다는 걸 알아보겠구나."
공작은 다 타버린 건물의 폐허를 돌아보았다.

"이 끔찍한 창고 같은 곳에서 일했니?"

공작이 다시 엔젤을 쳐다보았을 때, 엔젤은 정신을 수습하고 말을 할 수 있을 정도가 되었다. 하지만 속으로는 벌벌 떨고 있었다.

"하퍼스 카페에서 요리사로 일했어요."

"요리사? 네가?"

공작은 크게 웃었다.

"와, 그거 참 대단하구나. 특별 메뉴는 뭐였니?"

공작은 말하면서 화재로 무너진 건물 폐허에서 일하고 있는 주변 사람들을 둘러보았다.

"네 걱정 많이 했다. 조니 같은 약골 녀석하고 있는 건 아닌가 생각했지. 그런데 웬 생쥐 같은 녀석하고 같이 있구나."

공작은 돌덩이를 헤치고 있는 버질에게 시선을 주었다.

엔젤은 그 음흉한 시선의 의미를 파악했다. 엔젤에게 친절을 베푼 것 말고는 아무 잘못도 없는 버질에게 해를 끼칠 것이 분명했다. 손바닥이 땀으로 젖었다. 어떻게 해서든 그녀를 도와준 이 작은 사내에게서 공작의 주의를 돌려야만 했다.

"날 찾으려고 지금까지 캘리포니아를 돌아다니셨을 리는 없을 텐데요. 공작님처럼 중요한 일을 많이 하시는 분께서 말이에요."

"아가야, 주위를 좀 둘러보렴. 여기라면 한 재산 만드는 건 금방이야. 한몫 챙기려고 왔지."

공작은 조롱 어린 미소를 지었다. 버질이 두 사람을 보고 다가왔다. 버질은 엔젤이 보내는 경고의 시선에도 아랑곳하지 않았다. 아니 오히려 걸음을 재촉하기까지 했다. 버질은 공작을 위아래로 훑어보고는 엔젤에게 걱정스러운 눈길을 보냈다.

"괜찮아요, 부인? 이 남자가 괴롭히기라도 했나요?"

설사 그렇다 한들 이 불쌍한 남자는 아무것도 할 수 없을 것이다.

"난 괜찮아요, 버질."

"자기야, 소개 좀 해 주지 그래?"

공작은 버질에게 차가운 미소를 보냈다. 엔젤은 두 사람을 소개했다. 버질은 공작의 명성을 익히 들어 알고 있었는지 어리벙벙한 얼굴을 했다.

"이분과 아는 사이였어요?"

"엔젤과 저는 매우 오래된 친구 사이죠."

버질은 엔젤을 쳐다보았다. 엔젤은 뭔가 설명이 더 필요하다고 생각했지만 할 수 있는 이야기가 거의 없었다.

"뉴욕에 있을 때 안면이 있던 분이에요. 아주 오래전 이야기죠."

"그렇게 오래전은 아니지."

공작은 소유욕을 드러내며 거만하게 말했다.

"광장 건너 건물을 소유하고 계신 분이죠? 그 큰 건물이요."

버질이 물었다.

"그렇소. 우리 가게에 들르신 적이 있던가?"

공작은 재미있다는 듯 천천히 대답했다.

"아뇨, 그럴 여유가 없어서요."

버질은 담담하게 말했다.

"엔젤, 그럼 이제 갈까?"

공작은 엔젤의 팔꿈치를 꽉 잡고 말했다.

"가요? 어디로요?"

버질은 엔젤을 쳐다보았다.

"그건 당신이 상관할 바가 아닌 것 같은데."

공작은 경고조로 말했다. 버질은 허리를 곧게 세우고 어깨에 힘을 주었다.

"부인이 같이 가고 싶어 하지 않는다면 내가 상관할 거요."

공작은 웃음을 터트렸다. 엔젤은 깜짝 놀랐다. 버질이 자신을 보호해 주려고 공작 같은 사람에게 대항하는 모습은 감동적이었다. 공작은 마음만 먹으면 버질 정도는 간단히 파괴해 버릴 수 있는 위인인데 말이다.

"난……."

엔젤은 팔꿈치를 파고드는 공작의 손가락 힘을 느꼈다. 만약 함께 가지 않겠다고 하면 버질에게 해코지를 할 것이다.

"미안해요, 버질."

불쌍한 버질은 상처받은 기색이 역력했다. 그가 쳐다보자 엔젤은 마치 그를 배신이라도 하는 기분이 들었다. 처음부터 솔직하지 못했다. 애초에 새로운 삶을 살 수 있을 거라는 황당한 생각을 한 것이 문제였다. 무슨 자격으로 그런단 말인가?

"어서 새 요리사를 구하도록 하시오. 엔젤은 원래 자기 자리로 돌아가니까."

"부인, 정말인가요?"

공작의 검은 눈동자가 이글거렸다. 이 조그만 카페 주인장이 무척 성가셨다.

"아무래도 이 사람도 조니 꼴을 당해야 할 모양이군."

공작은 짜증스러운 눈으로 엔젤을 보았다.

"조니라니 그게 누구죠?"

버질은 만반의 태세를 갖추고 침착하게 물었다. 덩치는 무척 작았지만, 용기만큼은 거인 같았다. 하지만 그 용기만큼의 분별력도 필요한 사람이었다.

"버질, 그러지 말아요!"

엔젤은 버질에게 애원하며 공작을 보았다.

"공작님, 가겠어요."

"예의범절도 깍듯해졌네."

공작은 다시 원래의 상냥한 얼굴로 돌아가 버질에게 미소를 지었다.

"여기 땅 주인이신가?"

"그렇소만."

버질은 진지하게 답했다.

"나한테 팔지 않겠소?"

"어림없는 소리요."

공작은 너털웃음을 터트렸다.

"싫으시다? 그렇다면 건물을 다시 지을 돈이 필요하실 텐데. 나한테 한번 와 보시오. 의논해 봅시다. 그리고 엔젤을 대신할 요리사를 구하기 어려우면 그것도 내가 도와드리리다."

"고맙소."

버질은 이렇게 말했지만 공작의 제안을 어느 것 하나 받아들일 생각이 없어 보였다.

"호세아 부인, 정말 괜찮겠어요?"

"호세아 부인?"

공작은 검은 눈썹 한쪽을 들어 올리고 엔젤을 내려다보면서 나직하게 되물었다. 엔젤의 심장은 목구멍까지 뛰어올랐다.

"네, 버질. 물론이에요."

공작은 무척 재미난 농담이라도 들은 양 나직이 웃으며 엔젤을 데리고 길을 걸어갔다. 엔젤은 이제부터 어떻게 해야 할지 열심히 생각해야 했다. 하지만 팔 아래 느껴지는 강력한 힘이 모든 생각을 마비시켰다.

'미가엘. 오, 미가엘!'

페어러다이스에 있는 살롱에서는 그가 나타나 사람들과 싸워 엔젤을 구해 줬다. 하지만 이제 엔젤을 위해 싸워 줄 미가엘은 없었다. 엔젤은 혼자였다. 엔젤을 잡은 공작의 손은 억세고 단단했다. 다시는 엔젤을 놓치지 않으리라고 다짐이라도 한듯이.

"그래, 결혼했던 모양이지? 결혼생활이 유지되는 동안은 재미 좀 본 모양이야? 아니면 그런 척하는 건가?"

공작은 엔젤을 커다란 도박장 안으로 안내했다. 테이블 사이를 걸어가는 동안 주변을 살필 겨를이 없었지만 무척 호화로운 곳이라는 건 한눈에 알 수 있었다. 공작은 언제나 대규모로 사업을 벌였다.

사람들은 공작에게 인사를 건네며 엔젤을 의아한 눈으로 보았다. 엔젤은 고개를 꼿꼿이 세우고 앞만 보고 걸어갔다. 두 사람은 이층으로 올라가 화려한 장식이 돋보이는 복도를 따라 걸었다. 사천팔백여 킬로미터 떨어진 곳에 있던 복도를 기억해 내는 순간 엔젤에게 공포가 엄습했다. 그 복도 끝에 무엇이 기다리고 있는지 알았다. 공작은 방문을 열고 엔젤을 안으로 밀어 넣었다.

헝클어진 청동 침대 위에는 거무스름한 피부의 아름다운 아가씨가 잠들어 있었다. 공작은 성큼성큼 걸어가 여자의 뺨을 때렸다. 여자는 새된 비명을 지르며 깨어났다.

"당장 나가."

그 어린 창녀는 침대에서 기어나와 벗어 놓은 가운을 집어들고 도망치듯 방을 나갔다. 공작은 엔젤을 쳐다보고 미소 지었다.

"이제부터 여기가 네 방이다."

엔젤은 이대로 굴복하기 싫었다.

"선택의 여지가 없나요?"

"여전히 반항적이군."

공작은 느릿한 말투로 말하고 엔젤에게 천천히 다가와 한 손으로 엔젤의 얼굴을 꽉 쥐고 시선을 마주쳤다. 엔젤은 매서운 눈으로 쏘아보며 두려운 마음을 감추려 했지만 공작을 속일 수는 없었다. 공작은 엔젤이 허세를 부리고 있다는 것을 알고 미소 지었다.

"내 사랑, 드디어 집에 돌아왔군. 네가 있어야 할 자리는 바로 여기야. 이젠 행복하지?"

공작은 손을 아래로 미끄러뜨려 엔젤의 목을 움켜잡았다.

"아주 침착한 척하고 있지만 심장은 놀란 토끼처럼 뛰고 있구나."

공작은 담배에 불을 붙이고 연기를 내뿜었다. 그리고 뿌연 연기 너머로 엔젤을 쳐다보며 말했다.

"이런, 우리 아가씨 얼굴에 핏기가 하나도 없군. 내가 널 해치기라도 할까 봐 그러니?"

공작은 아버지가 딸에게 하듯 엔젤의 이마에 키스했다. 이전에도 엔젤이 감히 대항하면 항상 이렇게 나왔다.

"자세한 이야기는 나중에 다시 하자, 알았지?"

공작은 아기를 대하듯 엔젤의 볼을 톡톡 다독이고는 방을 나갔다.

미가엘은 식은땀을 흘리며 잠에서 깨어났다. 엔젤이 그를 부르고 있었다. 엔젤이 불길 한가운데 서서 울부짖으며 그의 이름을 애타게 부르고 또 불렀다. 하지만 어찌된 영문인지 아무리 애를 써도 미가엘은 엔젤에게 다가갈 수 없었다. 그때 한 검은 형체가 불길을 뚫고 엔젤에게 다가갔다.

미가엘은 떨리는 손으로 땀에 젖은 머리를 뒤로 넘겼다. 가슴에 땀방울이 흘러내렸다. 온몸의 떨림을 멈출 수가 없었다.

"이건 그냥 꿈일 뿐이야."

하지만 온몸을 엄습해 오는 불길한 예감에 속이 메스꺼울 지경이었다. 미가엘은 기도했다. 그리고 침대에서 일어나 밖으로 나갔다. 곧 새벽이 밝아 올 것이다. 화창한 햇살 아래서라면 모든 것이 달라 보일 것이다. 하지만 아침이 와도 뭔가 잘못되었다는 느낌은 사라지지 않았다. 미가엘은 열심히 기도했다. 마음속에 아내에 대한 염려가 가득했다.

어디 있는 걸까? 어떻게 지내고 있을까? 굶고 있는 건 아닐까? 지낼 곳은 마련했을까? 혼자서 어떻게 꾸려 나가고 있을까?

어째서 돌아오지 않는 걸까?

온종일 불길한 조짐이 맴돌았다. 암흑의 세력이 미가엘의 영혼을 덮치고 있었다. 분명 엔젤과 관련된 느낌이었다. 미가엘은 계속해서 그녀를 위해 기도했다.

미가엘은 자신에게는 아무 힘이 없음을 알았다. 그녀가 위험에 처해 있다고 해도 그가 할 수 있는 일은 아무것도 없었다. 지금 어디에 있는지, 어떤 도움을 필요로 하는지 알 길이 없었다. 미가엘은 여전히 그녀를 깊이 사랑했다. 그리고 하나님이 언제나 인도하시고 보호해 주신다는 것을 믿었다. 그러니 주께서 그녀에게도 그와 같이 하시리라 믿어야 했다. 하지만 걱정이 되는 건 어쩔 수 없었다.

그건 그녀가 하나님을 믿지 않기 때문이었다.

엔젤은 문을 밀어 보았다. 꼭 잠겨 있었다. 창가로 걸어가 우아한 레이스 커튼을 젖히고 밖을 내다보았다. 역시 빠져나갈 곳은 없었다. 공작은 항상 자신의 소유물을 안전하게 지키는 걸 좋아했다.

엔젤은 방안을 서성거렸다. 손바닥은 땀으로 축축해졌다. 공작이 어떻게 나올지 생각해 보았다. 엔젤은 바보가 아니다. 공작의 상냥한 태도 아래는 격한 분노가 들끓었다. 엔젤을 혼자 두는 것에는 역시 꿍꿍이가 있다. 공작이 무슨 짓을 할지 노심초사하며 괴로워하라고 일부러 혼자 내버려두는 것이다.

"이번에는 그렇게 안 될걸. 어림도 없어."

엔젤은 혼잣말로 중얼거렸다.

방안을 둘러보던 엔젤은 일단 침대를 정리하고 방을 청소하기로 했다. 자신의 힘으로 어쩔 수 없는 일에 대해서는 잠시 잊기로 했다. 간단한 일을 마친 엔젤은 창가에 앉아 지나가는 사람들을 내려다보았다. 두려움과 공포가 되살아났다. 엔젤은 두 눈을 꼭 감고 두려움과 싸웠다.

"미가엘, 미가엘, 어떻게 해야 할지 알려 줘요."

엔젤은 들에서 일하는 미가엘의 모습을 떠올렸다. 한 손에 괭이를 들고 서 있는 그의 얼굴 가득 미소가 어려 있었다. 난로 앞에서 무릎 위에 놓인 성경책을 읽는 모습도 생각났다.

"주님을 믿어요!"

미가엘이 한 말이다.

그때 문이 열렸다. 엔젤은 앉은 자세 그대로 침착해 보이려고 애썼다. 공작의 뒤를 따라 건장한 남자 한 명이 들어왔다. 그는 이전에 있던 여자의 물건을 챙겨서 나갔다. 그러는 내내 엔젤은 무관심을 가장하고 있었다. 공작은 가만히 서서 그런 엔젤을 보고만 있었다. 엔젤은 고개를 들어 공작의 얼굴을 똑바로 마주보며 희미한 미소를 지었다.

'내가 비굴하게 나오기를 바라지, 이 악마야? 하지만 이제 다시는 당신 때문에 마음이 어지럽혀지거나 혼란스러워지지 않도록 할 거야. 미가엘을 생각할 거야. 계속해서 미가엘만 생각할 거야.'

중국인 하인 한 명이 들어와 침대 시트를 새로 갈았다.

엔젤은 팔짱을 끼고 등받이가 높은 의자에 차분하게 앉아 있었다. 하지만 심장은 거칠게 뛰고 있었다. 공작은 말 없이 꼼짝도 하지 않고 서 있었다. 하지만 엔젤은 그 모습만으로도 두려움을 느꼈다. 마음속에 혹처럼 불거진 두려움은 점점 커져 갔다. 그가 생각하고 있는 징벌은 무엇일까?

"욕조를 가지고 오너라. 따뜻한 물도 부족하지 않게 가져오도록 해."

공작이 명령하자 중국인 하인이 방에서 물러났다. 공작은 한참 동안 실눈을 뜨고 엔젤을 샅샅이 훑어보았다.

"시중들 사람을 보내 주지."

공작은 그대로 돌아서서 방을 나갔다.

공작의 예상 밖의 반응에 놀란 엔젤은 숨을 혹 내쉬었다. 공작은 엔젤의 침착한 모습에 동요한 듯 보였다. 이전에는 한 번도 공작을 속이지 못했다. 하지만 그와 헤어져 지낸 세월이 삼 년이 다 되어 간다. 아마도 공작은 엔젤의 속임수를 잊어버린 모양이다.

그렇지만 그것 때문에 오히려 일이 더 꼬일 수 있다.

한 어린 소녀가 안으로 들어와 엔젤이 옷 벗는 일을 거들었다. 열세 살 정도나 되었을까. 공작의 정부는 아니다. 엔젤은 확신할 수 있었다. 물론 어쩌면 옛날에는 공작의 상대였을 수도 있다. 소녀는 무척 아름다웠다. 하지만 공작의 전유물로 지내는 아이들은 땋아 내린 머리를 리본으로 묶고 파스텔 톤의 옷을 입었다. 이 소녀의 두 볼과 입술은 붉은색으로 덧칠해져 있었고, 구불거리는 머리는 어깨까지 드리워 있었다. 확실한 건 이 소녀 역시 지옥을 건너고 있다는 것이었다. 안쓰러운 마음에 엔젤은 그 어린 소녀에게 미소를 보냈다.

"이름이 뭐니?"

"체리요."

소녀는 엔젤의 깅엄 드레스와 속치마 등을 문가로 던져 놓으며 대답했다.

"저 옷들은 세탁 후 돌려받았으면 좋겠는데."

"공작께서 갖다 버리라고 하셨는데요."

"그래, 공작님 말씀이라면 따라야겠지."

엔젤은 괜히 소녀를 곤란하게 만들고 싶지 않았다.

"공작이 너를 캘리포니아에서 여기로 데리고 왔니?"

"네, 저하고 다른 아이들 세 명 더요."

소녀는 손으로 목욕물 온도를 가늠했다.

"뜨겁지 않아요. 이제 목욕하셔도 돼요."

엔젤은 낡은 속옷을 벗었다. 따뜻한 물에 몸을 담그며 크게 한숨을 내쉬었다. 앞으로 무슨 일이 일어날지 모르지만, 적어도 겉으로 보이는 몸은 깨끗해질 것이다.

"여기 온 지 얼마나 됐어?"

"여덟 달이요."

엔젤은 얼굴을 찡그렸다. 그렇다면 그동안 내내 공작과 같은 곳에 있으면서도 그 사실을 전혀 몰랐다는 말이다. 공작과 함께 지내는 것이 운명이란 말인가?

"아가씨는 정말 아름다우세요."

엔젤이 우울한 얼굴로 소녀를 보았다.

"너도 무척 예쁜걸."

겁에 질린 파란 눈을 가진 창백하고 예쁜 소녀였다. 엔젤은 소녀가 한없이 가여웠다.

"제가 머리 감겨 드릴까요?"

"여기서 빠져나갈 방법이나 알려 주면 좋겠구나."

깜짝 놀란 소녀의 표정이 굳어졌다. 엔젤은 자조적인 미소를 지었다.

"하지만 그런 일은 불가능하겠지, 그렇지?"

엔젤은 소녀에게서 스펀지와 라벤더 향 비누를 건네받고는 아무 말도 하지 않았다.

그때 공작이 노크도 없이 안으로 들어왔다. 놀라 움찔하는 소녀의 얼굴에는 핏기가 하나도 없었다. 엔젤은 소녀의 팔에 손을 얹었다. 차가웠다. 공작의 팔에 몇 벌의 새틴 실내복이 걸려 있었다. 공작은 과장된 몸짓으로 침대 끝에 실내복을 내려놓았다.

"우리 둘만 있겠다, 체리."

소녀는 황급히 방을 나섰다.

엔젤은 마음을 단단히 다잡고 마치 공작이 곁에 없는 양 목욕을 계속했다. 공작은 엔젤을 뚫어지게 보았다. 찬찬히 쳐다보는 그의 검은 눈동자를 의식하지 않을 수 없었다. 불편한 마음을 감추며 엔젤은 욕조에서 일어나 커다란 수건으로 몸을 감쌌다. 공작이 머리를 말릴 작은 수건을 건넸다. 엔젤이 작은 수건을 머리에 터번처럼 두르자 공작이 파란색 가운을 펼쳐서 엔젤이 입을 수 있게 해 주었다. 가운을 입은 엔젤은 허리끈을 낙낙하게 묶었다. 공작은 엔젤의 어깨에 손을 얹고 자신을 바라보게 돌려세웠다.

"이제 더는 나의 꼬마 엔젤이 아니구나. 그렇지?"

"언제까지나 아이일 수는 없으니까요."

엔젤은 공작의 손길이 닿자 한기를 느꼈다.

"정말 유감이야."

공작은 엔젤이 앉을 의자를 끌어다 주었다. 엔젤은 침착하려고 애쓰면서 천천히 숨을 고르고 의자에 앉았다.

"배가 고프겠군."

공작은 줄을 잡아당겨 종을 울렸다. 중국인 하인이 쟁반을 들고 들어와 엔젤 앞에 있는 식탁에 음식을 차려놓고 물러갔다. 공작은 미소를 지으며 직접 은 덮개를 열어 주었다.

"네가 가장 좋아하는 것들로만 준비시켰다."

진수성찬이었다. 두툼한 쇠고기 스테이크에 크림을 넣은 감자 요리, 버터로 조리한 채소볶음. 큼직한 초콜릿 케이크도 한 조각 있었다. 뉴욕 매음굴에서 도망친 이후로 이런 음식은 처음이었다. 입 안 가득 침이 고였다. 배 속이 요동쳤다.

공작은 은 주전자를 들어 투명한 크리스털 유리잔에 우유를 가득 따라 엔젤에게 건넸다.

"넌 언제나 샴페인보다 이 우유를 더 좋아했지. 그렇지?"

엔젤은 잔을 받아 들었다.

"송아지를 잡기 전에 살찌우려는 속셈인가요, 공작님?"

"금송아지를? 내가 그런 바보짓을 할 리가 있나."

엔젤은 불이 난 후 음식을 거의 먹지 못했다. 신부가 제공하는 구호품을 고집스레 거절해 왔기 때문이다. 신부가 주는 수프를 먹으면 고해성사를 해야 할 것이고, 솔직하게 고백하고 나면 그가 차가운 얼굴로 엔젤은 도저히 구원받을 길이 없는 여자라고 말할 것 같았다. 그래서 엔젤은 지금껏 굶었다.

"다시 오지."

식사하는 내내 옆에서 지켜볼 줄 알았던 공작이 나가자 엔젤은 호사스러운 식사를 마음껏 즐겼다. 지난 삼 년 동안 이렇게 좋은 음식은 한번도 맛보지 못했다. 공작은 언제나 훌륭한 식사를 준비해 주었다. 우유를 한 잔 더 따라 마신 엔젤은 배가 가득 차고 나서야 지금 자신이 무슨 짓을 저질렀는지 깨달았다. 수치심에 몸 둘 바를 몰랐다.

'오, 미가엘. 난 이렇게 약해 빠졌어요. 너무나 약해요. 이런 주제니 당신을 떠난 건 당연한 일이에요. 날 봐요! 공작의 음식으로 배를 채웠어요. 스테이크 한 접시와 초콜릿 케이크 한 조각에 내 영혼을 팔았어요. 옛날로 돌아가느니 차라리 굶어 죽겠다고 굳게 결심했는데 말이죠. 난 선하게 사는 방법을 알지 못해요! 당신과 함께 있을 때만 간신히 흉내낼 뿐이었어요.'

"마음이 심란한 모양이군. 왜 그러지? 뭐 괴로운 일이라도 있나?"

공작의 목소리에 엔젤은 화들짝 놀랐다. 그가 들어온 줄도 모르고 있었다.

"아니면 내가 어떤 벌을 내릴지 걱정하는 중이었나?"

엔젤은 빈 접시를 옆으로 밀어 놓았다. 굴욕감에 얼굴이 화끈거렸다. 자신이 저지른 일에 구역질이 났다.

"당신이 무슨 짓을 하든 신경 안 써요."

엔젤은 단조로운 목소리로 말했다. 그리고 자리에서 일어나 공작에게 등을 돌렸다. 창가에 걸린 레이스 커튼을 옆으로 젖히고 저만치 아래 바삐 움직이는 도시를 보았다.

'미가엘, 당신과 함께 있을 때 가졌던 그 훌륭한 도덕심은 모두 어디로 간 걸까요? 또다시 모두 사라져 버렸어요. 난 다시 엔젤이 되었어요. 이곳에서 보낸 짧은 시간과 저녁 식탁 하나에 그 모든 것이 스러져 버렸어요!'

엔젤은 두 눈을 감았다.

'아, 하나님. 만약 당신이 정말 계신다면 나를 쳐서 죽여 주세요. 제가 완전히 굴복하기 전에 죽여 주세요. 저는 이 악마와 싸울 힘이 없습니다. 저는 아무런 힘이 없어요.'

"네 걱정 많이 했다."

공작은 엔젤의 긴장한 어깨를 주무르면서 달콤한 말로 엔젤을 어르기 시작했다.

"늘 그러셨죠."

엔젤이 냉담하게 말했다.

"그동안 하층민들하고 어울려 다녔니? 과거에 너는 항상 최고들만 상대했잖니. 열여섯 살 소녀 중에서 상원의원이며 대법관을 정기적으로 만나는 아이가 얼마나 있겠어. 거기에 선박왕도 있었지? 네가 사라지자 찰스가 꽤나 절망했단다. 그 사람은 정보원을 고용해서 너를 찾기까지 했어. 네가 캘리포니아로 가는 배에 탔다는 이야기를 전해 준 것도 바로 그 사람이었단다."

"징그럽게 그리운 찰스 이야기군요."

엔젤은 그 부잣집 망나니를 기억했다. 엔젤은 공작의 손을 뿌리치고 뒤돌아서서 공작을 마주보았다.

"내가 여기를 나가겠다고 하면 어떻게 되는 거죠?"

공작의 입술 끝이 살짝 올라갔다.

"호세아라는 남자 이야기나 좀 해 보지."

엔젤은 긴장했다.

"호세아에 대해서는 왜 알고 싶어 하죠?"

"그냥 궁금해서."

미가엘 이야기를 하다 보면 앞으로 닥칠 일을 견뎌 낼 힘을 얻을지도 모른다.

"그는 농부예요."

"농부?"

공작은 놀라면서도 재미있어 했다.

"그럼 네가 밭이라도 갈았다는 말이니, 엔젤? 소젖도 짜고, 바느질도 했나? 손톱 밑에 때가 끼는 일이 재미있었나?"

공작은 엔젤의 손을 잡고 손바닥을 위로 향하게 뒤집어 보았다. 엔젤은 잠자코 있었다.

"귀여운 숙녀의 손에 굳은살이라니."

공작은 질색하며 엔젤의 손을 놓았다.

"그래요. 굳은살이에요. 먼지와 땀으로 뒤범벅되어 지냈어도 그때의 나는 당신과 함께 지내던 때보다 더 깨끗했어요."

엔젤이 자랑스레 말하자 공작이 그녀의 뺨을 때렸다. 엔젤이 비틀거리며 뒤로 물러섰다. 곧 자세를 추스른 엔젤은 공작의 얼굴을 보며 뭔지 모를 자신감을 느꼈다. 정확히 말할 수는 없지만 그의 얼굴에는 지금 이 상황과 엔젤을 완전히 장악하지 못하고 있다는 초조함 같은 것이 엿보였다.

"그 남자 이야기나 더 해 보자."

엔젤은 모두 이야기했다.

"그를 사랑했나?"

"지금도 사랑해요. 그리고 앞으로도 언제까지나요. 지금껏 살아오면서 겪었던 일 중에 가장 행복하고 즐거운 일이 바로 그를 만난 거예요. 죽을 때까지 그와의 기억을 간직할 거예요."

공작의 얼굴이 어두워졌다.

"그래서 이렇게 죽지 못해 난리를 치는 건가? 어서 그 기억을 안고 죽고 싶어서?"

"공작님 마음대로 하세요. 원하는 대로 하시라고요. 언제나 그러셨잖아요?"

엔젤은 다시 공작에게 등을 돌렸다. 당장이라도 엔젤을 돌려세워 때릴 것이다. 하지만 공작은 아무 짓도 하지 않았다. 엔젤은 침대 가장자리에 앉아 의아한 얼굴로 공작을 올려다보았다.

"그래, 전 인류의 귀감이 될 만한 그 훌륭하신 위인은 지금 어디 계신가?"

"농장에 있죠."

어쩌면 지금쯤은 미리암에게 갔을지도 몰랐다.

"네가 그를 떠난 거로군."

"그래요, 내가 떠났어요."

공작은 만족스러운 미소를 지었다.

"지겨워서?"

"아니요. 그는 아이를 갖고 싶어 했어요. 그런데 우리 둘 다 잘 알고 있듯이, 난 아이를 낳을 수 없는 몸이잖아요."

엔젤은 목소리에 비참한 기운이 서리는 것을 막을 수 없었다. 굳이 마음을 감추지 않기로 했다.

"그래서 그 일로 아직도 나한테 화가 나 있나?"

"그에게 내가 아이를 낳지 못한다고 말했어요. 어떻게 하다 그렇게 되었는지도 모두 말했죠. 하지만 그는 그런 것은 상관없다고 말했어요."

"상관없으시다?"

"그래요. 하지만 나는 상관 있었어요. 난 그가 누려 마땅한 것들을 모두 누리게 해 주고 싶었어요."

엔젤이 말을 하면 할수록 공작의 표정은 굳어졌다. 엔젤은 경고를 알리는 신호를 무시했다. 오직 미가엘만을 생각했다.

"내가 그를 떠난 건 이번이 처음이 아니에요. 내가 그와 결혼했을 때 나는 아무것도 할 수 없는 상태였어요. 시간이 지나 기력을 회복한 나는 기회를 잡자마자 그의 곁을 떠났죠. 난 그에게 신세지고 싶지 않았어요. 매음굴로 돌아가 내 몫을 돌려받으려고 했죠. 하지만 돌아가 보니 내가 있던 매음굴은 화재로 사라져 버렸더군요. 그래서 건너편 술집에서 다시 손님을 받으며 지냈어요. 거기서 당신이 그렇게 질색하는 하층민들과 실컷 어울려 지냈죠. 그런데 그가 나를 찾으러 왔어요. 그런 곳에 있는 나를 발견한 그가 어떻게 했는지 알아요? 그는 나를 데리고 그곳을 나갔어요. 사람들과 싸우는 것도 마다하지 않고 그 소굴에서 나를 빼냈죠. 그리고 날 다시 집으로 데려갔어요. 그리고 용서해 주었어요."

엔젤은 스산하게 웃으며 말을 이어 갔다.

"그래도 나는 계속 그에게서 달아났어요. 그이 때문에 감정이라는 게 생기는 게 두려웠어요. 그이로 인해 내 삶이 송두리째 변하게 될 것 같았죠. 그의 사랑이 일으킨 기적이었어요. 그는 나를 사랑해 주었죠. 내가 과거에 무슨 짓을 했는지 상관없이 한결같이 나를 사랑해 주었어요. 내가 그에게 지독한 상처를 안겨 주어도 그는 날 계속 사랑했어요. 날 절대로 포기하지 않았죠."

공작은 엔젤의 턱을 꽉 붙잡았다.

"내가 널 포기하지 않았듯이 말이지."

그의 눈동자가 달아오른 석탄처럼 이글거렸다.

"나 역시 네가 몇 번이고 달아나도 모두 용서해 주었다는 것을 잊었나? 매번 너를 다시 집으로 데리고 와 용서해 주었잖아!"

엔젤은 고개를 옆으로 돌려 턱을 빼고 공작을 노려보았다.

"날 용서했다고요? 날 소유하셨죠. 날 한낱 소유물로 봤잖아요! 가장 높은 가격을 부르는 입찰자에게 팔아넘길 물건 말이에요. 요긴하게 써먹을 물건 말이에요! 그는 날 사랑해 주었어요. 당신은 늘 내 영혼까지 모두 당신 소유라고 말했지만, 그는 그 누구도 내 영혼을 소유할 수 없다는 사실을 알려 주었어요."

 공작은 방금 때렸던 엔젤의 볼을 다정하게 어루만졌다.

 "다시 집으로 돌아오니 제자리로 돌아온 느낌이 들지 않나? 좋은 음식과 아름다운 옷, 호화스러운 집과 주목받는 삶이 그립지 않았어?"

 엔젤은 불편해하며 자세를 바꾸어 앉았다. 그 모습을 보며 공작은 득의만만한 미소를 지었다.

 "난 널 알아. 네가 뭐라고 지껄여도 넌 피부에 닿는 실크의 촉감을 사랑하지. 그리고 누군가 네 시중을 들어주는 일에도 익숙하고."

 공작은 식탁에 놓인 텅 빈 주전자를 들어 보이며 비웃음을 흘렸다.

 "그리고 우유도 좋아하지."

 엔젤의 얼굴이 벌겋게 달아올랐다. 엔젤을 다그치며 몰아붙이는 공작의 얼굴에는 악의에 찬 기쁨이 서려 있었다.

 "전에 네가 남자들을 다루는 솜씨를 감상하곤 했지. 모두들 네 손에서 나긋나긋 놀아났어. 너에게 다들 얼이 빠져 버렸으니까."

 "그래서 당신은 그들을 마음대로 부릴 힘을 얻었죠."

 "그랬지. 대단한 힘이었지."

 공작은 순순히 인정하고 엔젤의 얼굴을 거칠게 위로 들어 올렸다.

 "네가 아주 그리웠다. 네가 나에게 주었던 그 힘이 그리웠어. 내가 데려온 사람들은 한결같이 네 마법에 걸려들어 나의 수하가 되었으니까."

"칭찬이 과하시니 몸 둘 바를 모르겠네요."

"그 누구도 내 허락 없이는 너에게 함부로 손댈 수 없다. 넌 내 거야!"

"아니요, 그 사람만은 그럴 수 있어요."

엔젤은 공작의 검은 눈동자에 어린 분노를 읽었다. 하지만 전혀 두렵지 않았다. 마음 한가운데 평온함이 일었다. 미가엘을 생각하는 것만으로도 용기를 낼 수 있었다. 하지만 엔젤은 알고 있었다. 이런 용기가 오래 지속되지 않는다는 것을. 일단 공작이 본색을 드러내면 더는 버티지 못할 것이다. 그는 마고완이 아니다. 절대로 자제력을 잃지 않고 엔젤을 죽기 직전까지만 괴롭힐 것이다.

공작은 자리에서 일어섰다.

"오늘은 이만 하지. 푹 쉬고 내일 다시 얘기하자고. 의논할 일도 있으니까. 어쨌든 네 밥벌이는 계속해야지."

공작이 허리를 굽혀 키스하려 하자 엔젤이 고개를 옆으로 돌렸다. 공작의 강한 손이 엔젤의 턱을 세게 조였다. 공작은 엔젤의 고개를 돌리고 억세게 키스했다. 하지만 그 안에는 어떤 열정도 느껴지지 않았다. 뒤로 물러난 공작의 얼굴에는 그 어떤 감흥도 보이지 않았다. 체리보다 훨씬 더 나이가 많은 엔젤에게 아무런 성적 유혹을 느끼지 못하는 것이었다.

공작은 문 앞에서 걸음을 멈추고 말했다.

"그건 그렇고, 엔젤. 그 호세아인가 뭔가 하는 녀석이 너를 찾아온다면, 조니를 처리했던 것과 똑같이 죽여 줄 테니 그리 알아라."

공작은 희미하게 미소 지었다.

"그리고 그 모습을 네 두 눈으로 똑똑히 보게 해 주겠다."

엔젤의 용기는 금세 수그러들었다. 공작은 그 모습을 보고 의기양양하게 웃었다.

엔젤은 철커덕 문이 잠기는 소리를 듣고 침대에 맥없이 주저앉았다. 공작은 다음 날도 그 다음 날도 오지 않았다. 체리라는 이름의 소녀가 음식을 가져다주었고, 소녀가 떠날 때면 문 앞을 지키고 서 있는 사람이 문이 잘 잠겼는지 꼼꼼히 확인했다.

엔젤은 공작이 무슨 꿍꿍인지 짐작할 수 있었다. 하지만 어떻게 해 볼 도리가 없었다.

악몽이 다시 찾아왔다.

엔젤은 마구 달리고 있었다. 어두운 밤이 엔젤을 덮쳐 왔다. 골목길을 내달리는 엔젤의 뒤에서는 묵직한 발걸음 소리가 생생하게 들려왔다. 눈앞에 선착장이 보였다. 수평선 가득 돛을 올린 배들이 있었다. 엔젤은 이리저리 돌아다니며 제발 태워 달라고 애원했다.

"죄송합니다, 부인. 자리가 다 찼습니다."

선원들은 하나같이 이렇게 말했다.

엔젤은 마지막 부두를 향해 달렸다. 부두 끝에 쓰레기더미가 가득한 폐선이 보였다. 배를 묶어 둔 밧줄이 풀려 있었다.

뒤를 돌아보니 공작이 있었다. 그가 엔젤의 이름을 불렀다. 그 어두운 목소리가 엔젤을 잡아당기고 있었다.

폐선 안의 쓰레기더미 위에서는 쥐들이 썩은 고기와 채소를 실컷 포식하고 있었다. 고약한 냄새가 풍겨 왔지만 엔젤은 하는 수 없이 그 배로 뛰어들었다. 물이 질질 흘러나오는 쓰레기더미 속에 두 손이 푹 빠졌다. 쥐들이 찍찍거리며 사방으로 달아났다. 고약한 악취에 정신을 잃을 지경이었다. 하지만 배가 움직이자 엔젤은 난간을 꽉 붙잡았다. 공작이 막 부두에 도착했을 때 배는 어느 정도 멀어져 있었다.

"넌 나에게서 벗어날 수 없어. 넌 날 벗어나지 못해, 엔젤!"

공작은 그렇게 사라졌다. 이제 엔젤은 폭풍우 치는 바다 한가운데 떠 있다. 파도가 일어 사방에서 바닷물이 쏟아져 들이쳤다. 엔젤은 조금이라도 안전한 피난처를 찾아보았지만 피할 곳이 없었다. 차가운 물세례를 피하려고 엔젤은 쓰레기더미 위로 기어올라 갔다. 마침내 맨 꼭대기에 도착했을 때, 눈앞에 랩이 벌렁 누워 있었다. 목에는 여전히 검은 끈이 감겨 있었다. 쥐들이 달려들어 그의 썩은 살을 갉아댔다. 겁에 질려 울부짖던 엔젤은 다시 쓰레기더미를 미끄러져 내려갔다. 최대한 랩에게서 멀리 떨어진 곳으로 가서 온몸을 웅크리고 앉아 있었다.

극한 추위에 온몸을 떨고 있던 엔젤은 두 손으로 머리를 감쌌다.

"죽었으면 좋겠어. 죽어 버렸으면 좋겠어."

"아가, 어디 있니?"

엔젤은 고개를 들었다. 엄마가 서 있었다. 하얀 옷을 입은 엄마에게서 환한 빛이 났다.

"여기가 어디니, 아가? 내 묵주는 어디 있지?"

엔젤은 다시 쓰레기더미를 기어오르며 미친 듯이 엄마의 묵주를 찾았다.

"찾아드릴게요, 엄마! 제가 찾을게요!"

엔젤은 저쪽에서 뭔가 반짝거리는 것을 보고 손을 뻗었다.

"여기 있어요, 엄마. 여기요."

갑자기 배가 심하게 기울어지면서 선미가 하늘로 치솟았다. 그 바람에 쓰레기더미가 바닷속에 풍덩 빠져 버렸다. 엔젤은 소리쳐 울면서 엄마의 로사리오 묵주를 잡으려고 손을 뻗다가 그대로 나뒹굴었다. 손끝에 십자가가 살짝 닿는 듯했지만 묵주는 손에서 미끄러져 나가 뱃전에 부딪혀 구슬이 모두 흩어진 채 바닷속으로 빠져 버렸다. 엔젤은 자신도 미끄러져 바닷물에 빠지려 한다는 것을 본능적으로 깨닫고 뭔가 손에 닿는 것을 움켜잡았다. 하지만 엔젤을 안전하게 지켜 줄 만한 단단한 것은 아무것도 없었다. 모든 것이 사라져 갔다. 결국 엔젤은 차가운 물속으로 떨어졌다. 썩어 가는 파편들이 엔젤의 주변을 맴돌았다. 엔젤은 발길질을 해서 물 위로 올라갔다. 다시 바다 위로 올라와 보니 어느새 파도는 잠잠해져 있었다. 해변이 보였다. 간신히 헤엄쳐 해변에 도착한 엔젤은 온몸에 달라붙은 오물덩어리의 무게 때문에 제대로 일어설 수도 없었다.

엔젤은 비틀거리며 걸어가다 완전히 지쳐 털썩 주저앉고 말았다. 피부는 온통 흉측하게 짓무른 상처와 구역질나는 종기로 얼룩져 있었다. 엔젤의 모습은 그 옛날 어린 창녀가 낳은 갓난아기 같았다.

고개를 들어 보니 저만치 들녘에 미가엘이 서 있었다. 부드러운 바람이 풍성한 밀밭에 불어와 미가엘의 주변은 온통 황금물결이었다. 공기는 달콤하고 깨끗했다. 미리암이 품에 아기를 안고 미가엘에게 다가왔다. 하지만 미가엘은 미리암에게는 눈길도 주지 않았다.

"아만다!"

그가 소리치며 엔젤에게 달려왔다.

"안 돼요, 미가엘. 돌아가요! 나한테 가까이 오지 말아요!"

엔젤은 미가엘이 자신을 만지기라도 하면 이 더러운 오물덩어리와 상처가 그에게도 옮겨갈 것을 알았다.

"저리 가요! 저만치 떨어져 있어요!"

하지만 미가엘은 말을 듣지 않고 계속 앞으로 달려왔다.

엔젤은 이제 힘이 빠져 도망갈 수도 없었다. 자신의 몸을 내려다보았다. 살점이 썩어서 떨어져 나가고 있었다. 미가엘은 주저함 없이 엔젤에게 다가왔다. 어느새 가까이 다가온 미가엘의 눈동자가 보였다.

"아, 하나님, 제발 절 죽여 주세요. 미가엘을 위해서 저를 죽여 주세요."

안 된다.

부드러운 음성이 들렸다.

엔젤은 고개를 들어 앞에 서 있는 미가엘을 보았다. 그의 심장이 있는 곳에서 작은 불길이 일고 있었다.

안 된다, 내 사랑하는 자여.

미가엘의 입술은 전혀 움직이지 않았다. 그러니 그의 목소리는 아니었다. 불길은 점점 커져 미가엘의 온몸을 감싸며 환히 빛났다. 곧 그 불길은 미가엘에게서 떨어져 나와 엔젤 앞에 바로 섰다. 그것은 사람의 형상을 하고 있었다. 영광이 넘치는 위대한 그분에게서는 환한 빛이 사방으로 쏟아져 나오고 있었다.

"당신은 누구신가요?"

엔젤이 겁에 질려 속삭였다.

야훼, 엘 샤다이, 여호와 메카디쉬켐, 엘 엘리온, 엘 올람, 엘 로힘…….

이름이 계속 이어졌다. 그 이름은 마치 음악처럼 흘러 엔젤의 혈관을 따라 온몸으로 퍼져 갔다. 엔젤은 두려움에 온몸을 떨었다. 꼼짝도 할 수 없었다. 그가 손을 내밀어 엔젤의 몸을 어루만졌다. 따스한 온기가 온몸을 에워쌌다. 어느새 두려움은 모두 사라졌다. 엔젤은 자신의 몸을 내려다보았다. 깨끗해진 몸에 하얀 옷이 입혀져 있었다.

"드디어 죽었군요."

네가 살 것이다.

엔젤은 눈을 깜빡이며 다시 고개를 들어 빛이신 그분을 보앉다. 그분의 온몸에 엔젤에게 있었던 불결한 오물과 상처가 뒤덮여 있었다.

"오, 하나님. 죄송합니다. 정말 죄송합니다. 당장 제게로 돌려주소서. 어떻게 해서라도……."

하지만 엔젤이 채 손을 뻗기도 전에 그의 더러움은 모두 사라지고 다시 완전한 모습으로 엔젤 앞에 서 있었다.

내가 곧 길이니, 사라야, 나를 따르라.

엔젤은 한 걸음 앞으로 내딛어 그분께 두 손을 내밀었다. 순간 천둥 같은 굉음이 들렸다. 엔젤은 어둠 속에서 깨어났다.

엔젤은 그대로 꼼짝도 하지 않은 채 누워 있었다. 심장이 마구 뛰었다. 두 눈을 꼭 감고 방금 꾼 꿈속으로 돌아가 보려고 했다. 그 끝을 보고 싶었다. 하지만 스러져 가는 꿈을 잡을 수 없었다. 이제는 거의 기억나지도 않았다. 곧 잊혀졌다.

그때 엔젤의 잠을 방해하는 다른 소리가 들려왔다. 옆방에서 들리는 그 익숙한 소리에 엔젤의 가슴은 갈기갈기 찢어졌다. 공작이 매력적인 저음으로 속살거리고 있었다. 아이의 울음소리가 들렸다.

31장

> 야곱아 너를 창조하신 여호와께서 지금 말씀하시느니라
> 이스라엘아 너를 지으신 이가 말씀하시느니라
> 너는 두려워하지 말라
> 내가 너를 구속하였고 내가 너를 지명하여 불렀나니
> 너는 내 것이라.
> _이사야 43장 1절

바울은 어서 금광으로 돌아가야 한다는 것을 잘 알았다. 더는 이곳에 머물 수 없었다. 이렇게 미리암 곁에 머물다가는 미쳐 버리고 말 것 같았다. 미가엘의 오두막으로 가는 미리암을 지켜보느니 헛된 꿈을 꾸며 고된 사금 채굴을 하는 편이 나았다.

하지만 사금 채굴을 위한 장비를 마련할 돈이 있어야 했다. 바울은 자존심을 버리고 미가엘을 찾아가 땅을 사 달라고 부탁했다.

"값은 많이 쳐 주지 않아도 돼. 다시 자리 잡을 만큼이면 충분해. 좋은 땅이야. 사실 이 땅은 네 소유나 다름없지만 말이야. 내가 없는 동안 네가 잘 지켜 주었으니까."

"난 땅 부자야. 현금은 없어."

미가엘은 바울의 제안을 거절했다.

"봄에 뿌린 작물을 거둘 때까지만 기다려. 꼭 가야 한다면 그때 농사지은 걸 정리해서 떠나도록 해. 그리고 네 땅은 네가 돌아올 때까지 그 자리에서 꼼짝도 않고 기다릴 거다."

"난 다시 돌아오지 않을 거야, 미가엘. 이번에는 영원히 떠나는 거야."

미가엘은 바울의 팔을 잡았다.

"왜 그렇게 자신을 고문하는 거니? 왜 그렇게 물 흘러가는 대로 자연스럽게 지내지 못하는 거야?"

바울은 분노를 폭발시켰다.

"그러는 너는 어째서 돌아오지도 않을 창녀를 기다리고 있는 거야?"

바울은 더 후회할 말을 하기 전에 자리를 떴다.

이제는 요한 알트만에게 찾아가는 수밖에 없다.

요한은 바울에게 오두막 안으로 들어오라고 권했다. 엘리사벳이 아기를 어르고, 미리암은 난롯가에서 스튜를 젓고 있었다. 미리암의 모습을 본 바울의 맥박이 거칠게 뛰었다. 미리암은 일어서서 바울에게 미소를 보냈다. 바울의 두 무릎에서 힘이 빠져나갔다.

"앉게, 바울."

요한은 바울의 등을 툭 치면서 말했다.

"정말 얼굴 보기 힘들구먼."

바울의 시선은 어느새 미리암을 향해 있었다. 미리암의 모습을 멍하니 보고 있던 바울은 요한의 말을 미처 알아듣지 못했다. 미리암은 반죽을 밀고 모양을 내서 냄비 안에 넣고 있었다. 요한이 말을 마쳤다는 사실을 뒤늦게 깨달은 바울은 겨우 정신을 차렸다. 엘리사벳이 바울을 보고 미소 짓고 있었다. 요한 역시 마찬가지였다. 바울의 심장은 밖으로 튀어나올 것만 같았다.

"제 땅을 사 주십사 부탁드리러 왔습니다."

미리암이 일어서서 자신을 바라보는 것이 얼핏 보였다. 바울은 이를 악물었다.

"다시 금광으로 돌아가기로 마음먹었습니다."

바울은 단호한 태도로 말했다.

"너무 갑작스럽군, 바울. 그렇지 않은가?"

"아닙니다."

이제 미리암은 바울을 노려보고 있었다.

"그동안 이루어 놓은 것에 대해서는 생각해 보았나? 그 땅에 공을 많이 들였잖나."

"충분히 생각했습니다. 아무래도 저는 농부는 어울리지 않는 녀석 같습니다."

미리암은 뒤로 돌아서서 냄비 뚜껑을 쾅 닫았다. 엘리사벳과 요한이 깜짝 놀라 미리암을 쳐다보았다.

"값은 많이 쳐 주시지 않아도 됩니다."

바울은 미리암을 무시하려고 애쓰며 말했다. 바울이 가격을 말하자 부부는 더욱 놀랐다.

"그것보다는 값이 훨씬 나가는 땅일 텐데. 어째서 이러는 건가?"

요한은 곤란한 표정을 지으며 턱을 문질렀다. 미리암이 획 뒤로 돌아섰다.

"바보라서 그러는 거예요!"

"미리암!"

엘리사벳이 당황해서 소리쳤다.

"죄송해요, 엄마. 하지만 저 남자는 바보, 멍청이, 얼간이에 등신이에요!"

"됐다. 그만해라! 바울은 우리 집에 온 손님이다."

미리암은 이글거리는 눈으로 바울을 쏘아보고 있었다. 눈물이 미리암의 뺨을 타고 흘러내렸다.

"죄송해요, 아빠. 제가 생각이 짧았어요. 잠시 실례할게요."

미리암은 방을 가로질러 숄을 집어 들고는 문을 열었다. 그리고 마지막으로 바울을 쳐다보며 말했다.

"그래요, 얼른 가세요. 금광이나 사금 채굴하는 일로 도망가시라고요."

미리암은 문을 쿵 닫았다.

바울은 놀란 얼굴로 꼼짝 않고 있었다. 당장 미리암의 뒤를 쫓아가 사정을 설명하고 싶었다. 하지만 그렇게 한들 무슨 말을 할 수 있단 말인가? 미리암을 사랑해서 미쳐 버릴 것 같다고? 언젠가는 미가엘이 엔젤을 잊을 테니 조금만 더 기다려 달라고?

요한은 다시 자리에 앉았다.

"미안하네. 도대체 요즘 저 아이가 왜 저러는지 모르겠네."

"진심으로 한 말은 아니었을 거예요, 바울."

엘리사벳이 말했다. 바울은 진심이었으면 좋겠다고 생각했다.

"어떻게 하시겠습니까? 제 땅을 사시겠습니까? 아니면 당장이라도 읍내에 나가 다른 사람을 물색해 볼까요?"

요한은 얼굴을 찡그리며 아내를 보았다.

"일단 생각해 보겠네. 이번 주 안에 답을 줌세."

사흘 남았다. 사흘. 더 견딜 수 있을까?

"고맙습니다."

바울은 자리에서 일어섰다.

"우리한테 알리지도 않고 슬쩍 사라지거나 하지는 말게."

요한은 문까지 바울을 배웅하면서 바울의 어깨에 손을 얹고 말했다.

"그리고 무슨 일이 있더라도 우리는 언제나 자네를 환영한다네. 그리고 미리암이 무엇 때문에 저러는지 모르겠지만 곧 마음을 풀걸세."

요한은 바울과 함께 밖으로 나왔다.

미리암이 들판을 가로질러 정확히 미가엘의 집을 향해 가는 모습이 눈에 들어왔다.

"저도 그럴 거라고 생각합니다. 그럼 며칠 안에 다시 찾아뵙겠습니다."

바울은 씁쓸한 미소를 지으며 모자를 쓰고 집을 향해 걸었다.

"당신은 어떻게 생각해?"

요한이 안으로 들어와 엘리사벳에게 물었다.

"요한, 난 아만다가 그렇게 나간 다음부터는 뭐가 어떻게 돌아가는지 도무지 모르겠어요."

두 사람은 미리암이 평소 모습으로 돌아오기를 기다렸다. 미리암이 다시 집에 들어온 것은 완전히 어두워진 후였다.

"걱정했잖니."

엘리사벳은 나무라는 투로 말했다. 이렇게 늦게 돌아오리라고는 생각하지 못했다.

"어디 있다 오는 거냐?"

요한이 물었다.

"미가엘 아저씨한테요. 그리고 산책 좀 했어요. 중간에 앉아서 기도도 드렸고요."

미리암은 그대로 주저앉아 몸을 구부리고 흐느끼기 시작했다. 요한과 엘리사벳은 놀라서 마주보았다. 평소에 딸아이가 다정다감하다는 사실은 알고 있었지만 이렇게까지 감정적이지는 않았다.

"왜 그러니, 우리 딸? 무슨 문제라도 있니?"

엘리사벳이 딸을 안고 물었다.

"오, 엄마. 그를 너무나 사랑해요. 그래서 마음이 아파요."

엘리사벳은 난처한 얼굴로 남편을 보았다.

"하지만 그는 결혼했잖니. 너도 잘 알잖아."

미리암은 빨개진 얼굴로 벌떡 일어났다.

"엄마, 바울이요! 미가엘 아저씨가 아니라고요."

"바울이라고?"

엘리사벳은 크게 안심하며 말했다.

"처음부터 바울이었어요. 그리고 그 역시 저를 사랑해요. 전 알 수 있어요. 그런데 그 사람은 고집불통이라 그 사실을 인정하지 않으려고 해요. 자기 자신에게도 솔직하지 못하다고요."

미리암은 아빠를 쳐다보았다.

"아빠, 그를 떠나게 할 수 없어요. 아빠가 그의 땅을 사시면 평생 아빠를 용서하지 않을 거예요."

"내가 사지 않아도 누군가 살 텐데. 그런데 미리암, 바울이 너를 사랑하는 게 정말이라면 무엇 때문에 자기 땅을 팔고 이곳을 떠나려고 하는 거지?"

요한은 도대체 무슨 영문인지 이해하려 안간힘을 썼다.

"아만다 언니가 미가엘 아저씨를 떠난 것과 같은 이유겠죠."

"아만다가 뭐라고 했는지 넌 우리에게 한번도 말해 주지 않았잖니."

엘리사벳이 미리암에게 말했다.

미리암은 얼굴을 붉혔다.

"말할 수 없어요. 난 말 못해요."

미리암은 의자에 앉아 손으로 얼굴을 감쌌다. 엘리사벳은 미리암 곁에 무릎을 꿇고 앉아 위로했다.

"우리가 바울을 떠나지 못하게 할 수 있을까? 미리암, 그는 이미 마음을 굳힌 것 같더구나. 세상사가 다 그런 거란다."

요한이 말했다. 미리암은 얼굴을 들었다.

"제가 그의 마음을 돌려놓겠어요."

딸의 결의에 찬 얼굴을 찬찬히 바라보던 요한이 물었다.

"어떻게 할 생각인데?"

미리암은 입술을 깨물며 엄마와 아빠를 번갈아 보았다.

"성경에 나온 방법이에요."

미리암은 눈물을 닦고 반듯이 앉았다.

"성경 어디에?"

아빠는 근엄한 얼굴로 물었다.

"쉽지 않은 일이란 건 잘 알아요, 아빠. 하지만 일단 절 믿어주세요."

"그 아이는 몇 살이죠, 공작님?"

공작의 입가에 비웃음이 피어올랐다.

"질투하는 건가, 엔젤?"

엔젤은 공작을 죽이고 싶었다.

"여덟 살? 아니면 아홉 살? 기껏해야 그 정도겠죠. 그것보다 나이가 많으면 당신의 흥미를 끌지 못할 테니까."

공작의 표정이 험악해졌다.

"그 버릇없는 세 치 혀에 재갈을 물려놓는 걸 생각해 봐야겠구나. 앉아라. 의논할 게 있다."

엔젤은 분홍빛 새틴과 레이스가 달린 드레스를 입고 있었다. 옷은 가녀린 엔젤의 몸에 딱 맞았지만 엔젤은 그 옷이 너무나 싫었다. 공작 앞에서 몸의 곡선을 그대로 드러내고 앉아 있다는 것이 끔찍했다. 그는 자신의 상품을 어떻게 포장해야 많은 수익을 낼 수 있을지 고심하면서 그 상품을 정밀하게 조사하고 있었다.

"이제 더는 분홍색이 어울리지 않는군. 붉은색이 낫겠어. 아니면 진한 사파이어빛 푸른색이나 에메랄드빛 초록색도 괜찮을 것 같군. 그런 색 옷을 입으면 여신처럼 보이겠어."

공작은 자리에 앉기 전에 엔젤의 드러난 어깨를 쓱 만졌다.

엔젤은 작은 테이블을 사이에 두고 공작과 마주 앉았다. 얼굴에는 아무런 감정도 드러내지 않았다. 공작은 긴장된 미소를 짓고 엔젤을 찬찬히 살폈다.

"변했구나, 엔젤. 항상 매사에 초연한 고집쟁이였는데 말이야. 그게 네 매력이었어. 그런데 지금은 거기에 무관심과 무표정까지 더했군. 이런 일을 하면서 그렇게 구는 건 현명한 짓이 아니야."

"뭐, 이제는 어떤 일이 생겨도 상관없으니까요."

"네 생각이 틀렸다는 걸 증명해 줄까? 내가 얼마든지 그럴 수 있다는 걸 잘 알 텐데. 아주 간단한 일이지."

공작은 손끝으로 테이블을 똑똑 두드렸다. 엔젤은 그 손을 유심히 보았다. 굳은살이라고는 하나 없는 하얀 손은 잘 손질

되어 있었다. 그렇게 아름다운 손으로 말로 다하지 못할 끔찍한 만행을 저지르고 있었다.

미가엘의 손이 떠올랐다. 크고 강인한 그 손은 힘든 노동에 익숙한 손이었다. 굳은살이 박이고 거칠었다. 겉보기에 무서워 보이는 그 손은 사실 너무나 다정하고 부드러웠다. 미가엘의 손길은 엔젤의 몸을 치유하고 마음 문을 열게 해 주었다.

공작의 차가운 눈이 가늘어졌다.

"왜 그런 식으로 웃지?"

"당신이 내게 무슨 짓을 하든 이제는 하나도 신경쓰이지 않아서요."

"네 그 잘난 남편이 그렇게 말했나? 너무 오랫동안 나랑 떨어져 지냈구나."

온갖 끔찍한 악몽과 비밀스러운 죄악을 품고 다니던 엔젤이었다. 하지만 미가엘은 그 모든 짐을 다 던져 버려야 한다고 말했다. 공작이야말로 바로 그 짐이었다. 버려야 할 오래된 짐.

"오, 아니에요. 공작님은 제가 어디를 가든 항상 따라다니셨잖아요."

엔젤은 의기양양한 공작을 보고 한마디 덧붙였다.

"그 귀한 시간을 왜 그렇게 낭비하세요."

공작은 입을 꼭 다물었다.

"너한테 선택할 기회를 주겠다. 여자애들 관리를 맡을래, 아니면 너도 그냥 그 여자애들이랑 같이 일할래?"

"샐리의 자리를 대신하라는 말씀이시군요? 샐리는 어떻게 되었죠, 공작님? 정말 그때 주택지로 옮긴 후에는 샐리를 한 번도 보지 못했네요."

"아직도 뉴욕에 있어. 브라운스톤에서 잘 지내고 있지. 여전히 아름답고. 물론 내 취향에는 안 맞게 너무 늙었지만."

"불쌍한 샐리. 샐리는 당신을 사랑했어요. 알고 있었나요? 알고 있었겠죠. 뭐, 어차피 신경쓰지는 않았겠지만. 샐리는 당신에게는 너무 늙었으니까. 그렇죠? 당신이 감당하기에는 너무 제대로 된 어른이죠."

공작은 의자에서 벌떡 일어나 엔젤의 머리채를 휘어잡고 고개를 뒤로 잡아당겼다. 그리고 얼굴을 바짝 들이댔다.

"도대체 어떻게 된 거지, 내 사랑? 내 귀여운 엔젤을 다시 찾아오려면 어떻게 해야 할까?"

공작은 짐짓 부드러운 목소리로 말했다.

엔젤은 머리 가죽이 타는 듯한 아픔을 느꼈다. 심장이 목까지 치밀어 올랐다. 이대로 더 있다가는 목이라도 부러질 것 같았다. 차라리 그렇게 되어 모든 것이 끝나면 좋으련만. 엔젤의 눈을 쳐다보던 공작의 눈빛이 변했다. 얼굴을 살짝 찡그린 공작은 손아귀의 힘을 풀었다.

"널 죽여 봐야 나한테 아무 이득이 없지."

엔젤의 마음을 읽기라도 한 걸까? 공작은 엔젤을 뒤로 홱 밀쳐 내고 걸어 나갔다. 방을 가로질러 가던 공작은 문득 걸음을 멈추고 경고의 눈빛을 보냈다.

"날 너무 자극하지 마, 엔젤. 내가 널 아무리 좋아한다고 해도 너 같은 건 눈 하나 깜빡 안 하고 없애 버릴 수 있어."

엔젤은 옆방 아이가 생각났다.

"지금 방 열쇠는 누가 관리하나요?"

엔젤은 치맛자락을 매만지며 애써 태연하게 물었다. 놀란 기색을 보이고 싶지 않았지만 무엇보다도 이 질문의 저의를 감추고 싶었다. 공작은 어리둥절한 표정을 지었다. 가학성애자 같은 모습보다는 이편이 훨씬 나았다.

"내가 관리하고 있지."

공작은 바지 주머니에 손을 넣어 열쇠꾸러미 하나를 꺼냈다.

"샐리가 하던 일을 맡겠어요."

옆방의 열쇠를 차지하면 이 지옥에서 그 아이를 구해 낼 수 있을지도 모른다.

공작의 눈은 엔젤을 비웃고 있었다. 공작은 미소 지으면서 엔젤 앞에 놓인 탁자 위로 열쇠꾸러미를 던졌다.

"와인 창고, 식품 저장실, 침대 시트 장롱, 객실 열쇠야."

그리고 공작은 셔츠 칼라를 풀더니 금목걸이를 끄집어냈다. 그곳에 열쇠 하나가 매달려 있었다.

"그리고 네가 원하는 건 바로 여기 있지."

공작은 여전히 미소 띤 얼굴로 엔젤에게 다가가 어깨 위에 양손을 얹고 능글맞은 목소리로 말했다.

"아무래도 따끔한 맛을 좀 봐야겠군. 오늘 저녁 무대에 너를 소개해야겠다. 푸른색 드레스를 입고 그 황홀한 머리카락을 길게 풀고 있어라. 사람들이 널 보면 난리가 날 거다. 우리 가게에 있는 여자아이들이야 다들 사랑스럽지만 너는 그중에서도 뭔가 특별한 분위기를 자아내지. 가게에 온 남자들이 모조리 널 원할 거다."

공작의 말에 엔젤은 섬뜩한 한기를 느꼈다. 당장 의자를 박차고 일어나고 싶었지만 그래 봐야 아무 소득이 없다는 것을 알기에 그저 가만히 참고 앉아서 기다리기로 했다. 그편이 나았다.

"열쇠 관리는 다음 주부터 하도록 해. 대신 이번 주에는 우리 가게 단골손님들을 위해 봉사 좀 해야겠다. 나한테 크게 도움이 될 만한 사람이 몇 명 있거든. 게다가 그동안 널 너무 가둬 놓기만 한 것 같다. 과거에 네 기술이 얼마나 뛰어났는지 환기시킬 필요가 있을 것 같군."

공작이 나가자 엔젤은 다시 고개를 들었다. 그의 말 한마디 한마디가 모두 진심이라는 것을 알 수 있었다.

바울은 잠에서 깨어 석탄을 뒤적이고 있는 미리암을 발견했다. 그녀는 벽난로에 장작을 집어넣고 있었다. 바울은 벌떡 일어나 앉아 미리암을 뚫어지게 보았다. 담요가 흘러내려 맨 가슴이 그대로 드러났다.

이건 꿈이다. 그래, 꿈을 꾸고 있는 게 분명하다. 바울은 마른 세수를 하며 주변을 둘러보았다. 의자 등받이에 걸려 있는 미리암의 숄이 보였다. 식탁 위에는 상자 하나가 있었다.

미리암이 바울을 쳐다보며 미소 지었다.

"좋은 아침. 밖이 환해졌어요."

진짜 미리암이다. 덜컥 겁이 났다.

"여기서 뭐 하고 있는 거요?"

"당신하고 같이 살려고 왔어요."

"뭐?"

"당신하고 같이 살겠다고요."

바울은 미리암을 정신 나간 사람인 양 쳐다보았다. 미리암은 바울에게 다가와 침대 가장자리에 앉았다. 바울은 담요를 끌어올려 맨 가슴을 가렸다. 바울을 바라보던 미리암은 웃음을 터트렸다. 이건 모두 바울 탓이다. 그렇게 고집스럽게 굴지만 않았다면……

"하나도 재미없어."

바울이 이를 앙다문 채 말했다.

"그래요, 웃을 일이 아니죠."

미리암은 사뭇 진지하게 바울의 말에 동의했다.

"당신을 사랑해요. 그래서 당신이 다시 광산으로 돌아가 인생을 망치는 꼴을 보고만 있지 않으려고 왔어요."

미리암은 바울의 당혹스러운 얼굴이 귀엽다고 생각했다. 머리는 사방으로 뻐쳐 귀여운 소년 같았다. 미리암이 손을 뻗어 바울의 머리를 정돈해 주려고 하자 바울이 놀란 토끼 눈을 하고 뒤로 물러앉았다.

"당장 집으로 가, 미리암."

바울은 절박한 심정으로 말했다. 당장 미리암을 여기서 나가게 해야 했다! 미리암의 입에서 사랑한다는 말을 듣는다는 게 바울에게 어떤 일인지 그녀는 알고 있을까? 만약 지금 당장 떠나지 않는다면 바울도 더는 참지 못할 것이다. 하지만 미리암은 꼼짝도 하지 않고 가만히 미소만 지었다. 바울은 귓가를 울리는 짐승의 으르렁 소리를 들은 것 같았다. 바울은 결국 크게 고함을 치고 말았다.

"집으로 돌아가라고 했잖아!"

"싫어요. 그리고 당신 옷도 못 입게 할 거예요."

바울의 입이 벌어졌다.

미리암은 두 손을 포개어 품위 있게 허벅지 위에 내려놓고 바울을 보며 다시 환하게 미소 지었다. 그녀와 시선이 마주친 바울의 온몸은 뜨겁게 달아올랐다. 숨쉬기도 어려웠다. 이건 미친 짓이다!

"도대체 지금 무슨 장난을 하는 거지, 미리암 알트만? 네 아버지가 이걸 보시면 뭐라고 하시겠어?"

"아빠도 이미 다 알고 계세요."

"오, 하나님."

바울은 당장이라도 권총을 든 요한이 문을 벌컥 열고 들어오는 게 아닌가 생각했다.

"밤새도록 아빠는 내가 이 계획을 포기해야 한다고 말씀하시다 결국 포기하셨죠. 그렇지 않았다면 진즉에 당신한테 왔을 거예요."

미리암의 미소에 장난기가 어렸다.

"「룻기」 기억해요, 바울? 성경이요. 거기 나온 여자 룻처럼 한 거예요. 그래서 내가 여기 와 있는 거예요. 당신의 발치에요. 자, 이제 어떻게 할래요?"

미리암이 바울의 허벅지에 한 손을 올렸다. 바울은 놀라 펄쩍 뛰었다.

"나한테 손대지 마! 분명히 말하는데 지금 당장 밖으로 나가 주면 좋겠어."

바울의 이마에 굵은 땀방울이 송골송골 맺혔다.

"정말 그걸 원하는 건 아니죠?"

"내가 원하지 않는다고 확신하는 이유가 뭐지?"

바울이 성난 목소리로 말했다.

"날 보는 당신 눈길을 보면 알 수 있죠. 당신은 날 원해요."

"이러지 마."

바울이 애원했다.

"바울, 난 미가엘 아저씨를 무척 사랑해요. 그는 나한테 큰 오빠 같아요. 하지만 그렇다고 해서 그와 사랑에 빠진 건 아니에요. 그렇게 될 수도 없어요. 난 이미 당신을 사랑하니까."

미리암이 다정하게 말했다.

"넌 나하고 어울리지 않아."

바울이 고통스럽게 말했다.

"바보 같은 소리 말아요."

미리암은 마치 고집을 부리는 어린아이를 대하듯 말했다.

"당연히 난 당신과 잘 어울려요."

"미리암……."

미리암은 다시 바울의 벗은 어깨에 손을 얹었다. 바울은 미리암의 손길을 느끼자 숨이 턱 막혔다.

"항상 이렇게 당신을 만지고 싶었어요. 그날 밭을 갈고 있는 당신을 보았을 때도……. 그리고 당신이 나를 만져 주기를 언제나 바라고 있었죠."

미리암이 가라앉은 음성으로 부드럽게 말했다. 바울은 침을 꿀꺽 삼키고 미리암의 손을 잡았다. 두 사람의 눈이 마주쳤다.

"미리암, 나는 성자가 아니야."

바울의 목소리가 쉬어 있었다.

"그건 나도 알아요. 그럼 나는 뭐 성녀인 줄 알아요?"

미리암의 눈동자에 눈물이 반짝거렸다.

"알잖아요. 나도 이러기 쉽지 않았어요. 하지만 바울, 난 이제 어린아이가 아니라 다 큰 여자예요. 내가 뭘 원하는지 잘 알고 있어요. 난 당신을 원해요. 당신이 내 남편이 되어 남은 생을 함께해 주기를 원해요."

바울은 고개를 가로저었다.

"나한테 이러지 마."

바울은 미리암의 뺨을 타고 흘러내리는 눈물을 보았다. 이제 더는 어쩔 도리가 없었다. 바울은 손을 뻗어 미리암의 눈물을 닦아 주었다. 미리암은 바울의 손을 그대로 잡아 뺨에 대었다. 아주 짧은 순간이었다. 미리암의 살결은 부드러웠고, 머리카락은 비단결 같았다. 바울은 엄지손가락으로 천천히 미리암의 얼굴을 쓰다듬어 내려가다가 미리암의 목덜미에서 격하게 뛰는 맥박을 느꼈다.

"미리암, 아, 미리암. 도대체 나에게 무슨 짓을 하려는 거지?"

"당신이 오랫동안 원했던 일이요. 이젠 인정해요."

미리암이 두 팔로 바울의 목을 휘감고 그에게 키스했다. 미리암이 고개를 들자 이제 세상의 무엇도 바울을 막을 수 없게 되었다. 바울은 두 손으로 미리암의 얼굴을 감싸고 키스했다. 부드러웠던 키스는 지난 몇 달간 억눌러 왔던 그의 사랑을 담아 격렬하고 깊어졌다.

바울은 굶주린 사람처럼 키스했다. 기꺼이 바울에게 몸을 맡기는 미리암의 반응에 바울의 모든 감각이 춤추었다. 미리암은 주저함 없이 분명했고, 부드러웠으며 따스했다. 그녀에게서 천국의 맛을 느낄 수 있었다.

"사랑해."

바울은 차마 입 밖으로 내지 못했던 말을 속삭였다.

"난 거의 미쳐 가고 있었어. 정말 참을 수가 없었지. 그래서 너에게서 달아나려고 했던 거야."

"알아요."

미리암은 떨리는 목소리로 말하며 바울의 머리를 두 손으로 잡았다. 어느새 미리암은 흐느끼고 있었다.

"정말 사랑해요. 오, 바울. 정말, 아주 많이 사랑해요……."

바울은 고개를 들어 미리암의 얼굴을 쳐다보았다. 두 볼 가득 홍조를 띤 미리암의 두 눈에는 바울에 대한 사랑이 넘쳐났다. 심장이 터져 버릴 것만 같았다. 이제 미리암은 바울의 것이다. 미리암은 바울에게 속한 사람인 것이다! 도저히 믿을 수 없는 일이었다.

미리암은 바울의 이글거리는 눈을 들여다보며 손을 들어 바울의 뺨을 만졌다. 미리암의 얼굴은 다정하고 부드러웠다.

"난 우리가 정식으로 시작했으면 해요. 바울, 먼저 나와 결혼해 줘요. 내 남편이 되어 줘요. 우리 두 사람이 아무런 그늘 없이 모든 것을 함께 나누기를 바라요. 후회할 일은 하지 않았으면 해요. 지금 당장 사랑을 나눈다면 당신은 내일이 되면 자신을 책망할 거예요. 당신도 알잖아요. 우리 엄마랑 아빠를 무슨 낯으로 보겠어요? 부모님은 당신이 날 이용했다고 생각하실 거예요."

미리암이 미소 지었다.

"물론 사실은 그 반대지만 말이죠."

"당신을 떠나 살 수 있다고 생각했다니."

바울은 이 못말리는 장난꾸러기 아가씨와 평생을 함께하겠다고 생각하며 말했다.

"당장 말을 타고 새크라멘토로 가서 목사님을 찾아봅시다."

"아니요, 그러지 않아도 돼요."

바울이 놀란 눈으로 미리암을 보았다. 미리암은 수줍게 얼굴을 붉혔다. 한밤중에 바울의 오두막에 몰래 숨어들어 온 그 대담한 미리암이라고 생각할 수 없었다.

"아빠가 우리 결혼식의 주례를 서 주겠다고 하셨어요. 내가 집을 떠나자마자 기도서를 찾느라 트렁크를 뒤지셨을 거예요. 빨리 오셔야 할 텐데."

바울은 도저히 참을 수 없어 다시 미리암에게 키스하고 부드럽게 웃었다.

"나한테는 선택의 여지가 없군, 그렇지?"

"그럼요."

미리암은 만족스러운 미소를 지었다.

"미가엘은 늘 당신이 태도를 바꿀 때까지 기다리라고 했지만 이젠 조금도 기다리고 싶지 않아요. 기다리는 일이라면 완전히 질려 버렸어요."

무대 왼편 커튼 뒤에 선 엔젤은 카지노 안을 가득 메운 사람들의 소리를 들었다. 그곳은 서커스장 같았다. 공작은 엔젤을 서커스장 한가운데 세울 셈이었다.

이미 무희들과 곡예사들이 한 차례 쇼를 벌인 뒤였다. 도대체 저런 사람들은 모두 어디서 찾아냈는지 짐작도 할 수 없다. 하지만 공작은 어떤 일이든 방도를 찾아내는 사람이다. 어쩌면 손을 휙 흔들어 불꽃과 연기 속에서 저 사람들을 만들어 냈는지도 모를 일이다.

엔젤은 팔짱을 끼고 초조하게 서성거렸다. 공작이 이층 방으로 데리고 온 뒤로는 항상 그림자같이 따라다니며 감시하는 사람이 곁에 있었다. 빠져나갈 방법이 없었다. 두려움과 공포로 구역질이 났다.

두 눈을 꼭 감고 욕지기가 밀려오는 것을 참아 냈다. 아니, 참지 말까? 무대 한가운데로 나가서 토해 버리면 어떨까? 그렇게 하면 공작이 잔뜩 바람을 넣어 열광하던 사람들에게 찬물을 끼얹는 것이 될 것이다. 엔젤은 웃음을 터트릴 뻔했다. 하지만 그렇게 하는 건 엔젤 스스로가 용납할 수 없었다. 그것은 비정상적인 행동이었다.

엔젤은 공작이 사람들에게 최면을 거는 소리를 들었다. 웅변가의 음성을 지닌 그는 정치를 하면 딱 어울릴 사람이었다. 하지만 공작은 막후에서 하는 정치가 더 수지맞는다는 것을 잘 알았다. 공작은 기다리는 사람들을 자극해서 흥분시키고 있었다. 남자들의 욕망이 생생하게 느껴졌다. 잠시 후면 엔젤은 수백 쌍의 눈동자 앞에 서야 한다. 그들은 마음속으로 엔젤의 옷을 벗기고 엔젤에게 온갖 짓을 시키는 상상을 할 것이다. 그리고 공작은 그들의 상상을 실제로 만들어 줄 것이다. 값을 치르기만 한다면, 충분한 값을 치르기만 한다면 엔젤에게 어떤 짓이라도 하게 해 줄 것이다.

"이번 주에는 우리 가게 단골손님들을 위해 봉사 좀 해야겠다."

엔젤은 두 눈을 감았다.

'하나님, 지금 거기 계신다면 제발 저를 죽여 주세요! 번개를 보내서 이 세상에 흔적도 남기지 않고 사라지게 해 주세요. 망각의 나라로 보내 주세요. 불길을 보내 주세요. 저를 소금

기둥으로 만들어 주세요. 당신이 원하시는 대로 어떻게 해도 좋으니 그저 죽여 주기만 하세요. 제발, 하나님. 저를 도와주세요, 도와주세요!'

"진정하라고, 아가씨."

곁에 선 남자가 차가운 미소를 지으며 엔젤을 보았다.

'오, 하나님. 오, 주님. 제발 도와주세요!'

"이제 나갈 때가 다 됐어."

두려움으로 심장이 멎어 버릴 것만 같았던 그 순간, 엔젤의 귓전을 울리는 목소리가 있었다.

사라, 내 사랑하는 자여.

미가엘의 오두막에서 들었던 음성이다. 꿈결에 들었던 그 음성······.

내가 너와 함께하리니, 너는 잠잠하라.

주위를 둘러보았지만 공연을 한 사람들과 엔젤을 지키는 사람 외에는 아무도 없었다. 심장이 미친 듯이 뛰었다. 미가엘의 오두막에서 보낸 그 묘한 밤에 그랬던 것처럼 온몸에 소름이 돋았다.

"어디? 어디 계세요?"

엔젤은 미친 사람처럼 중얼거렸다.

곁에서 엔젤을 지키고 서 있던 사람이 의아한 얼굴로 엔젤을 보았다.

"왜 그래?"

"방금 누가 말하는 소리 못 들었어요?"

"밖에서 저 야단법석인데 무슨 소리?"

엔젤은 몸을 심하게 떨었다.

"정말 못 들었어요?"

남자는 엔젤을 잡은 손에 힘을 주고 홱 잡아당겼다.

"정신 바짝 차리고 있는 게 좋을 거야. 미친 척해 봐야 아무 소용없어. 공작님이 분위기를 다 잡아 놓으셨다고. 저 사람들 소리치는 것 좀 들어 봐. 마치 굶주린 사자 떼 같구만, 안 그래?"

엔젤은 고집을 부리며 저항할 수도 있었다. 하지만 그런다고 달라지는 일은 없다. 엔젤은 두 눈을 감고 무대 앞에 앉아 미친 듯 환호하는 군중을 잊어버리고 엔젤의 본명을 불러 준 그 신기하고 조용한 음성에 집중했다. 이따금 꿈속에 나타나는 돌아가신 엄마 외에 그 이름을 불러 준 사람은 지금껏 아무도 없었다.

'제가 어떻게 하면 좋을지 말해 주세요. 오, 하나님, 제발 알려 주세요.'

내 뜻을 따르라.

절망이 엔젤을 덮쳐 왔다. 하나님의 뜻이 무엇인지 알 도리가 없었다.

"나오라는 신호다. 혼자서 걸어갈 수 있겠지?"

만에 하나 어찌어찌 도망친다 해도 어디로 갈 수 있을까? 엔젤은 감았던 눈을 번쩍 떴다. 갑자기 온몸을 흔들던 떨림이 멈추었다. 뭐라고 설명해야 할지 알 수 없었지만 엔젤은 갑자기 이상할 정도로 차분해졌다. 엔젤은 자신을 지키는 남자에게 도도한 시선을 보내며 말했다.

"팔을 놔주면."

남자는 두 눈을 껌뻑거리며 놀란 얼굴로 엔젤을 놓아주었다. 엔젤은 한 발 한 발 앞으로 걸어갔다. 남자는 엔젤이 지나갈 수 있도록 커튼을 옆으로 젖혀 주었다.

엔젤이 등장하자마자 실내는 흥분의 도가니가 되었다. 남자들은 휘파람을 불고 날카로운 쇳소리를 냈다. 엔젤은 고개를 똑바로 들고 앞을 바라보았다. 그리고 공작이 사악한 기쁨에 젖어 미소 짓고 있는 무대 중앙으로 걸어 들어갔다. 공작은 고개를 숙여 엔젤의 귓가에 대고 속삭였다. 그 음성은 시끄러운 소음을 뚫고 선명하게 들려왔다.

"어때 힘이 느껴지지, 엔젤? 이 힘을 나에게 나눠 줘. 이 사람들을 모두 무릎 꿇게 만들 힘이 네게 있어!"

그리고 공작은 엔젤을 무대 가운데 혼자 남겨 두고 뒤로 물러났다.

사람들의 환호성에 귀가 멀 지경이었다. 모두 미쳤다. 엔젤은 당장이라도 달려나가 구석으로 숨고 싶었다. 죽고 싶었다.

저들을 바라보라.

엔젤은 용기를 내어 오만한 표정을 지으며 거기 모여 있는 사람들을 천천히 훑어보았다.

그들의 눈을 보라, 사라여.

엔젤은 남자들의 눈을 보았다. 무대에서 가깝게 앉아 있는 남자부터 시작해서 그 너머 사람들 하나하나를 찬찬히 보았다. 모두 한창나이의 젊은이들이었다. 그들의 눈동자에는 공허함과 불안이 어려 있었다. 엔젤은 단번에 그 시선의 의미를 이해할 수 있었다. 환멸과 무너진 꿈, 냉담한 마음이 그 안에 도사려 있었다. 엔젤을 감싸는 그들의 시선에서 전해지는 외로움과 절망은 엔젤 역시 뼈저리게 느끼던 것들이다. 카지노 테이블 옆에 늘어서서 엔젤을 응시하는 남자들을 보았다. 마호가니 바에 줄지어 서서 한 손에는 위스키를 들고 서 있는 남자들도 눈에 들어왔다. 갑자기 실내가 조용해졌다. 엔젤은 이 적막함이 정말인지, 아니면 자신의 상상인지 헷갈렸다.

"노래나 하나 불러 봐!"

무대 뒤에서 누군가 소리쳤다. 모두 노래를 하라고 성화를 부리기 시작했다. 엔젤의 머릿속에 떠오르는 노래는 단 한 곡뿐이었다. 때와 장소에 전혀 어울리지 않는 매우 부적절한 노래.

"엔젤! 노래해!"

사람들 사이로 함성이 파도처럼 일었다. 피아노 연주자는 남자들에게 익숙한 음탕한 가사의 노래를 연거푸 두들겨댔다. 몇몇 남자들은 소란스럽게 노래를 불렀다. 그들은 거리낌 없이 마구 웃어댔다.

노래하라, 내 사랑하는 자여.

엔젤은 두 눈을 감았다. 그리고 눈앞에 앉아 있는 남자들을 잊고 노래를 부르기 시작했다. 피아노에서 연주되는 곡이 아닌 다른 노래였다. 아주 오래전에 부르던 노래였다. 엔젤은 어느새 미가엘과 미리암과 함께 우물 안으로 고개를 숙여 노래하고 있었다. 아름다운 하모니는 엔젤의 온몸을 감쌌다. 엔젤은 미가엘과 미리암이 바로 곁에 있다고 생각하기로 했다. 미리암의 따뜻한 웃음소리가 정말로 들려오는 듯했다.

"더 크게 불러요. 뭘 두려워해요. 언니는 노래할 수 있어요. 그럼요, 할 수 있고 말고요."

그리고 이어 미가엘의 목소리가 울려 퍼졌다.

"더 크게 불러요, 디르사. 마치 이 노래의 가사를 모두 믿는 것처럼 크게 불러요."

'하지만 난 이 노래의 가사를 믿지 않아. 믿고 싶지 않아.'

갑자기 엔젤은 노래를 멈췄다. 멍한 얼굴로 엔젤은 감았던 눈을 떴다. 노래 가사를 완전히 잊어버리고 말았다. 깨끗이 사라져 버렸다.

카지노 안은 정적이 흘렀다. 남자들은 일제히 텅 빈 무대 한 가운데 혼자 서 있는 엔젤을 쳐다보고 있었다. 엔젤은 눈시울이 뜨거워지며 눈물이 나올 것만 같았다.

'오, 하나님 제가 믿을 수 있도록 해 주세요!'

그때 누군가 엔젤이 멈췄던 노래를 이어 불렀다. 굵직하고 깊은 그 목소리는 낭랑하게 실내에 퍼져 나갔다. 미가엘과 비슷한 그 목소리에 엔젤은 화들짝 놀랐다. 두리번거리며 목소리의 주인공을 찾았다. 바 옆에 서 있던 한 남자였다. 큰 키에 은발의 그는 말끔한 정장을 입고 있었다.

그 순간 노래 가사는 사라져 버릴 때 그랬던 것처럼 갑자기

다시 돌아왔다. 엔젤은 그 남자와 함께 노래했다. 그는 군중을 헤치고 앞으로 걸어 나왔다. 무대 바로 아래 선 그 남자는 미소를 지으며 엔젤을 올려다보았다. 엔젤 역시 미소로 화답했다. 다른 남자들을 보니 모두 어리벙벙한 얼굴로 침묵을 지키고 있었다. 몇몇은 엔젤의 시선을 피하려 고개를 돌렸다.

"모두 여기서 뭘 하고 계신가요?"

엔젤은 크게 소리쳤다. 눈물이 솟구쳐 올라 목이 메어 왔다.

"사랑하는 아내와 자녀, 또는 어머니와 누이들이 기다리는 집을 두고 여기서 뭘 하고 계신 거예요? 여기가 어떤 곳인지 알고나 계신 건가요? 지금 여러분이 어디에 앉아 있는지 아시나요?"

엔젤 뒤에서 커튼이 열리고 무희들이 쏟아져 나왔다. 피아노 연주자는 다시 연주를 시작했고 젊은 여자들은 엔젤의 주변에 서서 다리를 번쩍번쩍 들어올리며 큰 소리로 노래를 불렀다. 몇몇이 손뼉을 치며 환호성을 질렀다. 하지만 다른 몇몇은 침묵을 지킨 채 양심의 가책을 느끼고 있었다.

엔젤은 천천히 무대를 내려왔다. 이전에 한번도 본 적이 없는 얼굴을 한 공작이 기다리고 있었다. 그의 이마에 땀이 송골송골 맺혀 있었다. 얼굴은 격한 분노로 창백해져 있었다. 공작은 엔젤의 팔을 난폭하게 잡고 어두운 구석으로 끌고 갔다.

"도대체 무슨 생각으로 이런 어리석은 짓을 한 거지?"

"하나님의 뜻을 생각했죠."

엔젤은 이렇게 말하고 자신도 놀랐다. 마음속 가득 기쁨이 넘쳐났다. 위대한 힘을 느끼며 전율했다. 공작의 얼굴을 똑바로 바라보았다. 그가 조금도 두렵지 않았다.

"하나님?"

공작은 내뱉듯 말했다. 그의 두 눈이 이글거렸다.

"당장 널 죽여 주지. 진즉에 널 죽였어야 했는데 말이야."

"당신, 두려워하고 있군요. 그렇죠? 난 느낄 수 있어요. 당신에게 보이지 않는 그 뭔가를 느끼고 두려워하고 있잖아요. 그게 뭔지 알아요? 당신보다 훨씬 강력한 힘을 가진 존재예요. 전에 그이가 말해 줬어요."

공작이 손을 번쩍 들어 엔젤을 때리려 했다. 그때 뒤쪽에서 차분한 남자의 음성이 들려왔다.

"그 젊은 아가씨에게 손 하나 까닥하면 당장 당신을 교수형에 처할 거요."

공작은 뒤로 돌아섰다. 엔젤과 함께 노래를 부르던 남자가 바로 옆에 와 있었다. 공작과 엇비슷한 키의 그는 공작보다 빈약한 체구였지만 어딘지 모르는 위엄과 강인한 힘이 느껴지는 기운을 풍기고 있었다. 엔젤은 공작을 보았다. 공작 역시 엔젤과 같은 생각인 듯했다. 엔젤의 심장이 거칠게 뛰었다.

"여기서 나가시겠습니까, 아가씨?"

그 낯선 사람이 물었다.

"네, 그러겠어요."

엔젤은 주저하지 않고 대답했다. 그가 어디로 데리고 가겠다는 건지, 무슨 의도로 말하는 건지 묻지 않았다. 이곳을 탈출할 수만 있다면, 그것으로 충분했다. 엔젤은 기회를 놓치지 않기로 했다. 공작이 으름장을 놓으며 남자를 을러대리라 생각했다. 하지만 공작은 이를 꽉 깨물고 창백한 얼굴로 아무 말 없이 서 있기만 했다. 이 사람이 누군데 저러는 거지?

그가 누구인지는 나중에 알게 되겠지. 엔젤은 이 낯선 사람에게 걸어가다가 갑자기 멈춰 섰다. 이렇게 떠날 수는 없었다. 엔젤이 다시 돌아서서 공작을 보고 말했다.

"열쇠 내놔요, 공작."

두 남자 모두 엔젤을 쳐다보았다. 한 명은 의아한 얼굴로, 다른 한 명은 분노로 흙빛이 된 얼굴로. 그리고 그 흙빛이 된 얼굴에는 뭔가가 더 있었다. 그건, 두려움이었다.

"열쇠요."

엔젤이 손을 내밀며 다시 말했다.

공작이 순순히 내놓지 않자 엔젤이 그의 셔츠 앞섶을 열고 금목걸이를 잡아당겼다. 공작은 놀란 얼굴로 그대로 서 있었다. 그의 관자놀이를 타고 땀이 흘러내렸다. 엔젤은 공작의 눈을 똑바로 보고 말했다.

"그 아이는 안 돼요."

엔젤은 열쇠를 꼭 쥐고 공작의 코앞에 들이밀었다.

"지옥에나 가 버려, 공작."

엔젤은 둘을 아무 말 없이 지켜보고 서 있던 신사에게 고개를 돌렸다.

"잠시만 기다려 주세요. 부탁합니다."

"아가씨와 함께가 아니라면 절대로 여기를 나가지 않을 겁니다."

신사는 천천히 말했다. 엔젤은 서둘러 이층으로 올라가 자신의 방 옆방 문을 열었다. 침대에 누워 있던 아이는 즉시 일어나 앉았다. 겁에 질린 푸른 눈동자를 동그랗게 뜬 채 아이는 천천히 뒤로 물러났다. 분홍빛 치맛자락이 아이의 무릎을 감았다. 양 갈래로 땋은 금발은 분홍 새틴 리본으로 묶여 있었다.

엔젤은 입술을 깨물었다. 마치 거울을 들여다보는 것 같았다. 십 년 전 자신의 모습이었다. 하지만 이렇게 과거의 아픔에 젖어 있을 틈이 없었다. 어서 이 아이를 여기서 데리고 나가야 했다. 엔젤은 재빨리 앞으로 나섰다.

"아가, 걱정하지 마. 난 엔젤이라고 해. 나랑 같이 가자. 자, 이리 온."

엔젤은 상체를 숙여 아이의 손을 잡았다.

"시간이 없어."

두 사람이 복도를 따라 나오는데 체리가 저만치 서 있는 모습이 눈에 들어왔다. 놀라서 입을 벌리고 선 그 소녀의 눈에 혹시나 하는 희망이 엿보였다.

"우리랑 같이 가자. 꼭 여기 있지 않아도 돼. 그런데 다른 데로 가려면 지금 가야만 해."

"공작님이……."

"지금 가야 해. 그렇지 않으면 평생을 이런 곳에서 지내야 해. 더 지독한 곳에서 보내야 할 수도 있고."

"그럼 물건이라도 좀 챙겨 올게요……."

"여기서의 일은 모두 잊어. 물건들도 다 버려. 뒤도 돌아보지 마."

엔젤은 복도를 따라 서둘러 걸었다. 체리는 잠시 망설이다가 곧 엔젤의 뒤를 따랐다. 세 사람은 나란히 계단을 내려왔다. 낯선 신사는 계단 아래서 기다리고 있었다. 공작은 보이지 않았다. 신사는 엔젤과 함께 내려온 두 어린아이를 보고는 크게 분개했다.

"이 아이들과 함께 가야 해요."

"당연히 그래야죠."

엔젤은 무대 뒷문을 고갯짓으로 가리켰다.

"저쪽으로 나가면 돼요."

"아닙니다. 무대로 나가서 앞문으로 나갑시다."

신사는 냉정한 눈으로 말했다.

"네?"

엔젤은 되물었다. 이 사람 미친 거 아닐까?

"그럴 수 없어요!"

"아니, 그렇게 할 수 있어요. 자, 갑시다."

신사의 얼굴은 분노로 인해 잿빛으로 변해 있었다.

"저 작자가 얼마나 끔찍한 악마였는지 사람들에게 똑똑히 알려야 합니다. 아이는 제가 안고 가도록 하죠."

꼬마가 엔젤의 치맛자락을 꼭 붙잡고 울음을 터뜨렸다. 체리 역시 엔젤의 곁으로 바짝 다가왔다. 신사가 다가오자 아이는 필사적으로 그 손을 피해 엔젤의 뒤로 숨어 버렸다.

"아이가 남자를 무서워 해요. 손도 대지 못하게 하잖아요."

엔젤은 무릎을 꿇고 앉아 아이를 꼭 안았다.

"꼭 붙잡아, 아가야. 내가 안고 갈게."

엔젤은 낯선 신사에게 시선을 주면서 진지하게 말했다.

"누구도 널 해치지 못하게 할게. 공작은 우리를 막지 못할 거야."

아이는 다리로 엔젤의 허리를 꼭 감았다. 엔젤은 허리를 펴고 일어섰다. 아이의 가녀린 팔이 엔젤의 목을 감싸 안았다. 엔젤은 신사에게 다시 말했다.

"다른 문으로 가는 게 더 안전할 거예요."

"이쪽으로 가는 게 최선이에요."

남자는 무대로 나가는 커튼을 옆으로 들췄다.

"수십 명의 남자가 있을 텐데요. 그 사람들이 우리를 그냥 가게 두지 않을 거예요."

"그곳에서 나를 건드릴 수 있는 사람은 아무도 없소."

"도대체 자기가 뭐라고 생각하시는 거예요, 하나님이라도 되나요?"

"아닙니다, 아가씨. 그냥 요나단 액슬이라는 사람이죠. 하지만 저는 샌프란시스코에서 가장 큰 은행을 갖고 있답니다. 자, 그럼 이제 갈까요?"

엔젤에게는 선택의 여지가 없었다. 엔젤은 벌벌 떨고 있는 아이를 꼭 껴안았다.

"눈을 꼭 감고 있어, 아가. 이제 여기서 나갈 거야."
'아니면 여기서 죽든지.'

체리는 엔젤의 옆에 바짝 붙어서 걸었다. 요나단 액슬은 세 사람을 무대 중앙으로 안내했다. 음악은 엉망이 되어 버렸고 춤을 추던 무희들은 동작을 멈췄다. 엔젤은 주변을 둘러보았다. 남자들은 충격을 받은 모양이었다. 공작은 어디에도 보이지 않았다. 엔젤을 지키고 있던 남자 역시 보이지 않았다.

"갑시다."

액슬이 조용히 말했다. 엔젤의 팔을 살짝 잡은 그의 손은 든든하고 믿음직했다. 엔젤은 무대 가운데 계단을 내려갔다. 엔젤의 앞에 서 있던 남자들이 옆으로 물러났.

많은 단골손님이 체리를 쳐다보았다. 행실이 좋지 않은 여자처럼 차려입고 화장까지 했지만 분명 아직 어린아이였다. 남자들은 엔젤이 지나가도록 비켜섰다. 아이의 흐느끼는 소리가 실내를 가득 메웠다.

남자들은 낮은 목소리로 웅성거리기 시작했다. 엔젤의 귀에 누군가 말하는 소리가 들렸다.

"저렇게 어린아이들이 이런 데서 뭘 하고 있었던 거지?"

엔젤은 걸음을 멈추고 그 말을 한 사람을 똑바로 보았다.

"잘 생각해 보세요."

엔젤은 비탄에 잠겨 말했다. 남자는 그 끔찍한 암시를 깨닫고 입을 크게 벌렸다.

엔젤의 뒤로 웅성거리는 소리가 파도를 이뤄 들끓었다. 격한 음성이 터져나오는 것도 들렸다. 남자들은 피를 원하고 있었다. 엔젤의 피가 아닌 다른 이의 피를. 엔젤은 차가운 밤공기를 맞으며 밖으로 나왔다. 자신도 모르게 참고 있던 숨을 크게 내쉬었다.

"이쪽이오. 미안합니다. 오늘은 마차를 가져오지 않았어요. 몇 블록 정도 걸어가야 하는데 괜찮겠습니까?"

신사의 말에 엔젤은 고개를 끄덕였다. 조금 떨어져 말없이 신사의 뒤를 따라가던 엔젤이 물었다.

"그런데 우리를 어디로 데려가시는 건가요?"

"우리 집으로 갑니다."

엔젤은 눈을 가늘게 떴다.

"왜요?"

"아내와 딸아이가 뭐든 도와드릴 겁니다. 저는 당장 그 저주받은 곳을 어떻게 처리해야 할지 알아봐야 해서요. 불태워 버리고 싶군요. 그 악마와 함께."

엔젤은 잠시라도 그를 미심쩍어했던 것이 미안했다. 하지만 이 신사가 아무리 친절하고 자상하다 해도 그에 대해 아무것도 모르는 것은 사실이었다. 그가 은행가라고 해서 좋은 사람이라고 단정할 수는 없었다. 은행가라면 전에도 만나 본 적이 있었다.

걸음을 옮길 때마다 안고 있는 아이는 더 무거워졌다. 온몸의 근육이 뻐근해 왔다. 하지만 엔젤은 계속 걸었다. 체리는 가끔씩 걱정스러운 눈으로 뒤를 돌아보았다.

"공작님이 우릴 쫓아올까요?"

"아니."

엔젤은 체리를 안심시켰다. 그리고 액슬에게 질문을 던졌다.

"그런데 왜 우리를 도와주시는 거죠? 저희가 누군지 모르시잖아요."

"아가씨가 부른 노래 때문이에요. 그 노래는 분명하게 하나님의 뜻을 전해 줬어요. 아가씨를 그곳에서 데리고 나오라는 주님의 명령을 분명히 느꼈답니다."

엔젤은 놀란 눈으로 액슬을 보았다. 한동안 아무 말도 하지 않던 엔젤은 머릿속에 자꾸 떠오른 생각을 말해야겠다고 생각했다.

"액슬 씨, 솔직하게 말씀드려야겠어요."

"무엇을 말입니까?"

"저는 하나님을 믿지 않아요."

그 말을 하는 순간 엔젤의 몸을 관통해 지나는 아픔이 있었다.

정말 그러하냐?

이 질문은 엔젤의 마음 깊은 곳에서부터 울려 나오고 있었다. 엔젤은 인상을 찡그렸다. 두려움에 떨던 그때 엔젤은 하나님을 외쳐 불렀다. 그래서 지금 엔젤이 이렇게 안전한 것이다. 그때 분명히 들려오는 목소리가 있었다. 아니면 엔젤의 상상이었나? 요나단 액슬의 대답은 엔젤의 혼란을 가중시켰다.

"그래요? 하지만 아까 그 찬송에는 확신이 배어 있었어요."

"전 죽을 만큼 두려웠어요. 그래서 유일하게 기억하는 노래를 부른 것뿐이에요."

액슬은 미소 지었다.

"하지만 그보다 더한 뭔가가 있었어요."

"난 저 높은 곳에 있는 옥좌에 앉아서 하얀 수염을 달고 나를 내려다보는 쭈그렁 노인네는 믿지 않아요."

액슬은 껄껄 웃었다.

"저 역시 그런 건 믿지 않습니다. 저는 그보다 훨씬 위대하고 커다란 존재를 믿고 있죠. 그리고 제가 한 말씀 더 드리자면 말이죠, 아가씨가 주님을 믿지 않는다고 해도 그 위대하신 능력자가 아가씨를 아끼지 않는다는 뜻은 아니랍니다."

엔젤은 두 눈을 깜빡였다. 목이 꽉 조여 왔다. 부끄러웠다. 공작에게 벗어나기 위해 온갖 방법을 다 썼지만 성공하지 못했다. 그런데 오늘밤, 미가엘이 가르쳐 준 노래 한 곡으로 단번에 그 일을 이룬 것이다. 말도 안 되는 일이었다. 아까 그 목소리는 자신의 뜻을 따르라고 했다. 하지만 엔젤이 한 일이라고는 마음속에 떠오르는 대로 움직인 것뿐이다. 그랬더니 이 신사가 난데없이 나타나 도와주었다.

미가엘이 읽어 준 성경 구절 하나가 떠올랐다.

"내가 사망의 음침한 골짜기로 다닐지라도 해를 두려워하지 않을 것은 주께서 나와 함께하심이라."

조금 전 공작은 엔젤을 두려워했다. 분명히 느낄 수 있었다.

너를 두려워한 것이 아니니라, 사라야. 나를 두려워했음이라.

엔젤은 몸을 부르르 떨었다. 온몸에 소름이 돋았다. 그제야 엔젤의 마음 문이 활짝 열렸다.

'오 하나님, 저는 수도 없이 당신을 부인했습니다. 그런 저를 어떻게 구원하실 수 있었습니까?'

네가 나를 부인하여도 나는 영원한 사랑으로 너를 사랑하느니라.

'도대체 이게 모두 어떻게 된 일이죠? 저는 영문을 모르겠습니다. 제가 어떻게 탈출할 수 있었단 말입니까? 오, 주님, 전 이해가 되지 않습니다. 당신의 이 오묘한 방법을 알 길이 없습니다.'

안개비가 내리기 시작했다. 해안가의 묵직한 안개가 일행을 둘러쌌다. 체리는 엔젤에게 바짝 붙어 걸었다.

"추워요."

체리가 속삭였다.

"아직 많이 남았나요, 액슬 씨?"

엔젤이 떨리는 목소리로 물었다. 목소리가 떨리는 것은 추위 때문만이 아니었다.

"저 언덕 위입니다."

엔젤은 저 위에 우뚝 서서 어렴풋이 형체를 드러내고 있는 커다란 저택을 보았다. 부자라는 말은 사실인 듯 했다. 이제 빗줄기는 굵어져 몸을 쉴 곳이 절실해졌다. 창가에서 불빛이 흘러나왔다. 한 여자가 창문에서 이쪽을 살펴보는 모습을 본 것 같았다. 요나단 액슬은 대문을 열었다. 그가 미처 문을 다 열기도 전에 안에서 문을 잡아당겨 여는 사람이 있었다. 문 앞에 머리를 심하게 잡아당겨 쪽찐 늘씬한 여자가 서 있었다. 엔젤은 여자의 얼굴을 제대로 볼 수 없었다. 하지만 심장이 철렁 내려앉는 느낌을 받았다. 이 숙녀는 자기 남편이 세 명의 창녀를 집으로 데리고 온 것에 대해 뭐라고 할까? 그 창녀 중 두 명은 아직 어린아이인 것에 대해서도 말이다.

"빨리 들어와요. 감기 걸려 죽기 전에."

여자는 명령조로 말했다. 여자는 흥분해 있는 듯했다. 엔젤은 그 여자가 액슬에게 말하는 것인지 아니면 엔젤 일행에게 말하는 것인지 구분할 수 없었다. 그래서 어떻게 해야 할지 망설이며 걸음을 멈추었다.

"자, 들어와요. 어서."

여자는 엔젤에게 손짓했다. 요나단은 엔젤의 팔을 살짝 잡았다.

"겁먹지 말아요. 말만 거칠게 할 뿐이니까."

요나단이 장난기 어린 목소리로 말했다. 엔젤은 마당을 가로질러 걸으며 잔뜩 긴장했다. 적어도 비에 젖은 몸은 말리게 하고 쫓아낼 모양이다.

엔젤은 집 안으로 들어섰다. 바로 뒤로 체리가 따라 들어왔다. 밝은 곳에서 보니 여자는 생각보다 젊고 아름다웠다. 비록 칙칙한 드레스에 지나치게 단정한 머리를 하고 있었지만.

"여기는 얼마 전에 화재가 난 곳이에요."

여자는 이렇게 말하고 일행을 좀 더 단순하게 꾸며진 커다란 방으로 안내했다. 방은 아늑해 보였다.

"자, 다들 앉아요."

엔젤은 자리를 잡고 앉아 그 젊은 여자를 쳐다보았다. 그 여자 역시 호기심을 감추지 않은 채 엔젤 일행을 하나하나 훑어보았다.

"다 괜찮을 거야."

엔젤은 떨고 있는 아이의 귓가에 속삭이며 등을 부드럽게 쓸어 주었다. 하지만 정말 괜찮을까?

아이는 엔젤의 품에 안겨 서서히 긴장을 풀고 조금씩 고개를 들어 주변을 살폈다. 창백한 얼굴의 체리는 겁먹은 눈으로 푹신한 소파에 등을 꼿꼿이 세우고 앉아 있었다. 그 바로 옆에는 엔젤이 있었다. 젊은 여자는 요나단 액슬에게 설명을 요구하는 얼굴을 하고 있었다. 엔젤 일행의 정체를 알게 되더라도 전혀 놀란 기색을 보이지 않을 것 같은 기세였다.

"아버지, 무슨 일이에요?"
"이쪽은 제 딸, 수잔나입니다."

요나단 액슬이 말했다. 젊은 여자는 고개를 까닥여 인사하고 잠시 곤혹스러운 얼굴로 망설이다가 미소를 지어 보였.

"이런, 제가 아직 숙녀분들의 이름도 묻지 않았군요."

요나단이 미안하다는 투로 말했다.

"제 이름은 엔젤이에요. 이 아이는 체리라고 하고요. 그리고 이 아이는……."

엔젤은 순간 아이의 이름을 모르고 있었다는 사실을 깨달았다.

"아가, 이름이 뭐지?"

엔젤의 부드러운 목소리에 아이는 고개를 들고 떨리는 입술로 엔젤의 귓가에 대고 작게 속삭였다.

"페이스. 이 아이는 페이스라고 한답니다."

"담요가 좀 필요하겠구나, 수잔나. 내가 네 어머니를 찾을 동안 좀 가져다주겠니?"

"어머니는 부엌에서 아버지 저녁식사를 데우고 계세요."

수잔나는 미소를 지으며 말하고 서둘러 방을 나갔다.

"그럼, 잠시 실례하겠습니다."

요나단은 양해를 구하고 밖으로 나갔다. 엔젤 일행만이 남겨졌다. 요나단이 나가자마자 체리는 어깨를 웅크리고 울음을 터트렸다.

"무서워요. 공작이 날 죽일 거예요."

"공작은 다시는 네 몸에 손가락 하나 대지 못해."

엔젤은 체리의 손을 잡았다.

"나도 많이 무서워. 하지만 이 사람들은 믿어도 될 것 같아."

이 사람들을 믿어야만 했다. 달리 선택의 여지가 없지 않은가. 요나단은 밝고 푸른 눈동자에 체구가 작은 부인과 함께 돌아왔다. 부인의 이름은 브리스길라였다. 엔젤은 딸과 어머니가 닮았다고 생각했다. 브리스길라는 재빨리 사람들을 챙겼다.

"일단 젖은 옷을 모두 벗어야겠네요."

브리스길라는 엔젤 일행을 이층으로 안내하면서 말했다.

"옷을 갈아입고 부엌으로 내려와 뭘 좀 먹도록 해요."

부인은 복도 오른쪽 문을 열어 주었다. 널따란 방이었다.

"꼬마 아가씨 두 명은 여기서 지내도록 해요. 그리고 엔젤은 수잔나 방을 같이 쓰세요. 바로 복도 건너편 방이에요."

엔젤은 수잔나가 어떻게 생각할지 궁금했다.

브리스길라는 모두가 입을 만한 옷을 가져다주어 엔젤을 놀라게 했다. 옷장에 모든 치수의 옷을 다 갖추고 있단 말인가? 아니면 아직 만나지 않은 딸들이 더 있는 걸까? 옷들은 모두 단순한 디자인에 기능적인 모직 천으로 만들어져 편안했다. 엔젤은 입고 있던 드레스를 벗어서 돌돌 말았다. 체리와 페이스는 젖은 옷을 벗어 난로 근처에 놓인 바구니에 던져 넣었다.

수잔나는 기다리고 서 있다가 모두를 부엌으로 안내했다. 브리스길라는 두툼한 소고기와 채소 수프, 그리고 작은 빵을 대접했다. 엔젤 일행은 요나단과 함께 식사했다. 엔젤은 따뜻한 커피를 거절하고 신선한 우유를 마셨다.

엔젤의 옆에 앉은 페이스가 꾸벅꾸벅 졸았다. 체리의 눈가에 바른 화장용 먹이 어느새 희미해져 있었다. 얼굴은 여전히 창백했지만 최소한 놀란 토끼 눈은 아니었다.

브리스길라는 체리의 어깨에 다정하게 손을 얹고 볼을 살짝 부볐다. 그리고 페이스에게 손을 내밀며 말했다.

"자, 얘야, 자러 가자."

아이는 선선히 그 손을 잡았다. 엔젤은 큰 짐 하나를 내려놓는 기분이 들었다.

수잔나가 상을 치우면서 말했다.

"두 분은 응접실에 가서 좀 쉬시지 그래요? 하지만 제가 가기 전까지 중요한 이야기는 하시면 안돼요."

"네, 그러겠습니다."

요나단은 장난기 어린 목소리로 정중하게 말했다. 그리고 자리에서 일어서며 엔젤에게 눈을 찡긋해 보였다.

"어서 분부대로 합시다."

엔젤은 난로 옆에 앉아서 잔뜩 긴장한 채 고민했다. 당장 내일부터 어떻게 해야 할까? 요나단은 한쪽 옆에 있는 조그만 테이블로 걸어갔다. 엔젤은 그가 술을 따르는 모습을 보고 있었다.

"사과주 한잔하시겠습니까?"

"고맙습니다만 괜찮아요."

요나단은 살짝 미소 짓고 술병을 내려놓았다. 그리고 엔젤 건너편에 편안하게 앉았다.

"여기서는 안심하셔도 됩니다."

"네, 그렇겠죠. 하지만 얼마나 있을 수 있죠?"

자기도 모르게 퉁명스럽게 튀어나온 말에 엔젤도 당황스러웠다.

"누구도 억지로 쫓아내거나 하지는 않을 겁니다, 엔젤. 원하는 만큼 얼마든지 여기 있어도 좋아요."

엔젤은 뭔가 말하려고 입을 열었지만 눈시울이 뜨거워졌다.

"당신들이라면 언제나 대환영입니다."

엔젤은 의자에 머리를 기대고 감정을 추스르려 노력했다.

"그가 어떻게 나올지 걱정돼요."

엔젤이 혼잣말처럼 웅얼거렸다. 요나단은 엔젤이 누구 이야기를 하는지 묻지 않아도 알 수 있었다.

"우리가 나온 다음에 그 건물 어딘가에 숨어 있었다면 지금쯤은 그 건물 기둥에 목이 매달려 있을 겁니다. 하지만 그 정도로 어리석지는 않을 거라고 생각되는군요."

"그래요. 공작은 어리석은 것하고는 거리가 먼 사람이에요."

엔젤이 무거운 한숨을 내쉬었다.

"저희에게 이런 친절을 베풀어 주셔서 정말 감사합니다."

"내가 주릴 때에 너희가 먹을 것을 주었고, 목마를 때에 마시게 하였고, 나그네 되었을 때에 영접하였고, 헐벗었을 때에 옷을 입혔고, 병들었을 때에 돌보았고, 옥에 갇혔을 때에 와서 보았느니라."

요나단은 성경을 인용했다.

"이런 말 들어 본 적 있죠?"

미가엘이 읽어 준 적이 있다. 알트만 가족을 집에 들인 직후에 읽어 준 구절이다. 미가엘과 있었던 기억이 생생히 떠올랐다. 엔젤은 말문이 막혀 아무 대꾸도 할 수 없었다.

요나단 액슬은 이 젊은 아가씨의 눈동자에 말 못할 고통이 어린 것을 보았다. 그 고통을 지워 주고 싶었다. 자신이 오늘 밤 위대하고 고결한 일을 했다는 것을 전혀 모르는 모양이었다. 그녀의 용기는 흔히 볼 수 있는 것이 아니었다.

"우리 집에 있는 건 모두 당신 것처럼 사용해도 좋아요."

두 사람은 밤새도록 이야기를 나누었다. 엔젤은 그 어떤 사람과도 이렇게 많은 이야기를 나눈 적이 없었다. 심지어 미가엘보다 더 많은 이야기를 요나단에게 했다. 아마도 요나단 액슬이 낯선 사람이어서 오히려 거리낌없이 이야기할 수 있었던 같다.

엔젤은 지쳐 고개를 뒤로 기댔다.

"이제 어디로 가야 할까요, 액슬 씨?"

"그건 엔젤의 마음에 달려 있죠. 그리고 주님의 뜻에 달려 있기도 하고요."

요나단이 침실로 들어오자 브리스길라가 잠에서 깼다. 요나단은 옷을 벗고 침대로 들어가 아내를 끌어안았다. 아내는 따뜻하고 부드러웠다. 브리스길라는 요나단의 가슴에 가만히 손을 댔다.

"요나단, 이건 꼭 물어야겠어요. 애당초 그런 장소에서 뭘 하고 있던 거예요?"

요나단은 부드럽게 웃으며 아내의 이마에 키스했다.

"사실 나도 잘 모르겠소."

"하지만 당신은 술을 마시거나 도박을 하지 않잖아요. 그런데 무슨 생각으로 그곳에 간 거죠?"

"오늘은 온종일 이상한 날이었소. 정오가 지나고부터 마음이 계속 불편하고 괴로운 거요. 무엇 때문인지 정확히 말할 수도 없이 말이오."

"은행에 무슨 문제가 생겼나요?"

"아니, 전혀 그렇지 않아요. 난 갑자기 산책이 하고 싶어졌소. 그래서 당신에게 늦는다고 전했던 거요. 그리고 마침 엔젤이 있던 그곳을 지나치게 되었지. 안에서 그 악마가 연설을 늘어놓고 있더군. 한바탕 소동이 일어나고 있는 것 같았소. 난 그 작자가 뭐라고 하는지 들어 보자는 심정으로 안으로 들어갔지."

"하지만 왜 그런 일을? 당신은 그 남자를 끔찍이도 싫어했잖아요."

"왜 그랬는지는 지금도 모르겠소. 그냥 그래야만 할 것 같았소. 그자가 엔젤을 소개하고 있었소. 역겹고 외설적인 소개말이었지. 그가 한 말이 노골적이었다는 게 아니오. 그의 태도가 문제였지. 넌지시 빗대어 암시하는 그 말이 역겹게 느껴졌소. 뭐라고 설명해야 할까? 마치 이교도 신전 한가운데 서 있는 느낌이랄까? 그자는 새로운 신전의 창기를 소개하는 교주 같았소."

"그런 곳에 왜 계속 있었어요?"

"나도 어서 자리를 떠야겠다고 생각했소. 그런데 밖으로 나가려고 할 때마다 뭔가가 나를 붙잡았소. 그리고 바로 그때 엔젤이 등장했지."

"정말 아름답더군요."

브리스길라가 가만히 말했다.

"내 눈길을 잡은 건 그녀의 외모가 아니었다오, 브리스길라. 아직 한참 어린 나이인데도 엔젤은 은은한 위엄을 풍기며 무대 한가운데로 걸어왔지. 직접 보지 않으면 상상하기도 어려운 그런 광경이었소. 그 안에 있던 사내들은 마치 지옥의 개처럼 엔젤을 보고 으르렁거렸지. 그때 엔젤이 노래를 부르기 시작했소. 처음에는 아주 작게 불러서 아무도 듣지 못했지. 그러다가 사람들이 떠드는 소리가 잦아들더니 갑자기 실내는 쥐 죽은 듯 고요해졌소. 들리는 건 엔젤의 노랫소리뿐이었소."

요나단은 다시 목이 메이고 눈시울이 뜨거워지는 것을 느꼈다.

"엔젤은 바로 '만세 반석 열리니'를 부르고 있었소."

32장

> 주 하나님 크신 능력 참 신기하도다
> 바다와 폭풍 가운데 주 운행하시네.
> _윌리엄 쿠퍼

미리암은 바울이 저녁 식탁 머리에 앉아 생각에 잠겨 있는 것을 잠자코 보고 있었다. 스튜도 몇 숟가락 뜨는 둥 마는 둥 했고, 커피는 차갑게 식어 버렸다. 미리암은 바울이 무엇 때문에 그러는지 묻지 않아도 알 수 있었다.

"미가엘을 만나고 왔군요."

"응."

바울은 짤막하게 대꾸했다. 얼굴을 잔뜩 찡그린 바울은 음식 그릇을 옆으로 밀어냈다.

"도대체 미가엘을 이해할 수가 없어. 눈곱만큼도 이해할 수 없어."

미리암은 바울이 더 이야기하기를 기다렸다. 이번에는 뭔가 그의 속 이야기를 들을 수 있기를 바랐다. 바울은 잔뜩 짜증이 나고 화도 난 모양이다. 하지만 그를 괴롭히는 뭔가가 더 있었다. 그 뭔가는 매우 치명적인 것으로, 마음속 깊은 곳에 숨어 있었다. 영혼을 좀 먹는 암 덩어리였다.

"언제쯤이나 돼야 포기할까? 그 여자 때문에 무릎 꿇고 기도하는 미가엘만 보면 내 속이 아주 찢어져. 미리암, 그 녀석을 한 대 때려 주고 싶어. 아주 흠씬 두들겨 패서 정신이 번쩍 들게 해 주고 싶어. 아까도 갔더니 기도를 하고 있더라고. 헛간에서 무릎을 꿇고 앉아 그 여자를 위해 기도를 하더란 말이야."

바울은 이를 악물고 내뱉듯 말했다. 미리암은 바울의 적개심을 이해할 수 없었다.

"하지만 그러면 안 될 이유가 어디 있어요, 바울? 아만다 언니는 미가엘의 아내예요. 미가엘 아저씨는 아직도 아만다 언니를 사랑하고 있고요."

바울의 얼굴에 굵은 주름이 졌다.

"아내? 그 여자가 미가엘에게 무슨 짓을 했는지 보고도 그런 말을 하나?"

"아만다 언니는 미가엘에게 최선을 다하기 위해 떠난다고 말했어요."

바울은 의자를 뒤로 밀면서 벌떡 일어섰다.

"그 말을 믿어? 그 여자의 진짜 정체를 몰라서 그러는 거야. 그 여자는 쇳조각처럼 차가운 사람이야. 페어러다이스에서 창녀 일을 했던 여자라고. 그 여자는 미가엘을 이용해 먹으려는 심보 외에는 어떤 감정도 갖고 있지 않았어. 처음부터 끝까지 내내 그랬다고. 그 여자에게는 마음이란 게 없어. 그러니 바보같이 속지 마!"

바울의 사나운 말에 미리암의 눈에는 눈물이 고였다. 아버지가 화를 내시는 모습을 본 적은 있었다. 하지만 아버지는 사랑하는 사람을 비난하는 말을 쏟아 낸 적은 없었다. 미리암은 더는 잠자코 들어줄 수 없었다.

"아만다를 제대로 모르는 사람은 당신밖에 없어요, 바울. 당신이야말로 단 한번도……."

"나한테 그 여자 역성들 생각은 마! 난 그 여자를 알아. 당신이나 미가엘보다 내가 더 그 여자를 잘 알아. 모두 그 여자가 보여 주는 모습만 본 거야. 난 진짜 모습을 다 보았다고."

미리암은 고개를 들었다. 가장 절친한 친구인 아만다 언니를 모욕하는 걸 더는 참고 있을 수 없었다.

"당신이야말로 아만다를 최소한의 예의도 갖출 필요도 없는 사악한 피조물인 양 대했잖아요."

바울의 안색이 흙빛이 되어 갔다.

"지금 나한테 당신이나 다른 사람들처럼 그 여자의 사악한 주문에 걸려들지 않았다고 질책하는 건가? 내 집에서?"

미리암은 어이없어 입을 벌렸다. 차라리 칼로 미리암의 심장을 찌르는 편이 더 나았을 것이다.

"그래, 이게 당신만의 집이란 말인가요? 우리 결혼은요?"

미리암은 답답한 듯 말했다.

"그럼 난 당신이 내키면 언제든지 내쫓을 수 있는 손님이군요. 아이고, 하나님, 제발 제가 뭔가 실수라도 하지 않게 도와주세요. 잘못하는 일이 생기면 당장 쫓겨나게 생겼네요."

바울은 미리암이 말을 시작하기도 전에 이미 자신의 말을 후회하고 있었다.

"미리암, 내 말은 그런 뜻이 아니라……."

미리암도 이제는 화가 났다.

"그러니까 이 집에 있는 동안에는 당신과 다른 생각을 하거나 다른 의견을 갖고 있으면 안 된다는 말이네요. 그렇죠, 바울? 그러니까 내 생각을 솔직하게 털어놓으면 당장 저 문밖으로 나가야 한다는 말씀이군요. 아니, 더 좋은 생각이 있어요. 확실하게 하기 위해서는 당신 땅 경계 밖으로 나가는 게 더 낫겠어요."

바울은 미리암의 무자비한 공격에 발끈하는 마음이 생겼다. 그 마음은 후회하는 마음을 눌렀다. 미리암의 말은 그대로 비수가 되어 그의 양심에 꽂혔다. 바울은 당장 자기방어에 나섰다.

"내가 그런 뜻으로 한 말이 아니란 거 알잖아!"

미리암이 울기 시작했다. 바울은 금세 기가 꺾여 어쩔 줄 몰라했다.

"미리암, 울지 마."

바울은 전전긍긍했다.

"바울, 이제는 당신이 무슨 뜻으로 말하는지 하나도 모르겠어요. 당신은 빈정거리고 냉소적인 태도로 자신을 괴롭히고 있어요. 그 밑도 끝도 없는 증오를 무슨 깃발이라도 되는 양 항상 흔들고 다니고요. 그러면서도 아만다 언니를 왜 그렇게 미워하는지 이유도 말해 주지 않죠. 이제 난 그 이유에 당신 잘못도 있는 게 아닌가 하는 생각까지 들어요!"

바울의 얼굴이 확 달아올랐다. 붉어진 얼굴만큼 분노도 뜨겁게 달구어졌다. 뭔가 변명을 하려 했지만 미리암은 쉬지 않고 말을 이어 갔다.

"아만다 언니가 아니었다면 나는 절대로 당신에게 이렇게 오지 못했을 거예요."

"그게 무슨 소리야?"

미리암이 목소리를 낮춰 이야기했다.

"난 용기를 낼 수 없었을 거예요."

미리암은 바울이 자신의 말을 이해하지 못한다는 것을 알았다. 하지만 설명하기 어려웠다. 목이 꽉 잠겨 아팠다. 자리에 앉아 머리를 숙이고 있고만 싶었다. 바울에게 제대로 설명할 수 있게 된다 해도 그는 들으려 하지 않을 것이다. 아만다에 관한 그 어떤 좋은 이야기에도 그는 귀를 닫아걸었다. 미리암의 얼굴은 마음 상한 어린아이처럼 뾰로통해져 있었다. 바울은 마음이 미어졌다.

"사랑해, 미리암. 사랑해."

바울은 쉰 목소리로 말했다.

"다시는 이렇게 행동하지 말아요."

"엔젤은 미가엘과 나 사이를 갈라놓았어. 그런데 이제는 당신과 나까지 멀어지게 하는군."

"당신이 우리 사이에 언니를 억지로 끼워 넣었잖아요."

"아니, 난 그러지 않았어. 엔젤 그 여자가 무슨 짓을 했는지 모르겠어?"

바울은 미리암에게 제발 자기 말을 들으라고 애원하고 싶었다. 미리암의 얼굴에 떠오른 표정은 도저히 견디기 힘들었다.

"엔젤은 미가엘을 망가뜨렸어."

"미가엘은 지금 그 어느 때보다 강하고 담대해요."

"그래서 매일 무릎 꿇고 기도만 하나?"

"자신이 할 수 있는 유일한 방법으로 언니를 위해 애쓰는 거예요."

"미리암, 그 여자는 미가엘을 홀려서 완전히 산산조각 내놓았다고."

"당신 정말 장님이에요? 왜 그렇게 몰라요? 아만다 언니가 그렇게 다가오지 못하게 마음의 벽을 쌓아도 그 벽을 뚫고 다가간 사람은 바로 미가엘이었어요. 언니를 사랑하니까요!"

"그랬다면 그 여자는 계속 여기 있어야 하지 않겠어? 무슨 일이 있어도 미가엘 옆을 지켰어야지. 하지만 결과는 어때? 그 여자는 그냥 휙 떠나 버렸잖아."

바울이 손가락을 딱 튕겼다.

"그런 여자에게 마음이란 게 있다고 말하니 이게 말이 되는 거냐고."

미리암은 털썩 주저앉았다. 적의 가득한 남편의 얼굴을 보았다. 미리암은 자신의 힘으로 그를 편안하게 해 줄 수 있으리라고 생각했다. 하지만 큰 오산이었다. 지금 바울은 금광으로 들어가 사금을 찾아다니던 때보다 훨씬 더 먼 곳에 있었다. 지금 미리암이 할 수 있는 일은 자신이 어떤 느낌을 받았는지 설명하는 것 외에는 없을 듯했다.

"바울, 나도 아만다 언니를 사랑해요. 나와 피와 살을 나눈 친 혈육처럼요. 당신이 언니에 대해 어떻게 생각하는지와 상관없이 나는 아만다 언니를 알아요. 그래서 난 매일매일 언니가 돌아오게 해 달라고 기도드릴 거예요."

바울은 무서운 기세로 문을 쾅 닫고 밖으로 나갔다.

엔젤은 침대에 누워 천장을 응시하고 있었다. 옳은 일을 했다는 생각에는 변함이 없었다. 하지만 이따금 미가엘을 그리는 마음이 너무나 커져서 몸이 아프기까지 했다. 잘 지내고 있을까? 행복할까? 지금쯤은 엔젤을 포기했을 것이다. 두 사람은 애초에 서로에게 맞는 상대가 아니었다는 것을 깨달았을 것이다. 미가엘은 절대로 엔젤을 용서하지 못할 것이다. 하지만 곧 엔젤을 잊고 잘 지낼 것이 분명했다. 미리암을 아내로 맞아들였을지도 모른다. 아이들이 있는지도······.

더는 생각하면 안 된다. 미가엘 생각을 하다 보면 어느새 자기 연민에 빠져 허우적댄다. 모두 끝난 일이다. 이젠 모두 잊고 앞으로 나아가야만 한다. 엔젤은 두 눈을 감고 아픈 마음을 가라앉혔다. 그리고 자리에서 일어나 옷을 입으며 그동안 있었던 좋은 일들을 떠올려 보았다.

체리는 빵집을 하는 한 가정에서 지내게 되었다. 새로운 생활에 잘 적응해서 행복하게 지내고 있었다. 꼬마 페이스는 독실한 침례교 가정에 입양되어 지금은 몬테레이에서 새로 만난 오빠, 언니들과 잘 지내고 있었다. 읽기와 쓰기를 배워 엔젤에게 편지도 보내왔다.

엔젤 역시 액슬 씨네 집에서 편안하게 지내고 있었다. 하지만 언제까지 이렇게 신세 지고 살 수는 없었다. 모두 친절하고 불편함 없이 지내게 배려해 주었다. 쉴 곳을 마련해 주고, 안전하게 보호해 주고, 정을 주었다. 엔젤에게 새옷도 장만해 주었는데, 엔젤은 회색과 갈색 모직 천으로 된 검소한 옷을 골랐다.

수잔나는 엔젤에게 읽기와 쓰기를 가르쳐 주었다. 엔젤은 수잔나가 알려 주는 것을 배워서 어디에 쓸까 하는 비관적인 생각을 했다. 하지만 이 새로 사귄 친구는 고집스레 배워야 한다고 말했다.

"엔젤은 영리해서 빨리 배울 거야. 너무 조바심 내지 말고 하나씩 배워 나가자."

공부는 어려웠다. 엔젤은 수잔나가 아무 소득을 얻지 못할까 봐 걱정되었다.

엔젤은 버질에게 돌아가 다시 요리를 할까도 생각했다가 그만두었다. 왠지 그 일은 엔젤의 일이 아닌 듯했다. 그렇다면 무슨 일을 하지? 수잔나는 장을 볼 때마다 엔젤을 데리고 가서 고기와 채소, 빵, 그리고 이런저런 잡다한 물건을 사 왔다. 엔젤은 흥정하는 법을 배웠다. 광부들에게 냄비를 팔았던 것과 크게 다르지 않았다. 어떻게 허세를 부리고 일부러 관심 없는 척하는지 알았다. 엔젤은 수잔나가 사려던 물건을 거의 항상 최저가로 구매해 주었다.

"엔젤의 푸른 눈동자를 보기만 하면 사람들이 말 그대로 물건을 거저 준다니까요. 엔젤에게 주문을 받고 싶어서 다들 난리가 나요."

수잔나는 깔깔 웃으며 말했다.

"게다가 시장을 보다가 청혼도 받았어요."

"청혼은 아니었어, 수잔나. 그냥 제안을 한 거지. 둘은 엄연히 달라."

"에이, 그렇게 진지한 얼굴 하지 마. 그래, 그래서 그렇게 점잖은 얼굴로 안 된다고 말했구나."

상복이라도 입고 다니면 남자들이 눈길을 안 주지 않을까? 칙칙한 회색 옷을 입고 있어도 남자들은 고개를 돌려 엔젤을 흘끔흘끔 쳐다보았다. 하지만 귀찮게 구는 사람은 거의 없었다. 아마도 옆에 있어 주는 수잔나 액슬의 덕일 것이다. 수잔나 덕에 엔젤까지 순결한 아가씨로 대접받을 수 있었다. 액슬 가문은 지역사회에서 크게 존경받는 유명한 집안이다. 만약 이들의 날개 밑에서 보호받지 못했다면 무슨 일이 일어났을지 생각하기도 싫었다. 고난이 닥쳐오는 기척이라도 보이면 그대로 다시 약해졌을까? 이런 생각 때문에 엔젤은 자존심을 죽이고 액슬 가족의 호의를 순순히 받아들이고 있었다.

엔젤은 교회도 다녔다. 요나단과 브리스길라가 한쪽 옆에 앉고 수잔나가 다른 편에 앉아 사람들의 시선을 막아 주니 다른 사람들과 격리된 느낌이 들어 교회도 견딜 만했다. 구원과 속죄에 대한 말씀을 하나도 빼먹지 않고 새겨들었다. 하지만 엔젤은 그런 것을 받을 자격이 없다는 생각이 들었다. 엔젤은 너무나 굶주리고 목말랐다. 포츠머스 광장에 있는 공작의 갈보집에서 꾸었던 꿈에 나온 생명 샘을 찾아 헤매는 목마른 사슴처럼 방황했다.

'오, 하나님. 그때 제게 말씀하셨던 게 당신이신가요? 그런가요? 당신이셨군요. 아주 오래전에 미가엘의 오두막에서 놀라운 향기를 맡았던 그때도 누군가 말하는 소리를 들었습니다. 그것도 당신이셨군요.'

미가엘이 했던 말, 그가 했던 행동이 비로소 모두 이해되었다. 미가엘은 그리스도의 삶을 직접 살아 엔젤을 가르쳤다.

'오, 주님. 저는 어째서 앞 못 보는 맹인으로 살았던 걸까요? 왜 듣지 못하는 장님으로 살았던 걸까요? 주께서 언제나 제 옆에 계셔서 손 내밀고 계신다는 사실을 깨닫기까지 왜 그렇게 많은 시련과 아픔을 겪어야만 했나요?'

매주 일요일 설교 시간이 끝나면 목사님은 그리스도를 구세주로 삼고 주님으로 모시기로 작정한 사람은 앞으로 나오라고 말했다. 그럴 때마다 엔젤은 잔뜩 긴장했다.

차분하고 온화한 목소리가 엔젤을 은근히 부추겼다.

나에게 오라, 사랑하는 자여. 일어나 나에게로 나아오라.

따뜻한 기운이 온몸을 감쌌다. 이것이야말로 엔젤이 평생을 걸쳐 기다린 사랑이었다. 하지만 여전히 엔젤은 꼼짝할 수도 없었다.

'오 미가엘, 지금 당신이 내 곁에 있어 준다면, 당신과 함께라면 저 앞으로 걸어 나갈 수 있을 텐데. 당신과 함께라면 나도 용기를 낼 수 있을 텐데.'

주일이 다가올 때마다 엔젤은 두 눈을 감고 목사님의 부름에 응하려고 용기를 쥐어짰지만 번번이 실패했다. 몸을 떨면서 자리에 앉아 있기만 했다. 과거에 하나님을 부인하고 그에게 대항했던 소행을 생각하면 자신이 한없이 부족하게만 느껴졌다. 그분의 자녀가 될 자격이 없다는 생각만 들었다.

그렇게 네 번째 주일을 지낸 후, 다시 맞은 주일 예배 시간이었다. 수잔나가 몸을 기울여 엔젤의 귓가에 속삭였다.

"앞으로 나가고 싶은 거지? 그렇지? 지난 몇 주 동안 계속 망설이고 있었잖아."

엔젤의 눈가가 따끔거렸다. 목이 메어 왔다. 엔젤은 아무 말 못하고 입을 굳게 다문 채 고개를 끄덕이고 고개를 떨궜다. 엔젤은 두려웠다. 너무나 두려워 온몸이 떨렸다. 무슨 자격으로 하나님 앞에 나가 그분의 은총을 받겠는가! 무슨 권리로!

"내가 같이 나가 줄게."

수잔나는 엔젤의 손을 꼭 잡았다.

예배당 중앙 복도를 따라 걸어가는 엔젤은 이렇게 먼 거리는 처음 걸어가는 것 같다는 생각을 했다. 복도 끝에 목사님이 눈을 빛내며 기다리고 있었다. 엔젤은 미가엘을 생각했다. 마음이 아파 왔다.

'오, 미가엘, 지금 당신이 여기 있었으면 좋겠어요. 여기 서서 나를 봐 줬으면 좋겠어요. 당신은 아나요? 당신이 내 맘에 불을 지펴 어둠 속에 살던 나에게 빛을 주었다는 사실을요.'

엔젤의 마음에 감사가 넘쳐났다.

'오, 하나님. 미가엘은 당신을 너무나 사랑합니다.'

가슴이 북받쳤지만, 엔젤은 울지 않았다. 수년간의 훈련으로 감정을 절제하는 법을 잘 알고 있었다. 수잔나 액슬이 옆에 서 있는데 마음이 약해지면 안 된다. 게다가 이렇게 사람들이 많은 데서 눈물 따위를 흘릴 수 없다. 교회 안의 모든 사람이 엔젤을 보고 있는 것 같았다. 엔젤의 동작 하나하나에 주목하고 조그만 목소리로 하는 모든 말을 경청하는 것 같았다. 그런데 바보처럼 굴 수는 없었다.

"예수를 그리스도라 받아들이고 살아 계신 하나님의 독생자이심을 믿습니까?"

목사가 엔젤에게 물었다.

"네, 믿습니다."

엔젤은 엄숙한 얼굴로 위엄을 갖추어 말했다. 그리고 잠시 두 눈을 감았다.

'오, 하나님, 제 과거의 불신앙을 용서해 주소서. 제 신앙을 겨자씨보다 더 크게 해 주소서. 예수님, 제 믿음이 크게 자라게 하소서, 부디.'

"그러면 여기 모인 많은 증인 앞에서 당신의 삶을 예수님에게 의탁하겠습니까? 그렇게 하겠다면 '예.'라고 대답하세요."

"예."라는 말은 결혼식에서 답했어야 하는 말이었다. 서글픈 미소가 엔젤의 입술에 어렸다. 미가엘과의 결혼식에서 엔젤은 "예."라고 하지 않고 "그러죠, 뭐."라고 했다. 그랬던 그녀가 이제 한계에 다다라 더는 선택의 여지가 없는 상황에 부닥쳤다. 이제 혼자 힘으로 살아보겠다고 싸우는 것은 그만둘 생각이다. 마침내 고독한 난투는 끝이다. 엔젤에게는 하나님이 필요했다. 엔젤은 하나님을 원했다. 하나님은 아무런 믿음도 없는 엔젤을 비참한 생활에서 벗어나게 해 주셨다. 이제 엔젤은 하나님의 임재하심을 알게 되었다. 그는 언제나 손을 내밀고 엔젤에게 오라고 말씀하셨다.

'오, 미가엘, 이게 바로 당신이 나에게 원했던 거죠. 그렇죠? 언젠가 내가 결정하게 될 것이라던 것이 바로 이거였죠?'

"엔젤?"

목사가 당황스러운 얼굴로 엔젤의 이름을 불렀다. 모두 숨죽이고 엔젤을 보고 있었다.

"네, 그렇게 하겠습니다."

엔젤이 환하게 미소 지으며 대답했다.

목사는 웃으면서 엔젤을 회중으로 돌려세우고 말했다.

"엔젤입니다. 그리스도 안에서 새롭게 자매가 되신 분입니다. 엔젤을 환영해 주세요."

모두 엔젤을 환영해 주었다. 하지만 언제나 이렇지는 않을 것이다. 세상에 변하지 않는 건 없다. 엔젤은 그 사실을 알았다. 언제까지나 액슬 가의 안전한 보호를 받으며 온실 속에서 살 생각은 없다. 조만간 그들을 떠나 홀로 서는 방법을 찾아야 했다.

무엇보다 가장 먼저 해야 할 일은 앞으로 평생 해야 할 일을 찾는 것이었다.

장 봐 온 물건을 부엌에 내려놓고, 엔젤은 이층 자기 방으로 올라가 망토를 벗어서 문 옆에 걸어 두었다. 브리스길라는 체리와 페이스가 쓰던 침실을 엔젤이 사용하도록 꾸며 주었다. 널찍한 방에는 편안하게 지내는 데 필요한 가구가 놓여 있었고, 한쪽에는 벽난로도 있었다. 누군가 벽난로에 불을 지펴 놓았다. 엔젤은 레이스 달린 커튼을 옆으로 치우고 창문 밖을 내려다보았다.

안개가 천천히 몰려와 유리창 너머를 뿌옇게 흐려 놓았다. 저멀리 부둣가와 항구에 버려진 배들이 보였다. 버려진 배들은 쓸 만한 것들을 뜯어낸 후 모두 매립될 것이다.

엔젤은 이렇게 이층 창가에 서서 아래를 내려다보던 어떤 날을 떠올렸다. 그때 엔젤은 페어러다이스를 떠나는 미가엘을 내려다보고 있었다. 엔젤이 자포자기한 심정으로 마고완에게 몸을 내맡겼을 때, 미가엘의 분노에 찬 음성이 생각났다. 미가엘의 연민 어린 눈동자가 떠올랐다. 그의 정의로운 분노, 자상한 이해심, 강인함이 그리웠다. 모든 것을 태워 버릴 듯 격렬한 그의 사랑이 기억났다. 미가엘이라면 지금 엔젤이 찾고 있는 답을 얻기 위해 해야 할 일을 알려 줄 것이다. 엔젤은 미가엘이 뭐라고 했을지 알고 있었다.

'기도해요.'

미가엘이 말하는 모습이 눈앞에 선했다.

엔젤은 힘없이 한숨을 내쉬며 두 눈을 감았다.

"제가 하나님께 그 무엇도 구할 자격이 없는 사람이라는 사실을 잘 압니다, 주님. 하지만 미가엘이 이렇게 하라고 했어요. 그러니 기도합니다. 혹시 제 기도를 들으신다면 예수님, 제가 여기서 어디로 가야 할지 알려 주시겠어요? 무엇을 해야 할지 모르겠습니다. 여기에 영원히 머물 수는 없습니다. 이 착한 사람들에게 영원히 기대어 살 수는 없습니다. 그렇게 하는 건 옳지 않습니다. 저는 이 세상에서 자신의 힘으로 생계를 이어 가야 합니다. 예수님, 제 남은 삶을 어떻게 하면 좋을까요? 뭔가 하지 않으면 저는 미쳐 버릴 것 같습니다. 그래서 이렇게 묻습니다. 예수님, 이렇게 애원합니다. 제가 무엇을 하면 좋을까요? 아멘."

엔젤은 기도를 마치고 한 시간이 넘게 가만히 앉아 답을 기다렸다. 하늘에서 번개가 치지도 않았고, 어떤 음성이 들리지도 않았다. 아무런 응답도 돌아오지 않았다.

며칠 후, 저녁식사를 마친 뒤 수잔나가 엔젤의 방으로 찾아왔다.

"이번 주에는 통 말이 없네. 뭐, 괴로운 일이라도 있어? 미래에 관한 일로 고민하는 거야?"

엔젤은 수잔나가 엔젤의 문제를 짐작해 맞힌 게 전혀 놀랍지 않았다. 그동안 겪어 온 바에 의하면 수잔나는 사람들의 생각이나 감정을 잘 알아차렸다.

"뭔가 해야겠어. 남은 평생을 너희 가족에게 기대어 살 수는 없잖아."

엔젤은 솔직하게 털어놓았다.

"그렇게 살 사람이 아닌 거 알아."

"벌써 여섯 달이나 지났어, 수잔나. 그런데도 여전히 무엇을 해야 할지 감도 못 잡겠어. 처음 여기 온 밤이나 지금이나 미래는 여전히 불투명해."

"그 문제로 기도해 봤어?"

엔젤은 얼굴을 붉혔다. 웃고 있는 수잔나의 두 눈이 빛났다.

"하나님이 내 기도에 응답을 안 해 주시더라고."

수잔나가 어깨를 으쓱여 보였다.

"아직은 아니겠지. 하나님은 우리 기도에 언제나 응답해 주셔. 다만 우리의 시간이 아닌 당신의 시간에 맞춰 답을 주신다는 게 문제지. 때가 되면 무슨 일을 해야 할지 저절로 알게 될 거야."

"나도 너 같은 굳건한 믿음을 지녔으면 좋겠어."

"그것도 기도하면 돼."

수잔나는 싱긋 웃었다. 문득 엔젤은 날카로운 아픔을 느꼈다.

"너를 보면 미리암이 생각나."

"그거 칭찬이지?"

수잔나의 얼굴이 부드러워졌다.

"나도 하나님을 굳건히 믿게 되기까지가 순탄하지만은 않았어. 내 말을 믿지 않는 모양이네. 자, 따라와 봐. 보여 줄 게 있어."

수잔나는 엔젤의 손을 잡아끌었다. 두 사람은 수잔나의 방으로 갔다. 이전에도 여러 번 수잔나의 방에서 이야기를 나누었다. 수잔나는 바닥에 엎드려 침대 밑에서 상자 하나를 꺼냈다.

"이걸 꺼내려면 꼭 무릎을 꿇어야 한다니까. 조만간 요 아래도 청소 좀 해야겠네."

수잔나는 손바닥에 묻은 먼지를 털면서 일어서서 흘러내린 검은 머리카락 한 올을 얌전히 뒤로 넘겨 쪽찐머리에 넣고 침대 위에 앉았다.

"자, 앉아 봐."

수잔나는 침대를 톡톡 두드리며 말했다. 엔젤은 두 사람 사이에 놓인 상자를 호기심 어린 눈으로 바라보며 수잔나의 말대로 침대 위에 앉았다. 수잔나는 상자를 들어 허벅지 위에 올려놓았다.

"이건 나의 하나님 상자야. 기도할 문제가 생기면 종이에 적어서 잘 접은 다음 여기 구멍으로 밀어 넣지. 일단 기도 내용을 적은 종이가 상자 안으로 들어가면 그 문제는 이제 내 것이 아니라 하나님 것이 되는 거야."

엔젤은 크게 웃었다. 수잔나는 진지한 얼굴로 엔젤을 보았다. 엔젤의 웃음은 서서히 잦아들었다.

"지금 농담한 거 아니야?"

"아니, 전혀. 난 무척 진지해. 물론 처음에는 웃기는 이야기로 들리겠지. 하지만 이래 봬도 이게 문제 해결사라고, 엔젤. 원래 난 평소에 잔걱정을 많이 해. 뭐든지 그냥 두고보는 법이 없었어. 할 수만 있다면 하나님이라도 되겠다고 생각하곤 했지."

수잔나는 자조적인 미소를 지었다.

"하지만 그럴 때마다 일은 오히려 잘못되었어. 그래서 요걸 마련했지."

"그냥 갈색 모자 상자잖아."

"그래. 평범하고 흔한 모자 상자야. 하지만 이걸 보면 나를 믿지 말고 하나님을 믿어야 한다는 사실을 상기할 수 있어. 그리고 보너스로 내 기도가 응답받은 것을 알게 되기도 해. 내가 정신이 나갔다고 생각하는구나. 그럼 한 번 볼래?"

수잔나는 상자 뚜껑을 열었다. 안에는 수십 개의 조그만 종이가 얌전히 접힌 채 들어 있었다. 수잔나는 그중에서 하나를 뽑아서 펴 보았다.

"체리에게 집이 필요합니다."

종이에는 날짜가 적혀 있었다. 수잔나는 멋쩍게 웃었다.

"하나님이 기도에 응답해 주시는 데 시간이 얼마나 드는지 알고 싶었거든. 이 기도는 응답받았으니까 상자에 다시 넣지 말아야겠다."

수잔나는 종이를 다시 접어서 침대 위에다 놓았다. 그리고 다른 종이를 하나 집어 들었다.

"하나님, 아빠를 참아 낼 수 있는 인내심을 주세요. 만약 한 번만 더 신랑감 후보를 집으로 데려오시면 그때 전 수녀원으로 들어갈지도 모릅니다. 아시겠지만 저는 아주 형편없는 수녀가 될 겁니다. 이건 다시 상자 안에다 넣어야겠어."

엔젤은 수잔나와 함께 크게 웃었다.

수잔나는 또 다른 종이를 집어 들었다. 이번에는 종이를 펴서 읽기 전에 잠시 뜸을 들였다.

"페이스의 악몽이 사라지게 해 주세요. 그 악마 같은 사람에게서 페이스를 보호해 주세요."

수잔나는 그 종이를 다시 접어 상자 안에 넣었다.

"내 말이 진짜라는 거 이제는 믿겠지?"

"그래. 그런데 만약 하나님이 안 된다고 하시면?"

그런 가능성도 수잔나는 전혀 개의치 않고 있었다.

"그건 하나님이 다른 계획을 갖고 계셔서 그런 거니까 괜찮아. 우리가 생각하는 것 이상으로 더 좋은 것을 주실 거라 믿어."

수잔나는 인상을 찡그리며 상자 안을 보았다.

"물론 하나님의 뜻을 언제나 쉽게 받아들인 건 아니야. 한때

나는 모든 일을 내 계획대로 할 수 있다고 생각했어. 그때 스티븐을 만났지. 그를 보자마자 난 내가 원하는 것이 무엇이고 앞으로 무엇을 해야 할지 알았어. 그는 잘생기고 씩씩한 젊은이였어. 신학을 공부하는 열의 가득한 청년이었지. 우리는 서부로 가서 인디언들에게 복음을 전할 계획을 세웠어."

고통이 가득한 눈동자의 수잔나는 고개를 절레절레 저었다.

"그가 널 떠났어?"

"그렇다고도 할 수 있어. 그는 살해당했어. 정말 어처구니없는 죽음이었어. 그는 도시의 가장 험악한 지대에 있는 술집에서 남자들과 이야기를 나누곤 했어. 그곳에서 사람들에게 하나님의 필요성을 역설했지. 그는 부유한 사람들의 목자는 되지 않겠다고 했어. 그러던 어느 날, 한 남자가 골목에서 얻어맞는 모습을 보고 사람들을 말리려고 달려들었지. 그러다가 그만 칼에 찔려 죽었어."

수잔나의 얼굴에 경련이 일었다. 수잔나는 입술을 꼭 깨물었다.

"아, 수잔나. 정말 힘들었겠구나."

엔젤은 친구의 슬픔을 자신의 것으로 느끼며 말했다.

수잔나는 엔젤의 손을 꼭 잡았다. 두 눈 가득 고여 있던 눈물이 방울방울 뺨을 타고 흘러내렸다.

"난 하나님을 원망했어. 너무 화가 났지. 어째서 스티븐을 데려가셨나요? 그렇게 착하고 그렇게 할 일이 많은 사람을 대체 왜 데려가셨나요? 심지어 스티븐에게도 화가 났어. 하필이면 왜 그런 끔찍한 곳에 간 걸까? 그리고 다른 사람 일에는 왜 끼어들어? 다 자기들끼리 사연이 있어서 싸우고 있었을 텐데 말이야."

수잔나는 한숨을 내쉬었다.

"모든 것이 엉망이 되었어. 난 감정을 주체하지 못했지. 스티븐이 하나님과 함께 천국에 있을 거라는 말 따위는 전혀 위로가 되지 못했어. 난 그가 나와 함께 있기를 원했으니까."

말을 마친 수잔나는 한동안 가만히 앉아 있다가 덧붙였다.

"사실은 지금도 그 마음에는 변함이 없어."

엔젤은 수잔나의 손을 꼭 잡았다. 영원히 닿을 수 없는 곳에 있는 사람을 온 마음과 온몸으로 그리워한다는 것이 어떤 것인지 누구보다 잘 알고 있는 엔젤이었다.

수잔나가 엔젤을 쳐다보았다.

"여기서 나가면 무엇을 해야 할지 모르겠다고 했지? 사실 그건 나도 마찬가지야. 하지만 곧 알게 될 거야, 엔젤. 난 확신해. 곧 알게 될 거야."

상자 뚜껑이 침대에서 미끄러져 떨어졌다. 수잔나는 엔젤의 손을 놓고 허리를 굽혀 뚜껑을 주우려 했다. 그 바람에 상자가 엎어져 안에 들었던 종이가 모두 바닥에 쏟아졌다. 엔젤은 무릎을 꿇고 앉아 종이를 집어 다시 상자 안에 넣는 일을 도왔다. 너무나도 많은 종이가 있었다. 너무나도 많은 기도가 있었다.

수잔나는 그중 하나를 집어 슬쩍 쳐다보더니 주저앉아 미소 지었다. 창백했던 얼굴은 혈색을 되찾고, 눈동자의 빛도 살아났다. 수잔나는 미소를 지으며 그 종이를 쥐고 있었다. 엔젤이 다른 종이를 모두 상자에 넣자 수잔나는 뚜껑을 덮어 침대 밑으로 다시 밀어 넣었다.

"가끔은 기도가 너무나 신속하게 응답받아 놀라는 일도 있어."

수잔나는 미소를 머금은 채 종이쪽지 하나를 엔젤에게 내밀었다.

"읽어 봐."

엔젤은 종이에 깔끔하게 적힌 글자를 천천히 읽어 내려갔다.

"하나님, 정말정말 간절히 이야기를 나눌 수 있는 친구가 필요해요."

그 아래 적힌 날짜는 엔젤이 요나단과 함께 집으로 오기 하루 전날이었다.

미가엘은 마차에 밀 포대를 잔뜩 싣고 새크라멘토로 향했다. 가는 길에 제분소에 들러 밀을 빻아 시장에 내다 팔 생각이다. 올해는 풍작이다. 이 정도면 소 몇 마리와 돼지 새끼 두어 마리는 살 수 있다. 내년에는 훈제한 햄이며 베이컨을 먹게 되고, 소고기도 내다팔 수 있을 것이다.

미가엘은 이전에 엔젤과 같이 야영했던 냇가에서 밤을 보냈다. 달빛을 받으며 앉아 물웅덩이를 쳐다보는 미가엘의 머릿속에 엔젤이 가득했다. 엔젤의 달콤한 체취가 미풍에 실려오는 것만 같았다. 미가엘이 마음의 벽을 깨뜨릴 때마다 엔젤이 놀라고 주저하는 미소를 지었던 일이 떠올랐다. 엔젤의 마음을 연 것은 미가엘이 전혀 생각하지 못했던 한마디 말, 한 번의 눈맞춤이기도 했다. 미가엘은 그런 순간이면 마치 하나님이 아니라 자기 스스로가 그 불가능한 일을 해낸 양 득의만만해했다. 미가엘은 고개를 숙인 채 흐느껴 울었다.

그렇다. 이제 그는 자신이 얼마나 무기력한 존재인지 깨닫고 있었다. 한 여자에 의해 가슴이 산산이 부서졌어도 살아지더라는 것도 알게 되었다.

'하지만 하나님, 죽을 때까지 그녀를 그리워할 겁니다.'

미가엘은 여전히 가슴을 에는 아픔을 느꼈다. 잘 지내고 있을까? 아무 탈 없이 건강할까? 험한 일을 겪지는 않았을까? 하나님이 돌보아 주실 것이라는 사실을 아무리 상기해도 소용이 없었다. 엔젤이 했던 말이 항상 귓가에 맴돌았다.

"오, 하나님이라면 나도 잘 알아요. 뭔가 잘못하기만 기다렸다가 어김없이 벌레처럼 짓밟아 버리는 그런 존재죠."

엔젤은 아직도 그렇게 생각하고 있을까? 미가엘의 신앙과 설득으로는 엔젤의 눈을 뜨게 할 수 없었을까? 그동안 겪어 온 잔인한 일은 혼자서 아무리 맞서 싸워도 소용없었다는 것에서 아무것도 배우지 못했을까? 아직도 자신의 삶을 자신의 힘으로 엮어 간다고만 생각하고 있을까?

괴로움이 마음 가득 쌓였다. 미가엘은 마차 뒤로 손을 뻗어 성경 말씀을 붙잡았다.

"너는 마음을 다하여 여호와를 신뢰하고 네 명철을 의지하지 말라."

이마에 땀방울이 맺혔다. 미가엘은 두 손을 꼭 쥐었다.

'여호와를 신뢰하라, 주 여호와를 신뢰하라.'

미가엘은 마음이 가라앉고 몸의 긴장이 풀릴 때까지 계속 성경 구절을 되새겼다.

그러고 나서 엔젤을 위해 기도했다. 엔젤이 다시 돌아오게 해 달라는 기도가 아니었다. 엔젤이 스스로 하나님을 찾을 수 있기를 간구하는 기도였다.

아침에 잠자리에서 일어난 미가엘은 어떤 유혹이 몰려와도 새크라멘토에 도착해서 아내를 찾아다니지 않겠다고 결심했다. 샌프란시스코에는 아예 얼씬도 하지 않을 것이다.

"엔젤! 엔젤!"

누군가 엔젤의 이름을 불렀다. 엔젤은 움찔했다. 오늘따라 이곳 포츠머스에 나오고 싶다는 생각이 들 게 뭐란 말인가? 버질을 만나러 갔다가 곧바로 집으로 돌아가는 건데 그랬다. 버질은 요리사 한 명을 더 해고했다면서 엔젤에게 다시 돌아와서 같이 일하자고 제안했다. 엔젤은 괜히 그를 찾아가 헛된 희망만 품게 한 것 같아서 미안했다.

포츠머스에 온 엔젤은 극장이며 술집 거리를 거닐었다. 잊을 수 없는 곳이다. 하지만 오늘 여기 온 이유는 자신도 알 수 없었다. 그냥 산책이나 하면서 생각을 정리하고 새로운 계획을 세울 생각이었는데, 어느새 발걸음이 이곳을 향하고 있었다. 그런데 그 결과는 후회투성이다.

엔젤의 과거 속 인물 중 누군가 군중을 헤치고 다가오고 있었다. 당장이라도 뒤도 돌아보지 않고 달려가고 싶은 충동이 일었다.

"엔젤, 기다려!"

엔젤은 이를 악물고 걸음을 멈춘 다음 뒤로 돌아섰다. 엔젤을 향해 젊은 여자가 다가오고 있었다. 그 여자를 본 엔젤은 허리를 꼿꼿이 세우고 이전에 썼던 오만하고 차가운 가면을 다시 썼다.

"안녕, 토리."

엔젤은 턱을 살짝 치켜들고 말했다. 토리는 엔젤을 위아래로 훑어보며 믿을 수 없다는 표정을 지었다.

"정말 너 맞구나. 완전히 다른 사람처럼 보인다. 너 아직도 그 농부하고 결혼생활을 하고 있니?"

엔젤은 미처 생각지 못했던 질문에 마음을 다치고 말았다.

"아니. 이젠 아니야."

"안 됐다. 그 남자는 좀 특별한 사람 같았는데……."

토리는 어깨를 으쓱였다.

"뭐, 사는 게 다 그렇지."

토리는 엔젤이 입고 있는 회색 드레스와 망토를 보며 아랫입술을 질겅질겅 씹었다.

"지금은 일 안 하나 봐, 그렇지?"

"응. 그 일 안 한 지 이 년도 넘었어."

"럭키 소식은 들었어?"

엔젤은 고개만 끄덕였다.

'아, 사랑하는 나의 친구, 럭키.'

"마이 링도 그 난리 통에 같이 있었어."

"나도 알아."

엔젤은 토리와의 대화를 어서 끝내고 언덕 위의 커다란 집으로 돌아가고 싶었다. 과거를 떠올리고 싶지 않았다. 토리를 다시 만나고 싶지 않았다. 이제는 나이 들어가는 그 모습을 보는 것이 불편하기만 했다. 토리의 눈동자에 담긴 절망의 빛을 무시하고 싶었다.

"뭐, 그래도 마고완은 자기 죗값을 치르고 갔어."

토리는 엔젤이 입은 블라우스의 새하얀 깃을 뚫어지게 보며 말했다.

"아직도 공작부인이랑 같이 있어?"

"변한 게 하나도 없지. 적어도 우리 몇은 그대로야."

냉소적인 미소가 토리의 얼굴에 번졌다.

"그렇게 나쁘지도 않아. 새로 건물을 지었거든. 요리사도 좋은 사람을 구했고. 난 잘 지내. 미래를 위해 약간의 돈도 갖고 있어."

엔젤은 가슴이 답답해짐을 느꼈다. 토리는 안에서 피를 철철 흘리면서도 겉으로 잘 지낸다고 말하고 있는 게 아닐까? 토리는 계속해서 뭔가 이야기를 했지만 더는 그 말이 귀에 들어오지 않았다. 토리의 두 눈동자를 바라보다가 전에는 미처 깨닫지 못한 것을 발견했다. 순간 엔젤에게 엄습하는 기억이 있었다. 여덟 살 나이에 겪었던 고통과 외로움이다. 토리의 눈동자 안에서 그 기억을 발견할 수 있었다.

"옛날이야기나 하느라 너무 오래 붙잡고 있었네. 난 이만 일하러 가야겠다. 오늘 한 명만 더 받으면 쉴 수 있거든."

토리가 핼쑥한 미소를 지으며 말했다. 토리가 막 뒤돌아서는 순간 엔젤은 이전에는 한번도 해 보지 않았던 생각 하나를 떠올렸다. 온몸이 뜨거워지는 것을 느꼈다. 힘이 솟아났다. 확신이 생겼다. 엔젤은 재빨리 손을 내밀어 토리를 멈춰 세웠다.

"나랑 같이 점심 먹자."

엔젤이 떨리는 목소리로 말했다.

"나랑?"

토리는 엔젤만큼이나 놀란 표정이었다.

"그래, 너랑!"

엔젤은 미소 지으며 말했다. 갑자기 온갖 아이디어가 샘솟듯 터져나올 것만 같았다. 이제 알았다! 하나님이 엔젤에게 명하시는 일이 무엇인지 찾아낸 것 같다. 정확히 그분이 원하시는 것이 무엇인지 깨달았다.

"저기 모퉁이를 돌면 내가 잘 아는 카페가 하나 있거든."

엔젤은 토리의 팔에 팔짱을 끼고 버질의 카페 쪽으로 걸음을 옮겼다.

"거기 주인 이름이 버질이야. 토리 널 보면 무척 마음에 들어할 거야. 분명 너를 만나게 되어 무척 기뻐할 거야."

토리는 어안이 벙벙해 거절도 못하고 엔젤을 따라갔다.

"어디 간다고 너한테도 말 안 했니?"

요나단은 초조한 얼굴을 하는 딸에게 물었다.

"안 했어요, 아버지. 지난 몇 달 동안 엔젤이 계속 초조해한 건 아시죠? 오늘 아침에 산책 좀 하러 나갔다 온다고 하더라고요. 혼자서 생각을 좀 하겠다고. 그 후로 돌아오지 않고 있어요. 아무래도 무슨 일이 생긴 것 같아요."

"그건 아직 모르는 일이야. 넌 항상 말을 마구 뱉어 내서 탈이다. 엔젤은 자신을 억제하는 법을 잘 알고 있어."

브리스길라가 말했다.

"네 엄마 말이 맞다."

요나단도 브리스길라의 말에 동의했다. 하지만 여전히 걱정이 되었다. 한 시간만 더 기다렸다가 그래도 안 오면 마차를 타고 나가서 엔젤을 찾아봐야겠다고 생각했다.

수잔나가 서성거리던 걸음을 멈추고 커튼을 젖혀 창문 밖을 한참 내려다보다가 눈을 빛내며 돌아서서 말했다.

"벌써 어두워지고 있는데, 아! 저기 오네요. 언덕을 따라 올라오고 있어요. 환하게 웃으면서 손까지 흔들었어요!"

수잔나는 레이스 커튼을 내리고 한걸음에 응접실을 향했다.

"걱정하느라 우리 모두 반쯤 죽을 뻔했다고 말해 줘야겠어요!"

엔젤은 집 안으로 힘차게 뛰어들어와 수잔나가 말을 할 틈도 주지 않고 그녀를 덥석 안았다.

"오, 수잔나, 정말 내 말 못 믿을 거야! 정말이지 믿지 못할 거야! 아니다, 내 말 취소. 내 말 들으면 믿을 거야."

엔젤은 망토를 휙 벗어 옷걸이에 걸고 모자를 벗어 그 위에 아무렇게나 걸쳐 놓았다.

요나단은 단번에 엔젤의 분위기가 달라진 것을 눈치챘다. 흥분으로 발갛게 달아오른 얼굴에 어린 미소는 기쁨에 들떠 있었다.

"하나님이 내게 원하시는 일을 알아냈어."

엔젤은 소파 끝에 앉으며 말했다. 두 손을 꼭 잡고 무릎 위에 내려놓은 모양새가 어색했다. 잔뜩 신이 난 엔젤은 당장이라도 터져 버릴 것처럼 흥분해 있었다. 요나단은 그 옆에 조용히 앉는 딸을 보았다. 수잔나는 마치 절친한 친구를 잃어버리기라도 한 얼굴을 하고 있었다. 어쩌면 정말 그렇게 될지도 몰랐다.

"아저씨 도움이 필요해요."

엔젤이 요나단에게 말했다.

"이미 저에게 베풀어 주신 것도 갚을 길이 없지만, 그래도 앞으로 더 많은 도움을 부탁하게 될 것 같아요. 이런, 제가 너무 앞서갔네요. 일단 오늘 무슨 일이 있었는지부터 말씀 드릴게요."

엔젤은 토리를 만나 함께 점심을 먹은 이야기를 했다. 그 창녀가 얼마나 큰 절망에 빠져 의기소침해 있었는지 이야기하면서 엔젤 역시 몇 년간의 세월을 그렇게 보내왔다고 덧붙여 말했다.

"토리가 요리하는 법을 알았다면 당장이라도 버질의 카페에서 일할 수 있었을 거예요. 그래도 버질은 토리를 가게 빈방에 머물 수 있게 해 주었어요. 대신 제가 앞으로 몇 주 동안 카페에 가서 함께 일하면서 요리하는 법을 가르쳐 주기로 하고요. 토리는 영리하니까 금방 배울 거예요."

"그게 뭐 어떻다는 건지 도무지 모르겠구나."

요나단이 말했다. 엔젤은 너무나 흥분해서 두서없이 이야기하고 있었다.

"토리가 말했어요. 만약 그 생활을 탈출할 방법만 있다면 당장이라도 그렇게 하겠다고요. 버질이 토리에게 요리할 줄 아느냐고 물었는데 토리는 모른다고 대답했죠. 그 순간 저에게 이런 말이 떠올랐어요. 안 될 게 뭐야?"

"뭐가 안 되겠냐는 거야? 지금 무슨 이야기를 하는지 하나도 못 알아듣겠어."

수잔나는 조바심을 내면서 말했다.

"토리에게 탈출할 방법을 가르쳐 주는 게 안 될 게 뭐냐는 거야. 요리법을 가르쳐 주는 거야. 바느질도 가르치고, 모자 만드는 법도 가르쳐 주는 거지. 생계를 이어 갈 방법은 무엇이든지 다 가르쳐 주는 거야. 요나단, 집이 한 채 필요해요. 토리 같은 여자들이 몸을 팔지 않고도 생계를 이어 갈 수 있도록 여러 기술을 가르치고 안전하게 보호해 줄 장소가 있어야 해요."

요나단은 심각하게 생각했다.

"그런 일이라면 도움을 줄 만한 친구가 몇 있지. 그 일을 시작하는 데 필요한 돈은 얼마나 예상하지?"

"선착장에서 몇 블록 떨어진 곳에 집을 한 채 봐 두었어요."

엔젤은 그 집이 얼마인지 말했다. 요나단의 눈썹이 위로 올라갔다. 상당한 액수였다. 요나단은 브리스길라를 쳐다보았다. 하지만 브리스길라는 전혀 도움을 줄 생각이 없는 듯했다. 다시 엔젤을 쳐다보고 도저히 거절할 수 없다는 것을 알았다. 엔젤의 눈동자에 어린 희망과 열의를 지워 버릴 수 없는 일이었다.

"내일 아침에 좀 더 자세하게 검토해 보도록 하자."

엔젤이 눈을 빛내며 요나단의 볼에 키스했다.

"사랑하는 동지님, 고맙습니다."

"그 집을 마련하는 데 도와줄 만한 다른 동지를 아빠가 찾아봐 주실 거야."

수잔나가 말했다. 요나단은 딸을 쳐다보았다. 수잔나의 얼굴도 달라져 있었다. 스티븐이 죽은 후 저렇게 반짝이는 딸의 표정은 처음이었다. 가슴이 뻐근하게 아파 왔다.

'오, 하나님.'

머리를 스치고 지나는 깨달음이 있었다.

'결국은 이렇게 딸아이를 잃게 되는구나. 서부의 황야로 딸아이를 데려가겠다던 어린 광신자에게 잃는 대신 엔젤과 그 비슷한 처지의 여자들에게 잃게 되었구나.'

요나단은 딸이 결혼해서 아이를 낳고 평범하게 살기를 바랐다. 집 가까운 곳으로 시집가서 이따금 찾아와 얼굴 보면서 지내고 싶었다. 브리스길라와 같은 삶을 살기를 원했다.

수잔나는 방 안을 서성이며 분수처럼 뿜어져 나오는 아이디어를 쏟아 냈다. 엔젤은 환하게 웃으며 자신의 아이디어도 더했다. 두 사람은 무척이나 아름다워 보였다. 눈이 부실 정도였다. 어둠 속에서 환하게 빛나는 불빛이었다.

요나단은 두 눈을 감았다.

'오, 하나님. 이건 제가 생각했던 것과 전혀 다릅니다.'

하지만 무엇이 진정 가치 있는 일이겠는가?

33장

> 내가 어렸을 때는 말하는 것이 어린 아이와 같고
> 깨닫는 것이 어린 아이와 같고
> 생각하는 것이 어린 아이와 같다가
> 장성한 사람이 되어서는 어린 아이의 일을 버렸노라.
> _고린도전서 13장 11절

바울은 엔젤을 찾기 위해 새크라멘토로 향했다. 결혼생활을 제대로 유지하려면 그 마녀를 찾아서 데려와야만 한다. 미가엘은 절대로 엔젤을 찾아 나설 생각이 없는 게 분명했고, 미리암은 엔젤이 돌아오기 전까지는 마음을 놓지 못할 것이다. 바울은 미리암이 엔젤 때문에 애달파하는 것을 더는 보고 있을 수 없었다. 아내는 그렇게 엔젤을 겪어 봤으면서도 왜 그렇게 좋게만 보는지 이해할 수 없었다. 하지만 미리암다운 일이기도 했다. 바로 그런 점 때문에 미리암을 사랑하는 것인지도 몰랐다. 바울 같은 사람도 좋게 봐주는 사람이 바로 미리암 아닌가!

바울은 미리암을 위해서라면 무슨 일도 할 수 있었다. 엔젤을 찾기 위해 한동안 집을 떠나야 한다 해도 미리암을 안심시키고 그녀의 건강을 돌보는 일이라면 기꺼이 하기로 했다.

엔젤은 보나마나 가장 가까운 도시 구석에서 장사에 힘쓰고 있을 것이다. 바울은 일단 매음굴부터 찾아갔다. 흔치 않은 미모를 지니고 있으니 찾기 어렵지 않으리라. 그렇지만 엔젤은 창녀들 사이에서 흔한 이름이었다. 수많은 엔젤을 만나 봤지만 진짜 엔젤은 없었다.

일주일이 지났다. 결국 바울은 새크라멘토를 떠나 샌프란시스코로 가기 위해 발걸음을 서쪽으로 돌렸다. 새크라멘토가 엔젤에게는 성이 차지 않았던 모양이다. 혹시나 하는 생각에 바울은 샌프란시스코로 가는 길에 있는 작은 읍내에도 모두 들려 엔젤을 찾았다. 하지만 흔적도 없었다.

샌프란시스코에 도착할 무렵, 바울은 이렇게 찾아다니는 게 아무런 소득 없이 끝날지도 모른다고 생각했다. 엔젤이 계곡을 떠난 지 삼 년이 다 되어 갔다. 어쩌면 배를 타고 뉴욕이나 중국으로 갔을지도 모른다. 바울은 엔젤을 찾지 못한 것에 감사해야 할지, 아니면 뭔가 소식이라도 들을 때까지 계속 찾아야 할지 갈피를 잡을 수 없었다. 미리암은 무슨 이유에서인지 엔젤을 찾을 수 있을 거라고 확신하고 있었다.

"엔젤은 아직 캘리포니아에 있어요. 난 알아요."

정말 그렇다면 누군가 엔젤의 소식을 들은 사람이 있어야 했다. 엔젤 같은 여자가 어떻게 감쪽같이 사라져 버릴 수 있단 말인가.

바울로서는 모든 상황이 괴롭기만 했다. 엔젤을 찾는다면 뭐라고 말할 것인가? 우리는 당신이 계곡으로 돌아오기를 바란다고? 엔젤은 바울이 거짓말하고 있다는 것을 단박에 알아차릴 것이다. 바울은 엔젤이 돌아오기를 바라지 않았다. 다시는 그 여자의 얼굴을 보고 싶지 않다. 이렇게 많은 시간이 지났는데도 여전히 엔젤이 돌아오기를 바라는 미가엘을 이해할 수 없다. 삼 년이다. 그동안 어디서 누구와 무슨 짓을 하며 지냈는지 알게 뭐란 말인가?

하지만 미가엘은 엔젤이 돌아오기만을 간절히 바랐다. 그게 문제였다. 미가엘은 여전히 엔젤을 사랑했다. 앞으로도 계속 엔젤만을 사랑할 것이다. 그런 그가 이번에 엔젤을 찾아 나서지 않은 건 자존심이나 고집 때문이 아니다. 미가엘은 엔젤이 스스로 돌아와야 한다고 말했다. 자기 의지로 돌아와야만 한다는 것이다. 그런 일은 절대로 없을 것이다. 일 년 정도면 미가엘도 정신을 차릴 거라고, 이 년이면 바울이 생각했던 대로 일이 돌아갈 거라고 생각했다. 하지만 미가엘은 끄떡없었다. 거기에 일 년이 더 지나자 이제 미리암마저도 엔젤이 돌아올 거라는 희망을 버렸지만, 미가엘은 그렇지 않았다. 그러자 미리암은 누군가 엔젤을 찾아와야 한다고 말했다.

"난 당신이 가서 찾아봤으면 해요. 꼭 당신이 가야 해요."

그 말을 들으면서 바울은 엔젤이 더 미워졌다.

마침내 샌프란시스코에 도착했다. 안개가 온 도시를 에워쌌다. 바울은 내키지 않는 마음으로 엔젤을 찾아 나섰다. 엔젤을 찾는다 해도 골치 아플 것이다. 미가엘이 처음 엔젤이 도망갔을 때 했던 것처럼 억지로 잡아끌어다가 계곡으로 데리고 가야 하나? 그런다고 무슨 소용이 있을까? 또 떠날 것이 뻔했다. 데리고 오면 다시 도망가고, 또 데리고 오면 다시 도망갈 것이다. 미리암은 어째서 이해하지 못하는 걸까? 한 번 창녀는 영원한 창녀. 미리암처럼 순진하고 착한 아가씨에게 이런 진실은 너무 가혹한지도 몰랐다. 미가엘 같은 순결한 남자도 이해하지 못하기는 마찬가지다. 바울은 두 사람 모두 너무나 사랑했다. 하지만 엔젤을 찾는 것이 두 사람에게 어떻게 도움이 된다는 것인지 도저히 알 수 없었다.

어째서 미리암은 굳이 바울이 나서서 엔젤을 찾아와야 한다고 고집했을까? 미리암은 자세한 설명은 해 주지 않았다. 그저 엔젤을 찾아오라고만 말했다. 처음에 바울이 싫다고 거절하자 미리암은 불같이 화를 냈다. 바울은 평소에 다정다감한 모습만 보이던 미리암이 그렇게 무섭게 돌변할 줄 몰랐다. 미리암은 비수 같은 말로 바울을 사정없이 쳐냈다. 그리고 훌쩍이면서 이렇게는 도저히 못살겠다며 엔젤을 찾아 달라고 애원했다. 바울은 더는 견디지 못하고 항복했다.

그 결과로 바울은 지금 여기 샌프란시스코까지 흘러왔다. 집에서 수백 킬로미터 떨어진 곳에서 미리암을 그리워하는 건 몸이 아플 정도로 고통스러운 일이었다. 그때 그렇게 쉽게 승낙하는 게 아니었다는 후회가 들었다. 엔젤을 찾는 것보다는 찾지 못하는 게 더 나았다.

엔젤에 대한 분노와 집에 오랫동안 돌아가지 못한 울적함에 바울은 이리저리 정처 없이 돌아다녔다. 멍하니 걷고 있는데 회색 옷을 입은 한 젊은 여자가 바울의 시선을 끌었다. 길 건너편에서 유리창 안을 바라보고 있는 그녀의 모습을 본 바울은 테스를 떠올렸다. 지난 몇 달 동안 테스 생각을 거의 하지 않고 지냈다. 잊었던 슬픔이 되살아나 마음 가득 고통이 전해졌다. 그 여자는 앞으로 허리를 숙였다. 치마 뒷자락이 살짝 들려 발목까지 단추를 채우는 검은색 구두가 보였다. 테스가 신었던 것과 똑같은 신발이었다.

'미리암, 난 여기서 뭘 하는 거지? 당신과 함께 집에 있고 싶어. 내겐 당신이 필요해. 이 말도 안 되는 일을 하라고 한 이유가 도대체 뭐야?'

이제 그 여자는 허리를 펴 쓰고 있던 모자 끈을 다시 매고 마차가 완전히 지나가기를 기다렸다가 길을 건너고 있었다. 그때 얼핏 얼굴이 보였다. 바울은 심장이 그대로 멎어 버렸다.

엔젤!

처음에는 정말 엔젤인지 도무지 믿을 수가 없었다. 몇 주 동안 엔젤만 찾아다녀서 다른 사람을 착각한 것이 아닌가 싶었다. 그 여자는 재빨리 대로를 건너 잰걸음으로 멀어져 갔다. 바울은 모자를 벗어들고 그 여자의 뒷모습을 눈으로 쫓으며 제대로 본 것인지 생각했다. 아무리 생각해도 실수한 것 같았다. 엔젤일 리가 없다. 저런 옷을 입고 있다니……. 하지만 바울은 일단 뒤따라갔다. 다시 한 번 얼굴을 보고 확실히 해야 했다.

 그 젊은 여자는 고개를 들어올리고 기운차게 걸었다. 지나가던 남자들은 그녀를 보고 아는 척을 했다. 모자챙에 손을 가볍게 올려 인사를 건네는 남자가 있는가 하면, 몇몇은 휘파람을 불며 노골적으로 수작을 걸기도 했다. 하지만 여자는 잠시도 걸음을 늦추거나 다른 사람과 이야기를 나누지 않았다. 행선지가 분명한 모양이었다. 마침내 도심 한가운데 들어선 여자는 커다란 은행으로 들어갔다.

 바울은 차가운 안개를 맞으며 삼십 분이나 밖에 서서 그 여자가 다시 나오기만 기다렸다. 은행을 나오는 여자는 분명 엔젤이었다. 확실했다. 옆에는 잘 빼입은 신사가 한 명 서 있었다. 상당히 나이가 들어 보이는 그는 미가엘보다 훨씬 부유한 게 분명했다. 바울은 이를 악물었다. 두 사람이 몇 분 동안 서서 이야기를 나누는 것을 지켜보았다. 그 남자가 엔젤의 볼에 키스했다.

 엔젤은 이젠 상류층을 상대하는 모양이었다. 그렇게 얌전한 척 정숙한 옷을 입고 있으면서도 여전히 뻔뻔한 철면피였다. 점잖은 집안 여자라면 사람들이 다 보는 길 한복판에서 남자의 키스를 허락하지 않을 것이다. 아무리 볼에 하는 키스라도.

 미리암의 말이 갑자기 떠올랐다.

 "당신은 언제나 아만다를 자기 마음대로 재단해요. 그것도 되도록 안 좋은 쪽으로만."

 바울은 입을 꼭 다물었다. 미리암이 이 장면을 보지 못해서 그런 소리를 하는 거다. 미리암은 엔젤 같은 여자에 대해서는 아무것도 모른다. 아무리 말해도 미리암은 바울의 이야기를 알아듣지 못했다. 엔젤이라 불리는 여자의 존재 자체와 그 여자가 과거에 페어러다이스에서 했던 소행에 대해 믿지 않았다.

"당신이 아는 아만다와 내가 아는 아만다가 다른 사람인 모양이네요."

미리암은 이렇게 말했다. 하지만 바울은 누구보다 엔젤의 정체를 잘 알았다. 미리암과 미가엘은 절대로 인정하지 않지만 말이다.

도대체 그 두 사람은 저런 하찮은 여자에게서 무엇을 보고 그 오랜 시간 변함없는 사랑을 보내는 건지, 바울은 도저히 이해할 수 없었다.

엔젤의 뒤를 계속 따라가니 포츠머스에서 얼마 떨어지지 않은 곳에 있는 이층짜리 판자 건물이 나왔다. 현관문에는 큼직한 간판이 걸려 있었다. 바울은 뭐라고 쓰여 있는지 보기 위해서 길을 건너가야 했다. "막달레나의 집". 누구라도 쉽게 알아볼 수 있도록 잘 만들어진 간판이었다. 이럴 줄 알았다. 간판까지 내걸고 영업을 하는 모양이다. 이제는 어떻게 하지? 미리암에게 사실을 말해도 믿지 않을 것이다. 이런 현실을 알려봐야 그녀의 가슴만 아플 것이다.

화가 나기도 하고 낙담하기도 한 바울은 한참을 걸었다. 애초에 이런 상황이 벌어진 건 모두 엔젤의 탓이다! 처음 만난 그날부터 엔젤은 항상 모든 것을 엉망으로 망쳐 놓았다. 맨 처음에는 그의 소중한 돈을 엉망으로 만들었다. 그녀와 함께하는 삼십 분을 어떻게든 잡아 보려고 팰리스에 가서 그 빌어먹을 모자 속에 넣었던 사금은 모두 공중에 날려 버린 돈이 되었다. 그다음에는 미가엘과의 사이를 망쳐 놓았다. 그리고 이제는 미라암과의 사이에 끼어들고 있었다!

바울은 그날 밤 싸구려 호텔에 묵었다. 식당으로 내려가 음식을 주문했지만 제대로 먹을 수 없었다. 잠자리에 들어서도 잠이 오지 않았다. 미리암의 두 뺨에 눈물이 주르륵 흘러내리는 모습이 자꾸 떠올랐다.

"바울, 당신은 한번도 아만다를 이해하려고 하지 않았어요. 그러니 지금도 이해하지 못하는 거예요. 앞으로도 계속 이렇게 나올까 봐 걱정이에요!"

'이해하지 못하기는 뭘 못해. 다 알고 있다고. 난 그 마녀를 내 삶에서 영원히 사라지게 만들고 싶어. 얼른 죽어서 땅에 묻혀 사람들의 기억 속에서 잊히면 좋겠어.'

바울은 밤새 자다 깨기를 반복하며 잠을 설쳤다. 아침이 밝아오자 바울은 잠자리에서 일어나 당장 계곡으로 돌아가기로 마음먹었다. 미리암에게는 적당히 둘러대면 될 것이다. 그렇게 해야 미리암이 상처 입는 것을 막을 수 있다. 샅샅이 찾아봤지만 어디에서도 엔젤을 찾을 수 없었다고 말하면 된다. 아니면 엔젤이 죽었다는 소식을 들었다고 해도 좋을 것이다. 열병이나 매독에 걸려 죽었다고 하자. 아니, 매독은 안 되겠다. 디프테리아나 폐렴으로 하자. 매독만 빼고는 뭐든 괜찮겠지.

아니면 엔젤이 배를 타고 동부로 갔다고 하는 것도 좋겠다. 다 그럴듯하게 느껴졌다. 아무튼 엔젤이 선착장에서 얼마 떨어지지 않은 매음굴에 들어가는 것을 보았다는 말만은 하지 않을 생각이었다.

거짓말을 해야 한다는 생각에 시무룩해진 바울은 천천히 짐을 챙겼다. 몇 주 동안이나 아내와 달콤한 시간을 갖지 못했다. 모든 게 엔젤 때문이라고 생각하니 갑자기 화가 치밀었다. 바울은 집에 도착하기 전에 미리암에게 엔젤을 찾을 가망이 없다는 사실을 납득시킬 만한 그럴듯한 변명을 찾아내야만 했다. 반드시.

페리호를 타러 가는 길에 바울은 갑자기 미심쩍은 생각이 들었다. 미리암은 엔젤이 무슨 배를 타고 갔는지 물을 것이다. 바울에게 그 이야기를 해 준 사람들이 누구인지도 물을 것이다. 미리암이라면 온갖 소소한 것까지 다 물어볼 테니 미리 준비해 놓아야 했다. 한 번에 끝나는 거짓말 한방이라면 그럭저럭 해낼 수 있지만, 자잘한 거짓말을 세세하게 준비하는 것은 바울로서는 무리였다.

짙은 안개 속에 우두커니 서 있던 바울은 속에서부터 번져오는 한기를 느꼈다. 거짓말이 제대로 통할 리 없었다. 바울이 무슨 이야기를 꾸며내도 미리암은 알아차릴 것이다. 언제나 그랬다. 아무 말도 듣지 않고도 미가엘이 페어러다이스에 가는 중에 바울과 엔젤 사이에서 있었던 일을 짐작했던 것처럼 다 눈치챌 것이다.

바울은 성난 얼굴로 어제 보았던 판자 건물을 다시 찾아가서 노크도 없이 문을 벌컥 열고 안으로 들어갔다.

그의 눈앞에 긴 의자 두 개와 모자 고리로 간소하게 꾸며놓은 작은 응접실이 나왔다. 모자 고리에는 모자가 하나도 없었다. 바울에게 누구냐고, 무슨 일로 오셨냐고 묻는 사람도 없었다.

여자들의 말소리가 들려왔다. 바울은 모자를 벗어 들고 커다란 방에 들어섰다가 그대로 얼어붙고 말았다. 방안 가득 여자들이 앉아 있었다. 대부분 매우 젊었다. 모두 바울을 유심히 쳐다보았다. 바울의 얼굴이 화끈 달아올랐다.

여자들은 모두 등받이가 반듯한 나무 의자에 앉아 있었다. 바울 외의 남자는 보이지 않았다. 방은 매음굴의 응접실이라기보다는 무슨 교실처럼 보였다. 여자들은 모두 어제 엔젤이 입고 있던 수수한 회색 드레스를 입고 있었다. 하지만 엔젤은 없었다.

맨 앞에 서 있던 키 큰 여자가 바울에게 미소를 지어 보였다. 그녀의 갈색 눈동자는 재미있다는 듯 반짝이고 있었다.

"길을 잃으셨나요? 아니면 댁도 행실을 고치려고 오신 건가요?"

젊은 여자들이 일제히 웃어댔다.

"난, 그러니까 전…… 실례합니다, 부인."

바울이 당황하여 말을 더듬었다.

'여기는 도대체 뭐 하는 곳이지?'

"여기가 호텔이라도 되는 줄 착각한 모양이야."

누군가 바울이 등에 메고 있던 짐을 보고 말했다. 또다시 다들 웃음을 터트렸다.

"오, 아니면 그 모두를 한번에 해결할 수 있는 곳이라고 생각했던 게 아닐까? 그렇죠, 총각?"

또 다른 여자가 바울을 위아래로 훑어보면서 말했다.

"어머, 얼굴 붉히는 것 좀 봐! 1849년 이래로 얼굴 붉히는 남자는 처음인데."

누군가가 웃으며 말했다.

"자자, 숙녀분들. 조용히 해 주세요."

키 큰 여자가 실내를 진정시켰다. 그녀는 들고 있던 분필을 내려놓고 가녀린 손가락에 묻은 분필 가루를 털면서 바울에게 다가왔다.

"저는 수잔나라고 합니다."

수잔나가 손을 내밀었다. 바울은 반사적으로 손을 맞잡고 악수했다. 수잔나의 손가락은 차가웠고, 마주 잡은 손은 단단했다.

"어떻게 도와드릴까요?"

"사람을 좀 찾고 있는데요. 엔젤이라고 하는 사람입니다. 전에는 그 이름으로 통했습니다만, 지금도 그런지는 잘 모르겠네요. 어제 오후에 여기로 들어가는 걸 본 것 같아서 찾아왔습니다."

"바울?"

바울은 재빨리 뒤돌아섰다. 문가에 엔젤이 서 있었다. 엔젤은 놀랍기도 하고 당황스럽기도 한 것 같았다.

"이리 오세요."

엔젤이 말했다. 바울은 복도를 따라가다 작은 사무실로 안내되었다. 엔젤은 커다란 떡갈나무 책상 뒤로 가서 앉았다. 책상 위에는 서류들이 널려 있었고, 책도 몇 권 있었다. 한쪽에는 흔히 볼 수 있는 갈색 모자 상자가 구멍이 난 채 자리를 차지하고 있었다.

"자, 이리 앉으세요."

엔젤이 말했다. 바울은 자리에 앉아 방안을 더 둘러보았다. 소박하고 단순한 방이었다. 도무지 영문을 알 수 없었다. 매음굴 마담에게 수녀에게나 어울릴 법한 사무실이 웬 말인가? 저쪽 방에서는 무슨 공부를 가르치고 있는 걸까? 수학 문제가 칠판에 적혀 있는 것을 본 것 같기는 했다. 하지만 이렇게 다시 엔젤을 대면하고 보니 해묵은 증오가 다시 살아났다.

엔젤만 아니었다면 지금쯤 바울은 미리암과 함께 집에 있었을 것이다.

엔젤은 이전과 마찬가지로 당당한 시선으로 바울을 보고 있었다. 하지만 뭔가 다른 점이 느껴졌다. 바울은 엔젤에게 차가운 시선을 보내면서 달라진 것이 무엇인지 생각했다. 엔젤은 여전히 믿을 수 없을 정도로 아름다웠다. 하지만 그건 이전에도 그랬다. 그녀는 아름답고 차갑고 돌처럼 단단했다.

바울은 얼굴을 찡그렸다. 그거다. 냉랭함. 그게 사라졌다. 어딘가 부드러워져 있었다. 푸른 눈동자와 엷은 미소, 그리고 태도에서 분명히 느낄 수 있었다.

그녀는 평화로워 보였다.

바울은 자기 생각에 스스로 놀라며 서둘러 그 생각을 머릿속에서 지웠다. 평화로운 게 아닐 것이다. 그저 아무 감정도 느끼지 않는 무정함일 것이다. 원래 엔젤은 무감각 그 자체였다. 페어러다이스로 가던 길에 있던 일을 바울은 잊지 않고 있었다. 순간 다시 화가 나고, 억울하고, 의기소침해졌다. 하지만 이곳에 온 것이 자신이 아닌 미리암을 위한 일이라는 걸 떠올렸다. 빨리 이야기할수록 빨리 거절당할 것이다. 그럼 바울은 마음에 거리낌 없이 집으로 돌아갈 수 있을 것이다.

엔젤이 먼저 입을 열었다.

"좋아 보이네요, 바울."

엔젤은 바울이 편안하게 있도록 배려하는 것처럼 보였다. 묘한 기분이 들었다. 어째서 그런 것까지 신경쓰는 거지?

"그래, 그쪽도 좋아 보이네요."

바울은 뻣뻣한 목소리로 예의를 갖춰 대꾸했다. 사실 이 말은 진심이었다. 회색 옷을 입고 있어도 엔젤은 좋아 보였다. 그 어느 때보다 보기에 좋았다. 나이가 육십을 넘겨도 여전히 아름다울 그런 사람이었다. 원래 악마는 아름다운 모습을 하고 있는 법이다.

"이렇게 만나서 정말 놀랐어요."

엔젤이 말했다.

"그래, 그랬을 거요."

엔젤은 바울의 표정을 살피면서 물었다.

"막달레나의 집에는 무슨 일로 왔어요?"

바울도 엔젤에게 캐물었다.

"여기 주인은 누구요?"

"저예요."

엔젤은 자세한 설명은 하지 않기로 했다. 바울이 뭐라고 하는지 기다릴 참이었다.

"어제 거리에서 당신을 보고 여기까지 따라왔었소."

"그럼 왜 그때 바로 들어오지 않았어요?"

"일을 방해하고 싶지 않아서. 그런데 아직도 엔젤이라는 이름으로 불리나?"

바울은 목소리에 박힌 가시를 없앨 수 없었다. 바울의 이야기를 들은 엔젤의 표정은 의외였다. 마치 그의 말에 깊이 슬퍼하는 것처럼 보였다. 설마 그런 일이 있겠어? 전에는 무슨 수를 써도 엔젤을 슬프게 만들 수 없었다. 이번에도 연기하는 것이리라.

"여전히 엔젤이라고 불려요. 그편이 더 나은 것 같아서요."

엔젤다운 솔직하고 뻔뻔한 대답이었다. 하지만 어쩐지 바울이 기억하고 있던 것보다 훨씬 부드럽고 순해진 느낌이 들었다.

"달라진 것 같군. 이것보다는 더 호화롭게 지내고 있을 거라고 생각했는데."

"그 말은 제가 가난하게 지낼 줄 알았다는 말이죠?"

재미있다는 듯 웃으며 말하는 엔젤의 얼굴에는 날 선 구석을 전혀 찾을 수 없었다.

바울은 비웃음을 숨기지 않은 채 말했다.

"바뀐 건 전혀 없군, 그렇지?"

엔젤은 바울을 찬찬히 살펴보았다. 어느 면에서는 그의 말이 맞았다. 적어도 엔젤에 대한 바울의 증오에 대해서만은 딱 맞아떨어지는 말이다. 아무런 이유 없이 엔젤을 미워하는 그의 태도에는 변화가 없어 보였다. 그 모습에 엔젤은 마음이 아팠다.

"그래요, 그런 것 같네요. 그렇게 생각할 만도 하죠."

엔젤은 고개를 돌려 바울을 외면했다. 미가엘을 생각하지 않을 수 없었다. 하지만 물어보기 두려웠다. 특히나 미가엘을 사랑하는 만큼 엔젤을 증오하는 이 남자에게 물어보기가 더 두려웠다. 바울은 여기서 뭘 하고 있는 걸까?

바울은 뭐라고 말해야 할지 몰랐다. 엔젤이 바울의 말 때문에 마음 상해한다는 것을 느낄 수 있었다. 엔젤은 한숨을 내쉬고 나서 다시 바울을 쳐다보았다. 바울은 엔젤이 겉에서 보이는 것처럼 마음도 평온한 상태인지 궁금했다. 뜨거운 감정을 느끼기도 하는지 궁금했다. 과거에 엔젤을 경멸한 이유 중 하나가 이것이었다. 화살을 맞아도 피 한 방울 흘리지 않을 것 같은 그녀의 냉담함이 싫었다.

"계곡에는 다시 가 봤나요?"

엔젤이 물었다.

그 질문은 바울의 기세를 누그러뜨렸다.

"거기서 살고 있소."

"아, 그래요?"

엔젤은 놀란 듯 말했다.

"계속 그곳에 있었소."

"그때 미리암은 봄이 오면 당신이 금광으로 돌아가 운을 시험해 볼 작정이라고 말해 줬거든요."

엔젤은 비난하는 기색 없이 말했다.

"절망에 빠져 한 말이었소. 하지만 미리암이 날 구해 주었지."

엔젤의 얼굴이 부드러워졌다.

"그래요, 그랬을 것 같네요. 미리암은 언제나 다른 사람의 영혼을 구원해 주죠. 그렇죠?"

"미리암은 이번 여름에 아이를 낳을 예정이오."

바울은 엔젤의 얼굴이 살짝 붉어졌다가 제 색깔을 찾아가는 모습을 보았다.

"하나님, 감사합니다."

'하나님, 감사합니다라고?'

엔젤은 미소 짓고 있었다. 하지만 슬프고 아쉬운 모습이었다. 그런 미소를 짓는 모습은 처음이었다. 바울은 엔젤이 무슨 생각을 하고 있는지 알고 싶었다.

"그것 참 멋진 소식이네요, 바울. 미가엘이 아주 좋아하겠어요."

미가엘? 바울은 당황스러워서 가볍게 웃었다.

"물론 그럴 거요."

순간 바울은 머릿속에 떠오르는 말을 마구 쏟아 놓기 시작했다.

"지난 몇 년 동안 미가엘은 잘 지냈소. 땅도 더 사고, 지난봄에는 소떼도 거느리게 되었지. 올가을에는 헛간을 더 늘릴 계획이라고 하더군."

엔젤이 떠났을 때 미가엘의 심장 절반도 같이 떼어져 나갔다는 걸 엔젤이 알 필요는 없을 것이다. 미가엘은 여전히 신실하게 하나님을 믿고 있으니 주께서 그에게 좋은 아내를 다시 주실 것이다.

바울은 자신의 이야기를 듣고 엔젤이 미소 지을 거라고는 생각하지 못했다. 그런데 엔젤이 미소 짓고 있었다. 조금도 놀라지 않은 기색이었다. 편안하고 행복해 보이기까지 했다.

"미가엘이라면 언제나 잘 살 거라고 생각했어요."

무정한 마녀. 겨우 한다는 말이 그건가? 미가엘이 엔젤을 얼마나 사랑하는지 모른단 말인가? 엔젤이 떠날 때 미가엘이 엔젤을 사랑했던 만큼 많이 아파했다는 것을 전혀 모른단 말인가?

"그래, 당신은 어떻게 지냈어요, 바울? 미가엘하고는 다시 잘 지내고 있죠?"

바울은 지나간 일을 다시 생각나게 하는 엔젤이 미웠다. 그래서 날 선 어조로 말했다.

"당신이 떠나자마자 우리 둘은 예전처럼 잘 지내게 됐지."

거짓말이었다. 물론 미가엘은 한번도 바울에게 유감을 갖지 않았다. 사실 지난 일을 털어 버리지 못하는 것은 바울 자신이었다. 그래서 여전히 미가엘과의 사이는 어려웠다. 둘 사이에는 여전히 엔젤이 있었다.

"잘 됐네요."

엔젤은 진심으로 그렇게 생각하는 듯 보였다.

"미가엘은 언제나 바울을 많이 아꼈어요. 잘 알고 있었겠지만 한번도 그 애정을 멈춘 적이 없었죠."

엔젤은 바울의 표정을 살피다가 화제를 바꾸었다.

"미가엘의 오두막에 별채를 세우는 일을 도와줘야겠군요. 이젠 방이 하나 더 필요할 테니까요."

"별채? 뭣 때문에?"

"아기가 생길 거잖아요. 미가엘과 미리암만의 방이 따로 필요할 거예요. 아이들이 더 많이 태어날 테니까. 미가엘은 언제나 아이를 많이 갖고 싶어 했어요. 이젠 그렇게 되겠네요."

바울은 숨을 쉴 수가 없었다. 갑자기 한기가 느껴졌다. 속도 울렁거리기 시작했다. 바울은 비로소 진실을 보았다. 바울을 괴롭히던 공허한 마음도 지금 가슴에 느껴지는 이 뻐근한 고통에 비하면 아무것도 아니었다.

'오, 하나님. 오, 하나님! 엔젤이 미가엘을 떠난 이유가 이것이었나요?'

미리암이 했던 말이 생생하게 되살아났다.

"바울, 당신은 아만다 언니를 절대로 이해하지 못하고 있어요. 이해할 마음도 없으니……. 조금이라도 아만다 언니를 이해해 보려 했다면, 상황은 달라졌을 거예요. 아만다 언니는 단 한번도 나한테 마음의 문을 완전히 열어 준 적이 없어요. 그러니 누구도 언니의 마음속 고통을 제대로 보지 못했을 거예요. 미가엘 아저씨조차도 그러지 못했어요. 그런 언니를 도와주지 못할망정 괴롭히면 안 되는 거예요."

미리암은 경멸의 말을 늘어놓는 바울에게 단호히 말했다.

"난 엔젤이라는 사람은 알지 못해요. 내가 아는 건 오직 아만다 언니죠. 언니가 아니었다면 난 당신에게 다가갈 용기를 내지 못했을 거예요."

미리암이 바울의 오두막으로 몰래 들어오던 날 한 말이다.

"아만다 언니처럼 사랑하는 사람을 위한 최선이 무엇인지 생각하고 실행에 옮겼거든요."

엔젤은 바울의 안색을 살폈다.

"왜 그래요, 바울? 무슨 일이죠? 미리암한테 무슨 문제가 있나요?"

"미리암은 내 아내요, 미가엘의 아내가 아니라."

엔젤이 놀란 표정으로 뒤로 물러났다.

"당신 아내요?"

"그렇소."

"이해할 수 없네요. 어떻게 미리암이 당신 아내가 될 수 있죠?"

엔젤은 떨리는 목소리로 물었다. 그 질문의 답은 바울도 알지 못했다. 하지만 엔젤의 말은 정확히 이해하고 있었다. 바울 역시 자신 같은 사람에게 미리암은 과분하다고 생각했다. 미리암에게는 미가엘이 딱 어울리는 상대였다. 계속 그렇게 생각했지만 어쩔 수 없이 미리암을 사랑하게 되었다. 미리암이 오두막으로 찾아올 때까지도 바울은 미가엘과 미리암이 짝이 되어야 한다고 믿었다.

"엔젤, 미가엘은 여전히 당신이 돌아오기를 기다리고 있소."

엔젤의 얼굴이 죽은 사람처럼 창백해졌다.

"삼 년이 지났어요. 그럴 리 없어요."

"아니, 그는 여전히 기다리고 있소."

바울의 말은 엔젤의 가슴에 그대로 꽂혔다.

'오, 하나님.'

엔젤은 두 눈을 감았다가 자리에서 일어나 뒤로 돌아섰다. 커튼을 옆으로 젖히고 창밖을 내다보았다. 비가 오고 있었다. 가슴이 아려 왔다. 숨을 쉬기도 어려울 정도였다. 눈가는 불이 타듯 뜨거워지고 있었다.

바울은 커튼을 잡은 엔젤의 손마디가 하얗게 변하는 모습을 보았다.

"당신이 무슨 생각으로 그랬는지 이제야 알 것 같군. 당신이 사라지면 미가엘이 미리암에게 시선을 돌릴 것으로 생각했군. 그래서 결국 두 사람이 사랑에 빠져 당신을 잊게 될 거라고. 그렇지 않소?"

바울이 암울한 음성으로 말했다. 바울 역시 그렇게 생각했다. 그렇게 된다는 생각만으로도 가슴이 미어지고 속이 타들어 갔었다.

"미가엘은 그랬을 텐데요."

엔젤은 더는 말하지 않았다. 하지만 바울은 그다음 말을 짐작할 수 있었다.

'당신이 끼어들지 않았다면.'

바울은 미리암에게 엔젤은 고통이나 사랑 같은 감정을 느끼지 못하는 사람이라고 말했다. 이제 바울은 그런 말을 했던 자신이 부끄러웠다. 어떻게 엔젤에 대해 그렇게 잘못된 생각을 했을까? 엔젤이 뒤돌아서 바울을 보자 바울은 부끄러워졌다.

"미리암은 미가엘에게 완벽한 상대였어요. 미가엘이 필요로 하는 아내감이었죠. 순결하고 지적이며 다정한데다 무엇보다 사람을 사랑할 줄 아는 다감한 여자니까요."

바울은 이런 이야기를 하는 엔젤을 진심으로 이해할 수 있었다.

"그건 모두 사실이오. 하지만 미가엘은 당신을 사랑해."

"그는 아이를 원해요. 미리암이라면 미가엘에게 아이를 낳아 줄 수 있었어요. 그리고 둘은 서로를 잘 이해해요."

"그건 친구 사이니까."

"그 이상의 관계로 발전할 수도 있었어요."

"어쩌면."

바울은 자신의 이기심을 깨닫고 순순히 인정했다.

"내가 당신만큼 용기가 있어서 계곡을 진즉에 떠났다면 그랬을지도 모르지. 하지만 난 떠나지 못했어. 그럴 수 없었지."

지금까지 바울은 그게 모두 미리암을 너무나 사랑해서였다고 생각했다. 하지만 이제 분명히 보였다. 바울이 떠나지 못했던 건 자기 자신을 더 사랑했기 때문이다. 그에 비하면 엔젤은 더 높은 차원의 사랑을 했다. 바로 희생이다.

바울은 앞으로 고개를 숙이고 두 손으로 머리를 감쌌다. 이제서야 미리암이 왜 그토록 고집을 피우며 엔젤을 찾으러 가라고 했는지 이해할 수 있었다.

"내가 틀렸소. 나는 내내 당신을 오해하고 있었어. 난 당신을 미워했소. 몹시 증오했지……."

바울은 시야가 흐려지는 걸 느끼며 고개를 들었다. 더는 말을 이어 갈 수 없었다.

"바울, 나에 대한 당신의 생각은 여러모로 옳았어요."

엔젤은 다시 책상 뒤 의자에 앉아서 서글픈 목소리로 말했다. 엔젤의 말에 바울은 그동안 자신이 무엇을 보지 못했는지 확실히 알 수 있었다. 바울은 허탈한 웃음을 지었다.

"천만에. 난 완전히 헛짚었소. 이제는 그 이유를 알겠어. 페어러다이스로 가는 도중에 나는 당신이 하는 말이 다 옳다는 걸 알고 있었어. 당신 말처럼 내가 미가엘을 배신한 거였어."

엔젤의 눈동자에 눈물이 글썽거렸다.

"그때 내가 안 된다고 해야 했어요."

"거절할 수 있다는 걸 그때도 알고 있었소?"

엔젤은 잠시 말을 잇지 못했다.

"무의식에서는 알고 있었을 거예요. 하지만 일부러 무시했던 거죠. 어쩌면 그렇게 해서 당신의 피를 말려 버리겠다는 고약한 심보 때문이었는지도 몰라요. 이젠 나도 잘 모르겠어요. 너무 오래전 일이에요. 다시는 생각하고 싶지 않았는데……. 하지만 당신을 보면 기억이 되살아나요. 도저히 깨끗이 잊을 수 없는 일이니까요."

엔젤은 지난 시절의 어두운 기억을 떠올렸다. 바울이 소원하게 지내면서 찾아오지 않았을 때 미가엘은 무척 속상해했다. 미가엘과 거리가 생기자 바울 역시 고통스럽고 무척 수치스러웠을 것이다. 무엇보다 가장 끔찍하게 바울을 괴롭혔던 것은 엔젤과의 일에 대한 죄책감이었을 것이다. 엔젤 역시 죄책감에 시달리며 지내지 않았던가.

모두 엔젤의 탓이었다. 그때 수수방관한 책임이 있었다. 그럴 만한 이유가 있었다 해도 결국 엔젤이 선택한 일이었다. 당시에는 그 일의 결과를 예상하지 못했다. 하지만 그 여파는 잔잔한 물에 돌멩이를 던진 것과 같았다. 물이 튀고 잔잔한 수면에 파장이 인다. 시간이 한참 걸리면 다시 수면은 잔잔해지지만 돌멩이는 여전히 물웅덩이 아래 단단하게 박혀 있다. 미가엘과 바울, 엔젤……. 돌을 맞아 파열된 이 영혼들은 필사적으로 다시 하나가 되려고 애썼다.

바울과 미가엘 사이의 고통과 불화는 계속 커져 갔다. 미가엘이 아니라 바울이 자신을 용서하지 못했기 때문이다. 엔젤 역시 평생을 그렇게 살아왔다. 그동안 있었던 모든 일을 자신의 탓이라 여기며 태어난 자체가 죄악이라고 생각했다. 하지만 지난 삼 년의 시간 동안 엔젤은 그렇게 느끼고 사는 사람이 혼자만이 아니라는 것을 알았다. 매일매일 엔젤이 받았던 학대와 폭행을 다른 여자들로부터 전해 들었다. 그러면서 엔젤에게 고약하게 굴었던 사람들을 용서하는 것보다 자신을 용서하는 것이 훨씬 어렵다는 사실을 깨달았다. 아직도 엔젤은 그 일이 어려웠다.

"바울, 내가 당신에게 아픔을 준 일에 대해 미안하게 생각해요. 정말로 미안해요."

엔젤의 입술이 떨렸다. 바울은 한참을 가만히 앉아만 있었다. 말을 할 수 없었다. 지난 시간이 모두 머릿속에서 되살아났다. 엔젤이 견뎌야 했던 박해를 기억했다. 그 모든 것이 바울에게서 시작된 일이다. 그런데 지금 엔젤이 사과하고 있다. 바울은 엔젤을 멸망시키려 했다가 오히려 스스로 파멸하는 경험을 했다. 그때부터 그는 맹목적인 증오로 자신을 소모시켰다.

'정말이지 나는 지독히도 견디기 어려운 독선가에 잔인한 사람이었다.'

이 뜻밖의 발견은 무척 아프고 쓰라리지만 동시에 안도감을 주었다. 거울 앞에 서서 자신의 모습을 분명히 보게 되는 것은 묘한 해방감을 준다. 바울은 생애 처음 자신의 모습 그대로를 보고 있었다.

미리암이 없었다면 어떻게 됐을까? 미리암을 사랑하면서 바울은 부드러운 사람이 되었다. 미리암으로 인해 바울은 상상도 못한 자신의 모습을 발견했다. 테스 이외의 누구도 하지 못했던 일이다. 그리고 미리암은 바울이 보지 못했던 엔젤의 모습도 알고 있었다. 바울은 미리암이 말할 때 내심 정말 그럴지도 모른다는 생각을 했지만, 고집스레 엔젤에 대한 유죄 판결문을 손에서 놓지 않았다. 바울에게 미가엘의 아내는 언제나 엔젤이었다. 페어러다이스에서 고가에 몸을 팔던 창녀였다. 그래서 그렇게 대했던 것이다.

다시 생각해 보니 그런 바울에게 엔젤은 자기변호를 하거나 변명한 적이 없다. 왜 그랬을까? 바울은 그 답도 쉽게 찾을 수 있었다. 바울의 생각이 옳았다는 엔젤의 말에 그 답이 있었다. 엔젤이 아무런 변명 없이 침묵을 지킨 건 오만하거나 거만해서가 아니라, 부끄러웠기 때문이다. 엔젤은 바울이 한 모든 말을 인정하고 자신이 진정으로 더럽고 보잘것없는 사람이라고 생각했다.

'엔젤이 그런 생각을 하는데는 내가 한몫했던 거야. 미가엘이 열심히 격려하고 일으켜 세워 놓은 사람을 내가 주저앉혔던 거야.'

바울의 마음속에 후회가 밀려 왔다. 엔젤을 쳐다보는 것만으로도 가슴이 아팠다. 진실을 마주하는 것은 더욱 그랬다. 미가엘이 그동안 겪었던 고통은 결국 바울의 탓이었다. 미리암의 말대로 한번만이라도 손을 뻗어 엔젤을 이해하려 했다면 상황은 지금과 달라졌을 것이다. 하지만 너무나 거만하고 자기 확신에 차 있던 바울은 자신의 행동이 옳다고만 믿었다.

"나야말로 미안해요. 너무 미안해요. 날 용서해 주겠소?"

바울은 지금 눈에서 눈물이 마구 쏟아져 내린다는 사실도 모르는 것 같았다. 엔젤은 뭐라고 형용하기 어려운 따스함을 느꼈다. 그는 미가엘의 형제다. 그러니 엔젤의 형제이기도 했다.

"바울, 난 이미 오래전에 당신을 용서했어요. 내가 미가엘과 계곡을 떠난 건 내 의지로 한 일이에요. 그 일까지 모두 당신 탓이라고 하지 말아요."

엔젤은 몸을 앞으로 기울여 책상 가장자리를 꽉 붙잡았다.

"이제 과거는 모두 흘려버리도록 해요. 그리고 내가 떠난 후 있었던 일이나 더 이야기해 줘요."

엔젤은 바울을 놀리듯 장난스럽게 덧붙였다.

"특히 당신 같은 남자가 어떻게 미리암 같은 여자를 얻게 되었는지를 말이죠."

바울은 몇 달 만에 처음으로 크게 웃었다.

"정말 어떻게 이렇게 된 건지는 하나님만 아실 거요."

바울은 고개를 절레절레 흔들며 무거운 한숨을 내쉬었다. 이제 긴장을 풀고 말할 수 있었다.

"미리암은 날 사랑해 줬죠. 나를 처음 본 순간 나와 결혼하게 되리라는 걸 알았다는군요. 나 역시 미리암을 지켜보면서 너무나 강렬하게 그녀를 원했지만 난 그녀의 치맛자락에도 키스할 자격이 없는 놈이라고 외치며 그녀와 맺어질 수 없는 이유만 찾아대고 있었어요. 그러던 어느 날, 미리암이 동틀 무렵 내 오두막으로 찾아왔어요. 나와 함께 살려고 왔다더군요. 그러면서 내가 미리암을 얼마나 필요로 하는지를 설득시켰어요. 미리암을 집으로 돌려보낼 힘이 나에게는 없었죠."

미리암 이야기를 시작하자 바울의 온몸에 온기가 퍼졌다. 엔젤은 살짝 미소를 지었다.

"미리암이 그렇게 대담할 수 있었다니 믿을 수가 없네요."

"미리암은 그 용기를 당신한테서 배웠다고 했어요."

바울은 그 말을 처음 들을 당시에는 그게 무슨 뜻인지 이해하지 못했다. 하지만 이제는 알 수 있다. 엔젤은 미가엘을 떠나는 것이 최선의 일이라고 생각하자 그 일을 실행에 옮길 정도로 미가엘을 깊이 사랑했다. 미리암도 같은 이유로 용기를 내서 바울을 찾아왔다. 만약 미리암이 그렇게 하지 않았다면 지금쯤 바울은 어느 금광에 틀어박혀 술이나 퍼마시고 매음굴에 누워 있었을 것이다. 어쩌면 진창에 얼굴을 박고 죽었을지도 몰랐다.

"미리암이 당신을 찾으라고 날 보냈어요, 아만다. 나와 같이 집으로 가요."

바울은 진심으로 말했다.

'아만다.'

바울이 아만다라고 불러 주자 엔젤의 목이 메어 왔다. 엔젤은 미소 지었다. 짐 하나가 사라진 기분이었다. 엔젤은 진정으로 감사했다. 하지만 이렇게 간단히 돌아갈 수 있는 일은 아니다. 모든 일을 다시 원점으로 돌릴 수는 없었다.

"난 돌아갈 수 없어요, 바울. 절대로 그럴 수 없어요."

"어째서?"

'이 여자와 친구가 되려면 도대체 뭘 더 얼마나 이해해야 하는 걸까?'

"당신이 모르는 사정이 많아요."

"어디 말해 봐요."

엔젤은 입술을 씹으며 어디까지 이야기할지를 생각했다.

"난 여덟 살 때 창녀로 팔려 갔어요."

엔젤은 천천히 허공을 응시한 채 말을 꺼냈다.

"미가엘과 결혼하기 전까지 창녀 이외의 삶은 알지도 못했죠. 난 미가엘도 이해하지 못했죠. 그가 원하는 방식으로는요. 내 모습을 단번에 바꿀 수 없었어요. 과거에 일어났던 일들을 모두 되돌릴 힘이 없었으니까요."

바울은 앞으로 몸을 숙였다.

"아만다, 아직도 잘 모르는 건 당신이에요. 나도 이제야 이해하게 되었지만, 물론 그건 내가 고집불통에 질투꾼에 오만방자한 놈이니 어쩔 수 없었던 일이지만, 중요한 건 미가엘이 당신을 선택했다는 거예요. 당신의 과거와 그 모든 약점에도 불구하고 말이에요. 미가엘은 처음부터 당신이 어디서 지냈는지 다 알고 있었지만, 그런 일로 마음이 변하지 않았죠. 우리 고향에 가면 미가엘과 결혼만 할 수 있다면 당장이라도 달려들 여자가 수두룩해요. 하나님을 경외하는 가정에서 참하게 자란 상냥하고 분별력 있는 처녀들이죠. 하지만 미가엘은 그 여자들과 사랑에 빠지지 않았어요. 그러던 미가엘이 당신을 보자마자 자신의 짝이라는 걸 알아보았던 거예요. 처음부터 당신이었어요. 그 누구도 아닌 당신. 이건 모두 미가엘이 해 준 말이에요. 전에 나는 그게 모두 섹스 때문이라고 생각했어요. 하지만 이제는 알아요. 그 이상의 것이 있다는 것을."

"아니에요. 우리가 처음 만난 건 말도 안 되는 사고였어요……."

"아니, 그건 당신이 미가엘을 얼마나 간절히 필요로 하는지 그가 알아봤기 때문이에요."

엔젤은 더는 듣고 싶지 않아 고개를 저었다. 하지만 바울은 강경하게 말을 이어 갔다.

"아만다, 미가엘은 자신의 피와 땀이 어린 돈으로 당신을 속박에서 구해 냈어요. 그건 부인하지 못할 거예요. 그러니 그런 미가엘에게 돌아가지 못한다는 말은 하지 말아요."

미가엘에게 돌아가지 못해서 가장 아픈 사람은 바로 엔젤 자신이었다. 여전히 미가엘을 많이 사랑하고 많이 필요로 했다. 때로는 미가엘의 목소리를 듣고 싶어 죽을 것 같기도 했다. 두 눈을 감으면 그의 얼굴, 그의 걸음걸이, 그의 미소가 떠올랐다. 미가엘은 엔젤에게 노래하는 법, 즐기는 법, 노는 법을 가르쳐 주었다. 이전에는 절대로 모르던 것들이었다. 그 달콤한 추억은 그대로 고통이 되었다. 미가엘과의 이별은 정말로 견디기 힘든 일이었다.

때로 엔젤은 고통이 너무 심해 미가엘을 생각하지 않으려 애쓰기도 했다. 하지만 미가엘을 향한 그리움은 언제나 마음속에 있었다. 그것은 끝없는 갈망이었다. 그리스도의 명령에 따라 미가엘은 자신을 열어 엔젤의 삶에서 도구가 되었다. 그를 통해 그리스도는 엔젤의 마음에 들어가 은혜로 충만하게 해 주셨다. 미가엘은 언제나 모든 것이 하나님의 은혜라고 말했다. 이제 엔젤은 그 말이 참이라는 것을 안다.

미가엘이 엔젤과 구세주 주님 사이의 가교 역할을 했다는 것을 깨닫고 나니 더욱 미가엘이 그리워졌다.

하지만 이런 생각을 계속해서는 안 되었다. 엔젤이 미가엘에게 바라는 것을 생각하기 전에 먼저 미가엘에게 어떤 것이 최선인가만을 생각해야 했다. 이제 엔젤은 삶의 목적을 찾고 만족하며 살고 있다. 더는 악몽에 시달리거나 자기 회의에 빠지지 않는다. 적어도 지금까지는 그렇게 지내 왔다. 이제는 바울에게 온전한 진실을 모두 밝혀야만 했다. 그러면 바울도 이해할 것이다.

"바울, 난 아이를 가질 수 없는 몸이에요. 불가능해요. 아주 어렸을 때 의사가 그렇게 만들었어요. 그리고 미가엘은 아이를 원해요. 그건 당신도 알고 있을 거예요. 아이들을 갖는 건 그의 꿈이에요."

엔젤은 다시 바울을 똑바로 보고 말을 이어 갔다.

"이제는 내가 왜 돌아갈 수 없는지 알겠어요? 내가 다시 돌아가면 미가엘은 날 받아 줄 거예요. 그는 날 여전히 그의 아내라고 생각할 거예요. 하지만 그건 옳지 않아요. 미가엘 같은 남자에게 그건 공평하지 못한 일이에요."

엔젤은 눈물이 나올 것만 같아 애써 마음을 가라앉히고 있었다. 절대로 눈물 따위 흘리지 않을 것이다. 그럴 수 없다. 한번 울기 시작하면 온몸이 다 녹아 버릴 때까지 울게 될 것이다.

바울은 뭐라고 말해야 할지 알 수 없었다.

"제발요. 돌아가서 미리암에게 나를 보았다는 말은 하지 말아요. 그냥 적당히 둘러대세요. 내가 외국으로 떠났다고 하거나 아니면 죽었다고 해 주세요."

조금 전까지 바울이 생각하던 것을 엔젤이 말하자 바울은 속으로 움찔했다.

"제발요, 바울. 미리암에게 말하면 미리암은 미가엘에게 말할 거예요. 그러면 그는 당장 달려와 나를 다시 데려갈 거예요. 내가 여기 있다는 걸 알리지 말아 줘요."

"그런 거라면 두려워할 필요 없어요. 미가엘이 미리암에게 말하길, 이번에는 아만다를 억지로 데리고 오지 않을 거랍니다. 온전히 당신 스스로의 결정으로 돌아오기를 바란대요. 스스로 돌아오지 않으면 자신이 자유롭다는 사실을 진실로 이해하지 못할 거라고 말했답니다."

바울은 뭔가 더 이야기해서 엔젤이 다시 집으로 돌아가야겠다고 생각하게 만들고 싶었다.

"아이를 낳을 수 없다는 말을 미가엘에게도 했나요?"

"했어요."

"미가엘이 뭐라고 말하던가요?"

엔젤은 그 기억을 떨쳐 버리기라도 하려는 듯 고개를 흔들었다.

"미가엘이 어떤 사람인지 잘 알잖아요."

바울도 잘 알고 있었다. 바울은 자리에서 일어나 두 손으로 책상을 짚었다.

"미가엘은 당신과 결혼했어요, 아만다. 좋을 때나 궂을 때나 두 사람이 살아 있는 한 영원히 함께하기로 서약한 거예요. 그러니 미가엘은 그렇게 기다릴 거요. 나한테 미가엘을 알 거라고 말했는데, 당신이야말로 미가엘이 얼마나 아파하고 힘들어 하는지 안다면……"

"그만해요."

"아만다, 미가엘을 알잖아요. 당신을 포기한 적이 한번이라도 있었나요? 미가엘은 당신을 기다리는 일을 절대로 포기하지 않아요."

엔젤은 곤혹스러운 표정으로 고개를 가로저었다.

"난 되돌아갈 수 없어요."

바울은 허리를 펴고 일어섰다. 엔젤에게 생각할 것을 던져 준 것인지, 고통을 안겨 준 것인지 혼란스러웠다.

"내가 할 수 있는 말은 다한 것 같군요. 이제 결정은 당신이 하도록 해요, 아만다. 하지만 오래 걸리지는 말아요. 난 아내가 그리워요."

바울은 어젯밤에 머물렀던 호텔의 이름과 주소를 종이에 적어 주었다.

"내일 아침 아홉 시에는 떠났으면 좋겠어요. 그때까지 마음을 정하고 알려 줘요."

바울은 짐을 들어 어깨에 멨다.

"그런데 여긴 뭘 하는 곳인가요? 기숙사?"

엔젤은 고민거리를 잠시 밀어내고 바울을 쳐다보며 말했다.

"여긴 나같이 타락한 생활을 했던 여자들이 새로운 삶을 살도록 돕는 곳이에요. 운이 따라서 지금까지 잘해 오고 있어요. 부유한 사람들이 재정적인 도움을 주고 있죠."

은행에서 보았던 그 남자.

'하나님, 저를 용서하소서. 저는 그동안 어리석기 짝이 없는 멍청이였습니다.'

"아만다가 시작한 일이로군요, 그렇죠?"

"나 혼자서 한 건 아니에요. 주변에 도와주는 사람들이 많아서 가능했죠."

"저기서는 뭘 가르치고 있는 거죠?"

바울은 복도를 따라 큰 방으로 들어가는 문을 고갯짓으로 가리키며 물었다.

"읽기와 쓰기, 계산, 요리, 바느질, 그리고 자그만 가게를 운영하는 법까지 모두 가르쳐요. 글자를 읽는 법을 배우고 나면 일단 적절한 일자리를 알아봐 줘요. 일자리는 교회 도움을 받고요."

엔젤은 패트릭 신부님 같은 분을 만나면서 가톨릭 신부 중에는 미가엘 같은 사람도 있다는 것을 알았다. 하나님께 충성하고 부지런하며 겸손하고 다정한 사람이었다.

엔젤은 잠시 주저하다가 말했다.

"여기 일도 내가 생각해 봐야 하는 것 중 하나예요, 바울. 여기 사람들에게도 내가 필요해요."

"아무리 그럴듯한 이유를 대도 모두 변명에 불과해요. 횃불을 치켜드는 건 다른 사람에게 맡겨요. 아까 그 웃는 얼굴의 키 큰 아가씨라면 여기 일을 잘 돌볼 것 같던데. 아만다, 당신의 첫 번째 책무는 미가엘에게 있어요. 내일 정오까지 기다리죠. 그 시간이 지나면 나 혼자 집으로 돌아가겠어요."

바울이 떠난 후 엔젤은 한참 동안 가만히 앉아 있었다. 태양이 지고 어스름이 깔렸지만 엔젤은 램프를 켜지 않았다. 미가엘의 농장에서 조금 떨어진 언덕 위의 기억이 떠올랐다. 미가엘은 말했다.

"이게 바로 당신에게 주고 싶은 삶이오."

그리고 미가엘은 그 삶을 엔젤에게 주었다.

그렇지만 엔젤에게 무엇을 해 주었는지 미가엘이 어떻게 알지? 미가엘이 엔젤에게 살아가는 방법을 알려 주었기에 지금 새로운 삶을 살고 있다는 것을 그가 어떻게 알 수 있을까?

바울은 엔젤이 다시 창녀가 되었을 거라고 생각했다. 그렇다면 미가엘도 그렇게 생각하고 있지 않을까? 미가엘이 그렇게 생각하는 건 참을 수 없었다. 그동안 미가엘이 엔젤에게 베풀었던 그 모든 것이 부질없어졌다고 생각할 것이다. 사실 그 모든 것이 예정대로 엔젤을 새롭게 바꾸어 놓았는데 말이다.

'하나님, 제가 잘못 생각하고 있나요? 돌아가야 할까요? 하지만 그에게 이런 짓을 하고도 다시 그의 얼굴을 볼 수 있을까요? 그를 다시 보게 되면 그의 곁에 머물고 싶을 것 같습니다. 제가 어떻게 하기를 바라시나요? 전 제가 무엇을 원하는지 알고 있습니다. 오, 하나님, 하지만 당신이 제게 원하시는 건 무엇이죠?'

엔젤은 두 팔로 몸을 감싸고 웅크리고 앉아 몸을 흔들며 입술을 깨물었다. 밀려오는 슬픔과 싸워야 했다.

'생각해 보면 미가엘에게 고맙다는 말을 제대로 한 적이 없네. 그가 내게 어떤 일을 해 주었는지 제대로 설명해 준 적이 없어. 정작 나는 그에게 슬픔만 안겨 주었어.'

하지만 이제 엔젤에게는 미가엘에게 줄 선물이 있었다. 엔젤은 공작과 맞서 싸웠다. 미가엘이 가르쳐 준 길을 따라 살아왔다. 그래서 사람들은 엔젤을 신뢰하고 막달레나의 집을 세우는 데 후원해 주었다. 엔젤은 지금 선행을 베푸는 삶을 살고 있다. 이 모든 것은 미가엘의 공이었다. 미가엘을 통해 엔젤이 깨달음을 얻었기 때문이다. 미가엘이 "찾으라. 그리하면 찾아낼 것이요."라는 성경 구절을 읽어 준 적이 있다. 엔젤은 그 말대로 삶의 목표를 찾고 충만한 삶을 살고 있었다. 이 사실을 미가엘에게 알려 준다면 그의 마음은 평화로워질 것이다.

사라, 내 사랑하는 자여.

'하나님, 그 이상은 바라지 않습니다. 그저 미가엘에게 그의 노력이 헛되지 않았다는 것만이라도 전하고 싶습니다. 더는 바라지 않겠습니다.'

엔젤은 두 눈을 꼭 감았다.

사무실 밖으로 나왔을 때는 수업이 끝난 뒤였다. 아가씨들은 저녁식사를 마치고 각자의 방으로 돌아가 있었다. 엔젤은 계단을 올라갔다. 수잔나의 방문 아래로 빛이 새어 나오고 있었다.

엔젤이 수잔나의 방문을 노크했다.

엔젤이 방안으로 들어서자 수잔나가 침대에서 일어나 엔젤의 손을 잡았다.

"안색이 창백하네. 저녁도 걸렀잖아. 아까 그 남자는 누구였어?"

"친구야, 수잔나. 막달레나의 집을 맡아 줘."

"내가?"

수잔나는 아연실색했다. 엔젤이 알던 그 자신만만한 아가씨의 얼굴이 아니었다. 수잔나는 엔젤의 손을 놓고 뒤로 물러섰다.

"지금 진담 아니지? 나는 못해!"

"아니 진담이야. 그리고 너라면 할 수 있어."

수잔나라면 잘 해낼 것이다. 다만 아직 그 사실을 깨닫지 못하고 있을 뿐이다. 수잔나는 불구덩이에 들어가면 더욱 단련되어 그 반대편으로 나올 사람이었다. 엔젤은 갑자기 강한 확신이 들었다.

"하지만 왜? 어딜 가려고?"

"집에. 난 집에 갈 거야."

34장

> 오라 우리가 여호와께로 돌아가자
> 여호와께서 우리를 찢으셨으나 도로 낫게 하실 것이요
> 우리를 치셨으나 싸매어 주실 것임이라.
> _호세아 6장 1절

"바울!"

미리암은 오두막 문을 열고 날듯이 달려와 바울의 목을 얼싸안고 기쁨의 눈물을 흘렸다.

"오, 정말 많이 보고 싶었어요!"

미리암이 바울의 얼굴 구석구석에 키스했다. 바울도 활짝 웃으며 미리암의 입술에 키스했다. 마음의 작은 파편들이 다시 제자리를 찾아가는 게 느껴졌다. 집에 돌아왔다! 지난 몇 주간의 긴장과 오래도록 따라다니던 죄책감은 증기처럼 사라져 버리고 없었다. 미리암이 바울에게 몸을 바짝 기댔다. 바울의 육체를 관통하는 또 다른 감각이 느껴졌다. 미리암을 품에 안는 건 정말 그를 흥분시켰다.

바울이 팔을 풀자, 미리암은 상기된 얼굴로 숨을 헐떡였다. 이렇게 아름다운 모습은 처음 보는 것 같았다. 바울은 미리암을 살펴보다가 제법 임신한 티가 나는 것을 알아차렸다.

"세상에, 정말 많이 불룩해졌군."

바울은 미리암의 배를 어루만지며 말했다. 미리암은 웃음을 터트리며 바울의 가슴에 손을 얹었다.

"아만다 언니는 찾았어요?"

"샌프란시스코에 있었어."

미리암의 눈동자를 바라보는 바울의 마음이 가벼웠다. 미리암은 바울을 보며 다정하게 웃었다.

"일이 다 잘됐군요."

미리암은 안심하며 다시 기쁨에 젖었다. 이전에 바울에게 짜증냈던 일은 완전히 머릿속에서 지워 버렸다.

"언니는 어디 있어요?"

미리암은 바울의 뒤를 쳐다보며 물었다.

"큰길가에 잠시 앉아 있겠다고 했어. 마음의 준비를 할 모양이야. 여기까지 오는 이틀 동안 거의 말을 하지 않았어. 아만다는 변했어, 미리암."

미리암은 바울의 눈을 바라보며 미소 지었다.

"당신도 변했고요, 내 사랑. 드디어 마음의 평화를 얻었군요. 그렇죠?"

"여행하면서 많은 도움을 받았어."

그때 미리암의 눈에 저만치 걸어오는 엔젤이 보였다. 미리암은 바울을 내버려두고 두 팔을 활짝 벌리며 뛰어나갔다. 두 여자는 따뜻한 포옹을 나누었다. 바울이 그 모습을 보며 흐뭇한 미소를 지었다. 미리암은 신이 나서 조잘거렸지만, 얼굴에는 눈물 자국이 선연했다. 엔젤의 창백한 얼굴은 긴장한 듯 보였다. 편안한 것과는 거리가 먼 모습이었다. 엔젤은 미가엘의 땅이 있는 쪽을 흘깃 보았다. 바울은 엔젤이 미가엘과 대면하는 것을 두려워하는 마음을 충분히 이해할 수 있었다. 지금까지의 일을 생각하면 충분히 그럴 수 있었다.

'주여, 아만다와 미가엘이 잘되게 해 주세요. 이건 제 개인적인 부탁입니다.'

"물을 좀 길어 올게요. 언니는 일단 몸을 좀 씻어요."

미리암이 엔젤의 팔짱을 끼고 걸어오면서 말했다.

"오늘 아침에 빵을 구웠어요. 그리고 김이 모락모락 나는 수프도 있고요. 긴 여행 끝이니 많이 시장하죠?"

"미리암, 난 여기 있을 수 없어."

미리암이 걸음을 멈추었다.

"왜요?"

"미가엘을 만나러 가야 해."

"그거야 당연하죠. 하지만 잠깐 쉬면서 몸도 씻고 요기 정도는 할 수는 있잖아요. 그러면서 얘기도 좀 하고."

"그럴 수 없어. 조금만 더 기다리다가는 아예 가지 못하게 될 것 같아."

엔젤이 힘없이 미소 지었다.

미리암은 엔젤의 얼굴을 살피다가 바울을 쳐다보기를 반복하다가 결국 엔젤을 꼭 껴안으며 말했다.

"그럼 우리가 같이 걸어가 줄게요."

미리암은 애원의 눈길을 바울에게 보냈다.

"당연히 그래야지."

바울은 기꺼이 찬성했다. 엔젤도 고개를 끄덕였다. 막상 기다리던 순간이 목전에 다가오자 모두 불안해졌다. 미가엘이 얼마나 오랫 동안 참아 왔던가. 그런데 미리암과 바울이 멋대로 끼어들어 일을 꾸몄다고 화를 내지는 않을까? 이 모든 일은 하나님의 뜻일까?

세 사람은 미가엘의 집이 보이는 곳까지 왔다. 엔젤이 걸음을 멈추었다.

"이제부터 남은 길은 나 혼자 가야 할 것 같아. 이렇게 멀리까지 같이 와 줘서 정말 고마워."

미리암의 생각은 달랐다. 당장 반론을 하려다 바울의 얼굴을 보았다. 그가 고개를 절레절레 저었다. 엔젤의 말이 옳았다.

"바울을 보내 줘서 너무나 고마워."

엔젤은 미리암의 볼에 입을 맞추며 속삭였.

미리암과 바울은 나란히 서서 멀어져 가는 그녀를 지켜보았다. 바울은 미리암의 어깨에 팔을 두르고 엔젤을 보았다. 엔젤이 길을 가던 모습이 떠올랐다. 등을 세우고 고개를 높이 치켜든 채 걷는 모습이 오만해 보였다. 하지만 그건 그토록 오랜 시간 그녀를 지탱해 준 자존심이었다. 이제 엔젤은 평화롭고 품위 있어 보였다. 그건 아름다운 겸손이었다.

"아만다가 두려워하고 있군."

바울이 나직이 말했다.

"언니는 언제나 두려워했어요. 바울, 우리가 옳은 일을 한 거 맞죠? 그냥 언니가 스스로 집으로 돌아오도록 기다려야 했을까요?"

미리암은 바울에게 기대며 말했다. 미리암이 이렇게 확신 없이 말하는 모습은 처음이었다.

"아만다는 결코 스스로 돌아오지 않았을 거야. 마음을 단단히 먹었더군. 당신이 미가엘과 결혼했을 거라고 생각하고 있었어."

"나한테 그렇게 하라고 했었거든요. 내가 미가엘의 아이를 낳아 주면 좋겠다고 말했어요. 하지만 내가 원하는 사람은 오직 당신이었어요."

바울을 올려다보는 미리암의 눈가에 눈물이 맺혀 있었다.

"오, 내 사랑. 이제는 미가엘이 잘해 주기만 바랍시다."

바울은 미리암을 꼭 끌어안았다.

"그래요. 이젠 정말 두 사람에게 달린 일이죠. 그렇죠?"

미리암이 두 팔로 남편을 감싸 안았다. 바울은 고개를 옆으로 돌려 떨어져 지내는 동안 느꼈던 간절한 그리움을 담아 아내에게 키스했다.

"당신이 없었다면 난 어떻게 살았을까?"

미리암도 손을 뻗어 바울의 머리를 잡아당겨 키스했다. 이번에는 연인의 키스였다.

"집으로 가요."

엔젤은 들에서 일하고 있는 미가엘을 보았다. 자기 회의와 자기 혐오, 자존심, 두려움 같은 온갖 감정이 뒤섞여 엔젤을 힘들게 했다. 과거에 엔젤은 그런 감정 때문에 달아났었다. 그리고 그런 감정들 때문에 미가엘에게 돌아올 수 없었다. 하지만 다시 감정에 치여 걸음을 멈추는 일은 하지 않을 작정이다.

'오, 하나님. 제게 힘을 주세요, 제발요. 저와 함께 걸어 주세요. 저를 도와주세요. 이 일을 잘 해낼 자신이 없어요.'

너에게 두려움이 가득한 마음을 준 적이 없다. 담대하라.

미가엘이 엔젤을 바라보았다. 초원을 가로질러 걸어가는 동안 엔젤은 그의 시선을 느낄 수 있었다. 미가엘은 자리에 꼼짝 않고 서서 엔젤이 멀리서 다가오는 모습을 뚫어지게 보았다.

'울어서는 안 돼. 울지 않겠어.'

엔젤은 미가엘을 향해 계속해서 걸었다. 미가엘은 꼼짝도 하지 않고 서 있었다. 순간 의구심이 일었다. 나를 반기지 않는 걸까? 하지만 엔젤은 마음을 가라앉혔다. 미가엘에게서 멀어지게 하는 그 어떤 장벽도 부숴 버릴 것이다. 지난 시간 동안 엔젤을 괴롭힌 자기 비하와 냉담한 마음, 두려움, 불안함은 이제 그만이다. 엔젤은 어린 시절의 끔찍했던 기억을 모두 버리고 싶었다. 자신의 힘으로 할 수 없었던 일까지 모두 떠맡아 죄책감에 시달리는 것도 그만하고 싶었다.

할 수만 있다면 엔젤은 미가엘을 위해 몸을 정결케 하고 새롭게 태어나고 싶었다. 미가엘을 기쁘게 하고 싶었다. 미가엘이 허락해 준다면 남은 평생을 다 바쳐 미가엘을 기쁘게 할 것이다. 과거의 어두운 그림자는 모두 벗겨 내고 싶었다. 낙원에 새롭게 등장한, 타락하기 전의 이브가 될 수만 있다면 바랄 것이 없었다.

엔젤은 떨리는 손으로 세상의 부속물을 벗기 시작했다. 숄을 떨어뜨리고 모직 재킷을 벗었다. 블라우스를 벗어 바닥에 떨어트렸다. 후크를 풀어서 치마가 그대로 흘러내리게 한 다음 발에 걸리는 치마에서 걸어 나왔다.

한 치의 주저함도 없이 엔젤은 미가엘을 향해 걸어갔다.

미가엘에게 진즉에 해 줬어야 하는 말이 있다. 그런데 제대로 한 적이 없다. 미가엘은 자신이 엔젤에게 무엇을 해 주었는지 정확히 알지 못하리라. 그는 바다였다. 폭풍우에 일렁이며 절벽에 세차게 부딪히고 끝없이 밀려갔다 밀려오는 파도였다. 그는 밀물과 썰물처럼 엔젤이라는 해변을 씻어 주고 해안선의 모양을 만들어 주었다.

'주여, 그가 뭐라고 말하든 어떻게 하든 저는 그에게 감사해야 합니다. 그는 언제나 훌륭하고 충직한 주님의 종이었습니다. 그런 그에게 감사의 말을 한 적이 없습니다. 감사의 말을 아무리 많이 해도 부족하기만 할 겁니다. 오, 하나님. 어떤 감사의 말도 그에게 부족합니다.'

엔젤은 캐미솔과 슬립, 코르셋 커버와 코르셋, 그리고 속옷

바지까지 모두 벗어 버렸다. 옷을 하나씩 벗을 때마다 분노와 두려움, 삶의 기쁨을 보지 못하는 무지함, 바보같이 매달렸던 자존심을 같이 벗어 던졌다. 이제 엔젤에게 남은 것은 단 하나, 미가엘을 향한 사랑뿐이었다. 엔젤은 자존심을 모두 벗고 발가벗은 몸으로 겸손해지려 했다. 드디어 마지막으로 남은 얇은 가죽 구두를 벗고 머리를 묶은 핀을 잡아당겼다.

미가엘에게 가까이 다가가자 그의 관자놀이 근처에 얼핏 보이는 빛바랜 머리카락이 눈에 들어왔다. 미가엘의 사랑스러운 얼굴에 주름살이 더해져 있었다. 그의 눈동자를 보자 엔젤의 마음속에 담겨 있던 감정이 모두 넘쳐흘렀다. 엔젤은 언제나 자신의 아픔과 외로움, 그리고 자신에게 필요한 것에 대해서만 생각했다. 하지만 이제는 미가엘의 마음을 만나려 한다.

엔젤이 미가엘에게 한 일은 사랑을 부인하고 돌아서서 도망친 것뿐이었다. 엔젤은 스스로가 하나님이 되어 자신의 짧은 생각으로 미가엘에게 최선이라고 생각되는 일을 했다. 하지만 결국 그에게 고통만 안겨 주었을 뿐이다. 엔젤은 미가엘이라면 너무나 강인해서 상처받지 않을 거라고 생각했다. 너무나 현명해서 엔젤을 기다리는 어리석은 짓은 하지 않을 거라고 생각했다. 엔젤의 잘못된 헌신으로 그는 얼마나 많은 고난을 겪었을까?

오는 내내 준비했던 말이 모두 달아났다. 너무 많은 말보다는 아주 간단하지만 진심 어린 한마디가 좋을 것이다.

'사랑해요. 그리고 미안해요.'

하지만 엔젤은 말을 할 수 없었다. 그동안 꽁꽁 얼어붙었던 눈물샘이 녹아 눈물을 쏟아 내고 있었다.

엔젤은 흐느껴 울며 무릎을 꿇었다. 뜨거운 눈물이 미가엘의 부츠에 떨어졌다. 엔젤은 머리로 그 눈물을 닦았다. 몸을 구부린 채 비탄에 젖은 엔젤은 두 손을 미가엘의 발치에 얹었다.

"오, 미가엘, 미가엘, 미안해요……."

'오, 하나님, 저를 용서해 주세요.'

미가엘의 손이 엔젤의 머리에 닿았다.

"내 사랑."

미가엘은 엔젤을 잡고 일으켜 세웠다. 엔젤은 그의 얼굴을 마주할 자신이 없었다. 외면하고만 싶었다. 미가엘은 셔츠를 벗어 엔젤의 어깨에 걸쳐 주었다. 미가엘이 엔젤의 턱 끝을 가볍게 잡았다. 그와 눈을 마주치지 않을 도리가 없었다. 미가엘의 눈도 엔젤과 마찬가지로 촉촉하게 젖어 있었다. 하지만 그 안에는 밝은 빛이 있었다. 미가엘이 미소를 지었다.

"언젠가 당신이 집으로 돌아올 거라고 생각했소."

"할 이야기가 너무 많아요. 당신에게 해 주고 싶은 말이 너무 많아요."

미가엘은 손가락으로 엔젤의 긴 머리카락을 쓸어넘기고 고개를 뒤로 살짝 젖혔다.

"평생을 함께할 테니 천천히 이야기하도록 해요."

엔젤은 그때 알았다. 미가엘이 자신을 용서해 줄 것인지 의심했지만, 미가엘은 이미 모든 것을 용서하고 있었다. 아무리 오랜 시간을 함께 살아도 그 깊이를 알 수 없을 사람이었다.

'오, 주여, 감사합니다. 감사합니다!'

엔젤은 미가엘의 품에 안겼다. 두 손을 쫙 펴서 그의 강한 등을 꼭 안았다. 최대한 가까이 그에게 다가갔다. 감사의 마음이 넘쳐 도무지 참을 수 없었다. 미가엘은 따스함이었다. 빛이었고 생명이었다. 엔젤은 그의 살 중의 살이요, 피 중의 피가 되기를 원했다. 영원히. 엔젤은 두 눈을 감고 달콤한 그의 체취를 크게 들이마셨다. 마침내 집에 돌아왔다는 것을 분명히 알 수 있었다.

엔젤은 처음에 미가엘의 사랑으로 구원받았다고 생각했다. 부분적으로는 맞는 말이었다. 그의 사랑으로 엔젤은 정결함을 얻었고, 사람들을 비난하던 일을 멈추었다. 하지만 그것은 시작에 불과했다. 엔젤은 미가엘을 사랑하게 되면서 어둠 속에서 완전히 벗어났다.

'저도 받은 것 이상의 것을 미가엘에게 주고 싶어요. 그에게 뭔가를 주고 싶어요.'

"아만다, 디르사……"

미가엘이 엔젤을 다정하게 안으며 말했다.

사라.

고요하고 부드러운 음성이 엔젤에게 들려왔다. 아, 그것이 바로 미가엘에게 줄 선물이었다. 바로 엔젤 자신이었다. 엔젤은 미가엘에게서 떨어져 고개를 들고 얼굴을 마주보았다.

"사라예요, 미가엘. 내 이름은 사라예요. 성은 기억하지 못해요. 내가 기억하는 내 이름은 그냥 사라예요."

미가엘은 두 눈을 껌뻑였다. 그의 온몸에 기쁨이 넘쳐흘렀다. 그녀에게 딱 어울리는 이름이었다. 낯선 이국을 지나는 방랑자에 의심 많은 불임 여인이었다. 하지만 종국에 사라는 믿음의 상징이 되었고, 마침내 한 나라의 어머니가 되었다. 사라, 축복이었다. 사라, 아들을 낳은 불임 여인이었다. 미가엘의 아름답고 소중한 아내는 언젠가 그에게 아이를 낳아 줄 것이다.

'주여, 언약을 주신 것으로 알겠습니다.'

미가엘은 따스한 온기와 그 온기가 전하는 확신이 온몸 구석구석에 퍼지는 것을 느꼈다. 미가엘이 엔젤에게 한 손을 내밀었다.

"안녕하세요, 사라."

사라는 당황스러운 얼굴로 수줍게 미소 지으며 미가엘이 내민 손을 잡았다. 미가엘은 손을 흔들며 싱긋 웃었다.

"이렇게 만나 뵙게 되어 반갑습니다. 드디어 만났네요."

사라는 웃음을 터트렸다.

"정말 미가엘 당신은 제정신이 아닌 사람이에요."

미가엘도 사라와 함께 웃었다. 그리고 다시 아내를 품에 안고 키스했다. 그의 아내가 영원히 돌아온 것이다. 죽음도 두 사람을 갈라놓을 수 없을 것이다.

키스를 마치자 미가엘은 사라를 그대로 안아 번쩍 들어올렸다. 사라는 머리를 뒤로 젖히고 두 팔을 활짝 펴 하늘을 안았다. 기쁨의 눈물이 뺨을 타고 흘러내렸다.

미가엘이 예전에 하나님이 낙원에서 여자와 남자를 쫓아내신 이야기를 읽어 준 적이 있다. 하지만 우리 인간의 결점과 실패 속에서도 하나님은 그 낙원으로 다시 들어가는 길을 보여 주셨다.

'주 너의 하나님을 사랑하라. 그리고 서로 사랑하라. 주님께서 사랑하여 주시듯이 서로 사랑하라. 담대하게, 결연하게, 열정적으로 사랑하라. 무슨 일이 닥쳐와도 사랑하라. 약해지지 말지라. 어둠에 맞서 싸우라. 그리고 또 사랑하라. 이것이 바로 에덴으로 돌아가는 길이다. 다시 살아나는 길이다.'

에필로그

> 저녁에는 울음이 깃들일지라도 아침에는 기쁨이 오리로다.
> _시편 30편 5절

 사라와 미가엘은 오랫동안 행복하게 살았다. 일곱 번째 결혼기념일 날 기도의 응답으로 아들 스데반을 얻었다. 스데반에 이어 누가와 리디아, 에스더를 낳았다. 미리암과 바울 역시 행복하게 지내며 마가와 다윗, 나단을 낳았다.

 두 가정은 돈독한 유대를 나누며 번성해서 함께 교회와 학교를 세우고 계곡에 정착하는 많은 사람을 환대했다.

 수잔나 액슬은 막달레나의 집에서 마지막을 맞이했다. 때는 1892년이었다. 수잔나의 도움으로 한때 창녀로 지내던 수많은 여성이 새로운 삶으로 가는 문턱을 넘었다. 몇몇은 결혼해서 행복하게 살았고, 또 몇몇은 사회에서 지도자의 위치를 차지하기도 했다.

사라의 후손은 의사와 외교관, 선교사가 되었으며, 산 후안 언덕 전투에 참전하여 무공 훈장을 받은 참전용사도 있었다. 하지만 사라는 매년 일주일씩 시간을 내어 막달레나의 집으로 돌아갔다. 기력이 될 때까지 사라는 샌프란시스코 부두와 선착장을 돌아다니며 젊은 창녀들과 이야기를 나누고 그들에게 삶을 변화시켜 보라고 격려했다. 왜 이런 일을 하는지 사람들이 물으면 사라는 이렇게 대답했다.

"내가 어디서 왔는지 잊어버리고 싶지 않아요. 그리고 하나님이 내게 해 주신 그 모든 일도 간직하고 싶고요."

사라는 때때로 선착장에서 막달레나의 집까지 천사 상을 들고 걸어가기도 했다.

육십팔 년간의 결혼생활 끝에 미가엘은 영원한 안식을 얻었다. 한 달 후 사라도 미가엘의 뒤를 따랐다. 두 사람의 유언에 따라 무덤가에는 간소한 나무십자가만 꽂았다. 하지만 사라가 묻히고 난 며칠 후 누군가 묘표에 이런 묘비명을 새겨놓았다.

비천한 곳으로 떨어져 타락하였으나,
하나님께서 그녀를 다시 들어 쓰셨도다.
천사로.

리디밍 러브

초판 1쇄 발행 2022년 5월 19일
초판 2쇄 발행 2022년 12월 19일
지은이 프랜신 리버스 옮긴이 김지현
발행인 김선희 편집 강민영 디자인 정선형
제작 김혜정 총무 이성경 인쇄 정우 P&P
이미지 ⓒ123RF
펴낸곳 템북 주소 인천 중구 신도시남로142번길 6, 402호
전화 032-752-7844 **팩스** 032-752-7840
이메일 tembook@naver.com **홈페이지** tembook.kr
출판등록 2018년 3월 9일 제2018-000006호

ISBN 979-11-89782-53-5 03840

※ 본서는 김영사에서 『구원의 사랑』(2006년)이라는 이름으로 출간한 바 있습니다.
※ 책값은 뒤표지에 있습니다. 잘못된 책은 구입하신 곳에서 교환해드립니다.